제인 오스틴(1775~1817) 초상 언니 카산드라 오스틴(1773~1845) 그림. 1809.

▲〈노예선〉 터너
《맨스필드 파크》에서 오스틴
이 표현한 영국의 노예무역
의 단면을 묘사한 그림이다.

◀토마스 랭글로이스 레프로이
그는 말년에 자신의 조카에
게 '오스틴을 사랑했노라'라
고 털어놓았다.

▲바스의 로얄 크레센트
온천 휴양 도시(영국). 건물이 초승
달 모양으로 배치되어 있다.

▶〈헨리 4세의 초상화〉
카산드라 오스틴. 1790.

▼스티븐턴 교회
19세기에 첨탑이 세워졌다.

제인 오스틴이 삶의 마지막을 보낸 윈체스터의 집

제인 오스틴의 무덤이 있는 윈체스터 대성당

Pickering, pinx^t   Greatbatch, sculp^t

PRIDE AND PREJUDICE.

*She then told him what Mr Darcy
had voluntarily done for Lydia. He
heard her with astonishment*

《오만과 편견》 삽화 리처드 벤틀리판에 처음 실린 두 개의 삽화 중 하나

영화 〈오만과 편견〉 로렌스 올리비에·그리어 가슨 주연. 1940.

Keira Knightley

PRIDE & PREJUDICE

Matthew Macfadyen · Brenda Blethyn · Donald Sutherland · Rosamund Pike
Jena Malone · Tom Hollander · Penelope Wilton and Judi Dench

Sometimes the last person on earth you want to be with
is the one person you can't be without.

A romance way ahead of its time from Jane Austen, the beloved author of *Sense and Sensibility*

영화 〈오만과 편견〉 키이라 나이틀리·매슈 맥페이든 주연. 2005.

세계문학전집014
Jane Austen
PRIDE AND PREJUDICE

오만과 편견

제인 오스틴/김유경 옮김

동서문화사

디자인 : 동서랑 미술팀

오만과 편견

차례

오만과 편견

1

재산깨나 있는 미혼 남자라면 훌륭한 아내를 원한다는 것은 누구나 알고 있는 진리라 해도 좋을 것이다.

이런 남자가 이웃에 이사라도 오면, 그 남자의 기분이나 생각은 전혀 모르더라도, 이 진리만은 근처 어느 집에서나 이미 정해진 일처럼 여겨, 자신의 딸들 가운데 하나가 반드시 그 남자의 마음을 사로잡아야 한다는 생각에 빠지기 마련이다.

"여보, 들으셨어요?" 어느 날 베넷 부인이 말을 꺼냈다. "드디어 네더필드 파크를 임대하겠다는 사람이 나왔다는군요."

베넷 씨는 듣지 못했다고 말했다.

"하지만 그렇대요. 방금 롱 부인이 와서 얘기해 주더라구요."

베넷 씨는 대답하지 않았다.

"누가 임대하게 되었는지 듣고 싶지 않으세요?" 아내는 초조한 듯 소리를 높였다.

"당신이야말로 얘기를 하고 싶은 모양이구려. 듣는 건 상관없소."

그 대답을 기다렸던 참이었다.

"롱 부인 말이 그는 북부 출신의 젊은 사업가라는군요. 월요일에 사륜마차를 타고 집을 보러 왔는데 아주 마음에 들어서 모리스 씨와 바로 결정했다는군요. 미클머스(9월 29일. 성 미카엘 축제가 열리는 날. 거위를 먹는 풍습이 있음) 전에 이사 올 예정인데, 다음 주말까진 하인들이 몇 사람 미리 오는 모양이에요."

"이름은?"

"빙리 씨라든가."

"기혼인가, 아니면 미혼인가?"

"물론 미혼이에요. 1년에 4, 5천 파운드의 수입이 있다니 우리 딸들에게는 얼마나 좋은 일이에요!"

"어째서 그런 말을 하는 거요? 우리 딸들과 무슨 관계가 있다고?"

"정말 답답하시네요. 난 말이죠, 그분이 우리 딸들 중에서 어느 누구와 결혼하게 될 경우를 생각하고 있는 거예요."

"그가 그런 속셈으로 이사오는 거요?"

"속셈이라고요? 정말 어이가 없군요. 어떻게 그런 말을 할 수 있어요! 하지만 우리 딸들 중에서 누군가를 좋아하게 되는 건 있을 법한 일 아니에요. 그러니 그 청년이 이사 오면 당신이 곧 찾아가 주셔야 해요."

"그럴 필요는 없어요. 그보다 애들을 데리고 당신이 가면 돼요. 아니면 애들만 보낼까? 그러는 게 좋을지도 모르지. 당신은 애들보다 더 아름다우니까 빙리 씨가 당신에게 마음을 뺏길지도 모르잖아."

"그럴 듯하게 치켜세우는군요. 물론 나도 한땐 아름다웠지만 이젠 별볼일 없어요. 성숙한 딸이 다섯이나 있는 여자라면 예쁘니 뭐니 하는 생각은 그만둬야죠."

"이제는 생각해 볼 만한 아름다움도 없단 말인가!"

"아무튼 여보, 빙리 씨가 이웃에 이사 오면 꼭 찾아가 보세요."

"아무래도 약속하기 어렵겠군."

"애들 때문이에요. 대단한 결혼 상대자니까요. 루카스 댁 내외도 찾아갈 작정이래요. 물론 이유는 오직 그것 때문이죠. 그 부부는 웬만하면 새로 이사 온 사람은 찾아가지 않잖아요. 그러니 당신도 꼭 가셔야 해요. 당신이 가지 않으면 우리는 찾아갈 수가 없으니까요."

"그건 예의에 너무 얽매인 생각이오. 빙리 씨는 기꺼이 당신들을 만나 줄 거요. 나도 한 마디 적어서, 어느 딸을 고르더라도 진심으로 기꺼이 받아들이겠다는 뜻을 전하겠소. 하지만 리지(^{엘리자베스}_{의 애칭})를 특히 추천하는 말을 한마디 곁들일까?"

"제발 그런 짓은 하지 마세요. 리지는 다른 딸들보다 잘난 점이 없어요. 제인의 절반만큼도 예쁘지 않고 리디아처럼 싹싹하지도 못한데, 당신은 늘 그 애 편만 드는군요."

"다른 아이들은 모두 비슷하게 평범하고 철이 없지만 리지만은 아주 머리가 좋은 아이오."

"어떻게 자기 아이들을 그렇게 흉볼 수 있어요? 당신은 나를 괴롭히는 게 재미난 모양이군요. 내 노고에 대해서는 전혀 동정해 주시지도 않고요."

"그건 오해야. 당신의 노고에 대해서는 내가 잘 알고 있지. 나는 적어도 지난 20년 동안 당신이 그 문제에 대해 말하는 것을 주의 깊게 들어 왔거든."

"당신은 내 괴로움을 전혀 알지 못해요."

"그 괴로움을 극복하면서 부디 오래 살아 주구려. 1년에 4천 파운드씩 버는 많은 청년들이 몰려오는 걸 보란 말이오."

"아무리 몰려온들 당신이 찾아가 주지 않으면 무슨 소용이 있어요."

"괜찮아. 내가 한데 뭉뚱그려서 전부 찾아가 보도록 하지."

베넷 씨는 빈틈없는 기민성을 지닌 머리 좋은 사람으로 풍자적인 농담도 잘하지만 한편으로는 무뚝뚝하며 변덕스러운 남자였다. 23년 동안 같이 살았으면서도 도대체 어떤 사람인지 그의 아내도 잘 알 수가 없었다. 하지만 아내는 훨씬 단순했다. 그녀는 이해력과 지식이 빈약했고 변덕이 심했다. 불만스러울 때는 자기 신경 탓이라 여겼다. 그녀의 인생에서 가장 중요한 일은 딸들의 결혼이었으며, 유일한 즐거움은 사람들을 찾아가 세상 이야기를 나누며 시간을 보내는 일이었다.

2

사실을 말하자면, 베넷 씨는 재빨리 빙리 씨를 방문한 사람들 중 하나였다. 아내에게는 마지막까지 찾아가지 않겠다고 말했지만, 처음부터 찾아갈 작정이었던 것이다. 아내는 그날 밤까지도 그 방문에 대해 전혀 알지 못하고 있었는데 그날 저녁 이야기 도중에 드러나게 되었다. 둘째 딸이 모자에 장식을 달고 있는 것을 보고 있던 베넷 씨가 갑자기 이렇게 말했다.

"그 모자가 빙리 씨 마음에 들었으면 좋겠구나, 리지."

"빙리 씨가 뭘 좋아하는지 알 수가 없잖아요. 우리 집에선 찾아가지 않으니까요." 어머니는 원망스런 듯이 말했다.

"그렇지만 어머니, 무도회에서 만나게 될 텐데요. 롱 부인이 소개해 주겠다고 약속하셨잖아요." 엘리자베스가 말했다.

"그 사람이 소개해줄 리가 없지. 자기에게도 조카딸이 둘씩이나 있으니 말이야. 이기적인데다 위선자라서 난 전혀 믿을 수가 없어."

"나도 동감이야. 당신이 롱 부인을 믿지 않는다니 바람직한 일이오." 베넷 씨가 말했다.

베넷 부인은 이 말에는 대답하지 않았으나 아무래도 자기 감정을 억제하지 못하고 애꿎은 딸만 꾸짖었다.

"제발 기침 좀 하지 마라, 키티(캐서린의 애칭). 내 생각은 조금도 하지 않는 거니. 넌 내 신경을 갈기갈기 찢어 놓는구나."

"키티는 언제 기침해야 하는지도 모르는구나. 타이밍이 나빴어." 아버지가 한 마디 거들었다.

"기침을 일부러 하는 건 아니에요." 키티도 툴툴거린다.

"리지 언니, 이번 무도회는 언제지?"

"두 주일하고 하루 뒤야."

"그렇구나. 그렇다면 롱 부인은 그 전날까지는 돌아오지 않을 텐데, 자기가 모르면서 그 사람을 소개해 줄 수는 없잖아."

"그럼 당신이 선수를 쳐서 부인을 빙리 씨에게 소개해 주면 되잖아."

"농담이죠, 여보. 나도 모르는데 어떻게 소개를 하란 말이에요."

"당신의 신중함에는 감탄했어. 알고 지낸 지 두 주일로는 충분하다고 할 수 없을 거고, 그 정도로는 어떤 인간인지 알 수 없지. 사실 우리가 결단을 내려서 하지 않으면 누군가 다른 사람이 할걸. 롱 부인과 조카딸들도 운명을 시험할 권리는 있으니까. 당신이 소개를 하지 않겠다면 내가 한번 해볼까. 롱 부인도 기뻐할 테니."

딸들은 모두 어이가 없어 아버지를 바라보았다.

"정말, 사람을 바보로 만드네!" 베넷 부인은 이렇게 말하며 상대하지 않으려 했다.

"그건 또 무슨 뜻이오! 소개의 형식이나 그런 형식에 무게를 두는 것을 당신은 어리석다는 건가? 내 생각은 좀 달라. 그런데 메리, 네 의견은 어때? 제법 사색가처럼 어려운 책을 읽으면서 메모도 하고 있잖아."

메리는 재치있는 말을 하려고 궁리했으나 얼핏 떠오르지 않았다.

"메리가 생각을 정리하고 있는 중이니 얘기를 빙리 씨에게 돌리기로 하지." 베넷 씨가 말했다.

"빙리 씨 얘기라면 이제 싫증이 났어요." 아내가 소리쳤다.

"유감스럽군. 하지만 왜 미리 알려 주지 않았지? 오늘 아침에 그걸 알고 있었더라면 그를 방문하지 않았을 텐데. 운이 나쁘군! 하지만 이미 찾아가 버린 지금으로서는 교제를 그만둘 수도 없겠지."

베넷 씨가 예상한 대로 식구들은 깜짝 놀랐다. 그중에서도 아내의 눈이 가장 커졌다. 한참 법석을 떤 뒤, 아내는 처음부터 그럴 줄 알았다고 말했다.

"정말 당신은 좋은 분이에요! 저는 미리부터 당신이 제 말대로 하실 줄 알고 있었어요. 애들을 귀여워하시니 그런 교제를 나 몰라라 하실 리는 없다고 생각하고 있었거든요. 그런데 오늘 아침에 찾아가셨으면서 지금까지 말씀 하나 없다니 정말 너무하군요."

"자, 키티, 이젠 마음껏 기침하려무나." 베넷 씨는 이렇게 말하면서, 아내가 기뻐 어쩔 줄 몰라하는 모습을 난처하게 여기며 방에서 나갔다.

"얼마나 훌륭한 아버지시냐!" 문이 닫히자 기다렸다는 듯이 부인은 말했다.

"너희가 어떻게 그 친절에 보답할 수 있겠니. 내게도 말이야. 우리 나이쯤 되면 날마다 새로운 사람을 사귄다는 게 그리 기쁜 일만은 아니야. 그렇지만 너희를 위해서라면 뭐든지 할 거야. 리디아, 너는 제일 어리지만 다음 무도회에선 틀림없이 빙리 씨가 함께 춤을 춰줄 거야."

"나는 걱정없어요." 리디아가 자신 있다는 듯 말했다. "나이는 제일 어리지만 키는 제일 크거든요."

그들은 그날 밤 내내 아버지의 방문에 대한 답례로 그가 언제쯤 찾아올까, 만찬의 초대는 언제가 좋을까 하는 얘기들을 하면서 시간을 보냈다.

3

베넷 부인은 다섯 딸들과 함께 온갖 노력을 기울였지만, 베넷 씨에게서 빙리 씨에 대해 만족할 만한 설명을 전혀 들을 수 없었다. 그녀들은 뻔뻔스런 질문과 노련하기 짝이 없는 추리, 상상, 또는 빙 돌려서 하는 억측 등 여러 가지 방법을 써보았으나 모두 헛수고로 돌아가고 말았다. 마침내 이웃집 루카스 부인에게서 들은 정보에 만족할 수밖에 없었다. 그러나 부인의 정보는 제법 그럴듯한 것이었다. 남편인 루카스 경도 빙리 씨가 마음에 쏙 들었다고 했던 것이다. 젊을 뿐만 아니라 놀랄 만큼 잘생겼으며 퍽 호감을 주는 사람이라는 것이었다. 특히 이번 무도회에는 많은 친구를 데리고 올 것이라니 이보다 더 기쁜 일이 어디 있을까! 춤을 좋아한다는 것이야말로 사랑에 빠질 첫 단계인 만큼 모두 빙리 씨의 마음을 끌어 볼 생각에 몹시 가슴이 설레었다.

"이것으로 딸들 가운데 하나가 네더필드로 출가해서 행복하게 살고, 또 다른 딸들도 역시 좋은 데로 남편을 만난다면 더 바랄 건 아무것도 없어요." 베넷 부인은 남편에게 말했다.

2, 3일이 지나자, 과연 빙리 씨가 답례로 찾아와 베넷 씨와 서재에서 10분쯤 이야기를 나누었다. 그는 베넷 씨의 딸들이 모두 아름답다는 소문을 미리 듣고 왔기에 딸들을 만날 수 있기를 바랐지만, 그를 맞아 준 사람은 그녀들의 아버지뿐이었다. 딸들은 오히려 운이 좋았다. 2층 창문에서 푸른 옷을 입고 검은 말을 타고 있는 그를 볼 수 있었기 때문이다.

곧 만찬 초대장이 건네지고 베넷 부인은 자기 집의 음식 솜씨를 자랑할 식단을 여러 가지로 짜 보기 시작했으나, 바로 그때 회답이 와서 모든 것이 연기되었다. 빙리 씨는 갑자기 볼일이 생겨 다음 날 런던에 가야 하기 때문에 모처럼의 초대에 응할 수 없다는 것이었다. 베넷 부인은 낙심했다. 하트퍼드셔에 오자마자 도대체 런던에 무슨 급한 볼일이 있다는 것인지? 어쩌면 1년 내내 여기저기 돌아다녀 네더필드에서는 자리를 잡지 못하는 것이 아닐지 은근히 근심스러웠다. 루카스 부인은 그가 무도회에 참석할 친구들을 데리러 간 듯하다고 말해 베넷 부인의 불안을 어느 정도 가라앉혀 주었다. 얼마 뒤 빙리 씨가 여자 12명과 남자 7명을 데리고 온다는 소문이 돌았다. 여자가 더 많다는 것이 아가씨들에게 걱정을 안겨 주었다. 그러나 드디어 전날이 되자, 12명이라는 것은 헛소문으로, 사실 런던에서 온 것은 단지 6명뿐이었다. 그것도 5명은 그의 누이들, 나머지 한 명도 사촌이라는 것을 알게 되자 안심했다. 무도회장에 나타난 그들은 전부 5명이었다. 빙리 씨와 그의 두 누이와 매형, 그리고 젊은 청년 한 사람이었다.

빙리 씨는 미남이고 신사다우며, 명랑하고 여유 있는 태도가 자연스러운 사람이었고, 그의 누이들은 아름다웠으며 최신 유행의 옷을 입은 훌륭한 숙녀들이었다. 매형인 허스트 씨는 그저 신사답다는 느낌뿐인 사람이었지만 친구인 다시 씨는 키가 크고 단정한 모습, 의젓하고 기품 있는 행동, 그리고 회장에 들어온 지 5분도 되기 전에 연수입 1만 파운드의 부자라는 소문이 돌아서 모든 사람의 주목을 한 몸에 받게 되었다. 신사들은 그의 훌륭한 풍채에 감탄했고, 여성들은 빙리 씨보다 훨씬 잘생겼다고 찬탄해 마지않았으나, 밤이 이슥할 무렵엔 그 인기의 물결도 방향을 바꾸었다. 그의 태도가 묘하게 반감을 주었던 것이다. 거만하고 초연한 듯한 태도로 사람들 틈에 끼지 않고, 아첨하는 말에는 귀도 기울이지 않는다는 것을 알았기 때문이다. 이렇게 되자 더비셔에 막대한 재산과 토지를 갖고 있다고는 하지만 험악하고 무뚝뚝한 얼굴을 하고 있으니, 빙리 씨와는 비교도 되지 않는다는 평판을 받게 되었다.

빙리 씨는 금세 회장에 있는 주요한 사람들과 친하게 되었다. 그는 쾌활하고 솔직했으며 춤이란 춤은 모두 추고, 더구나 무도회가 빨리 끝나는 것에 대해 분개하면서 자기 집에서 무도회를 열고 싶다고 말했다. 이런 사교적인 성격은 사람들에게 호감을 주어 아무튼 다시 씨와 좋은 대조가 되었다. 다시 씨는 허스트 부인과 한 번, 빙리 양과 한 번 춤을 추었고 그 밖의 여자들에게는 소개받는 것조차 거절했으며, 장내를 걸어다니면서 가끔 동행에게 말을 건넬 뿐이었다. 모두의 평가가 내려졌다. 다시 씨는 세상에 둘도 없이 건방지고 불쾌한 사내, 다시는 초대하고 싶지 않은 인물이었다. 가장 심하게 반감을 품은 사람은 베넷 부인이었다. 그의 행동도 대체로 마음에 들지 않았지만, 자기 딸이 모욕을 당했기 때문에 더욱 심사가 뒤틀렸던 것이다.

엘리자베스 베넷은 남자들의 수가 적었기 때문에 두 번씩이나 춤을 추지 않고 앉아 있어야 했다. 그때 마침 엘리자베스 바로 옆에 다시 씨가 서 있었으므로, 춤을 잠시 멈추고 그들 틈에 끼라고 권하러 온 빙리 씨와 다시 씨와의 대화를 무심코 엿듣고 말았던 것이다.

"이봐, 다시, 자네도 춤을 추게. 그렇게 혼자 멍하니 서 있어서는 안 돼. 춤을 추는 편이 훨씬 좋아."

"나는 싫어. 자네도 알고 있지 않나, 나는 어지간히 친한 상대가 아니고서는 춤을 추지 않는다는 걸. 이런 무도회는 정말 견디기 어려워. 자네 누이와 여동생은 파트너가 있고, 모르는 여자들하고 같이 추자니 벌을 받는 것만 같아서 말이야."

"그렇게 까다롭게 굴지 좀 말게. 말이야 바른 말이지. 오늘처럼 유쾌한 아가씨들을 많이 만나 보기는 난생처음인 것 같아. 몇몇은 매우 아름다운데 뭘

17

그래."

"자네는 이 자리에서 유일한 미인과 춤을 추고 있으니 그렇지." 다시 씨는 베넷 집안의 장녀 제인을 바라보며 말했다.

"나도 저렇게 아름다운 사람은 본 적이 없네. 하지만 그 동생이 혼자 자네 바로 뒤에 있지 않은가. 그녀의 동생도 아주 예쁘고 상냥한 아가씨인 것 같아. 내 파트너에게 부탁해서 자네에게 소개해 달래도록 하지."

"누구?" 몸을 돌려 잠시 엘리자베스를 보고 있다가 시선이 부딪치자 이내 눈길을 돌리며 냉담하게 말했다. "그럭저럭 괜찮지만 내 마음을 끌 정도는 아니야. 그리고 지금은 다른 남자들에게 따돌림받는 아가씨에게 좋은 점수를 매겨 주고 싶은 기분은 아니라네. 자네는 어서 파트너에게 돌아가서 그녀의 미소나 즐기게. 여기 있는 건 시간 낭비야."

빙리 씨는 그의 충고에 따랐다. 다시 씨도 다른 곳으로 가자 그 자리에 남은 엘리자베스의 마음은 편치 못했지만, 원래 쾌활하고 장난을 좋아하는 성격이었기에 이 이야기를 스스럼없이 친구들에게 퍼뜨려 버렸다.

그날 밤 베넷 집안 사람들은 저마다 즐겁게 지냈다. 어머니는 장녀가 네더필드의 사람들에게 인기를 끄는 것을 보고 흡족해했다. 빙리 씨는 두 번 그녀와 춤을 추었으며 빙리 자매도 특별히 관심 있는 눈길을 던졌다. 당사자인 제인도 어머니와 마찬가지로 흡족했지만 훨씬 은근히 그것을 표현했다. 엘리자베스는 언니의 기분을 알 것 같았다. 메리는 메리대로 빙리 양에게 자기가 이 근처에서 가장 교양 있는 여성으로 소개되고 있는 것을 들었다. 캐서린도 리디아도 밤새도록 춤 파트너가 끊이지 않아 만족했다. 지금은 그것만이 무도회에서의 관심사였다. 그날 밤 롱본에 돌아온 베넷 집안 사람들은 기분이 좋았다. 베넷 씨는 아직 자지 않고 있었다. 그는 책을 들었다 하면 시간 가는 줄도 모르는 사람이었다. 그런데다 이번 경우엔 그토록 굉장한 기대를 갖게 한 밤이었던 만큼 커다란 호기심을 느끼고 있었던 것이다. 새로 이사 온 사람에 대한 아내의 기대가 차라리 무너지기를 바라고 있었지만 이야기는 매우 달랐다.

"여보" 그녀는 방으로 들어가자마자 말했다. "참 즐거운 밤이었어요. 아주 훌륭한 무도회였고요. 당신도 가셨으면 좋았을 텐데, 제인은 더할 나위 없이 찬사를 받았어요. 모두들 아름답다고 하더군요. 빙리 씨도 퍽 아름답다고 생각했는지 두 번씩이나 그 애하고 춤을 추셨어요. 두 번이나 청을 받은 건 그 애 하나뿐이었어요. 처음엔 루카스 양에게 청했어요. 그분이 루카스 양과 춤을 추기 시작했을 땐 화가 났어요. 그렇지만 그녀가 아름답다고는 생각지 않으셨던 모양이에요. 당연하죠. 그리고 제인이 춤추고 있는 걸 보시고 반했던 모양이에요. 그래서 누구냐고 묻더니 소개를 받아서 다음 두 번째 춤을 청하셨어요. 세 번째는 킹 양, 네 번째는 마리아 루카스 양, 그리고 다섯 번째는 다시 제인과 추었어요. 그리고 여섯 번째가 리지, 블랑제(무도의 일종)는……."

"빙리 씨가 조금이라도 나를 동정하는 마음을 갖고 있었더라면 그 절반도 춤추지 않았을 텐데, 제발 파트너 얘기는 그만둬 줘요. 그 친구가 처음 춤출 때 발목이나 삐었으면 좋았을 것을."

"아, 여보." 아내는 말을 이었다. "그분이 무척 마음에 들어요. 정말 미남이에요. 그 누이들도 좋은 분들이더군요. 그분들의 옷만큼 맘에 드는 걸 본 적이 없어요. 허스트 부인의 상의에 달린 레이스는……."

여기서 또다시 말이 중단되었다. 베넷 씨가 의상에 관한 이야기는 그만두라고 단호히 말했기 때문이다. 그래서 다른 분야에서 화제를 찾은 베넷 부인은 다소 과장해서 다시 씨의 충격적인 무례함에 대해 이야기했다.

"하지만 다시 씨 같은 사람의 마음에 들지 않았더라도 리지에겐 별로 손해될 것 없어요. 전혀 호감이 가지 않는 싫은 사람이니 마음에 들 리도 없어요. 거만하고 자만심이 강해서 정말 못 봐주겠더군요. 이리저리 돌아다니는 꼴이 자기가 무척 잘난 줄 알고 있는 모양이에요. '춤을 추고 싶은 만큼 아름답지 않다'니! 당신이 그 자리에 계셔서 따끔하게 한 마디쯤 던져 주었더라면 좋았을 걸. 정말 그 사람은 역겹더군요."

4

제인과 엘리자베스가 단둘이 있게 되자, 그때까지 빙리 씨 칭찬을 삼가고 있던 제인도 이제는 거리낌 없이 그가 얼마나 근사한 사람인가를 동생에게 얘기했다.

"참으로 멋진 분이었어. 머리가 좋고 쾌활한 분으로 그렇게 예의바른 사람은 본 적이 없어. 도량이 넓고 교양이 있는……."

"게다가 미남이고. 젊은 사람이라면 그 정도 미남은 돼야지. 결국 모든 게 완벽한 사람이야." 엘리자베스도 맞장구를 쳤다.

"두 번째로 춤을 청했을 땐 정말 기뻤어. 그런 영광을 받으리라고는 짐작도 못했거든."

"어머, 정말? 나는 짐작하고 있었어. 그게 바로 우리의 큰 차이점이야. 칭찬의 말은 언제나 언니를 놀라게 하지만 나를 놀라게 하는 일은 없어. 두 번 청한 것쯤은 너무도 당연한 일이야. 누구와 비교해도 언니는 몇 배나 더 예쁘거든. 그러니까 그분이 칭찬하는 말 같은 건 필요 없어요. 하지만 확실히 기분 좋은 분이야. 그러니 언니가 좋아한다면 나도 찬성할게. 지금까지 그보다 못한 사람을 좋아한 적도 있었으니까."

"리지……."

"언니는 누구에게나 워낙 쉽게 반해 버리는 성격이거든. 요컨대, 남의 결점을 절대로 보지 않아. 언니의 눈엔 세상 사람 모두가 친절하고 좋게 보이는 거지. 언니가 다른 사람에 대해서 나쁘게 말하는 걸 들은 적이 없어."

"남을 경솔하게 비난하고 싶진 않아. 하지만 언제나 생각한 그대로를 말하고 있을 뿐이야."

"알고 있어. 그러니까 그게 이상하단 말야. 언니만큼 분별 있는 사람이 남의 어리석은 행동과 생각을 알아내지 못하다니! 겉으로 순진하게 보이는 건 흔히 있는 일이지. 그런 건 누구에게나 있어. 겉치레도 아닌, 꾸미지 않은 순진함—남의 아름다운 점만을 보고 그것을 더한층 좋게 하여, 결점에 관해서는 아무 말도 안 하는 건 언니만이 할 수 있는 일이야. 그러니 그분의 누이들도 무척 마음에 들었을 거야. 그분들의 언행은 아무래도 빙리 씨만은 못한 것 같았지만."

"확실히 처음엔 그랬어. 하지만 얘기해 보니 아주 기분 좋은 분들이야. 빙리 양은 오빠와 함께 살면서 집안일을 보살피고 있다는군. 틀림없이 좋은 친구가 될 거야."

엘리자베스는 잠자코 듣고 있었지만 수긍하지는 않았다. 무도회에서의 그녀들의 행동이 호감을 주는 것은 아니었다. 언니보다 날카로운 관찰력을 가졌고 언니만큼 순진하지도 않았으며, 게다가 자신이 치켜세움을 받아 그것으로 판단에 영향을 받는 일도 없었으므로, 엘리자베스로서는 빙리 씨 자매를 인정할 마음이 나지 않았다. 하기야 그들은 훌륭한 여성임에는 틀림없었다. 마음이 내키면 기분도 좋아지고 자기들 마음에 따라 붙임성도 좋아지지만 거만하고 자만심이 강한 사람들이었다. 미인이라고 말할 수 있었다. 그리고 런던의 일류 사립학교에서 교육받았으며 2만 파운드나 되는 막대한 재산을 가지고 있긴 했지만 지나치게 많은 액수의 돈을 쓰고 상류층 사람들과의 교제가 습관이 되었으므로, 흔히 모든 점에서 자기를 높고 남을 낮게 생각하는 것이었다. 그들은 영국 북부의 유서 깊은 가문 출신이었는데, 그들 뇌리에는 그 사실만이 깊숙이 박혀 있었다. 사실 오빠나 자기들의 많은 재산은 장사를 하여 모은 것인데도 말이다.

빙리 씨는 아버지로부터 10만 파운드의 재산을 물려받았는데, 토지를 사고 싶다는, 살아 계신 동안에 이루지 못했던 아버지의 뜻을 이어받아 출신 지방 여기저기를 물색하고 다녔다. 그러나 그의 태평스런 성품을 잘 알고 있는 사람들은, 이렇게 호화로운 집도 생기고 지상권까지 손에 넣었으니 앞으로 토지를 구하는 일은 다음 세대에 맡기고 이대로 네더필드에 주저앉는 것은 아닌가 짐작했다.

자매는 오빠가 자신의 토지를 갖게 되기를 간절히 바랐다. 지금은 아직 차지인(借地人)으로 주저앉은 데 지나지 않지만, 그 식탁에서 여주인 역할을 하는 것은 결코 싫은 일은 아니었다. 허스트 부인 역시 남편이 상류 계급 신사이기는 했지만 재산이 없는 사람이었으므로, 그 집만 상당한 것이라면 오빠의 집을 친정으로 생각하는 데에는 별다른 이견이 없었다. 빙리 씨는 성년이 되고서 약 2년 뒤 우연히 네더필드의 저택을 추천받고 이것을 보러 왔다. 그는 반 시간쯤 걸려 집 안팎을 살펴보고 그 위치와 주요한 방들이 마음에 들어, 소유주의 추천에 만족해하며 곧 임대하기로 했다.

빙리와 다시는 아주 다른 성격이었는데도 매우 확고한 우정을 맺어 오고 있었다. 자신의 성격과 그렇게 대조적인 기질을 지녔는데도, 다시는 도량이 넓고 개방적이며 순진한 빙리를 좋아했다. 또 그런 자신에 대해 별 불만도 없었다. 빙리 쪽에서는 자기에 대한 다시의 호의에 깊은 신뢰를 두고 그 판단력을 높이 사고 있었다. 이해력으로 말하자면 다시 쪽이 나았지만 빙리도 나쁘지 않았다. 다시는 재주가 있었으나 도도하고 까다로웠으며, 태도는 단정했지만 사람들의 마음을 끌지는 못했다. 이 점에서는 빙리가 단연코 유리했다. 그는 언제 어디서나 사람들에게 호감을 주고 있었으나, 다시는 늘 상대방의 기분을 상하게 했다.

메리턴의 무도회를 두고 두 사람이 이야기하는 것만으로도 그들의 특징을 알아차릴 수가 있었다. 빙리는 이렇게 재미있고 아름다운 아가씨들은 지금까지 한 번도 만난 적이 없다고 했다. 그는 금방 그 사람들과 가까워졌으며, 또한 천사라 해도 베넷 양보다 아름다울 수는 없다고 생각했다. 이와 반대로 다시는, 그 사람들은 아름답지도 않고 화려하지도 않아 조금도 관심이 쏠리지 않았으며, 저쪽편으로부터 친절한 대접도 받지 않았고 또한 만족도 얻을 수 없었다고 했다. 다만 베넷 양은 아름답다고 인정하지만 웃음이 좀 헤픈 것 같다고 했다.

허스트 부인도 빙리 양도 확실히 그렇다고 인정은 했지만, 아름다운 아가씨라는 것만으로도 두 사람 다 호감을 가졌던 것이다. 그래서 제인은 귀여운 아가씨로 인정을 받고, 앞으로 사귀려는 데 대해 이의는 없었다. 귀여운 아가씨라는 평가가 내려졌으니, 빙리 씨는 앞으로 그녀를 좋아해도 괜찮다고 공인된 것으로 받아들였다.

5

롱본에서 조금만 가면 베넷 집안과 유난히 가깝게 지내는 한 가족이 살고 있었다. 윌리엄 루카스 경은 원래 메리턴에서 장사를 하던 사람인데, 그것으로 상당한 재산을 모았을 뿐만 아니라 메리턴의 시장으로 있던 동안의 공로를 인정받아 국왕으로부터 기사 작위를 받았다. 그 뒤 그는 자신의 권위를 매우 자랑스럽게 생각하여 장사에도 싫증을 느꼈으며, 작은 시장거리에 사는 것이 견딜 수 없게 되었다. 결국 그곳을 떠나 가족과 함께 메리턴에서 1마일쯤 떨어진, 루카스 저택이라고 불리는 지금의 집으로 옮겨 왔다. 거기서 루카스 경은 자신의 우월성을 한껏 만끽하면서, 장사로 인한 구속됨 없이 오직 한결같은 마음으로 세상 사람에게 예의바르게 대하는 것이었다. 그는 신분은 높아졌지만 그렇다고 남을 깔보는 일은 없고, 오히려 모든 사람을 정중하게 대했다. 원래 천성이 악의가 없는 친절한 사람이었는데, 세인트 제임스 궁전에서 국왕을 알현하고부터는^(기사 작위를 받았을 때) 더욱 예의바른 사람이 되었다.

루카스 부인은 나무랄 데 없이 좋은 사람으로 지나치게 약삭빠르지 않아서 베넷 부인과 소중한 이웃으로 지냈다. 그들에겐 몇 명의 자녀가 있었는데, 장녀는 27세로 아주 차분하고 머리도 좋으며 엘리자베스의 친구였다.

루카스 집안과 베넷 집안의 딸들은 무도회가 끝난 뒤엔 반드시 모여서 얘기를 나누는 습관이 있었다. 그 무도회의 다음 날 아침, 루카스 집안의 딸들이 롱본으로 의견을 나누기 위해 찾아왔다.

"샬롯, 어젯밤 아주 좋게 시작했지." 베넷 부인은 루카스의 맏딸에게 한껏 예의를 차리며 말문을 열었다. "빙리 씨의 첫 상대가 너였으니 말야."

"네, 하지만 그분은 그 다음에 고른 사람을 더 좋아하시는 것 같았어요."

"오! …… 제인 말이지…… 하긴 두 번이나 춤을 췄으니까. 그 애를 아름답다고 생각하셨나봐. 그건 확실한 것 같아…… 아닌게 아니라 그런 얘기를 들었지. 무슨 얘기였는지는 잘 모르지만 로빈슨 씨에 관한 일 같았어."

"제가 빙리 씨와 로빈슨 씨가 하는 얘길 엿들었다는 거 말이지요. 말씀드리지 않았던가요? 로빈슨 씨가 오늘 밤 사람들은 어떤가, 아름다운 여성이 많이 있지 않은가, 누가 제일 아름답다고 생각하는지 묻자, '그건 물론 베넷 집안의 큰딸이지. 거기에 대한 이론은 있을 수 없어!' 하고 대답하셨던 일 말이지요."

"어머! 그래? 그럼 결정난 거나 다름없군…… 어쩐지 그건…… 마치…… 하지만 꼭 무슨 일이 일어나리란 법은 없어."

"엘리자, 내가 엿들은 말이 네가 들은 것보다 낫겠어. 다시 씨의 말보다는 빙리 씨의 말에 귀를 기울이는 게 더 나아. 그런 대로 봐줄만 하다니."

"제발 리지에게 그 사람이 한 짓을 떠올리게 만들어 괴롭히지 말아 줘. 그렇게 역겨운 사람이니 좋아한다면서 접근하기라도 한다면 큰 걱정이야. 롱 부인의 얘기론 그 사람은 어젯밤 30분이나 부인 옆에 앉아 있으면서 한 번도 입을 열지 않더라는군."

"그게 정말이에요, 어머니? …… 잘못 아신 것 같은데요." 제인이 말했다. "다시 씨가 부인에게 말을 건네는 걸 봤어요."

"그건 롱 부인이 그 사람에게 네더필드는 어떠냐고 물었으니 대답하지 않을 수가 없었던 거지. 더구나 계속 말을 거니까 몹시 언짢게 여기면서 화를 내고 있는 것 같더라는구나."

"빙리 양 말로는 그분은 친한 사이가 아니면 별로 얘기하지 않는다고 하더군요. 그 대신 친구들 사이에서는 아주 재미있는 분이래요."

"어째 믿어지지가 않는구나. 만일 그렇게 교양 있는 사람이었다면 롱 부인에게 말을 건넸을 테니 말이야. 짐작이 간다. 모두 그 사람이 아주 거만하다고 하던데. 나는 그 사람이 롱 부인이 마차를 갖고 있지 않아서, 무도회에도 임대 마차로 와야 했다는 걸 소문으로 들어서 알고 있었을 거라고 생각해."

"그분이 롱 부인에게 말을 건네지 않은 건 별일 아니에요." 루카스 양이 끼어들었다. "하지만 엘리자하고 춤을 추었더라면 좋았을 걸 그랬어요."

"리지야, 나 같으면 다음에도 그런 사람하고는 절대로 춤을 추진 않을 거야."

"어머니, 저는 절대로 그분과 춤추지 않겠다고 약속할 수 있어요."

그러자 샬롯이 나섰다. "그분의 자존심은 다른 사람들과는 달리 내겐 별로 비위에 거슬리지 않아요. 그분의 경우엔 그만한 이유가 충분히 있기 때문이에요. 가문이 좋고 재산도 있어 무엇 하나 아쉬울 것이 없으니, 말하자면 그분은 자존심을 가질 권리가 있다고 생각해요."

"정말 그렇군요." 엘리자베스는 고개를 끄덕였다. "그러니 만일 그분이 내 자존심을 건드리지 않는다면 그분의 오만함은 용서해 줄 수 있어요."

이때 자신이 항상 견실한 사고를 갖고 있다고 자부하던 메리가 말했다.

"자존심은 누구나 갖고 있는 약점이라고 생각해요. 내가 지금까지 읽은 바에 따르면 그건 정말 누구에게나 보편적인 거예요. 인간성은 특히 거기에 빠지기 쉬우며, 어떻든 어떤 자질 때문에 자기 만족의 감정을 품지 않는 사람은 거의 없어요. 허영과 자존심, 이 말들은 가끔 같은 의미로 사용되고 있지만, 실제로는 다른 거예요. 사람은 자존심을 갖고 있더라도 허영심은 갖고 있지 않을 수 있어요. 자존심은 자기 자신에 대한 자기의 의견과 관계가 있지만, 허영은 다른 사람들이 자기를 이렇게 생각해 줬으면 하고 바라는 데 관계가 있는 거예요."

"만일 내가 다시 씨처럼 부자라면," 누이들을 따라온 루카스 집안의 아들이 큰 소리로 말했다. "나는 내가 아무리 거만하더라도 전혀 걱정하지 않을 거야. 폭스하운드 사냥개나 몇 마리 기르면서 날마다 포도주를 한 병씩 마실 거야."

"그러다가 술독에 빠지겠다." 베넷 부인은 말했다. "혹시 네가 그런 짓을 하고 있는 걸 보면 곧장 포도주 병을 빼앗아 버릴 거야."

소년은 그렇게 하지 말아 달라고 항의했다. 그러나 베넷 부인은 단호하게 그러겠다고 말하며, 논쟁은 방문이 끝날 때까지 계속되었다.

6

롱본의 숙녀들은 얼마 뒤에 네더필드의 숙녀들을 정식으로 방문하여 정중하게 대접받았다. 베넷 양의 기분 좋은 태도는 허스트 부인과 빙리 양의 마음에 들어 두 사람의 호의는 더욱 커졌다. 비록 어머니는 견딜 수 없을 정도이고 손아래 동생들은 말을 건넬 값어치도 없다고 생각했지만, 제인과 엘리자베스에 대해서는 더 가까이 지내고 싶다는 희망을 말했다. 이 호의를 제인은 매우 기뻐하며 받아들였지만, 엘리자베스는 이 두 사람이 모든 사람에게, 더군다나 제인에게조차 건방진 태도로 대하는 것을 보고 호감을 갖지 않았다. 물론 제인에 대한 친절은 빙리 씨가 제인에게 반한 탓이겠지만, 그것도 나름의 가치는 있었다. 빙리와 제인이 만날 때마다 빙리의 사모하는 마음이 누구의 눈에도 명백히 비쳤다. 또 제인이 처음부터 그에게 품었던 호의에 점점 마음을 기울여서, 지금은 몹시 그리워할 정도라는 것은 엘리자베스에겐 명백히 보이는 것이었다. 그러나 제인은 강한 감정을 품고 있으면서도 내색 없이 항상 쾌활하게 지냈으므로, 세상 사람들에게 의심을 받는 일이 없는 것을 엘리자베스는 기쁘게 생각했다. 그런 생각을 친구인 루카스 양에게 말해 보았다.

"그런 경우 세상 사람들을 속이는 건 아마 유쾌한 일일 거야. 하지만 때론 너무 조심하다가 불리한 경우도 있지. 자기의 애정을 세상 사람들에게처럼 그 상대자에게도 숨기면, 상대자의 마음이 다른 데로 기울지 않도록 막아 둘 수 없을 테니까. 그렇게 되면 세상 사람들 역시 아무것도 모른다고 생각해 봐도 별로 위로는 되지 않을 거야. 모든 애정엔 감사나 허영이 아주 중요해. 그냥 내버려 두면 안 돼. 좋아하는 건 아주 자연스럽지. 조금씩 호감을 서로 갖게 되는 건 흔히 있는 일이야. 그렇지만 상대로부터의 격려도 없이 정말 사랑에 빠지려면 어지간히 용기가 있지 않고서는 안 돼. 대개 여자는 자기가 느끼고 있는 것 이상의 애정을 나타내는 게 좋은 거야. 빙리 씨는 확실히 네 언니를 좋아해. 그렇지만 혹시 네 언니가 자신이 느끼고 있는 것 이상으로 애정을 보여 주지 않으면, 좋아하는 것만으로 끝나버릴 위험이 있어."

"제인은 그 성격으로 보면 할 수 있는 데까진 하고 있어. 그분에 대한 제인의 마음은 나까지 알고 있는데, 그분이 모른다면 어지간히 둔한 거지."

"그렇지만, 엘리자, 그분은 제인을 너만큼은 잘 모르잖아."

"여자가 남자를 좋아하면서 그걸 특별히 숨기려고 애쓰지 않았다면, 남자가 그걸 모를 리 없어."

"아마 그럴 게 틀림없어. 두 사람은 꽤 자주 만나고 있지만, 오랜 시간 계속해서 만나는 것은 아니잖아. 게다가 사람들이 많이 모이는 곳에서 만나니까 둘이서만 얘길 나눌 수도 없는 노릇이지. 그러니 제인은 30분이라도 그분의 호의를 독차지할 수 있는 시간을 가장 적절하게 이용해야 해. 그래야 그분을 완전히 차지했을 때 마음대로 사랑에 빠질 여지가 있을 테니까."

"행복한 결혼을 하고 싶다는 욕심 때문이라면 썩 좋은 방법이겠지. 그리고 만일 부자인 남편, 아니면 어떤 남자라도 좋으니 결혼하고 싶을 때엔 네 생각을 따르는 게 좋을 거야. 그러나 제인은 그런 게 아니야. 제인은 어떤 계획을 세우고 행동하고 있진 않아. 제인은 자기 마음이 얼마나 깊은지, 이치에 맞는지, 그것조차 확실히 알고 있지 못하거든. 그분과 알게 된 지 이제 2주일밖에 지나지 않았잖아. 메리턴에서 춤을 네 번 같이 추었지. 어느 날 아침 그의 집을 찾아갔고. 그리고 그 뒤로 네 번 같이 식사를 했어. 이 정도로 그분의 성격을 이해하기에는 무리야."

"너처럼 표현하자면 그럴지도 모르지. 식사를 같이 한 것만으론 그분이 식욕이 좋은지 어떤지 보는 정도지만, 나흘 밤을 같이 있었다는 걸 잊지마…… 그리고 나흘 밤쯤이면 많은 일을 할 수 있어."

"그래, 그 네 밤으로 두 사람 다 카드놀이에서는 코머스보다 뱅탕^(두 가지 다 트럼프 놀이)을 좋아한다는 정도는 알았을지도 모르지. 하지만 다른 중요한 특성에 대해서는 별로 많이 알았으리라고 생각되지 않아."

"하지만 나는 진심으로 제인이 성공하길 빌고 있어. 그래서 혹시 제인이 그분과 내일 당장 결혼한다 해도, 제인은 1년 동안 그분의 성격을 연구한 것 못지않게 행복해질 기회가 있다고 생각해. 결혼의 행복이라는 건 정말 운이니까. 상대방의 성격을 서로 잘 알고 있다고 하더라도 또는 마찬가지로 비슷하다고 하더라도 그것만으로 행복해지는 건 아냐. 두 사람은 계속 변해 가게 마련이니까 저마다 고생을 하게 돼. 그러니 너도 앞으로 일생을 같이 하려는 사람의 결점은 될 수 있는 대로 모르는 게 좋을 거야."

"우스운 말이야, 샬롯. 그건 틀렸어. 너도 알고 있을 거야, 너 자신은 결코 그렇게 하지 않을 거라는 걸."

빙리 씨가 언니를 아끼는 것을 계속 살피던 엘리자베스는, 자기 자신이 그의 친구에게 관심 대상이 되어 있으리라곤 생각지도 않았다. 다시 씨는 처음에 그 무도회에서 엘리자베스를 만났을 때 그녀를 아름답다고 느끼지 않았고 마음이 끌리지도 않았다. 다음에 만났을 때도 그는 그저 그녀의 결점만을 찾았다. 엘리자베스의 얼굴은 만족할 만한 곳이 하나도 없다는 것을 자기 자신과 자기 친구에게 단언한 순간, 그는 짙은 눈빛의 아름다운 표정을 짓고 있는 그녀의 얼굴이 매우 영리하고 총명하게 돋보인다는 것을 발견했다.

그리고 계속해서 그와 같은 장점을 몇 가지 더 발견했다. 다시는 엘리자베스의 모습에서 완전한 균형을 이루지 못한 점을 한두 가지 찾아냈지만, 그녀가 아주 활발하다는 것은 인정할 수밖에 없었다. 그리고 상류 사회의 예절에 어둡다는 것은 알았지만, 여유 있고 쾌활하며 장난기 있는 모습에 마음이 사로잡혔다. 그러나 엘리자베스는 이런 그의 관심에 대해서는 전혀 깨닫지 못했다. 그녀로선 다시는 그저 어디서나 상냥하게 굴지 않는 남자고, 또 자기를 춤을 청할 만큼 아름답다고 생각하지 않는 남자였던 것이다.

다시는 엘리자베스를 좀더 알고 싶었다. 그래서 말을 건넬 기회를 만들려는 속셈으로 엘리자베스와 다른 사람이 주고받는 이야기에 귀를 기울이기 시작했다. 이 방법은 엘리자베스도 곧 눈치챘다. 그것은 윌리엄 루카스의 저택에 많은 사람이 모였을 때의 일이었다.

"다시 씨는 무슨 속셈으로 내가 포스터 대령과 얘기하는 걸 열심히 엿들었을까?" 엘리자베스는 샬롯에게 물었다.

"그건 다시 씨에게 물어보지 않으면 몰라."

"자꾸 그러면 내가 눈치채고 있다는 걸 알려 주겠어. 그분은 아주 짓궂은 눈빛으로 보고 계시니까, 내가 넉살좋게 상대하지 않으면 피할 수가 없을 것 같아."

그 뒤 곧 다시는 두 사람 쪽으로 다가왔으나, 말을 건네려는 의향은 없는 것 같았다. 루카스 양은 정말 그분에게 그런 말을 할 수 있겠느냐고 했다. 그러자 엘리자베스는 그 말에 이끌려 다시 쪽으로 얼굴을 돌리고 말했다.

"다시 씨, 조금 전에 제가 포스터 대령을 못살게 굴었어요. 메리턴에서 무도회를 열어 달라고요. 교묘한 공격이었다고 생각하지 않으셨어요?"

"대단한 기세던데요…… 여자들은 무도회라면 이상하게 활기에 넘치는군요."

"여자들에 대해 퍽 엄격하시군요."

"이번엔 엘리자에게 졸라야겠다." 루카스 양이 말했다. "자, 피아노를 열겠어, 엘리자. 그 다음엔 어떻게 해야 하는지 잘 알고 있겠지."

"너는 참 이상한 친구야. 항상 아무 앞에서나 피아노를 치거나 노래를 부르게 하다니! 혹시 내 허영심이 음악으로 흘렀다면 너에게 더할 나위 없이 고마워했겠지만, 사실 그런 허영심 따위 없거든. 가장 훌륭한 연주자의 연주를 듣는 데 익숙해져 있는 사람들 앞에서 연주할 마음이 전혀 나지 않아." 그러나 루카스 양이 계속해서 권하자 그녀는 침착하게 다시 씨에게 눈길을 보내며 말했다. "좋은 속담이 있어요. 여러분도 아마 다 알고 계실 거예요. '죽을 식히려면 입김을 불어라.'* 그러니 저도 열심히 노래하기 위해 숨을 몰아쉬도록 하겠어요."

엘리자베스의 노래는 결코 훌륭하지는 않지만, 모두 기분 좋게 듣고 있었다. 노래 한두 곡을 부른 뒤에 한 곡을 더 부르라는 몇 사람의 요청에 응하기 전에 동생 메리가 언니 다음으로 피아노 앞에 앉았다. 메리는 자매들 중에서 자기만 예쁘지 않으므로 지식이나 교양 쪽으로 매우 열심히 노력했으며, 언제나 그것을 보여 주고 싶어했다.

메리에겐 재능도 취미도 없었다. 허영심에 끌려 부지런했지만, 그것은 동시에 자만심 강한 학자 같은 태도를 몸에 배게 했다. 그녀가 제아무리 다른 자매보다 머리가 좋다고 하더라도 그런 태도 때문에 오히려 더 못한 취급을 받았다. 한결 여유가 있고 자연스러운 엘리자베스는 메리의 절반만큼도 연주를 잘하지 못했지만 많은 사람이 즐거이 귀를 기울였다. 메리는 긴 협주곡이 끝나자 스코틀랜드와 아일랜드 음악을 연주하여 찬사와 감사인사를 받으

＊ Keep your breateh to cool your porridge. 쓸데없는 말참견은 하지 말라는 뜻.

며 기뻐했다. 이는 방 한구석에서 루카스 집안 사람들과 함께 몇 명의 장교들과 어울려 춤을 추고 있던 동생들의 요청에 따른 것이었다.

다시 씨는 그렇게 떠들썩한 것에 대해 노여움을 느끼며 잠자코 서 있었다. 그는 자신의 생각에 사로잡혀서 윌리엄 루카스 경이 바로 옆에 있는 것도 알지 못했다. 윌리엄 경은 이렇게 말을 건넸다.

"젊은 사람들에게 춤은 정말 매력적인 오락입니다. 정말 춤보다 나은 건 없지요. 역시 춤은 사교계의 즐거움을 위해서는 으뜸가는 것이라고 생각합니다."

"확실히 그렇습니다. 더구나 그리 세련되지 않은 사회에서도 인기가 있다는 이점이 있습니다. 아무리 야만인이라도 춤을 출 수 있을 테니까요."

윌리엄 경은 그저 미소를 지었을 뿐이었다. 잠시 뒤, 빙리가 춤추는 사람들 틈에 끼어드는 것을 보고 그는 말했다. "친구분은 춤을 참 잘 추시는군요. 당신의 춤솜씨도 꽤 남다른 것 같은데요. 잘 추시겠지요?"

"제가 메리턴에서 춤추는 걸 보셨을 줄 아는데요."

"그래요, 봤습니다. 대단히 유쾌했었지요. 세인트 제임스 궁전에서도 자주 춤을 추십니까?"

"아니오, 한 번도 춰 본 적 없습니다."

"춤은 장소에 어울리는 경의의 표현이라고 생각지 않으십니까?"

"아무리 경의의 표현일지라도 춤만큼은 피하고 싶습니다."

"당신은 런던에 저택을 갖고 계신줄로 아는데요?"

다시 씨는 고개를 끄덕였다.

"나도 한때는 런던에 자리를 잡아볼까 생각했었지요. 나는 상류 사회를 좋아하니까요. 그러나 결국 런던의 공기가 아내에게 맞을지 어떨지 자신이 없었지요."

그는 대답을 기대하고 말을 끊었다. 그러나 상대방은 대답할 생각이 전혀 없는 것 같았다. 마침 그때 엘리자베스가 두 사람 쪽으로 걸어오는 것을 보자, 기사도 정신을 보일 절호의 기회라 생각한 것인지 그녀를 불렀다.

"엘리자 양, 왜 춤을 추지 않습니까? 다시 씨, 매우 훌륭한 댄스 파트너로 이 숙녀를 소개하고 싶습니다. 이런 미인 앞에서는 당신도 싫다고 하지 않겠지요." 그는 엘리자베스의 손을 잡아 다시 씨에게 넘겨 주려 했다. 다시 씨는 몹시 놀라기는 했지만 그 손을 받아들이는 것이 싫지는 않은 것 같았다. 그런데 엘리자베스가 뒤로 물러서며 윌리엄 경을 당황하게 만드는 말을 했다.

"어머, 저는 전혀 춤출 생각이 없어요. 파트너를 구하러 이쪽으로 왔다고는 생각지 말아 주세요."

다시 씨는 매우 진지하고 예의바르게 춤을 추자고 간청했으나 헛일이었다. 엘리자베스의 결심은 확고했던 것이다. 윌리엄 경도 설득을 하려고 했으나 그녀의 결심을 바꾸어 놓지는 못했다.

"엘리자베스 양이 춤을 추는 아름다운 자태를 보여 주기 바랐는데 그렇게 거절하는 건 잔인하지. 이분도 춤을 별로 좋아하시진 않지만 우리를 위해 30분쯤 내 주시는 것을 싫다고는 하지 않을 거야."

"다시 씨는 예절바른 분이죠." 엘리자베스는 미소 지으며 말했다.

"훌륭한 분이지. 하지만 친절하게 대해주시는 것도 당연하다고 생각해. 누가 이런 아름다운 파트너를 거절할 수 있겠어?"

엘리자베스도 장난스런 표정을 지었으나 몸을 돌려서 물러갔다. 꽤 만만치 않은 거절이었으나, 묘하게도 다시는 화가 나지 않았다. 오히려 어떤 만족감을 느끼며 그녀를 생각했다. 그때 빙리 양이 다가오며 말했다.

"당신이 무슨 생각을 하고 계신지 나는 알아맞힐 수 있어요."

"글쎄요, 당신은 짐작하지 못할 걸요."

"이런 사람들과 어울려서 며칠 밤씩이나 지내는 건 도저히 견딜 수 없다고 생각하고 계시지요? 정말 나도 같은 의견이에요. 너무 지겨워요. 사람들은 정말 재미도 없는데 떠들썩하기만 하고, 무미건조하면서도 자기만 훌륭하다고 생각하고 있는 거예요. 저 사람들에 대한 당신의 혹평을 듣고 싶군요."

"그건 말도 안 되는 오해예요. 나는 좀더 유쾌한 일을 생각하고 있었지요. 아름다운 여인의 특히 빛나는 두 눈이 얼마나 큰 기쁨을 줄 수 있는가에 대해 감탄을 하고 있었습니다."

빙리 양은 그의 얼굴을 빤히 들여다보면서, 그런 생각을 하게 한 사람이 누구냐고 물었다. 다시 씨는 대담하게 대답했다.

"엘리자베스 베넷 양이지요."

"엘리자베스 베넷이라고요!" 빙리 양은 되뇌었다. "놀랐어요. 언제부터 그분이 당신 마음에 들었어요? 그럼, 언제 당신한테 축하의 말씀을 드리면 될까요?"

"그렇게 물으실 거라고 짐작하고 있었습니다. 여성의 상상력은 정말 대단합니다. 금세 호감에서 사랑으로, 사랑에서 결혼으로 날아가는군요. 틀림없이 당신은 나의 행복을 축하해 줄 것으로 믿고 있었습니다."

"어머나, 당신이 그렇게 진지하게 말씀하시다니, 그 일은 이미 결정이 난 거나 다름없군요. 당신은 정말 좋은 장모님을 모시게 될 거예요. 물론 그 사람은 늘 펨벌리로 찾아갈 거고요."

다시는 아주 무관심하게 빙리 양의 말을 듣고 있었지만, 그녀는 혼자 기뻐하고 있었다. 다시의 태연한 태도로 보아 걱정할 일은 없다고 확신하고 그녀의 기지는 거침없이 발휘되는 것이었다.

7

베넷 씨의 재산은 1년에 2천 파운드의 수입이 있는 토지뿐이었다. 그런데 딸들로서는 운이 나쁘게도 그 토지는 남자 상속인이 상속하도록 한정되어 있어서, 어느 친척 남자가 물려받게 되어 있었다. 어머니의 재산도 그녀가 혼자 쓰기에는 충분했지만, 남편의 부족함을 채우기에는 모자랐다. 베넷 부인의 아버지는 메리턴에서 변호사로 있었는데, 그녀에게 4천 파운드를 남겼던 것이다.

그녀에겐 아버지 밑에서 일하다가 그 일을 이어받은 필립스 씨와 결혼한 언니가 한 사람 있고, 또 사업을 하며 런던에 살고 있는 남동생이 있었다.

롱본 마을은 메리턴에서 겨우 1마일 정도의 거리였으며, 이모를 찾아가거나 거리 저편의 가게에 들르기에 젊은 아가씨들에겐 매우 안성맞춤인 거리였다. 특히 자매 가운데 가장 어린 두 사람인 캐서린과 리디아가 자주 나다녔다. 이 두 사람은 언니들에 비하면 무척 속없는 아가씨들이었으므로, 별다른 일이 없으면 그녀들에겐 메리턴으로의 산책은 낮을 즐겁게 지내기 위함과 더불어 밤의 화제를 마련하기 위해 꼭 필요한 것이었다. 아무리 그 주변에 색다른 얘깃거리가 적을 때라도 이모로부터 무엇이든지 얻어들으려고 애썼다. 최근에는 시민군 연대가 근처에 와 있었으므로 얘깃거리도 적지 않았고, 마음이 들뜨는 일도 많았다. 연대는 겨울 내내 주둔하기로 되어 있고 메리턴이 그 본부였기 때문이다.

필립스 부인을 방문할 때마다 매우 흥미 있는 소식을 들을 수 있었다. 그리고 날마다 장교들의 이름이나 신상에 대해 하나씩 더 알게 되었다. 장교들의 숙사도 이내 개방되었으므로 장교들과도 알고 지내게 되었다. 필립스 씨는 장교들을 빠짐없이 방문했기 때문에, 조카딸들에게는 여태껏 알지 못했던 행복의 원천이 새롭게 열린 셈이었다. 아가씨들은 장교들에 관한 얘기만 했고, 그녀들의 눈엔 어머니에게 활기를 준 빙리 씨의 많은 재산도 소위의 군복에 비하면 완전히 빛을 잃었다.

어느 날 아침, 이러한 화제로 이야기꽃을 피우던 무렵이었다. 잠자코 듣고 있던 베넷 씨는 냉정하게 말했다.

"너희 애기를 듣고 보니 너희 둘은 이 나라에서 제일 어리석은 처녀들이라는 생각이 드는구나. 전부터 그런 낌새는 눈치채고 있었지만 이젠 확실히 알았다."

캐서린은 놀라서 아무 대답도 하지 않았지만, 리디아는 개의치 않고 여전히 카터 대위가 근사하다고 말하면서 그날 안으로 그를 만나고 싶다고 했다. 카터 대위는 내일 런던으로 가게 되어 있었던 것이다.

"당신이 아이들을 바보라고 생각하다니 정말 놀랐어요. 혹시 내가 다른 집 애들을 보잘것없다고 생각한다면 그건 우리 애들이 아니라서 그렇다고 하지만……" 베넷 부인이 말했다.

"만일 우리 아이들이 바보라면 부모로서 그것을 잘 깨달아야만 해요."

"그건 그래요. 하지만 우리 딸들은 모두 매우 영리해요."

"이 점만은 당신과 정말 반대 의견이오. 나는 우리의 감정이 모든 점에서 일치하길 바라고 있었지만, 아주 달라요. 우리 두 딸이 어지간히 바보라고 생각하니까."

"하지만 여보, 이렇게 어린 딸들이 우리 같은 분별력을 지니길 바란다는 건 무리예요. 우리 나이쯤 되면 틀림없이 장교 생각 같은 건 하지 않을 거예요. 나도 이 애들 나이 때엔 붉은 군복을 퍽 좋아했어요. 사실 지금도 마음속으로는 좋으니까요. 혹시 연수 5, 6천 파운드쯤 되는 젊은 대령이 우리 딸들 가운데 누구를 원한다면, 나는 결코 거절하지 않을 거예요. 저번에 윌리엄 경 댁에서 본 포스터 대령의 제복 차림은 퍽 잘 어울리더군요."

"어머니," 리디아가 소리쳤다. "이모님 말씀으론 포스터 대령도 카터 대위도 그전처럼 왓슨 양한테는 찾아가지 않는대요. 이모님은 두 분이 자주 클락스 도서관에 가는 걸 보셨다는군요."

부인은 대답하려고 했으나, 마침 그때 하인이 베넷 양 앞으로 온 편지를 가지고 들어왔다. 네더필드에서 온 것이었는데, 하인이 응답을 기다리고 있었다. 베넷 부인의 눈은 기쁨으로 빛났다. 딸이 열심히 편지를 읽고 있는 동안 그녀는 말했다.

"제인, 누구한테서 온 편지냐? 무슨 얘기야? 뭐라고 했어? 애야, 제인, 어서 읽고 우리에게 얘기 좀 해다오. 어서."

"빙리 양에게서 온 거예요." 제인은 말했다. 그리고 소리내어 읽었다.

사랑하는 벗이여

만일 그대가 루이자와 나를 위해 식사하러 오지 않으면 우리는 평생 서로를 미워하게 될지도 모릅니다. 왜냐하면 하루 종일 두 여자가 얼굴을 맞대고 있으면 마지막엔 결국 싸움으로 끝나기 마련이거든요. 그러니 이 편지를 받는 대로 곧 와 주세요. 오빠와 남자분들은 장교들과 식사를 하기로 되어 있습니다.

당신의 캐롤라인 빙리

"장교들이라고요!" 리디아가 외쳤다. "왜 이모님은 그걸 얘기해 주시지 않았을까."

"바깥에서 식사를 한다고?" 베넷 부인은 말했다. "안타까운 일이구나."

"마차로 가도 좋을까요?" 제인이 물었다.

"아냐, 말을 타고 가는 편이 좋아, 비가 올 것 같으니까. 그렇게 되면 그 댁에서 하룻밤 묵을 수 있잖니."

"좋은 계획이네요. 혹시 그쪽 분들이 바래다주겠다고 말씀하시지 않는다면요." 엘리자베스가 말했다.

"하지만 남자들은 빙리 씨의 마차를 타고 메리턴까지 갈 테고, 허스트 씨는 마차를 끌 말을 갖고 있지 않아."

"저는 마차로 가고 싶어요."

"그렇지만 아버지가 말을 쓰신다고 하셨어. 농장에서 필요하니까 말야."

"나도 쓰지만, 그보다 농장에서 쓰는 일이 더 많지."

"그렇지만 오늘 아버지가 말을 쓰신다면 어머니 목적은 이뤄지겠군요." 엘리자베스가 말했다.

어머니는 막무가내로 떼를 써서 아버지로 하여금 그날은 말을 쓸 일이 있다고 말하도록 했다. 어쩔 수 없이 제인은 말을 타고 가야 했다. 어머니는 문까지 그녀를 바래다 주고 틀림없이 날씨가 나빠질 것이라고 예고하면서 매우 들떠 있었다. 제인이 떠나자 과연 비가 퍼붓기 시작했다. 자매들은 제인을 걱정했지만 어머니는 기뻐했다. 비는 밤새도록 쉬지 않고 내렸으므로 제인은 결국 돌아오지 못했다.

"정말 좋은 생각이었어." 베넷 부인은 마치 자기가 비를 불러오기라도 한 듯 여러 번 말했다. 이튿날 아침식사가 끝나자마자 하인이 네더필드로부터 다음과 같은 편지를 가지고 왔다.

사랑하는 리지

어제 비를 너무 많이 맞은 탓인지 오늘 아침엔 몸이 좋지 않아. 이곳 분들은 내가 다 나을 때까지 집에 가지 못하게 하시겠대. 그리고 존스 선생님께 진찰을 받으라고 말하고 있어. 그러니까 그분이 나를 진찰하러 오셨다는 말을 듣더라도 놀라지 말아 줘. 목이 아프고 두통이 있는 거 말고는 대단치 않아.

언니 제인.

"혹시 제인이 중병을 앓거나 죽는 일이라도 일어나면, 그건 빙리 씨를 쫓아다녔기 때문이고, 당신 명령을 따랐기 때문이니까 큰 위안이 되겠구먼." 베넷 씨는 엘리자베스가 편지를 다 읽자 말했다.

"그 애가 죽긴 왜 죽어요. 그런 감기 정도에 사람이 죽진 않아요. 잘 보살펴 줄 테니까 말이에요. 그 애가 그곳에 머물러 있는 동안은 문제될 것이 없어요. 혹시 마차를 사용해도 좋다면 내가 가서 살펴보겠어요."

엘리자베스는 진심으로 걱정이 되어 마차를 구하지 못하더라도 언니한테 가겠다고 말했으나, 말을 탈 줄 몰랐으므로 걸어가는 수밖에 없었다. 그래도 그녀는 가겠다고 했다.

"넌 어쩌면 그렇게 바보 같니." 어머니는 소리쳤다. "이렇게 진창길인데 그런 생각을 하다니! 도착했을 때의 네 꼴은 정말 볼만할 거다."

"제인을 만나는데 뭐 어때서요? 제가 하고 싶은 건 그것뿐이에요."

"그건 마차를 내 달라는 뜻이냐, 리지?" 아버지가 말했다.

"그렇지 않아요. 저는 걸어가도 상관없어요. 해야 할 일이 있으면 거리 따위는 문제가 되지 않아요. 겨우 3마일이니까요. 저녁식사 때까진 돌아올 거예요."

"언니는 정말 착해. 칭찬할 만해요. 그렇지만 모든 감정은 이성에 이끌리고 노력은 항상 필요의 정도에 비례해야만 해." 메리가 말했다.

"메리턴까지 같이 가겠어요." 캐서린과 리디아가 말했다. 엘리자베스가 그것을 받아들여 세 아가씨는 같이 떠났다.

"조금 서두르면 카터 대위가 떠나기 전에 만날 수 있을지도 몰라." 걸으면서 리디아가 말했다.

그녀들은 메리턴에서 헤어졌다. 동생 둘은 장교 부인 가운데 하나가 하숙하고 있는 곳으로 가고, 엘리자베스는 혼자 걸음을 재촉했다. 들판을 가로질러 울타리를 넘고 물이 괸 웅덩이를 뛰어넘어 드디어 저택이 보이는 곳까지 이르렀을 때엔, 발목은 시큰거렸고 양말은 더러웠으며 얼굴은 열기로 벌겋게 달아올랐다.

엘리자베스는 아침식사 중인 식당으로 안내되었다. 제인을 제외한 다른 사람들은 모두 모여 있었는데, 그녀를 보고 몹시 놀란 모양이었다. 이런 날씨에 3마일이나 되는 진창길을 이렇게 아침 일찍, 그것도 혼자 온다는 것은 허스트 부인이나 빙리 양으로서는 생각할 수 없는 일이었다. 그것만으로도 그들이 경멸하는 눈으로 자신을 보고 있다는 것은 그녀도 알았다. 그렇지만 그들은 적어도 겉으로는 매우 정중하게 맞이했다. 빙리 씨의 태도는 예의바른 정도를 넘어서서 매우 상냥하고 친절했다. 다시 씨는 거의 말을 하지 않았고, 허스트 씨는 전혀 말문을 열지 않았다. 다시 씨는 상기된 그녀의 얼굴이 아름답다고 느끼면서, 이렇게 멀리까지 혼자 찾아올 필요가 있을까 하고 의아스럽게 생각지 않을 수 없었으며, 허스트 씨의 머리엔 오직 아침식사 생각밖에 없었다.

언니가 걱정되어서 물어 보았으나 대답은 썩 만족스럽지 못했다. 어젯밤 잘 자지 못하여 잠자리에서 일어나긴 했지만, 아직 방에서 나올 수는 없다고 했다. 엘리자베스는 바로 방으로 안내받았다. 제인은 이렇게 찾아와 주기를 바라는 내용의 편지를 쓰고 싶었지만, 식구들을 놀라게 하고 불편하게 만들까 봐 그만두었던 참이라 동생이 들어서는 것을 보고 여간 기뻐하지 않았다. 그러나 아직 말을 오래 할 만한 기력은 없었다. 빙리 양이 두 사람만을 남겨두고 방에서 나갔을 때, 매우 친절하게 보살펴 주어서 고맙다고 말했을 뿐이었다. 엘리자베스는 아무 말 없이 언니를 돌봤다.

아침식사가 끝나자 이 집 자매가 와서 제인을 보살펴 주며 호의를 표시했으므로, 엘리자베스도 두 사람 모두를 좋게 생각했다. 이윽고 의사가 와서 진찰을 했는데 그녀들이 짐작한 대로 심한 감기이므로 잘 돌봐야 한다고 말하고, 제인에게 곧 침대로 돌아가고 약을 지어 줄테니 먹으라는 말을 남기고 돌아갔다. 그러자 열이 더욱 오르고 두통이 심해졌기 때문에 의사의 충고대로 엘리자베스는 잠시도 방에서 나가지 않았고, 다른 두 사람도 좀처럼 방에서 물러가지 않았다. 신사들이 외출 중이어서 사실 그들에게는 할 일이 별로 없었던 것이다.

3시가 되자 엘리자베스는 돌아가야겠다는 생각에 내키지는 않지만 그렇게 말했다. 빙리 양은 마차를 내주겠다고 말했다. 엘리자베스는 일단 거절했는데, 결국 호의를 받아들이기로 했다. 그러나 이번엔 제인이 동생과 헤어지는 게 몹시 섭섭한 듯 보였기 때문인지 빙리 양은 마차를 내주겠다던 제의를 네더필드에 머물러 있으라는 초대로 바꾸었다. 엘리자베스는 아주 고마운 마음으로 그것을 받아들였고 그 소식을 전할 하인을 롱본으로 보냈다.

8

5시가 되자 두 여자는 옷을 갈아입기 위해 저마다 자기 방으로 돌아갔고, 6시 30분에 엘리자베스는 저녁식사를 하라는 전갈을 받았다. 식당에선 제인의 병세를 묻는 정중한 말들이 오갔는데, 그중에서도 빙리 씨가 가장 진심으로 걱정한 것은 기쁘게 생각했지만 좋은 대답을 해줄 수는 없었다. 제인이 조금도 낫지 않았기 때문이었다. 자매들은 그 말을 듣자 퍽 마음이 아프다면서 감기는 진저리가 나요, 우리도 병은 아주 질색이라고 서너 번 되뇌었지만, 나중에는 까맣게 잊은 것 같았다. 바로 눈 앞에 있을 때와 달리, 무관심한 두 사람의 태도를 보자, 엘리자베스는 본디 그들에게 느꼈던 혐오감이 다시금 솟구치는 것을 느꼈다.

그들 중에서 조금이라도 호감이 가는 사람은 빙리 씨뿐이었다. 그는 진심으로 언니를 걱정하고 있었고, 엘리자베스에게도 여러 가지로 정답게 대해 주었다. 그래서 다른 사람들이 자기를 달갑게 여기지 않는다는 것은 알고 있었지만, 엘리자베스는 그런 이유로 새삼스럽게 신경 쓰지 않고도 지낼 수 있었다. 빙리 씨 말고 다른 사람들은 엘리자베스에 대해 전혀 주의를 기울이지 않았다. 빙리 양은 다시 씨에게 마음이 사로잡혀 있었고, 언니도 그녀 못지않게 그런 것 같았다. 허스트 씨는 워낙 게을러서 그의 인생은 먹고 마시는 일과 카드놀이를 하는 것뿐인 모양인데, 엘리자베스가 라구(ragout ; 고기와 채소를 넣고 후추를 많이 친 스튜)보다 산뜻한 요리를 좋아한다는 것을 알자 갑자기 말도 하지 않았다.

저녁식사가 끝나자 엘리자베스는 곧바로 제인한테로 돌아갔는데, 마치 가기를 기다린 듯이 빙리 양이 엘리자베스를 흉보기 시작했다. 무례하고 야만적이며 비사교적이고 품위가 없으며 취미도 없고 인물도 좋지 않다며 낙인을 찍자, 허스트 부인도 같은 의견으로 다음과 같이 덧붙였다.

"말하자면 그녀는 다리가 튼튼하다는 것밖엔 볼 것이 없어. 오늘 아침 그녀의 모습은 정말 잊지 못할 거야, 꼭 미치광이 같았어."

"정말이야, 루이자. 웃음이 터져나오려는 걸 겨우 참았어. 여기에 왔다는 사실부터가 말이 안 돼! 언니가 감기에 걸렸다고 왜 그녀가 시골길을 뛰어다녀야 하지? 머리카락을 헝클어뜨린 채 말야!"

"그래, 그리고 그 속치마, 너도 봤지, 6인치는 넉넉히 흙탕에 잠겼을걸, 틀림없어. 그걸 가리려고 윗옷을 끌어당겼지만 더 우습기만 하더라."

"그만하면 됐어, 루이자." 빙리 씨가 말했다. "하지만 나에겐 그런 게 하나도 눈에 띄지 않던걸. 오히려 오늘 아침 이 방에 들어왔을 때 엘리자베스 베넷 양은 훌륭하게 보이던데. 흙투성이 속치마 같은 건 전혀 보이지도 않았어."

"당신은 틀림없이 보셨겠지요, 다시 씨?" 빙리 양이 말했다. "당신 같으면 여동생이 그런 창피한 짓을 하게 하진 않으실 거예요."

"네, 물론 그렇지요."

"3마일인지, 4마일인지, 그건 모르겠지만, 발목까지 진흙탕에 빠지면서 혼자 걸어오다니! 대체 어떻게 그런 생각을 할 수 있을까? 역시 시골 사람의 추잡함—다른 사람의 기분 따위는 상관하지 않고, 예의 따위 모르는 거 아닌가."

"나는 언니에 대한 애틋한 그 마음씨가 아름답다고 생각한다." 빙리 씨가 말했다.

"다시 씨." 빙리 양은 속삭이는 듯한 목소리로 말했다. "그녀의 아름다운 눈에 대한 예찬도 이것으로 얼마쯤 영향을 받지 않았나요?"

"아니, 전혀 그렇지 않지요! 격한 운동 탓인지 오히려 더욱 반짝반짝 빛나던 걸요."

그의 이 말에 잠시 침묵이 흘렀지만, 허스트 부인이 다시 말문을 열었다.

"나는 제인 베넷에 대해선 아주 호감을 갖고 있어요. 꽤 귀여운 이기씨죠. 진심으로 그녀가 좋은 집안에 출가하길 바라고 있어요. 하지만 그런 부모와 그렇게 신분이 낮은 친척으론 그럴 기회가 없지 않을까요?"

"이모부가 메리턴에서 변호사를 하고 있다고 들었어요."

"그래요. 또 치프사이드(런던 부근의 상업 구역) 근처에 살고 있는 외삼촌도 있어요."

"굉장하네!" 빙리 양이 말하자 두 사람은 유쾌한 듯이 웃었다.

"치프사이드에 외삼촌이 많이 있다고 하더라도 그 자매의 밝은 성품이 조금이라도 빛이 바래는 건 아니야."

"그렇지만 역시 상당한 지위에 있는 사람과의 결혼을 바란다면, 우선 그 일 때문에 어지간해선 불가능할 거야." 다시가 말했다.

이에 대해선 빙리 씨는 대답하지 않았지만, 자매들은 진심으로 다시의 말에 동의하면서 엘리자베스 친척들의 낮은 사회적 지위에 관해서 마구 농담을 지껄였다.

그러나 다시금 친절한 마음이 되살아났는지 그녀들은 식당에서 나가 친구의 침실로 가서, 커피를 마시라는 전갈이 올 때까지 침대 옆에 있었다. 제인은 아직도 많이 아팠으므로 엘리자베스는 밤늦게까지 언니 곁을 떠나지 않았다. 제인이 겨우 잠드는 것을 보고서야 안심을 하고, 즐거운 일은 아니지만 자기도 아래층에 내려가 그들 틈에 섞이는 것이 예의라고 생각했다. 엘리자베스가 응접실에 들어가니 그들은 루(카드놀이의 일종)를 하고 있었다. 그들은 곧 같이 카드놀이를 하자고 권했지만, 모두 많은 돈을 걸고 있는 듯싶어 거절하고, 언제 2층에 돌아가야 할지 모른다는 구실로 잠시 책을 읽고 싶다고 말했다. 허스트 씨가 놀라며 뚫어지게 엘리자베스를 보았다.

"카드보다 독서가 더 좋은가요? 이상한 일이군."

"엘리자베스는 카드를 싫어하는군요." 빙리 양이 말했다. "굉장한 독서가예요. 딴 건 재미가 없다나 봐요."

"어머, 그렇게 칭찬을 받을 까닭도, 그렇게 비난을 받을 이유도 없어요. 저는 굉장한 독서가도 아니고, 그것 말고도 이것저것 즐기는 게 많으니까요."

"언니를 간호하는 걸 즐겁게 생각하시는군요." 빙리 씨는 말했다. "이제 곧 언니가 회복되어서 그 즐거움이 한결 더하길 바랍니다."

엘리자베스는 그에게 진심으로 고맙다고 말하고, 책이 두세 권 놓여 있는 탁자 쪽으로 다가갔다. 빙리 씨는 이내 다른 책들을 가져오겠으며, 자기 서재에 있는 것을 모두 보여 드리겠다고 말했다.

"당신을 위해, 또 저 자신의 명예를 위해 우리 집에 책이 더 많았으면 좋았을 텐데. 저는 게을러서, 그 많지도 않은 책을 아직 다 읽지 못하고 있답니다."

엘리자베스는 여기에 있는 책만으로도 충분하다고 말했다.

"정말 의외예요." 빙리 양이 말했다. "아버지가 저 정도밖에 책을 안 남기시다니. 펨벌리의 서재는 정말 굉장하지요, 다시 씨?"

"당연하지요." 다시가 대답했다. "어쨌든 여러 대에 걸쳐서 모은 셈이니까요."

"그리고 다시 씨도 무척 늘리셨지요. 늘 책을 사시니까요."

"요즘 같은 시대엔 아무래도 가정에서 서재를 소홀히 하지만, 나는 도저히 이해가 안 갑니다."

"소홀히 하다니요! 그 고귀한 장소의 아름다움을 더해 주는 일이라면 무엇이든지 소홀히 한 적은 없어요. 오빠, 다음에 집을 지을 적엔 적어도 펨벌리의 절반 정도라도 멋있게 꾸며 주길 바랍니다."

"나도 그렇게 되면 좋겠구나."

"그러나 역시 그 근처에 집을 사서 펨벌리를 본보기 삼아 짓도록 권하고 싶어요. 영국에서 더비셔보다 좋은 곳은 없으니까요."

"그래, 알겠어. 다시가 팔아만 준다면 펨벌리를 사도록 하지."

"저는 그런 꿈 같은 일을 얘기하는 게 아니에요."

"맹세코, 캐롤라인. 펨벌리를 따라하는 것보다 사는 편이 훨씬 가능성이 있는 일이야."

엘리자베스도 이런 이야기에 정신이 팔려서 책에는 거의 주의를 기울일 수 없었다. 그녀는 읽고 있던 책을 내려놓고 카드 탁자로 의자를 끌고 가서 카드놀이를 구경할 생각으로 빙리 씨와 그의 누이 사이에 자리를 잡았다.

"다시 양은 봄 이후로 많이 컸겠네요? 키는 저만큼 돼요?" 빙리 양이 물었다.

"당신만큼은 될 거예요. 지금은 엘리자베스 베넷 양과 같거나 조금 큰 정도지만."

"만나 보고 싶군요. 그렇게 기분 좋은 분은 없으니까요. 예의바르고 우아한 동작! 나이에 비해 퍽 높은 교양을 지니고 있지요. 그리고 그분의 피아노 솜씨는 얼마나 훌륭한지 몰라요."

"나로선 정말 놀라울 뿐이야." 빙리 씨가 말했다. "높은 교양을 쌓아가는 모든 아가씨들의 그 인내심은 정말 놀랍지."

"모두가 그렇다구요? 어머나, 오빠 그건 무슨 뜻이에요?"

"그거야 전부를 두고 하는 말이지. 염색에서부터 가리개 만들기, 주머니 뜨기 등. 이런 일을 할 줄 모르는 아가씨는 거의 없어. 아가씨가 소개되는 경우, 굉장히 교양이 있다는 말은 거의 빠지지 않지."

"흔해빠진 범위의 재능만 두고 말한다면 틀린 말은 아니지." 다시가 말했다. "고작해야 주머니 뜨기며 가리개 만들기 말고는 교양이라고 할 만한 것이 없는 여성에게도 교양이 있다고들 하니까. 나는 일반 여성에 대한 자네의 평가에는 도저히 동의할 수 없네. 정말 교양이 있는 여성은 내가 알고 있는 사람들을 전부 살펴보더라도 6명도 안 될 거야."

"저도 그렇게 생각해요." 빙리 양이 말했다.

"그렇다면 당신이 말하는 그 교양이란 무척 많은 것이 포함되어 있는 거로군요?" 엘리자베스가 끼어들었다.

"그렇지요. 여러 가지가 많이 포함되지요."

"정말, 그래요." 그의 열렬한 추종자 빙리 양이 말을 이었다. "흔히 볼 수 있는 것을 훨씬 넘어선 분이어야 하지요. 교양이라는 말에 어울리는 분은 기악, 성악, 무용, 어학에 관해서 완전한 지식을 가져야 해요. 게다가 몸짓, 걸음걸이, 목소리, 말투 등에도 뭔가를 갖고 있어야지요. 그렇지 않고서는 충분히 교양이 있는 사람이라곤 할 수 없어요."

"옳은 말씀이지만 그뿐 아니라 광범위한 독서로 정신 수양을 쌓아 더 실질적인 무언가를 지니고 있을 필요가 있습니다." 다시가 덧붙였다.

"그런 말씀을 들으니 겨우 6명의 교양 있는 여성밖에 모르신다는 게 당연한 일이라고 생각되는군요. 한 사람이라도 알고 계시다는 것이 이상할 정도예요."

"그런 가능성을 의심할 정도로 당신은 같은 여성에 대해서 그렇게 엄격하신가요?"

"저는 그런 분은 만난 적이 없어요. 재능과 취미와 근면함과 우아함이 지금 하신 말씀대로 한 사람에게 갖춰져 있는 경우는 본 적이 없어요."

허스트 부인과 빙리 양은 그것을 의심하다니 너무하다고 말하고, 이런 조건에 꼭 맞는 사람이 많이 있다고 항의했다. 그러자 허스트 씨가 게임을 하다 말고 다른 일에 신경을 쓴다며 그들에게 주의를 주었다. 그러자 모든 대화는 끝나 버리고, 잠시 뒤 엘리자베스는 방에서 나왔다.

문이 닫히자 빙리 양이 말했다. "엘리자베스는 자기도 같은 여자이면서 여자를 업신여겨 남자의 환심을 사려는 거예요. 남자들 중엔 거기에 넘어가는 사람도 많이 있어요. 하지만 나는 그건 비열한 술책이라고 생각해요."

"그렇지요." 아무래도 자신에게 던지는 말 같아, 다시는 이 말을 받아 대답했다. "여자가 남자들을 사로잡으려고 하는 술책은 모두 비겁한 거예요. 무엇이든 교활한 것은 경멸해야 합니다."

그러나 빙리 양에게 이 대답은 썩 만족스럽지 못했는지 그 주제에 대한 이야기는 그 정도에서 더 이상 꺼내지 않았다.

엘리자베스는 다시 그들에게로 왔는데, 그것은 언니의 상태가 악화되었기에 그 곁에서 떠날 수 없다는 것을 알리기 위해서였다. 빙리 씨는 곧 존스 씨를 부르러 보내는 게 좋다고 주장했고, 두 자매는 시골 의사는 믿을 수 없으니 급히 시내로 사람을 보내어 유명한 의사를 불러 오자고 제안했다. 엘리자베스는 이 제안을 들은 체도 하지 않았지만, 빙리 씨의 제의는 받아들여도 좋다고 생각하는 눈치였다. 결국 아침이 되어도 베넷 양이 나아지지 않으면, 존스 씨를 부르기로 했다. 빙리 씨는 아주 울적한 기색이었고 자매들도 마음이 몹시 괴롭다고 했다. 두 사람은 저녁식사 뒤에 그 답답한 심정을 노래 부르며 달랬다. 한편 빙리 씨는 병자와 그 동생을 될 수 있는 대로 잘 보살피라고 가정부에게 말하는 것 말고는 마음을 가라앉힐 방법이 없었다.

9

엘리자베스는 그날 밤엔 언니 곁에 줄곧 머물렀다. 다음 날 아침에 빙리 씨가 하녀를 시켜 제인의 안부를 물었을 때, 또 자매를 시중드는 점잖은 두 부인들이 문병왔을 때 흡족한 대답을 할 수 있었다. 그렇지만 엘리자베스는 어머니가 직접 제인을 보살피러 와서 그 병세에 대한 판단을 내려 주기 바란다는 내용의 편지를 롱본에 보내 달라고 부탁했다. 편지가 곧 보내지고 그 목적은 곧 이뤄졌다. 아침식사를 끝내자마자 베넷 부인은 맨 밑의 두 딸을 데리고 네더필드에 도착했다.

혹시 제인이 눈에 띄게 위험한 상태였다면 베넷 부인도 크게 상심을 했겠지만, 조금도 놀랄 것이 못 됨을 알고서는 아주 만족하고, 오히려 회복이 되면 네더필드를 떠나야 한다는 생각에 딸이 빨리 낫기를 바라지 않는 듯했다. 그래서 그녀는 아무리 제인이 집에 가고 싶다고 해도 한사코 들어 주지 않았다. 같은 무렵에 도착한 의사까지 환자가 움직이는 것은 삼가야 한다고 했다. 잠깐 제인 옆에 있는데 빙리 양이 나타나 어머니와 세 딸을 초대하여 그녀를 따라 식당으로 들어갔다. 빙리 씨도 그녀들을 맞아 주었는데, 따님의 상태가 짐작하셨던 것보다는 나쁘지 않아서 다행이라고 말했다.

그러나 뜻밖에도 베넷 부인은 이렇게 대답했다. "생각했던 것보다 나쁘더군요. 존스 씨도 집에 갈 생각은 말라고 하시는군요. 얼마 동안은 더 머물러 있어야 하지 않을까 생각합니다."

"돌아가다니요? 그건 안 됩니다. 그 제안은 내 여동생도 받아들이지 않을 겁니다."

"부인, 너무 염려 마세요. 저희 집에 베넷 양이 묵고 있는 동안은 부족함 없이 잘 보살펴 드리겠습니다." 빙리 양의 목소리는 상냥했지만, 태도는 묘하게 냉정했다.

베넷 부인의 감사 인사가 줄줄이 이어졌다.

"정말 여러분 같은 친구들이 없었다면 그 애는 어떻게 됐을지 모르지요. 정말 아파서 무척 괴로운 모양이에요. 그 애는 늘 그렇지만 아주 참을성이 많아요. 그렇게 상냥한 아인 본 적이 없습니다. 다른 딸들에게 너희도 언니를 좀 닮으라고 늘 말하고 있지요. 빙리 씨, 방이 참 훌륭하네요. 정원 자갈길의 전망도 말할 수 없이 훌륭하고요. 네더필드와 비길 만한 장소는 이 근처엔 없겠는데요. 설마 갑자기 이곳을 떠나는 일은 없으시겠지요? 계약 기간이 짧은지는 모르겠지만."

"저는 성질이 급한 편이죠. 만일 네더필드를 떠나기로 결심하면 5분 뒤엔 떠나 버릴 지도 모릅니다. 그러나 지금은 이곳에 살 생각입니다."

"역시 상상했던 그대로시군요." 엘리자베스가 말했다.

"저를 이해하기 시작했다는 말인가요?" 엘리자베스를 돌아보며 그는 큰 소리로 말했다.

"그래요! 완전하게 말이에요."

"그건 절 칭찬하시는 건가요? 그렇게 쉽사리 꿰뚫어 보시다니 왠지 서운하군요."

"그렇게 됐네요. 하지만 심각하고 복잡한 성품을 당신 같은 성품보다 더 존중해야 한다거나 경멸해야 한다는 그런 뜻은 아니에요."

"리지!" 조마조마해서 어머니가 큰 소리로 말했다. "여기가 어딘줄 알고 그러니? 집에서 하는 것처럼 마음대로 말을 해서는 안 돼요."

그러나 상관하지 않고 빙리 씨는 곧 말을 이었다.

"당신이 성격 연구가라는 걸 몰랐군요. 재미있는 공부가 되겠어요."

"하지만 이런 시골에서는," 다시 씨까지 끼어들었다. "일반적으론 그런 연구에 제공될 자료가 적을 겁니다. 시골은 이웃끼리의 접촉이 매우 한정된, 변화가 없는 사회니까요."

"그러나 사람들 자체가 많이 변하기 때문에 언제나 새로운 것을 관찰해낼 수 있어요."

"사실이에요." 다시의 말에 불쾌해진 베넷 부인의 목소리가 거칠어졌다. "시골이건 도시건 변하는 건 마찬가지예요."

모두들 어안이 벙벙해졌다. 다시는 부인을 잠깐 바라보더니 말없이 눈길을 돌렸다. 베넷 부인은 다시에 대해 완전히 승리를 거두었다고 생각하며 계속 말을 이었다.

"나로서는 많은 상점과 구경할 만한 공공장소 말고는 런던이 시골보다 딱히 나은 점은 없다고 봐요. 어때요, 빙리 씨, 시골 쪽이 훨씬 즐겁다고 생각지 않으세요?"

"시골에 있을 때엔 시골에서 떠나고 싶지 않고, 도시에 있으면 역시 마찬가지로 도시를 떠나고 싶지 않아요. 저마다 장점이 있어서 저는 어디에 있건 즐겁답니다." 빙리가 대답했다.

"그건 당신이 올바른 마음을 갖고 계신 분이기 때문이에요. 그렇지만 이분은 시골 같은 건 전혀 볼 게 없다고 생각하시는 것 같군요." 베넷 부인이 다시를 쳐다보며 말했다.

"어머니, 그건 오해예요." 엘리자베스는 어머니 때문에 얼굴이 붉어져서 말했다. "다시 씨가 하신 말씀은 그렇지 않아요. 시골에서는 도시만큼 많은 사람을 만날 기회가 없다고 말씀하셨을 뿐이에요. 그건 어머니도 사실이라고 인정하실 거예요."

"누가 그렇지 않다고 했니? 하지만 이곳에서 사람을 많이 못 만난다고 한다면 말이 안 되지. 여기만큼 교제가 많은 곳도 없을 거다. 우리는 식사에 초대하고 초대를 받는 집이 스물네 가족이나 있잖아."

빙리 씨는 엘리자베스를 아끼는 마음으로 짐짓 태연한 척하고 있었다. 그러나 여동생은 그렇게 조심스럽지 않아서 다시 씨에게 의미심장한 미소를 던졌다. 엘리자베스는 어머니의 생각을 다른 데로 돌리고 싶어, 자기가 집을 떠난 뒤 샬롯 루카스가 롱본에 오지 않았더냐고 물었다.

"응, 어제 아버님과 함께 찾아왔더라. 윌리엄 경은 정말 유쾌한 분이야. 그렇지 않아요, 빙리 씨? 정말 신사다운 분이지요. 점잖고 허물없이 사귈수 있고요. 누구한테나 언제든지 따뜻하게 말을 걸어주시거든요. 그런 인품이야말로 좋은 가문에서 자라났기 때문이라고 생각해요. 자기를 중요한 인물로 여기고 한사코 입을 열지 않는 사람은 그런 점에서 잘못 생각하고 있는 거죠."

"샬롯은 식사하고 갔어요?"

"아냐, 기어코 집에 돌아가겠다고 우기더구나. 내가 짐작하기엔 미트파이 (다진 쇠고기를 넣어서 구운 파이)를 만드는데 그녀가 필요했을 거라고 생각해. 하지만 빙리 씨, 나는 자기가 할 일을 잘 알고 있는 하인을 항상 고용해 두고 있지요. 우리 딸들은 좀 다르게 길렀답니다. 하지만 사람들은 저마다 생각이 다 다른 법이에요……. 루카스 집안 딸들은 또 그런대로 썩 좋은 아가씨들이죠. 얼굴이 예쁘지 않은 게 조금 아쉽긴 하지만 그렇다고 샬롯이 아주 못생겼다고는 생각지 않아요. 우리 아이들과 각별히 가깝게 지내고 있는 친구이기도 하고."

"아주 상냥해 보이더군요." 빙리 씨가 말했다.

"어머, 그렇다니까요. 그렇지만 솔직히 말해서 좀 못생겼지요. 루카스 부인도 그렇다고 늘 말하면서 우리 제인이 예쁜 걸 부러워하고 있지요. 자기자식을 자랑하고 싶진 않지만…… 그렇게 예쁜 아인 좀처럼 없어요. 다른분들이 그렇게 말씀하시는 거지요. 내 자식이라고 그렇게 말하는 건 아니랍니다. 그 애가 열다섯 살 때 런던에 있는 내 동생 가디너의 집에 들른 적이있어요. 마침 거기에 있던 신사가 그 애에게 반해, 올케는 우리가 떠나기 전에 틀림없이 청혼을 할 거라고 믿고 있었어요. 사실은 하지 않았지만요. 아마 너무 어리다고 생각했겠지요. 그러나 그 애에 관한 시를 몇 편 썼더군요. 어찌나 아름답던지."

"그리고 그 시와 함께 그분의 사랑도 끝나게 됐죠." 엘리자베스가 짜증스런 목소리로 말했다. "세상엔 그렇게 해서 사랑을 끝낸 사람들이 많이 있겠지요. 시가 애정을 몰아내는 데 효력이 있다는 걸 맨 처음 발견한 사람은 누구일까요?"

"시는 사랑의 양식이 된다고 알고 있었는데요." 다시가 말했다.

"훌륭하고, 강하고 건전한 사랑이라면 그렇겠지요. 원래 강한 것이라면 자양분이 될 수 있지만, 가냘프고 일시적인 취미 같은 것이라면 한 편의 짧은 시로 사랑은 아주 말라 버리는 것이 아닐까요?"

다시는 그저 미소를 지었을 뿐이었다. 또다시 침묵이 흐르자, 엘리자베스는 어머니가 또 바보 같은 이야기나 하지 않을까 싶어 마음을 졸였다. 그래서 먼저 무슨 말을 꺼내고 싶었으나 좋은 생각이 떠오르지 않았다. 조금 뒤베넷 부인은 제인에 대한 친절을 고맙게 생각한다는 말을 되풀이하고, 아울러 리지마저 폐를 끼치게 되었다고 사과했다. 빙리는 진심으로 예의바르게 응답했는데, 덕분에 여동생도 어쩔 수 없이 예의바르게 말해야 했다. 여동생은 자기의 역할만은 다 했지만 별로 정성을 기울인 태도는 아니었다. 그러나 베넷 부인은 만족하여 이내 마차를 준비할 것을 명령했다. 그러자 그것을 신호로 막내딸이 성큼성큼 앞으로 나서더니 빙리 씨에게 다가가서, 그가 처음 이 고장에 왔을 때 네더필드에서 무도회를 열겠다더니 도대체 어떻게 된 것이냐고 물었다.

리디아는 건강하고 피부가 고우며 인상이 좋은 15세의 소녀로 어머니의 마음에 들었기 때문에, 어린 나이에 사교계에 나온 것이다. 원기왕성하고 자존심이 강한 성격이었지만, 언젠가 이모부가 초대한 무도회에서 그녀의 자연스러운 태도를 장교들이 떠받드는 바람에 이제는 아주 자신을 갖게 되었다. 그리고 무도회에 대해서도 빙리 씨에게 머뭇거리며 망설이지 않고, 만일 그 약속을 지키지 않는다면 이 세상에서 제일 창피한 일이라고 말할 만큼 용감한 소녀였다. 이 돌발 공격에 대한 빙리 씨의 만족스러운 응답은 어머니의 마음을 즐겁게 했다.

"맹세코 약속은 지키겠어요. 언니가 낫는 대로 무도회 날짜를 정해 주세요. 언니가 아플 때 춤을 추고 싶지는 않겠지요."

리디아는 좋다고 말했다. "네, 그래요. ……제인이 나을 때까지 기다리는 편이 훨씬 좋아요. 그 무렵까진 카터 대위도 메리턴에 돌아왔을 테고요. 당신이 무도회를 열어 주시면 그 사람들에게 조를 수 있으니까요. 포스터 대령한테도 무도회를 열지 않으면 창피한 일이라고 말해 줄 거예요."

베넷 부인은 딸들을 데리고 집에 돌아갔다. 엘리자베스는 이내 제인에게로 돌아가, 자기 자신과 어머니와 동생들의 말과 행동은 두 여자와 다시 씨의 비판에 맡겼다. 빙리 양이 '아름다운 눈'에 관해 위트 있는 말로 수다를 떨었지만, 그 아름다운 눈의 소유자에 대한 비난으로 다시 씨를 끌어들이지는 못했다.

10

그날도 전날과 거의 다름없이 지나갔다. 허스트 부인과 빙리 양은 제인과 아침 몇 시간을 함께 지냈다. 제인은 천천히 회복되고 있었다. 엘리자베스는 밤에는 객실에서 그들과 어울렸다. 루를 하기 위한 탁자는 이날 밤엔 나와 있지 않았다. 다시는 편지를 쓰고 있었는데, 빙리 양은 그 옆에 자리를 잡고 편지의 진행 상황을 지켜보면서, 그의 여동생에게 전할 말을 되풀이함으로써 그의 주의를 산만하게 하고 있었다. 허스트 씨와 빙리 씨는 피켓(카드놀이의 일종)을 하고 있었다. 허스트 부인은 그 게임을 보고 있었다.

엘리자베스는 뜨개질을 하기 시작했는데, 다시와 그의 상대가 주고받는 이야기에 귀를 기울이며 재미있어하고 있었다. 필적을 칭찬하고, 줄이 비뚤어지지 않은 것을 칭찬하고, 편지가 긴 것을 칭찬하는 등 끊임없이 칭찬만 하는데, 상대는 아주 무관심하게 흘려 듣고 있는 그 기묘한 대화는 그들 각자에 대해 엘리자베스가 품고 있는 생각과 다르지 않았다.

"다시 양은 오빠로부터 그런 편지를 받으면서 얼마나 기뻐할까요!"

다시는 대답이 없었다.

"정말 빨리 쓰시네요."

"아니, 그렇지 않아요. 저는 느린 편이지요."

"1년에 편지 몇 통이나 쓰세요? 꽤 많겠죠? 일로 인한 편지도 있을 텐데, 그런 건 아무래도 지겹겠지요."

"아, 그것이 당신 일이 아니라 내가 해야 될 일이라 다행이군요."

"제가 여동생을 무척 보고 싶어한다고 써주세요."

"그건 아까 원하시기에 썼습니다."

"펜이 좀 잘못된 게 아니에요? 고쳐 드리겠어요. 저는 아주 잘 고쳐요."

"고마워요, 하지만 저는 늘 제 손으로 고칩니다."

"어떻게 하면 그렇게 똑바르게 쓸 수 있을까요?"

그는 말이 없었다.

"하프 솜씨가 늘었다니 반가운 일이라고 전해 주세요. 탁자보의 조그마한 디자인엔 황홀했다고도 전해 주세요. 그랜틀리 양의 것보다 훨씬 낫다고 전해 주시지 않겠어요?"

"거기에 대해선 다음에 쓸 때까지 미루면 안 될까요? 지금은 여백이 없어서 충분히 전할 수 없을 것 같군요."

"아! 괜찮아요. 1월엔 만날 테니까요. 그런데 당신은 늘 동생에게 그렇게 길고 자상한 편지를 쓰세요?"

"대개 길지요. 그렇지만 그게 자상한지 어떤지는 저로선 알 수 없는 일입

47

니다."

"긴 편지를 거침없이 쓸 수 있는 분은 꼭 좋은 글을 쓰게 되니까요."

"그건 다시를 칭찬하는 말이 못 돼, 캐롤라인." 빙리 씨가 말했다. "그는 거침없이 쓰지는 못하니까. 철자가 많은 까다로운 단어를 연구하는 거야. 그렇지 않나, 다시?"

"내 문체는 자네와는 많이 달라."

"오오!" 빙리 양은 큰 소리로 말했다. "오빠는 상상할 수 있는 한 가장 조심성 없이 글을 쓴답니다. 그리고 절반 이후부터는 막 갈겨 쓰니까요."

"나로서는 생각이 너무 빨리 흘러가버려 표현하기가 쉽지 않아 도저히 그걸 일일이 쓰고 있을 수 없는 거야. ……그래서 간혹 내 편지는 받는 사람이 전혀 이해하지 못하지."

"겸손의 말씀이시겠지요." 엘리자베스가 말했다.

"겉치레뿐인 겸손만큼 아리송한 건 없어요. 그건 때론 제멋대로의 의견인 경우도 있고, 때론 빙 돌려서 하는 자랑일 수도 있지요." 다시가 말했다.

"내 조그마한 겸손을 자네는 어느 쪽이라고 말하는 건가?"

"물론 빙 돌려서 하는 자랑이지…… 자네는 실제론 그 결점을 자랑스럽게 생각하고 있는 거지. 그건 생각이 빠르고 마무리를 포기하는 데서 생기는 것이어서 별로 존중할 만한 것은 아니지만, 적어도 어지간히 흥미롭다고 생각하고 있으니 말야. 무엇이든지 재빨리 할 수 있는 능력을 가진 사람은 크게 존중받게 마련이어서 빨리 하느라고 마무리가 좋지 않은 것 따윈 걱정하지 않아도 되니까 말야.

자네는 오늘 아침에 베넷 부인에게 네더필드를 떠나려고 마음만 먹으면 5분 안에 출발할 수 있다고 말했었는데, 그때 자네는 일종의 자기 자랑을 하고 있었던 거야. 하지만 성급함이 그런 찬탄을 받을 만한 가치가 있을까? 어차피 해야 할 일을 내버려 두는 건, 자네에게도 남에게도 사실 이익이 될 리 없거든."

"낮에 한 잠꼬대 같은 말을 밤이 되어 전부 끄집어 내다니 너무하지 않은가. 그러나 명예를 걸고 말하지만 나 자신에 관해 한 말은 진실이라고 믿고 있었던 일들이야. 지금 이 순간에도 그렇게 믿고 있네. 숙녀들 앞에 자기를 돋보이기 위해 짐짓 성급하게 보이려는 건 아니었네."

"아마 틀림없이 자네는 그걸 믿고 있을 테지. 하지만 나는 자네가 그렇게 재빨리 가리라곤 도저히 믿어지지 않네. 자네 행동은 우연에 지배되는 일이 많으니까. 혹시 자네가 말에 오를 때 누군가 '빙리, 다음 주까지 머물러 있는 게 좋지 않을까' 하고 말한다면 자네는 틀림없이 그 말을 따를 거고, 거기다 한 마디 덧붙이기라도 하면 한 달이나 더 머무를지도 몰라."

"당신은 이것으로 빙리 씨가 자신의 좋은 기질을 분명히 알고 계시지 못하다는 걸 증명하셨을 뿐이에요. 저분을 저분 이상으로 돋보이게 하셨어요." 엘리자베스가 힘주어 말했다.

"고마워요." 빙리 씨가 말했다. "다시가 한 말을 부드러운 내 기질에 대한 찬사로 바꿔 주셨으니까요. 그런데 그건 저 신사가 전혀 의도하지 않은 견해거든요. 만일 그런 경우, 제가 단호하게 거절하여 재빨리 달려가는 편이 훨씬 마음에 드는 겁니다."

"다시 씨는 본디의 경솔한 결심을 끝까지 밀고 가면, 그걸로 경솔함이 사라진다고 생각하시는 걸까요?"

"글쎄요, 저로선 잘 설명할 수가 없군요. 본인이 입장을 밝혀 주지 않고서는."

"정말 터무니없는 얘기로군. 멋대로 내 의견이라고 말하고 이제 와서 내게 설명하라는 건가. 베넷 양, 설사 그렇다 하더라도 이것만은 잊어서는 안 됩니다. 빙리에게 이곳에 좀더 머물기를 권한 친구는 그래야 할 바람직한 이유를 밝히지 않았다는 점입니다."

"친구의 설득에 순순히 따른다는 건 당신 눈에 가치 없는 일처럼 보이겠죠?"

"확신도 없으면서 따르다니. 따르는 사람이나 권하는 사람이나 어리석은 게 아닐까요."

"다시 씨는 우정이나 애정에 의해 좌우되는 것을 인정하지 않으시는군요. 설득하는 사람에 대해 호의를 갖고 있을 때는 논쟁할 필요도 없이 그가 원하는 것을 들어 줍니다. 저는 특별히 빙리 씨에 대한 가정과 같은 경우를 말하고 있는 건 아니에요. 그런 경우 그분의 태도가 올바른지 이로운지 그런 것은 논의하는 것이 아니라, 오히려 그 상황이 일어날 때까지 기다리는 편이 좋지 않을까요? 그렇지만 보통 친구들 사이에서 한 친구가 별로 중대하지 않은 결심을 바꾸어 달라고 부탁했을 때, 논의를 기다리지 않고 그 희망을 따랐다고 해서 당신은 그를 나쁘게 생각하시겠어요?”

“그 문제를 생각하기 전에 이 요구가 어느 정도 중요한지, 두 사람 사이는 어느 정도 친밀한지를 좀더 자세히 검토할 필요가 있다고 생각합니다.”

“상세하게 들어보기로 할까.” 빙리는 큰 소리로 말했다. “예를 들면 두 사람의 키, 몸집도 잊지 말고요. 베넷 양, 당신은 잘 모르실지 모르지만 이런 일의 논의엔 의외로 중요한 관계가 있거든요. 솔직히 말해서 다시가 저에 비해서 저렇게 크고 위엄 있는 인물이 아니라면 저는 절반도 경의를 표하지 않을 거예요. 어떤 특별한 경우, 가령 일요일 밤에 자기 집에서의 다시, 즉 아무것도 할 일이 없을 때의 저 사람만큼 끔찍한 인간은 없지요.”

다시는 가볍게 웃었으나, 엘리자베스는 그가 좀 불쾌해 하는 것을 눈치채고 웃음을 참았다. 빙리 양은 그가 당한 모욕에 분개하여 기를 쓰고 바보 같은 말을 한 오빠의 경솔함을 나무랐다.

“빙리! 자네 속셈은 알았네.” 다시는 말을 끝내려는 듯했다. “자네는 논의를 좋아하지 않는 거야. 그만두도록 하지.”

“아마 그럴 거야. 논의를 하면 아무래도 싸우게 되기 쉬우니까. 자네와 베넷 양이 내가 방에서 나갈 때까지 논의를 참아 주면 고맙겠어. 그 다음엔 나에 관해 마음대로 말해도 좋지만.”

“당신이 원하시는 대로 해도 전 조금도 상관없어요. 다시 씨도 편지를 마저 쓰시는 게 좋지 않겠어요?”

다시는 그녀의 충고에 따라 편지를 끝냈다.

편지를 다 쓰고 나자, 그는 빙리 양과 엘리자베스에게 음악을 들려 달라고 청했다. 빙리 양은 곧 피아노에 다가갔지만, 예의상 먼저 엘리자베스에게 정중히 권했다. 그러나 엘리자베스가 정중하면서도 완강하게 거절했기 때문에 결국 빙리 양이 먼저 피아노 앞에 앉았다.

허스트 부인은 동생의 반주에 맞춰 노래를 불렀다. 두 사람이 그러고 있는 동안 엘리자베스는 피아노 위의 악보를 뒤적여 보고 있었는데, 다시 씨의 시선이 자주 자기에게 멈추는 것을 느꼈다. 자기가 그렇게 대단한 사람의 찬탄의 표적이 되리라곤 상상도 할 수 없었고, 그렇다고 자기를 싫어해서 바라본다는 것은 더욱 이상했다. 마침내 자기에겐 거기에 있는 다른 사람과 비교할 때 그가 보기엔 뭔가 언짢은 점이 있어, 그것이 주의를 끄는 것이라고 짐작했다. 하지만 생각이 그 정도까지 미친다고 해서 상심이 되는 것은 아니었다. 그녀는 자신에 대한 다시의 시선 따위가 걱정될 만큼 그를 좋아하지 않았던 것이다.

빙리 양은 이탈리아 가곡을 몇 번 친 뒤, 이번에는 밝은 스코틀랜드 가곡을 쳐 변화를 주었다. 그 뒤 바로 다시 씨는 엘리자베스에게 다가가서 말했다.

"베넷 양, 이런 기회를 놓치지 말고 릴(스코틀랜드의 경쾌한 춤)을 춰 보고 싶다는 생각이 들지 않습니까?"

엘리자베스는 미소를 지었으나 대답하지 않았다. 다시는 그녀의 침묵에 놀란 듯이 당황하여 같은 말을 되풀이했다.

"오, 당신이 하신 말을 들었어요. 하지만 어떻게 대답해야 좋을지 얼핏 생각이 나지 않았어요. 당신은 그렇다고 대답하길 바라고 계세요. 그래서 제 취미를 경멸하고 싶으신 거예요. 하지만 저는 그런 상대방의 속셈을 알아차리고 미리 꾸며진 계략을 빗나가게 하는 걸 좋아하지요. 그래서 저는 결심했죠, 릴은 전혀 추고 싶지 않다고 말씀드리기로 말이에요. 할 수 있다면 어서 경멸해 보세요."

"그럴 생각은 전혀 없습니다."

엘리자베스는 그가 면박을 당해서 노발대발할 줄 알았기에 그의 정중한 태도를 보고 어리둥절했지만, 그녀의 태도는 귀엽고 장난스러워서 도저히 남을 성나게 할 수 없는 것이었다.

다시는 지금까지 어느 누구에게도 이토록 마음이 끌려 보기는 처음이라고 생각했다. 사실 그녀의 친척들 신분이 그토록 낮지 않았더라면 오히려 자신이 상당히 불리한 처지가 되었을 거라는 생각이 들 정도였다.

빙리 양은 이것을 눈치챘다. 적어도 의심스럽다고까지는 생각했는데, 어쨌든 질투하기에는 충분했다. 따라서 하루라도 빨리 엘리자베스를 쫓아 버리기 위해서 제인이 빨리 회복하기를 바라는 빙리 양의 마음은 더욱 간절해졌다.

그녀는 다시와 엘리자베스의 결혼을 가정하여, 그처럼 신분이 다른 혼인이 과연 얼마나 행복할 것인가에 대해 여러 가지로 상상하게 하며 다시로 하여금 엘리자베스를 싫어하게 만들려고 노력했다.

그 이튿날, 관목 숲을 다시와 함께 거닐며 빙리 양이 운을 떼었다.

"만일 두 분이 맺어지게 된다면 장모님께 말수를 좀 줄여달라고 넌지시 말씀하세요. 또 될 수 있으면 막내 처제들에게도 장교들 꽁무니를 따라다니지 말라고 일러주시고요. 그리고 이건 또 말씀드리기 퍽 거북하고 민감한 일이지만, 당신의 부인이 자칫 자만심에 사로잡히고 무례해질 지도 모를 일이니, 그 기질 하나라도 억누르는 것이 바람직하다고 생각해요."

"그 밖에 우리 가정의 행복을 위해 충고하실 말이 또 있습니까?"

"네, 있어요. 필립스 아저씨와 아주머니의 초상을 꼭 펨벌리의 화랑에 걸어놓도록 하세요. 당신의 종조부이신 판사님 옆에 장식하면 좋을 거예요. 계열은 다르지만 같은 직업이니까요. 그리고 엘리자베스의 초상은 단념하시는 게 좋지 않을까요? 아무리 뛰어난 화가라 해도 그 아름다운 눈은 도저히 그릴 수 없을 테니까요."

"그 표정을 포착하는 건 확실히 쉬운 일이 아니겠지요. 그러나 눈빛이며 모양, 그리고 특히 아름다운 속눈썹, 그 정도라면 그릴 수 있을 겁니다."

마침 그때 또 다른 산책길에서 허스트 부인과 엘리자베스가 모습을 나타냈다.

"두 분도 산책을 하시는 줄은 몰랐군요." 빙리 양은 자기들의 얘기를 엿듣지 않았을까 싶어 좀 당황하며 말했다.

"우리를 제쳐놓고 산책을 하다니, 너무해." 허스트 부인이 말했다. 그리고 다시 씨의 비어 있는 팔을 잡아 일부러 엘리자베스를 혼자 걷게 버려 두었다. 그 길은 세 사람이 겨우 걸을 만한 정도로, 다시 씨는 그들 자매가 무례하다고 느끼고 이렇게 말했다.

"이 산책길은 우리에겐 너무 좁군요. 가로수길로 가는 게 좋겠는데."

엘리자베스는 이 사람들과 같이 있고 싶은 생각은 조금도 없었으므로 웃으며 대답했다.

"아니에요, 그대로 계세요. 잘 어울리는 짝이어서 좋게 보여요. 한 사람이 더 끼면 그림이 무너져요. 그럼, 실례하겠어요."

엘리자베스는 힘차게 달려갔다. 그러면서도 하루 이틀 뒤엔 집에 돌아갈 수 있다고 생각하자 기뻤다. 제인은 그날 밤엔 두 시간쯤 자기 방에서 나와 걸어 볼 만큼 회복되어 있었던 것이다.

11

저녁식사가 끝난 뒤 여자들이 자리를 옮기자, 엘리자베스는 언니한테로 올라가 춥지 않도록 잘 보살핀 다음에 언니를 객실로 데리고 왔다. 그러자 빙리 자매는 그녀를 환영하면서 거듭 기쁘다는 말을 입 밖에 내었다. 신사들이 나타나기 전까지 이 두 사람이 그렇게 다정스럽게 지내는 모습을 엘리자베스는 처음으로 보았다. 그들은 활발하게 꽤 많은 대화를 했다. 연극이나 음악회를 아주 정확하게 묘사할 줄도, 일화를 우스꽝스럽게 들려줄 줄도, 주위 사람 중의 누군가를 웃음거리로 만들 줄도 알았다.

그러나 신사들이 나타나자 제인은 이제 주연이 아니었다. 빙리 양의 눈길은 이내 다시에게 향하여 그가 방에 들어와 몇 걸음도 옮겨 놓기 전에 무언가 말을 건네려고 했다. 그는 베넷 양에게 말을 걸며 진심으로 회복을 축하한다고 했다. 허스트 씨도 가볍게 고개를 숙이며 "매우 기쁩니다"라고 말했다. 그렇지만 가장 열렬한 목소리로 기쁨을 나타낸 사람은 빙리 씨였다. 그는 환희에 넘쳐서 그녀를 따뜻하게 보살펴 주었다. 우선 방을 옮긴 것이 행여 그녀의 몸에 지장을 줄까 싶어 30분이나 난롯불을 손보았다. 다음엔 문어귀에서 될 수 있는 대로 떨어져 있도록 벽난로 한쪽에 제인을 옮겨 놓고, 그 다음부터는 그 곁에 앉아 다른 사람에게 말을 건네는 일도 없었다. 엘리자베스는 맞은편 구석에서 뜨개질을 하면서 모든 것을 살펴보고는 흡족하게 생각했다.

차를 마시자 허스트 씨는 처제로 하여금 카드 탁자로 주의를 기울이게 하려고 애썼지만 헛수고였다. 그녀는 다시 씨가 카드놀이를 별로 좋아하지 않는다고 들었기 때문이었다. 허스트 씨는 마침내 자신이 직접 나서서 말을 해 보았지만 그것도 역시 거절당하고 말았다. 캐롤라인은 아무도 트럼프를 하고 싶어하지 않는다고 말했고, 다른 사람들은 아무 대답도 없었으므로 그녀가 한 말이 틀리지 않았다는 것을 확인한 셈이 되었다. 그래서 허스트 씨는 할 일이 없어 소파 위에 드러누웠는데, 그대로 잠이 들었다. 다시 씨는 책을 집어들었고, 빙리 양도 덩달아 그렇게 했다. 허스트 부인은 팔찌와 반지를 만지작거리다가 가끔 남동생과 제인의 대화에 끼어들었다.

빙리 양은 자기 책을 읽으면서도 다시 씨의 책 읽는 진도에 주의를 기울이며, 끊임없이 질문하고 다시 씨의 책을 들여다보곤 했다. 그런데도 그는 전혀 입을 열지 않았다. 그는 겨우 질문에 대답만 할 뿐 책에서 눈을 떼지 않았다. 원래 그녀의 책은 다시 씨가 읽고 있는 책의 두 번째 권이라는 이유 때문에 고른 것이었으므로, 책을 읽으면서 즐기려고 하는 노력에 지쳐 크게 하품을 하고 말았다.

"이렇게 밤을 보내니 얼마나 재미있는지 몰라요! 확실히 독서만큼 즐거운 일은 없어요. 독서에 비하면 다른 일은 곧 싫증이 나요. 자기 집을 갖고 있으면서 훌륭한 서재가 없다면 정말로 쓸쓸할 거예요."

아무도 대답하는 사람은 없었지만, 그녀는 한 번 더 하품을 하고는 책을 내던지고 무슨 즐거움이 없을까 방 안을 빙 둘러보았다. 그때 오빠가 베넷 양에게 무도회에 관한 이야기를 하는 것을 엿듣고, 오빠 쪽을 돌아보며 말했다.

"말이 나왔으니까 말인데요, 오빠. 네더필드에서 무도회를 정말 열 생각이에요? 그렇다면 결정하기 전에 여기 계신 분들의 의견도 들어보는 게 좋을 거예요. 무도회를 즐긴다기보다 오히려 벌을 받는 기분인 분도 있을 테니까요."

"혹시 다시가 그렇게 생각하고 있다면 시작되기 전에 자버리면 되는 거야. 무도회는 이미 정해진 일이야. 무도회 준비까지 끝나면 초대장을 보내기로 했다."

"무도회도 좀더 다른 양식이면 퍽 좋을 거라고 생각해요. 무도회의 보통 방식은 지루해서 견딜 수 없을 정도예요. 춤 대신 좌담을 주로 하는 것이라면 더 지적일 테지만."

"그건 훨씬 지적일 거야. 하지만 그건 무도회가 무도회 같지 않을걸."

빙리 양은 대답하지 않았으나 곧 일어서서 방 안을 걸어 다니기 시작했다. 그 모습은 우아하고 걸음걸이도 그럴듯했지만, 그녀의 목표인 다시는 끝까지 책에서 눈을 떼지 않았다. 그래서 그녀는 다른 결심을 하며 엘리자베스 쪽을 보고 말했다.

"엘리자 베넷 양, 나처럼 방 안을 한 바퀴 돌아보지 않겠어요? 같은 자세로 오래 앉아 있다가 이렇게 걸으면 기분이 아주 좋아져요."

엘리자베스는 놀랐지만 이내 동의했다. 빙리 양은 또 하나의 진짜 목적도 이루었다. 즉 다시가 얼굴을 들어 보았던 것이다. 다시도 엘리자베스와 마찬가지로 빙리 양의 호의를 이상하게 생각하며 무심코 책을 덮어 버렸던 것이다. 곧 같이 걷지 않겠느냐는 말을 들었지만 그것을 거절하고, 그 이유를 다음과 같이 말했다. 즉 두 사람이 방 안을 걸어다니는 데 대한 동기로선 두 가지를 생각할 수 있는데, 그 두 가지 중 어느 쪽이라도 자기가 두 사람과 같이 걸어다녀서는 차질이 생긴다는 것이었다.

"대체 무슨 뜻일까요? 대체 저분은 어떤 속셈일까요?" 빙리 양은 그 의미를 알고 싶어서 견딜 수 없었다. "당신은 알겠어요?" 엘리자베스에게 물어보았다.

"전혀 모르겠어요." 엘리자베스가 대답했다. "하지만 틀림없어요. 우리를 무시하는 거예요. 우리가 그를 실망시키는 가장 확실한 방법은 아무것도 묻지 않는 거예요."

그렇지만 빙리 양으로서는 무슨 일이건 다시를 실망시킬 수는 없었으므로, 그 두 가지 동기가 무엇인지 설명해 달라고 끈질기게 요구했다.

"설명이라면 기꺼이 해드리지요." 빙리 양이 그에게 얘기할 틈을 주자마자 그는 이렇게 말했다. "당신들이 오늘 밤 같이 걷는 건 서로 마음을 열어 놓고 비밀 얘기를 할 생각이거나, 아니면 걷는 모습에 자신이 있기 때문이거나, 그 둘 중 하나인 거예요. 만일 전자라면 내가 끼면 아주 방해가 되고, 후자라면 난로 옆에 있는 편이 훨씬 더 잘 감상할 수 있을 겁니다."

"어머, 너무해요!" 빙리 양이 외쳤다. "그런 지독한 말은 들어본 적도 없어요. 정말 미워요, 그 말에 어떻게 앙갚음을 하지?"

"그럴 생각만 있다면 그건 어렵지 않은 일이에요." 엘리자베스가 말했다. "우리는 모두 서로 괴롭히거나 벌을 줄 수 있는 거예요. 그를 비웃으면 돼요 …… 웃어 주면 돼요. 당신들처럼 가까이 지내는 사이면 저분의 약점은 잘 알고 있을 테니까요."

"하지만 맹세코 그러지 않겠어요. 이렇게 가까이 지내도 그런 건 알지 못한다고 보장할 수 있어요. 그리고 차분하고 침착한 분을 놀리다니요! 아니, 아니, 그가 우리에게 할 수 있거든 해보라고 말하는 듯이 느껴져요. 웃는 것도 그래요. 웃음거리도 없는데 비웃다가 괜히 우리만 웃음거리가 될 거예요. 그러면 다시 씨만 기분 좋게 해 주는 일이 되겠죠."

"다시 씨는 남에게 웃음거리가 될 분이 아니란 말이에요?" 엘리자베스가 큰 소리로 말했다. "보기 드문 특권이네요. 언제까지나 특별한 경우이기만을 바라고 싶네요. 그런 사람을 많이 알게 되는 건 저에게 큰 손해지요. 저는 웃음을 진심으로 사랑하고 있거든요."

"빙리 양은," 그가 말했다. "저를 높이 봐주는군요. 가장 현명하고 선량한 사람들, 아니, 그 사람들의 가장 현명하고 선량한 행위일지라도 인생의 첫째 목적이 웃음인 사람에겐 얼마든지 우스꽝스럽게 보일 수 있는 거죠."

"옳은 말씀이에요." 엘리자베스가 대답했다. "그런 사람들도 있지요. 하지만 저는 그런 사람들 틈엔 끼고 싶지 않아요. 현명하고 선량한 행위에 대해서는 절대로 조롱하고 싶지 않아요. 어리석은 일, 하찮은 일, 변덕스런 마음, 들뜬 마음 등은 확실히 저를 웃게 만들지만요. 그렇지만 이런 것들은 당신이 갖고 있지 않은 거예요."

"전혀 갖고 있지 않다는 건 아마 어떤 사람도 불가능하다고 생각합니다. 그러나 저는 때론 너무 똑똑해서 웃음거리가 되는 경우를 피하기 위해 항상 노력해왔습니다."

"가령 허영심이나 자존심 같은 것 말이군요."

"그래요, 허영심도 확실히 약점이에요. 그러나 자존심은…… 뛰어난 이성을 가진 사람인 경우엔 항상 잘 억제되고 있을 겁니다."

엘리자베스는 고개를 옆으로 돌려서 미소를 감췄다.

"다시 씨에 대한 검사가 끝나지 않았나요?" 빙리 양은 말을 이었다. "결과는 어때요?"

"다시 씨는 전혀 결점을 갖고 있지 않다는 걸 완전히 확인했어요. 스스로 숨김없이 그걸 자백하셨지요."

"아닙니다. 오히려 저에겐 결점은 많이 있지만 그것이 이해력에 관계된 것이 아니기를 바라고 있을 뿐이죠. 성격에 관해서는 보증할 수 없지요. 고집이 좀 셉니다. 그렇지요…… 확실히 세상 사람들에게 무례할 정도예요. 남의 어리석음이나 나쁜 행위, 나에 대한 무례 등을 쉽사리 잊지는 못합니다. 잊어야 할는지도 모르지만요. 제 감정은 남의 마음에도 쉽게 움직이는 일이 없습니다. 일단 안 된다고 마음 먹으면 영원히 안 됩니다."

"그건 확실히 약점이에요." 엘리자베스가 말했다. "깊은 원한은 확실히 인격에 그늘을 주지요. 하지만 당신은 결점을 잘 지적하셨어요. 그것만은 정말 비웃을 수 없네요. 안심하셔도 좋아요."

"누구든지 어떤 특수한 버릇과 선천적인 결점은 있는 법이며, 그건 최상의 교육으로도 어떻게 할 수가 없습니다."

"당신의 결점은 모든 사람을 싫어하는 거죠."

"그럼 당신의 결점은," 다시도 미소 지으며 대답했다. "그것을 고의로 오해하는 겁니다."

"이젠 음악 좀 듣지 않겠어요?" 자기와 관계 없는 긴 대화에 싫증이 난 빙리 양이 말했다. "루이자 언니, 형부를 깨워도 괜찮겠지?"

언니는 안 된다고는 하지 않았다. 피아노 뚜껑을 열었다. 다시는 잠시 생각에 잠겼지만, 조금도 아쉽게 여기지 않았다. 자기가 엘리자베스에 대해 너무 주의를 기울이고 있다는 위험을 느꼈기 때문이었다.

12

다음 날 아침 엘리자베스는 제인과 이야기한 대로 어머니께 편지를 띄워, 그날 안으로 마차를 보내 달라고 부탁했다. 그러나 베넷 부인은 딸들이 다음 화요일까지 네더필드에 있을 거라고 생각했기에(그걸로 제인은 1주일간 있게 되었다), 그전에 두 딸을 기꺼이 맞아들일 마음이 나지 않았다. 따라서 회답은 적어도 집에 돌아가고 싶었던 엘리자베스에게 만족할 만한 것은 아니었다. 베넷 부인은 화요일까지는 마차를 쓸 수 없다고 말하고, 추신으로 빙리 씨와 여동생이 더 묵어 달라고 권한다면 집에서는 두 사람이 없어도 조금도 상관이 없다고 덧붙였다. 그러나 엘리자베스는 더 이상 머물기 싫었고, 좀더 묵기를 권하리라는 것도 기대하지 않았다. 아니, 오히려 필요 이상으로 폐를 끼친다고 여겨지지 않을까 싶어서, 제인에게 곧 빙리 씨의 마차를 빌리기를 권했다. 그래서 마침내 그날 안에 그 집에서 나가려는 두 사람의 본디 계획을 말하고 마차를 빌리고 싶다는 부탁을 하기로 했다.

두 사람의 뜻이 전해지자 빙리 씨와 캐롤라인은 염려하는 말을 여러 번 늘어놓으면서 단 하루만이라도 더 있으라고 간곡히 권했다. 그 바람에 제인도 마음이 흔들려 결국 두 사람의 출발은 다음 날로 연기되었다. 그러자 빙리 양은 더 있어 달라고 한 것을 금세 뉘우쳤다. 한 사람에 대한 질투와 혐오가 또 한 사람에 대한 애정보다 더 컸기 때문이었다.

그러나 빙리 씨는 두 사람이 곧 떠난다는 말을 듣고 진심으로 섭섭하게 생각하여, 베넷 양에게 되풀이해서 괜찮겠느냐고 걱정하며 아직도 충분히 회복되지 않았음을 납득시키려고 애썼다. 그러나 제인도 자기가 옳다고 생각하는 일은 양보하지 않았다.

하지만 다시 씨에겐 반가운 소식이었다. 엘리자베스가 오래 머물러 있었기 때문에 스스로도 못마땅하리만큼 그녀에게 끌리고 있었다. 게다가 빙리 양은 엘리자베스에게 정중하게 대하지 않았고, 다시에게도 유달리 짓궂게 굴었다. 다시는 현명하게 이젠 그녀를 예찬하는 태도를, 또 자기의 행복을 좌우하는 힘이 있다는 자신감을 그녀로 하여금 갖게 하는 행동은 절대 보이지 않기로 다짐하고 있었던 것이다. 만일 그녀가 지금까지 그런 생각을 하고 있었다면, 마지막 날의 자기 태도야말로 그것을 확인할 수 있는 중요한 갈림길에 서는 것이라고 느끼고 있었기 때문이다. 그는 자신의 생각을 지키기 위해 토요일에는 그녀에게 채 열 마디도 말을 건네지 않았다. 어떤 때엔 30분 동안 단둘이 있었지만, 애써 책에서 눈을 떼지 않고 그녀에게 눈길 한 번 주지 않았다.

일요일 아침의 예배가 끝나자 거의 모두에게 매우 기분 좋은 이별의 순간이 왔다. 빙리 양은 마지막엔 제인에 대한 애정만큼 엘리자베스에 대해서도 매우 정중하게 예의를 차렸다. 그리고 롱본이나 네더필드에서 다시 만나게 되기를 즐겁게 기다리고 있겠다고 말하고 매우 부드럽게 포옹했으며, 엘리자베스와 악수를 했다. 엘리자베스는 쾌활하게 모두에게 작별인사를 했다.

두 사람을 맞이하는 어머니의 기분은 그리 좋지 않았다. 왜 돌아왔느냐고 묻고 싶은 기색이었고, 그들에게 마차를 빌리는 폐를 끼치다니 미안한 일이며 제인은 또다시 감기가 도졌을 것이라고 생각하고 있었다. 아버지는 몹시 무뚝뚝하게 말했을 뿐이지만 진심으로 두 사람을 반갑게 맞이했다. 두 사람의 존재가 가정에 있어서 얼마나 중요한가를 절실히 느끼고 있었던 것이다. 저녁식사를 하며 대화를 나눌 때 두 사람이 끼지 않으면 어쩐지 활기가 없고 의미마저도 상실된 것 같은 느낌이었다.

메리는 여전히 화성학과 인간성의 연구에 여념이 없어서 자신이 새로 알게 된 사실에 대해 칭찬해 주기를 바랐고, 케케묵은 도덕론을 말하면서 귀담아 들어주기를 원했다. 캐서린과 리디아의 이야기는 또 그것과 아주 다른 것이었다. 지난 수요일 뒤부터 연대에선 많은 일이 있었고 화제도 많았다는 것이다. 장교 몇 사람이 요즘 이모부의 집에서 식사를 한 일과 병사가 징계를 당한 일이며, 포스터 대위의 결혼 소문이 나돌고 있다는 것 등이었다.

13

이튿날 아침식사를 하며 베넷 씨는 아내에게 말했다.

"오늘 만찬엔 맛좋은 요리를 마련하라고 말해 두었소? 손님이 한 사람 오는데."

"누구 말이에요? 아무도 오신다는 말은 듣지 못했는데요. 하긴 샬롯 루카스라면 찾아올지도 모르지만요. 그렇지만 그녀를 위해서라면 우리 집 만찬은 늘 훌륭하지요. 그 아이의 집에서 좀처럼 볼 수 없는 것이라고 생각해요."

"아니, 내가 말하는 사람은 남자인데다 우리 집엔 처음 오는 사람이오."

베넷 부인의 눈이 반짝 빛났다. "남자분에다 처음 오는 사람이라고요! 그럼 빙리 씨겠군요. 어머나, 제인은 그런 말을 한 마디도 귀띔하지 않았구나, 나쁜 애 같으니라고! 어쨌든 빙리 씨를 맞이하는 건 아주 기쁜 일이에요. 하지만…… 공교롭게도 오늘은 생선을 전혀 구할 수 없어요. 리디아, 벨을 울리도록 해라. 지금 당장 힐한테 얘기해야겠다."

"빙리 씨가 아니오. 아니, 실은 나도 아직 만난 적이 없는 사람이오."

이 말에 모두 몹시 놀랐다. 그는 아내와 다섯 딸들이 한결같이 누구냐고 묻는 것이 즐겁기만 했다. 그래서 잠시 그녀들의 호기심을 즐긴 뒤에 그는 다음과 같이 설명했다.

"약 한 달 전인데, 이런 편지를 받고 약 2주일 전에 답장을 보냈던 거야. 일이 아주 미묘하기 때문에 오래 내버려 둘 수도 없다고 생각했거든. 그 편지는 우리와 먼 친척인 콜린스 씨로부터 온 거야. 내가 죽었을 때엔 너희를 마음대로 이 집에서 쫓아낼 수 있는 녀석이지."

"오오, 여보." 아내가 외쳤다. "그런 말씀하지 마세요. 견딜 수가 없어요. 그 역겨운 사람에 대해서는 얘기하지 마세요. 당신의 소유지가 한정 상속이 되어서 딸들에게 물려주지 못하고 빼앗기다니, 이런 억울한 일은 이 세상에 없다고 생각해요. 만일 내가 당신이었다면 이런 일이 일어나지 않게 옛날에 손을 써놨을 거예요."

제인과 엘리자베스는 한정 상속이 어떤 것인지를 어머니에게 설명하려고 애썼다. 그전에도 여러 차례 설명해 보았지만, 베넷 부인에게는 전혀 이해가 가지 않았다. 여전히 재산을 다섯 자매를 제쳐놓고 아무도 신경 쓰지 않는 사내에게 주어 버린다는 것은 정말 가혹한 짓이라고 욕설을 퍼붓고 있는 것이다.

"확실히 아주 불공평한 방법이지. 하지만 콜린스 말고는 롱본의 토지를 상속받을 사람이 없잖아. 아무튼 편지의 내용을 들어 봐요. 아마 그의 생각을 들으면 마음이 누그러질지도 몰라."

"아니에요, 그런 일은 절대로 안 돼요. 당신한테 편지를 보내다니 아주 실례예요. 위선이에요. 나는 그렇게 정직하지 못한 사람은 싫어요. 왜 그 사람은 자기 아버지처럼 싸움을 걸어오지 않을까요?"

"아닌게 아니라 그 점에선 다소 아버지보다 신중한 것 같아. 아무튼 들어봐요."

존경하는 아저씨

아저씨와 제 아버지 사이에 있었던 불화는 늘 제게 걱정거리였습니다. 그런데 저번에 불행하게도 아버지가 세상을 떠난 뒤로, 어떻게 화해할 수 있을지 자주 생각해 보았습니다. 그러나 얼마 동안 저는 다소 의문스러워서 망설이고 있었습니다. 아버지와 평생 사이가 나빴던 사람과 화해를 하려는 것이 아버지의 영혼에 대해 불경한 일이 아닐까 싶어 염려했던 것입니다. ("바로 이 부분이오, 여보.") 그러나 이 문제에 관해 저는 이제 결심했습니다. 부활제에 성직을 맡은 뒤 다행히 루이스 드 버그 경의 미망인 캐서린 드 버그 부인 덕택에 외람되게도 이 교구의 명예로운 목사직을 맡게 되었습니다. 그러니 부인에 대해 심심한 사의를 표하며 최선을 다해 영국 국교회가 정한 제전과 의식을 집행할 각오입니다. 그리고 성직자로서 저의 힘이 닿는 데까지 가족들 사이의 평화와 축복을 위하여 힘쓰는 일이야말로 저의 의무라 느끼고 있습니다. 저의 선의에 넘치는 이 제안은 찬탄할 만한 것이라고 스스로 믿으므로, 롱본의 다음 한정 상속자 건에 대해서는 부디 용서해 주시고, 평화의 표시로 보내는 올리브 나뭇가지를 거절하시는 일이 없기를 간절히 부탁드립니다.

상냥하신 따님의 이익이 손상되는 일을 염려하며 이에 진심으로 유감의 뜻을 표명하는 동시에 가능한 보상을 할 생각임을 맹세합니다. 이 문제에 관해서는 나중에 말씀드리기로 하고, 아저씨께서 저의 방문을 허락해 주신다면 저는 아저씨와 가족 여러분을 11월 18일 월요일 4시까지 찾아뵙고자 하며, 그 다음주 토요일까지 폐를 끼칠까 합니다. 제가 가끔 일요일에 자리를 비울 때면, 캐서린 부인께서는 그날의 의무를 위해 대리 목사를 고용하시므로 지장은 없을 것입니다.

부인 및 따님들에게 깊은 경의를 표합니다.

헌스포드, 웨스터햄 근처, 켄트
10월 15일
윌리엄 콜린스

"그러니까 오늘 오후 4시에 이 평화사절이 오는 거요." 베넷 씨는 편지를 접으며 말했다. "아주 양심적이고 예의바른 젊은이인 것 같아. 틀림없이 쉽사리 얻을 수 없는 친구가 될 거요. 특히 캐서린 부인이 너그러워서 다시 방문할 수 있게 해 준다면."

"그래도 딸들에 관해 말하고 있는 건 제법 상식이 있군요. 만일 딸들을 위해 뭔가 보상을 할 생각이라면 나도 굳이 반대할 생각은 없어요."

"도대체 우리가 당연히 받아야 할 것으로 생각한다는 보상이 어떤 걸까요. 어떤 식으로 할지 모르겠지만, 그 사람의 명예를 위한 것이겠죠." 제인도 의견을 냈다.

엘리자베스는 캐서린 부인에 대한 깊은 존경과 교구민의 요구에 따라 세례를 주고 결혼을 시키며 장례 지내 주는 친절한 의도가 주로 인상적이었다.

"분명 이상한 사람이에요." 그녀가 말했다. "도대체 말이 맞지가 않아요. 문장은 무척 도도한데, 자신이 한정 상속자인 걸 사과하고 싶다니 무슨 속셈일까요? 그 사람이 어떻게 하고 싶어하든 일이 어떻게 될지 우리는 상상할 수도 없어요…… 이 사람, 상식 있는 사람 맞나요, 아버지?"

"아무래도 그렇진 않을 거 같구나. 아주 정반대인 인물일 가능성이 많아. 편지엔 비굴과 자만이 섞여 있으니 그럴 것 같아. 빨리 만나 보고 싶구나."

"문장으로만 볼 땐, 편지엔 결함이 있다고 생각되지 않아요. 올리브 나뭇가지의 착상은 참신하다고는 할 수 없지만 제법 그럴듯한 표현이라고 생각해요." 메리가 말했다.

　캐서린과 리디아는 편지에 대해서나 그걸 쓴 사람에 대해서도 전혀 흥미가 없었다. 그 친척이 진홍색 상의(육군 상관의 제복)를 입고 나타날 리는 없을 것이고, 이미 그들에게는 다른 색깔의 옷을 입은 사람들을 만나는 재미가 사라진지 오래였다. 그런데 어머니는 콜린스 씨의 편지로 그 나쁜 감정을 거의 잊어버리고, 상당히 가라앉은 마음으로 그 신사를 만날 작정인 모양이어서, 이제는 남편과 딸들이 놀라서 어안이 벙벙했다.

　콜린스 씨는 시간을 정확히 지켰고, 가족 모두 예의바르게 그를 맞이했다. 베넷 씨는 말을 별로 하지 않았다. 그러나 여자들은 즐겁게 얘기할 태세가 충분히 갖춰져 있었다. 콜린스를 자극할 필요도 없었고, 그 또한 잠자코 있으려고 하지 않았다. 그는 키가 크고 얼굴이 고상한 스물다섯 살의 청년이었다. 당당하고 묵직하면서 틀에 박힌 예의범절을 지니고 있었다. 콜린스는 자리에 앉자 잠시 뒤 베넷 부인에게 훌륭한 따님들을 두셨다고 칭찬하고, 아름답다는 소문은 전부터 듣고 있었지만 실제로 보니 소문 이상이라고 말했다. 얼마 지나지 않아 좋은 곳으로 출가하게 될 것은 틀림없는 일이라고 덧붙였다. 이런 찬사는 듣는 몇 사람에겐 취미에 맞지 않는 것이었으나, 베넷 부인은 아부하는 말이라면 어떤 것이든 불평하지 않는 사람이었으므로 자못 기분 좋게 응대했다.

　"정말 친절하시군요. 진심으로 그렇게 되길 바라고 있어요. 그렇지 않으면 이 애들은 평생 가난하게 살 거예요. 세상일이란 묘하게 정해지는 법이니까요."

　"아, 이 댁의 재산이 한정 상속이 되어 있는 걸 말씀하시는 모양이군요."

　"네, 그렇지요. 정말 딸들에게는 너무나 가혹한 처사예요. 구태여 당신한테 이러쿵저러쿵 말씀드릴 생각은 없어요. 그런 일은 이 세상에 흔히 있는 일이니까요. 재산 같은 건 일단 한정 상속이 되어 버리면 어디로 갈지 알 수 없으니까요."

　"아름다운 따님들에게 얼마나 난처한 일인지, 저도 잘 알고 있습니다. 이 문제에 관해서는 말씀드리고 싶은 일도 적지 않지만, 너무 성급하게 서두른다고 생각하실 것 같아서 아직은 삼가고 있습니다. 다만 따님들을 보고 싶어서 온 것만은 사실입니다. 지금으로선 이 이상은 말씀드리지 않고 더 친해졌을 때……."

저녁식사가 준비되었음을 알려 오자 그의 말은 중단되었다. 딸들은 서로 미소를 주고받았다. 콜린스가 칭찬한 것은 비단 딸들만이 아니었다. 현관도 식당도 모든 가구도 유심히 바라보며 칭찬했다. 베넷 부인이 혹시 그가 자기의 나중 소유물로서 모든 것을 보고 있지 않을까 하는 분하기 짝이 없는 생각에 시달리지만 않았더라면, 그의 찬사는 그녀의 마음을 크게 움직였을 것이다. 만찬도 대단히 칭찬받았다. 그는 이처럼 훌륭한 요리가 어느 따님의 솜씨인지 알고 싶다고 말했지만, 이것만은 베넷 부인의 반격을 받았다. 자기 집에서는 우수한 요리사를 고용할 수 있으므로 딸들은 부엌일과는 전혀 관계가 없다고 얘기를 듣게 된 것이다. 그는 당황하여 실례를 사과했다. 그녀는 부드러운 말투로 조금도 언짢게 생각하지 않는다고 단언했으나, 그의 사과는 15분 가까이나 계속되었다.

14

식사를 하는 동안 베넷 씨는 거의 말문을 열지 않았지만, 하인들이 물러가자 손님과 얼마쯤은 이야기를 나눠야 할 때라고 생각한 듯했다. 훌륭한 후원자를 만나 다행이라며 상대가 좋아할 만한 화제부터 꺼냈다. 당신의 소원을 잘 들어 주고 생활까지 돌봐 주는 캐서린 드 버그 부인의 마음 씀씀이는 정말 놀라운 일이라고 말했다. 베넷 씨로서는 이보다 좋은 화제를 고를 수는 없었을 것이다. 콜린스 씨는 부인을 극구 찬양하며, 그처럼 높은 신분이면서도 그토록 예의바르고 상냥하고 겸손한 분은 지금껏 본 적이 없다고 말한 뒤 여러 가지를 늘어놓았다. 부인 앞에서 설교를 한 일이 있는데 두 번 다 칭찬을 받았고 또 두 번이나 로징스의 만찬에 초대해 주었으며, 지난주 토요일에도 쿼드릴 놀이(네 명이 하는 카드놀이의 일종)를 할 사람이 부족하자 사람을 시켜 자기를 불렀다고 했다. 자신이 아는 사람들은 캐서린 부인을 두고 거만하다고 말하기도 하지만 자기로선 상냥함 말고는 다른 점을 느낄 수 없고, 다른 신사를 대하는 것과 같이 자기를 대해 주며, 자기가 인접 교구의 사교계에 참석하거나 한두 주일 교구를 떠나 친척을 찾아가는 데 대해서도 뭐라 하지 않는다고 했다.

신중하게 선택한다면 오히려 될 수 있는 대로 빨리 결혼하는 게 좋을 거라는 충고도 해 주셨고, 한 번은 일부러 누추한 목사관까지 찾아와서 마침 진행 중인 개조를 하나하나 칭찬해 주시고, 2층의 선반에 대해서도 자신이 직접 몇 가지 제안을 하시기까지 했다는 것이다.

"그건 정말 예의바른 처사예요." 베넷 부인이 감탄했다. "확실히 훌륭한 부인인 것 같군요. 유감스럽게도 보통 상류층 부인들은 그렇지 못해요. 부인은 댁과는 가깝게 살고 계십니까?"

"저의 집 마당과 로징스 파크, 즉 부인의 저택 사이에는 오솔길이 있을 뿐입니다."

"미망인이라고 말씀하셨던 것 같은데 자제분은 있나요?"

"따님이 한 분 있는데 로징스를 비롯해서 막대한 재산의 상속인이지요."

"아!" 베넷 부인은 고개를 저으며 소리쳤다. "그런 행운은 좀처럼 없는 일이에요. 어떤 분이세요? 아름다운 분인가요?"

"아주 귀여운 아가씨입니다. 캐서린 부인 자신이 말씀하셨지만, 참된 아름다움이라는 점으로 말하자면 드 버그 양은 이 세상 어느 아름다운 여성에 비해도 훨씬 나으며, 그녀의 생김새는 명문 출신 젊은 여성의 특징이 가장 잘 나타나 있다고 말씀하고 계십니다. 그러나 불행하게도 병이 있어서, 성한 몸이라면 틀림없이 숙달됐을 여러 가지 취미에 전념하지 못하고 있습니다. 이 말은 전에 그 따님의 교육을 감독했고, 지금도 함께 살고 있는 부인으로부터 들은 얘깁니다. 그렇지만 더할 나위 없이 상냥한 분이죠. 이따금 저의 집 옆을 작은 말들이 끄는 가벼운 사륜마차로 지나가곤 하십니다."

"폐하께 알현을 했던가요? 궁전에 출입하는 분들 사이에서 아직 그런 분의 이름을 듣지 못했거든요."

"건강이 그다지 좋지 못하여 런던에서 살지 못하는 건 정말 불행한 일입니다. 그래서 저는 런던의 궁정은 최고의 별을 빼앗겼다고 캐서린 부인에게 직접 말씀드렸지요. 부인도 그런 생각이 드신 모양이더군요. 저는 이처럼 모든 기회를 이용해서 여성에게 사소하지만 기분 좋은 찬사를 들려 드리는 것을 행복이라 여기고 있습니다. 캐서린 부인에게 여러 번 말씀드렸지요. 그 매력이 넘치는 따님은 공작 부인이 되기 위해 태어났다고……, 가장 높은 신분이 그분을 장식하는 것이 아니라, 그분에 의해 그 신분이 더한층 빛을 발할 것이라고요. 이런 사소한 말이 부인을 기쁘게 하거든요. 그런 말씀을 드리는 것은 제가 부인께 반드시 해야 할 일이라 생각하고 있습니다."

"그거 잘 생각했구려." 베넷 씨가 말했다. "아무튼 당신은 사소한 찬사를 말하는 재능을 갖고 있으니 참 좋은 일입니다. 그런데 그런 기분 좋은 찬사는 한순간 머리에 떠오르는 것인지, 아니면 미리 연구한 결과인지 알고 싶군요."

"대개 그때그때 머리에 떠오르는 겁니다. 때로는 평소 어떤 때라도 알맞은 찬사를 생각해서 은근히 내비치며 즐기기도 하지만, 될 수 있는 대로 자연히 떠오른 것같이 보이기를 바라고 있습니다."

베넷 씨의 기대는 충분히 그 목적을 이루었다. 친척은 예상한 대로 어리석은 인물이었다. 그는 더할 나위 없는 기쁨을 느끼며 콜린스 씨가 하는 말을 듣고 있으면서도 전혀 속마음을 드러내지 않았다. 때때로 냉정함을 잃지 않고, 가끔 엘리자베스 쪽에 눈길을 던지는 것 말고는 같이 즐거움을 나눌 사람도 필요 없었다.

차 마실 시간이 되었고 즐거움도 그만하면 충분하였기에, 베넷 씨는 기꺼이 그를 객실에 불러들여, 차를 마시고 여자들에게 책을 읽어 줄 수 없겠느냐고 권했다. 콜린스는 바로 승낙하고 책을 한 권 들었는데, 그것을 보자—그것이 순회 도서관에서 빌려 온 것임은 모두가 알 수 있었으므로—콜린스 씨는 뒷걸음치고 용서를 빌면서 소설은 읽어 본 적이 없다고 했다. 키티는 눈이 휘둥그레져서 그를 바라보았고, 리디아는 탄성을 질렀다. 콜린스는 잠시 골똘히 생각한 끝에 포다이스(18세기 스코틀랜드 목사)의 설교집을 골랐다. 책이 펼쳐지자 리디아는 하품을 했고, 매우 단조롭고 엄숙하게 3페이지를 채 다 읽기도 전에 잡담을 했다.

"어머니, 필립스 이모부가 리처드를 쫓아내겠다고 하시던데 알고 계세요? 혹시 그렇게 되면 포스터 대령이 고용하고 싶은 모양이더군요. 이모님이 일요일에 직접 그렇게 말씀하셨어요. 내일은 메리턴에 가서 더 자세히 들어봐야겠어요. 그리고 데니 씨가 언제 런던에서 돌아오시는지 물어 보겠어요."

리디아는 위의 두 언니로부터 잠자코 있으라는 꾸중을 들었다. 그러나 콜린스 씨는 이미 화가 나 책을 치워 버렸다.

"오로지 자기들에게 도움을 주기 위해 쓰인 진실한 책에 젊은 여성들이 얼마나 관심을 갖지 않는지 자주 보았습니다. 솔직히 말해서 놀라운 일입니다. 교훈만큼 이로운 것은 없으니까요. 그러나 저는 이 이상 젊은 아가씨들을 지루하게 하진 않겠습니다."

그리고 베넷 씨를 돌아보더니 주사위 놀이 상대가 되어 주겠다고 말했다. 베넷 씨는 그 도전을 받고, 여자들은 자기들끼리 하찮은 일로 즐기게 내버려 두는 편이 현명하다고 말했다. 베넷 부인과 딸들은 매우 예의바르게 리디아의 무례를 사과하고, 한 번 더 책을 읽어 주시면 다시는 그런 짓은 못하게 하겠다고 당부했다. 그러나 콜린스 씨는 젊은 아가씨에게 나쁜 감정을 품고 있지 않으며 그녀의 행동을 모욕으론 생각지 않는다고 말하고, 다른 탁자에 베넷 씨와 같이 앉아 주사위 놀이를 할 준비를 했다.

15

콜린스 씨는 그다지 머리가 좋은 사람은 아니었다. 태어나면서부터 그랬지만 교육이나 세상 사람들과의 교제로 개선되는 일도 거의 없었다. 세월의 대부분을 교육을 받지 못한 인색한 아버지 밑에서 자랐다. 대학이라고 다니긴 했어도 그저 필요한 학기만 채우는 데 그쳤고, 도움이 되는 친구를 가져 본 일도 없었다. 아버지 밑에서 단지 복종만을 강요당하며 자라왔기 때문에, 본디 몹시 비굴한 태도를 지니고 있었다. 그것이 지금은 머리가 둔한 데서 나온 자만심과, 또 사람들과 떨어져서 오래 살아 왔고 젊어서 의외로 출세한 데서 생긴 거만한 마음에 의해 꽤 누그러져 있었다. 헌스포드 교구의 목사 자리가 비어 있었을 때 마침 운이 좋아 캐서린 드 버그 부인의 추천을 받았던 것이다. 상류 계급에 대한 존경심, 후원자로서의 부인에 대한 숭배, 그리고 성직자로서의 권위, 교구 목사로서의 권리를 꽤나 훌륭한 것으로 여기고 있어 오만과 추종, 자존과 비굴의 혼합물로 되어 버렸던 것이다.

그는 이제 좋은 집도 얻었고 수입도 충분해졌으므로 결혼을 생각하게 되었는데, 롱본의 친척과 화해를 하는 데에도 목적은 물론 결혼에 있었다. 즉 만일 베넷 가의 딸들이 소문대로 아름답고 상냥하다면 그 가운데 한 사람을 신부로 고르려고 결심했던 것이다. 한정 상속에 대한 그 보상, 아니면 속죄라 한다면 그것이었다. 게다가 그는 자신이 있었다. 그의 생각으로는 훌륭한 보상인 동시에 가장 적절하며, 관대하고 사리사욕이 없는 방법이었던 것이다.

그의 계획은 직접 딸들을 보자 더욱 확고해졌다. 제인 양의 아름다운 얼굴은 그의 생각을 확고하게 했고, 기왕이면 그 보상은 연장자인 제인이 받아야 하는 것이라고 자기 혼자 결심을 굳히고 있었다. 그러나 이튿날 아침 바뀌었다. 아침식사를 하기 15분 전에 베넷 부인과 마주 앉아 목사관 이야기를 꺼내면서 매우 자연스럽게 그 목사관의 안주인을 롱본에서 찾고 싶다는 희망까지 말하게 되었는데, 그때 그녀는 매우 부드러운 미소를 짓고 격려하면서도 그가 선택한 제인에 대해서는 안 된다는 경고를 했다.

"밑의 아이들이 이미 마음에 든 사람이 있다는 말은 듣지 못했답니다. 책임을 지고 말할 수 있는 건 아니지만요. 그렇지만…… 맨 위의 딸은 이제 곧 결혼하게 될지도 모른다는 말을 해둬야 할 것 같군요."

그러나 콜린스 씨로서는 그저 제인을 엘리자베스로 바꾸기만 하면 그만이었다. 이 결심은 베넷 부인이 불을 지피고 있는 동안 바로 이루어졌다. 엘리자베스는 나이로 보나 아름답다는 점으로 보나 제인 다음이었으므로, 당연히 그녀에게 차례가 돌아갔다.

베넷 부인은 이 암시를 소중하게 가슴속에 간직하여, 오래지 않아 두 딸을 출가시킬 수 있을 것이라 기대했다. 그 전날까지만 해도 입 밖에 꺼내기도 싫었던 남자가 이제는 사뭇 마음에 들게 된 것이다.

리디아는 메리턴에 가는 계획을 잊지 않았다. 메리를 제외한 다른 딸들은 리디아와 함께 가기로 했다. 게다가 콜린스 씨도 베넷 씨의 부탁을 받아들여 그녀들을 따라가게 되었다. 베넷 씨는 콜린스 씨를 쫓아 버리고 서재를 독차지하고 싶었던 것이다. 그는 아침식사가 끝나자 베넷 씨를 따라 슬그머니 들어와 그 방에서 제일 큰 판형의 책을 읽는 체했으나, 사실은 잠시도 쉴 새 없이 헌스포드의 집과 마당에 관해 떠들어댔다. 이는 베넷 씨를 불편하게 만들었다. 서재만은 항상 여가와 정적을 확실하게 가져다주는 곳이었기 때문이다. 엘리자베스에게도 말했듯이, 집 안의 다른 어느 방에서든지 어리석은 행위와 자만에 부딪칠 각오는 되어 있으나 서재만은 그런 것을 끌어들이고 싶지 않았던 것이다. 그래서 그는 재빨리 콜린스 씨에게 딸들의 산책에 동행하는 것이 어떻겠느냐고 예의바르게 권했다. 콜린스 씨는 사실 책 읽기보다는 산책이 훨씬 적합한 사람이었으므로, 아주 기뻐하며 책을 덮고 나갔다.

그는 의미도 없는 말들을 수다스럽게 지껄였고, 딸들은 얌전하게 대답하면서 메리턴까지 걸어갔다. 이 거리에 한번 들어서자 그로서는 손아래 아가씨들의 관심을 붙잡아 둘 수 없게 되었다. 그녀들의 눈길은 이내 장교들을 찾아 거리를 헤매고 있었고, 상점 진열장에 있는 제법 멋진 모자나 새로 나온 모슬린 천이 아니고서는 아무것도 그녀들의 주의를 끌지 못했다.

그런데 잠시 뒤 모든 숙녀들의 주의는 재빨리 한 젊은 청년에게 쏠렸다. 그녀들이 지금까지 전혀 본 적이 없는 사람이었는데, 아주 신사다운 풍채로서 거리의 반대쪽을 장교 한 사람과 걸어가고 있었다. 장교는 리디아가 런던에서 돌아왔는지 궁금해 하던 데니 씨였는데, 그는 그녀들을 스쳐 지나가며 고개를 숙여 인사했다. 처음 보는 그 신사의 모습에 끌려 그녀들은 도대체 그가 누구인지 궁금해했다.

키티와 리디아는 그가 누구인지 알아낼 심산으로 반대쪽 가게에서 뭔가 사고 싶다는 구실을 붙여 함께 길을 건너갔다. 보도에 닿았을 때 마침 운좋게 두 신사도 되돌아와서 거기에 도착했다. 데니 씨는 곧 두 사람에게 말을 건네며, 그의 친구 위컴 씨를 소개하고 싶다고 말했다. 위컴 씨는 전날 그와 함께 런던에서 왔으며 자기네 부대에 입대하기로 되었다는 것 등을 얘기했다. 그야말로 솔깃한 이야기였다. 그가 완전한 매력을 갖추는 데 부족한 것은 오직 군복뿐이었기 때문이다.

모든 점에서 나무랄 데가 없었다. 용모도 훌륭하고 자세도 바르고 응대하는 태도도 기분 좋았다. 소개를 받자 곧 그가 말을 건넸는데, 그 태도 또한 예의바르고 자연스러웠다. 그들이 기분 좋게 이야기를 나누고 있는데 갑자기 말발굽 소리가 들리더니, 다시와 빙리가 말을 타고 거리로 내려오는 것이 보였다. 두 신사는 거리에 있는 여자들이 누구인지를 알아보자, 곧바로 그녀들 쪽으로 와서 여느 때처럼 인사를 했다. 빙리가 주로 말을 했고, 제인은 듣기만 했다. 빙리는 그녀를 문병하기 위해 롱본으로 가는 길이라고 말하고, 다시 씨도 그렇다는 듯이 고개를 숙여 보였다. 그는 절대로 엘리자베스를 바라보지 않겠다고 결심한 듯이 눈길을 돌렸지만, 우연히 그 눈은 새로 온 신사를 보게 되었다. 엘리자베스는 두 사람이 서로를 봤을 때, 한 사람은 창백해지고, 또 한 사람은 큰 충격을 받는 것을 보고 몹시 놀랍게 생각했다. 순간 위컴 씨는 모자에 손을 대고 다시 씨는 그저 고개를 숙였다. 대체 이것은 무엇을 의미하는가? 엘리자베스는 궁금해서 견딜 수가 없었다.

그러나 빙리 씨는 그런 일에는 거의 눈치채지 못한 듯 곧 작별인사를 하고 친구와 함께 갔다.

데니 씨와 위컴 씨는 젊은 여성들과 함께 필립스 씨 댁의 문어귀에까지 와서 허리를 굽혀 작별인사를 했다. 리디아가 안에 들어오기를 간곡하게 청했으며, 필립스 부인도 거실의 창문을 열고 큰 목소리로 그 초대를 응원했지만 헛일이었다.

필립스 부인은 언제나 즐겁게 조카딸들을 맞이했다. 위의 두 사람은 최근에 만나지 못했기 때문에 특히 환영을 받았는데, 부인은 두 사람이 갑자기 집으로 돌아와서 놀랐다는 이야기를 열심히 했다. 두 사람이 베넷 집안의 마차로 돌아오지 않았기 때문에, 만일 마침 거리에서 존스 씨의 점원을 만나 이젠 네더필드에 약을 보내지 않으며, 베넷 양은 집에 돌아왔다는 이야기를 듣지 않았더라면 그것을 전혀 알지 못했을 것이라고 말하는 것이었다. 부인은 더없이 정중하게 콜린스 씨를 맞아들였고, 그 역시 부인 못지않게 예의바르게 인사를 하고서는 한 번도 만난 적이 없는데 이렇게 찾아오게 된 것을 사과하고, 그러나 자기를 소개한 아가씨들의 친척이므로 이해해 주실 줄 알고, 염치없이 왔노라고 변명했다.

필립스 부인은 지나치게 예의바른 이런 태도에 탄복했다. 그러나 처음 보는 이 사람에 대해 천천히 생각해 볼 겨를도 없이, 조카들이 또 다른 새로운 청년에 관한 감탄과 질문을 그녀에게 퍼부었다. 그런데 그 신사에 관해서는 필립스 부인도 사실 거의 몰랐다. 알고 있는 것은, 데니 씨가 그를 런던에서 데려왔다는 것, 주(州) 부대의 중위로 임명될 것이라는 정도였다. 필립스 부인은 한 시간쯤, 그가 거리를 왔다 갔다 하는 것을 바라보고 있었다고 말했다. 혹시 위컴 씨가 나타났더라면 키티와 리디아는 틀림없이 거리에서 눈을 떼지 못했을 것이다. 그러나 운이 나쁘게도 창문 아래를 지나가는 사람은 2, 3명의 장교들—이 사람들은 그 새로 온 사람에 비하면 얼빠지고 달갑지 못한 자들—뿐이었다. 장교 몇 사람은 필립스 집안에서 이튿날 식사를 하기로 되어 있고, 이모는 혹시 너희가 온다면 남편에게 부탁해서 위컴 씨를 찾아가게 하여 그분도 초대해 보겠다고 말했다. 그녀들은 그것을 기쁘게 받아들였고, 필립스 부인은 제비뽑기라도 한바탕 떠들썩하게 벌이고 나서 따뜻한 저녁식사나 하자고 제안했다.

돌아오는 길에 엘리자베스는 두 신사 사이에 있었던 일을 제인에게 말했다. 혹 두 사람이 뭔가 나쁜 짓을 했다면 제인은 어느 한쪽 아니면 양쪽을 변호했을 것이지만, 그런 행동에 대해서는 엘리자베스와 마찬가지로 어떻게 설명할 수가 없었다.

　　콜린스 씨는 집에 돌아와 필립스 부인의 우아한 거동을 칭찬하여 베넷 부인을 매우 만족시켰다. 그는 캐서린 부인과 그 따님말고는 필립스 부인보다 더 우아한 사람을 본 적이 없다고 말했다. 사실은 그 부인이 더할 나위 없이 그를 정중하게 맞아주었을 뿐 아니라 전혀 안면이 없는데도 특별히 내일 밤의 모임에 초대해 주었다는 것이다. 아마 그것은 댁의 친척이기 때문이겠지만 여하튼 자기로선 지금껏 그토록 융숭한 대접을 받아 본 적은 없다면서 매우 감격하고 있었다.

16

　　젊은 아가씨들과 이모와의 약속에 대해서는 아무도 반대하는 사람이 없었고, 베넷 집안을 방문하고 있는 중에 하룻밤을 꼬박 실례하게 되는 것을 걱정한 콜린스 씨의 염려도 베넷 부부가 진정시켜, 마차는 콜린스 씨와 다섯 자매를 알맞은 시각에 메리턴으로 태우고 갔다. 아가씨들은 객실에 들어갈 때 위컴 씨가 초대를 승낙했으며 이미 집에 와 있다는 반가운 말을 들었다.

　　일단 모두 자리에 앉자 콜린스 씨는 침착하게 사방을 둘러보며 칭찬하기 시작했다. 우선 방의 크기와 가구를 칭찬하고, 마치 로징스의 여름철 아침 작은 식당에 있는 듯한 기분이라고 말했다. 이 비유는 처음엔 그다지 만족을 주지 못했다. 그러나 로징스가 어떤 곳이며 그 소유주가 누구인지 듣고, 캐서린 부인의 객실 벽난로 선반 하나만도 8백 파운드의 비용이 들었다는 것을 알게 되자, 필립스 부인은 그 칭찬의 위력에 탄복한 나머지, 설령 그 저택 가정부의 방에 비유했더라도 원망하지 않았을 것이다.

　　콜린스 씨는 캐서린 부인과 그 저택의 웅장함을 말하다가 이따금 지나가는 소리로 개조 중인 그 자신의 집을 자랑하며 다른 신사들이 합석하기까지 의기양양하게 들려주었다. 필립스 부인은 열심히 귀를 기울였다. 그녀는 이야기를 듣는 중에 점점 콜린스 씨를 중요한 인물로 생각하게 되어, 들은 이야기를 될 수 있는 대로 빨리 이웃 사람에게 알려 줄 결심이었다. 콜린스 씨의 이야기 따위를 듣고 있을 수가 없는 아가씨들은 뭔가 악기라도 있었으면 했고, 벽난로 위에 있는 그들이 손질한 모조 도자기를 보는 것 말고는 할 일도 없어서, 그렇게 기다리는 시간이 무척이나 지루했다.

그러나 그것도 끝나고, 신사들이 들어왔다. 드디어 위컴 씨가 방으로 들어왔는데, 엘리자베스는 자기가 어제 그를 만났을 때, 그리고 그 뒤 그를 생각하면서 느낀 감탄이 조금도 잘못된 것이 아니었음을 느꼈다. 그 장교들은……… 대체로 평판이 좋은 사람들이며, 그중에서도 빼어난 장교가 오늘의 손님들이었다. 그런데 위컴 씨는 그 모습과 용모와 풍채와 걸음걸이 등이 그들 가운데 누구보다도 훨씬 뛰어났다. 그들이 포트와인(포르투갈산의 맛이 단 포도주) 냄새를 풍기며 뒤따라 들어온 넓적한 얼굴의 딱딱한 이모부 필립스보다 훨씬 훌륭한 것과 마찬가지로 말이다.

위컴 씨는 모든 여성의 눈길을 한 몸에 모은 행복한 남성이고, 엘리자베스는 그가 옆에 앉은 행복한 여성이 되었다. 곧 기분 좋게 대화를 시작하여 화제는 단순히 습기 찬 밤이라든가 이제 장마철이 계속될 것이라는 등의 평범한 것이었으나, 얘기하는 사람의 말솜씨에 따라 가장 낡고 지루한 화제라도 흥미 있게 들린다는 것을 그녀는 느꼈다.

여성들의 시선을 끌어모으는 위컴 씨나 장교들 같은 적수가 나타나자 콜린스 씨는 완전히 그림자조차 없는 존재가 되어 버렸다. 그러나 젊은 여성들에겐 확실히 없는 거나 다름없는 존재였지만, 필립스 부인은 친절하게 이야기를 들어 주고, 또 끊임없이 신경을 써서 커피와 머핀을 넉넉히 나눠 주었다.

카드 탁자가 놓이자 이번엔 콜린스 씨가 부인에게 보답하기 위해 휘스트 게임(카드놀이의 일종)에 참가했다.

"현재로선 이 놀이를 거의 모르지만 곧 익숙해질 겁니다. 왜냐하면 나같은 지위에 있는 사람은……."

필립스 부인은 그의 호의에 감사했으나 그 이유까지 들으려고는 하지 않았다.

위컴 씨는 휘스트를 하지 않았으므로 엘리자베스와 리디아의 청을 받아들여 기꺼이 그들 사이에 앉았다. 처음엔 리디아가 그를 독점해 버리지 않을까 싶었다. 그녀는 그만큼 말솜씨가 좋았기 때문이다. 그러나 마찬가지로 제비뽑기에도 매우 흥미가 있어서 금세 거기에 열중해, 내기를 하고 땄을 때는 상품을 달라고 소리를 지르며 열을 올리느라 특별히 누군가에게 주의를 기울이는 일은 없었다. 그래서 위컴 씨는 놀이를 대충대충 따라가면서 엘리자베스에게 말을 건넬 여유는 충분히 있었고, 그녀도 기꺼이 귀를 기울였다. 그러나 주로 듣고 싶은 일에 관해서는, 즉 다시 씨와의 관계에 관해서는 이야기를 들을 수가 없었다. 그녀는 다시의 이름을 입 밖에 내는 것도 삼가고 있었다. 그러나 호기심은 뜻밖에 충족되었다. 위컴 씨가 먼저 그 화제를 꺼내어 네더필드는 메리턴에서 얼마나 떨어져 있는가 묻고, 그 대답을 듣자 망설이는 기색으로 다시 씨는 언제부터 거기에 와 있느냐고 물었다.

"이제 곧 한 달이 됩니다." 엘리자베스가 말했다. 그러고는 그 화제를 놓치고 싶지 않아 덧붙였다. "그분은 더비셔의 대단한 부자인 모양이더군요."

"그래요." 위컴이 대답했다. "그곳의 영지는 엄청납니다. 1년에 꼬박 1만 파운드의 수입이 있지요. 그런 일에 관해선 나만큼 확실한 정보를 알려 줄 수 있는 사람은 없을 겁니다. 어려서부터 그의 집과는 특별한 관계가 있었으니까요."

엘리자베스는 놀라지 않을 수 없었다.

"하긴 베넷 양도 아마 보셨을 테지만, 어제 그렇게 냉담하게 만난 다음에 이런 말을 하면 놀라시는 것도 당연하지요. 다시 씨를 잘 아십니까?"

"그 정도로 충분해요." 엘리자베스는 흥분해서 말해 버렸다. "그분하고 한 집에서 나흘 동안이나 지냈지만 아주 불쾌한 분이었어요."

"저로선 그가 유쾌한 사람인지 아닌지에 관해서는 뭐라 말할 수 없습니다. 내겐 그럴 자격이 없습니다. 그를 너무 오래, 너무 잘 알고 있었으므로 공정하게 판단할 수 없는 거지요. 공정하게 판단하긴 불가능합니다. 그러나 그 사람에 대한 당신의 의견은 뜻밖입니다…… 아마 다른 장소에선 그렇게 심하게 말씀하시는 경우는 없겠지요. 여기서는 집안 식구들뿐이니까요."

"제가 지금 여기서 하고 있는 말은 분명히 근처의 어느 집에서도 할 수 있어요. 네더필드만은 다르지만요. 하트퍼드셔에서 그분은 조금도 호감을 받고 있지 않아요. 그 자존심엔 모두 진저리 치고 있어요. 오히려 저만큼 호의를 갖고 말하는 사람은 없을 거예요."

"다시 씨나 그 밖의 누구든지 자신의 진가 이상으로 평가되지 않는다고 해서 유감이라는 기색을 보일 수도 없겠지만, 그 사람의 경우 그런 일은 거의 없을 것입니다. 세상 사람들은 그 재산과 사회적인 지위에 아주 현혹되어 있습니다. 또는 그 고압적인 태도에 눌려서 그런지 그 사람이 바라는 대로 그를 보게 되더군요."

"저는 잠깐 알게 된 것뿐인데도 아주 불쾌한 분같이 느껴졌어요."

위컴은 그저 고개를 옆으로 흔들었을 뿐 대답하지 않았다. 그러나 다음에 얘기할 기회가 왔을 때 그는 다시 물었다.

"그가 이 지방에 오래 머물 것 같던가요?"

"저로선 전혀 알 수 없어요. 제가 네더필드에 있었을 땐 다른 데로 가신다는 얘긴 없더군요…… 당신의 계획이 그분이 근처에 있기 때문에 영향을 받게 되지 않기를 바랍니다."

"그런 일은 없습니다. 저를 만나고 싶지 않다면 그편에서 떠나면 되지요. 우리 사이는 별로 좋지 않고 그 사람을 만나는 건 고통스럽습니다. 그러나 제가 그를 피하는 이유는 온 세상에 공개해도 떳떳한 것입니다. 제가 심한 냉대를 받았던 기억, 그리고 현재 그의 사람 됨됨이가 몹시 유감스러울 따름입니다. 베넷 양, 이미 세상을 떠나신 그의 아버님은 더없이 좋은 분이어서 지난날 저의 가장 진실한 벗이었습니다. 지금의 다시 씨와 한자리에 있으면 언제나 그분에 대한 수없이 많은 따뜻한 추억이 되살아나서 마음 깊은 곳에서부터 슬퍼하지 않을 수 없는 겁니다. 저에 대한 그의 태도는 정말 말할 수 없을 정도이지만, 그의 아버님의 뜻을 짓밟고 그 추억을 더럽히고 싶지 않아서 어떤 일이든지 용서해줄 수 있습니다."

엘리자베스는 화제가 점점 흥미있게 전개되는 것을 느끼고 열심히 귀를 기울였다. 그러나 민감한 이야기여서 그 이상 끼어들어 물어 볼 수는 없었다.

위컴 씨는 더 일반적인 화제, 즉 메리턴 이웃, 사교 등에 대해 얘기했는데 지금까지 눈으로 본 것이 매우 마음에 든 모양이었다. 특히 사교계에 대해서는 차분하지만 명백한 관심을 표시했다.

"제가 이곳에 오게 된 것은, 사실 사교계, 대단한 사교계가 있다는 것이 가장 큰 유혹이었습니다." 그는 덧붙였다. "이 주(州)부대가 아주 단정하고 기분 좋은 군단이라는 건 알고 있었지만, 친구인 데니는 지금 주둔 지역의 사정을 얘기해서 저를 꾀었던 겁니다. 메리턴에선 아주 융숭한 대접을 받고 훌륭한 친구를 얻을 수 있다는 얘기였지요. 고백하지만 저한테 사교는 꼭 필요한 것입니다. 저는 실의에 빠진 사람이라 고독을 쉽게 이겨내지 못합니다. 그래서 일과 사교가 필요한 거지요. 군인이 되도록 교육을 받은 것은 아니지만 사정이 있어서 그렇게 되었지요. 교회의 목사가 되는 교육을 받았습니다. 만일 우리가 방금 얘기한 다시 씨 그럴 생각이 있었다면 지금쯤은 매우 가치 있는 성직을 차지하고 있을 겁니다."

"어머나!"

"그래요…… 돌아가신 다시 씨는 그분의 증여권 내에 있는 매우 좋은 교회의 목사 자리가 나는 대로 저를 추천해 주겠다고 하셨습니다. 그분은 저의 대부였으므로 저를 매우 귀여워해 주셨지요. 그분의 친절은 이루 말할 수 없을 정도였습니다. 그분은 저를 위해 앞날의 준비를 충분히 해 주실 생각이었고 또 그렇게 했다고 생각하셨지만, 정작 그 목사직이 비었을 때는 다른 사람 손으로 넘어가고 말았던 겁니다."

"정말 너무하군요!" 엘리자베스는 소리쳤다. "어떻게 그럴 수가 있을까요? ……어떻게 유언을 무시할 수 있었을까요? ……왜 법률에 호소하시지 않았어요?"

"유언장의 문구에 형식적인 결함이 있었으므로 법률에 호소해도 가망이 없었던 겁니다. 물론 명예를 존중하는 사람이라면 유언의 의도를 의심할 리가 없었겠지만, 다시 씨는 그것을 의심했던 거예요 ……그것을 단지 조건부 추천이라고 취급하고 저의 사치와 건방짐을 들어 저의 모든 요구권이 상실되었다고 딱 잘라 말했었죠. 간단히 그것은 아무것도 아니라는 것이었습니다. 2년 전에 그 목사직은 공석이 되고 마침 저는 그것을 맡을 만한 나이가 되어 있었지만, 다른 사람에게 돌아가 버리고 말았습니다. 그러나 맹세컨대 저는 그것을 잃어 마땅한 짓을 한 적이 절대 없기에, 저 자신을 자책할 수 없습니다. 저는 흥분하기 쉬운 성질이어서 특히 그 사람에 관해, 또 그 사람 앞에서 생각한 대로 너무 지나치게 말했을지도 모릅니다. 더 이상의 일은 생각나지 않습니다. 그러나 사실은 서로가 매우 성격이 달라서 저를 싫어했을 거예요."

"어머, 너무하군요! 그런 사람은 세상에 밝히고, 모욕을 줘야 해요."

"언젠가는 그럴 수 있겠지만, 저 자신은 그렇게 하지 않을 작정입니다. 그 사람의 아버님을 잊지 않는 한, 도저히 그 사람에게 덤벼들거나 폭로할 수는 없으니까요."

엘리자베스는 그런 마음을 지닌 그를 존경하고, 그런 말을 하는 그를 한층 훌륭한 인물로 바라보았다.

"하지만," 그녀는 잠시 쉬었다가 다시 말을 이었다. "그분은 대체 왜 그랬을까요? 대체 뭣 때문에 그렇게 심한 짓을 했을까요?"

"철저하게 저를 싫어했던 게 아닐까요? ……얼마간 질투가 섞인 것이겠지만요. 돌아가신 다시 씨가 그토록 저를 귀여워해 주시지 않았더라면 그도 더 참을 수 있었을지도 모릅니다. 어렸을 때의 저에 대한 유난스런 애정이 그를 못 견디게 했을 거라고 생각합니다. 그 사람의 기질은 우리가 갖게 된 경쟁 의식 속에서 나를 편드는 것을 도저히 견딜 수 없었을 겁니다."

"저는 다시 씨가 그렇게 나쁜 분인 줄은 몰랐어요. 물론 좋게 생각한 적은 없지만요. 저는 그분이 인간을 대체로 경멸하고 있을 뿐이지, 그렇게 악의 있는 복수나, 피도 눈물도 없는 매정한 짓을 할 분이라곤 생각지 못했어요."

몇 분간의 침묵이 흐른 다음에, 그녀는 다시 말했다.

"그러고 보니 생각이 나는군요. 언젠가 그분이 네더필드에서 자기는 집념이 강해서 상대방을 용서하지 못하는 기질이라고 말하더군요. 무서운 성격이에요."

"이런 문제에 대해선 도저히 나 스스로도 자신이 없군요." 위컴이 대답했다. "저는 도저히 그 사람에 대해 공정해질 수는 없으니까요."

엘리자베스는 다시 생각에 잠겼다가 잠시 뒤에 이렇게 외쳤다. "아버지가 이름을 짓고, 아낀 사람에게 그런 짓을 하다니……." 그리고 '당신처럼 얼굴을 보기만 해도 좋은 분이라고 보증할 수 있는 분을' 하고 덧붙이고 싶었지만 그녀는 이렇게만 말하는 데 그쳤다. "당신이 말씀하신 것처럼 퍽 가까운 관계니 어려서부터 아마 당신의 친구이기도 했을 텐데요."

"우리는 같은 교구, 같은 집에서 태어나 어린 시절 대부분을 같이 지냈습니다. 같은 집에서 살며 같은 즐거움을 나누고 똑같이 부모님의 보살핌을 받으며 자라났던 겁니다. 제 아버지는 원래 당신 이모부님이 하고 계시는 그런 직업에 종사했던 모양이지만, 돌아가신 그분에게 힘이 되어드리겠다는 생각에 직업을 버리고 펨벌리의 재산을 관리하는 일에 종사했습니다. 그분은 아버지를 더없이 친근한 벗으로 아껴 주셨지요. 아버지의 실제적인 관리에 힘입은 바가 많다는 것을 인정하셨습니다. 그래서 세상을 떠나기 직전에 스스로 저를 부양하겠다는 약속을 하셨지요. 저는 그분의 약속이 저에 대한 애정과 함께 아버지에 대한 고마움을 갚기 위한 것이라고 확신하고 있습니다."

"참 이상하군요!" 엘리자베스가 외쳤다. "정말 역겨운 일이에요! 다시 씨의 그 자존심이 당신에 대해 공정하지 못한 태도를 취한 것이 지금은 이상하게 견딜 수 없어요. 더 좋은 동기에서가 아니더라도, 그분은 자신의 자존심을 위해서만이라도 그런 비열한 행동을 하지 말았어야지요. 그건 비열한 행동이 아닌가요."

"정말 기묘하지요." 위컴은 대답했다. "그 사람 행위의 거의 대부분은 자존심이 뒷받침하고 있습니다. 자존심이 그 사람에겐 최고의 친구지요. 다른 어떤 감정보다도 자존심이 그 사람을 미덕과 결부시켜 왔습니다. 그러나 인간에게는 언제나 모순이 있는 법이죠. 저에 대한 그 사람의 태도엔 자존심이 아닌 강한 동기가 작용하고 있었던 거지요."

"그 역겨운 자존심이 뭔가 그분에게 좋은 영향을 주었나요?"

"물론 그렇고말고요. 그를 마음이 선하고 너그러운 사람으로 만들어주고 있습니다. 돈을 아낌없이 쓰고 손님을 친절하게 응대하고 소작인을 돕거나 가난한 사람들을 구제하는 일을 하게 하고 있습니다. 가문에 대한, 또 아들로서 아버지에 대한 자부심 때문이지요. 그 사람은 아버님의 인격과 업적을 큰 자랑으로 생각하고 있거든요. 자기 가문을 손상시키거나 세상 사람들의 평판을 떨어뜨리거나 펨벌리의 영향력을 잃거나 하는 것만은 절대로 하지 않으려는 게 그의 모든 행동의 동기입니다. 그 사람은 또 오빠로서의 자부심도 갖고 있습니다. 오빠로서의 애정도 다소 거기에 곁들여져서 매우 친절하고 사려 깊은 보호자로 만들어 주고 있습니다. 당신은 그 사람이 우애가 극진하고 이 세상에서 보기 드문 오빠로서 칭찬을 받고 있다는 것을 알게 될 것입니다."

"다시 양은 어떤 분이세요?"

그는 고개를 흔들었다. "귀여운 사람이라고 말하고 싶군요. 특히 다시 집안의 가족을 나쁘게 말하는 건 아주 괴롭습니다만…… 그 여동생은 너무나 오빠를 닮았습니다…… 대단한, 정말 대단한 자존심이지요. 어렸을 때엔 애정이 깊은 사랑스러운 소녀로서 저를 무척 좋아했으므로 저도 여러 시간씩 같이 놀아 주었지요. 그러나 지금은 아무 소용도 없어요. 매우 아름다운 15, 6세의 소녀로 아주 교양이 있다더군요. 아버님이 돌아가신 뒤로 런던에서 살고 있는데, 어떤 여성이 같이 살면서 교육을 감독한답니다."

그들은 가끔씩 다른 화제를 꺼내다가 다시금 이 최초의 화제로 돌아오지 않을 수 없었다.

"그 사람과 빙리 씨가 친밀한 사이라니 정말 놀랐어요. 빙리 씨는 항상 기분 좋고, 정말 좋은 분이라 생각해요. 그 빙리 씨가 그런 분과 사이가 좋다니! 어떻게 친하게 지낼 수가 있을까요? 빙리 씨를 알고 계세요?"

"전혀 모릅니다."

"아주 친절하고 매력적인 분이에요. 다시 씨의 진짜 모습을 알고 계시지 않을까요?"

"그럴지도 모릅니다. 하지만 다시 씨는 그럴 마음만 있으면 남의 마음에 들 수 있는 사람입니다. 그 사람은 재주가 많아요. 그렇게 할 가치가 있다고 생각할 땐 재미있는 말동무도 될 수 있습니다. 자신과 같은 지위의 사람들 사이에 있을 땐 자신보다 부유하지 못한 사람들을 대하는 것과는 완전 딴판이 되니까요. 자존심에서 벗어날 수 없는 사람인 거지요. 부자들 사이에서는 아낌없이 돈을 잘 쓰며 공정하고 성실하며 합리적이고 존경할 만한 사람인데다 붙임성이 있는 사람이라고 해도 좋지 않을까요. 물론 재산과 외모 때문에 득을 보고 있다고 하더라도 말이지요."

휘스트 게임이 곧 시작되어 그들은 탁자 주위로 모였다. 콜린스 씨는 엘리자베스와 필립스 부인 사이에 앉았다. 그에게 결과가 좋았느냐고 부인이 틀에 박힌 질문을 했다. 과히 좋지는 않았다. 그는 점수를 많이 잃었던 것이다. 그래서 부인이 그 결과에 대해 걱정하는 기색을 보이자 정말 진지하게, 전혀 아무것도 아닌 일이며 돈은 있으나 없으나 마찬가지라고 걱정하지 말라고 말했다.

"잘 알고 있습니다, 부인." 콜린스가 말했다. "카드 탁자에 앉으면 누구나 모든 일을 운수에 맡기는 수밖에 없는 거지요…… 다행히도 전 5실링 정도에 벌벌 떨어야 하는 형편은 아닙니다. 물론 이렇게 말할 수 없는 사람도 적지 않을 줄 알지만, 캐서린 드 버그 부인 덕택에 자질구레한 걱정까지 할 필요는 없게 되었습니다."

바로 그때 이 말을 귀담아 들은 위컴 씨의 눈이 빛났다. 그리고 잠깐 콜린스 씨를 살펴본 다음 낮은 목소리로 엘리자베스에게 친척 되는 분이 드 버그 집안과 가까이 지내고 있느냐고 물었다.

"캐서린 드 버그 부인이 최근 저분에게 목사직을 주셨대요. 맨 처음에 어떤 연줄로 소개를 받았는지는 모르지만 아직 알고 지낸 지가 그리 오래된 것 같지는 않은 듯해요."

"캐서린 드 버그 부인과 앤 다시 부인이 자매간이란 것은 알고 계시겠지요. 그러니까 그분은 바로 다시 씨의 이모이신 거죠."

"아니에요, 알지 못했어요. 캐서린 부인의 친척에 관해서는 아무것도 모르고 있었어요. 그저께까지는 부인의 존재에 대해서조차 들은 적이 없었거든요."

"부인의 따님인 드 버그 양은 매우 넓은 영지를 상속하기로 되어 있고, 그녀와 사촌은 두 영지를 합치게 될 겁니다."

이 말을 듣자 엘리자베스는 가엾은 빙리 양이 생각나 자연스럽게 미소를 머금었다. 그가 이미 다른 여자와 더불어 스스로의 앞날을 정하고 있다면 그녀의 모든 마음가짐도, 아무리 그의 여동생을 사랑해 보아도, 그를 칭찬해 보아도, 모두 소용없는 일이다.

"콜린스 씨는 캐서린 부인과 따님을 매우 칭찬하고 계십니다. 하지만 제가 볼 때 그 고마워하는 마음이 저분의 판단력을 흐리게 만드는 것 같아요. 부인은 그분의 후원자이긴 하지만 도도하고 자만심이 강한 분인 것 같더군요."

"그렇지요, 아주 도도하고 자만심이 강한 사람입니다. 벌써 여러 해 동안 만나지 못했지만 그분을 좋아한 적은 없습니다. 태도가 독단적인 데다가 불손하다고 기억하고 있지요. 분별력이 대단하고 현명하다는 평판이 있기는 하지만, 제가 보기엔 그런 능력의 일부분은 그 계급과 재산에서, 또 일부분은 권위 있는 태도에서, 나머지는 부인 조카의 자존심에서 나온 것이라고 믿습니다. 그 사람은 자기와 관계가 있는 사람은 누구든지 뛰어난 이해력을 갖고 있다고 생각하는 사람이니까요."

엘리자베스는 위컴의 설명이 매우 합리적이라고 생각했다. 두 사람은 이야기를 계속하면서 서로 만족하고 있었지만, 밤참 때가 되어 카드놀이도 끝나고, 다른 여성들도 위컴과 얘기를 주고받게 되었다. 필립스 부인의 밤참 모임이 매우 떠들썩해서 전혀 대화를 나눌 수 없었지만, 위컴의 태도는 모든 사람에게 호감을 주었다. 해야 할 말은 모두 재치 있게 했고 모든 행동은 우아했다.

돌아갈 채비를 하면서도 엘리자베스의 머릿속은 그에 대한 생각으로 가득 찼다. 집으로 돌아가는 도중에서도 위컴과 또 그가 한 말 밖에는 아무것도 떠오르지 않았다. 그렇지만 그의 이름을 입 밖에 내지 못했다. 리디아도 콜린스 씨도 쉴 새 없이 지껄이고 있었기 때문이다. 리디아는 끊임없이 제비뽑기 이야기를 했는데, 잡지 못한 물고기와 잡은 물고기에 관한 이야기뿐이었다. 콜린스 씨는 또 필립스 부부가 예의바르다는 말을 하고 휘스트 게임에서 진 것은 아무렇지도 않으며, 밤참의 요리 가짓수를 전부 열거하는가 하면, 자신이 아가씨들을 거북하게 하고 있지나 않은가 염려하는 등, 할 말이 산더미같이 많았는데 그 와중에 마차가 롱본의 집에 도착했다.

17

다음 날 엘리자베스는 제인에게 위컴 씨와 자기가 주고받은 이야기를 들려주었다. 제인은 놀란 듯하면서 걱정스러운 얼굴로 가만히 듣고 있었다. 그녀로선 빙리 씨가 존경하고 있는 다시 씨가 그런 하찮은 인물이라고는 생각되지 않았다. 그렇지만 그처럼 온후한 위컴 씨의 성실함을 의심한다는 것도 도저히 있을 수 없는 일이었다. 그 청년이 그런 불친절한 처사를 당했다는 사실이 그녀의 부드러운 감정을 흔들어 놓은 것이다. 결국 두 사람을 똑같이 좋게 여기고 그들의 행동을 변호하고, 달리 설명할 길이 없는 일은 우연이나 오해 탓으로 돌리는 수밖에 없었다.

"나도 잘 모르겠지만, 우리로선 도저히 생각할 수도 없는 여러 가지 오해가 있는 게 아닐까? 서로서로 이해관계에 있는 사람들이 두 분 사이에 오해가 생기도록 했기 때문일 거야, 틀림없이. 두 분 다 실제의 책임은 없는데, 그 사이를 벌어지게 해버린 원인이나 사정은 도저히 짐작할 수 없는 거야."

"그럴 듯한 생각이야. 그런데 언니, 이해관계 때문에 둘 사이를 이간질한 사람들에 대해서는 어떤 식으로 두둔할 거야? 그들에 대해서도 확실히 해둬야지. 안 그러면 그들을 무조건 비난하게 될 테니까."

"웃고 싶으면 웃어. 하지만 아무리 웃어도 내 생각은 변하지 않을 거야. 리지, 생각해 봐. 아버님이 귀여워한 사람을, 아버님이 부양하기로 약속한 사람을 그처럼 다루었다면, 그분은 얼마나 명예롭지 못한 입장에 서게 되겠어. 그런 일은 불가능해. 보통 인정을 가지고 자기 명예를 소중하게 여기는 사람으로선 그런 일은 할 수 없을 거야. 제일 친한 친구가 그렇게 속아 넘어가는 법은 없어. 그래, 그런 일은 있을 수 없어."

"나로선 위컴 씨가 이야기를 꾸며냈다기보다는 빙리 씨도 속고 있는 거라고 생각하는 편이 훨씬 낫다고 봐. 특히 이름부터 모두 거침없이 술술 말씀하셨어. 혹시 그게 사실과 다르다면 다시 씨에게 반박해 보라고 하겠어. 게다가 그분 얼굴에서는 진실이 느껴졌어."

"어려운 일이구나…… 곤란해. 어떻게 생각하면 좋을지 도저히 모르겠어."

"그렇게 말하지만 어떻게 생각해야 할지 뻔한 게 아니겠어?"

그러나 제인의 생각으로는 오직 한 가지만 확실할 뿐이었다. 빙리 씨가 혹시 속고 있었다면 이 사건이 표면에 드러났을 때 가장 괴로운 이는 그가 아닐까 하는.

관목 숲을 거닐며 두 자매가 이런 얘기를 나누고 있을 때, 빙리 씨 일행이 도착했다는 전갈을 받았다. 빙리 씨와 자매는 오랫동안 기다린 네더필드의 무도회를 다음 화요일에 열기로 했으므로, 일부러 그 초대를 본인이 직접 전하기 위해 찾아왔던 것이다. 빙리 자매는 사랑하는 친구와의 재회를 기뻐하면서 오랜만이라고 인사를 하고, 헤어진 뒤로 무엇을 했느냐고 물었다. 제인말고 다른 가족에 대해서는 거의 주의를 기울이지 않았다. 베넷 부인은 될수 있는 대로 피하고, 엘리자베스에게도 별로 말하지 않았으며 다른 사람들에겐 전혀 말을 건네지 않았다. 그들은 잠시 뒤 물러갔는데, 빙리 씨조차 놀랄 만큼 빠른 동작으로 일어나 베넷 부인의 인사말을 피하려는 듯 급히 나가버렸다.

네더필드의 무도회는 이 집 여성들 모두에게 즐거운 기대를 갖게 했다. 우선 베넷 부인은 이것을 큰딸에 대한 호의에서 계획된 것이라 마음대로 생각하고, 특히 단순하게 의례적인 초대장만이 아니라 빙리로부터 직접 초대받은 것을 무척 자랑스럽게 여겼다. 제인은 두 사람의 친구와 그들의 오빠로부터 환대를 받게 될 즐거운 하룻밤을 마음속에 그려 보았다. 엘리자베스도 위컴 씨와 실컷 춤을 추고, 다시 씨의 거동에서 모든 확증을 잡아낼 수 있을 것 같아서 기쁘게 기다리고 있었다. 캐서린과 리디아가 기대하는 즐거움은 특별한 어떤 사건이나 사람에 한정된 것은 아니었다. 물론 엘리자베스와 마찬가지로 적어도 밤의 절반은 위컴과 춤을 출 작정을 하고 있었지만, 결코 그것만이 목표는 아니었다. 아무튼 무도회는 역시 무도회였다. 메리마저 식구들에게 무도회는 싫지 않다고 말할 정도였다.

"아침만이라도 내 마음대로 할 수 있으면 그걸로 충분해요. 이따금 하는 밤의 약속쯤은 별로 희생이라고 생각지 않아요. 사회에서는 우리 모두에게 여러 의무를 요구하지요. 간혹 기분전환하기 위한 오락은 누구를 위해서든 바람직한 일이라고 주장하고 싶어요."

엘리자베스는 꼭 필요할 때가 아니고서는 콜린스 씨에게 말을 걸지 않았지만, 지금은 너무 마음이 들떠 있어서 무심코 빙리 씨의 초대에 응할 것인지, 또 응한다면 그날 밤의 즐거움에 참가하는 것이 옳다고 생각하는지 어떤지를 물었다. 그런데 놀랍게도 콜린스 씨는 그런 점에 대해서는 조금도 거리낌이 없으며, 춤을 추더라도 대주교나 캐서린 드 버그 부인으로부터 책망을 들으리라곤 전혀 염려하고 있지 않다는 것이었다.

"이런 종류의 무도회, 즉 품성이 고결한 청년이 존경할 만한 사람들을 위해 베푸는 무도회라면 조금도 나쁘다고 생각하지 않습니다. 그런 만큼 제가 춤을 추는 것도 부끄럽지 않은 일이며, 그날 밤 안에 아름다운 여러분들의 손을 모두 잡는 영광을 얻게 되길 바라고 있습니다. 이 기회를 빌려 말씀드리지만, 엘리자베스 양, 특히 처음 두 번의 춤은 당신 손을 잡게 해 주십시오. 이건 제인에게도 그럴 듯한 이유가 있는 일이므로 그녀에 대한 무례가 결코 아님을 생각하시고 용서해 주실 줄 압니다."

엘리자베스는 꼼짝없이 당한 느낌이었다. 이 두 번의 춤은 위컴 씨와 함께 하리라 기대하고 있었는데, 콜린스에게 빼앗기다니! 모처럼의 즐거움이 이렇게 어긋난 적은 없었다. 그러나 어쩔 수가 없었다. 위컴 씨와 자기 자신의 즐거움은 부득이 좀 나중으로 미루고, 콜린스 씨의 요청을 될 수 있는 대로 예의바르게 받아들였다. 콜린스의 이런 태도는 이 밖에도 어떤 암시를 풍기고 있어서 더더욱 싫어졌다. 이제야 비로소 자매들 가운데 헌스포드 목사관의 안주인으로, 또 로징스의 쿼드릴 탁자에 적당한 사람이 없을 경우 인원수를 채우기에 알맞은 사람으로서 자신이 뽑혔음을 깨달았던 것이다. 이런 생각은 콜린스 씨가 먼저 자기에 대한 배려를 더 신경 쓰고 또 자기의 기지와 활발함을 칭찬하는 것을 보고 확신하게 되었다. 자신의 매력이 가져온 효과에 대해 만족했다기보다 어처구니가 없었다. 이제 머지않아 결혼할 가능성이 높다는 것과 두 사람이 결혼하게 된다면 어머니가 대단히 기뻐하리라는 것을 알 수 있었다. 그러나 엘리자베스는 그런 암시를 모른 체하기로 했다. 거기에 대해 무언가 대답을 하면 심상치 않은 싸움이 될 것이 틀림없음을 잘 알고 있었기 때문이다. 콜린스 씨는 청혼하지 않을지도 모르며, 청혼이 있기 전까지는 그 문제로 논쟁을 해 보아도 소용없는 일이었다.

마일 네더필드의 무도회를 위해 준비하거나 얘기하는 일이 없었더라면, 베넷 집안의 딸들에게는 지루한 나날이었을 것이다. 초대를 받은 그날부터 무도회 날까지 줄곧 비가 내려서 한 번도 메리턴에 가지 못했기 때문이다. 이모도 장교들도 만나지 못하고 소식도 듣지 못했다. 네더필드에서 신을 구두에 장식하는 리본조차 사람을 보내 구해야 했다. 엘리자베스조차 위컴 씨와 더 가까워질 기회를 잠시나마 잃어버린 형편이었으므로 꽤 초조했다. 그래도 화요일에 무도회가 있으므로 키티도 리디아도 이와 같은 금요일, 토요일, 일요일, 월요일을 견딜 수 있었던 것이다.

18

엘리자베스는 네더필드의 객실에 들어가자 거기에 모인 진홍빛 상의를 입은 사람들 속에서 위컴의 모습을 찾았으나 그는 보이지 않았다. 그때까지 그가 오지 않을지도 모른다는 생각은 전혀 해보지 않았다. 틀림없이 그를 만날 수 있다고 생각했으므로, 그와 나눈 대화에서 예상되는 그의 불참 가능성도 그녀는 조금도 염두에 두지 않았던 것이다. 여느 때보다 정성껏 치장을 하여, 위컴의 가라앉지 않는 감정을 극복시켜 주기 위해 한껏 명랑하리라 다짐하고, 오늘 밤 안으로 그의 마음을 완전히 차지할 수 있을 것이라 생각하고 자못 기대에 부풀어 있었다. 그러나 불현듯 빙리 씨가 다시 씨의 입장을 생각해서 초대 명단에서 그를 뺀 것이 아닐까 하는 의혹이 생겼다. 그의 친구인 데니 씨의 말을 들어 보니 사정은 엘리자베스가 염려했던 그대로는 아니었지만, 위컴이 참석하지 않은 것은 명백한 사실이고, 리디아가 열심히 그에게 물은 결과, 위컴은 전날 볼일이 있어 런던으로 떠났으며 아직 돌아오지 않았다는 것을 알게 되었다. 그는 의미심장한 미소를 띠고 덧붙였다.

"그러나 역시 여기 있는 어떤 신사를 피하고 싶었던 게 아닐까요? 그렇지 않으면, 이런 때 굳이 일을 핑계로 떠날 필요는 없었겠죠."

리디아는 그 말이 무슨 뜻인지 몰랐으나 엘리자베스는 쉽게 알아차렸다. 자기의 짐작이 옳았으며 다시가 위컴의 불참에 책임이 있다는 것을 확인할 수 있었으므로, 다시에 대한 나쁜 감정이 그 순간의 실망 때문에 몹시 날카로워졌다. 그 뒤 다시가 정중하게 안부인사를 하기 위해 다가오자 응답을 망설일 정도였다. 다시에 대해 마음을 쓰거나 조심스러워지거나 참거나 하는 것은 마치 위컴을 모독하는 듯한 기분이 들었다. 그와는 절대로 말하지 않으리라 결심하고 되도록 불쾌한 기색으로 외면했으나, 이 불쾌감은 빙리와 말을 주고받을 때에도 떨쳐 버릴 수가 없었다. 그녀로서는 다시에 대한 빙리의 맹목적인 편애가 비위에 거슬렸던 것이다.

그러나 엘리자베스는 본디 남에게 불쾌한 태도를 보이지 못하는 성격이었다. 이날 밤의 겨냥은 빗나갔지만, 그리 오래 그 활기를 누르고 있지는 못했던 것이다. 지난 1주일 동안 만나지 못한 샬롯 루카스에게 자신의 슬픈 마음을 남김없이 털어놓아 버리고 나서, 스스로 화제를 바꾸어 콜린스 씨의 기행을 들추면서 샬롯의 주의가 이 사람에게 쏠리도록 했다. 그러나 엘리자베스는 처음 두 번의 춤에서 또다시 질렸다. 그 자체가 고행이었다. 콜린스 씨는 서투르고 격식에 치우쳤으며, 상대에 대한 배려 대신 변명만 늘어놓고 틀린 동작을 하고서도 그것을 알아차리지도 못한 채 제멋대로 움직여, 두 번 춤을 추는 동안에 엘리자베스가 느낀 수치와 비참함은 이루 헤아릴 수가 없었다. 그에게서 벗어나는 순간이야말로 다시 살아나는 것만 같을 정도였다.

다음은 어느 장교와 춤을 추었다. 그와 춤추면서 위컴 씨에 대해서 이야기하고, 그가 누구에게나 호감을 받고 있다는 말을 듣고 기운이 되살아나는 듯했다. 엘리자베스는 춤이 끝나자 샬롯 루카스에게로 돌아가 얘기를 하고 있었다. 그때 갑자기 다시가 말을 걸었다. 놀랍게도 같이 춤을 추자는 것이었다. 너무 갑작스런 일이어서 엘리자베스는 자기도 모르게 그것을 받아들이고 말았다. 다시는 곧 물러갔으나 혼자 남겨진 엘리자베스는 침착을 잃은 자기 행동을 후회했다. 샬롯이 그녀를 위로했다.

"저분은 아주 좋은 분일지도 몰라."

"천만에. 그거야말로 가장 큰 불행이야. 싫어하기로 작정한 사람을 좋은 사람이라고 생각하다니! 날 위해서라도 그런 악담은 하지도 마."

그러나 다시 춤이 시작되어 다시가 다가와서 상대가 되어 달라고 청했을 때, 샬롯은 그녀에게 위컴을 좋아한다고 해서 그보다 10배나 사회적 지위가 높은 다시에게 매정한 태도를 보이지 말라고 귓속말로 충고했다. 엘리자베스는 대답도 하지 않고 춤추는 사람들 틈에 끼었는데, 다시 씨 앞에 마주 서자 자신에게 어울리지 않는 위엄을 갖게 된 것에 놀랐고, 이것을 보는 옆 사람의 표정 속에서 같은 놀라움을 보게 되었다. 그들은 얼마 동안 말없이 서 있었다.

그녀는 두 번 춤추는 동안에 침묵이 계속되지 않을까 싶어 걱정되었으나, 처음 얼마간은 먼저 입을 열지 않으리라 결심하고 있었다. 그러다가 갑자기 상대방으로 하여금 말을 하게 하는 것이 그를 더욱 괴롭게 만드는 거라는 생각이 들어서 의견을 조금 입 밖에 내었다. 그는 대답했지만, 다시 입을 다물어 버렸다. 2, 3분 지나 다시 말을 건넸다.

"다시 씨, 이번엔 당신이 뭔가 말씀하실 차례예요. 저는 춤에 관해 말했으니 방의 크기라든가 인원수 같은 것에 대해 의견을 말씀하셔야 해요."

그는 미소를 지으며 원한다면 무슨 말이든지 하겠다고 말했다.

"좋아요. 일단은 그 정도 대답으로 만족하죠. 아마 잠시 뒤엔 개인의 무도회는 공개적인 것보다 훨씬 유쾌하다느니 하는 말을 제가 할 거예요. 지금은 둘 다 잠자코 있는 것이 나을 듯해요."

"당신은 춤을 추는 동안에 어떤 기준을 정해 놓고 말합니까?"

"네, 때로는. 누구든지 조금은 말해야 하니까요. 30분이나 가만히 있으면 이상하게 보이거든요. 하지만 어떤 분들을 위해 대화는 될 수 있는 대로 간단하게 할 수 있도록 간추려져야 하지요."

"지금 같은 경우는 당신 자신의 감정을 추스리는 건가요, 아니면 제 감정을 만족시켜 주고 있다고 생각하나요?"

"양쪽 다죠." 엘리자베스가 장난스럽게 대답했다. "왜냐하면 저는 언제나 우리의 감정이 비슷하다는 것을 봐왔거든요. 둘 다 비사교적인데다 말수가 적어서, 이 방에 있는 사람들에게 대단한 갈채를 받고 격언으로 후세에까지 전해질 만한 말이 아니고는 아예 입을 떼고 싶지 않으니까요."

"그건 당신의 성격과는 별로 맞는 것 같지 않은데요. 저 자신의 성격에 어느 만큼 가까운지도 말할 수 없겠군요. 당신은 그것을 충실한 자화상이라고 생각하는군요."

"자기 자신의 성과에 대해서 스스로 결정해선 안 되죠."

그는 대답하지 않았다. 그리고 그 춤이 끝날 때까지 둘 다 잠자코 있다가, 그가 당신과 당신의 자매들은 자주 메리턴에 가느냐고 물었다. 그녀는 그렇다고 대답을 하고 나서 마음의 유혹을 참지 못하고 덧붙였다. "저번에 만났을 때 마침 우리는 어떤 분을 소개받던 참이었죠."

효과는 만점이었다. 오만의 깊은 그림자가 그 얼굴 위에 번졌지만 그는 한 마디도 하지 않았다. 엘리자베스는 자기의 약한 마음을 스스로 나무라면서 그 이상은 말을 이을 수가 없었다. 드디어 다시가 어색한 말투로 말했다. "위컴 씨는 매우 붙임성이 있는 태도 때문에 친구를 쉽게 만듭니다. 그러나 그 친구를 한결같은 태도로 대할 수 있는지는 그리 확실하지 않지요."

"그분은 가엾게도 당신과의 우정을 잃어 그 때문에 괴로워하시는 모양이더군요." 그녀는 힘주어 말했다.

다시는 대답하지 않았으며, 화제를 바꾸고 싶은 눈치였다. 마침 그 순간 윌리엄 루카스 경이 그들 가까이로 다가왔다. 그들 사이를 지나 맞은편 쪽으로 가려던 참이었지만 다시 씨를 발견하자 유난히 정중하게 고개를 숙이고, 그의 뛰어난 춤 솜씨와 파트너에 대해 찬사를 아끼지 않았다.

"아주 감탄했습니다. 이처럼 훌륭한 춤은 좀처럼 볼 수 없지요. 당신은 일류 사교계의 분이지만 그 아름다운 파트너도 당신을 부끄럽게 하지는 않는 분입니다. 앞으로 이런 모임을 자주 베풀면 좋겠습니다. 특히 엘리자 양(그녀의 언니와 빙리 쪽에 눈길을 던지면서), 어떤 경사스런 일이 생겼을 때엔 그렇지요. 여러분에게 굉장한 축사가 쏟아지겠지요. 다시 씨, 당신에게 간절히 바랍니다……. 아, 이거 너무 방해를 했군요. 모처럼 아가씨와 매혹적인 얘기를 나누고 계시는데 실례가 많았습니다. 그녀의 빛나는 눈도 나를 비난하고 있는 듯하군요."

윌리엄 경이 한 말의 끝부분은 다시의 귀엔 거의 들리지 않는 듯했다. 다만 그가 빙리를 은연중에 지목한 사실에 강한 인상을 받은 듯 심각한 표정으로, 같이 춤추고 있는 빙리와 제인에게 눈길을 돌렸다. 그러나 그는 곧 정신을 차려 엘리자베스를 향해 이렇게 말했다.

"윌리엄 경이 끼어드는 바람에 무슨 얘기를 하고 있었는지 잊어버렸군요."

"별 말 하지 않았어요. 윌리엄 경은 방해하셨다고 하지만 우리만큼 화제가 없는 사람들은 없을 거예요. 두세 차례 화제를 끌어냈지만 잘 되지 않았고, 다음엔 무슨 얘기를 하면 좋을지 생각나지도 않아요."

"책에 대해서는 어떨까요?" 그는 미소를 지으며 말했다.

"책이라고요? ……아, 안 돼요. ……당신과 내가 같은 책을 읽었을 리 없고, 읽었다 해도 느끼는 게 다를 테니까요."

"그렇게 생각하신다면 정말 유감스럽군요. 그러나 그렇다면 적어도 화젯거리가 모자라지는 않겠군요. 서로 다른 의견을 비교할 수도 있으니까요."

"아니에요. ……무도회장에서 무슨 책 이야기를 해요."

"이런 곳에서는 단지 눈 앞의 것만으로 언제나 머릿속이 꽉 차 있나요?" 그는 의심스럽다는 듯한 표정으로 말했다.

"네, 그래요." 그녀는 바로 대답했으나, 사실 그녀의 생각이 화제에서 멀리 떨어져서 헤매고 있어서, 자신이 무슨 말을 하는 지도 모르는 것 같았다. 그녀가 느닷없이 이렇게 외친 것으로도 잘 알 수 있었다.

"다시 씨, 당신은 언젠가 남을 좀처럼 용서할 수 없다고 하셨어요. 한번 품은 원한은 절대로 잊히지 않는다고 하시던 그 말씀을 잘 기억하고 있는데, 그걸 가슴에 품게 되기까진 세심한 주의를 기울이시겠지요?"

"그렇죠, 세심한 주의를 기울입니다." 그는 확고하게 대답했다.

"선입견으로 자신의 마음이 흐려지게 하시진 않겠지요?"

"네, 그렇게 되기를 바라고 있습니다."

"자기 의견을 바꾸지 않는 사람은, 특히 처음엔 우선 바르게 판단했다는 확신을 갖는 것이 필수 조건이라고 생각하는데요."

"대체 그런 질문의 목적이 무언지 알고 싶군요."

"다만 당신의 인품을 엿보고 싶었어요." 그녀는 되도록 대수롭지 않은 듯한 말투로 말했다. "꼭 알아내고 싶거든요."

"그렇다면 그 결과는 어떤가요?"

그녀는 고개를 옆으로 흔들었다. "전혀. 하나같이 다른 의견을 듣게 되니 점점 더 모르겠어요."

"분명히 그럴 거라고 생각합니다." 갑자기 그는 진지하게 말했다. "저에 대해서는 여러 가지로 다른 소문을 듣게 될 겁니다. 베넷 양, 지금 당장은 저의 성격을 미리 그리려고 하지 않았으면 합니다. 그 결과는 그린 사람에게 도 그려진 사람에게도 그다지 좋지 못할 수 있기 때문입니다."

"하지만 지금이 아니면 다시는 기회가 없을 것 같아서요."

"당신의 즐거움을 방해하려는 생각은 결코 없습니다." 그는 냉담하게 말했다. 엘리자베스도 더는 아무 말도 하지 않았기 때문에 두 사람은 춤을 한 번 더 추고 말없이 헤어졌다. 정도는 달랐지만 두 사람 다 불만을 느끼고 있었다. 다시는 엘리자베스에 대해 좋은 감정을 품고 있었으므로 곧 그녀를 용서할 수 있었으나, 다른 사람은 화가 치밀어 올랐다.

두 사람이 헤어지고 얼마 되지 않아 빙리 양이 엘리자베스 쪽으로 정중하면서 비웃음이 섞인 표정으로 말을 건네며 다가왔다.

"저, 엘리자 양, 당신은 조지 위컴 씨가 무척 마음에 든 모양이지요? 당신 언니가 그 사람에 관한 얘기를 하면서 여러 가지로 묻더군요. 그가 당신에게 여러 가지 말했겠지만, 단 하나, 그가 돌아가신 다시 씨의 집사였던 위컴의 아들이라는 것만은 말하는 걸 잊었겠죠. 친구로서 충고해 두지만, 그 사람의 주장을 전적으로 믿지 않도록 하세요. 가령 다시 씨가 그 사람을 학대했다는 얘기 따윈 완전히 거짓말이에요. 그렇기는커녕 언제나 아주 친절하게 대해 줬어요. 그런데 거기에 대해 그는 꽤나 파렴치하게 보답했던 거지요. 자세한 건 모르지만 다시 씨에겐 전혀 나쁜 점이 없다는 것, 조지 위컴의 이름을 듣는 것조차 견디기 어려워하신다는 것은 잘 알아요. 오빠도 장교들을 초대하는 가운데 그 사람을 빼버릴 수는 없었지만, 그 사람이 스스로 빠져 준 것을 아주 기뻐하고 있지요. 처음부터 그 사람이 이 지방에 온 것 자체가 뻔뻔스런 일이에요. 정말 어떻게 뻔뻔스럽게 올 수 있었을까 싶어 놀라워요. 엘리자베스, 당신의 소중한 사람의 잘못을 여러 가지 들춰내서 미안해요. 하지만 그의 내력을 생각하면 그보다 나은 기대를 가져볼 수도 없지요."

"당신 말은 마치 그분의 혈통 자체가 죄악이라는 것처럼 들리는군요." 엘리자베스는 화를 내며 말했다. "당신의 비난은 다시 씨의 집사 아들이었다는 것보다 나쁜 건 아무것도 없는 듯이 들려요. 그 점에 대해서는 분명히 말하지만, 그분 자신이 똑똑히 가르쳐 줬어요."

　"죄송해요." 빙리 양은 차가운 웃음을 띠며 외면했다. "공연히 참견한 걸 용서해 주세요. 당신을 위하는 마음으로 한 말이에요."

　"무례한 여자!" 엘리자베스는 혼잣말을 했다. "그런 시시한 공격으로 내 마음을 움직일 수 있으리라 생각한다면 실수하는 거야. 네가 일부러 모르는 척하는 것과 다시 씨의 악의밖에 난 모르겠는걸?"

　그녀는 언니를 찾았다. 제인은 미소 지으며 동생을 맞았는데, 흐뭇하도록 만족에 넘쳐 있고 행복에 겨운 기색이어서, 이날 밤 일들에 얼마나 만족하고 있는지 충분히 알 수 있었다. 엘리자베스는 곧 그런 감정을 알아채고 제인의 행복이 순조롭게 이어지기를 바라는 마음에서, 위컴에 대한 걱정과 그의 적에 대한 노여움 같은 것들을 모두 지워버리기로 했다.

　엘리자베스는 언니 못지않게 생글거리며 말했다. "위컴 씨에 대해 알게 된 일을 듣고 싶었어. 하지만 언니는 너무 즐거워서 제삼자의 일 같은 건 생각할 여유가 없었겠지. 그런 거라면 용서해 줄게."

　"아냐. 나는 그분의 일은 잊지 않았어. 하지만 납득이 갈 만한 일은 아무것도 없어. 빙리 씨는 그분의 일을 전부 알고 있는 것도 아니고, 다시 씨의 감정을 상하게 한 사정은 전혀 모르고 계셔. 하지만 다시 씨의 행동이 옳다는 것과 성실하다는 것에 대해서는 보증을 하시더군. 위컴 씨가 다시 씨로부터 받은 대우는 평소 그의 행실에 비추어보면 분에 넘치는 것이라고 확신하고 계셔. 유감스럽지만 위컴 씨는 결코 존경할 만한 젊은이는 아닌 것 같아. 아주 무분별해서 다시 씨의 호의를 잃은 것도 당연한 사람 같아."

　"빙리 씨는 위컴 씨를 직접 알지는 못하지?"

　"그래. 저번에 메리턴에서 만난 게 처음이래."

　"그럼 그런 설명은 다시 씨한테서 나왔군. 잘 알겠어. 하지만 목사직에 대해선 말씀하셨지?"

　"그 사정은 확실하겐 생각나지 않는 모양이야. 다시 씨한테는 몇 번 들은 모양이지만. 하지만 그분은 그냥 조건부로 양도했을 거라고 믿고 있어."

"나는 빙리 씨의 말을 의심하는 건 아니야." 엘리자베스도 다소 흥분한 모습이었다. "그렇지만 단지 보증하는 것뿐이잖아. 그것을 완전히 믿을 수는 없어. 친구에 대한 빙리 씨의 변호는 확실히 훌륭해. 하지만 그 일에 대해 모르는 점도 많고, 그나마 다시 씨한테서 들은 일이니 두 분에 대한 내 생각은 조금도 변하지 않아."

여기서 엘리자베스는 두 사람 모두 즐겁게 해주고 감정의 변화 없이 이야기할 수 있는 것을 화제로 바꾸었다. 엘리자베스는 빙리의 애정에 대해서 제인이 품고 있는, 행복하지만 겸손한 희망에 귀를 기울이고 기쁘게 생각했다. 그리고 제인이 더 자신을 갖도록 자기가 할 수 있는 최선을 다해 말을 했다. 이윽고 빙리 씨가 끼어들어서 엘리자베스는 루카스 양에게로 물러갔는데, 그녀의 조금 전 상대자는 어땠느냐는 질문을 받았다. 거기에 대답을 하자마자 콜린스 씨가 두 사람에게로 와서, 방금 중대한 발견을 했다고 퍽 자랑스럽게 말했다.

"사실 기묘한 우연이었어요. 지금 이 방에 제 후원자의 가까운 친척 되시는 분이 계신 것을 발견했습니다. 마침 그 신사 자신이 오늘 밤의 안주인 역할을 하고 계신 젊은 여성에게 사촌인 드 버그 양과 그 어머님이신 캐서린 부인에 관한 얘기를 하고 있는 걸 엿들었거든요. 정말 이상한 우연입니다. 이 모임에서 캐서린 드 버그 부인의 조카일 듯싶은 분과 만난다는 건 생각지도 못했던 일입니다. 다행히 그분에게 인사드릴 기회를 발견하게 된 걸 감사하고 있습니다. 지금이라도 인사를 드릴 참입니다만 좀더 빨리 하지 않은 것을 용서해 주시리라 믿습니다. 인척관계를 전혀 모르고 있었으니 용서해 주실 줄 압니다."

"설마 다시 씨에게 자신을 소개하실 생각은 아니겠죠?"

"아니, 그럴 생각입니다. 더 빨리 하지 않은 데 대해 용서를 빌 생각입니다. 캐서린 부인의 조카가 되시는 분일 테니까요. 지난주 월요일에 영부인을 뵈니 무척 건강하게 잘 지내시더라는 걸 말씀드리는 게 제가 할 수 있는 일이니까요."

엘리자베스는 콜린스에게 그런 짓은 그만두는 게 좋다고 애써 설득했다. 다시 씨는 소개도 없이 말을 걸어 오는 것을 무례한 행동이라 생각하고, 이모에 대한 예의라고는 생각지 않을 것이며, 어느 쪽에서도 서로 확인을 할 필요는 더욱 없고, 혹시 있다면 신분이 위인 사람이 먼저 교제를 시작해야 한다고 역설했던 것이다. 콜린스 씨는 듣고 있긴 했지만 기어이 자기가 하고 싶은 대로 하겠다는 생각에서인지, 엘리자베스의 말이 끝나자 이렇게 대답 했다.

"엘리자베스 양, 당신이 양해할 만한 범위 내에서의 일 같으면 당신의 뛰 어난 판단을 이 세상에서 가장 높이 평가하겠지만, 적어도 세속의 예법과 성 직자 사이엔 상당한 차이가 있습니다. 감히 말씀드리지만, 원래 성직이라는 것은 만일 그에 걸맞은 겸손한 행동으로 행한다면 영국의 가장 높은 계급의 존엄과 대등한 것이라 생각하고 있습니다. 그러므로 이 경우에도 저 자신의 양심이 움직이는 대로 따르고, 제가 의무의 본질이라고 생각하는 일을 하려 고 하는 것입니다. 그러니 모처럼의 충고를 따를 수 없는 것을 용서해 주시 기 바랍니다. 다른 문제라면 항상 당신의 충고를 받아들이겠지만, 이 문제만 은 저 자신의 교육이나 일상적인 경험에 의해 결단을 내리는 것이 당신 같은 젊은 여성의 의견을 따르는 것보다 적합하다고 생각하기 때문입니다."

그는 가볍게 고개를 숙이고 나서 다시 씨에게로 다가갔다. 그녀는 다시 씨 가 그것을 어떻게 받아들이는지 궁금해 열심히 지켜보았는데, 그가 그런 말 을 듣고 놀란 것은 분명했다. 콜린스 씨는 우선 정중하게 고개를 숙이고 나 서 이야기를 시작했다. 한 마디도 들리지는 않았지만 입술의 움직임으로 '용 서'니 '헌스포드'니 '캐서린 드 버그 부인'이니 하는 말을 연발하고 있는 것이 분명했다. 다시 같은 사람에게 스스로를 드러내고 있는 모습을 보자니 견딜 수 없었다. 다시 씨는 놀라움을 감출 수 없는 표정으로 그를 뚫어지게 바라 보고 있었으나, 마지막에 콜린스 씨가 말할 겨를을 주자 정중하지만 쌀쌀하 게 대답했다. 그러나 콜린스 씨는 꺾이지 않고 또 한 번 말을 건넸다. 그의 이야기가 어지간히 길어지자 다시 씨의 경멸하는 태도는 눈에 띄게 심해졌 다. 이야기가 끝나자 그는 가볍게 고개를 숙이고 저편으로 물러갔고, 콜린스 씨는 엘리자베스가 있는 데로 돌아왔다.

"이걸로 만족합니다. 다시 씨는 인사드린 것을 퍽 기쁘게 여기시는 것 같 았습니다. 매우 정중하게 대해 주셨고, 캐서린 부인의 통찰력에 대해서는 깊 이 신뢰를 하는 모양인지, 값어치가 없는 사람에게는 은혜를 베풀지 않는다 고까지 말씀하시더군요. 아주 훌륭한 생각이 아닙니까. 저는 아주 만족하고 있습니다."

엘리자베스는 더 이상 마음을 끌 만한 일이 없었기 때문에, 언니와 빙리를 주의 깊게 살펴보았다. 보고 있으려니 차츰 흐뭇한 회상이 살아나서, 자신도 제인처럼 행복하다고 느낄 지경이었다. 그건 바로 이 집에서 진실한 애정이 깃든 결혼을 통해 누릴 수 있는 행복을 맛보며 사는 제인의 모습을 그려 본 것이다. 그렇게 된다면 빙리 씨의 두 누이들까지도 좋아할 수 있도록 노력할 것 같았다. 그리고 어머니의 생각도 분명히 자기와 같은 방향으로 기울어지고 있음을 알아채고, 너무 많은 질문을 받지 않도록 어머니에게로 다가가는 것은 삼갔다.

하지만 저녁식사에서 서로 말소리가 들리는 자리에 앉게 되었을 때엔, 자못 얄궂은 우연이라고 생각했다. 더구나 어머니가 루카스 부인에게, 제인이 오래지 않아 빙리 씨와 결혼할 것이라는 자기의 예상을 거리낌 없이 얘기하고 있는 것을 보고서는 정말 난감한 기분이었다. 베넷 부인으로서는 정말 가슴이 울렁거리는 화제여서 그 결혼의 이점을 열거하면서 전혀 지친 기색을 보이지 않았다.

우선 빙리가 그토록 매력적인 청년이라는 것, 부자라는 것, 겨우 3마일 떨어진 곳에 살고 있다는 것 등이 첫 번째로 만족한 이유였다. 또한 그의 누이나 여동생도 제인을 퍽 좋아하고 있어, 그녀 못지않게 이 연분이 이어지기를 바라고 있을 것이라고 생각하는 것도 즐거운 일이었다. 그리고 제인이 이처럼 좋은 집에 출가하는 것은 동생들도 앞으로 돈 많은 남자를 만날 기회가 많게 되는 그야말로 바람직한 일이다. 마지막으로, 이런 나이가 되어서까지 내키지 않는 사교모임에 억지로 나갈 필요 없이, 결혼 안 한 딸들의 앞날을 그 언니에게 맡길 수 있어 정말 기쁜 일이라는 것이었다. 사실 이런 처지를 기쁘다고 말하는 것은 이런 경우의 예의이며, 아무리 나이가 들어도 베넷 부인이 기꺼이 집을 지키는 일은 있을 성싶지도 않았다. 그녀는 루카스 부인에게도 자기 같은 행운이 있기를 바란다고 했지만, 마음속으로는 분명 그런 행운은 없을 것이라고 믿고 자랑스럽게 생각하고 있었던 것이다.

엘리자베스는 어머니에게 말을 좀 천천히 하고 자신을 자랑하는 말을 할 때는 좀더 목소리를 낮춰야 하지 않겠느냐고 애써 설득을 했지만 모두 헛일로 돌아갔다. 그녀를 몹시 안절부절못하게 한 것은 자기들의 맞은편에 앉아 있는 다시 씨에게 그 이야기가 대부분 들릴 것이라는 생각 때문이었다. 그런데도 어머니는 도리어 쓸데없는 짓이라고 그녀의 말을 무시해버렸다.

"다시 씨가 대체 나와 무슨 상관이 있어서 그 사람을 두려워해야 한단 말이냐? 그 사람이 듣고 싶어하지 않는 말은 하지 말아야 할 만큼 우리가 그 사람에게 특별히 정중할 필요는 없다고 생각한다."

"그러지 마세요, 어머니. 더 목소리를 낮추어서 말씀하세요. 다시 씨를 기분 나쁘게 해서 뭔가 이득이 있나요? 그렇게 하시면 어머니의 평판만 나빠질 뿐이에요."

그러나 아무리 말해도 효과가 없었다. 어머니는 여전히 큰 목소리로 자기의 견해를 말하는 것이었다. 엘리자베스는 부끄럽고 화가 나 여러 번 얼굴을 붉혔다. 가끔 눈길을 다시 씨에게 던질 때마다 과연 그녀의 염려가 바로 나타났지만, 그래도 그를 보지 않을 수 없었다. 그가 줄곧 어머니 쪽만 바라보는 것은 아니었지만, 그 주의는 늘 그녀에게로 쏠리고 있는 것이 분명했기 때문이다. 그의 표정은 분노를 머금은 경멸에서, 이윽고 침착하고 진지한 얼굴로 변했다.

그러나 마침내는 베넷 부인도 화제가 동이 난 듯했다. 자신에게는 오지도 않을 기쁨을 되풀이해서 들으면서 오랫동안 하품을 하고 있던 루카스 부인은 그제야 차가운 햄과 닭튀김을 즐길 수 있게 되었던 것이다. 엘리자베스도 비로소 안심했다. 그러나 그 평온함도 오래가지는 못했다. 식사가 끝나서 노래 이야기가 나오자, 몇 마디 간청만으로 메리가 여러 사람의 요청에 노래하려는 기미를 보였기 때문이다. 엘리자베스는 슬며시 눈짓을 하거나 애원을 해서 그만두게 하려고 몹시 애썼지만 소용이 없었다. 메리가 그것을 받아들이지 않았던 것이다. 그녀는 이 같은 공개적인 기회를 놓치고 싶지 않았기에 끝까지 노래할 작정이었다. 엘리자베스는 애타는 마음으로 메리가 노래하는 것을 초조하게 보고 있었다. 하지만 노래가 끝난 뒤 감사 인사와 함께 사람들이 한 곡을 더 청하자 이내 또 노래를 하기 시작한 것이다. 메리는 이런 장소에서 과시하기에 적합할 정도로 노래를 잘 부르지는 못했다. 목소리도 약하고 태도도 부자연스러웠다. 엘리자베스는 견딜 수 없는 심정이었다. 제인은 어떻게 이 괴로움을 견디는가 싶어 쳐다보았더니 아주 침착하게 빙리에게 말을 건네고 있었다. 그녀는 다시 빙리 자매 쪽을 보았다. 그들은 서로 조롱의 눈짓을 교환하고 있었다. 다시 씨는 어떻게 생각하는지 도저히 알 수 없는 엄숙한 얼굴을 하고 있었다. 이번엔 아버지에게 눈을 돌려, 메리가 계속 노래하지 않도록 간청하는 눈짓을 보냈다. 아버지는 그것을 눈치채고 메리가 두 번째 노래를 끝내자 큰 소리로 말했다.

"이제 그만하면 됐어. 오랫동안 수고했어. 이젠 다른 아가씨들도 노래할 시간을 주자꾸나."

메리는 애써 못 들은 체했지만 약간 실망한 듯했다. 엘리자베스는 동생에게도 미안했고 아버지가 말씀하시게 한 것도 미안했으며, 혹 자신의 조바심이 괜한 것은 아니었나 하는 생각까지 들었다. 이제 사람들은 다른 사람에게 노래를 청하기 시작했다.

콜린스 씨가 말했다. "만일 제게 노래를 할 수 있는 행운이 온다면 저는 가곡을 불러서 여러분을 기쁘게 해드리고 싶군요. 원래 음악은 매우 순수하게 기분전환을 시켜 주는 것이어서, 성직자라는 직업엔 더할 나위 없이 적합한 것입니다. 물론 음악에 너무 심취했다는 것은 아닙니다. 아직 다른 중요한 일이 많이 있기 때문입니다. 교구 목사는 할 일이 너무 많습니다.

첫째로 자기 자신에게도 도움이 되고 후원자들도 기분 나빠하지 않게끔 십일조를 거둬야 합니다. 다음엔 설교의 초안도 작성해야 합니다. 남는 시간에는 여러 교구에 힘쓰고, 자기 집을 손질하고 개량하여 그 집을 될 수 있는 대로 살기 좋게 하는 것도 의무 중의 하나입니다. 또 누구든지 자기가 특별히 발탁되는 데 도움을 준 사람들에게 우호적이어야 합니다. 목사는 그런 의무를 소홀히 해서는 안 됩니다. 또 그 가족과 관계가 있는 어떤 사람에 대해서도 경의를 표명할 기회를 등한시하는 사람을 존중할 수도 없습니다." 그러고는 다시 씨에게 고개를 꾸벅 숙이고 말을 끝냈는데, 매우 큰 목소리였으므로 그 방 안의 사람 절반은 그 말을 들었을 것이다. 많은 사람의 눈이 휘둥그레지고 대부분 미소를 지었다. 그러나 그 누구도 베넷 씨처럼 재미있어 하는 사람은 없었다. 한편 베넷 부인은 아주 좋은 이야기였다고 진심으로 칭찬했을 뿐만 아니라, 대단히 머리가 좋은 훌륭한 청년이라고 속삭이는 듯한 목소리로 루카스 부인에게 말했다.

엘리자베스는 가족 전체가 그날 밤 자기들을 드러내 보이기로 협정을 맺었다고 하더라도 이보다 더 열심히 역할을 수행하고, 또 이보다 더 성공을 거둘 수는 없을 것으로 생각되었다. 그러나 빙리에겐 그런 구경거리는 눈에 띄지도 않았고, 그가 이런 희극을 보아도 별로 마음 쓰지 않는 성격인 것은 그를 위해서나 제인을 위해서 다행이었다. 그러나 그의 누이와 여동생과 다시 씨에게 자기 가족을 비웃을 기회를 준 것은 정말 못마땅한 일이었다. 더욱이 다시의 말없는 경멸과 무례한 미소라니. 어느 것이 더 견디기 어려운지 쉽게 판별하기가 어려웠다.

엘리자베스에겐 그 뒤에는 더 이상 재미있는 일이 없었다. 콜린스 씨는 끈질기게 쫓아다니며 괴롭혔고, 자기와 춤을 같이 추자고 추근거리지는 않았지만 다른 사람과 춤을 추지도 못하게 되었던 것이다. 콜린스에게 다른 사람과 춤을 추라고 권하고, 그 방 안에 있는 누구든지 소개하겠다고 말했으나 막무가내였다. 그는 춤에 대해서는 전혀 무관심했다. 그의 주된 목적은 그자신을 매력적으로 포장하기 위해 그녀에게 자상한 배려를 베푸는 데에 있었다. 그리고 밤새도록 그녀의 곁에 붙어 있는 것이었다. 이런 작정을 하고 있으니 논쟁을 할 수도 없었다. 친구인 루카스 양이 자주 두 사람 사이에 끼여 상냥하게 콜린스 씨의 이야기를 들어 주는 것이 다행이었다.

엘리자베스는 적어도 다시 씨로부터 그 이상의 주목을 받는 불쾌감은 면했다. 그는 종종 바로 가까이에 서 있었지만, 이야기를 나눌 수 있을 만큼은 다가오지 않았다. 그녀는 이것이 아마 자기가 위컴 씨에 관한 얘기를 꺼냈었기 때문이라 생각하고 기뻐했다.

마지막으로 돌아간 사람들은 롱본 가족이었다. 베넷 부인의 잔꾀로, 마차가 늦게 오게 되어, 모든 사람이 돌아간 뒤 15분이나 기다려야 했기 때문이다. 그로 말미암아 네더필드 가족 몇몇은 자신들이 빨리 돌아가길 바란다는 것을 알게 되었다. 허스트 부인과 빙리 양은 지칠 대로 지쳤다는 말만 할뿐, 거의 입을 열지 않았고, 자기 식구만 남아 있고 싶어서 견딜 수 없는 듯한 기색을 보였던 것이다. 베넷 부인이 말을 하려고 하면 일일이 말문을 막음으로써 더욱 그들에게 권태감을 주었다. 콜린스 씨는 오늘 밤의 세련된 파티를 칭찬하고, 특히 손님들에 대한 빙리 씨 자매의 예의바른 환대를 칭찬하며 장황하게 말을 늘어놓았다. 다시 씨는 말이 없었고, 베넷 씨 역시 말은 없었지만, 이 광경을 한껏 즐기고 있는 듯한 기색이었다. 빙리 씨와 제인은 그들로부터 좀 떨어져서 둘이서만 이야기하고 있었다. 엘리자베스도 허스트 부인이나 빙리 양 못지않게 입을 굳게 다물고 있었다. 리디아마저 지쳐서 이따금 "아아, 피곤해" 하며 하품을 하는 것 말고는 아무 말도 하지 않았다.

마침내 작별할 때가 되었는데 베넷 부인은 끈덕질 만큼 예의바르게, 이제 곧 롱본에서 여러분을 대접하고 싶다고 말하고, 특히 빙리 씨에겐 형식적인 초대 없이 언제라도 우리 가족과 일상적인 만찬을 들어 주시면 정말 기쁘겠다고 말했다. 빙리도 기쁜 듯 감사의 인사를 하고 내일 떠나 잠시 런던에 머물러 있어야 하지만, 돌아오면 기회를 봐서 꼭 방문하겠다고 선뜻 약속을 했다.

베넷 부인은 대단히 만족스러워했다. 결혼을 하려면 여러 가지로 필요한 것, 가령 마차나 결혼 의상의 준비 기간도 있어야 하니 3개월이나 4개월 뒤엔 딸을 네더필드에 시집 보낼 수 있다는 기쁜 확신을 품게 되었다. 또한 둘째 딸을 콜린스 씨에게 출가시킬 것도 확정된 일로 생각하여, 똑같은 만족은 아니지만 적잖은 기쁨을 느꼈던 것이다. 엘리자베스는 그녀로선 귀엽지 않은 딸이었다. 그러기에 빙리 씨와 네더필드에 비하면 품격은 상당히 떨어지는 것이었지만, 그 아이에게 콜린스 씨라면 가장 훌륭한 적임자라고 생각했다.

19

이튿날 롱본에선 새로운 장면이 전개되었다. 콜린스 씨가 드디어 정식으로 엘리자베스에게 청혼했던 것이다. 허가받은 휴가도 오는 토요일까지이므로 결행하는 순간까지 시간을 낭비하지 않도록 결심한 것이다. 그는 자신만만했기에 거절을 당하리라는 생각은 전혀 하지 않고, 이런 일에는 으레 따르게 마련인 모든 형식을 질서 있게 밟고 운을 뗐었다. 아침식사가 끝나고 잠시 뒤 베넷 부인과 엘리자베스와 그녀의 동생이 같이 있는 것을 보고, 다음과 같이 베넷 부인에게 말을 건넸던 것이다.

"부인, 오늘 아침나절까지 아름다운 따님 엘리자베스 양과 단둘이서 이야기를 하고 싶은데 허락해 주시겠습니까?"

엘리자베스가 놀라서 얼굴을 붉힌 채 아무 말도 하지 못하는 사이에 베넷 부인이 곧바로 대답했다.

"어머, 그래요? 그렇게 하고말고요. 리지도 기뻐할 거예요. 반대할 리가 없지요. 키티야, 너는 2층에 올라가 있어라." 그리고 베넷 부인이 일거리를 모아 서둘러 물러갈 채비를 했는데 엘리자베스가 불러 세웠다.

"제발 가지 마세요, 어머니. 제발 여기 계셔 주세요. 콜린스 씨, 저도 실례하겠어요. 다른 사람이 들으면 거북할 이야기가 있을 리 없으니까요. 저도 나가겠어요."

"아냐, 리지, 어리석은 말 마라. 너는 여기에 있어야 해. 알았지?" 엘리자베스가 난처한 얼굴로 정말 물러갈 듯한 기색을 보이자 베넷 부인은 다시 덧붙였다. "리지야, 너는 여기에서 콜린스 씨가 하시는 말씀을 잘 들어야 해. 내 명령이야."

엘리자베스는 그런 말까지 듣고 나니 무리하게 반대할 수도 없었다. 생각해 보니 이런 문제는 될 수 있는 대로 빨리, 또 조용히 일을 끝내 버리는 것이 이로울지도 모른다고 생각했다. 그녀는 다시 제자리에 돌아가 끊임없이 뜨개질에 손을 바삐 움직이면서, 난처하면서도 어쩐지 재미있어지는 기분을 애써 감추었다. 베넷 부인과 키티가 가버리자 콜린스 씨는 말문을 열었다.

"엘리자베스 양, 당신이 조심성을 보여 준 것은 당신을 불리하게 하기는커녕, 당신의 다른 장점에 또 하나의 장점을 곁들여 주었습니다. 이처럼 당신이 살짝 내키지 않는 태도를 보인 것이 내 눈엔 더 좋게 보였습니다. 하지만 이렇게 청혼하는 것은 존경하는 어머님의 허락을 받았다는 것을 말해 둡니다. 조심스러운 천성으로 일부러 모른 체했지만, 당신은 이미 이 이야기의 취지에 대해서는 잘 알고 있을 줄 믿습니다. 내 뜻은 분명히 밝혀 두었으므로 오해할 여지도 없었을 줄 압니다. 이 집의 문턱을 넘어선 순간부터 당신을 제 인생의 배우자로 선택했던 것입니다. 그러나 제가 이 문제에 대해 감정에 휩쓸려 버리기 전에 결혼을 결심하게 된 경위를 말하고, 아내를 고르려는 계획을 가지고 하트퍼드셔에 온 이유를 말하는 것이 좋다고 생각합니다."

엄숙하고도 침착한 콜린스 씨가 너무 감정에 사로잡힌다고 생각하니 엘리자베스는 자기도 모르게 웃음이 터질 것 같아서, 잠깐 말이 끊긴 틈을 이용하여 더 이상 말을 못하도록 그를 막으려던 기회를 놓쳐버렸다. 그는 다시 말을 계속했다.

"제가 결혼하려는 이유는, 첫째 경제적인 여유가 있다면—즉 나처럼—목사는 그 교구에서 결혼 생활의 모범을 보여 주어야 한다고 생각하기 때문입니다. 둘째로 결혼하면 저 스스로 더욱 행복해지기 때문입니다. 셋째로는, 이것을 더 먼저 말해야 했는데, 제가 후원자라고 부르는 고귀한 분의 충고와 권고를 받아들이고자 하기 때문입니다. 고맙게도 그분은 두 번이나 이 문제에 관해 말씀하셨습니다. 청하지도 않았는데 말입니다! 마침 헌스포드를 떠나기 전의 토요일, 쿼드릴 놀이를 하다가 젠킨스 부인이 드 버그 양의 발판을 바로잡아 주고 있을 때였습니다. 부인께서는 저에게 이렇게 말씀하셨습니다.

'콜린스 씨는 결혼을 하셔야 해요. 당신 같은 성직자는 결혼해야만 합니다. 대신 상대를 잘 고르세요. 나를 위해서도, 또 당신 자신을 위해 반듯한 여성을 선택하세요. 부지런하고 쓸모가 있는 사람, 너무 호사스럽게 자라지 않은, 적은 수입으로도 살림을 잘할 줄 아는 사람이어야 해요. 이것이 내 충고예요. 될 수 있는 대로 그런 사람을 빨리 찾아내서 헌스포드에 데려오세요. 그럼 내가 찾아가지요.'

덧붙여 말씀드리지만, 캐서린 드 버그 부인의 의견이나 친절은 결코 작은 것이 아니라 믿고 있습니다. 그분의 예절이란 제가 설명할 수 있는 어떤 것보다 훨씬 뛰어남을 아시게 될 겁니다. 당신의 기지와 쾌활한 성격은 부인의 마음에 들 것이 틀림없습니다. 특히 그분의 신분이 틀림없이 당신에게 침묵과 경의를 자극하여, 기지와 쾌활한 성격도 상당히 누그러질 것입니다. 한데 지금까지는 결혼을 찬동하게 된 일반적인 이유를 말했으며, 거기에도 좋은 젊은 여성들이 많았는데 제가 왜 자기 주변을 거들떠보지 않고 롱본까지 왔는가 하는 이유를 지금부터 말하겠습니다.

미안하지만 저는 존경하는 당신의 아버님이 돌아가신—아버님은 앞으로도 오래 살아 계시겠지만—뒤엔 이 댁의 재산을 상속하기로 되어 있습니다. 그래서 따님들 중에서 아내를 골라 만약 불상사가 생길 경우엔—그러나 이미 말했듯이 저는 얼마 동안 그런 일은 없을 것이라고 믿고 있습니다—손실을 최소한도로 막지 않고서는 마음을 놓을 수가 없었던 것입니다. 이것이 제 동기이며 설마 이 때문에 저를 멀리하는 일은 없으리라 생각합니다. 그리고 이제 비로소 저는 뜨거운 말로 깊은 애정을 보증합니다. 재산 같은 건 조금도 개의치 않으며, 아버님에게 그러한 요구도 하지 않을 작정입니다. 그분에겐 그런 요구를 들어 줄 만한 힘이 없다는 것을 잘 알고 있고, 또 1천 파운드의 4부 이자가 딸린 공채도 어머님이 돌아가실 때까진 당신 것이 되지 않지만, 그것만이 당신이 상속할 모든 것이라는 것은 잘 알고 있습니다. 그러므로 그런 일에 관해서는 항상 침묵을 지키기로 하고, 결혼 뒤에도 치사한 원망 같은 것은 절대로 입 밖에 내지 않을 것을 맹세하는 바입니다."

엘리자베스는 이제 더 이상 잠자코 있을 수 없었다.

"당신은 좀 성급하시군요." 그녀는 큰 소리로 말을 막았다. "제가 전혀 대답을 하고 있지 않다는 걸 잊고 계시는군요. 이 이상 시간을 헛되이 쓸 필요 없이 대답을 해야겠어요. 호의는 감사합니다. 선생님한테서 청혼받은 것을 영광으로 생각하지만 저로서는 거절할 수밖에 없습니다."

콜린스 씨는 격식을 차려 손을 흔들며 대답했다. "젊은 여성은 속으로 받아들일 작정을 하면서도 남자의 구혼을 처음 들었을 때엔 일단 한 번은 거절하는 게 예의라는 걸 잘 알고 있습니다. 그러므로 저는 당신이 방금 한 말로 기가 꺾이지는 않습니다. 오래지 않아 당신을 신 앞에 인도하게 되리라 믿고 있습니다."

"맹세코, 콜린스 씨. 제가 이렇게 말씀드렸는데도 희망을 품으시다니 상당히 놀랍네요. 거듭 구혼받을 것이라는 우연을 믿고 자기의 행복을 위험하게 하는 젊은 여성들―정말 그런 사람이 있다면 말입니다―가운데 한 사람은 아니라는 것을 분명히 말씀드립니다. 저는 진심으로 거절하고 있는 거예요. 당신은 저를 행복하게 해 주실 수 없고, 반대로 저도 당신을 행복하게 해 드릴 자신이 없습니다. 그뿐만이 아니지요. 당신의 후원자인 캐서린 부인도 저의 사람됨을 아신다면, 제가 모든 점에서 그런 지위에 적합치 않은 인간이라는 걸 아시게 될 거라고 생각해요."

"캐서린 부인이 확실히 그런 생각이시다면," 콜린스 씨는 심상치 않은 얼굴로 말했다. "아니지요, 부인이 찬성하시지 않을 리 없습니다. 그분을 다시 만나뵐 때엔 당신이 겸손하고 검소하며 그 밖에 사랑할 만한 많은 성질을 지니고 있다는 걸 적극 말씀드리겠습니다."

"콜린스 씨, 그런 짓은 다 소용없어요. 제가 스스로 판단하는 걸 용서하세요. 제발 제가 하는 말을 믿어 주세요. 저는 당신의 행복과 번영은 진심으로 바라고 있지만, 당신의 구혼을 거절하는 것만이 그걸 돕게 되는 길이라고 믿고 있어요. 청혼해 주셨으니 저의 가족에 대한 미묘한 감정도 충분히 정리가 되었을 거예요. 롱본의 토지가 선생님 손안에 들어가게 되면 더 이상 자책하지 말고 소유하세요. 그러니 이 일은 이걸로 끝났다고 생각해도 좋을 거예요." 이렇게 말하며 일어서서 밖으로 나가려 하자 콜린스 씨는 다음과 같이 말했다.

"제가 이 문제에 관해 다음에 다시 얘기할 경우엔 지금보다 좀더 좋은 대답을 듣고 싶습니다. 그렇지만 지금 당신을 냉정하다고 비난하고 있는 것은 아닙니다. 처음에 구혼을 했을 때엔 거절하는 것이 여성들의 습관인 것으로 알고 있습니다. 당신도 여성의 조심성을 잃지 않으면서 저의 구혼에 용기를 주셨습니다."

"콜린스 씨," 엘리자베스는 다소 흥분한 목소리로 크게 말했다. "정말 답답하군요. 지금까지 제가 말씀드린 걸 그렇게 생각하신다면 거절의 뜻을 어떻게 말씀드려야 할지 모르겠군요."

"엘리자베스 양, 구혼에 대한 당신의 거절을 오직 당연한 말로 해석하는 걸 용서해 주세요. 그렇게 생각하는 이유는 간단히 말하면 다음과 같습니다. 당신의 결혼상대로서 제가 그렇게 부족한 사람이라고는 생각할 수 없고, 제가 제공할 수 있는 결혼 생활은 매우 바람직한 것이라고 생각하기 때문입니다. 사회적 지위, 드 버그 집안과의 관계, 댁과의 친척 관계 등은 모두 저에게 유리한 것들이고, 당신의 매력은 한두 가지가 아니지만 다시 당신이 청혼을 받을 수 있을지 어떨지는 결코 확실치 않다는 걸 잘 생각해보는 것이 바람직하다고 생각합니다. 불행하게도 당신이 가진 재산은 매우 적어서, 당신의 미모와 그 밖의 장점도 결국은 제 역할을 하지 못할 것입니다. 그러므로 당신의 거절을 그대로 해석할 수는 없고, 우아한 여성의 상투수단으로 애정을 더욱 두텁게 하려는 것이 틀림없다고 생각하고 싶은 겁니다."

"확실히 말씀드리지만, 저는 훌륭한 남성을 괴롭힐 만큼 우아하지 않습니다. 오히려 성실하다고 말씀해 주시길 바라고 싶군요. 구혼을 해 주신 영광에 대해서는 몇 번이고 감사를 드립니다. 하지만 절대로 받아들일 수는 없어요. 모든 점에서 제 마음에 들지 않아요. 이보다 더 명백하게 말씀드릴 수 있을까요? 선생님을 괴롭히려고 생각하는 우아한 여성이라고 생각지 마시고, 진심으로 진실을 말씀드리고 있는 아주 정직한 인간이라고 생각해 주세요."

"당신은 무슨 말씀을 하셔도 여전히 매력적입니다." 그는 서투르게 칭찬을 했다. "부모님의 확실한 승낙을 얻는다면 제 구혼신청이 받아들여지지 않을

리 없다고 믿습니다."

이처럼 끝까지 자기기만을 고집하고 있으니 엘리자베스도 더는 대답하고 싶지 않았다. 그래서 그녀는 곧 말없이 물러났다. 만일 끝까지 되풀이하는 거절을 상대방의 마음을 북돋기 위한 술책으로 해석한다면, 아버지에게 부탁하는 수밖에 없다. 아버지가 말한다면, 좋든 싫든 그 거동이 우아한 여성의 체면이나 교태 따위로 오해받을 리는 절대로 없을 것이다.

20

홀로 남은 콜린스 씨는 자기의 성공적인 사랑을 오랫동안 가만히 명상할 수 없었다. 베넷 부인이 들어왔기 때문이다. 그녀는 아까부터 현관에서 서성거리며 두 사람의 대화가 끝나기를 기다리고 있었던 것이다. 엘리자베스가 문을 열고 자기 옆을 서둘러 지나 층계 쪽으로 가는 것을 보자, 곧장 아침식사를 한 방으로 들어가 콜린스와 자기가 앞으로 가장 친밀한 관계가 될 것을 정다운 말로 축하했던 것이다. 콜린스 씨도 이 축하를 역시 기쁘게 받아들이고 또 답례한 다음, 엘리자베스와 나눈 대화의 자초지종을 얘기했다. 그리고 그 결과에 대해서는 아주 만족했다고 말했다. 엘리자베스는 계속 거절했지만, 어떤 점으로 보나 내성적인 조심성과 우아한 인품에서 자연히 나왔다고 멋대로 생각했던 것이다.

그러나 이 말을 들은 베넷 부인은 깜짝 놀랐다. 자기 딸이 구혼을 거절한 것이 그의 마음을 격려하려는 의도였다면 그녀 역시 만족했을 것이지만, 도저히 그렇게 생각되지는 않았고, 또 그것을 입 밖에 내지 않을 수는 없었던 것이다.

"하지만 괜찮아요. 리지를 타일러보도록 할 테니까요. 그 애는 정말 고집스럽고 어리석어 자기의 처지를 전혀 모르니까요. 하지만 내가 깨닫게 하겠어요."

"말씀 중인데 죄송합니다만, 부인." 콜린스 씨가 끼어들었다. "만일 그녀가 정말 고집스럽고 어리석다면, 저 같은 지위에 있는 남자의 아내로서 적합한지 어떨지 모르겠군요. 즉 당연히 저와의 결혼으로 행복을 찾으려 하는 사람의 아내로서 말이지요. 그러니 만일 실제로 제 구혼을 받아들이지 않으려고 고집한다면, 굳이 강요하지 않는 편이 좋지 않을까요? 그런 성격상의 결함이 있다면 행복에 별로 도움이 되지도 않을 테니까요."

"그건 오해예요. 리지는 이런 일에서만 고집스러울 뿐이에요. 다른 일에는 그렇게 순진할 수가 없어요. 지금 남편한테 가서 그 아이하고 결말을 내고 오겠어요."

베넷 부인은 콜린스 씨가 대답할 겨를도 주지 않고 금세 남편을 찾아 서재로 들어가면서 큰 소리로 외쳤다.

"여보, 곧 와주세요. 큰일 났어요. 오셔서 리지가 콜린스 씨와 결혼하도록 설득해 주세요. 그 아인 하지 않겠다고 말하고 있어요. 급히 서두르지 않으면 콜린스 씨도 마음이 달라져서 그 아이와 결혼하지 않으려고 할 거예요."

베넷 씨는 그녀가 들어왔을 때부터 책에서 눈을 들어 침착하고 무관심하게 아내 얼굴로 눈을 돌렸지만, 아내의 이야기를 듣고도 그의 태도는 조금도 달라지지 않았다.

"당신 말은 무슨 이야긴지 모르겠구려. 도대체 무슨 얘기요?"

"콜린스 씨와 리지 말이에요. 리지는 콜린스 씨와 결혼하지 않겠다고 말했고, 콜린스 씨도 리지와 결혼하지 않겠다고 말하기 시작했단 말이에요."

"그럼 대체 어떻게 하면 좋다는 거요? 어쩔 수 없는 일 같은데."

"그러니까 당신이 직접 리지한테 얘기해 주세요. 제발 그분과 결혼하도록 말씀해 주세요."

"내려오게 해요. 내 생각을 들려주지."

베넷 부인은 벨을 울려 엘리자베스를 서재로 오도록 했다.

"내 말을 잘 들어라." 베넷은 딸이 나타나자 말했다. "중요한 일로 부른 거야. 콜린스 씨가 너한테 청혼을 한 모양인데, 사실이냐?" 엘리자베스는 고개를 끄덕였다. "그래 청혼을 거절했다며?"

"네, 아버지."

"좋아. 그럼 이제 본론을 말하도록 하자. 어머니는 어떻게든 그걸 받아들이라고 주장하고 있어. 그렇지 않소, 부인?"

"그래요, 그렇지 않으면 저 애의 얼굴을 다시는 보고 싶지도 않아요."

"이거 곤란하게 됐구나, 엘리자베스. 오늘부터 아버지나 어머니나 한 분과 연을 끊게 생겼구나. 어머니는 네가 콜린스 씨와 결혼하지 않으면 두 번 다시 보지 않겠다고 하고, 나는 네가 그와 결혼하면 너를 보지 않을 테니 말이다."

엘리자베스는 그 일의 결말이 이렇게 된 것에 대해 웃지 않을 수 없었다. 그러나 남편이 자기와 같은 생각인 줄 믿고 있던 베넷 부인은 몹시 실망했다.

"도대체 어쩔 작정이세요, 여보? 그런 말씀을 하시다니. 당신도 이 애가 그와 결혼하도록 타이르시겠다고 말씀하셨잖아요."

"여보, 나는 딱 두 가지만 바라오. 하나는 이런 일에 대해 내 뜻대로 판단할 수 있게 하는 것, 또 하나는 내 방도 그렇게 되도록 해줄 것. 즉, 한시라도 빨리 서재에 혼자 있게 해 주면 고맙겠소."

베넷 부인은 남편에 대해선 실망했지만, 그렇다고 단념한 것은 아니었다. 엘리자베스를 겁주고 달래고 하며 여러 번 설득했다. 제인을 자기 편에 끌어들이려고 애썼지만, 그녀는 될 수 있는 대로 부드러움을 잃지 않고서 그 일에 개입하는 것을 사양했다. 엘리자베스는 때론 진지하게, 때론 농담을 섞어가며 어머니의 공격에 대항했다. 그럴수록 그녀의 태도는 조금 바뀌었지만 결심은 절대로 바뀌지 않았다.

그동안 콜린스 씨는 지금까지의 일을 혼자 궁리하고 있었다. 자만심이 대단한 사람이었던 만큼, 엘리자베스가 어떤 원인으로 거절했는지 이해할 수가 없어 자존심이 상했지만, 그 밖엔 아무렇지도 않았다. 엘리자베스에 대한 애정이라 해도 완전히 상상에서 나온 것이었고, 그래서 부인이 말한 대로 그녀가 제멋대로의 어리석은 아가씨일지도 모른다고 생각하자 안타깝다는 생각조차 들지 않았다.

이렇게 집안이 어수선할 때 샬롯 루카스가 찾아왔다. 현관에서 만난 리디아는 달려와서 소곤거렸다.

"마침 잘 왔어요. 우리 집에 굉장히 재미있는 일이 났어요. 오늘 아침에 무슨 일이 있었는지 알아요? 콜린스 씨가 리지 언니에게 구혼을 했어요. 그런데 언니는 거절했어요."

샬롯이 대답할 겨를도 없이 키티가 끼어들어 같은 이야기를 되풀이했다. 아침식사를 한 식당으로 들어가자마자 거기에 혼자 있던 베넷 부인 또한 그 이야기를 꺼내어 루카스 양의 동정을 구하면서, 친구인 리지를 설득해서 가족의 바람을 따르게 해달라고 간청하는 것이었다.

"루카스 양, 부탁이야." 그녀는 애처롭게 덧붙였다. "내 편은 아무도 없어. 도와주는 사람이 한 사람도 없는 거야. 정말 괴로워. 누구 하나 내 신경 따위는 걱정해 주지 않아."

이때 제인과 엘리자베스가 식당으로 들어왔으므로 샬롯은 대답하지 않아도 되었다.

"아아, 저 애가 왔구먼. 자기 마음대로 할 수 있으면 우리는 아무래도 괜찮다는 듯 조금도 걱정하지 않고 태연한 얼굴을 하고 있다니까. 그런데 리지, 확실히 말해 두지만, 그렇게 청혼을 거절하다가는 넌 영영 신랑을 구하지 못할 거야. 정말 아버지가 돌아가시면 누가 먹여 살려 주겠어. 나는 못해. 너하곤 오늘부터 인연을 끊었으니까. 아까 서재에서도 말했지, 너하곤 오늘부터 말 안 한다고. 그대로 할 테니 그렇게 알고 있어, 부모 마음 몰라주는 자식한테는 말하기도 싫으니까. 사실 누구하고도 얘기하고 싶지 않아. 나처럼 예민한 사람은 그다지 얘기를 좋아하지 않지. 누구도 내 괴로움은 몰라. 하지만 늘 그렇다니까. 잠자코 있으면, 누구 하나 동정조차 해 주지 않아."

딸들은 어머니에게서 쏟아져 나오는 말을 그저 잠자코 듣고만 있었다. 섣불리 따지거나 위로하거나 하면 더 짜증을 낸다는 것을 잘 알고 있었기 때문이다. 아무도 막는 사람이 없는 가운데 부인의 얘기는 오래 계속되었다. 그때 콜린스 씨가 여느 때보다 더 엄숙한 얼굴로 들어왔다. 그를 보자 베넷 부인은 딸들에게 말했다.

"너희는 가만히 있어라. 이젠 콜린스 씨와 내가 얘기할 테니까."

엘리자베스는 슬그머니 방에서 나갔고 제인과 키티도 뒤따랐다. 그러나 리디아만은 될 수 있는 대로 전부 들어 볼 생각으로 혼자 남았다. 샬롯은 처음엔 여러 가지로 자기와 가족에 대해 소상하게 안부를 묻는 콜린스 씨에 대한 예의 때문에 머물러 있었으나, 나중에는 약간의 호기심도 생겨 창가로 걸어가 안 듣는 체하고 있었다. 베넷 부인은 애조띤 목소리로 미리 준비해 둔 대화를 시작하였다.

"오오, 콜린스 씨!"

"부인, 이 일에 관해서는 영원히 아무것도 말씀드리지 않기로 결심했습니다." 즉시 그는 불쾌한 목소리로 말했다. "아가씨의 태도에 화가 난 것은 절대로 아닙니다. 피하기 어려운 재난을 단념하는 것, 그것은 특히 저처럼 젊어서 승진한 사람의 의무입니다. 확실히 저는 단념했습니다. 혹 아름다운 따님이 저의 구혼을 승낙해 주셨다 하더라도 제가 정말 행복했을지 어떨지 다소 의문도 생겨 단념한 것입니다. 거절당한 것은 슬프지만 잘 생각해 보면, 그 행복 자체가 점점 의심스러워질 때야말로 깨끗이 단념할 때가 아니겠습니까. 그래서 따님에게 했던 구혼신청을 취소하고, 베넷 씨나 부인께 저를 위해 부모님으로서의 권위로 도와달라고 부탁드릴 일도 없어진 것을 언짢게 생각지 마시기를 부탁드립니다. 부인 자신에 의해서가 아니라 따님 자신의 거절을 그대로 받아들인 걸 불쾌하게 생각하시는 점도 있었을 줄 압니다. 인간은 누구든지 잘못을 저지르게 마련입니다. 이번 일을 통해 좋게 되기만을 바라고 있었습니다. 목적은 오로지 저 자신을 위해 바람직한 배우자를 얻으려는 것이었으며, 아울러 댁의 이익도 고려했던 것입니다. 혹시 제 대도에 불손한 점이 있었다면 사죄드리겠습니다."

21

이제 콜린스 씨의 구혼에 대한 논쟁은 거의 끝난 거나 다름없었다. 엘리자베스는 당연히 그 때문에 언짢은 생각이 들었고, 간혹 어머니에게서 짜증스럽게 비꼬는 말도 들었다. 그러나 콜린스 씨는 기가 죽거나 실망하거나 그녀를 피하기는커녕, 반대로 거드름피우며 불쾌한 듯이 말도 하지 않았다. 특히 엘리자베스에겐 거의 말을 건네지 않았고, 의식적으로 보여주던 세심한 배려는 고스란히 루카스 양에게 옮겼다. 그녀도 얌전하게 콜린스 씨의 말에 귀를 기울였으므로 엘리자베스로선 더없이 다행한 일이었다.

이튿날이 되어도 베넷 부인의 불쾌감은 전혀 누그러지지 않았고, 콜린스 씨 역시 무뚝뚝하고 거만한 태도를 보였다. 엘리자베스는 그 때문에 그가 빨리 떠나지 않을까 하고 은근히 바랐지만, 그는 원래 토요일까지 묵을 작정이었고, 또 그렇게 하려고 했으므로 그녀의 바람은 이루어지지 않았다.

아침식사가 끝나자 딸들은 메리턴으로 갔다. 위컴을 만나, 네더필드의 무도회에 참석하지 않은 데 대해 서운했음을 말하기 위함이었다. 그들이 메리턴 시내로 들어서는 순간 마침 그와 마주치게 되었고, 그는 이모네 집까지 같이 갔는데, 거기서 부득이 참석하지 못해 유감스러웠다는 것과 모두 여러 가지로 걱정했다는 것 등을 얘기했다. 그러나 엘리자베스에게만은 자기가 마음이 내키지 않았기 때문이었다고 솔직히 인정했다.

"그 날짜가 가까워짐에 따라 다시 씨를 만나지 않는 게 좋겠다는 걸 알게 됐던 겁니다. 같은 방에 오랜 시간 같이 있다는 건 도저히 견딜 수 없을 것 같았습니다. 그것은 저뿐만 아니라 다른 사람들까지도 불쾌한 일이 될 수 있다는 생각이 들었지요."

엘리자베스는 그의 자제심을 칭찬했다. 이윽고 위컴 씨와 또 한 사람의 장교가 데려다 준다고 해서 롱본까지 함께 걸어갔는데, 그렇게 산책을 하는 동안에도 위컴은 특별히 엘리자베스에게 깊은 관심을 보였다. 그가 그녀들과 같이 온 것은 여러 가지로 좋았다. 이 기회에 부모에게 소개할 수도 있었고, 무엇보다도 그것은 엘리자베스에게 보여 준 호의로 느껴졌던 것이다.

그녀들이 집에 돌아오고 난 잠시 뒤 편지 한 통이 제인에게 전달되었다. 네더필드에서 온 편지로, 제인은 그 자리에서 겉봉을 뜯었다. 봉투 속엔 우아하고 윤이 나는 작은 편지지가 들어 있고, 거기엔 여자의 아름다운 글씨가 거침없이 가득 쓰여 있었다. 엘리자베스는 그것을 읽는 언니의 표정이 변하고, 어느 부분만 눈여겨 보고 있는 것을 깨달았다. 제인은 이내 마음을 돌려 편지를 치우고 여느 때와 같이 쾌활하게 여러 사람의 이야기에 끼어들려고 애썼지만, 엘리자베스는 그것이 마음에 걸려서 위컴 씨마저도 눈에 들어오지 않았다. 얼마 뒤 위컴과 그의 동료가 떠나자 곧 제인이 눈짓을 하여 2층으로 따라갔다. 방 안으로 들어서자 제인은 편지를 꺼내며 말했다.

"이 편지는 캐롤라인 빙리한테서 온거야. 읽어 보고 너무 놀랐어. 지금은 모두 네더필드를 떠나 런던을 향해 가고 있는 중이래. 돌아올 생각이 없는 모양이야. 그녀가 한 말 좀 들어 봐."

제인은 첫 문장을 읽었는데, 오빠를 따라 곧 런던에 가기로 했다는 것과 그날은 그로스브너 거리에 있는 허스트 씨 댁에서 저녁을 먹기로 되어 있다는 것이었다. 그리고 그 다음 글은 이런 것이었다.

지금 하트퍼드셔를 떠나지만, 마음에 걸리는 것은 당신과 헤어져야 한다는 것뿐입니다. 언젠가 또 즐겁게 만날 수 있는 날이 있으리라 믿으며, 그때까진 이별의 슬픔을 자주 주고받을 솔직한 편지로 마음을 달래고 싶습니다. 편지를 기다리겠습니다.

이런 과장된 표현은 믿기가 어려워서 엘리자베스는 아주 태연하게 듣고
있었다. 그들이 갑자기 떠난 데 대한 놀라움은 있었지만, 구태여 섭섭해 할
일은 없었던 것이다. 그녀들이 네더필드를 떠난다 해도 빙리 씨가 네더필드
에 오려면 언제든 올 수 있을 것이다. 그녀들과 만날 수 없는 것도 그와 더
욱 친밀해짐으로써 그로 인한 안타까움은 얼마든지 보상받고도 남을 거라고
생각했다.

"유감인 것은 그들이 이 고장을 떠나기 전에 만나지 못했다는 거야. 하지
만 빙리 씨가 즐거운 마음으로 기다리고 계실 때가 의외로 빨리 와서, 친구
로서의 즐거운 만남은 더욱 흡족해지지 않을까? 빙리 씨가 누이들 때문에
런던에 붙들려 있을 분도 아니니까 말이야."

"캐롤라인은 아무도 올 겨울엔 하트퍼드셔엔 돌아오지 않을 거라고 분명
히 말하고 있어. 거길 읽어 줄게."

어제 오빠가 떠나면서 런던에서의 볼일은 3, 4일로 끝날 거라고 말씀하
셨지만, 그럴 리가 없다는 걸 우리는 이미 잘 알고 있어요. 아무래도 런던
에 가면 쉽게 거기를 떠나지는 않을 것이라는 생각에, 따분한 호텔에서 여
가를 보낼 필요가 없도록 오빠를 따라 런던에 가기로 했습니다. 알고 지내
는 분들도 이미 겨울을 나기 위해 런던에 많이 가 계십니다. 사랑하는 벗
이여, 당신도 그 가운데 한 사람이 될 수 있다면 얼마나 좋겠습니까마는
그 일만은 단념하기로 했어요. 하트퍼드셔에서의 크리스마스도 여느 때처
럼 즐거우시기를, 또 세 사람(^{빙리,} ^{다시}_{허스트})이 없더라도 더 멋진 남자들로 떠들
썩하길 진심으로 바랍니다.

"올겨울에 그분이 돌아오지 못한다는 건 명백해졌어."
"확실한 것은 빙리 양이 그렇게 생각한다는 거지."
"왜 그렇게 생각하지? 그건 어디까지나 그분이 알아서 할 일일 텐데. 그
분 뜻대로 하는 거야. 그리고 너는 모든 걸 다 알진 못해. 특별히 내 마음을
상하게 한 대목을 읽어 줄게. 너한테는 뭐든지 말할 수 있어."

다시 씨는 여동생을 무척 만나고 싶어해요. 사실 우리도 마찬가지여서 만나게 될 날을 기다리고 있습니다. 내가 보기엔 아름다움과 기쁨과 교양면에서 조지아나 다시보다 나은 사람은 없다고 생각합니다. 루이자나 나나 앞으로 그녀가 올케가 되어 주기를 바라는 희망 때문에 우리로선 더욱 흥미가 있는 것입니다. 이에 대해 내가 느끼고 있는 것을 당신에게 말한 적이 있었는지 모르겠군요. 이곳을 떠나면서 이것을 말하고자 합니다. 당신도 이것을 터무니없는 생각이라곤 여기지 않겠지요. 오빠는 이전부터 그녀를 존경하고 있지만, 앞으로는 아주 친밀한 사이로 자주 만날 기회가 있을 줄 압니다. 그녀의 가족들도 오빠의 가족인 우리와 마찬가지로 이 결연을 진심으로 바라고 계십니다. 또 제가 동생이라서 그런 게 아니라 오빠에게는 그 어떤 여성의 마음도 사로잡을 수 있는 매력이 있지요. 이처럼 상황은 두 사람의 결합에 우호적이고 방해될 것이 하나도 없습니다. 그러니 사랑하는 제인, 많은 사람의 행복을 약속하는 이 결혼의 실현을 간절히 바라는 것이 잘못일까요?

"이 글을 어떻게 생각해, 리지?" 제인은 마지막에 덧붙였다. "이 정도면 분명하지 않니? 캐롤라인은 내가 올케가 되길 기대하지도 않고 바라지도 않는 거야. 오빠도 내게 아주 무관심하다고 확신하고 있는 거야. 그리고 오빠에 대한 내 감정을 눈치채고, 나에게 주의를 주는 게 아닐까? 그것도 아주 친절하게 말이야! 여기에 대해 달리 생각할 수가 있겠니?"

"그럼, 내 의견은 아주 달라. 들어 보겠어?"

"기꺼이."

"그럼 간단히 말하겠어. 빙리 양은 자기 오빠가 언니를 사랑하고 있는 걸 알면서도 다시 양과 결혼을 시키려는 거야. 그래서 런던까지 따라가는 거고, 그가 언니를 사랑하고 있지 않다고 언니를 설득하려 하는 거야."

제인은 고개를 가로저었다.

"정말이야, 언니. 언니와 빙리 씨를 같이 본 사람이라면 누구든지 두 사람의 애정을 의심할 수 없어. 빙리 양이라도 의심하지 못할 걸. 바보는 아니니까. 다시 씨가 그 반만이라도 표현했다면 벌써 결혼 의상까지 주문했을걸. 하지만 문제는 이거야. 우리 집은 부자도 아니고 가문도 좋지 않다고 생각하고 있는 거지. 그리고 오빠를 위해 다시 양을 바라는 건, 만일 두 집 사이에 결혼이 한 번 이뤄지면 두 번째 결혼이 이뤄지는 덴 비교적 까다로운 일이 적어진다고 생각하기 때문이야. 제법 머리가 좋다고 생각해. 사실 드 버그 양만 방해가 안 된다면 아마 성공할지도 모르지. 그렇지만 언니, 빙리 양이 오빠가 다시 양을 좋아한다고 말한대도, 언니에 대한 그분의 호감이 화요일에 언니와 헤어졌을 때에 비해 줄어들었을 리는 없어. 게다가 빙리 씨가 동생에게 다시 양보다 언니를 더 사랑한다고 굳이 말할 사람도 아니잖아."

"혹시 우리가 빙리 양에 대해 마찬가지로 생각하고 있다면 네 이야기로 나도 좀 안심했을지도 몰라. 하지만 캐롤라인은 일부러 남을 속일 수 있는 사람은 아냐. 이번 경우에 내가 바랄 수 있는 것은 그녀가 무언가를 잘못 생각하고 있을 거라는 거야."

"그럴지도 몰라. 어쨌든 위로받지 못할 바엔 그보다 더 좋은 생각은 없을 거야. 제발 그녀가 잘못 생각하고 있다고 믿어. 그러면 더 이상 그녀를 나쁘게 생각하지 않아도 되니까 말이야. 이제 그만 고민해."

"그렇지만 아무리 좋게 생각해 봐도 자매도 친구도 다른 사람과 결혼하길 바라고 있는 사람을 받아들여서 행복해질 수 있을까?"

"그건 언니 스스로 결정해야지. 그의 자매들이 불친절해 받는 고통이 그의 아내가 되는 행복보다 대단하다면 그분과의 결혼 생각은 접어야겠지."

"어떻게 그런 말을 할 수 있어?" 제인은 약간 미소를 지으며 말했다. "너도 알잖니. 두 사람이 찬성하지 않는 건 퍽 슬프지만, 지금이라도 결혼하고 싶다는 걸."

"그 정도는 알고 있어. 그러니까 지금 언니 처지가 별로 동정할 만한 것이라곤 생각되지 않아."

"하지만 올겨울에 돌아오시지 않는다면, 받아들일 건가 거절할 건가의 선택은 필요 없는 일이 되겠네. 수개월 동안엔 어떤 일이 일어날지 모르니까."

빙리가 이젠 돌아오지 않는다는 생각에 대해 엘리자베스는 처음부터 무시했다. 그것은 캐롤라인의 희망적 관측에 지나지 않는다. 그녀가 자신의 바람을 아무리 공공연하게, 또 교묘하게 말했더라도 스스로 사리를 판단할 수 있는 젊은이에게 영향을 줄 수 있는 것이라곤 생각되지 않았다. 엘리자베스는 언니에게 될 수 있는 대로 힘차게 이 문제에 대한 자기 생각을 말했는데, 이

옥고 그 효과가 나타났다. 원래 제인은 낙천적이었다. 가끔 애정에 대한 머뭇거림이 그녀를 엄습해왔지만, 빙리가 곧 네더필드에 돌아와 자기의 모든 소망에 보답해 주기를 차츰 바라기 시작했다.

그들 자매는 베넷 부인이 놀라지 않도록 빙리 집안의 사람들이 런던으로 갔다는 이야기만을 들려주기로 했다. 그러나 그런 이야기만 듣고서도 베넷 부인은 무척 걱정스런 기색이어서, 모두가 사이좋게 지내게 될 즈음에 모두 이렇게 가버리게 된 것은 퍽 운이 나쁘다고 한탄했다. 그렇게 한탄하던 그녀는 빙리 씨가 결국엔 돌아올 것이며, 그리고 롱본에서 만찬을 하게 될 것이라고 생각하며 스스로를 위로했다. 그녀는 그것이 그저 가족 간의 식사 초대에 그친다 하더라도, 식사는 정식 요리로 두 가지를 내놓을 거라면서 기분 좋게 말했다.

22

베넷 집안 사람들은 루카스 집안 사람들과 함께 식사하기로 약속이 되어 있었다. 이 자리에서도 역시 루카스 양은 콜린스 씨의 이야기에 친절하게 귀를 기울였다. 엘리자베스는 기회를 보아 고맙다고 말을 했다.

"덕분에 콜린스 씨가 퍽 기분이 좋으시니 얼마나 고마운지 모르겠어."

샬롯은 도움이 된 것에 기뻐하면서, 그저 시간을 조금 낸 것이 친구에게 도움이 되었다면 그것으로 만족한다고 했다. 정말 친절한 일이었지만 샬롯의 호의는 엘리자베스가 생각지도 못한 목적을 이루기 위한 것이었다. 그 목적이란 그를 자기에게 끌어들이고 콜린스가 다시는 엘리자베스에게 구혼하지 않도록 하기 위한 것이었다. 이와 같은 루카스 양의 속셈은 제법 잘되어 가서 밤이 되어 헤어질 때, 콜린스 씨가 하트퍼드셔에 좀더 머물렀다면 거의 성공할 듯 느껴질 정도였다. 그러나 그녀는 콜린스 씨의 열정과 저돌성을 알아채지 못했다. 그는 이튿날 아침 그녀에게 구혼하기 위해 교묘하게도 몰래 롱본을 빠져나가 루카스 댁으로 급히 갔던 것이다.

그는 베넷 집안의 아가씨들에게 들키지 않도록 세심하게 주의했다. 왜냐하면 혹시 그녀들이 자기가 가는 것을 보면 반드시 자기 계획을 알아챌 것이라 믿었고, 자기의 계획은 성공했을 때가 아니고서는 알려지는 걸 바라지 않았기 때문이었다. 샬롯의 행동으로 보아 성공을 거의 확신하기는 했지만, 수요일의 모험 이후로 비교적 소심해져 있었던 것이다. 그러나 그는 대단한 환영을 받았다. 루카스 양은 집을 향해 걸어오는 콜린스 씨의 모습을 2층 창문에서 보고, 우연히 오솔길에서 만난 것처럼 보이기 위해 곧장 집에서 나왔던 것이다. 그러나 그처럼 확실한 사랑의 고백이 그곳에서 기다리고 있을 줄은 생각지도 못했던 일이었다.

콜린스 씨의 장광설을 피하기는 어려웠지만, 짧은 시간에 모든 일이 순조롭게 끝났다. 두 사람이 집에 들어올 때엔 그는 자기를 가장 행복한 남자로 만들 날을 정해달라고 열심히 간청했던 것이다. 현재로선 바로 대답하지 않았어야 했겠지만, 샬롯은 상대방의 행복을 하찮은 것으로 무시할 생각은 없었다. 그의 타고난 우둔함은 여자들이 바라는 매력과는 거리가 멀었다. 그리고 루카스 양은 아무 다른 뜻 없이 순수하게 오직 정혼이 되기만을 바라는 마음에서 그의 구혼을 승낙했으므로, 그것이 아무리 빨라도 조금도 염려하지 않았다.

그녀는 바로 부모님에게 동의를 구했고, 또 기쁘게 승낙이 내려졌다. 콜린스 씨의 현재 위치를 생각하면, 자기들이 거의 재산을 남겨 줄 수 없는 딸에겐 더없이 바람직한 혼처였으며 그는 장차 부자가 될 가능성도 갖고 있었다. 루카스 부인은 베넷 씨가 앞으로 몇 년을 더 살 수 있을 것인가 하는 문제만, 지금까지 어떤 문제보다 흥미를 가지고 계산해 보기 시작했다. 윌리엄 경은 콜린스 씨가 롱본의 재산을 차지하는 날엔 콜린스 부부는 세인트제임스 궁전을 찾아가야 한다는 의견을 말했다. 그리고 이 경우를 생각하고 집안 식구 모두가 기뻐한 것도 무리는 아니었다.

샬롯의 여동생들은 그렇게 된다면 자기들도 1, 2년 빨리 사교계에 나가게 되리라는 희망을 품게 되었다. 사내아이들은 샬롯이 죽는 날까지 노처녀로 있게 되지 않을까 하는 걱정으로부터 해방되었다. 샬롯 자신은 의외로 침착했다. 자기의 목적이 이루어졌으므로 그것만으로 여러 가지 생각해 볼 여유가 있었던 것이다. 콜린스 씨는 확실히 머리가 좋은 사람도 아니고 호감을 주는 사람도 아니다. 함께 있으면 쉬 싫증이 나고, 그녀에 대한 애정이라 해도 그건 오로지 상상뿐인 것이다. 그러나 그는 남편은 될 수 있었다. 샬롯은 남자에 대해서도 결혼에 대해서도 별로 높은 평가는 하고 있지 않지만, 결혼은 항상 그녀의 목표였다. 결혼이야말로 재산이 적고 교육을 받은 젊은 여성의 경우에는 훌륭한 인생에의 유일한 발판이 되는 것이었다. 행복에 관해서는 알 수 없더라도 가난은 벗어날 것이 틀림없다. 이제야말로 손에 넣게 되는 것이다. 나이 스물일곱에 그다지 이쁘지도 않은 그녀는 이것이 정말 행운이라고 뼈저리게 느꼈다.

이로 인해 제일 걱정스러운 것은 엘리자베스 베넷뿐이었다. 그녀는 누구보다도 엘리자베스와의 우정을 소중하게 생각했던 것이다. 엘리자베스는 놀랄 것이다. 어쩌면 자신을 비난할지도 모른다. 그렇다고 그녀의 결심이 흔들리지는 않겠지만 그런 비난에 부딪치면 틀림없이 마음이 상할 것이었다. 마침내 샬롯은 자기가 직접 그것을 알리려고 결심했다. 그래서 콜린스 씨가 저녁때 롱본에 돌아가더라도 베넷 집안의 누구 앞에서도 그 일을 입 밖에 내지 말라고 부탁했다. 물론 그는 비밀을 지켰지만, 여간 어려운 일이 아니었다. 콜린스가 오래 집을 비운 일은 당연히 호기심을 불러 일으켰고, 그가 집에 돌아오자 매우 노골적인 질문이 쏟아졌고, 그것을 피하는 것은 어지간히 요령이 필요한 일이었다. 동시에 그는 자기가 성공을 거둔 사랑을 발표하고 싶어서 견딜 수 없을 지경이므로 상당한 자제력도 발동시켜야만 했다.

이튿날 이 집 사람들에게 인사를 하기에는 너무 이른 시간에 떠나야 했으므로, 여자들이 잠자리에 들어가기 전에 작별인사를 주고받았다. 베넷 부인은 매우 예의바르고 정중하게, 바쁘신 중에 찾아와 주신 것을 감사하고 롱본에서 또 만나뵐 수 있다면 매우 기쁘겠다고 말했다.

"부인, 초대해주신다니 정말 기쁩니다. 저는 그것을 기대하고 있었으니까요. 확실히 되도록이면 빨리 말씀대로 되기를 바랍니다."

모두 깜짝 놀랐지만, 특히 당황한 것은 베넷 씨였다. 절대로 그처럼 빨리 오기를 바라지 않았던 것인지 급히 말했다.

"하지만 캐서린 부인이 허락하지 않을 수도 있잖소? 후원자의 비위를 거슬리게 하기보다는 친척에게 결례하는 편이 훨씬 나아요."

"고맙습니다. 이 친절한 주의에 대해서는 특히 감사합니다. 물론 부인의 승낙없이 그런 중대한 일을 결행하지는 않는다는 걸 믿어 주시기 바랍니다."

"아무리 주의해도 지나친 건 아니지. 캐서린 부인의 눈에서 벗어나느니 차라리 다른 일에 모험을 하는 게 낫겠소. 혹시 우리를 다시 찾아오다가 부인의 노여움을 사게 될 바에는—내가 보기엔 충분히 있음직한 일이라고 생각되지만—제발 조용히 집에 눌러 있도록 하시오. 그렇다고 해서 결코 섭섭하게 여기진 않을 테니 그 점은 안심하고 있어요."

"그처럼 세심하게 염려해 주시니 정말 감사합니다. 반드시 여기에 대해, 또 하트퍼드셔에 머물러 있는 동안의 여러 가지 호의에 대해 곧 감사의 편지를 올리도록 하겠습니다. 아름다운 친척 아가씨들을 오랫동안 못 만날 건 아니니까 이런 말은 할 필요도 없을지 모르지만, 새삼 건강과 행복을 빌어 드립니다. 엘리자베스도 함께."

각자 인사가 끝나자 그녀들은 물러갔지만, 모두 한결같이 콜린스 씨가 오래지 않아 또 찾아올 생각을 한다는 것에 놀랐다. 더구나 베넷 부인은 이렇게 이해했다. 아래 딸 중의 하나에게 다시 구혼할 속셈이라고 생각하고 메리라면 그것을 받아들이도록 설득할 수 있다고 생각했다. 그녀는 다른 딸들보다도 콜린스 씨의 재능을 높이 평가하고 그의 견고한 사상을 마음에 들어했으며, 결코 자기만큼 머리는 좋지 않지만 책 읽기를 장려하고 자기 같은 모범을 따라 스스로 닦도록 용기를 준다면 매우 바람직한 반려자가 될지도 모른다고 생각하고 있는 듯싶었기 때문이다. 그러나 다음 날 아침 이 희망은 완전히 부서졌다. 루카스 양이 아침식사가 끝나자 바로 찾아와, 엘리자베스와 단둘이 있는 데서 전날 있었던 일을 소상하게 말했던 것이다.

콜린스 씨가 샬롯을 사랑하는 것이 아닐까 하는 생각이 요 며칠 사이에 엘리자베스의 머릿속에 얼핏 떠오른 것도 사실이었다. 그러나 샬롯이 그의 마음을 끌려고 한다는 것은 스스로 생각해도 있을 수 없는 일이라고 여겼다. 처음에는 너무 놀라서 자기도 모르게 큰 소리를 내어 버렸다.

"콜린스 씨와 약혼했다고! 샬롯, 설마 그럴 리가!"

자초지종을 얘기하는 동안 감정을 자제하고 있던 루카스 양의 침착한 얼굴도, 이런 직설적인 비난에 부딪치자 한순간 당황한 빛을 보였다. 그러나 원래 예상하고 있던 일이어서 이내 다시 마음을 가라앉히고 조용히 대답했다.

"왜 놀라는 거야, 엘리자? 콜린스 씨가 불행하게도 너에게 잘 보이지 못했다고 해서, 다른 여성으로부터 신용을 얻는 게 어렵다고 말하고 싶은 거야?"

엘리자베스도 마음을 가라앉히고 몹시 힘들여 두 사람의 결혼을 축하하고 행복을 빈다고 말했다.

"네가 어떻게 느끼고 있을지 다 알아. 콜린스 씨는 얼마 전까지만 해도 너와 결혼하고 싶어하셨으니까. 무척 놀랐을 거야. 하지만 좀더 천천히 생각하면 내가 한 일도 이해할 수 있으리라 생각해. 너도 알다시피 나는 낭만적이지는 않아. 그런 적도 없었어. 내가 바라는 건 생활이 어렵지 않은 가정, 그것뿐이야. 콜린스 씨의 인격과 가문과 지위를 생각하면 이 결혼도 다른 사람들처럼 행복해질 수 있다고 생각해."

"그야, 물론이야." 엘리자베스는 조용히 대답했다. 그들은 어색하게 침묵을 지키고 있다가 가족이 있는 곳으로 돌아갔다. 샬롯은 곧 돌아갔고, 남은 엘리자베스는 조금 전에 들은 이야기에 대해 생각해 보았다. 그처럼 어울리지 않는 결혼에 공감하는 데는 적지 않은 시간이 걸렸다. 사흘 안에 콜린스 씨가 청혼을 두 번 한 것도 기묘했지만, 승낙을 받은 데 비하면 아무것도 아니었다. 전부터 샬롯의 결혼관이 자기 생각과는 전혀 다르다는 것을 느끼고는 있었지만, 그녀가 세속적인 이익을 위해 더 중요한 것들을 몽땅 희생시키리라고는 상상조차 못했다. 콜린스 씨의 아내 샬롯! 이것이야말로 몹시 굴욕적인 모습이었다. 친구가 스스로를 모독하고 품위를 떨어뜨리는 것을 보니 고통스럽기도 하고, 그 친구가 스스로 택한 운명 속에서 결코 행복하지 못하리라는 확신이 들었다.

23

엘리자베스는 어머니와 자매들과 함께 앉아서 자기가 들은 이야기를 생각하며, 이것을 모두에게 전해야 할지 말아야 할지 망설이고 있었다. 그때 마침 윌리엄 루카스 경이 딸의 부탁을 받고 이 집 사람들에게 약혼을 발표하기 위해서 찾아왔다. 모두에게 인사를 한 다음 앞으로 두 가정이 인연을 맺게 된 데 대해 한바탕 축하의 말을 하고 나서 사건을 공개했다. 그것을 듣는 사람들은 놀라기보다는 오히려 믿기 힘든 눈치였다. 베넷 부인은 예의바르다고는 하기 어려울 만큼 끈질기게, 뭔가 대단히 오해하고 있다고 물고 늘어지는 것이었다. 언제나 버릇이 없고 경솔한 리디아는 호들갑스럽게 말했다.

"어머, 윌리엄 경께서는 왜 그런 거짓말을 하시죠? 콜린스 씨는 리지와 결혼하고 싶어한다는 걸 모르세요?"

궁정인으로서의 공손함만 아니었다면 도저히 이처럼 무례한 태도를 참지 못했을 것이다. 그러나 윌리엄 경의 점잖은 인품은 이 모두를 극복할 수 있었다. 그는 용서를 빌면서 자기 이야기가 사실이라는 것을 단호히 주장하고 예의바르고 참을성 있게 모두의 무례한 말에 귀를 기울였다.

엘리자베스는 윌리엄 경을 그 같은 불쾌한 처지에서 구하는 것이 자기의 의무라고 느끼고, 앞으로 나서서 윌리엄 경이 한 이야기는 샬롯에게 들어 이미 알고 있다고 확인시켜 주었다. 동시에 윌리엄 경에게 진심으로 축하하는 말을 했고, 제인도 재빨리 맞장구를 쳤다. 또 그 혼사에서 기대되는 행복과 콜린스 씨의 뛰어난 인품이며, 헌스포드가 런던에서 적당한 위치에 있다는 것 등에 대해 여러 가지로 의견을 말하여, 어머니와 동생들을 진정시키려고 애썼다.

베넷 부인은 너무 놀란 탓인지, 윌리엄 경이 있는 동안은 별로 말도 못할 정도였지만, 그가 돌아가자마자 그 감정은 단번에 쏟아져 나왔다. 우선 그녀는 그의 말이 거짓이라고 끝까지 우겼다. 둘째로는 콜린스 씨가 교묘하게 속았고, 셋째로는 두 사람은 절대로 잘 맞지 않을 것이며, 넷째로는 이 혼사는 결국 깨질 것이라고 확신했다. 그러나 결국 이 일에 대해 명확하게 두 가지 결론을 내렸다. 그 하나는 엘리자베스가 모든 화근의 원인이며, 또 하나는 자기 자신이 여러 사람으로부터 형편없이 골탕을 먹었다는 것이었다. 베넷 부인은 온종일 이 두 가지만 되씹었다. 베넷 부인을 위로하고 달래는 것은 불가능한 일이었다. 그날이 지나도 노여움은 풀리지 않았다. 엘리자베스를 볼 때마다 하던 잔소리를 멈추는 데 1주일이 걸렸다. 윌리엄 경 부부에게 무례하지 않게 얘기할 수 있게 되기까진 여러 달이 필요했다.

베넷 씨는 이와 관련해서는 훨씬 냉정했다. 오히려 이런 경험을 재미있다고까지 말했다. 그는 샬롯 루카스는 제법 분별이 있는 아가씨인 줄 알았는데 자기 아내와 같은 바보이고, 엘리자베스보다 어리석다는 것을 알게 되어서 만족스럽다고 말했다.

제인도 그 혼담에는 좀 놀랐다고 고백했으나 그 놀라움에 대해서 말하기보다는 진심으로 두 사람의 행복을 바라며, 그런 일은 있을 수 없다고 아무리 엘리자베스가 말해도 들으려 하지 않았다. 키티와 리디아는 루카스 양을 전혀 부러워하지 않았다. 콜린스 씨는 하찮은 목사에 지나지 않으므로 메리턴에서 퍼뜨릴 뉴스의 한 토막이라는 것 말고는 감명을 받지 못했다.

루카스 부인은 딸을 훌륭한 청년과 결혼시킬 수 있다는 즐거움을 베넷 부인에게 자랑하고 싶은 기분을 참을 수가 없었다. 그래서 자기의 행복을 선전하기 위해 여느 때보다 더 자주 롱본을 찾아왔다. 베넷 부인의 무뚝뚝한 얼굴과 악의에 찬 말이 그런 행복 따윈 날려 버릴 만큼 험악한 것이었음에도.

엘리자베스와 샬롯 사이엔 서로 이 문제에 관해 침묵을 지키려는 서먹서먹함이 생겼다. 엘리자베스는 두 사람 사이엔 더 이상 신뢰가 존재하기 힘들 거라고 생각했다. 샬롯에 대해 실망했으므로 언니에 대해 더욱 애정이 깃든 관심을 보이게 되었다. 그녀는 언니의 정직함과 우아함은 절대로 변하지 않을 거라는 걸 깨닫게 된 것이다. 또 빙리가 떠나고 난 뒤 벌써 1주일이나 되는데도 그가 돌아온다는 소문조차 듣지 못한 지금, 언니의 행복을 바라는 마음은 날이 갈수록 더해 가는 것이었다.

제인은 캐롤라인에게 편지를 받은 즉시 답장을 써서 보냈고, 다시 편지가 오기만을 손꼽아 기다리고 있었다. 콜린스 씨가 약속한 감사의 편지가 화요일에 도착했다. 아버지 앞으로 온 편지는, 마치 1년이나 신세를 졌을 경우에나 어울릴 어머어마한 감사의 말들로 채워져 있었다. 감사하는 말을 다하자, 마음씨 고운 이웃 사람 루카스 양의 애정을 차지할 수 있는 행복을 알리면서, 롱본에서 다시 만나자고 한 친절한 권유에 동의한 것도 사실 루카스 양을 만날 수 있는 것이 좋았기 때문이라고 뻔뻔스럽게 썼다. 또 2주일 뒤의 월요일엔 다시 찾아갈 수 있게 되길 바라고 있으며, 캐서린 부인도 진심으로 자기 결혼에 찬성하셨는데 될 수 있는대로 빨리 식을 올리기를 바라고 있으므로, 마음씨 고운 샬롯이 자기를 세계에서 가장 행복한 남자로 만들어 줄 날을 빨리 정해줄 것이라고 덧붙였다.

콜린스 씨가 다시 하트퍼드셔에 온다는 것은 베넷 부인으로선 이젠 전혀 기쁜 일이 아니었다. 기쁘기는커녕 베넷 씨와 마찬가지로 불평이 가득 찬 심정이었다. 그가 루카스 댁에 가지 않고 롱본에 온다는 것이 도대체 우습지 않은가, 몹시 불편하기도 하고 번거롭기도 하다, 자기 건강이 좋지 않을 때 손님이 있는 것도 싫은 일이며, 더구나 연애를 하고 있는 남자는 더 불쾌하다, 대충 이러한 것들이 베넷 부인의 궁색한 불평거리였는데, 이것보다는 빙리 씨가 줄곧 이 고장에 없다는 것을 더 한탄했다.

제인이나 엘리자베스도 이에 대해서는 불안하게 생각하고 있었다. 며칠이 지나도 그들에 관한 소식은 없었다. 오히려 겨울 동안 네더필드엔 다시 돌아오지 않을 것이라는 소문이 메리턴에 퍼졌다. 그 소문은 베넷 부인을 몹시 화나게 하여, 얼마나 말도 안 되는 이야기냐며 정색을 하고 따졌다.

　엘리자베스조차 걱정되었다. 빙리가 무관심하다는 것은 아니지만, 자매들이 그를 만류하는 데 성공해 돌아오지 않는 게 아닐까? 제인의 행복을 깨뜨리는 것 같은 생각이나, 또 그녀가 사랑하는 사람의 건실함에 대한 명예스럽지 못한 생각을 하고 싶지는 않았으나, 그런 생각이 또다시 마음에 떠오르는 것을 어쩌지 못했다. 매정한 두 자매와 그 뻔뻔스런 친구가 힘을 합치고 거기에 다시 양의 매력과 런던의 여러 가지 재미까지 곁들여진다면 빙리가 제인을 좋아한다고 해도 도저히 맞설 수 없을 것이라는 걱정이 앞섰다.

　제인은 이처럼 불안한 상태에서 엘리자베스보다 더 뼈저린 고뇌에 시달린 것은 말할 나위도 없었다. 그러나 제인은 자기의 감정을 감추고 싶었으므로, 제인과 엘리자베스 사이에서 이 문제는 결코 언급되지 않았다. 그러나 그런 조심성을 결코 찾아볼 수 없는 어머니는 한 시간이 멀다고 빙리 이야기를 꺼냈다. 그를 기다리는 심정을 얘기하기도 하고, 만일 그가 돌아오지 않으면 정말 심한 모욕을 당한 것을 원망하지 않겠느냐면서 제인에게 고백하라고 강요하기까지 하는 것이었다. 이런 공격을 조용히 견디기 위해서 제인은 자신의 한결같은 따뜻함이 필요했다.

　콜린스 씨는 약속한 대로 꼭 2주일 뒤인 월요일에 다시 찾아왔다. 그러나 롱본에서의 환대는 처음에 왔을 때와 달랐다. 그러나 행복감에 넘친 콜린스 씨에겐 그런 배려는 별로 필요치 않았고, 한참 연애에 흠뻑 빠져 있는 참이라 고맙게도 주위 사람들하고 어울릴 필요가 없었다. 거의 날마다 루카스 댁에서 지냈으며 롱본에 돌아왔을 때엔 잠자리에 들기 전의 사람들에게 외출했던 것을 겨우 변명할 수 있을 만한 시각이 되는 수도 있었다.

　베넷 부인은 보기에도 애처로웠다. 이 혼사에 관해서는 무슨 말을 들어도 금세 불쾌한 고민 속에 빠져 버렸는데, 어디를 가건 그런 소문을 듣지 않을 수 없는 형편이었다. 루카스 양을 보는 것도 싫었다. 그녀가 이 집의 상속자가 된다고 생각하자 질투가 생기지 않을 수 없었다. 샬롯이 찾아오면 언제나 이 집을 차지할 때를 생각하고 있을 것이라고 단정했다. 콜린스 씨에게 나직한 목소리로 말하고 있을 때엔 언제나 롱본의 재산에 대해 얘기하며, 베넷 씨가 세상을 떠나자마자 자기와 딸들을 집에서 쫓아낼 것이라고 생각했다. 그녀는 하나도 빠뜨리지 않고 남편에게 불평을 늘어놓았다.

"여보, 샬롯 루카스가 이 집의 안주인이 되고 나는 쫓겨나, 그 애가 내 자리를 차지하는 걸 봐야 한단 말인가요!"

"그렇게 우울하게 생각할 것 없지 않소. 좀더 밝은 희망을 갖도록 합시다. 내가 당신보다 더 오래 살 거요. 걱정 마시오."

이 말은 베넷 부인에겐 별로 위안도 되지 않았던 모양인지, 그것엔 아무 대답도 하지 않고 혼잣말을 계속했다.

"그 사람들이 우리 집 재산을 전부 차지한다고 생각하니 참을 수 없는 거예요. 한정 상속만 없으면 고민하지 않겠어요."

"뭘 고민하지 않는다는 거요?"

"아무것도 고민하지 않아요."

"하지만 그렇다면 오히려 감사해야 하지 않을까? 어쨌든 당신이 그런 무감각 상태를 면했으니까."

"그렇지만 여보, 절대 한정 상속을 고맙게 생각하라고 하시면 안 돼요. 한정 상속을 가지고 남의 딸들에게서 재산을 뺏어가다니! 양심 있는 사람이라면 절대 못 할 짓이에요. 도저히 이해가 안 가요. 그것도 콜린스 같은 사람한테! 왜 하필이면 그 사람이 차지해야 하는 걸까요?"

"그건 당신 스스로 판단해 보구려." 베넷 씨는 말했다.

24

빙리 양에게서 편지가 와서 모든 의문이 해소되었다. 맨 처음엔 겨울 동안 런던에 눌러 있기로 확정했음을 말하고 있었고, 오빠가 거기를 떠나기 전에 하트퍼드셔의 여러분에게 인사를 드릴 겨를이 없었음을 유감스럽게 생각하고 있다는 것으로 글의 마무리를 짓고 있었다.

빙리 양의 편지가 도착하고서 희망은 완전히 사라졌다. 제인은 편지의 다른 부분도 읽어 보았지만, 마지막에 애정을 담은 말을 했을 뿐, 그녀에게 조금이라도 위안을 주는 대목이라곤 하나도 없었다. 대부분은 다시 양에 대한 찬사로 가득 차 있었고, 그녀의 많은 매력이 소상하게 적혀 있었다. 캐롤라인은 기쁜 듯이 서로가 더욱 친밀해졌음을 자랑하고, 먼저 편지에서 말한 소원이 성취될 것 같다는 암시를 주는 것도 잊지 않았다. 또 오빠가 매우 기뻐하며 다시 댁에 머물고 있다고 썼고, 그 집의 새로운 가구에 관한 다시 씨의 계획 등을 수다스럽게 늘어 놓고 있는 것이었다.

물론 제인은 편지 내용을 바로 엘리자베스에게 말했다. 그녀는 듣는 내내 꾹 참고 있었지만, 마음은 언니에 관한 동정과 다른 사람들에 대한 원망으로 가득 찼다. 오빠가 다시 양에게 마음이 쏠리고 있다는 캐롤라인의 말은 전혀 믿을 수 없었다. 빙리 씨가 진실로 제인을 사랑하고 있다는 것은 그전과 다름없이 지금도 의심하지 않았던 것이다. 엘리자베스도 원래 빙리 씨를 싫어하지는 않았지만, 그 안이한 생각과 결단력 없는 성격 때문에 친구들의 술책에 따라 하자는 대로 하고, 친구의 변덕 때문에 자신의 행복을 희생하려 하는 것에 화가 나고 경멸하고 싶어졌다. 그러나 만일 그 자신의 행복만 희생되는 것이라면 자기 마음대로 하는 것도 상관없지만, 언니의 행복이 말려든다는 것은 빙리 자신도 깨닫고 있어야 할 일이었다. 여러 가지로 궁리해 보아도 좀처럼 결론을 얻기 어려운 문제였다. 엘리자베스는 다른 일은 전혀 생각할 수도 없었다. 빙리의 애정이 정말 사라져 버렸는지, 아니면 주위 사람들의 간섭 때문에 억눌려 있는지, 제인이 자신을 좋아한다는 사실을 알아차리지 못했는지, 빙리에 대한 자기의 평가는 그 차이로 본질적으로 영향을 받게 될 것이다. 하지만 그렇다고 해도 제인의 입장에는 변함이 없어, 그 마음은 어느 경우에나 마찬가지로 상처를 입는 것이었다.

그래도 하루 이틀 지나자 제인도 기력을 찾아 엘리자베스와 이야기를 나누었지만, 베넷 부인이 여느 때보다 더 끈덕지게 네더필드와 그 주인에 대한 언짢은 말을 털어놓고 간 뒤에는 자기도 모르게 이렇게 한탄할 정도였다.

"아아, 어머니가 좀더 자제심을 갖고 계시면 좋을 텐데! 끊임없이 그분을 비난하시는 게 나를 얼마나 괴롭히는지를 전혀 모르시는 거야. 그렇다고 불평하진 않겠어. 오래 계속될 리는 없으니까. 그분의 일은 잊어버리고 예전처럼 될 거야."

엘리자베스는 믿을 수 없다는 듯한 근심스런 얼굴로 언니에게 눈길을 던졌으나 아무 말도 하지 않았다.

"내 말을 의심하는 거니?" 제인은 얼굴을 약간 붉혔다. "의심할 필요까진 없어. 그분은 내가 알고 지낸 사람들 중에서 제일 좋은 분으로 기억에 남겠지만 그뿐이야. 희망을 가질 일도 걱정할 일도 아무것도 없어. 그분을 원망할 건 아무것도 없어. 원망하는 고통이 없게 된다는 건 퍽 고마운 일이라고 생각해. 그러니 시간이 좀 지나면 반드시 극복할 수 있을 거야."

그리고 목소리에 더욱 힘을 주어 곧 덧붙였다. "참 다행이지. 단지 나 혼자만의 착각에서 끝났으니 말이야. 나 말고 다른 누구에게도 피해를 주지 않았다는 사실도."

"아, 언니는 정말 좋은 사람이야. 얼마나 부드럽고 남을 비난할 줄 모르는지. 정말 천사 같은 사람이야. 언니한테 어떻게 말해야 할지 모르겠어. 언니의 진가를 충분히 알지 못했던 것처럼, 또 당연히 그랬어야 할 만큼 사랑하고 있지 않았던 것 같이 생각돼."

그러나 제인은 자기가 그렇게 훌륭하지는 않다고 자꾸 부정할 뿐만 아니라, 그 찬사는 동생의 따뜻한 애정 때문이라고 말했다.

"아니야, 그렇지 않아. 그렇게 말하면 공평하지 않아. 언니는 온 세상 사람들이 모두 훌륭하다고 생각하고 싶은 거야. 그리고 만일 내가 누굴 나쁘게 말하면 언짢게 생각하는 거지. 나는 언니를 그 누구보다 완벽한 사람이라고 생각해. 그러면 언니는 또 아니라고 하겠지만. 내가 극단적인 말을 한다 해서, 세상 사람들에게 항상 착하게만 행동하는 언니를 나무란다 해서 날 두려워할 것까진 없어. 내가 정말 사랑하고 있는 사람은 얼마 없어. 존경하고 있는 사람은 더 적어. 세상을 알면 알수록 세상에 대해 불만이 커지는걸. 인간은 모순된 것이라는 생각, 장점으로 보이는 것, 분별이 있는 것처럼 보이는 것도 신뢰할 만한 게 못된다는 생각이 날이 갈수록 굳어지는 것 같아. 그 예는 최근의 두 가지 일에서 볼 수 있지. 그 하나에 대해서는 말하지 않겠지만 또 하나는 샬롯의 결혼이야. 도무지 영문을 모르겠어, 아무리 생각해도 알 수가 없어!"

"리지, 그렇게 생각해서는 안 돼. 그러면 네 행복이 달아나 버려. 사람은 저마다 처지가 다르고, 성격이 다르다는 것을 생각해야 해. 콜린스 씨는 상당한 사회적 지위가 있는 분이고, 샬롯은 얌전하고 착실한 사람이야. 그녀에겐 형제들이 많다는 사실도 잊지 말아야 해. 재산면으로 보면 썩 어울리는 짝이지. 여러 사람을 위해 샬롯이 콜린스 씨에 대해 애정과 존경 비슷한 걸

119

느끼게 될지도 모른다고 믿으면 어떨까."

"언니를 위해서라면 어떤 일이라도 믿고 싶지만, 이런 일은 믿는다고 해도 누구한테도 이롭진 않아. 혹시 샬롯이 콜린스 씨에게 어떤 애정을 갖고 있다고 믿게 된다면 그녀의 이성을 의심할 뿐이야, 지금 그녀의 감정을 의심하는 것 이상으로. 언니, 콜린스 씨는 자만심만 강할 뿐, 거만하고 마음이 좁고 어리석은 사람이야. 언니도 알 거야. 그런 사람과 결혼하는 여자는 정상적인 사고력이 없다는 것도. 설사 샬롯 루카스라 하더라도 그런 사고력 없는 사람을 언니가 변호하게 하고 싶진 않아. 어느 한 사람 때문에 마음대로 의미를 바꿔 놓아선 안 된단 말이야. 언니 자신이나 나한테 이것이 분별이고, 위험을 느끼지 못하는 것이 행복을 확보하는 것이라고 납득시키려 하지는 말아."

"넌 두 사람에 대해서 너무 심하게 말해. 두 사람이 행복한 걸 보고 생각을 고치기 바란다. 자, 그건 그렇고, 그 밖에 다른 일에 대해서도 말했지. 잘못 생각할 리는 없다고 생각하지만 제발 리지, 그분에게 책임이 있다고 생각하고, 또 그분에 대한 평가가 내려졌다고 하면서 나를 괴롭히지 말아 줘. 우리가 계획적인 함정에 빠졌다는 경솔한 상상을 해서는 안 된다고 생각해. 원기 왕성한 청년에게 항상 조심스럽고 신중하길 기대한다는 건 무리야. 속인 건 자기의 허영심인 경우도 자주 있거든. 여자란 아름답다고 칭찬을 받으면 이내 그 이상의 것을 의미하고 있다고 생각하기 쉬운 거야."

"그리고 남자는 그렇게 생각하도록 부추기고."

"그것이 계획적으로 한 일이라면 용서하기 어렵지. 하지만 사람들이 생각하는 것만큼 세상엔 계략 같은 건 없다고 생각해."

"나는 빙리 씨가 한 것을 계략이라고 말하고 있는 건 아니야. 나쁜 일을 꾸미거나 남을 불행에 빠뜨리려는 생각이 아니더라도 잘못은 일어나고 불행도 생기는 게 아닐까? 무분별하거나 남의 감정에 주의를 기울이지 않거나 결단력이 없거나 하는 데서 불행은 생기는 거야."

"너는 그중 한 가지 때문이라고 생각하고 있구나."

"맞아, 결단력이 없기 때문이야. 만일 내가 애길 계속하면 언니가 존경하고 있는 사람들을 내가 어떻게 생각하고 있는가를 알게 되어서 언니를 불쾌하게 할 테니까 원한다면 지금이라도 그만둘게."

"그 누이와 여동생이 그분에게 압력을 가하고 있다고 생각하는구나."

"그래, 그 친구라는 사람도 같이."

"도저히 믿을 수가 없어. 왜 그렇게 해야 하는지. 그 사람들은 그분의 행복을 바라고 있는 거야. 만일 그분이 나를 사랑하고 있다면 다른 여자가 행복하게 할 수는 없을 게 아냐."

"하지만, 그건 언니의 전제부터가 애당초 잘못 됐어. 그 사람들은 그분의 행복 말고도 갖고 싶은 게 많을지도 몰라. 가령 재산이 불어나고 지위가 높아지기를 바랄지도 모르지. 돈, 굉장한 친척 관계, 자존심 같은 것들을 골고루 갖춘 여자하고 결혼시키고 싶어할지도 몰라."

"그 사람들이 다시 양을 선택하길 바라고 있다는 건 의심할 수 없는 일이야. 그러나 나쁜 마음에서만이라고는 할 수 없어. 나와 알고 지내기 훨씬 전부터 그분을 잘 알고 있고 하니, 그분을 나보다 좋아한대도 조금도 이상할 건 없어. 그 사람들이 어떤 것을 바라고 있는지는 알 수 없지만 빙리 씨의 생각에 반대했다고까지는 생각하지 않아. 아무리 여동생이라고 해서 그렇게까지 멋대로 하는 걸 좋다고 생각하는 사람이 있을까. 뭔가 몹시 마음에 들지 않는 일이 없는 한은 말이야.

만일 그 사람들이 그분이 사랑한다고 믿고 있었다면, 우리 사이를 떼어 놓으려고는 하지 않을 거야. 만일 정말 그렇다면 사이를 떼어 놓는 데 성공할 리도 없지. 그러니 그런 애정이 있었다고 상상하면 너는 모든 사람에게 부자연스런 그릇된 행위를 하게 하고, 나를 무척 불행하게 하는 셈이 되는 거야. 쓸데없는 일을 생각해서 나를 괴롭히지 말아 줘. 나는 오해한 걸 부끄럽게 생각진 않아. 적어도 그런 일은 사소한 일이야. 그분과 누나와 여동생을 나쁘게 생각하거나 해서 비참해지는 것에 비하면 아무것도 아냐. 내가 가장 좋은 견해를 갖게 해 줘, 모든 걸 이해할 수 있는 견해를."

언니가 이렇게까지 말하자 엘리자베스도 반대할 수는 없었다. 이때부터 빙리 씨의 이름은 두 사람 사이에서 거의 입 밖에 나오지 않았다.

베넷 부인은 여전히 빙리 씨가 돌아오지 않는 것을 의아하게 여기며 한탄했다. 엘리자베스가 하루도 빠짐없이 그 이유에 대해 명확하게 설명해줬지만, 부인은 그 사실을 언제나 당황스럽게 받아들였다. 스스로도 믿고 있지 않은 일이었지만—제인에 대한 관심은 흔히 있는 일시적인 호감에서 생긴 것이며, 제인을 눈 앞에 보지 않고 있는 동안에 잊혀진 것이라고—어머니가 믿게 하려고 노력했던 것이다. 그러면 어머니는 그럴 수도 있겠다고 인정했지만 결국에는 똑같은 말을 되풀이했다. 베넷 부인의 가장 큰 위안은 빙리 씨가 여름에는 틀림없이 돌아올 거라는 것이었다.

이 사건에 대한 베넷 씨의 태도는 아주 달랐다. "아닌게 아니라, 리지." 어느 날 그는 말했다. "언니는 실연을 당한 모양이구나. 축하할 일이야. 여자는 결혼 다음으론 간혹 실연하는 걸 좋아하는 법이지. 생각할 여유가 생기고 친구들 사이에선 특별한 존재로 취급되고 말이야. 네 차례는 언제 오는 거냐? 너도 제인한테 뒤질 수는 없을 텐데. 이번에는 네 차례야. 다행히 이 지방의 젊은 여성들을 실연 시키기에 부족하지 않을 만큼 메리턴엔 장교들이 잔뜩 있거든. 위컴은 어때? 제법 유쾌한 사내고 하니 너한테는 썩 어울릴 게다."

"고마워요, 아버지. 하지만 저는 그렇게 유쾌한 사람이 아니라도 좋아요. 모두 제인 같은 행운을 기대할 수는 없을 테니까요."

"그건 그래." 베넷 씨는 고개를 끄덕인다. "그러나 생각해 보면 안심이 돼. 무슨 일이 일어나건 애정 깊은 어머니가 붙어 있어서 최대한 떠들어 줄 테니."

요즘 그다지 유쾌하지 않은 일들로 롱본의 많은 사람에게 드리운 우울한 기분을 몰아내는 데에 위컴 씨와의 교제가 큰 역할을 했다. 엘리자베스는 그와 자주 만났는데, 그의 많은 장점 중에 솔직하다는 매력이 돋보였다. 엘리자베스가 이미 들어서 알고 있는 모든 일, 다시 씨에 대해 갖고 있었던 권리와 다시 씨가 그에게 한 처사 등은 지금은 공개적으로 인정되어 공공연히 논의되었다. 엘리자베스는 그 일에 대해서는 아무것도 모르기 전부터도 다시 씨가 몹시 싫었었다고 모두에게 알리고 싶었던 것이다.

하트퍼드셔의 사람들 중에서, 알려져 있지 않은 참작할 만한 사정이 있었을지도 모른다고 생각하는 사람은 제인 하나뿐이었다. 그 차분하고 쉽게 판단내리지 않는 성격을 가진 제인은 제대로 된 사정도 모르면서 오해하는 것일 수도 있으니 쉽사리 단정짓지 말자고 했다. 그러나 다른 사람들은 한결같이 다시 씨를 아주 나쁜 인물이라고 단정했다.

25

사랑을 고백하고 행복한 계획을 세우면서 1주일을 보낸 콜린스는 토요일이 되자, 사랑스런 샬롯에게 작별인사를 해야만 했다. 그러나 그는 신부를 맞을 채비를 하면서 이별의 고통을 완화시킬 수 있을 것이다. 왜냐하면 콜린스 씨가 다음에 하트퍼드셔에 올 때엔, 드디어 그를 온 세계에서 가장 행복한 남성으로 될 날이 정해질 것이라는 희망을 갖게 되었기 때문이다. 롱본 사람들에게 여전히 엄숙하게 작별을 고하면서 아름다운 친척 아가씨들에겐 또 건강과 행복을 빌고, 베넷 씨에겐 감사의 편지를 약속했다.

다음 월요일, 베넷 부인은 예년처럼 롱본에서 크리스마스를 지내러 온 남동생 부부를 맞이했다. 가디너 씨는 매우 분별 있고 신사적인 사람으로, 누나인 베넷 부인에 비해 교육 정도라든가 성격으로 보아서도 훨씬 나았다. 네더필드의 여성들은 상업으로 생계를 꾸리고 자기 창고가 보이는 범위 내에 살고 있는 남성이 이처럼 교양 있고 예의바를 수 있는지 쉽게 이해하기 어려웠을 것이다. 올케인 가디너 부인은 베넷 부인이나 필립스 부인보다 서너 살 아래였지만, 상냥하고 현명하며 점잖은 여성이어서 롱본의 조카딸들은 모두 좋아했다. 특히 위의 두 조카딸과 이 외숙모와의 사이엔 각별한 애정이 있어서, 두 사람은 자주 런던 외숙모 집에 머물곤 했었다.

가디너 부인이 도착해서 제일 먼저 한 일은 선물을 나눠 주고 최신 유행을 들려주는 일이었다. 이것이 끝나자 수동적인 역할을 했다. 이번엔 그녀가 귀를 기울일 차례였던 것이다. 베넷 부인은 올케에게 많은 고민을 말하고 불평을 늘어놓았다. 저번에 만난 뒤로 가족들이 그녀를 무시해 왔다는 이야기와 엎친 데 덮친 격으로, 두 딸이 결혼의 문턱까지 갔다가 실패하고 말았다는 것이었다.

"나는 제인을 책망하진 않아." 베넷 부인은 말을 이었다. "될 수 있으면 빙리 씨를 차지할 작정이었으니까. 그러나 리지 일은 말이야, 잘 들어 봐. 저 애가 고집을 부리지만 않았더라면 지금쯤은 콜린스 씨의 부인이 되어 있었을지도 모른다고 생각하니 정말 괴로워. 그 사람은 바로 이 방에서 청혼했는데 이 애가 거절했어. 그러는 바람에 루카스 부인이 나보다 먼저 딸을 시집 보내게 된 거지. 롱본의 재산은 여전히 한정 상속이고 말이야. 루카스 집안 사람들은 교활해, 정말. 이득이 되는 일이면 뭐든지 하려는 것 같으니까.

이런 말을 하는 건 싫지만 사실이니까. 우리 집에서는 이렇게 일이 뒤틀리고, 이웃인 그들은 자기들 일만 생각하고 남의 일은 상관하지 않으니 어디 병이 낫겠느냔 말이야. 하지만 마침 이런 때 와줘서 내 마음이 한결 든든해. 긴 소매가 유행한단 이야기는 잘 들었어."

가디너 부인도 물론 제인과 엘리자베스의 편지로 모두 알고 있었으므로, 시누이에겐 가볍게 대답해 주고 조카딸들의 입장을 생각해 화제를 바꿨다.

그녀는 나중에 엘리자베스와 단둘이 있게 되자 다시 이 얘기를 꺼냈다. "제인을 위해 퍽 좋은 혼담이었던 모양인데 유감이구나. 하지만 그런 일은 흔히 있게 마련이야! 네가 얘기해 준 빙리 씨 같은 청년은 예쁜 여자를 보면 이내 사랑에 빠지고, 3주일이 지나 우연한 일로 헤어져 버리면 또 금세 잊어버리고 만단다. 그런 경우는 흔히 있는 일이야."

"그렇게 생각한다면 훌륭한 위안이 되겠군요. 그렇지만 저희의 경우엔 도움이 되지 않아요. 우연 때문에 괴로워하고 있는 건 아니니까요. 주위 사람들의 간섭으로 독립된 재산을 가진 청년이 바로 2, 3일 전까지도 열렬히 사랑하고 있던 아가씨를 단념하도록 설득당한다는 건 좀처럼 있을 수 없는 일이에요."

"그렇지만 그 '열렬히 사랑하고 있다'는 표현이 너무 낡고 아리송해서 나는 확실한 걸 모르겠어. 30분쯤 알고 지내다가 생기는 감정을 말하는 경우도 있고, 그런가 하면 강하고 진실한 애정을 말하는 경우도 있으니까 말이야. 빙리 씨의 사랑이 얼마나 열렬했는지 한번 말해 보지 않겠니?"

"저는 더없이 잘되리라 생각했어요. 그는 다른 사람들과는 점점 소원해지고 제인에게만 빠져 있었어요. 만날 때마다 그런 경향은 더욱 뚜렷해졌어요. 자기 집에서 가진 무도회에서 춤을 청하지 않았으므로 두세 사람의 젊은 여자들의 기분을 언짢게 했거든요. 저도 두 번 말을 건넸지만 대답도 하지 않더군요. 그보다 훌륭한 증거가 있을까요? 사랑의 본질은 다른 사람들에게 무례해지는 게 아닐까요?"

"응, 그래. 빙리 씨는 그랬으리라 생각해. 그건 사랑이야. 가엾은 제인! 안됐구나. 그 애의 성격으로는 금방 잊진 못할 거야. 너였다면 좋았을 거야, 리지. 너 같으면 웃어 버릴 수 있을 텐데. 제인을 우리 집에 같이 가도록 설득할 수 있을까? 장소가 바뀌면 좋을지도 몰라. 집에서 좀 떨어져 있으면 효과가 있을지도 모르니까."

엘리자베스는 이 제의를 무척 기뻐했고, 언니도 곧 승낙할 것이라고 믿었다.

"설마 그 청년을 생각하고 그러기로 작정하는 건 아닐 테지. 우리가 살고 있는 곳은 같은 런던이라도 멀리 떨어져 있고 연고관계도 전혀 다를 거야. 너도 알다시피 우린 외출이라곤 안 하니까. 그 청년이 찾아오지 않는 한, 두 사람이 만나는 일은 없을 거야."

"그가 찾아오는 건 거의 불가능해요. 그분은 지금 친구에게 감금되어 있는데, 그 다시라는 친구는 런던의 그런 곳에 언니가 일부러 찾아오는 걸 절대로 용서하지 않을 거예요. 외숙모는 어떻게 생각하세요? 다시 씨도 아마 그레이스처치 거리라는 장소가 런던에 있다는 것쯤은 소문을 듣고 있겠지요. 그런 곳에 한번 발을 들여놓으면 한 달 동안 목욕을 해도 그 때를 씻어 낼 수는 없다고 생각할 거예요. 그리고 빙리 씨는 다시 씨와 동행하기 전엔 좀처럼 움직이지 않을 거예요."

"그럼 더 좋구나. 나는 두 사람이 만나지 않았으면 하니까. 그러나 그 여동생과는 제인이 편지를 주고받고 있지 않니? 그러면 런던에 간 이상 제인이 방문을 안 할 수도 없을 텐데."

"언니는 아마 절교해 버릴 거예요."

그러나 그녀는 이 점과 또 하나 흥미있는 점, 즉 빙리가 제인을 만나는 것을 금지당하고 있다는 것은 틀림없다고 장담하는 듯했으나, 이 문제에 대해 자신이 어떤 희망을 품고 있다는 것을 스스로 깨달았다. 잘 음미해 보니 마음속으로 이 연애 사건이 아주 절망적인 것은 아니라고 믿으려 하는 것이었다. 빙리의 애정이 다시 불타고, 친구들의 압력이 제인의 매력이라는 더 자연스런 힘에 꺾이는 게 불가능하지는 않으며, 또 때론 있을 듯싶은 일처럼 생각되기도 했다.

베넷 양은 외숙모의 초대를 기꺼이 받아들였다. 빙리 집안 사람들에 대해서 말하자면, 캐롤라인은 오빠와 같은 집에서 살고 있지 않으므로 이따금 그녀와 함께 아침을 지내도 빙리 씨를 만날 위험은 없을 것이라 생각했던 것이다.

가디너 부부가 롱본에 1주일 정도 있었는데, 필립스 집안 사람들과 루카스 집안 사람들, 그리고 장교들과 약속이 없는 날이 없었다. 베넷 부인은 남동생 부부를 대접하기 위해 세심히 준비했으므로, 한 번도 집안끼리만의 만찬은 없었다. 자기 집에서 만찬을 베푸는 경우엔 늘 몇 명의 장교가 참석했는데, 위컴은 거기서 한 번도 빠지는 일이 없었다. 그런 때면 엘리자베스가 열심히 그를 칭찬하는 것을 이상하게 여긴 가디너 부인은 두 사람을 주의 깊게 관찰했다. 자기의 관찰을 통해 판단하니 두 사람이 진정으로 사랑하고 있다고는 생각되지 않았지만, 서로 호감을 품고 있는 것은 확실했다. 그래서 가디너 부인은 약간 불안을 느끼고 하트퍼드셔를 떠나기 전에 엘리자베스와 얘기하여, 그와 애정을 진전시키는 것은 경솔하다는 말을 해 주리라 작정했다.

가디너 부인에게 있어서 위컴과 만난 일은, 그의 이른바 인간적인 매력과는 관계가 없지만 아주 기쁜 일이기도 했다. 그것은 부인이 12년인가 13년 전 아직 결혼하지 않았을 때의 일이었는데, 위컴이 태어난 더비셔의 어떤 고장에 상당히 오랫동안 살았던 적이 있었기 때문이었다. 그래서 가드너 부인이 아는 사람을 위컴도 많이 알고 있었다. 5년 전에 다시의 아버지가 돌아가신 뒤로 그 근처에 거의 가본 적이 없는 위컴이었으나, 그래도 부인의 예전 친구들에 관해 그녀가 듣지 못한 새로운 소식을 전할 수 있었던 것이다.

가디너 부인은 펨벌리에도 간 적이 있고 돌아가신 다시 씨에 대해서도 소문으로 들어 알고 있었다. 그래서 이 점에서도 화제는 그치지 않았다. 펨벌리에 대한 자기의 추억과 위컴의 소상한 묘사를 비교하고, 돌아가신 분의 사람됨을 칭찬하면서 위컴과 함께 즐기고 있었다. 다시 집안의 현재의 주인이 위컴에게 한 처사에 관한 이야기를 들었을 때엔, 그 신사가 소년이었을 무렵의 평판으로 이와 부합되는 것이 없었던가 생각해 내려고 애쓴 끝에, 마침내 피츠 윌리엄 다시 씨는 예전부터 매우 거만하고 심술궂은 소년이라는 소문이 있었던 것을 생각해 냈다고 확신하기에 이르렀다.

26

가디너 부인은 엘리자베스와 단둘이 있게 되자 이내 친절하게 주의를 주었다. 솔직히 자기 생각을 말하고 나서 이렇게 말을 이었다.

"리지, 넌 그저 주의를 받았다는 이유로 격렬한 연애에 빠질 만큼 어리석은 애가 아니니까 솔직하게 말할게. 이건 정말 심각하게 하는 말인데, 정말 조심해야 해. 재산도 없는데 애정에 휘말리거나 그 사람을 끌어들이려고 애써서는 안 돼. 나도 그 사람이 나무랄 데 없는 젊은이라고 생각해. 꽤 호감 가는 사람이야. 그가 재산만 있다면 그보다 나은 사람은 없다고 생각해. 하지만 사실은 그렇지 않으니 감정에 치우쳐 버려서는 안 돼. 잘 판단해야 해. 아버님은 너의 단호한 성격과 올바른 태도를 전적으로 믿고 계셔. 그러니 아버님을 실망시켜서는 안 돼."

"외숙모, 얘기가 참 진지해졌네요."

"그래. 그러니까 너도 진지하게 들어 줘."

"알았어요, 그럼 조금도 걱정하실 필요는 없어요. 저 자신에 대해서도 조심하고 위컴 씨에 대해서도 조심하겠어요. 피할 수만 있다면 위컴 씨가 저를 사랑하게 하진 않겠어요."

"그건 진지한 태도가 아니야."

"죄송해요. 아직까지는 위컴 씨를 사랑하고 있지 않아요. 그건 확실해요. 하지만 그분은 지금까지 만난 사람들과는 비교할 수 없을 만큼 기분 좋은 분이에요. ……그리고 혹시 그 사람이 정말로 저를 사랑하게 된다면, 그건 그렇게 하지 않는 편이 좋다는 건 알고 있어요. 그것이 무모하다는 것도 알아요. 오오, 그 역겨운 다시! 아버지가 저를 믿어 주시는 건 무척 고마워요. 만일 그렇지 않다면 전 비참해질 거예요. 하지만 아버지는 위컴 씨를 좋게 생각하고 계세요. 외숙모, 저는 누구도 불행하게 하고 싶진 않아요. 그러나 사랑에 빠진 젊은이들이 당장 재산이 없다고 해서 결혼을 머뭇거리는 일이 별로 없는 요즘 세상에, 저 또한 유혹을 받았을 때 그들보다 지혜롭게 행동할 수 있을 거라고 어떻게 장담하겠어요? 또 제 감정을 거부하는 게 더 현명한지 어떤지도 알 수 없어요. 그러니 약속할 수 있는 건 급히 서두르지 않겠다는 거예요. 성급하게 제가 그분의 연인이라고 생각하거나 하진 않아요. 같이 있을 때도 그렇고요. 간단히 말해서 최선을 다하겠어요."

"그렇다면 그 사람이 여기에 오는 것도 너무 권하지 않는 게 좋을 것 같다. 적어도 어머니가 그 사람을 초대하려는 생각을 하지 않도록 하는 게 좋아."

"제가 일전에 했던 것처럼 말이지요." 엘리자베스는 생각나는 일이 있어 미소를 지으며 말했다. "정말 그게 좋겠어요. 하지만 그분이 늘 이렇게 집에 자주 오신다고는 생각지 마세요. 이번 주에 이렇게 자주 초대를 한 건 외숙모 때문이에요. 손님에겐 항상 상대자가 필요하다는 어머니의 생각을 외숙모도 알고 계실 테죠. 그러나 정말 명예를 걸고 가장 좋다고 생각되는 일을 하겠어요. 이걸로 안심해 주세요."

외숙모는 안심했다고 말했다. 엘리자베스는 친절한 조언에 감사하고 헤어졌다. 이런 점에 관한 충고가 받아들여진 훌륭한 예라고 하겠다.

가디너 부부와 제인이 떠난 지 얼마 뒤 콜린스 씨가 또 하트퍼드셔에 왔다. 이번엔 루카스 집안에 묵었으므로 베넷 부인의 불편은 없었다. 결혼 날짜가 다가오고 있었다. 베넷 부인은 이젠 결국 체념하고 이것을 피하기 어려운 일이라 생각한 나머지, 심술궂은 말투로 "두 사람이 행복해지길" 하고 되풀이해서 말할 정도가 되었다. 목요일이 결혼식 날이어서 수요일에 루카스 양이 작별인사를 하러 왔다. 그녀가 물러가기 위해 일어섰을 때 엘리자베스는 마지못해 무뚝뚝하게 행복을 바란다고 하는 어머니의 인사말을 부끄럽게 생각하고, 진심으로 헤어지기가 섭섭하여 샬롯을 따라 방에서 나갔다. 아래층으로 같이 내려가면서 샬롯이 말했다.

"엘리자, 자주 편지를 줘. 기다리고 있겠어."

"틀림없이 편지할게."

"또 하나 부탁이 있어. 나를 만나러 오지 않겠어?"

"하트퍼드셔에서 자주 만나게 되길 바란다."

"얼마 동안 켄트를 떠날 수 없을 거라고 생각해. 그러니 헌스포드에 오겠다고 약속해 줘."

방문해봤자 그다지 즐거울 것 같지는 않았지만 엘리자베스로선 거절할 수가 없었다.

"아버지와 마리아가 3월에 오기로 되어 있어. 그때 함께 오도록 해. 두 사람과 마찬가지로 진심으로 와주길 바라겠어."

결혼식이 거행되고 신랑 신부는 곧장 켄트로 떠났다. 언제나 그렇듯 사람들은 이런 일에 대해서는 서로 애기를 주고받을 일이 산더미처럼 쌓여 있었다. 얼마 뒤 엘리자베스는 샬롯에게 편지를 받았고 두 사람의 교제는 예전처럼 규칙적으로 또 잦아졌지만, 그전처럼 숨김없이 솔직하게는 되지 않았다. 엘리자베스는 편지를 쓸 때마다 이전의 친밀감이 사라졌다는 느낌을 받곤했다. 편지는 될 수 있는 대로 부지런히 쓰기로 결심했지만, 그것은 예전의 우정 때문이었으며 지금의 감정은 아니었다. 처음에 샬롯의 편지에는 자기의 새 살림, 캐서린 부인에 대한 감상, 어느 정도로 자기를 행복하다고 단정할 수 있는지 등 호기심을 끄는 이야기가 많이 있었다. 그러나 편지를 읽어 보니 모든 점에서 예상했던 대로의 일만 쓰여 있다는 것을 느꼈다. 그녀는 즐겁게 편지를 써나갔고, 그녀 자신도 즐거움 속에 빠져 있는 것 같았다. 집, 가구, 이웃, 길 등 모든 것은 취미에 꼭 맞고, 캐서린 부인도 정말 상냥하고 좋은 사람이라고 했다. 콜린스 씨가 그려 보인 헌스포드나 로징스와 똑같으며, 다만 적당히 부드럽게 표현되어 있을 뿐이었다. 엘리자베스는 그 밖의 일은 자신이 직접 가서 보는 수밖에 없다고 생각했다.

제인으로부터는 이미 몇 줄 적은 편지가 와서 런던에 무사히 도착했음을 알았다. 다음 편지를 받을 때엔 빙리 집안 사람들의 소식을 어느 정도 알려 줄 수 있을 것이라고 엘리자베스는 기대하고 있었다.

두 번째 편지를 고대하고 있었으나 그 보람도 없이 별로 신통한 소식을 듣지 못한 것은 이런 경우 흔히 있는 일이었다. 제인은 런던에 도착한 지가 1주일이나 되었지만, 캐롤라인은 만나지도 못했고 소식도 없었다고 한다. 그러나 제인은 롱본에서 친구에게 보낸 마지막 편지가 아마도 무슨 사고로 분실되었을 것이라고 했다.

외숙모가 내일 그쪽으로 가신다고 하니, 나도 이 기회에 그로스브너 거리에 가볼 생각이야.

그 방문 뒤에 다시 편지가 왔다. 빙리 양을 만났다고 했다.

캐롤라인 양은 어쩐지 기운이 없는 것처럼 보였지만, 나를 만나 퍽 기뻐하면서 런던에 온다는 것을 왜 미리 알려 주지 않았느냐고 나무라더군. 그러니 마지막 편지를 받지 못했을 것이라는 내 추측은 맞은 셈이야. 물론 오빠의 안부를 물었어. 그분은 잘 지내고 계시지만 다시 씨와는 늘 같이 지내고 있으므로 좀처럼 만나는 일도 없는 모양이었어. 다시 양이 만찬에 올 예정이라기에 만나보고 싶었지만, 캐롤라인과 허스트 부인이 외출하려던 참이어서 오래 있지는 못했어. 얼마 뒤엔 그들이 이곳에 찾아오겠지.

엘리자베스는 편지를 읽으면서 고개를 저었다. 언니가 런던에 간 것을 빙리 씨가 알게 되는 건 우연에 맡길 수밖에 없다는 생각이 들었다.

4주일이 지났으나 제인은 빙리 씨를 한 번도 만나지 못했다. 자기는 그것을 서운하게 생각지 않는다고 스스로 믿으려 했으나, 이젠 빙리 양의 냉담한 마음을 느끼지 않을 수 없었다. 2주일 동안 아침마다 집에서 기다리고 밤마다 새로운 변명을 그녀를 위해 꾸며대고 있었는데, 마침내 그녀가 나타났다. 그러나 잠깐 머물렀을 뿐이며 더구나 그 태도가 차가웠으므로, 제인은 이젠 더 이상 자신을 속일 수 없게 되었다. 그 무렵 동생에게 보낸 편지는 제인이 느낀 것을 잘 나타내고 있었다.

나의 가장 사랑하는 리지, 솔직하게 말할게. 내가 빙리 양을 너무 과신하고 있었음을 인정한다고 하더라도, 너는 네 판단이 옳았다는 걸 자랑하진 않으리라고 믿어. 사실 네가 옳았어. 캐롤라인의 행동으로 보아 내 확신이 너의 의혹과 같을 정도로 자연스러웠다고 주장하더라도 나를 고집쟁이라고 생각지는 말아줘. 나로서는 그녀가 왜 나와 가까이 지내려고 했는지 그 이유를 전혀 알 수 없어. 만일 같은 일이 또 생긴다면 나는 다시 오해하고 말 거야.

캐롤라인은 어제 처음으로 나를 찾아왔어. 그리고 그동안 편지는커녕 한 마디의 기별도 없었어. 그녀는 왔을 때도 전혀 즐거워하지 않았고, 더 빨리 찾아오지 않은 데 대해 간단히, 형식적으로 사과하는 말을 하고 다시 만나고 싶다는 말은 한 마디도 하지 않았어. 완전히 사람이 변해버린 것 같아. 그녀가 돌아갔을 때 나는 이젠 더 이상 교제를 지속하면 안 되겠다고 굳게 다짐했어. 잔인한 사람이지만, 가엾기도 해. 애초에 나를 선택했던 게 잘못이니까.

틀림없이 말할 수 있지만 가까이 지내도록 유도한 것은 그녀 쪽이었어. 가엾다고 생각되는 까닭은 그녀 자신도 자기의 행동이 잘못이라고 느끼고 있겠지만, 오빠를 소중하게 생각한 나머지 그렇게 했다는 것을 잘 알고 있기 때문이야. 더 이상 설명할 필요도 없다고 생각해. 우리가 이런 걱정까지 할 필요는 없지만, 그래도 그것이 그녀의 걱정이라면 나에 대한 그의 태도가 잘 설명된 셈이야. 그녀에게 자신의 오빠가 소중한 것은 당연한 일이고, 그 오빠 때문에 느끼는 염려가 어떤 것이건 당연한 거니까. 그것은 어디까지나 자연스럽고 착한 마음에서 비롯된 거야. 하지만 그녀가 지금도 그런 걱정을 하고 있다는 사실은 조금 놀라웠어. 만약 빙리 씨가 조금이라도 나를 사랑하고 계시다면 우리는 벌써 만났을 테니까. 그분이 내가 런던에 와 있다는 것을 알고 계시다는 것은 캐롤라인에게서 들은 어떤 말로써 확실하다고 생각해. 그런데 그녀의 말투로 보아, 오빠가 진심으로 다시 양을 좋아하고 있다고 스스로를 납득시키려고 애쓰는 것 같은데, 나는 그 점이 이해가 안 돼. 좀 심하게 말해서 뭔가 속이는 것 같은 느낌이 들어.

　하지만 이제 괴로운 생각은 되도록 안 하고, 리지의 애정이나 외삼촌과 외숙모의 변함 없는 친절처럼 행복해질 수 있는 것만을 생각하기로 했어. 곧바로 답장해 줘. 빙리 양은 오빠가 두 번 다시 네더필드에 돌아가지 않으며 그 집을 내놓을 것이라고 말했지만, 확실한 이야기는 아니었어. 이제 그런 얘기는 하지 않는 게 좋을 거야. 헌스포드에서 매우 즐거운 소식이 있어 정말 기뻤어. 윌리엄 경과 마리아와 함께 꼭 가보도록 하렴. 기분 좋게 지낼 수 있을 것이라 생각해.

이 편지는 엘리자베스에겐 어떤 아픔을 느끼게 했다. 그러나 제인도 이젠 적어도 빙리 양에게 속지는 않을 것이라 생각하니 기분이 좋아졌다. 빙리에 대한 기대는 이젠 완전히 없어져 버렸다. 그 사람의 애정이 두 번 다시 돌아오리라는 것은 바랄 수 없었다. 생각하면 할수록 그의 인격이 실망스러울 뿐이었다. 다시 씨의 여동생과 실제로 결혼하기를 바라게 되었다. 그러면 제인의 가치가 드러날 테니까. 위컴의 설명으로 판단하면, 빙리는 자기가 버린 것을 몹시 아까워하게 될 것이라고 생각했기 때문이었다.

가디너 부인은 이 무렵 엘리자베스에게 위컴에 관한 약속을 잊지 말라고 하면서 소식을 물어왔다. 엘리자베스는 자신보다는 오히려 외숙모를 만족시키는 내용을 써 보내지 않을 수 없었다. 자기를 사랑하는 것처럼 기울어지던 관심은 어느덧 사라지고 위컴은 지금 다른 여자에게 관심을 보이고 있었다. 엘리자베스는 거기에 대해서는 속속들이 꿰뚫어볼 만큼 관심은 갖고 있었지만, 별로 심각한 고통을 느끼지도 않아서 그것을 본 대로 써 보낼 수 있을 정도였다. 결국 그녀의 마음이 흔들렸던 것은 아니기 때문이다. 만약 자신에게도 재산이 있다면 그는 자기를 선택했을 것이라고 믿음으로써 그녀의 허영심은 만족되었다. 위컴이 지금 구애하고 있는 여성의 가장 두드러진 매력은 그녀에게 갑자기 1만 파운드가 생긴다는 데 있었다. 그러나 엘리자베스는 샬롯 때와는 달리 그 독립을 원하는 바람을 나무라지는 않았다. 그뿐만 아니라 지극히 자연스런 것이라 생각하는 한편, 자기를 버리는 것이 다소 괴로웠으리라 생각하면서도, 그것이 서로를 위해 현명하고 바람직한 방법이라고 인정하고 진심으로 그의 행복을 빌 수 있었던 것이다.

그녀는 모두 솔직하게 가디너 부인에게 써 보냈다.

사랑하는 외숙모님, 저는 그리 깊은 사랑에 빠진 건 아니었다고 믿고 있어요. 만일 제가 그 순수하고 고결한 정열에 빠졌더라면, 지금쯤 그분의 이름도 역겹고 모든 재난이 그분에게 덮치기를 바라고 있을 거예요. 그러나 저는 여전히 그분에 대해 친구로서의 좋은 감정을 갖고 있을 뿐 아니라 킹 양에 대해서도 마음이 편할 수 있답니다. 그녀가 밉다는 생각은 조금도 없으며 아주 좋은 아가씨라는 생각마저 든답니다. 사랑했다면 이럴 수는 없겠죠. 제가 조심했던 것이 매우 효과가 있었다는 생각이 들어요. 제가 이성을 잃을 만큼 그분에게 열중하고 있었다면 확실히 여러 사람에겐 더 흥미를 끄는 존재가 되었을지도 모르지만, 저는 비교적 흥미를 끌지 않는 존재였던 것을 아쉽게 생각하지는 않아요. 중요한 인물이 되는 것은 때론 너무 값비싼 대가를 치르는 수가 있으니까요. 키티와 리디아는 저보다 훨씬 더 그분의 처사에 감정이 상해 있는 듯합니다. 아직 어려서 세상 물정을 몰라서, 미남일지라도 평범한 인간과 마찬가지로 살아가기 위해서는 부가 필요하다는 사실을 인정할 수가 없는 것이겠지요.

27

롱본의 가족에겐 더 이상의 큰 사건은 없었으며 가끔 메리턴으로 산책을 가는 것 말고는 이렇다 할 변화도 없이 때때로 날씨가 궂거나 추운 상태로 1월과 2월이 지나갔다. 3월에 엘리자베스는 헌스포드에 가기로 되어 있었다.

처음엔 별로 꼭 지켜야 할 약속이라고는 생각하지 않았지만, 샬롯이 그 계획을 기대하고 있다는 사실을 알고 그녀 자신도 점점 그것을 즐겁게 기다리게 되었으며, 또 꼭 가겠다고 마음먹게 되었다. 헤어져 있는 동안에 샬롯을 만나고 싶은 마음이 간절해졌고, 콜린스 씨에 대한 혐오감도 수그러졌다. 엘리자베스는 이런 계획 자체가 신선하기도 했고, 집에 있어봤자 어머니와 말상대가 되지 않는 동생들만으로는 가족이라 해도 꼭 좋은 것만은 아니었다. 조그마한 변화는 그것만으로도 기쁘게 다가오는 일이다. 게다가 이 여행으로 잠깐 제인을 만나볼 수도 있는 것이다. 그녀는 여행을 떠날 날이 다가옴에 따라 자꾸 기다려지고 혹시 연기라도 되지 않을까 조바심마저 생겼다. 그러나 모든 일은 샬롯의 처음 계획대로 진행되어, 샬롯의 아버지 윌리엄 경과 그의 둘째 딸 마리아와 함께 가게 되었다. 더구나 런던에서 하룻밤을 지낸다는 근사한 추가 사항이 있어, 이 계획은 나무랄 데 없는 것이 되었다.

오직 한 가지 안타까운 일은 아버지와 헤어져야 한다는 사실이었다. 틀림없이 자기가 없으면 아버지는 쓸쓸해할 것이다. 막상 떠날 때가 되자 몹시 서운해하고, 편지를 쓰라고 당부하며 자신도 답장을 보내겠다는 약속까지 할 정도였다.

엘리자베스와 위컴 씨와의 작별은 완전히 친구다운 호의에 넘친 것이었는데, 위컴 씨 쪽에서 더욱 그러했다. 그는 현재 다른 여자를 쫓아다니고는 있지만, 엘리자베스가 자기의 주의를 끌던, 또 그 주의를 끌 만한 자격이 있던 최초의 사람이고, 자기 이야기에 귀를 기울여 동정해 준 최초의 사람이며, 그로서는 잊을 수 없는 여성이었던 것이다. 그는 작별인사를 하면서 즐거운 여행을 하기 바란다고 말했다. 그리고 드 버그 부인이 어떤 사람인지 미리 각오해 두어야 한다는 것을 일러주었다. 또한 캐서린 부인과 그 주위 사람들에 대한 두 사람의 의견이 반드시 일치할 것이라는 그의 말에는 많은 배려와 관심이 깃들어 있어서, 그 때문에 그에 대해 항상 호의를 갖게 될 것이라고 느낄 정도였다. 그녀는 그와 헤어졌을 때 이 사람이야말로 독신이건 결혼을 하건 상냥하고 기분 좋은 사람으로 남을 거라는 생각이 들었다.

다음 날 여행의 동반자는 그에 대한 흐뭇한 추억을 잊게 할 만한 상대자는 아니었다. 윌리엄 경과 그의 딸 마리아, 이 딸은 퍽 명랑한 소녀였으나 아버지와 마찬가지로 머리는 텅 비어 있어, 들을 만한 말은 전혀 할 줄 몰랐으므로 덜거덕거리는 마차 소리를 듣고 있는 것과 다름이 없었다. 엘리자베스는 어리석고 터무니없는 일은 좋아했지만, 윌리엄 경과는 너무 오래 사귀고 있었으므로 알현도 나이트 작위를 받은 것도 전혀 새로운 맛이 없고, 그의 정중한 예의도 그의 이야기 못지않게 케케묵은 것이었다.

겨우 24마일의 여행이었으므로 정오에는 그레이스처치 거리에 도착할 수 있었다. 가디너 씨 댁 문 앞으로 다가가자, 객실 창에서 마차가 도착하는 것을 보고 있던 제인이 마중하기 위해 현관의 복도로 나와 있었다. 엘리자베스는 그 얼굴을 유심히 살펴보았으나, 예전과 다름없이 건강하고 아름답게 보여서 안심했다. 층계에는 몇몇 어린이들이 나란히 서 있었다. 이 어린이들은 외사촌 언니가 오기를 객실에 가만히 앉아서 기다릴 수 없어서 계단으로 몰려 나오긴 했지만, 꼭 1년 동안 만나지 못했기 때문에 수줍어서 더 아래로는 내려오지 못했다. 기쁨과 친절에 감싸인 하루가 퍽 즐겁게 지나갔다. 낮에는 쇼핑을 하고 밤에는 연극을 보았다.

엘리자베스는 일부러 외숙모 옆에 앉았다. 화제는 역시 제인에 관한 것이었다. 이것저것 물어보았는데, 제인도 되도록 늘 쾌활하게 지내려고는 하지만 가끔 울적해지는 때도 있다고 한다. 물론 계속 그러리라고는 생각하지 않아도 그 말을 들으니 슬펐다. 가디너 부인은 또 빙리 양이 찾아온 것에 대해 자세히 얘기하고, 그 뒤 제인과 자기가 주고받은 대화를 여럿 들려 주었다. 이것으로 제인이 이전에 말했던 것처럼 그 교제를 그만 끊으리라 마음먹었음이 증명되었다.

가디너 부인은 위컴의 마음이 변한 것으로 엘리자베스를 좀 놀려대더니 잘 참았다고 칭찬했다.

"그렇지만 엘리자베스. 킹 양은 어떤 사람이야? 유감스럽지만 우리 친구는 돈에 욕심이 많은 사람이었군."

"하지만 외숙모, 금전적인 결혼과 분별 있는 신중한 결혼의 차이는 어디에 있을까요? 어디까지가 분별이고 어디서부터 탐욕이 되는 걸까요? 지난 크리스마스엔 분별없이 그분이 저하고 결혼할까 봐 걱정하고 계셨어요. 그런데 지금은 겨우 1만 파운드의 재산이 딸린 아가씨를 차지하려고 하는 것만으로 금전적이라고 생각하시는 것 같으니 말이에요."

"킹 양이 어떤 아가씬지 가르쳐 주면 어떻게 생각하는지 정확히 알 수 있을 텐데."

"퍽 좋은 아가씨예요. 나쁜 말은 들은 적이 없어요."

"하지만 그 아가씨의 할아버지가 돌아가셔서 재산을 얻게 될 때까지 아무런 낌새도 보이지 않았잖아?"

"맞아요. 저한테 돈이 없기 때문에 저의 애정을 원하지 않았다면, 사랑하지도 않는 아가씨가 저처럼 가난했어도 그런 사람과 연애를 할 리는 없지 않아요?"

"그 사건 직후에 그 사람에게 그런 낌새를 보이기 시작했다는 건 교양이 없는 일같이 보이는구나."

"돈이 궁한 남성은 그런 점잖은 예의범절 같은 건 지키고 있을 겨를이 없어요. 그 아가씨가 싫다고 하지 않는데 우리가 그걸 문제삼을 필요는 없죠."

"그 아가씨가 상관하지 않는다고 해서 그걸로 위컴 씨가 옳다고 할 수는 없지. 그건 다만 그 아가씨에게 뭔가 부족하다는 걸 말해 줄 뿐이야. 분별이나 감정이나."

"좋아요." 엘리자베스가 외쳤다. "마음대로 해석하세요. 그는 타산적이고 그녀는 어리석다든지 하고 말이에요."

"아냐, 리지. 그렇게 생각하지 않아. 그렇게 오랫동안 더비셔에 살고 있었던 청년을 나쁘게 생각하는 건 유감스러운 일이야."

"아, 그런 얘기라면 더비셔에 사는 젊은 남자들에 대한 저의 평가는 아주 낮아요. 하트퍼드셔에 사는 그 사람의 친한 친구도 탐탁하게 생각지 않아요. 모두 질색이에요. 아아, 내일 가는 곳에는 좋은 거라곤 하나도 없는, 예의도 모르고 분별도 없는 남자들 뿐이겠죠. 결국 제 주변에 알고 지낼 만한 사람은 바보 같은 남자들 뿐이네요."

"그렇게 말하지 마라, 리지. 네 말 속에는 잔뜩 상심한 게 느껴지는구나."

연극이 끝나 헤어지려고 할 때 엘리자베스는 뜻하지 않은 초대를 받았다. 외삼촌과 외숙모가 여름여행을 같이 가자는 것이다.

"아직 어디까지 갈지 결정하진 않았지만, 아마 호수가 있는 북쪽 지방까지 가게 될 거야."

엘리자베스에게 이처럼 즐거운 일은 없었으므로 선뜻 감사하며 그 초대를 받아들였다.

"사랑하는 외숙모." 그녀는 정신없이 외쳤다. "정말 기뻐요, 정말 행복해요! 저에게 신선한 생명과 힘을 줄 거예요. 실연이여, 우울이여, 안녕. 바위여, 산이여, 그대들 앞에 남자가 다 뭐냐. 오오, 얼마나 즐거울까요? 그리고 우리가 돌아왔을 때엔 다른 여행자들과는 달리 무엇이든지 모두 뚜렷하게 기억하고 있을 거예요. 호수도 산도 강도 헷갈리는 일이 없고, 또 어떤 특별한 경치를 묘사하려고 할 때 그 위치에 대해 서로의 의견이 틀리는 일이 없기를 원해요. 우리가 놀라워하는 감탄의 소리가 대개의 여행가들처럼 케케묵고 견디기 힘든 것이 되지 않기를 바라요⋯⋯."

28

이튿날의 여행에서 엘리자베스는 눈에 띄는 모든 것이 새롭고 흥미로웠다. 그녀는 온몸과 온 마음으로 즐거움을 만끽했다. 언니는 그녀에 대한 걱정을 말끔히 잊게 할 만큼 건강해 보였고, 북부 지방으로의 여행에 대한 즐거운 기대로 끊임없이 마음이 설레었다.

큰길을 벗어나 헌스포드로 통하는 오솔길로 접어들자 모두의 눈은 한결같이 목사관을 찾았고, 모퉁이를 돌 때마다 그것이 눈에 보일 것이라고 기대했다. 한쪽으로 로징스 별장의 울타리가 이어져 있었다. 그 집에 사는 사람에 관해 들은 여러 가지 얘기가 생각나서 엘리자베스는 미소를 지었다.

드디어 목사관이 나타났다. 길 쪽으로 비스듬히 경사진 정원, 그 안에 서 있는 집, 푸른 담장과 월계수의 생울타리 등의 모든 것들이 드디어 그들이 그곳에 도착했음을 알려 주고 있었다. 콜린스 씨와 샬롯이 입구에 나타났고, 모두가 미소를 지으며 눈인사를 하는 동안 마차는 작은 대문 앞에서 멈췄다. 거기서부터 짧은 자갈길이 집에까지 뻗어 있었다. 그들은 바로 마차에서 내려 서로 얼굴을 마주 보며 기쁨을 나누었다. 콜린스 부인은 친구를 진정으로 환영했고, 엘리자베스도 그처럼 애정 깊은 환대를 받자 더욱 오길 잘했다고 생각했다. 엘리자베스는 콜린스의 태도가 결혼 전과 달라지지 않았다는 것을 첫눈에 알아챘다. 그 틀에 박힌 인사는 예전과 똑같았다. 그는 대문에서 몇 분 동안이나 엘리자베스를 붙들고 가족 전체의 안부를 묻고 그 대답을 들었다. 그들은 콜린스 씨에게 이끌려 그 산뜻한 입구에 눈길을 던졌으나, 더는 지체하지 않고 집 안으로 들어갔다. 객실에 들어가자 그는 다시 틀에 박힌 말로 누추한 곳을 찾아주셔서 고맙다고 환영하고, 아내가 다과를 권할 때에도 그 말을 되풀이했다.

엘리자베스는 콜린스가 의기양양해할 것을 이미 각오하고 있었다. 균형이 잘 잡힌 방이라든가 방향, 가구를 자랑하면서 콜린스 씨는 특별히 엘리자베스에게 말을 건네어, 자기를 거절함으로써 얼마나 큰 것을 잃었는가를 그녀가 느끼도록 하려는 것처럼 보였다. 그러나 모든 것이 산뜻하고 쾌적한 듯하기는 했지만, 엘리자베스는 후회의 빛을 보이며 그를 만족시킬 수는 없었다. 오히려 그와 같은 남편 옆에서 그처럼 쾌활한 기색을 보일 수 있는 친구를 놀랍게 생각했다. 콜린스 씨는 아내가 부끄러워할 만한 얘기를 입에 올린 게 한두 번이 아니었는데, 그때마다 그녀는 자기도 모르게 눈을 샬롯 쪽으로 던지지 않을 수 없었다. 처음 한두 번 샬롯은 얼굴을 약간 붉히는 것 같았지만, 대개는 현명하게도 못 들은 체했다.

그 방의 가구는 찬장에서부터 벽난로 망에 달린 선반까지 남김없이 칭찬하고, 여행하는 길에 런던에서 있었던 모든 일에 대해 얘기를 끝내기까지 그 방에서 쉬었는데, 그런 다음 콜린스 씨는 모두에게 정원을 산책하자고 했다. 이 정원은 넓고 설계도 잘되어 있으며 콜린스 씨 스스로가 손질을 하고 있다고 했다. 정원에서 일하는 것은 가장 멋진 즐거움의 하나라고 그는 주장했는데, 이 일이 운동도 되고 건강에 좋아서 남편에게 적극 권하고 있다고 말할 때 샬롯의 태연한 표정을 보고 엘리자베스는 감탄하고 말았다. 콜린스 씨는 정원의 오솔길로 여기저기 데리고 다니면서 자기가 원하는 찬사를 입 밖에 낼 겨를도 주지 않고 모든 경치를 설명했는데, 너무나 세세해서 끝내 아름다움은 오히려 가서 버리는 것이었다.

그는 어느 방향에 밭이 얼마나 있는지, 제일 먼 숲의 나무 수까지 알고 있었다. 그러나 그는 이 정원, 이 지방, 아니, 이 나라가 자랑할 수 있는 모든 경치도 로징스의 전망에는 도저히 비교할 수 없다고 주장했다. 그것은 그의 집 정면으로부터 맞은편에 있는 장원의 경계가 되고 있는 수목 사이로 바라볼 수가 있었다. 훌륭한 근대 건축으로 높은 대지의 알맞은 위치에 세워져 있었다.

그 정원에서 콜린스 씨는 자기의 목초지 두 군데로 데리고 가고 싶어했으나, 여자들은 반쯤 녹기 시작한 서리 덮인 길을 걸을 수 있을 만한 신발을 신고 있지 않았으므로 되돌아가게 되었다. 윌리엄 경이 그와 같이 걷는 동안, 샬롯은 동생과 친구에게 집 안을 안내하면서 무척 만족스러워했는데, 아마 남편의 도움 없이 자기 혼자서 보여 줄 기회를 얻었기 때문일 것이다.

집은 수수했지만 탄탄하게 지어졌고 쓸모 있게 꾸며져 있었다. 모든 것이 깨끗했으며 조화 있게 설비되고 배열되어 있었는데, 엘리자베스는 이것을 모두 샬롯의 솜씨라고 생각했다. 콜린스 씨가 사라지자 확실히 주변에는 편안한 분위기가 감돌기 시작했다. 그리고 샬롯이 분명히 그것을 즐기는 것을 보고, 엘리자베스는 그가 종종 사라져야겠다고 생각했다.

캐서린 부인이 아직 시골에 있다는 것은 이미 들었지만, 저녁식사 때 또 그 이야기가 나오자 콜린스 씨는 다음과 같이 말했다.

"그래요, 엘리자베스 양, 다음 일요일에 교회에서 캐서린 드 버그 부인을 만나뵐 기회를 얻게 될 것입니다. 물론 당신도 기쁘리라 생각해요. 워낙 상냥하고 친절하신 분이라 예배가 끝나면 반드시 당신에게도 눈길을 돌려 주실 것이라고 기대합니다. 틀림없이 당신이 우리 집에 묵고 있는 동안에는 처제 마리아와 함께 당신도 초대해주실 거라고 믿습니다. 샬롯에게도 정말 잘 해주십니다. 매주 두 번 로징스의 만찬 초대를 받고 돌아올 때면 절대로 걸어가게 하신 적이 없습니다. 부인의 마차, 아니 마차 가운데 하나라고 해야겠죠. 서너 개 갖고 계시니까요. 번번이 그걸 태워 보내 주십니다."

"캐서린 부인은 정말 이해심이 많은 훌륭한 분이에요." 샬롯도 맞장구쳤다. "이웃 사람들을 잘 돌봐주시지요."

"그래요, 여보. 꼭 내가 하고 싶은 말이야. 부인은 아무리 존경의 표시를 한다 해도 모자랄 만큼 훌륭한 분이시지."

밤엔 하트퍼드셔의 소문으로 화제가 꽉 차버렸다. 이미 편지에 쓰인 일도 한 번씩 입으로 되뇌어가며 시간을 보냈다. 그것이 끝나 침실에 혼자 있게 되자 엘리자베스는, 샬롯이 어느 정도 만족하고 있을까 생각하면서 남편을 교묘하게 조종하는 걸 감탄하고 침착하게 견디는 데엔 탄복한 나머지, 모든 것이 썩 잘되어 가고 있다고 인정하지 않을 수 없었다. 그리고 또 이곳에서는 어떻게 시간을 보내게 될까 상상해 보았다. 이따금 콜린스 씨의 번거로운 방해가 있어도 일상적인 일들이 조용히 되풀이되고 로징스 사람들과의 교제는 요란할 것이다. 엘리자베스는 생생한 상상력으로 그 모든 것을 그릴 수 있었다.

이튿날 정오쯤에 엘리자베스가 방에서 산책을 나갈 채비를 하고 있을 때였다. 별안간 아래층이 소란스러워지면서 온 집 안이 발칵 뒤집어진 것 같은 느낌이 들었다. 한순간 귀를 기울이고 있는데 누군가 몹시 급하게 2층으로 뛰어올라와 큰 소리로 불렀다. 문을 열자 마리아가 층계 중간 쯤에서 흥분한 듯 크게 소리를 질러대고 있었다.

"오오, 엘리자, 빨리 식당으로 오세요. 굉장한 구경거리예요. 뭔지는 가르쳐 드리지 않겠어요. 빨리 내려오세요."

엘리자베스가 이것저것 물어 보았으나 소용이 없었다. 마리아는 그 이상은 아무 말도 하지 않았다. 두 사람은 급히 내려가 오솔길을 향한 식당으로 뛰어들어갔다. 정원 문 옆으로 사륜마차를 타고 들어서는 두 명의 여인이 보였다.

"겨우 이거야?" 엘리자베스가 소리쳤다. "적어도 돼지 2마리 정도는 마당에 뛰어든 줄 알았어. 캐서린 부인과 아가씨인 모양이지?"

"아니, 그렇지 않아요." 마리아는 그 말에 대해 날카롭게 말했다. "캐서린 부인은 아니에요. 같이 살고 있는 젠킨슨 부인이에요. 또 한 사람은 드 버그 양이고요. 그녀를 좀 봐요. 꽤 작은 사람이네요. 어떻게 저렇게 마르고 작을 수 있을까요. 전혀 생각지도 못했어요."

"이렇게 바람이 부는데 샬롯을 문 밖에 세워 둔 채 이야기를 하다니 너무 무례하잖아. 왜 들어오지 않을까?"

"언니가 그러는데 거의 그러지 않는데요. 드 버그 양이 들어온다면 그건 대단한 호의가 되는 거지."

"저 사람의 모습이 아주 마음에 드네." 엘리자베스는 문득 다른 생각이 나서 말했다. "아주 병약하고 심술궂게 보여, 그분에게 잘 어울리겠어. 아주 걸맞은 부인이 되겠는걸."

콜린스 부부는 문간에 서서 그 여자들과 얘기를 하고 있었다. 정말 재미있었던 것은, 윌리엄 경이 입구에 서서 드 버그 양이 이쪽에 눈길을 던질 때마다 끊임없이 고개를 숙여 보이고 있었던 것이다.

드디어 대화가 끝났는지 그 여자들은 마차를 타고 갔고, 다른 사람들은 집안으로 들어갔다. 콜린스 씨는 두 아가씨를 보자마자 행운을 축하했는데, 샬롯의 설명에 따르면 내일 로징스의 만찬에 초대되었다는 것이다.

29

콜린스는 이 초대로 더욱 의기양양해졌다. 자기 후원자의 위엄을 자랑하고, 그와 그의 아내에게 후원자가 보이는 친절한 태도를 보여줌으로써 손님들에게 감탄을 자아내게 하는 것이 콜린스 씨가 가장 바라던 일이었다. 그 소망이 이뤄질 기회가 이처럼 빨리 온 것은 그야말로 부인이 아랫사람들을 잘 보살핀다는 더없이 좋은 증거며, 이것은 아무리 감사를 해도 충분하지 않은 일이었다.

"사실은," 그가 말했다. "부인께서 일요일에 로징스로 차를 마시러 오라거나 하룻밤 지내도록 초대를 하셔도 전혀 놀라지 않았을 겁니다. 부인의 상냥함을 알고 있으니 오히려 그 정도의 일은 기대하고 있었지요. 그런데 이런 친절을 누가 기대할 수 있었겠습니까? 누가 만찬의 초대를…… 게다가 모두를 초대했으니…… 더구나 여러분이 도착한 뒤 이처럼 빨리 초대받게 될 것을 상상이나 했겠습니까?"

"난 별로 놀랍지 않은데." 윌리엄 경이 말했다. "나의 지위로 보아 높은 분이라는 사람들이 하는 일은 정말 잘 알고 있으니까. 궁정 주변에서는 그처럼 교양이 있고 점잖은 일이 드문 건 아니거든."

그날 온종일, 아니 다음 날 아침까지도 로징스를 방문할 이야기 말고는 다른 화제가 없었다. 콜린스 씨는 주의 깊게 모두 마땅히 기대할 만한 일을 여러 가지로 미리 가르쳐 주고 있었다. 훌륭한 방, 많은 하인, 최고의 만찬을 보고 모두 넋을 잃지 않게 하기 위해서였다.

여자들이 치장하기 위해 물러가려 할 때 콜린스 씨가 엘리자베스에게 말했다.

"옷차림에 대해서는 조금도 걱정하지 않아도 됩니다. 캐서린 부인은 자기 자신이나 따님에게 어울리는 고상한 옷차림을 우리에게 요구하시는 일은 없으니까요. 당신 의상 중에서 제일 좋은 걸 입기만 하면 됩니다. 캐서린 부인은 옷이 검소하다고 해서 나쁘게 생각하시지는 않아요. 그분은 신분의 차이가 지켜지는 걸 좋아하십니다."

콜린스 씨는 모두가 옷을 갈아입는 동안에도 몇 번씩이나 문 앞에 와서, 부인은 만찬 때 기다리는 걸 싫어하시니 빨리 하라고 주의를 주었다. 그처럼 부인의 생활 양식에 대한 엄청난 설명을 듣고 나니, 마리아 루카스는 그런 모임에 별로 참석한 적이 없었으므로 몹시 겁을 냈다. 마치 아버지의 세인트 제임스 궁정에서의 알현 때처럼 불안한 심정으로 로징스에서의 접견을 기다리고 있었던 것이다.

날씨가 좋아서 반 마일쯤 정원을 가로질러 갔다. 정원은 저마다 특유의 아름다움이 있고 경치가 있어서, 엘리자베스는 근사한 경치를 마음껏 즐길 수 있었다. 그러나 저택 정면에 있는 창문의 수효도, 최초의 유리를 끼운 드 버그 경이 얼마나 비용을 많이 들였는지 설명해도 그리 감동받지 않았다.

현관으로 통하는 층계를 올라갈 때 마리아는 점점 더 걱정하게 되었다. 윌리엄 경도 완전히 침착하다고는 할 수 없었다. 그러나 엘리자베스만은 차분했다. 그녀는 부인이 유난히 뛰어난 재능이나 놀랄 만한 덕망으로 두려운 마음이 일게 하는 것이 아니라, 단순히 돈과 신분의 위력에 지나지 않는 것이니, 그런 것을 보더라도 겁낼 필요는 없다고 생각했다.

콜린스 씨가 기뻐서 어쩔 줄 몰라하며 가리킨 적당히 조화되고 정교하게 장식된 현관에서부터 그들은 하인을 따라 대기실을 지나, 캐서린 부인과 따님과 젠킨슨 부인이 있는 방으로 들어갔다. 부인은 아주 겸손한 태도로 일어서서 그들을 맞았다. 콜린스 부인은 미리 남편과 의논하여 소개하는 일을 맡기로 되어 있었으므로, 콜린스라면 필요하다고 생각했을 겉치레의 인사말도 하지 않고 이를 시행했다.

세인트제임스 궁전에 드나든 적이 있었음에도 윌리엄 경은 주변의 화려함에 압도되어 그저 고개를 낮게 숙이고, 한 마디도 하지 않은 채 자리에 앉는 것이 고작이었다. 그의 딸도 거의 얼이 빠질 정도로 당황해서 의자 끝에 앉아 어느 쪽에 시선을 두어야 할지 모르는 것 같았다. 그러나 엘리자베스는 이런 장소에서도 위축되지 않고 침착하게 세 여성을 관찰할 수 있었다. 캐서린 부인은 키가 크고 몸집도 큰 부인인데, 이목구비가 반듯하여 젊어서는 꽤 아름다웠을 것이라고 생각되었다.

그녀의 태도에는 상대방의 마음을 편하게 해주는 데라고는 털끝만큼도 없고, 그들을 맞아들이는 방법에도 상대방이 자신의 낮은 신분을 잊게 하지 않았다. 부인은 침묵을 지키면서도 남을 위압하는 것이었다. 입 밖에 낼 만한 말은 모두 그 사람의 자존심을 뚜렷이 나타내는 매우 권위 있는 말투로 얘기했는데, 엘리자베스는 곧 위컴이 했던 말이 떠올랐다. 캐서린 부인은 위컴 씨가 말해 주던 대로의 사람이라는 것을 그때까지의 모든 관찰을 통해 알 수 있었다.

그 용모와 태도가 어쩐지 다시와 닮은 데가 있었다. 딸에게로 눈을 돌렸을 때는 그녀는 또 마리아가 저렇게 여위고 저렇게 작다며 놀란 것에 공감을 하고 싶을 만큼 가냘프게 보였다. 두 모녀 사이엔 모습이나 얼굴 생김새도 비슷한 점이 전혀 없었다. 드 버그 양은 창백하여 병이 있는 듯했고 생김새는 아름답지 않다고는 할 수 없지만 별로 두드러지지도 않았다. 몹시 낮은 목소리로 젠킨슨 부인에게 한두 마디 했을 뿐이고 거의 말을 하지 않았다. 젠킨슨 부인이라는 사람은 눈을 끌 만한 곳이 아무것도 없으며, 그저 드 버그 양의 말을 듣고 그녀의 눈에 햇빛이 바로 비치지 않게 가리개만 옮겨 놓으려고 애쓰고 있었다.

잠시 앉아 있던 그들은 창가로 안내되어 바깥 경치를 내다보았다. 콜린스 씨가 따라와서 일일이 볼 만한 데를 가리켜 주었다. 캐서린 부인은 친절하게도 여름철이 되어야 더 조망이 좋다고 알려 주었다.

만찬은 매우 푸짐했다. 콜린스 씨가 미리 알려 주었던 많은 하인도, 훌륭한 여러 가지 식기도 눈 앞에 있었다. 게다가 이 역시 콜린스 씨의 예언대로, 그는 부인의 희망에 따라 식탁 끝에 자리를 잡고 앉아 이보다 더 인생에 바랄 것은 없다는 듯한 얼굴로 앉아 있었다. 그는 즐거운 듯 잽싸게 고기를 썰어 먹으면서 칭찬하곤 했다. 어느 음식이건 콜린스 씨가 먼저 칭찬하고, 그 다음엔 어지간히 마음이 가라앉은 윌리엄 경이 사위가 하는 말을 메아리처럼 되풀이했는데, 이것은 엘리자베스로선 어떻게 부인이 참아낼 수 있을까 싶을 정도였다. 그러나 캐서린 부인은 두 사람의 지나친 찬사에 극히 만족스런 기색이었고, 특히 식탁에 나온 요리가 모두에게 신기한 것일 때엔 자못 만족스러운 미소를 띠는 것이었다. 식탁에서는 그다지 많은 대화가 이루어지지 않았다. 엘리자베스는 기회만 있으면 언제라도 말할 작정이었지만, 그녀의 자리는 샬롯과 드 버그 양 사이여서 그럴 수 없었다. 샬롯은 캐서린 부인의 이야기에만 귀를 기울이고, 드 버그 양은 식사 중에 한 마디도 하지 않았다. 젠킨슨 부인은 드 버그 양이 조금밖에 먹지 않은 것이 마음에 걸렸는지 억지로 다른 요리를 먹어 보라고 권하기도 하고, 아픈 데라도 있느냐고 걱정하기도 했다. 마리아가 말한다는 것은 생각지도 못할 일이었고, 신사들은 먹고 칭찬하는 것 말고는 아무것도 하지 않았다.

여자들은 객실로 돌아오자 캐서린 부인의 이야기를 듣는 것밖엔 거의 할 일도 없었다. 그녀는 커피가 나올 때까지 끊임없이 말을 이어나가면서 모든 문제에 대해 자기의 의견을 펼쳤다. 그 단정적인 태도는 자신의 판단을 반박하면 안 된다는 것을 은연중에 드러냈다. 샬롯에게는 집안일에 대해서도 터놓고 질문을 하고, 집안일 전반에 걸쳐 주의를 주고 있었다. 샬롯네처럼 식구가 적은 집안에서 살림을 꾸리는 방법과 또 암소며 가축을 기르는 법 등에 대해서도 가르쳐 주었다.

엘리자베스는 아무리 하찮은 일이라도 이 귀부인에겐 그것이 만일 뽐낼 기회를 주는 것이라면 비천한 일도 없는 것 같아 감탄했다. 그리고 콜린스 부인과 얘기하는 사이사이엔 마리아와 엘리자베스, 특히 엘리자베스에게 여러 가지 질문을 했다. 부인은 그녀의 집안에 대해서는 알 수 없지만, 품위 있고 예쁜 아가씨라고 샬롯에게 말했다. 가령 자매는 몇이고 엘리자베스보다 손위인가 손아래인가, 그중 누군가가 오래지 않아 결혼할 듯싶은가, 아름다운가, 어디서 교육을 받았는가, 아버지의 마차는 어떤 종류이며 어머니의 처녀 시절의 성은 무엇인가 등등의 질문을 했다. 엘리자베스는 이런 질문이 무례하기 짝이 없는 것이라고 느꼈지만 침착하게 대답했다. 캐서린 부인은 다음과 같은 의견을 말했다.

"아버님의 재산은 한정 상속으로 콜린스 씨가 차지하게 된다지요?" 부인은 샬롯 쪽을 보고 말했다. "당신을 위해서는 잘됐군. 하지만 딸들로부터 재산을 한정으로 해서 빼앗을 이유는 없다고 생각해요. 루이스 드 버그 집안에선 그럴 필요가 없었는데. 피아노와 노래는 할 줄 아세요. 베넷 양?"

"네, 조금."

"오오, 그렇다면 언젠가 들려주세요. 우리 집 피아노는 아주 훌륭하니까. 언제 한번 연주해보도록. 자매들은 어때요?"

"한 사람만 칠 줄 알아요."

"왜 모두 배우지 않고서? 함께 배우면 좋았을걸. 웨브의 아가씨들은 모두

칠 줄 알아요. 그들의 아버지는 베넷 양네만큼 수입이 있는 분도 아니지요. 그림은?"

"조금도 그릴 줄 몰라요."

"뭐라고요! 아무도 그리지 않아요?"

"네, 한 사람도."

"그건 이상한 일이군요. 그러나 아마 기회가 없었던 거겠지요. 어머니가 봄마다 당신들을 런던에 데리고 가서 배우게 해야지요."

"어머니는 반대하시진 않으셨겠지만 아버지는 런던을 싫어하세요."

"가정교사는 그만뒀어요?"

"저희는 가정교사를 전혀 두어 본 적이 없어요."

"가정교사가 없다니! 어떻게 그럴 수 있어요? 딸 다섯을 가정에서 키우는데 가정교사가 없다니! 그런 얘긴 들어 본 적도 없어요. 어머니가 교육을 위해 무척 애쓰셨겠네."

엘리자베스는 그렇지 않다고 말하면서 미소 짓지 않을 수 없었다.

"그럼 누가 아가씨들을 교육하죠? 누가 보살펴 줘요? 가정교사가 없다면 교육을 무척 소홀히 받았겠구먼."

"어떤 가정에 비하면 그럴지도 모르죠. 하지만 배우고 싶은 의지가 있는 사람에겐 방법이 있게 마련이에요. 저희는 늘 책을 읽으라는 권고를 받았고 필요하면 선생의 지도도 받았습니다. 게으름을 피우고 싶은 사람이라면 그렇게 할 수도 있었을 거예요."

"그렇겠군요. 그러나 그걸 막는 게 가정교사인 거예요. 내가 어머니를 알고 있었더라면 가정교사를 붙이도록 적극 권했을 텐데. 늘 말하고 있지만 절대로 규칙적으로 가르치지 않으면 교육은 제대로 이루어지지 않는 법이지. 가정교사만이 그걸 할 수 있는 거예요. 나는 무척 많은 가정에 가정교사를 소개했지요. 젊은 사람들을 돌봐 주는 걸 아주 좋아하거든요. 젠킨슨 씨의 조카네 사람도 모두 내가 좋은 데로 소개했지요. 얼마 전에도 그저 우연히 이름을 들은 젊은이를 추천했는데, 그 집에선 그 사람이 썩 마음에 들었다더군요. 콜린스 부인한테 얘기했던가요? 메트커프 부인이 어제 고맙다는 인사를 하러 오신걸. '캐서린 부인은 저에게 보물을 주셨어요'라고 말씀하시더군요. 동생들 중에서 누가 사교계에 나가고 있어요?"

"네, 모두 나갔습니다."

"모두라고요! 다섯 사람이 모두 같이? 참 이상하군요. 그리고 아가씨가 겨우 둘째인데, 언니들이 결혼하기 전에 동생들이 사교계에 나가다니! 손아래 동생들은 아직 어리겠지요?"

"네, 제일 아래는 아직 열여섯 살도 못 되었어요. 사람들 속에 나가기엔 너무 어리다고 생각해요. 하지만 부인, 언니들이 빨리 결혼할 형편이 안 되거나 또는 결혼할 의사가 없다고 해서 동생들이 사교의 즐거움을 누리지 못하면 불쌍하지 않겠습니까? 막내딸도 큰딸과 마찬가지로 청춘의 기쁨을 맛볼 권리는 있는 거예요. 늦게 태어났단 이유만으로 내보내지 않는다는 건 너무하다고 생각해요. 그래 가지고서는 자매 간의 애정도 고마워하는 마음도 생기지 않을 겁니다."

"젊은 사람으로선 무척 명확하게 의견을 말하는군요. 도대체 몇 살이지요?"

"다 큰 동생이 셋이나 있으니 부인께서도 설마 제가 곧이곧대로 말씀드리리라곤 생각지 않으시겠지요?"

캐서린 부인은 솔직한 대답을 듣지 못해 좀 당황하는 듯싶었다. 엘리자베스도 자기가 그 높은 사람들의 무례를 농담으로 받아들인 최초의 인간이 아닐까 하고 생각했다.

"아가씨는 아직 스무 살이 넘지 않았을걸. 그렇다면 아가씨도 숨길 필요는 없겠지요."

"스물한 살은 안 됐어요."

신사들이 끼어들어 차를 마시고 나자 카드 탁자가 나왔다. 캐서린 부인과 윌리엄 경과 콜린스 부인은 쿼드릴을 하고, 드 버그 양은 카지노가 좋다고 하여 두 아가씨들은 젠킨슨 부인과 함께 거기에 끼였다. 이 자리는 시시하기 그지없었다. 게임과 관계없는 말은 한 마디도 하지 않았고, 젠킨슨 부인은 드 버그 양이 너무 덥지 않나 너무 춥지 않나 너무 밝지 않나 너무 어둡지 않나 하는 걱정만 했다. 다른 탁자에서는 이보다 훨씬 주고받는 말이 많았다. 캐서린 부인은 다른 세 사람의 잘못을 지적하거나 자신의 경험담을 들려주고 있었다. 콜린스 씨는 부인의 말에 일일이 동의하고 점수를 딸 때마다 감사하다고 말하고 너무 이기면 사과까지 했다. 윌리엄 경은 별로 말을 하지 않고 부인의 경험담과 그 속에 나오는 귀족의 이름을 기억해 두려고 애썼다.

캐서린 부인과 드 버그 양의 직성이 풀릴 만큼 카드놀이를 하자 탁자가 치워지고, 콜린스 부인에게 마차로 돌아가라는 분부가 내려지자 감사하게 받아들여졌고, 곧 마차를 불렀다. 모두 난롯가에 모여 내일의 날씨에 대해 캐서린 부인이 예언하는 것을 들었는데, 이 말이 끝나자 마차가 도착하여 불려 나갔다. 콜린스 씨는 여러 번 감사하다는 말을 되풀이했으며, 윌리엄 경도 그에 못지않게 작별을 고하며 드디어 떠나게 되었다. 문어귀에서 마차가 출발하자마자 콜린스 씨는 엘리자베스에게 감상을 말해 보라고 했다. 그녀는 샬롯을 위해 사실보다 좀 좋게 대답했다. 그 정도로 칭찬하는 것도 적잖이 힘이 들었는데, 콜린스는 전혀 만족하지 않았다. 그는 자신이 직접 나서서 부인을 찬탄하기 시작했다.

30

윌리엄 경은 헌스포드에 1주일밖에 머물러 있지 않았으나, 그동안에 딸이 훌륭한 살림을 하며, 좀처럼 찾아보기 어려운 남편과 이웃에 둘러싸여 있음을 확신했다. 윌리엄 경이 머물러 있는 동안 콜린스는 낮엔 이륜마차로 그 지방을 구경시키기 위해 장인을 모시고 다녔다. 하지만 그가 가버리자 가족은 모두 일상으로 돌아왔는데, 엘리자베스는 오히려 기뻤다. 덕분에 콜린스를 전처럼 보지 않아도 되었기 때문이다. 아침식사부터 저녁식사까지의 시간은 주로 정원에서 일하거나 책 읽기와 글쓰기, 그리고 길이 보이는 서재의 창문으로 바깥을 내다보면서 지냈다. 여자들의 방은 뒤쪽에 있었다. 엘리자베스는 처음엔 왜 식당을 방으로 하지 않았는지 의아하게 생각했다. 그러는 편이 크기도 적당하고 방의 방향도 좋았을 것이기 때문이었다. 그러나 곧 친구가 그 방을 선택한 데엔 그럴 만한 이유가 있었다는 것을 알려 주었다. 콜린스 씨는 만일에 여자들이 자신의 방만큼 전망 좋은 방에 있는다면, 자기 방에 그토록 차분하게 앉아 있지 못할 게 틀림없었다. 샬롯의 그런 판단에는 탄복해 버렸다.

객실에서는 집 앞에 난 좁은 길이 보이지 않았기 때문에, 어떤 마차가 지나 갔다거나 특히 드 버그 양이 사륜마차로 몇 번 드라이브 했는가 하는 것 등은 모두 콜린스 씨에게 들을 수밖에 없었지만, 그는 그것이 거의 날마다 되풀이되는 일이었음에도 어김없이 그 사실을 알렸다. 드 버그 양이 종종 목사관에 마차를 세우고 샬롯과 말을 나누기도 했지만, 한 번도 마차에서 내려 쉬었다 가라는 권유를 받아들인 일은 없었다.

콜린스 씨가 로징스에 가지 않는 날은 거의 없었고, 샬롯 역시 남편이 그렇게 하기를 바랐다. 드 버그 집안에서 처분할 목사 자리가 더 있을지도 모른다는 사실을 떠올리기 전까지 엘리자베스는 그처럼 많은 시간을 소비하는 것을 이해할 수 없었다. 간혹 부인 자신도 찾아왔는데, 그때엔 방 안에서 일어난 일은 아무리 사소한 것이라도 그녀의 눈을 벗어나진 못했다. 그들이 하는 일을 검사하고 그 성과를 보고서 다른 방법을 취하도록 충고했다. 가구의 배치가 좋지 않다고 나무라고 하녀의 나태함을 들춰 냈다. 혹시 가벼운 식사를 하기로 승낙했다면, 콜린스 부인의 고기가 가족에 비해 너무 큰 것을 꼬집기 위해서였다.

엘리자베스는 얼마 뒤, 이 귀부인은 그 주(州)의 치안 재판권을 가지고 있는 것은 아니지만 그 교구의 가장 활동적인 치안판사라는 것을 알았다. 교구 내의 사건은 콜린스 씨에 의해 낱낱이 이 귀부인에게 알려졌던 것이다. 어느 소작인이 싸우거나 불평하거나 가난하다고 하면 이 귀부인이 곧 마을로 가서 불화와 불평을 가라앉히고 꾸짖어서 화해시키고 문제를 해결했다.

로징스의 만찬 초대는 한 주일에 두 번씩 되풀이되었다. 윌리엄 경이 가버린 것을 고려하여 밤의 카드 탁자는 하나밖에 나오지 않았지만, 대접은 대개 첫날 밤과 크게 차이가 없었다. 그 밖의 모임 같은 것은 거의 없었다. 로징스의 생활 양식은 일반적으로 콜린스 집안의 그것과는 딴판으로 차이가 있었기 때문이다. 그러나 엘리자베스는 그것이 전혀 불만스럽지 않았다. 샬롯과 얘기를 주고받는 즐거운 한때가 있고, 이 무렵의 계절로선 날씨도 퍽 좋아서 바깥에서 산책을 마음껏 즐길 수 있었으므로 대체로 꽤 즐겁게 지내고 있었다. 다른 사람들이 캐서린 부인을 찾아가는 동안 그녀는 남의 눈에 띄지 않는 깨끗한 오솔길과 장원의 경계에 있는 나무가 너무 우거지지 않은 숲길을 산책했다. 아무도 여기를 그녀만큼 소중히 여기지 않는 것 같았는데, 엘리자베스는 캐서린 부인의 호기심이 미치지 않는 곳이라고 느꼈다.

평온한 생활이 계속되는 가운데 어느새 2주일이 흘렀다. 부활제가 다가오자 1주일 전부터 로징스의 식구들이 불어나게 되었는데, 그것은 이렇게 사람이 적은 고장에선 커다란 일이었다. 엘리자베스는 이곳에 온 지 얼마 뒤 2, 3주일 안에 다시 씨가 오기로 되어 있다는 말을 들었다. 그렇게 좋아할 수 없는 사람도 아는 사람들 중엔 별로 없었지만, 그가 오면 로징스에는 새로운 일과 구경거리가 생겨날 것이었다. 그에 대한 빙리 양의 의도가 얼마나 가망이 있는 것인지, 그의 사촌을 대하는 태도로 판단하는 것도 재미있을 것이라고 생각했다. 그런데 캐서린 부인으로서는 분명하게 이 사촌과 맺어 주고 싶었으므로, 다시가 오는 데 대해 더없이 만족을 하고 그에게 최고의 찬사를 보냈으나 루카스 양이나 엘리자베스가 그를 자주 만났다는 것을 알자 거의 화를 낼 정도였다.

그의 도착이 목사관에 곧 알려졌다. 콜린스 씨가 헌스포드 길로 향해 있는 문지기의 집이 보이는 곳을 아침 내내 서성대고 있다가 마차가 장원을 돌아 저택 안으로 들어갈 때 고개를 꾸벅하고는, 이 중대한 소식을 가지고 급히 돌아왔던 것이다. 이튿날 아침 그는 인사하기 위해 로징스로 찾아갔는데, 인사를 받은 사람은 캐서린 부인의 조카 두 사람이었다. 다시 씨는 귀족인 숙부의 차남 피츠윌리엄 대령과 함께 왔던 것이다. 그런데 놀랍게도 콜린스 씨가 집으로 돌아올 때 이 두 신사가 따라왔다. 샬롯은 남편 방에서 집으로 오는 두 사람을 보고 곧 다른 방으로 뛰어들어가, 아가씨들에게 어떤 명예를 받게 되는가를 알리고 나서 덧붙였다.

"이렇게 정중한 인사를 받게 된 것은 다 네 덕택이야. 다시 씨가 나한테 인사하기 위해서 이렇게 빨리 오실 리가 없어."

엘리자베스가 그런 인사를 받을 권리는 자기에겐 절대로 없다고 말할 사이도 없이 문에서 초인종이 울렸고, 세 신사가 방으로 들어왔다. 피츠윌리엄 대령이 앞장을 섰는데 30세쯤이고 미남은 아니었지만, 모습이나 태도는 그야말로 신사다웠다. 다시 씨는 하트퍼드셔에서 보았을 때와 똑같이 과묵한 표정으로 콜린스 부인에게 인사를 했다. 엘리자베스에 대한 감정이 어떤 것이었건 겉으로 보기엔 침착하게 대해 주었다. 엘리자베스도 한 마디 하지 않고 그에게 그저 무릎을 굽혀 인사를 했을 뿐이다.

피츠윌리엄 대령은 교양 있는 신사답게 자연스럽고 편안한 태도로 얘기를 시작했다. 그러나 그의 사촌은 콜린스 부인에게 집과 마당에 관해 잠깐 감상을 말했을 뿐, 아무와도 말하지 않고 가만히 앉아 있었다. 하지만 결국 예의상 엘리자베스에게 집안 식구들의 안부를 물었다. 그녀는 평소처럼 대답했고, 잠시 간격을 두고 이렇게 덧붙였다.

"언니는 석 달가량 런던에 있는데 혹시 만나지 못하셨나요?"

엘리자베스는 절대로 만나지 않았으리라는 것을 뻔히 알고 있었지만, 빙리 집안의 사람들과 제인과의 사이에 일어났던 일에 관해 뭔가 꺼림칙함을 나타내지 않을까 싶어 그랬던 것이다. 그가 유감스럽게도 베넷 양을 만나지 못했다고 대답하면서 좀 당황했던 것으로 엘리자베스는 생각되었다. 그 문제는 더 이상 추궁하지 않았고 신사들은 잠시 뒤 돌아갔다.

31

목사관에서는 피츠윌리엄 대령의 예의바른 태도를 매우 칭찬했다. 여성들은 한결같이 로징스의 저녁 모임도 무척 즐거워질 것이라고 기대했다. 그러나 거기에서 초대를 받은 것은 며칠이 지난 뒤였다. 방문객이 있는 동안은 이 사람들에겐 볼일이 없었기 때문이었다. 그와 같은 영광스러운 초대를 받게 된 것은 그들이 도착한 지 한 주일이나 지난 부활절 날이었다. 그것도 교회에서 돌아오는 길에 밤에 오라는 것이었다. 지난주엔 캐서린 부인도 그 딸도 별로 만나지 못했다. 그동안 피츠윌리엄 대령은 몇 차례 더 목사관을 찾아왔지만 다시는 교회에서만 볼 수 있었다.

물론 그들은 초대를 받아들였고, 적당한 시간에 일행은 부인의 객실에 모인 사람들 틈에 끼어들었다. 부인은 예의바르게 맞았지만, 다른 손님들이 없을 때만큼 일행을 환영하지 않은 것은 두말할 나위도 없는 일이었다. 사실 부인은 조카들에게 마음이 사로잡혀서 방 안의 누구보다도 이 두 사람에게, 특히 다시 씨에게 말을 많이 건넸다.

피츠윌리엄 대령은 그들을 기쁘게 맞이했다. 로징스에선 무엇이든 훌륭하게 기분전환이 되었지만, 콜린스 부인의 아름다운 친구가 특히 그의 마음에 들었던 것이다. 지금도 그는 엘리자베스 옆에 앉아 켄트나 하트퍼드셔에 관한 일, 또 여행을 다니는 일, 집에서의 생활, 새로운 책, 음악 등에 관해 정말 기분 좋게 얘기했는데, 엘리자베스는 전에는 이 방에서 지금의 절반 만큼도 즐겁게 지낸 적이 없다고 생각했다. 두 사람이 아주 쾌활하게 얘기했으므로 다시 씨와 마찬가지로 캐서린 부인의 주목을 끌게 되었다. 다시 씨의 눈은 그전부터 자주 호기심에 가득 차서 두 사람을 보고 있었던 것이다. 부인은 조금 뒤 다시 씨와 마찬가지로 호기심에 사로잡혔는데, 다시 씨보다 공공연하게 이것을 표시했다. 조금도 주저하지 않는 큰 목소리로 이렇게 말했다.

"피츠윌리엄, 무슨 얘기를 하고 있지? 무엇에 대한 얘기야? 베넷 양에게 무슨 얘기를 들려주고 있지? 나도 좀 듣게 해줘."

"음악 얘길 하고 있습니다. 아주머니." 그는 대답하지 않을 수 없게 되자 그렇게 말했다.

"음악 얘기! 그럼 큰 소리로 말해 봐. 그건 무엇보다도 내가 좋아하는 화제야. 음악 얘기라면 나도 끼어들어야지. 영국에서 나만큼 음악을 정말 즐기는 사람, 선천적으로 좋은 취미를 타고난 사람은 없을 거야. 혹시 음악 공부를 했다면 상당한 대가가 되어 있겠지. 앤도 그렇지. 건강 상태가 좋아서 더 열심히 배워두 좋다면 말이야. 틀림없이 즐거운 연주를 할 기라고 생각해. 다시, 조지아나는 얼마나 숙달되었지?"

다시 씨는 여동생의 훌륭한 솜씨에 대해 애정이 깃들인 칭찬을 했다.

"기쁜 얘기군. 충분히 연습하지 않고서는 도저히 잘하게 되지 못한다고 내가 말하더라고 전해 줘."

"그럴 필요는 없을 것 같습니다. 그 애는 쉬지 않고 연습하고 있으니까요."

"그렇다면 더욱 좋지. 연습을 많이 해서 손해보는 일은 없으니까. 다음에 편지를 쓸 땐 절대로 연습을 소홀히 해서는 안 된다고 말해야지. 아가씨들에게도 음악을 잘하려면 평소에 연습하지 않고는 도저히 불가능하다고 자주 말하고 있지. 베넷 양에게도 더 열심히 하지 않으면 연주를 잘할 수 없다고 네댓 번 말해 뒀어. 콜린스 부인은 피아노가 없으니까, 날마다 로징스에 와서 젠킨슨 부인 방의 피아노를 쳐도 좋다고 자주 말하고 있지. 그 방이면 누구한테도 방해가 되지 않거든."

다시 씨는 이모의 무례함을 좀 부끄러워하며 아무 대답도 하지 않았다. 커피를 마시고 나자 피츠윌리엄 대령은 엘리자베스에게 피아노 연주를 들려주겠다고 한 약속을 지키라고 했다. 엘리자베스는 곧 피아노 앞에 앉았고 그는 의자를 끌어당겨 그녀의 곁에 앉았다. 캐서린 부인은 노래를 절반쯤 듣고 다시 씨에게 아까처럼 말을 건넸다. 그러나 조금 뒤 그는 이모에게서 떨어져 여느 때처럼 신중하게 피아노 쪽으로 와서, 아름다운 연주자의 얼굴을 정면으로 볼 수 있는 자리를 차지했다. 그가 이동하는 것을 알아챈 엘리자베스는 연주 중간 쉬는 곳에 이르렀을 때 장난스럽게 미소를 던지며 말했다.

"다시 씨는 그런 엄격한 얼굴로 들으러 오셔서 저를 놀라게 할 작정이시군요. 여동생이 아무리 잘 치신대도 저는 놀라지 않아요. 저한테는 그런 고집이 있어서 다른 사람들이 생각하는 것처럼 놀라거나 하진 않거든요. 제 용기는 다른 사람이 위협하면 언제나 더욱 솟구치지요."

"당신이 오해하고 있다고는 말하지 않겠어요. 당신을 당황하게 할 참이었다고 생각하지 않는다는 거 알고 있으니까요. 꽤 오래 교제를 가졌기 때문에 알 수 있거든요. 당신이 가끔 마음에도 없는 말을 한다는 것쯤은 말이에요."

엘리자베스는 이처럼 자기를 표현하는 말을 듣고 크게 웃으며 피츠윌리엄 대령에게 말했다. "당신 사촌은 저에 대해 매우 그럴듯한 말을 해서 제가 하는 말은 한 마디도 믿지 않도록 가르치실 거예요. 저의 진짜 인격을 이렇게 잘 폭로할 수 있는 분을 여기서 만나다니 운이 나쁘군요. 여기선 다소 신용할 수 있는 인간으로 행세하려고 했는데. 하지만 다시 씨, 그건 그다지 너그럽다고는 할 수 없어요. ……하트퍼드셔에서 보신 제 약점을 고스란히 폭로하시다니요. ……이렇게 말씀드리는 것은 실례지만 매우 현명하지 못한 처사예요. 할 수 없네요. 저를 자극하시면 저도 앙갚음하고 싶어져요. 친척 되시는 분들을 깜짝 놀라게 할 만한 일이 생길지도 몰라요."

"나는 조금도 두렵지 않아요." 그는 미소를 지으며 말했다.

"저 친구에 대한 악담을 듣고 싶군요." 피츠윌리엄 대령이 말했다. "모르는 분들 사이에서 어떻게 행동하는지 알고 싶습니다."

"그럼 알려드리겠어요. ……각오해 두세요. 굉장하니까요. 하트퍼드셔에서 맨 처음에 만나뵌 건 무도회에서였어요. ……그 무도회에서 어떻게 하신 줄 아세요? 겨우 네 번밖에 춤을 추시지 않았어요! 듣기 거북하시겠지만…… 사실이에요. 겨우 네 번밖에 추시지 않았어요. 더구나 신사들이 적었는데도 말이에요. 확실히 기억하고 있지만 파트너가 없어서 앉아 있는 여성이 한두 사람이 아니었지요. 다시 씨, 이런 사실을 부정하시진 않겠지요?"

"그땐 같이 간 사람들 말고 다른 여자분을 소개받을 기회를 얻지 못했습니다."

"정말이에요. 그리고 무도회에서 자신을 소개하는 사람은 없죠. 그럼 피츠윌리엄 대령님, 다음엔 어떤 곡을 칠까요? 제 손가락이 명령을 기다리고 있어요."

"아마 소개해 달라고 말하는 게 나았을지도 모르죠. 하지만 저는 처음 만난 사람에게 쉽게 말을 거는 성격도 아니어서."

"당신 사촌에게 그 이유를 물어 볼까요?" 엘리자베스가 피츠윌리엄 대령을 보며 말했다. "분별도 있고 교육도 받은 분이, 더구나 넓은 세계에서 살아온 분이 어째서 사람들에게 말 거는 걸 힘들어하시는지."

"제가 대답하죠. 본인에게 물어 볼 것도 없이 대답할 수 있습니다. 그는 자기 자신이 애써서 그렇게 하고 싶지 않았기 때문일 겁니다."

"확실히 저에겐 남들처럼 전에 만난 적이 없는 사람들과 가벼운 마음으로 얘기할 수 있는 재능이 없습니다. 저로서는 그런 사람들의 얘기의 성질을 파악할 수도 없을뿐더러, 그런 사람들의 관심사에 흥미를 갖고 있는 듯한 얼굴을 보일 수도 없는 겁니다."

"제 손가락도요." 엘리자베스가 말했다. "이 피아노 위를 많은 여자들처럼 교묘하게는 움직이지 않아요. 도저히 다른 분들 같은 힘도 속도도 없고 그처럼 풍부한 표현도 할 수 없어요. 하지만 그건 제 잘못이에요. 제가 연습이라는 노력을 하지 않았기 때문이에요. 제 손가락이 다른 분들 같은 뛰어난 능력이 없다고 생각하지는 않아요."

다시는 미소를 짓고 말했다. "옳은 말입니다. 당신 쪽이 시간을 훨씬 유효하게 사용할 것 같습니다. 당신의 연주를 들을 수 있는 사람은 거기에 뭔가가 빠져 있다고는 생각하지 않아요. 당신은 모르는 사람 앞에서는 연주하지 않고, 저는 모르는 사람들과 이야기를 나누지 않을 뿐입니다."

이때 또 캐서린 부인이 끼어들었다. 무슨 얘기를 하고 있느냐고 큰 소리로 물었다. 엘리자베스는 금세 또 한 곡을 치기 시작했다. 부인은 다가와 2, 3분 귀를 기울이고 나서 다시 씨에게 말했다.

"베넷 양이 연습을 더 하고, 또 런던의 선생에게 배우면 더욱 잘 치게 될 거야. 손가락 쓰는 법을 잘 알고 있고 하니. 하지만 표현력은 앤만 못하지. 앤도 건강만 좋았으면 더 멋지게 연주할 수 있었을 텐데."

엘리자베스는 다시에게 눈길을 던져 사촌에 대한 칭찬을 얼마나 정중하게 동의하는가를 보았으나, 이때에도 또 다른 경우에도 애정의 징후는 전혀 찾아볼 수 없었다. 그녀는 드 버그 양에 대한 그의 모든 태도로 보아, 빙리 양에게는 위안이 될 만한 결론을 얻게 되었다. 빙리 양도 그의 친절만큼 다시와 결혼할 가능성을 갖고 있다는 사실이 그것이었다.

캐서린 부인은 엘리자베스의 연주에 대해 이러니저러니 비평을 계속했고, 동시에 솜씨나 재질에 관해 여러 가지로 가르쳐 주었다. 엘리자베스는 꾹 참으며 예의바르게 이것을 받아들였고, 부인의 마차가 그들을 데려갈 채비를 끝내기까지 신사들의 요청에 따라 피아노 앞에 앉아 있었다.

32

이튿날 아침 콜린스 부인과 마리아가 읍내에 가고 없는 동안, 엘리자베스 혼자 제인에게 편지를 쓰고 있었다. 그때 벨 소리에 놀라 누가 찾아온 것을 알았다. 마차 소리가 나지 않아서 캐서린 부인인지도 모른다고 생각했다. 그런 염려 때문에 무례한 질문을 받지 않도록 쓰다 만 편지를 치웠다. 그러나 놀랍게도 문이 열리면서 들어온 것은 다시 혼자였다.

그도 엘리자베스가 혼자 있는 것에 놀랐는지 여성들이 모두 집에 있는 줄 알았다며 용서를 구했다.

둘은 자리에 앉았고, 로징스 사람들의 안부를 물은 다음엔 아주 깊은 침묵으로 빠져들어가고 말았다. 그래서 엘리자베스는 뭔가 얘깃거리를 꺼낼 필요가 있었다. 이 심상치 않은 때 마지막으로 하트퍼드셔에서 그를 만난 것이 언제였던가를 생각해 내어, 그처럼 성급하게 돌아간 데 대해 어떻게 말할까 하는 호기심도 있어 다음과 같이 말했다.

"지난해 11월엔 몹시 급하게 네더필드를 떠나셨더군요, 다시 씨. 빙리 씨는 당신들이 그렇게 빨리 뒤쫓아와서 만나게 된 걸 틀림없이 놀라시고 또 기뻐하시기도 했겠지요. 제 기억이 맞다면 그분이 떠나신 건 그 전날이었다고 생각하는데요. 런던에서 머무는 동안 그분과 자매는 모두 잘 계셨겠죠?"

"모두 잘 지냈습니다. 고마워요."

다른 대답을 들을 수 있을 것 같지 않았으므로 잠깐 가만히 있다가 덧붙였다.

"빙리 씨는 다시 네더필드에 돌아가실 생각은 별로 없는 것으로 들었는데요?"

"그가 그렇게 말하는 걸 들은 적은 없지만, 앞으로 거기서는 별로 살지 않게 될지도 모릅니다. 친구들도 많고, 사교 활동도 계속해서 늘어나는 형편이라서 말입니다."

"만일 그분이 네더필드에 별로 계시지 않을 작정이라면, 이웃 사람들에게 그곳을 내놓으시는 게 좋다고 생각해요. 그렇게 하면 아마 다른 가족이 그곳에 들어와 살게 되겠지요. 하지만 빙리 씨는 자신의 사정으로 집을 갖게 되셨지, 이웃의 편의를 위해서는 아니었겠지요. 따라서 그 집을 계속 갖고 있든 내놓으시든 그분이 알아서 하시겠지요."

"만약 적당한 사람이 나선다면 곧 내놓을지도 모릅니다."

엘리자베스는 대답하지 않았다. 빙리의 이야기를 너무 많이 한 것 같기도 했다. 다른 할 말도 없었기에 화제를 찾아내는 노력을 그에게 맡기기로 했다.

다시는 상대방의 생각을 짐작하고 다음과 같이 말하기 시작했다.

"무척 아늑한 집이군요. 캐서린 부인은 콜린스 씨가 맨 처음 헌스포드에 오셨을 때 수리를 많이 했겠지요."

"그럴 거예요. 그 부인의 친절을 그 사람보다 더 고마워하는 분도 없다고 생각해요."

"콜린스 씨는 퍽 좋은 부인을 만난 것 같군요."

"정말 그래요. 그분이 좀처럼 찾기 힘든 분별 있는 여성 가운데 한 사람을 만나게 된 걸 이웃분들이 기뻐하시는 게 당연해요. 분별 있는 여성이라면 그분의 구혼을 받아들이거나, 또는 받아들여서 행복하게 해주기가 쉽지는 않을 테니까요. 제 친구는 정말 뛰어나게 이해심이 많은 사람이에요. ……하긴 그녀가 콜린스 씨와 결혼한 것이 과연 현명한 선택이었는지 아닌지 저로서는 확실히 모르겠지만, 어쨌든 행복하게 보이고 분별이 있다는 점으로 보더라도 확실히 그녀에겐 좋은 결혼이에요."

"가족이나 친구들과 가까운 거리에 살림집을 갖게 된 것도 기뻤을 겁니다."

"어머, 이걸 가까운 거리라고 말씀하세요? 50마일 가까이나 되는 데요."

"길만 좋으면 50마일은 문제될 게 없지요. 한나절 정도면 갈 수 있는 거리인데요. 저는 가까운 거리라고 말하고 싶군요."

"저는 거리 문제가 이 결혼의 유리한 조건 가운데 하나라고는 생각지 않았어요. 콜린스 부인이 가족 가까이에 자리를 잡았다고는 결코 말할 수 없을 거예요."

"그건 당신이 하트퍼드셔에 너무 애착을 갖고 있다는 증거입니다. 아마 당신은 롱본에서 조금만 떨어져도 멀다고 생각할 겁니다."

이렇게 말하며 그는 미소를 지었는데 엘리자베스는 그 의미를 알 것 같았다. 확실히 그는 제인과 네더필드에 대해 자기가 생각하고 있다고 상상했을 것이다. 그녀는 낯을 붉히며 대답했다.

"저는 여자가 출가하는 경우 꼭 친정에서 가까울수록 좋다고 말하고 있는 건 아니에요. 멀거나 가깝다는 것은 상대적이며 여러 가지 변수가 따르는 법이죠. 돈이 있어서 여행 비용 같은 것이 걱정 없으면 거리 같은 건 문제가 안 되죠. 그러나 이 경우엔 그렇지는 않아요. 콜린스 부부는 충분한 수입이 있지만 여행을 자주 할 만큼의 여유는 없을 거라고 생각해요. ……제 친구는 현재의 거리 절반 이하가 아니면 친정 가까이에 있다고는 생각지 않을 거예요."

다시 씨는 의자를 그녀 쪽으로 조금 끌어당기고 말했다. "그렇게 고향에 대해 너무 강한 애착을 가져서는 안 돼요. 언제까지나 롱본에 있을 수는 없으니까요."

엘리자베스는 놀라는 기색을 보였다. 그러자 다시 씨도 어떤 감정의 변화를 느꼈는지 의자를 도로 끌어가고 탁자에서 신문을 집어 그것을 대강 훑어보면서 조금은 냉정한 목소리로 말했다.

"켄트는 마음에 들었습니까?"

그는 이 지방을 화제로 삼아 짧은 말을 주고받았다. 두 사람의 말은 모두 침착하고 간결했으나, 잠시 뒤 일을 끝내고 돌아온 샬롯과 동생이 방에 들어오는 바람에 그것도 끝나고 말았다. 두 사람이 마주 앉아 있는 모습은 그들을 놀라게 했다. 다시 씨는 실수하여 혼자 있는 베넷 양을 방해했다고 말하고, 2, 3분 더 있다가 누구에게도 별로 말을 걸지 않고 나가 버렸다.

"대체 어떻게 된 일이야?" 샬롯은 그가 나가자마자 입을 열었다. "사랑하는 엘리자, 그분은 틀림없이 너를 사랑하고 있는 거야. 그렇지 않고서야 이렇게 아무렇지 않게 이곳에 올 리가 없어."

그러나 엘리자베스에게 그가 잠자코 있었다는 말을 듣자, 샬롯의 희망은 곧 있을 수 없는 일로 여겨졌다. 그녀는 여러 추측을 한 다음, 이 계절에 흔히 있는 일로 아무것도 할 일이 없어서 그냥 찾아왔을 것이라고 생각했다.

이젠 모든 야외 스포츠도 완전히 끝나 버렸다. 집 안에는 캐서린 부인과 책과 당구대 등이 있었지만, 신사란 항상 방 안에만 있을 수는 없었다. 목사관이 근처에 있는 탓이었는지, 또는 거기까지 가는 산책이 즐거운 탓이었는지, 아니면 그 집에 사는 사람들이 좋은지 두 사촌은 그 뒤에도 거의 매일같이 거기까지 가고 싶은 유혹에 빠졌다. 오전중에 때로는 한 사람씩, 때로는 같이, 때로는 캐서린 부인을 따라오기도 했다. 피츠윌리엄 대령이 여러 사람과의 교제를 즐기기 위해 찾아오는 것은 명백해서, 사람들은 그를 더욱 친밀하게 느꼈다.

엘리자베스는 대령과 같이 있는 것이 즐거웠고, 동시에 그가 분명히 자기를 좋아한다는 것을 의식하자, 전에 좋아했던 조지 위컴 생각이 났다. 두 사람을 비교해 보니 대령의 태도에는 위컴만큼 남의 마음을 사로잡는 상냥함은 없지만 대단히 박식한 사람이라고 여겨졌다. 그러나 다시 씨가 왜 목사관에 자주 오는지는 이해하기 어려웠다. 결코 교제를 바라고 있는 것이 아니었다. 그는 입을 열지 않은 채 10분이나 앉아 있는 일도 자주 있었기 때문이다. 말을 할 때도 하고 싶어서가 아니라, 조금도 재미없지만 예의상 어쩔 수 없이 하는 것 같았다. 쾌활한 기분으로 있는 그를 보기가 힘들었다. 콜린스 부인도 이것을 어떻게 해석해야 좋을지 알 수 없었다.

피츠윌리엄 대령이 가끔 멍청히 있는 다시를 놀려 주고 있는 것을 보면 여느 때는 그렇지 않은 것이 분명한 것으로 생각되어, 샬롯이 알고 있는 상식으로서는 도저히 이해할 수 없었다. 샬롯은 그의 이런 변화는 사랑 때문이며 엘리자가 그 상대자라고 믿고 싶어서, 그것을 밝히기 위해 진지하게 애썼다. 로징스에 초대되었을 때와 그가 헌스포드에 왔을 때엔 언제나 잘 살펴보았지만 별로 성공하지는 못했다. 그는 확실히 그녀의 친구에게 자주 눈길을 던지기는 했으나, 그것이 사랑인지는 확실치 않았다. 바라보는 눈길이 진지하고 한결같은 구석이 있기는 했지만, 그 안에 흠모하는 마음이 담겼는지 아닌지 의심할 수밖에 없었다. 때론 그저 방심 상태에 놓여 있는 것으로 보이기도 했다.

콜린스 부인은 간혹 엘리자베스에게 그가 너를 좋아하는지도 모른다고 귀
띔을 해 주었지만, 엘리자베스는 그녀의 그런 생각을 웃어 넘겼다. 콜린스
부인도 기대를 갖게 했다가 그것이 결국 실망으로 끝날 위험성도 없지 않을
듯싶어, 강조하는 건 좋지 않다고 판단했다. 하지만 샬롯은 그가 만일 자기
를 사모하는 것을 엘리자베스가 알게 되면 그에 대한 증오심도 사라져 버릴
것이라고 믿었다.

때론 엘리자베스를 위해 그녀가 피츠윌리엄 대령과 결혼해도 좋을 것 같
다는 생각을 했다. 그가 더없이 유쾌한 사람인 것은 확실했고, 확실히 그녀
를 찬양하고 있으며 사회적인 지위로 보아서도 흠잡을 데가 없었다. 다만 이
런 유리한 점을 효과 없게 만드는 것은, 다시 씨는 상당한 성직 추천권을 갖
고 있으나 그의 사촌에겐 전혀 없다는 점이었다.

33

엘리자베스가 정원을 산책하다가 예기치 않게 다시 씨를 만난 것은 한두
번이 아니었다. 다른 사람들과는 아무도 만난 적이 없는 장소에서 그를 만나
다니 얄궂은 우연이라고 한탄했다. 이런 일이 두 번 다시 없도록, 처음 만났
을 때 여기는 자신이 좋아하는 산책로라고 가르쳐 주었다. 그러므로 그런 일
이 두 번 생긴다는 것은 이상한 일이었다. 그런데 실제로 생긴 것이다. 그것
도 세 번씩이나, 변덕스런 짓궂음, 아니, 그가 스스로 사서 하는 고행으로
생각되었다. 그도 그럴 것이 그저 두세 마디 형식적인 인사만 건네고 어색하
게 멈추었다가 가버린 것이 아니라, 발걸음을 돌려 그녀와 함께 걸었던 것이
다.

그는 말을 별로 하지 않았고, 그녀도 별로 말하거나 들으려고 애쓰지도 않
았다. 그러나 세 번째 만났을 때 엘리자베스는 그가 이상하게 연결이 안 되
는 질문을 하는 것을 깨달았다. 헌스포드의 체재는 즐거운가, 혼자 산책하기
를 좋아하는가를 묻고, 또는 콜린스 부부의 행복에 대한 그녀의 의견이라든
지 로징스를 화제로 삼아, 그녀가 그 집을 완전히 이해하지 못한다고 말하고
마치 언제 켄트에 다시 오면 그녀도 그 집에서 머무르기를 바라고 있는 듯한
말투였다. 피츠윌리엄 대령을 생각하고 있는 것일까? 만일 거기에 무슨 의
미가 있다면 주위에 생길지도 모를 일을 암시하고 있는 것이 틀림없다고 상

상했다. 분위기가 좀 답답하다고 느끼고 있을 때, 어느덧 목사관 바로 맞은편 울타리의 문이 보이자 엘리자베스는 아주 반가웠다.

어느 날 그녀는 산책하면서 제인이 최근에 보내 준 편지를 다시 읽어 보고 있었다. 제인이 편지를 쓸 때 별로 좋은 기분이 아니었을 것이라 생각되는 대목에 잠깐 마음을 쓰고 있는데 그때 마침 인기척이 나서 얼굴을 들어 보니 이번에는 놀랍게도 다시 씨가 아니라 피츠윌리엄 대령이었다. 급히 편지를 넣고 간신히 미소를 지으며 말했다.

"당신이 이 길을 산책하실 줄은 몰랐어요."

"한 바퀴 돌고 있습니다." 그가 대답했다. "대개 해마다 하던 대로죠. 다 둘러보고 목사관을 찾아갈 생각이었는데, 여기서 더 멀리까지 가십니까?"

"조금만 더 갔다가 돌아설 작정이었어요."

그래서 그녀도 가던 발걸음을 돌려 두 사람은 목사관을 향해 같이 걸어갔다.

"그럼 토요일엔 정말 켄트를 떠나세요?" 그녀가 물었다.

"그렇지요. ……다시가 또 연기만 하지 않으면 말입니다. 그러나 나는 그가 하자는 대로 합니다. 그는 모두 자기 마음대로 하지요."

"그 방법이 못마땅하더라도 최소한 자기 마음대로 할 수 있는 권리를 갖고 있다는 사실에 엄청난 쾌감을 느끼겠군요. 저는 다시 씨처럼 자기 마음대로 할 수 있는 권리를 즐기는 사람을 본 적이 없어요."

"그는 확실히 자기 마음대로 하길 좋아합니다. 그러나 그건 누구나 그런 게 아닐까요? 다만 그에겐 다른 사람보다 그럴 수 있는 더 나은 환경에 있을 뿐입니다. 그 친구는 부자고 다른 사람들은 가난하니까요. 솔직히 제 느낌을 말씀드리는 겁니다. 아시다시피 차남은 대개 극기와 의존에 익숙해져야만 합니다."

"제 의견으로는 백작의 차남 정도라면 극기나 의존 같은 걸 별로 알 리가 없다고 생각해요. 솔직히 말해서 그런 극기와 의존을 얼마나 경험하셨을까요? 언제 돈이 없어서 가고 싶은 곳에 가지 못하고 갖고 싶은 것을 갖지 못하셨던가요?"

"정곡을 찌르시는군요. 제가 그런 어려움을 겪었다고 말할 수는 없겠죠. 그러나 더 중요한 일에 있어서는 돈이 없기 때문에 고생을 할 수도 있습니다. 차남들은 결혼도 자기 마음대로 할 수 없답니다."

"상대가 재산이 없다면 그렇겠죠. 그런 지위에 있는 사람은 대개 돈이 있는 여자와 결혼을 아주 잘들 하던데요."

"우리는 돈을 가볍게 쓰는 버릇이 있어서 그만 남에게 의존해 버리기 때문입니다. 저와 같은 환경의 사람이 전혀 돈에 신경을 쓰지 않고 결혼할 사람은 별로 없지요."

'이건 나를 두고 하는 말일까?' 엘리자베스는 생각했다. 순간 얼굴이 붉어졌지만 정신을 차리고 쾌활한 목소리로 말했다.

"그럼 백작의 작은 아드님이 받는 공정 가격은 얼마쯤이나 돼요? 만약 장남의 몸이 몹시 아프지만 않으면 5만 파운드 이상은 요구하시지 않겠지요?"

대령도 그녀와 같은 투로 대답했지만, 그 이야기는 그것으로 끝났다. 엘리자베스는 피츠윌리엄 대령이 이 침묵을 자기가 조금 전의 일에 마음이 동요되었기 때문이라고 혼자 추측하고 있을지도 모른다고 생각하고, 그 침묵을 깨기 위해 이렇게 말했다.

"당신의 사촌은 누군가 자기 마음대로 할 수 있는 사람을 곁에 두기 위해 당신을 데리고 오셨다고 생각해요. 그분은 아마 평생 그 권리를 최대한 누리기 위해 결혼하지 않을 거예요. 당장은 여동생이 있으니 아쉽진 않겠지요. 자기 혼자 여동생을 돌보니 마음대로 하시겠지요."

"아닙니다." 피츠윌리엄 대령이 말했다. "그 특권은 저와 나눠 가지고 있습니다. 저 또한 다시 양의 후견인으로 되어 있으니까요."

"어머, 그러세요? 그럼 후견인으로 무슨 일을 하시나요? 그 아가씨는 말썽을 많이 부리지는 않나요? 그 나이 또래의 젊은 여자들은 아주 다루기가 어려울 수도 있지요. 혹시 그녀도 다시 씨와 같은 기질을 갖고 있다면 자기 마음대로 하고 싶어하는 분일 테니까요."

이렇게 말하면서 엘리자베스는 대령이 유심히 자기를 보고 있다는 것을 깨달았다. 그 눈길은 다시 양이 그들에게 어떤 불안을 줄지 모른다고 상상하는 이유가 무엇이냐고 묻는 기색이었다. 그것으로 미루어 보아, 자신이 틀리지 않았다는 확신을 얻었다. 그녀는 즉시 대답했다.

"놀라실 건 없어요. 그분의 나쁜 소문은 들은 적이 없으니까요. 아마 더없이 유순한 아가씨일지도 모르지요. 제가 알고 있는 빙리 양과 허스트 부인이 청찬을 하고 있었으니까요. 당신도 두 분을 알고 계시다는 말을 들은 것 같은데요."

"조금 알 뿐이지요. ……다시와 친합니다."

"그래요." 엘리자베스는 냉담하게 말했다. "다시 씨는 빙리 씨와는 특별히 친하다고 알고 있어요. 많이 돌봐주는 편이기도 하고."

"보살펴 준다고요! ……그렇지요. 보살펴 줄 필요가 있을 때엔 퍽 잘 보살펴 주고 있습니다. 여기 오는 도중에 들려준 얘기로 짐작하면 다시에게 신세를 꽤 진 모양이더군요. 그러나 이건 빙리 씨에게 용서를 빌어야 할 문제군요. 빙리 씨가 문제의 인간이라고 상상할 권리가 제겐 없으니까요. 이건 모두 추측입니다."

"그건 무슨 뜻이지요?"

"말할 것도 없는 일이지만, 다시는 이것이 남들에게 알려지는 것을 바라지 않아요. 혹시 그것이 여자의 가족에게 전해지면 불쾌한 일일 테니까요."

"저는 절대로 입 밖에 내거나 하진 않을 거예요."

"또 그것이 빙리 씨라고 짐작할 이유도 없다는 것을 잊지 말아 주세요. 다시는 이 말만 했거든요. 그는 자기가 몹시 분별이 없고 맞지 않는 결혼으로부터 한 친구를 구해 내어서 무척 기쁘다고 말했습니다. 그때 이름이나 그 밖의 자세한 사정도 전혀 입 밖에 내진 않았지요. 다만 저는 빙리 씨가 그런 곤경에 빠지기 쉬운 남자라고 생각했으며, 작년 여름에 두 사람이 같이 있었다는 걸 알고 있었을 뿐이지요."

"다시 씨가 그렇게 하신 이유를 말씀하시던가요?"

"내가 알기로는 여자 쪽에 상당히 큰 문제가 있었던 것 같습니다."

"그럼, 어떤 방법으로 두 사람 사이를 떼어 놓았을까요?"

"거기에 대해서는 한 마디도 없었어요." 피츠윌리엄은 미소를 지으며 말했다. "다시가 한 말은 지금 제가 드린 말씀뿐이었어요."

엘리자베스는 대답하지 않고 그냥 걸었으나 가슴엔 노여움이 가득 차 올랐다. 피츠윌리엄은 잠시 그녀를 지켜보고 있다가 무슨 생각을 그렇게 하고 있느냐고 물었다.

"지금 당신이 하신 말씀에 대해 생각하고 있어요. 당신의 사촌이 하신 일은 저로선 이해할 수가 없어요. 왜 그분이 판단을 하고 결정을 내리려고 하시는 걸까요?"

"다시의 개입이 쓸데없는 참견이라고 말하고 싶으신 모양이군요?"

"친구가 선택한 것이 타당한지 어떤지 그분이 결정하실 권리가 있다고는 생각하지 않아요. 또 자신만의 판단으로 어떻게 친구의 행복을 결정하고 지시하는지 저로선 이해를 못하겠어요." 그러나 엘리자베스는 곧 냉정을 되찾고 말을 이었다. "세세한 사정을 아무것도 모르고 그분을 비난하는 건 공평하지 않겠군요. 그러나 이 일과 관련해서는 그것이 우정에서 비롯된 행동이라고 생각되지는 않아요."

"그렇게 생각하시는 것도 틀린 건 아니네요. 그렇다면 다시가 잘했다고 잘난 척할 수도 없겠어요."

이것은 농담처럼 한 말이지만, 그녀는 그것만큼 다시를 제대로 묘사하는 것은 없다는 생각에 아무 대답도 하지 않았다. 그래서 곧 화제를 바꾸어 목사관에 닿기까지 두서없는 이야기를 계속했다. 그리고 방문자가 돌아가자마자 그녀는 자기 방에 틀어박혀, 그제야 자기가 들은 이야기를 혼자 생각해 볼 수 있었다. 자기와 관계가 없는 사람들의 일이라고는 생각되지 않았다. 이 세상에 다시 씨처럼 그토록 무한한 영향력을 줄 수 있는 인간이 두 사람 있을 리는 없었다. 빙리 씨와 제인을 떼어 놓기 위한 일에 그가 관계했을 것이라고 생각하고는 있었지만 그 주모자가 빙리 양이라고 생각하고 있었는데, 지금 생각해 보니 전혀 사정이 다르지 않은가. 다시가 자기의 힘을 과신해서 잘못 생각한 것이 아니라면 그 사람이야말로 그 원인, 그의 자존심과 변덕이 제인이 받은 괴로움, 지금도 받고 있는 괴로움의 원인이 되었던 것이다. 그는 이 세상에서 가장 다정하고 너그러운 마음씨를 지닌 언니의 행복에 대한 희망을 아주 부서뜨린 것이다. 게다가 이 재난이 얼마나 더 계속될지 아무도 알 수 없는 것이다.

"그 여자를 반대해야만 할 중요한 이유가 있었답니다." 피츠윌리엄 대령은 그렇게 말했다. 중요한 이유란 아마 그녀가 지방의 변호사인 이모부와 런던에서 상업에 종사하는 외삼촌을 갖고 있다는 점일 것이다.

"언니만 보면 반대할 이유가 없었을 거야. 그렇게 아름답고 선량하니까! 이해력은 뛰어나고 지성이 있으며 태도도 매력적이고, 아버지도 나무랄 데가 없어. 좀 색다른 부분이 있기는 하지만 다시 씨가 업신여길 수 없을 만한 능력이 있고 다시 씨는 도저히 따를 수 없을 만한 신용도 갖고 계시니까."
그러나 생각이 어머니에게 미치자 확실히 그녀의 자신감은 조금 흔들리기
시작했다. 그렇지만 그것이 언니를 반대해야 할 결정적 이유라고 생각할 수
는 없었다. 그의 자존심은 친구의 처가가 될 사람들이 상식이 없는 것보다
집안의 신분이 낮은 것이 더 큰 타격을 줄 것이라고 믿었다. 그리하여 마지
막 결론으로 이와 같은 최악의 자존심과 자기 여동생을 위해 빙리 씨를 차지
해 두려는 소망에 지배되었던 것이라고 생각했다.

이런 생각을 하다보니 흥분도 되고, 눈물도 나오고 하는 통에 머리가 아프
기 시작했다. 이 증상은 밤이 되면서 더욱 심해진데다 다시 씨를 만나고 싶
지 않아, 차를 마시러 오라는 로징스에서의 초대에 가지 않기로 했다. 콜린
스 부인은 친구가 정말 몸이 아픈 듯한 것을 보고 굳이 권하지 않았고, 남편
이 권하는 것도 애써 말렸다. 그러나 콜린스 씨는 캐서린 부인이 불쾌하게
여기지 않을까 하는 불안을 감추지 못했다.

34

모두 가버리자 엘리자베스는 다시 씨에 대한 노여움을 북돋우려는 듯이,
자기가 켄트에 온 뒤로 제인이 보내준 편지를 전부 다시 읽어 보았다. 그러
나 그 편지에는 구체적인 불만 같은 것은 언급되지 않았고, 지나간 일을 되
풀이하고 있지도 않았으며, 현재의 괴로움을 호소하지도 않았다. 그러나 모
든 편지에, 아니 거의 어느 구절을 살펴보아도 언니 특유의 쾌활함이 없었
다. 아무런 걱정도 없고, 누구에게나 호의로 대하려는 온화한 마음에서 우러
나는 것인데, 지금까지 거의 흐려진 일도 없었지만 그것이 결여된 것으로 생
각되었다. 처음에 읽었을 때엔 그리 주의 깊게 읽지 않았기 때문에 미처 깨
닫지 못했었지만, 어느 문장에나 불안감이 깃들어 있었다. 다시 씨가 뻔뻔스
럽게도 자기가 괴롭혔음을 자랑하고 있는 것을 생각하면, 언니의 고뇌가 더
욱 뼈저리게 느껴졌다. 내일 모레면 그가 로징스를 떠날 것이라 생각하니 어
느 정도 위안이 되었고, 이제 2주일도 되기 전에 다시 제인을 만날 수 있다
고 생각하니 더욱 위안이 되어 약간 기력을 되찾을 수 있었다.

다시가 켄트를 떠나면 그의 사촌 역시 같이 떠난다는 것을 생각하지 않을
수 없었다. 그러나 그는 자신과 결혼할 의사가 없는 것을 확실히 했고, 매우

호감이 가는 사람이었지만 헤어지는 것이 슬플 정도의 사람도 아니었다.

　이런 생각을 하고 있을 때 벨 소리가 들려 흠칫 정신이 들었다. 혹시 피츠윌리엄 대령이 아닐까 하는 생각에 마음이 조금 설레었다. 전에도 한 번 밤에 찾아온 일도 있었기 때문에 이번에도 할 말이 있어서 온 것일지도 모를 일이었다. 그러나 이런 생각은 곧 사라졌다. 놀랍게도 방 안에 들어온 사람은 다시 씨였다. 엘리자베스의 마음은 예상과는 전혀 다른 충격을 받았다. 그는 들어오자마자 그녀의 몸 상태를 묻기 시작하더니, 좀 괜찮아졌는지 알고 싶어서 왔다고 찾아온 이유를 말했다. 그녀는 예의상 마지못해 대답했다. 그는 몇 분 앉아 있다가 곧 일어서서 방 안을 걸어다녔다. 엘리자베스는 놀랐으나 한 마디도 하지 않았다. 그리고 몇 분 동안의 침묵이 흐르고 나서 그는 흥분한 기색으로 그녀에게로 다가와서 이렇게 말했다.

　"억누르려고 했지만 소용이 없었습니다. 제 감정을 누를 수가 없어요. 제가 얼마나 열렬히 당신을 사랑해 왔는지 말씀드리는 것을 용서해 주십시오."

　엘리자베스의 놀라움은 이루 말할 수도 없었다. 그저 뚫어지게 그를 바라보며 얼굴이 붉어지고 의아스러워서 잠자코 있었다. 이것을 보고 그는 희망이 있다고 여겼는지 자기가 느끼고 있는 일, 오랫동안 느껴온 일에 대한 고백을 시작했다. 그는 말을 꽤 잘했지만 자세히 얘기하려고 하는 것은 마음속에 가득 찬 감정만은 아니었다. 더구나 애정보다도 자존심에 대해 더 열을 올렸다. 그녀의 신분이 낮다는 것—그러므로 결혼을 하면 자기의 신분도 격하된다는 것—가문의 차이 같은 것들이, 사랑하고 있으면서도 자신의 이성으로 하여금 이를 거부하게 만들었다는 것이었다. 이런 여러 느낌을 거침없이 얘기했는데, 그 열의는 다시가 지금 손상하고 있는 거룩한 가문의 이름에 마땅히 쏟아 넣어야 할 것이었는지도 모르지만, 결코 그의 구혼을 유리하게 하는 것은 아니었다.

　엘리자베스는 지금까지 자신이 갖고 있던 뿌리 깊은 증오에도 불구하고, 이런 남성에게서 사랑을 받는다는 것에 어쩐지 가슴이 설레는 것을 느낄 수밖에 없었다. 의지는 한순간도 변하지 않았지만, 다시가 받아야 할 괴로움을 생각하니 미안한 마음이 들었다. 그러나 사랑의 고백에 이어진 말을 생각하면 분노가 솟구쳐서, 연민의 정은 노여움 속에 고스란히 자취를 감췄다. 그러나 그가 이야기를 끝냈을 때 참을성 있게 대답하기 위해 마음을 가라앉히려고 애썼다. 다시는 자기가 아무리 노력해도 극복할 수 없었던 깊은 애정을 역설하고, 자기의 구혼을 받아들여서 거기에 보답해 주기 바란다는 말로 끝을 맺었다. 이렇게 말하는 다시의 태도로 보아 승낙할 것을 의심하지 않고 있다는 것을 쉽사리 짐작할 수 있었다. 그러나 그런 기색은 엘리자베스를 더욱 노엽게 했을 뿐이었다. 다시의 이야기가 끝나기를 기다렸다가 엘리자베스는 얼굴을 붉히며 말했다.

"이런 경우엔 고백해 주신 애정에 대해서 보답해 드리지 못하더라도 감사의 마음을 표명하는 것이 예의라고 생각해요. 고맙게 느껴진다는 건 자연스러운 일이니 저도 고맙게 생각할 수 있으면 기쁘겠지만, 아쉽게도 저로서는 도저히 그럴 수가 없어요. 저는 당신이 좋게 생각해 주시기를 꿈에도 바란 적이 없어요. 당신도 분명히 본의는 아니지만 그러셨던 것 같아요. 어느 분에게든 괴롭게 해드린 건 유감스럽게 생각해요. 하지만 무의식적으로 그렇게 된 것이니 곧 끝나게 되길 바라겠습니다. 저에 대한 호감을 스스로 인정하지 못하게 만드는 감정이 있는데다, 지금 제 말까지 들으셨으니 고통을 이겨내는 건 그리 힘들지 않으실 거예요."

벽난로에 기댄 채 그녀의 얼굴을 뚫어지게 보고 있던 다시는 그녀의 말을 듣자 노여움과 동시에 놀란 표정이었다. 그는 분노로 얼굴이 창백해지고 당황하는 기색이 역력했다. 침착한 듯 보이려고 애쓰면서 냉정을 되찾기까지는 입을 열려고 하지 않았다. 그동안의 침묵은 무서운 것이었으나, 이윽고 가까스로 가라앉은 목소리로 말했다.

"내가 기대할 수 있는 대답이 그뿐입니까! 왜 그처럼 여지없이 거절하는지 그 이유가 무엇인지 꼭 알고 싶습니다. 그렇게 중요한 일은 못 됩니만."

"저도 묻고 싶군요. 왜 그처럼 분명히 제 기분을 해치고 모욕하시면서까지 자기 의지를 거역하고, 이성을 거역하고, 당신의 인품조차 거역하면서 저를 사랑한다고 말씀하셨는지 알고 싶군요. 혹시 무례했다면 이것이 제 무례함에 대한 변명이 되지 않을까요? 그러나 저에겐 화를 낼 이유가 이 밖에도 또 있어요. 그건 당신도 알고 계실 거예요. 당신에 대한 감정이 분명히 부정적인 것이 아니더라도, 또 어느 쪽인지 확실치 않더라도, 아니, 호의였더라도 제가 가장 사랑하는 언니의 행복을 영원히 깨뜨려 버린 남성을 받아들일 수 있겠어요?"

말이 여기에까지 미치자 다시 씨는 얼굴빛이 변했다. 그러나 곧 마음을 가라앉히고 엘리자베스가 이야기를 계속하는 동안 막으려고도 하지 않고 귀를 기울였다.

"당신을 나쁘게 생각할 이유는 충분해요. 당신이 그 일에서 하신 그 부당하고 비열한 행동은 어떤 동기로도 변명이 되지 않아요. 사랑하는 두 사람 사이를 떼어 놓고서, 한 사람은 변덕스럽고 마음이 변하기 쉽다는 세상 사람들의 비난을 받게 하고, 또 한 사람은 실연당한 사람으로 웃음거리를 만들어서 두 사람을 깊은 슬픔에 빠뜨린 일을 혼자 하시지 않았다 해도, 그 장본인이었다는 걸 부정하진 못하겠지요. 결코 부정할 수 없을 거예요."

엘리자베스는 말을 그쳤으나, 다시가 전혀 미안한 기색도 없이 너무나 태연하게 듣고 있는 것을 보고 분노를 느꼈다. 그는 믿을 수가 없다는 듯한 미소를 지으며 그녀를 바라보고 있었다.

"그렇게 하지 않았다고 부정하실 수 있으세요?"

그러자 그는 애써 덤덤하게 대답했다. "언니로부터 친구를 떼어놓기 위해 내가 노력한 것은 사실이고, 그 일이 성공한 것을 기뻐하고 있다는 걸 부정할 생각은 없어요. 저는 저 자신보다 그 친구에 대해 더 마음을 써왔습니다."

엘리자베스는 그가 자신이 취한 행동에 대해 변명하거나 부인하지 않고 온당하게 예의바른 태도로 듣고 있는 것이 아니꼬웠으나, 그가 말하는 의미를 새겨듣지 않을 수 없었다. 그러나 그것이 또 마음을 누그러지게 하는 것은 아니었다.

"그뿐만이 아니에요. 그보다 훨씬 전에 당신에 대한 평가는 내려져 있었어요. 당신의 인격은 몇 달 전에 위컴 씨로부터 들어서 잘 알고 있었으니까요. 여기에 대해서는 어떻게 말씀하실 수 있지요? 어떤 우정의 이름을 빌려서 자신을 변호하시겠어요? 사실을 어떻게 왜곡해서 사람들을 속여넘기실 건가요?"

"그 신사에 대해 퍽 관심이 많은 모양이군요." 다시는 약간 침착을 잃은 듯 얼굴이 붉어졌다.

"그분이 겪은 불행을 알고 있는 사람은 누구든지 관심을 갖지 않을 수 없지요."

"그의 불행이라고요!" 다시는 경멸하는 듯이 되뇌었다. "그렇지요. 그 사람은 정말 불행했죠."

"그건 당신이 그렇게 만드신 거예요." 엘리자베스는 힘주어 외쳤다. "당신은 그분을 지금처럼 가난하게…… 비교적 가난하게 만들었죠. 그분을 위해 예정되어 있었던 권리를 빼앗아 버리셨어요. 그분의 생애에 있어 최고의 시기인 청년 시절부터 당연히 받을 자격이 있던 재정적 독립을 빼앗아 버리셨어요. 그런 짓을 해놓고서도 그분의 불행을 경멸하고 비웃으시는군요."

"아아, 그것이," 그는 방 안을 빨리 왔다 갔다 하면서 말했다. "나에 대한 당신의 평가로군요. 그렇게 생각한다면 아닌게 아니라 내 죄가 정말 무겁군요. 그러나," 그는 우뚝 멈춰서더니 엘리자베스를 바라보며 말했다. "내가 진지한 결정을 내리지 못하도록 오랫동안 막던 거리낌을 솔직하게 고백해서 당신의 자존심을 상하게 하지 않았다면 이런 죄를 그냥 넘어갈 뻔했군요. 혹시 머리를 더 써서 제 마음속 투쟁을 숨기고 무조건 당신이 좋기 때문이라고 믿을 수 있게 해서 당신을 기쁘게 했더라면, 그런 신랄한 비난은 면할 수 있었겠지요. 그러나 어떤 종류의 속임수도 나는 싫어합니다. 또한 내 감정이 부끄럽지도 않습니다. 극히 자연스럽고 정당한 겁니다. 당신은 내가 당신의 친척이 사회적 지위가 낮은 걸 기뻐하리라고 생각합니까? 나 자신보다 명백히 지체 낮은 사람들과 친척 관계를 맺는 걸 행복하게 여길 것이라고 생각합니까?"

엘리자베스는 갈수록 노여움이 치밀어 오르는 것을 느꼈지만, 애써 침착함을 유지하면서 대답했다.

"다시 씨가 고백하신 방법에 제가 영향을 받았다고 생각하신다면 그건 오해예요. 혹시 좀더 신사답게 행동하셨더라면 거절하면서도 조금은 미안했겠죠. 하지만 그것 말고는 달라질 게 없어요."

엘리자베스는 그가 이 말을 듣고 놀라는 것을 보았지만, 그가 아무 말도 하지 않았으므로 말을 계속했다.

"당신이 어떤 방식으로 구혼하셨더라도 저는 받아들일 마음이 생기지 않았을 거예요."

그가 또 놀란 것은 분명했고, 믿어지지 않는 듯한 표정에 굴욕이 섞인 시선으로 엘리자베스를 바라보고 있었다. 그러나 그녀는 계속 말을 이었다.

"처음에 알게 됐을 때부터, 아니, 처음 본 순간부터라고 말해도 좋겠지요. 당신의 태도는 오만하고 자만심이 강해서 남의 감정을 상하게 해도 아무렇지 않게 여기는 분이라는 인상을 뚜렷이 받았고, 게다가 그 뒤에 일어난 사건으로 당신을 아주 싫어하게 되었어요. 알게 된 지 한 달도 채 안 되었을 때 벌써 당신 같은 분과는 절대로 결혼할 마음이 없다는 생각이 들었어요."

"그만하면 충분합니다. 당신 마음은 잘 알았어요. 지금은 당신을 향한 내 감정에 부끄러워할 뿐입니다. 시간을 빼앗은 걸 용서해 주십시오. 당신의 건강과 행복을 빕니다."

이 말과 함께 그는 방에서 나갔다. 엘리자베스는 다음 순간 현관의 문이 열리면서 그가 나가는 소리를 들었다.

엘리자베스의 마음은 고통스러울 정도로 흔들리고 있었다. 그녀는 자신의 몸을 어떻게 가눌 바를 몰랐고, 실제로도 몸이 안 좋았기 때문에 쓰러진 채 반 시간쯤 울었다. 방금 있었던 일을 다시 돌이켜 볼 때마다 더욱 놀라웠다. 다시 씨로부터 구혼을 받다니! 오랫동안 그가 나를 사랑하고 있었다니! 자기 친구와 언니와의 결혼을 반대하게 된 모든 이유에도 불구하고, 그 자신의 경우에도 같은 정도로 작용할 이유에도 불구하고, 그런데도 나와 결혼하기를 바랄 정도로 사랑하고 있었다니! 그처럼 강한 애정을 자기도 모르는 사이에 불어넣었다는 것은 크게 만족감을 주는 일이었다. 그러나 그의 오만, 역겨운 오만, 제인에 관해 자기가 한 짓을 뻔뻔스럽게도 공공연히 인정하고 그것을 정당화하진 못했지만 그것을 인정했을 때의 용서하기 어려운 뻔뻔한 얼굴, 위컴에 대해 말했을 때의 무정한 표정, 그 사람에 대해 잔혹한 처사를 부정하려고 하지도 않았던 일 등이, 엘리자베스가 순간적으로 느꼈던 연민의 정을 지워 버렸다. 엘리자베스가 혼란한 생각에 잠겨 있는데 캐서린 부인의 마차 소리가 들리자, 그녀는 도저히 샬롯의 눈길을 견딜 수 없을 듯싶어 급히 침실로 들어갔다.

35

엘리자베스는 여러 가지 생각에 뒤척이다가 잠이 들었지만, 이튿날 아침 잠이 깼을 때엔 또 같은 생각이 그녀를 사로잡고 있었다. 간밤에 있었던 일의 놀라움에서 깨어나지 못하여 다른 일을 생각하는 것이 거의 불가능했다.

그리고 일손도 잡히지 않아 아침식사를 하자마자 바깥으로 나가 산책을 하기로 마음먹었다. 엘리자베스는 곧바로 자기가 좋아하는 산책길로 향했으나, 다시 씨가 가끔 그곳으로 왔던 생각이 떠오르자 발걸음을 돌려 오솔길을 따라 큰길에서 멀리 떨어진 곳으로 걸어 나갔다. 그 길 한쪽 역시 정원의 울타리였다. 곧 정원으로 통하는 입구를 지나쳤다.

오솔길 주변을 두세 번 왕복한 다음, 상쾌한 아침 공기에 끌려 입구 근처에 머물러서 정원을 들여다보았다. 켄트에서 보낸 5주일 동안 이 마을에도 큰 변화가 있었다. 이른 아침의 신록은 날마다 그 빛깔이 짙어지고 있었다. 산책을 계속하려고 했을 때 정원을 둘러싸고 있는 작은 숲 속에 한 신사의 모습이 언뜻 보였다. 그 사람이 엘리자베스 쪽으로 다가왔다. 그녀는 혹시 다시 씨가 아닐까 하는 불안감에 돌아섰다. 그러나 그녀 쪽으로 걸어온 사람은 이미 그녀를 발견하고 급히 다가와서 이름을 불렀다. 엘리자베스는 돌아서 있기는 했지만 자기를 부르는 소리를 듣고, 그것이 다시 씨인 것을 알자 입구 쪽으로 발길을 돌렸다. 하지만 그때쯤 그는 그녀보다 먼저 문에 도착해서 편지 한 통을 내밀었다. 엘리자베스가 자기도 모르게 그것을 받아들자 그는 의연한 표정으로 말했다. "당신을 만날 수 있길 바라면서 이 숲 속을 걷고 있었습니다. 제발 이 편지를 읽어 주시기 바랍니다." 그리고 가볍게 고개를 숙여 보이고는 숲 저쪽으로 사라지더니 곧 보이지 않게 되었다.

읽으면 즐거울 것이라는 기대는 전혀 없었지만 강한 호기심을 가지고 엘리자베스는 그 편지를 뜯어 보았는데, 놀랍게도 봉투 속엔 매우 작은 글씨로 가득 채워진 편지 두 장이 들어 있었고, 봉투에도 가득 쓰여 있었다. 그녀는 오솔길을 걸으며 읽기 시작했다. 로징스에서 오전 8시에 썼다고 되어 있으며, 편지의 내용은 다음과 같았다.

이 편지를 받고 놀라실 필요는 없습니다. 어젯밤 그토록 불쾌하게 만든 그 감정에 다시 호소하거나, 또 한 번 구혼하는 것은 아니니까요. 미련을 품고 당신을 괴롭히거나 저 자신을 비참하게 할 의도는 전혀 없습니다. 하루빨리 잊는 것이 당신을 위해서도, 저를 위해서도 좋으리라 생각합니다. 이런 편지는 쓰는 쪽도 읽는 쪽도, 괴로운 것이니 이렇게 하지 않아도 되기를 바라고 싶지만, 제 성격상 이렇게 하지 않을 수 없습니다. 그러므로 이렇게 당신에게 제멋대로 이 편지를 읽어달라고 부탁하는 것을 부디 용서해 주시길 바랍니다. 별로 마음은 내키지 않으시겠지만, 당신의 정의감에 호소하며 부탁드립니다.

당신은 전혀 성질이 다른 두 가지 죄를, 그 중요성 역시 상당히 차이가 있는 두 가지 죄를 저의 책임으로 돌렸습니다. 첫째는, 두 사람의 감정에 주의를 기울이지도 않고 빙리 씨를 당신의 언니로부터 떼어 놓았다는 것입니다. 또 하나는, 위컴 씨의 정당한 요구를 무시하고 도의와 인정을 무시하면서까지 위컴 씨의 눈앞에 다가온 행복을 깨뜨리고 장래의 희망을 짓밟았다는 것입니다. 이유도 없이 소년 시절의 친구, 저와 다른 사람이 모두 인정하며 아버지가 아끼시던 사람을, 우리의 후원 없이는 의지할 곳이 없고, 그 도움을 믿고 자라난 청년을 버린다는 것은, 단지 2, 3주일 동안 애정이 싹튼 두 사람의 젊은 남녀의 사이를 갈라 놓은 일과는 비교도 되지 않을 정도의 배덕 행위입니다. 그러나 나의 행동과 그 동기에 관한 설명을 들으신다면, 어젯밤 제게 퍼부었던 신랄한 비난은 더 이상 하지 않으실 거라는 것이 저의 바람입니다. 어쩌면 그 설명 속에서 당신에게 불쾌감을 주는 내 감정을 말할 필요가 있을지도 모르지만, 거기 대해서는 유감스러울 뿐이라고 말해 두겠습니다. 더 이상의 사과는 오히려 불필요하다고 생각합니다.

하트퍼드셔에 온 뒤 얼마 되지 않아서 다른 사람들과 마찬가지로 나도, 빙리가 여느 여성들보다 당신의 언니를 좋아하고 있다는 것을 알았습니다. 그러나 빙리가 진지한 사랑을 느끼는 것이 아닐까 걱정하기 시작한 것은 네더필드에서 무도회가 열리던 밤이었습니다. 그가 사랑에 빠지는 것은 그전에도 자주 본 적이 있었습니다. 그 무도회에서 당신과 춤을 추고 있는 동안에 윌리엄 루카스 경으로부터 우연히 들은 이야기로, 빙리가 언니에게 보이는 깊은 관심이 두 사람의 결혼을 모두 기대하게 될 만큼 발전되었다는 것을 비로소 알았던 것입니다. 그분은 마치 확정된 일이며 시기만 정해지지 않은 듯 말씀하셨습니다. 그때부터 저는 친구의 행동을 주의 깊게 관찰했는데, 베넷 양에 대한 빙리의 사랑이 제가 지금까지 목격했던 어떤 때보다도 훨씬 깊고 진지한 것임을 인정하지 않을 수 없었습니다. 언니 역시 잘 지켜보았습니다. 표정이나 태도도 전처럼 밝고 쾌활하고 애교가 있었지만 특별히 제 친구에게 마음을 쏟고 있다는 흔적은 보이질 않더군요. 그날 밤 세밀한 관찰에 의해, 나는 당신의 언니가 빙리의 호의를 기꺼이 받아들이고는 있지만 같은 애정을 품고 있지는 않다는 확신을 하게되었습니다. 혹시 당신이 이 점을 잘못 생각하고 있지 않다면 내가 잘못생각하고 있는 것이겠지요. 언니에 대해서는 당신이 잘 알고 있을 것이므로 아마 후자 쪽이 맞겠지요. 그리고 그러한 저의 오해로 언니를 괴롭혔다면 당신이 분개하는 것도 당연한 일일 것입니다. 그러나 매우 예민한 관찰자라면 언니의 조용한 얼굴과 차분한 태도를 보고서는 정말 누구에게나호감을 주는 기질을 갖고는 있지만, 마음은 그리 쉽게 동요되지 않는 분이라고 거침없이 주장했을 것이라고 생각합니다. 물론 언니가 무관심하다고믿으려 했던 것은 사실입니다.

그러나 저는 저의 희망이나 근심에 의해 관찰이나 결신이 좌우되지는않는 인간입니다. 제가 그러기를 바랐기 때문에 언니가 무관심하다고 믿었던 것은 아닙니다. 제가 그렇게 믿은 것은 공정하고 객관적인 확신에 입각한 것이었습니다. 두 사람의 결혼에 반대했던 것은, 저의 경우엔 그것을배제하기 위해 애정의 가장 강한 힘이 필요했다고 어젯밤에 말했지만, 그런 이유만은 아니었습니다. 친척 관계에서의 미흡한 점은 저의 경우만큼큰 재난은 아니었던 것입니다. 그러나 그것을 꺼리는 다른 이유가 있었습니다. 그것은 지금도 그대로이고 그에게도 저에게도 거의 같은 정도지만,저의 경우에는 그것이 바로 제 앞 가까이에 없는 것이기 때문에 애써 잊으려고 했던 것입니다. 간단히 그 이유를 말하겠습니다. 어머님 친척의 지위는 과히 바람직하지 못하지만 어머님이 자주, 아니 거의 예외 없이 예의가전혀 없는 행동을 하시는 것, 이것은 어머님뿐 아니라 세 동생들과 때론아버님마저도—불쾌한 말을 해서 괴로우시겠지만 용서해 주십시오—예외는 아니었습니다. 당신의 가장 가까운 분들의 결함을 이렇게 지적받고는어처구니없고 불쾌하게 생각하실 겁니다.

그러나 당신과 언니의 행동이 그런 비난을 받는 일이 없는 것은 두 사람의 의식과 성품이 고결한 만큼, 일반적으로 찬사가 쏟아지는 것과 같은 이유 때문일 것입니다. 이것을 생각하면 조금이라도 마음의 위안이 될 것이라 짐작합니다. 이제 제가 말하고 싶은 것은 그날 밤 있었던 여러 가지 일들을 통해 베넷 집안의 여러분에 대한 제 생각은 확실해졌고, 아무리 보아도 불행하게만 보이는 결혼에서 제 친구를 구해내야겠다는 제 생각이 더욱 강해졌다는 사실입니다. 당신도 분명 기억하시겠지만, 친구는 곧 돌아올 생각으로 네더필드를 떠나 런던으로 가기로 결정했습니다.

그럼 이제부터 제가 한 역할에 대해 설명하겠습니다. 친구의 자매들도 저와 마찬가지로 몹시 불안을 느끼고 있어서, 우리는 서로 같은 생각을 하고 있다는 것을 알았습니다. 그리고 한시라도 빨리 두 사람을 떼어 놓아야 한다는 것을 깨닫고, 바로 런던에 있는 친구를 쫓아가기로 결심했습니다. 계획대로 우리는 떠났고 우선 이 결혼의 불리한 점을 지적하는 역할을 제가 맡았습니다. 저는 그것에 대해 진지하게 설명하고 강조했습니다. 만약 당신의 언니가 친구에게 무관심하다는 사실을 말하지 않았다면 그 친구의 결의가 그만큼 흔들리지는 않았으리라 생각합니다. 친구는 자기의 애정이 설사 동등한 감정은 아니더라도 거짓 없는 진정으로 보답받고 있다고 믿고 있었습니다. 그러나 빙리는 본래 무척 겸손해서 자기의 판단보다도 저의 판단을 신뢰하고 있었으므로 자기기만에 빠져 있다고 믿게 하는 것은 조금도 어려운 일은 아니었습니다. 하트퍼드셔에 돌아가지 않도록 설득하는 것은 매우 짧은 시간에 이루어졌습니다. 제가 한 일 가운데 여기까지는 조금도 부끄러워할 것이 없습니다.

하지만 마음에 걸리는 것이 하나 있는데, 그것은 언니가 런던에 와 있음을 친구에게 의도적으로 감추었다는 사실입니다. 빙리 양에게 소식이 왔을 때 저는 그 소식을 들었지만 친구는 지금까지도 모르고 있는 것입니다. 두 사람이 만난다 해서 어떤 나쁜 결과가 생기는 것은 아니겠지만, 그러나 친구의 애정이 언니를 만나고도 전혀 위험하지 않을 만큼 식지는 않았다고 생각되었기 때문입니다. 아마 이 비밀, 이 기만은 저 자신의 품격을 손상시킬 것이 분명합니다. 그러나 저는 친구를 위한 최선의 결과를 위해 한 일이었습니다. 이 문제에 대해서는 더 할 말도 없고 달리 사과할 말도 없습니다. 혹시 언니의 감정을 상하게 해드렸다면 저도 깨닫지 못하는 사이에 한 일입니다. 저를 움직인 동기는 당신에겐 부당하게 생각될 것이지만, 저는 아직도 그런 동기를 불순하다고는 생각하지 않습니다.

또 하나의 중대한 죄, 위컴 씨에게 손해를 입혔다는 비난을 반박하기 위해서는 그 사람과 우리 집과의 관계를 설명할 필요가 있습니다. 특히 그가 저의 어떤 점을 비난했는지는 모르지만, 제가 지금부터 말하는 것은 진실성에 관한 한 신뢰할 수 있는 증인을 한 사람이 아니라 몇 사람이라도 불러 올 수 있습니다.

위컴 씨는 세상 사람들로부터 대단히 신용을 받던, 오랫동안 펨벌리 영지를 관리하고 있던 사람의 아들이었습니다. 이 사람이 일을 잘하고 임무를 잘 수행했기 때문에 자연히 아버지는 보답을 해 주고 싶어서, 자신이 이름을 지어 준 아들이기도 한 조지 위컴에게 아낌없이 호의를 베풀었습니다. 아버지는 위컴을 학교에 보내고 나중엔 케임브리지에 진학시켰습니다. 아내의 사치로 항상 가난할 수밖에 없었던 그의 아버지가 그 사람에게 신사가 되기 위한 교육을 시켜줄 수 없었으므로 이는 그에게 매우 중요한 도움이 될 수밖에 없었습니다. 아버지는 항상 예의바르고 매력 넘치는 이 청년을 옆에 두기 좋아하셨을 뿐 아니라 그를 높이 평가하고 있어서 목사가 되기를 바랐고, 그 때문에 필요한 구체적인 준비를 하셨습니다.

하지만 저는 꽤 여러 해 전부터 그 사람을 전혀 다른 각도에서 보기 시작했습니다. 그는 좋지 못한 성격과 무절제한 성품을 자기의 가장 좋은 벗인 제 아버지에게 알려지지 않도록 주의하고 있었지만, 아버지와 달리 방심한 상태의 그를 관찰할 기회가 많았던 저의 눈은 속일 수 없습니다. 여기서 또 당신에게 고통을 줄 겁니다—어느 정도인지는 당신만이 아시겠지요. 위컴 씨가 당신에게 어떤 감정을 느끼게 했는지는 모르겠지만, 제가 그 감정을 알았다고 해도 그 인격의 실체를 폭로하는 것을 멈추지 않을 작정입니다. 아니, 오히려 폭로할 동기가 하나 더 늘어나게 된 것이겠죠.

존경하는 저의 아버지는 5년 전에 돌아가셨습니다. 위컴 씨에 대한 애착은 마지막까지 지속되어 유언 속에서 특히 허용 가능한 최상의 방법을 다해서 그의 출세를 도울 것을 특별히 제게 부탁하셨고, 그가 목사가 되면 중요한 자리의 목사직이 비는 대로 그 직책을 주길 바라셨습니다. 게다가 1천 파운드의 유산도 있었습니다. 위컴의 아버지도 우리 아버지가 돌아가신 뒤 오래 살지는 못했습니다. 그 뒤 반년도 지나기 전에 위컴 씨는 그다지 돈이 되지 않는 목사직은 단념하고, 그 대신 우선 아쉬운 금전상의 이익을 기대하더라도 도리에 어긋난다고 생각하지 말아달라는 편지를 보내왔습니다. 그리고 법학을 공부하고 싶은데, 1천 파운드의 이자로는 학비가 불충분하다는 사실을 알았다고 했습니다. 나는 위컴의 성실성을 믿기보다는 그러기를 바라는 쪽에 가까웠습니다. 아무튼 그런 요청에 대해서 기꺼이 승낙했습니다. 위컴 씨는 목사가 될 만한 사람이 못 된다는 것을 알고 있었기 때문입니다. 모든 일이 순조롭게 처리되었습니다. 장차 성직 추천을 받을 수 있는 처지가 되더라도 목사직에 관한 권리는 모두 파기하고 그 대신 3천 파운드를 받았던 것입니다. 우리 사이의 관계는 이것으로 모두 해소된 것으로 보였습니다. 저는 그 사람을 좋게 생각하지 않았기 때문에 펨벌리에 초대하지도 않았고, 런던의 집에 드나드는 것도 허용하지 않았습니다. 주로 런던에 살고 있었던 것으로 알고 있었지만 법학을 공부한다는 것은 단지 구실이었습니다.

그는 모든 속박에서 벗어났으며 생활은 나태와 낭비로 지속되고 있었습니다. 약 3년 동안 거의 소문도 듣지 못했습니다. 그런데 위컴에게 주기로 되어 있던 직책을 차지하고 있던 목사가 사망하자, 그는 또 나에게 편지를 보내 목사직에 추천해 달라는 부탁을 해왔습니다. 생활이 매우 어렵다고 했는데 그 말이 쉬 믿어지더군요. 법학은 이득이 적은 학문이라는 것을 알았으니, 만일 그 자리에 추천해 준다면 분명히 목사가 될 결심이다, 그 직책의 추천에 대해서는 당신에겐 목사로 할 만한 사람이 달리 있지도 않고 또 존경하시는 아버지의 뜻을 잊었을 리가 없다고 생각하므로 조금도 걱정하지 않겠다는 것이었습니다. 그런 간청에 제가 응하지 않았다고 해서, 또 그것이 되풀이될 적마다 거절했다고 해서 당신은 나를 나무라지 않겠지요. 저에 대한 원망은 그의 곤궁한 상태가 나빠짐에 따라 더욱 커져갔습니다. 저를 몹시 비난하는 것과 마찬가지로 남들에겐 늘 제 악담을 했던 겁니다. 그 뒤엔 형식적인 교제마저 끊어버렸고 그 사람이 어떤 생활을 하든 상관하지 않았습니다. 그러나 역겹게도 작년 여름에 다시 그 존재가 나타난 것입니다.

이제 저는 저 자신도 잊어버리고 싶은 일을 얘기하지 않을 수 없게 되었습니다. 그것은 지금과 같이 어쩔 수 없는 처지가 아니라면 도저히 남에게 털어놓고 싶지 않은 일입니다. 이만큼 말하면 이 일에 대해서는 다른 말씀을 하지 않으실 것이라고 생각합니다. 제 여동생은 저보다 열 살 아래이며 어머니의 조카인 피츠윌리엄 대령과 제가 그 후견인이 되어 있습니다. 1 년 전에 학교를 그만두게 하고 런던에 집을 마련해 주었습니다. 작년 여름, 집을 관리할 부인과 함께 램즈게이트에 갔는데, 거기에 위컴 씨가 분명히 계획적으로 찾아왔습니다.

그와 그 부인은 전부터 아는 사이였다는 것이 나중에 판명되었습니다. 불행하게도 이 부인의 인품에는 완전히 속고 있었는데, 이 부인이 못 본 체하고 도와주었기 때문에 위컴은 조지아나의 마음을 완전히 사로잡아 버렸습니다. 여동생은 워낙 여리고 상냥한 성격인데다, 어렸을 때 그로부터 받은 친절이 머릿속에 깊이 새겨져 있었기 때문에, 마침내 자기가 그를 사랑한다고 믿고 같이 달아나자는 유혹에 넘어가 승낙해 버렸던 것입니다. 그때 동생의 나이가 아직 15살에 불과했으니, 그 또한 하나의 평계가 되겠지요. 그 애의 경솔한 행동을 말씀드렸지만 또한 그 일을 저에게 알린 사람도 여동생 자신이었음을 덧붙여 말할 수 있어 기쁘게 생각합니다. 저는 같이 달아나기로 계획한 날의 이틀쯤 전에 우연히 여동생을 찾아갔습니다. 조지아나는 거의 아버지처럼 존경하고 있는 오빠를 슬프게 하고 노엽게 할 것이 견딜 수 없어 저에게 고스란히 고백하고 말았습니다. 제가 어떻게 느끼고 어떤 행동을 취했는지는 상상할 수 있을 것이라고 생각합니다. 저는 여동생의 명예와 감정을 생각하여 공공연히 폭로하는 것은 삼갔습니다. 그러나 위컴에게 편지를 써서 그를 곧 그곳에서 떠나게 하고 그 부인도 물론 해고했습니다. 위컴 씨의 주요한 목적은 물론 여동생의 재산 3만 파운드에 있었지만, 저에게 복수를 하려는 생각도 강한 동기가 되었다고 생각합니다. 그의 뜻이 이뤄졌더라면 정말로 완전한 복수가 되었을 것입니다.

우리 두 사람에게 공통으로 관계가 있는 사건에 대해 충실하게 말했습니다. 만일 이것이 전혀 거짓이 아니라고 생각하신다면 위컴에게 가혹하게 행동했다는 비난은 면할 수 있을 것으로 생각합니다. 그가 어떤 방법으로 어떤 거짓말을 당신에게 했는지 알 길은 없지만 그의 거짓말이 성공을 거뒀다는 사실에 대해서는 그다지 놀랍지 않습니다. 두 사람에 대해 아무것도 모르는 당신이 도저히 간파할 수 있었을 리도 없고, 본디 의심한다는 것도 당신에게는 쉽지 않은 일이었을 테니까요.

왜 어젯밤에 이 일에 대해 말하지 않았을까 하는 의심도 하시겠지만, 어젯밤엔 나 자신을 충분히 자제할 수 없었고 무엇부터 얘기해야 하는지, 또 무엇을 말해야 하는지 알 수 없었습니다. 지금 한 말이 진실하다는 것에 대해서는 피츠윌리엄 대령의 증언을 통해 확인할 수 있습니다. 가까운 친척이고 계속 친밀하게 지내고 있으며, 또 아버지의 유언 집행자의 한 사람이므로 그 동안의 자세한 경위는 당연히 모두 알고 있습니다.

혹시 저를 싫어하는 나머지 제가 한 이야기를 전혀 가치가 없는 것으로 생각하더라도, 설마 그 때문에 저의 사촌에게까지 털어놓기를 꺼리지는 않을 것이라 생각합니다. 그러므로 사촌에게 상의하는 경우도 있으므로, 아침나절에 전할 수 있는 기회를 찾아보도록 노력하겠습니다. 끝으로 당신에게 하느님의 축복이 있기를 빕니다.

피츠윌리엄 다시

36

다시 씨로부터 이 편지를 받았을 때 엘리자베스는 또 한 번 구혼을 받으리라는 기대까지 하지는 않았지만, 설마 이런 내용이라고는 미처 예상하지 못했다. 그러나 편지에 담긴 내용을 그녀가 얼마나 열심히 읽었고, 그 결과 얼마나 상반된 감정을 갖게 되었는지는 충분히 상상할 수 있을 것이다. 엘리자베스의 감정은 무엇이라고 가늠하기 어려운 것이었다. 사죄할 여지가 있다고 그가 믿고 있다는 것이 먼저 놀라움을 느끼게 했다. 그리고 어디까지나 그의 변명 같은 것은 수치를 아는 사람이라면 숨기고 싶어할 것이라 믿고 있었다. 그 말 한 마디 한 마디에 편견을 품고 네더필드에서 있었던 일에 대한 설명부터 읽기 시작했다. 너무 열중하여 읽었으므로 오히려 이해하기가 힘들 정도였다. 다음엔 무엇이 쓰여 있을까 싶어 초조해지는 바람에 문장의 의미에 주의를 기울일 수가 없었다. 언니가 무관심한 걸로 믿었다는 말을 곧 거짓말이라 단정하고, 그 결혼을 가로막은 실질적인 이유에 대한 그의 설명을 읽고서는 너무 화가 나서 그의 말에 귀를 귀울이고 싶지 않을 정도였다. 자기가 한 일에 대해 엘리자베스가 납득할 만한 정도의 뉘우침은 전혀 나타나 있지 않았고, 또한 죄를 뉘우치는 사람의 문장은 아니었으며 오만불손했다. 모든 것이 오만하고 무례했다.

그러나 이 문제 다음에 위컴 씨에 관한 말이 나왔을 때엔 다소 신중하게 주의를 기울여 읽을 수 있었다. 만일 그것이 사실이라면 위컴 씨를 훌륭한 사람이라 생각하고 있었던 평가는 아주 뒤집히게 되는 것이었다. 그 자신이 말했던 신상 이야기와 놀라울 만큼 비슷해서 엘리자베스의 마음은 더욱 괴로웠고, 결론을 내릴 수가 없었다. 놀라움과 불안, 심지어 공포가 그녀를 짓눌렀다. 엘리자베스는 그것을 믿을 수 없다고 생각하고 되풀이해서 외쳤다. "이건 거짓말이 틀림없어! 이런 일은 있을 수 없어! 터무니없는 거짓말이야!" 마지막 한두 페이지는 흥분해서 무슨 뜻인지 거의 이해하지도 못하고 읽은 다음, 이런 것은 염두에 두지 말아야지, 두 번 다시 보지 말아야지, 다짐했다.

마음이 산란해진 그녀는 갈피를 잡지 못하고 방 안을 왔다 갔다 했다. 그러나 보지 않겠다던 결심은 금세 뒤바뀌었다. 불과 30초도 되기 전에 편지를 펼쳐 될 수 있는 대로 마음을 가라앉히고 위컴에 관한 부분을 정독하면서, 문장들의 의미를 음미해 보았다. 펨벌리의 가족과 위컴과의 관계에 관한 이야기는 그 자신이 말했던 것과 똑같았다. 돌아가신 다시 씨의 친절은 지금까지 그 정도에 대해 알지 못했었지만 위컴 자신의 말과 일치했다. 거기까진 서로의 이야기가 들어맞았지만 유언에서는 차이가 심해졌다. 위컴이 그 목사직에 관해 들려주었던 이야기는 아직까지 기억에 또렷이 살아 있었다. 그 말을 그대로 떠올리면서, 두 사람 가운데 한 사람이 거짓말을 했음을 느끼지 않을 수 없었던 것이다. 한동안 그녀는 자신이 믿었던 것이 거짓이 아니기를 빌었다.

그러나 주의해서 두세 번 다시 읽어나가면서, 위컴이 목사직에 관한 모든 권리를 포기하고 그 대신 3천 파운드라는 거액을 받았다는 내용에 이르게 되자 주저하지 않을 수 없었다. 편지를 접어 두고 공평하다고 생각되는 태도로 여러 가지 사정을 참작하고, 각자의 이야기 어느 쪽이 옳을까 신중하게 생각해 보았지만 좀처럼 종잡을 수가 없었다. 모두들 그럴듯한 주장만 하고 있었다. 다시 읽어나갔다. 그러나 한 줄 한 줄 읽을수록 분명해지는 사실은, 아무리 생각해도 파렴치하게 여길 수밖에 없다고 생각했던 다시 씨의 행동이, 사건 전체를 보았을 때 전혀 비난할 점이 없다는 쪽으로 기우는 것이었다.

다시 씨가 서슴지 않고 사치와 낭비벽을 책망한 것은 엘리자베스에게 충격을 주었다. 그것이 부당하다는 증거를 제시할 수 없는 만큼 더욱 그러했다. 위컴이 어느 주 연대에 입대하기 전의 일은 소문으로도 듣지 못했다. 입대하게 된 것도 런던에서 우연히 만나 친해진 청년의 권유로 이루어진 것이었다. 그 이전의 생활 태도에 대해서는 하트퍼드셔에서 위컴 자신이 말한 것 말고는 아는 것이 전혀 없었다. 위컴이 사실 어떤 인간인가에 대해서는 혹시 알아낼 방법이 있었더라도 조사하고 싶은 생각은 없었을 것이다. 그 생김새와 목소리와 태도만으로 온갖 미덕을 지닌 사람이라고 생각했던 것이다.

다시 씨의 공격을 막을 수 있는 선량한 사례라든가 성실함, 자비로움의 명확한 특징을 생각해 내려고 애썼다. 적어도 다시 씨가 말한 그의 낭비벽과 방탕함이 훌륭한 사람에게도 나타날 수 있는 우발적인 과실이라 생각할 수 있었기 때문이다. 그러나 그렇게는 되지 않았다. 그의 매력적인 용모나 예의 바른 자태는 곧바로 눈앞에 그려졌지만, 이웃에서 선량한 사람으로 인정한다거나 그 사교적인 능력 때문에 동료에게 인기가 있다거나 하는 것 이상으로 본질적으로 선량하다는 증거는 하나도 생각나지 않았다. 이 점에 관해 상당히 오랫동안 생각한 다음 다시 한 번 편지를 읽었다. 그러나 그 다음에 계속된 다시 씨에 대해 꾸며진 음모의 이야기는, 피츠윌리엄 대령과 자기 자신이 그 전날 아침에 주고받은 대화가 얼마쯤 뒷받침되는 것이었다. 편지 끝에 이 문제의 사실 여부에 관해 피츠윌리엄 대령에게 물어 봐 달라고 쓰여 있었지만, 이 사람으로부터는 이미 다시 씨에 관한 일에는 밀접한 관계를 갖고 있다는 것을 모두 들었던 것이다. 그의 인품에 대해서 의심할 이유도 없었다. 한번은 대령에게 문의해 보리라고 결심할 뻔했으나 생각해 보니 어색한 일이라서 그만두었다. 그리고 결국 대령이 확증하리라는 충분한 자신이 없으면 그런 말을 할 리도 없다 싶어 그런 생각은 하지 않기로 했다.

엘리자베스는 필립스 씨 댁에서의 첫날 밤에 위컴과 자기가 주고받은 이야기는 하나도 빼놓지 않고 기억하고 있었다. 대부분은 그때 한 말 그대로 기억에 생생히 남아 있다. 그리고 지금 와서 생각해 보면, 그때 나누었던 말들이 처음 보는 사람과의 대화로는 적절하지 않은 것이었다는 것에 생각이 미치자, 지금까지 그 점을 깨닫지 못했던 것이 의아스러웠다. 이제야 비로소 자기를 눈에 띄게 하기 위한 교양 없는 태도와 입으로 한 말과 행위의 모순 등을 깨닫게 된 것이었다. 다시 씨를 만나는 것이 두렵지 않다고 큰 소리를 쳤을 뿐 아니라, 다시 씨는 여기를 떠날지 모르지만 자기는 끝까지 머물러 있겠다고 말해 놓고서도 그 다음 주 네더필드의 무도회엔 얼굴을 내밀지 않았던 것이다. 또 네더필드 사람들이 그 고장을 떠나기까진 그녀 말고 다른 사람에게는 자신의 신상 이야기를 하지 않았지만, 모두 떠난 뒤에는 장소를 가리지 않고 그의 얘기를 퍼뜨리고 다닌 것이다. 다시 씨의 아버지를 존경하므로 아들의 죄를 들춰내는 일은 절대로 하지 않겠다고 말해놓고도, 항상 다시 씨의 인격을 사정없이 내리깎았던 것이다.

위컴에게 관계가 있는 모든 일이 이젠 완전히 다른 양상을 띠기 시작했다. 킹 양에게 구애한 일은 이젠 아주 역겨우리만큼 돈이 목표라는 것을 알았으며, 킹 양의 재산이 대단치 않았음에도 그 뜻을 이루려고 한 것은, 그저 무엇이든지 잡으려고 하는 그의 천박함을 입증하는 것처럼 생각되었다. 자기에 대한 위컴의 태도에는 지금은 수긍할 만한 동기를 생각할 수 없었다. 자기의 재산에 대해 잘못 생각하고 있었거나, 또는 자기가 경솔하게 보여 준 호감에 고무되어 그 허영심을 만족시키고 있었을 것이다. 위컴에 대한 호의를 유지해 보려는 그녀의 모든 노력은 점점 약해졌고, 반면에 다시 씨의 정당성이 더욱 인정되자, 빙리 씨가 얼마 전에 제인의 질문을 받고 이 사건에서 다시 씨는 전혀 죄가 없음을 주장했던 일을 인정하지 않을 수 없었다.

또 그의 태도는 자존심이 강해서 남을 접근시키지 않는 것 같기는 하지만, 알게 된 뒤로 지금까지—요즘은 또 같이 있는 기회도 매우 많아 그의 말이나 태도에도 일종의 친근감을 갖기 시작했지만—그에게 지조가 없고 부정하다고 생각되는 일은 아무것도 없었고, 신앙심이 없는 부도덕한 습관을 갖고 있는 것처럼 보이는 일도 전혀 없었던 것이다. 그와 관계가 있는 사람들 사이에서는 높이 평가되고 소중하게 여겨지고 있었으며, 위컴조차도 오빠로서의 그가 훌륭하다고 인정했던 것이다. 그리고 그녀 자신도 그가 누이에 대해 깊은 애정을 갖고 말하는 것을 가끔 들었던 것을 떠올리면, 그에게도 다정다감한 면이 있다는 것을 부인할 수 없었다. 만일 위컴이 말한 것이 사실이라면, 그처럼 난폭하게 정의를 짓밟아놓고 세상에 알려지지 않을 리가 없으며, 그런 짓을 하는 사람과 그처럼 상냥한 빙리 씨의 사이에 우정이 맺어지리라고는 생각되지 않았다.

엘리자베스는 정말 자기 자신이 부끄러워졌다. 다시에 대해 생각하고 또 위컴에 대해 생각할수록 자기가 얼마나 어리석고 불공평하며 편견을 가지고 있었는가를 느끼지 않을 수 없었다.

"나는 얼마나 비열하게 행동했는가!" 그녀는 외쳤다. "변별력에 대해서만큼은 자신했던 내가! 그런 능력을 자만해 언니의 넓은 마음을 비웃고, 아무 소용도 없는 불신으로 자신의 허영심을 만족시키고 있었던 거야. 아, 얼마나 부끄러운 일인가! 혹시 사랑에 빠졌더라도 이토록 심하게 눈이 멀지는 않았을 거야. 하지만 사랑이 아니라 바로 허영심 때문에 이런 바보 같은 짓을 저지르게 되었어. 한 사람은 자기를 좋아하니 기쁘게 생각하고 또한 사람은 등한시하니 기분이 나빠져서 만나게 된 출발점에서부터 편견과 무지에 사로잡혀 두 사람에 관한 한 이성을 잃어버렸던 거야. 이 순간까지 나 자신을 모르고 있었던 거야."

자신에게서 제인, 제인에게서 빙리에게 생각이 한줄기로 흘러서, 다시 씨의 그 점에 관한 설명이 불충분한 것처럼 생각되어 그 대목을 다시 한 번 읽어 보았다. 두 번째로 읽어 보니 완전히 다른 인상을 받았다. 한 문제로 다시의 주장을 믿지 않을 수 없었는데, 또 다른 문제로 믿지 못하겠다고 거부할 수 있을까? 다시는 언니가 사랑하고 있다고는 전혀 생각지 않았다고 말했는데, 거기에 대해서는 항상 들어 온 샬롯의 의견을 떠올리지 않을 수 없었다. 또 제인의 태도에 대한 표현에도 일리가 있음을 부인할 수 없었다. 제인의 감정이 열렬하기는 하더라도 표면에는 거의 나타나지 않았고, 그녀의 태도와 행동은 때로는 감정과 어울리지 않게 거기에만 만족하곤 했던 것이다.

그녀의 가족에 대한 비판이 적힌 대목에서는 분하긴 했으나 당연한 책망이라는 점에서 굴욕감을 느꼈다. 그 비난이 틀리지 않았기 때문에 깊이 충격을 받아 부인한다는 것은 엄두도 못 낼 일이었다. 특히 네더필드의 무도회에서 일어난 일로 인해 다시가 처음에 그녀의 가족을 거부하려는 생각을 굳혔다고 했는데, 그 밤의 일은 자신의 머릿속에도 생생히 남아 있어, 그가 받은 인상보다 강하면 강했지 결코 약하지는 않았던 것이다.

그리고 자기와 언니에 대한 찬사는 싫지 않았기에 확실히 마음을 누그러지게 했다. 그러나 다른 가족들에 대한 경멸을 생각하면 마음이 편하지 않았다. 제인이 실연한 원인은 사실 가족들 탓이었다는 것에 생각이 미치고, 또 자기들 두 자매의 신용이 다른 식구들의 무례한 행동 때문에 얼마나 깊이 상처 입고 있는가 생각하자, 더없이 마음이 무거워졌다.

이 생각 저 생각하며 사건을 다시 검토하고 헤아려 보면서, 그처럼 갑자기 들이닥친 중대한 변화에 스스로를 적응시키려고 2시간이나 오솔길을 걸어다닌 끝에 아주 지쳐 버렸다. 더욱이 너무 오래 집에서 나와 있었던 것을 깨닫고 즉시 그쪽으로 발길을 돌려 여느 때처럼 쾌활한 모습으로, 사람들과 대화할 기분이 가시게 되는 생각은 억누르리라 다짐하면서 집 안으로 들어갔다.

집에 들어서자마자 자기가 없는 동안에 그 두 사람의 신사가 한 사람씩 찾아왔었다는 말을 들었다. 다시 씨는 작별을 고하기 위해 겨우 2, 3분 있다가 돌아갔지만, 피츠윌리엄 대령은 적어도 1시간쯤 같이 있으면서 그녀를 기다렸는데 심지어 찾아 나설 것 같았다는 것이었다. 엘리자베스는 대령을 만나지 못해 서운해 하는 체했으나 사실은 기뻤다. 피츠윌리엄 대령이 문제가 아니었다. 그녀는 오직 편지에 대해서만 생각할 뿐이었다.

37

이튿날 아침 두 신사는 로징스를 떠났다. 콜린스 씨가 작별인사를 하기 위해 문지기의 집 가까이에서 기다렸는데, 두 사람은 모두 건강한 모습이었고 로징스에서 있었던 슬픈 이별 장면 직후치고는 기분이 좋아 보이더라는 기쁜 소식을 가지고 돌아올 수 있었다. 그리고 로징스로 캐서린 부인과 따님을 위로하러 찾아가, 부인으로부터 너무 심심하니 모두 와서 만찬을 같이 하자는 소식을 가지고 돌아와서 크게 만족하고 있었다.

엘리자베스는 캐서린 부인을 만나자, 자기만 그럴 마음이 있었더라면 지금쯤은 조카 며느리로 소개되었을지도 모른다고 생각했다. 만약 그랬다면 그녀가 얼마나 분해했을까 생각하니 미소를 머금지 않을 수 없었다. '무슨 말을 했을까? 어떻게 행동했을까?' 그런 질문을 혼자 하면서 재미있어했다.

처음엔 로징스의 식구가 줄었다는 것이 화제가 되었다. "확실히 절실하게 느껴져요." 캐서린 부인이 말했다. "나만큼 친구가 떠나는 걸 서운하게 여기는 사람은 없을 거예요. 하지만 그 청년들에겐 특히 애착이 있었거든요. 그 사람들도 나를 무척 따르지요! ……돌아가는 걸 퍽 서운해 했지만 그 사람들은 늘 그래요. 대령은 마지막 순간까지 어지간히 쾌활한 모습이더군요. 하지만 다시는 몹시 아쉽게 여기는 것 같았어요. 작년보다 더 로징스에 대한 애착이 깊어진 것 같았어요."

이때 콜린스 씨가 끼어들어 찬사의 말을 건네자, 모녀는 즐거운 듯 미소를 지었다.

캐서린 부인은 만찬이 끝난 뒤 엘리자베스가 기운이 없음을 알아채고 곧 그 이유를 지레짐작하고는, 집에 곧 돌아가게 되는 것이 싫은 모양이라고 상냥하게 덧붙여 말했다.

"혹시 그런 거라면 어머니에게 좀더 있게 해달라고 편지를 써요. 콜린스 부인은 틀림없이 아가씨가 더 있는 걸 기뻐할 거예요."

"친절하게 말씀해 주셔서 감사합니다. 하지만 그렇게 할 수는 없어요. 다음주 토요일엔 런던에 가야 해요."

"어머, 그럼 여기엔 겨우 6주일밖에 있지 않은 셈이 되네요. 나는 두 달은 있을 거라고 기대하고 있었는데. 아가씨가 오기 전에 콜린스 부인에게 그렇게 말했었지요. 그렇게 빨리 가지 않아도 좋은데. 베넷 부인도 2주일 정도는 용서해 주실 거예요."

"그렇지만 아버지가 그러시지 못해요. 지난주에 빨리 돌아오라고 편지를 보내셨거든요."

"오오, 어머니가 괜찮으면 아버지도 상관없지. 딸은 아버지에겐 별로 중요하지 않은 거예요. 그리고 혹시 한 달 동안 더 있게 된다면 아가씨들 가운데 한 사람을 런던까지 데려다 줄 수 있을 거예요. 6월 초에 1주일쯤 가 있을 작정이니까요. 도슨은 사륜마차의 마부석이라도 불평하지 않을 테니, 한 사람이라면 충분히 앉을 자리가 있어요. 아, 그렇군. 다행히 날씨만 선선하다면 몸집이 과히 크지 않으니 두 사람 다 데려다 줘도 좋아요."

"친절은 고맙습니다만 처음 계획대로 해야 할 것 같군요."

캐서린 부인은 단념한 것처럼 보였다. "콜린스 부인, 하인을 딸려 보내 드려야 해요. 전부터 말했지만 젊은 아가씨 단둘이 역마차로 여행한다는 건 도저히 생각할 수도 없는 일이에요. 아주 예의에 어긋나는 일이지요. 누군가를 딸려 보내야 해. 세상에서 그런 일이 제일 싫거든. 젊은 아가씨는 저마다 신분에 맞게 보호를 받고 조심스럽게 지켜져야 하는 거예요. 조카딸 조지아나가 작년 여름 렘즈게이트에 갔을 때도 하인 둘을 딸려 보내라고 주장했었지요. 펨벌리의 다시 씨와 앤 부인의 딸이 그렇게 하지 않고서는 사람들 앞에 나설 수 없는 거예요. 그런 일은 정말 조심해야지요. 존을 아가씨들에게 딸려 보내세요, 콜린스 부인. 그 말을 해 주는 걸 잊지 않아서 다행이에요. 정말 단둘이만 가게 하면 당신 체면이 말이 아닐게야."

"제 외삼촌께서 하인을 보내 주시기로 되어 있어요."

"아, 외삼촌이! 하인을 거느리고 계신가? 그래요? 그런 일을 염려해 주는 사람이 있어서 다행이군요. 그럼 어디서 말을 바꿀 건가요? 오오, 물론 브롬리에서 하겠지. 벨(여관)에서 내 이름을 말하면 잘 보살펴 줄 거예요."

캐서린 부인은 두 사람의 여행에 대해 그 밖에도 많은 질문을 했다. 스스로 묻고 스스로 대답하게 할 수는 없었으므로 주의하고 있어야 했다. 결국 엘리자베스에겐 다행이었을지도 모른다. 그렇지 않았더라면 이처럼 마음이 답답해 가지고는 자기가 어디에 있는지도 잊어 버릴지 알 수 없었다. 깊은 생각은 혼자 있을 때를 위해 간직해 두어야 한다. 혼자 있으면 언제나 가장 큰 위안을 받고 기분전환이 되었다. 그래서 엘리자베스는 하루도 빠짐없이 산책을 했다. 꼭 즐거운 추억은 아니지만, 그 추억에 빠지는 것도 일종의 즐거움이었기 때문이다.

다시 씨의 편지는 이젠 거의 외울 수 있는 정도였다. 모든 문장을 잘 살펴보았다. 쓴 사람에 대한 감정은 때에 따라 많이 달랐다. 구혼했을 때의 말투를 생각하면 지금도 머리끝까지 화가 치밀어 올랐다. 그러나 자기가 부당하게 그를 책망하고 비난한 것을 생각하면 노여움의 화살은 자기 자신에게 돌아왔고, 그의 낙담한 심정은 연민의 대상이 되기도 했다. 그의 애정은 그녀에게 감사하는 마음을 북돋았고 그의 인품은 존경을 불러일으켰다. 그러나 그 사람을 전체적으로 좋게 볼 수는 없었다. 자기의 거절을 한순간이나마 뉘우친 적도 없었으며, 다시 한 번 만나고 싶다는 생각도 전혀 없었다. 지난날 자기의 행동에는 화가 나고 뉘우쳐지는 일이 많이 있으며, 가족들의 불행한 결점 때문에 더욱 분한 생각에 시달렸다. 아버지는 그저 비웃기만 할 뿐, 딸들의 겁없는 경솔함을 막으려고 애쓰지도 않았다. 어머니는 그 자신의 예의범절 자체가 교양과는 거리가 있어서 그런 점이 눈에 띌 리 없었다. 엘리자베스는 자주 제인과 함께 캐서린과 리디아의 무분별한 행동을 고쳐 주려고 애썼지만, 어머니가 응석을 받아 주는 이상은 나아질 가망이 전혀 없었다.

무기력하고 짜증을 잘 내며 리디아가 하자는 대로 하는 캐서린도 언니들의 충고에는 단호하게 맞섰다. 고집 세고 조심성 없는 리디아는 그런 충고엔 거의 귀를 기울이려고 하지 않았다. 무지하고 게으르고 허영심 강한 아가씨들이었다. 메리턴에 장교들이 있는 동안은 그들과 시시덕거리는 게 일과이고, 메리턴이 롱본에서 걸어 갈 수 있는 범위에 있는 동안은 언제까지나 그곳에 갈 것이다.

제인에 대해서도 더욱 마음이 쓰였다. 다시 씨의 설명으로 빙리 씨를 예전처럼 신용하게 되었으므로, 제인이 그를 잃었다는 게 속상했다. 그의 애정이 진실하다는 것을 알게 되고 그 행동에 대해서도 모든 의혹이 가셨는데, 다만 비난할 거리가 하나 있다면 다시 씨를 너무 신뢰하고 있다는 것 정도였다. 모든 점에서 매우 바람직하며 아주 이득인데다 행복까지 약속할 수 있는 결혼 상대자를 가족의 어리석고 무례한 행동 때문에 놓쳐 버리다니!

여기에 위컴의 인품을 알게 된 것도 곁들여지면 지금까진 거의 낙담한 적이 없는 쾌활한 엘리자베스도 너무나 상심한 나머지 즐거운 기색을 보이는 것조차 불가능했다.

마지막 주가 되자 로징스에서의 초대는 처음과 같은 정도로 자주 있었다. 떠나기 전날 밤도 로징스에서 보냈다. 부인은 두 사람의 여행에 대해 다시 자세히 묻고 짐 꾸리는 법에 대해서도 일일이 가르쳐 주었으며, 옷을 넣는 올바른 방법은 하나뿐이니 기어코 이렇게 하라고 고집을 부렸다. 그래서 마리아는 돌아가면 낮에 꾸린 짐을 모두 풀어서 다시 싸야겠다고 생각할 정도였다.

작별할 때 부인은 잘 가라고 말하고 내년에도 또 헌스포드에 오라고 초청해 주었다. 드 버그 양도 공손히 인사하며 두 사람에게 손을 내밀었다.

38

토요일 아침, 엘리자베스와 콜린스 씨가 아침식사를 하기 위한 자리에서 만난 것은 다른 사람들이 나타나기 몇 분 전이었다. 이 기회를 이용해서 그는 꼭 필요하다고 생각한 작별인사를 정중하게 꺼냈다.

"엘리자베스, 방문해 주신 친절에 대해서 아내가 이미 감사의 뜻을 전했는지 어떤지 모르겠네요. 물론 아내의 감사 인사를 듣지 않고 이 집을 떠나시게 될 일은 없겠지만, 우리 집에 머물러 주신 호의에 대해 정말 감사하게 여기고 있습니다. 어느 분이라도 저의 집에 오시게 할 만큼 이곳이 매력이 없다는 것은 잘 알고 있습니다. 검소한 생활 양식, 조그만 방, 적은 하인, 남들과의 교제가 적은 점 등은 당신 같은 젊은 여성으로선 헌스포드가 따분한 곳이라고 느끼셨을 겁니다. 그러나 이런 곳에 와 주신 데 대해 진심으로 고맙게 생각하고, 지루하게 지내지 않도록 노력했다는 것을 믿어 주시기 바랍니다."

엘리자베스는 지루하기는커녕 정말 즐거웠다고 말했다. 샬롯과 같이 지내면서 여러 가지로 보살핌을 받아 6주일을 즐겁게 지냈으니, 나야말로 무척 고맙게 생각하고 있다고 말했다. 콜린스 씨는 만족스러운 미소를 지으면서도 엄숙한 말투로 대답했다.

"당신이 무척 기분 좋게 지냈다는 말을 들으니 더없이 기쁘군요. 확실히 우리는 최선을 다했습니다. 그리고 다행히 지체 높은 분에게 소개할 수 있었고, 로징스와의 관계를 통해 검소한 가정에 자주 변화를 줄 수 있었으니, 당신의 헌스포드 방문도 따분하지만은 않았을 것이라고 자부하고 있습니다. 캐서린 부인 가족과 우리와의 관계는 그야말로 좀처럼 남들이 헤아릴 수 없는, 더없이 큰 이익이자 축복이라 할 수 있습니다. 당신도 우리 사이를 잘 보았을 겁니다. 우리가 끊임없이 그곳에 초대된다는 사실도 알게 되셨겠지요. 사실 이 보잘것없는 목사관에 이런저런 불편함이야 있겠지만, 이곳에 머물면서 로징스에 드나들 수 있는 분이라면 이곳을 동정해서는 안 될 겁니다."

그는 감정이 고조되면서 말로는 부족했는지, 엘리자베스가 예의와 진실을 뒤섞은 인사말을 짧은 문장으로 간추리려고 애쓰는 동안, 계속해서 방 안을 서성거렸다.

"사실 대단히 좋은 소식을 하트퍼드셔에 가지고 돌아가게 될 것입니다. 적어도 가지고 돌아갈 수 있다고 자부합니다. 아내에 대한 캐서린 부인의 배려는 날마다 보셨겠고, 대체로 당신 친구가 나쁜 제비를 뽑았다고는…… 아니, 이 점에 관해서는 아무 말도 안 하는 게 좋겠지요. 다만 말하고 싶은 건 친애하는 엘리자베스 양, 나는 진심으로 당신을 위해 샬롯과 같은 행복에 넘치는 바람직한 결혼을 바라고 있습니다. 사랑하는 샬롯과 나는 한마음 한뜻입니다. 인격이나 의견에 있어 모두 비슷합니다. 우리는 서로를 위해 만들어졌다는 느낌입니다."

엘리자베스는 그거야말로 최고의 행복이라고 말했다. 그녀 역시 성실한 마음으로 그가 가정에서 위안을 얻고 있음을 굳게 믿고 그것을 기뻐했다. 그러나 행복의 원천인 부인이 들어오는 바람에 콜린스의 말이 중단된 것을 유감스럽게 생각하지는 않았다. 가엾은 샬롯! 그녀로 하여금 이런 사람을 상대하게 버려 두는 건 아무래도 우울한 일이었다. 그러나 애당초 그녀가 스스로 선택한 것이다. 방문객들이 떠나는 것을 분명히 서운하게 여기는 것 같았지만 동정을 구하고 있는 것처럼 보이지는 않았다. 집과 살림, 교구와 집에서 기르는 가축, 나아가 자질구레한 일상사가 그녀에게는 아직 매력적으로 다가왔던 것이다.

드디어 사륜마차가 도착했고, 트렁크를 싣고 작은 짐꾸러미는 안에 넣는 것으로 준비가 끝났다. 친구와 애정이 깃들인 작별인사를 주고받은 뒤 엘리자베스는 콜린스 씨를 따라 마차 옆까지 왔다. 콜린스 씨는 마당으로 내려가면서 가족에게 안부를 전해 달라고 말하고, 지난겨울에 롱본에서 베풀어 준 친절에 대한 감사와, 또 안면은 없지만 가디너 부부에게도 인사말을 전해 줄 것을 부탁하는 것도 잊지 않았다. 그리고 그녀의 손을 잡아 마차에 앉히고 마리아가 뒤따라 타고 문이 닫히려는 순간, 그는 갑자기 당황하면서 로징스의 여성들에게 전할 말이 없느냐고 깨우쳐 주었다.

"그러나," 그가 덧붙였다. "물론 당신들은 여기에 있는 동안 그분들이 보여 주신 친절에 대한 감사의 뜻이 담긴 인사말이 전해지기를 바라고 있을 줄 압니다."

엘리자베스가 이의를 제기하지 않자, 바로 문이 닫히고 마차는 떠났다. 마차가 출발한 지 몇 분이 지난 뒤, 마리아가 침묵을 깨며 입을 열었다.

"참 이상해! 우리가 여기 온 지 겨우 2, 3일밖에 안 되는 것 같은데 그동안 무척 많은 일들이 있었어요!"

"정말 여러 가지 일이 있었지." 엘리자베스도 한숨을 쉬며 말했다.

"로징스에서의 만찬에 아홉 번이나 불려 갔고 다과회도 두 번이었어요! 할 얘기가 가득해요."

엘리자베스는 마음속으로 덧붙였다. '숨겨야 할 일도 많았지.'

가는 길에는 서로 얘기도 없었고 놀라운 일도 없는 채, 헌스포드를 떠난 지 4시간 만에 가디너 씨 댁에 도착했다. 그곳에서 2, 3일 묵을 예정이었다.

제인은 건강해 보였는데, 외숙모가 마련해 둔 여러 모임들 때문에 언니의 기분을 살펴볼 겨를이 없었다. 그러나 제인은 그녀와 함께 집으로 돌아갈 작정이었으므로 롱본에서라면 잘 관찰할 수 있을 것이다.

그런데 다시 씨가 구혼한 것에 관해 롱본에 돌아갈 때까지 언니에게 말하지 않는다는 것은 힘든 일이었다. 제인을 몹시 놀라게 할 일인데다가 아무리 이성적으로 되려고 해도 버릴 수 없는 자기의 허영심을 만족시키기 위해 털어놓고 싶어서 견딜 수가 없었던 것이다. 그 유혹을 누를 수 있었던 것은 아직 어느 정도까지 얘기해야 할 것인가를 결심하지 못했기 때문이며, 또 한 번 그 이야기를 꺼내면 빙리 씨에 대한 일을 연상시키게 되어 언니를 더욱 슬프게 하지나 않을까 하는 염려 때문이었다.

39

5월 두 번째 주에 젊은 세 여자는 그레이스처치 거리에서 하트퍼드셔를 향해 떠났다. 베넷 씨의 마차가 마중을 나오기로 되어 있는 여관이 가까워지자 마부가 어쩌나 시간을 잘 지켰는지 키티와 리디아가 2층 식당에서 내다보고 있는 것이 금방 눈에 띄었다. 두 동생은 벌써 한 시간 전부터 여기에 와서 맞은편 모자 가게를 들렀으며, 보초병을 보고 놀려대기도 하고 오이샐러드에 소스를 치며 즐겁게 보내고 있었다.

언니들을 환영하며 두 동생은 여관의 식당에서 흔히 제공하는 것 같은 찬 고기로 차려진 식탁을 자랑스럽게 가리키며 외쳤다.

"근사하지? 놀랍지 않아?"

"우리가 한턱 쏠게." 리디아가 덧붙여 말했다. "하지만 돈 좀 빌려 줘요. 저 가게에서 다 써버렸거든." 그리고 산 물건을 보이며 말했다. "이 모자를 샀어. 그다지 예쁘지는 않지만 사는 편이 좋을 것 같아서. 집에 돌아가면 뜯어서 더 멋지게 만들어 볼 작정이야."

언니들이 보기 싫다고 말하자 리디아는 아주 태평스럽게 덧붙였다. "더 보기 싫은 게 두세 개나 있었어. 아름다운 색깔의 공단을 사서 장식하면 괜찮을 거라고 생각해. 게다가 연대가 곧 떠날 텐데 뭐. 이번 여름에는 아무거나 써도 괜찮아. 2주 뒤면 떠난다니까."

"정말이야?" 엘리자베스는 기쁜 마음에 소리쳤다.

"브라이턴 근처로 갈 예정이래. 아버지가 여름에 우리를 데리고 가주셨으면 좋겠는데. 정말 멋진 계획 아니야? 돈도 거의 들지 않거든. 어머니도 무척 가고 싶어하시고. 만일 그렇게 하지 않으면 올여름은 얼마나 재미없어지겠어."

'정말,' 엘리자베스는 생각했다. '유쾌한 계획인데? 우리를 한꺼번에 파멸시켜 버리겠어. 기가 막혀! 브라이턴과 병영에 가득 찬 군인들, 우리는 시민군의 한 연대와 메리턴에서 매달 열린 무도회만으로도 진저리가 나는데!'

"또 좋은 소식이 있어요." 모두들 식탁에 자리를 잡고 앉자 리디아가 말했다. "뭔지 알아? 굉장한 소식이야. 모두가 좋아하는 어떤 사람의 일이야."

제인과 엘리자베스는 얼굴을 마주 보고 웨이터에게 가까이 있지 않아도 좋다고 말했다. 리디아는 웃으며 말했다.

"언니들은 너무 딱딱하고 신중하단 말이야. 웨이터가 듣지 않게 하려는 거지. 지금부터 말하려고 하는 것보다 훨씬 심한 얘길 늘 듣고 있을 텐데 뭘. 그건 그렇고 정말 못생겼다. 웨이터가 가버려서 너무 좋아. 그렇게 긴 턱은 본 적이 없어. 그건 그렇고 소식을 말해야지. 위컴 씨 얘기야. 웨이터에게 들려주긴 아까운 얘기지, 안 그래? 위컴 씨가 메리 킹과 결혼할 위험은 없어. 어때? 그래서 그녀는 리버풀의 아저씨 댁으로 가서 거기서 산대. 위컴 씨는 해방됐어."

"그럼 메리 킹도 해방됐네." 엘리자베스가 덧붙였다. "재산면으로 보나 무분별한 결혼으로 보나."

"만약에 위컴 씨를 좋아하면서도 가버렸다면 바보라고 생각해."

"하지만 양쪽 다 많이 사랑하던 것이 아니길 바라." 제인이 말했다.

"위컴 씨가 사랑하고 있지 않았다는 건 확실해. 장담해도 좋아. 누가 그런 역겨운 주근깨투성이 계집애를!"

이 말을 듣자 엘리자베스는 섬뜩한 느낌이 들었다. 그녀가 이처럼 상스런 말을 입에 담지는 않았지만, 감정적으로는 예전에 가슴에 품고 마음대로 상상했던 것과 별로 다름없음을 깨닫고 섬뜩해지는 것이었다.

모두 식사를 마치고 나서 언니들이 돈을 낸 뒤 마차를 불렀다. 이렇게 저렇게 자리를 잡고 상자며 반짇고리와 소포며, 키티와 리디아가 산 반갑지 않은 물건까지 그럭저럭 마차에 실었다.

"잘도 쑤셔넣었네." 리디아가 외쳤다. "모자를 사길 잘했어. 상자가 하나 더 늘어나는 것만으로도 재미있잖아! 자, 지금부터 아주 기분 좋고 편안해지도록 해. 집에 도착할 때까지 얘기하고 웃고 떠들면서 말이야. 우선 떠난 뒤로 무슨 일이 벌어졌는지 들려줘. 멋진 남자라도 만났어? 즐겁게 지냈어? 돌아올 땐 두 사람 중 하나는 신랑감을 찾아낼 거라고 무척 기대하고 있었어. 제인 언니는 곧 노처녀가 될 테니까. 벌써 스물세 살이잖아! 스물세 살이 될 때까지 결혼을 못하면 얼마나 부끄러울까! 필립스 이모님도 언니들에게 빨리 신랑감이 생기기를 상상도 할 수 없을 만큼 열심히 바라고 계셔. 리지 언니는 콜린스 씨를 잡는 편이 좋았을 거라고 아직도 말씀하고 계시지. 하지만 그랬다면 조금도 재미없었을 거라고 생각해.

아아, 차라리 내가 먼저 결혼해버릴까? 그러면 내가 언니들을 데리고 무도회에 갈 텐데. 포스터 대령 댁에서 얼마 전에 아주 재미있게 놀았어. 키티와 내가 거기서 하루를 지냈는데, 밤엔 간단한 댄스 파티를 열어 주기로 했거든. 포스터 부인하고는 매우 친한 사이야! ……그래서 해링턴 씨네 두 딸을 오도록 초대하셨는데, 해리엇이 몸이 아파서 펜만 혼자 왔더군. 그리고 어떻게 한 줄 알아? 챔벌린에게 여자 옷을 입혔어. 얼마나 재미있었겠는지 생각해봐! 대령과 포스터 부인, 키티와 나, 그리고 이모님—이모님한테 옷을 한 벌 빌릴 필요가 있어서—밖엔 아무도 이걸 모르는 거야. 정말 상상할 수 없을 만큼 잘 어울렸어! 데니와 위컴, 프랫과 그 밖의 두세 남자가 들어와도 전혀 그를 알아보지 못했어. 진짜 엄청 웃었지! 포스터 부인도 마찬가지였어. 얼마나 웃었는지 죽을 뻔했어."

리디아는 자기들이 겪은 파티 이야기나 유쾌한 농담을 던지면서 롱본에 도착하기까지 모두를 즐겁게 해 주려고 애썼고, 키티도 한두 마디 보태면서 이야기를 거들었다. 엘리자베스는 되도록 듣지 않으려고 했으나, 위컴의 이름이 자주 나오는 바람에 듣지 않을 수가 없었다.

집에 도착한 그들은 따뜻한 환영을 받았다. 베넷 부인은 제인이 여전히 아름다운 것을 보고 기뻐했다. 저녁식사를 할 때 베넷 씨는 엘리자베스를 보고 여러 번 같은 말을 반복했다.

"리지, 참 잘 돌아왔다."

식당에 많은 사람이 모였다. 루카스 식구들 대부분이 마리아를 만나 소식을 듣기 위해 왔기 때문이었다. 여러 화제가 저마다의 마음을 사로잡았다. 루카스 부인은 식탁 너머로 맏딸의 건강과 행복, 집에서 기르는 가축에 관한 것을 마리아에게서 들었다. 베넷 부인은 훨씬 아래쪽에 앉아 있는 제인에게서 최신 유행에 대한 이야기를 들으면서 이것을 루카스 집안의 작은딸에게 알려 주느라 이중으로 바빴다. 리디아는 다른 누구보다도 큰 소리로, 듣는 사람이 누구건 아랑곳없이 오전 중에 즐거웠던 일들을 늘어놓고 있었다.

"오! 메리, 언니도 함께 갔으면 좋았을 텐데. 정말 유쾌했어! 갈 때 키티와 나는 커튼을 모두 내리고 마차 속에 아무도 없는 것처럼 꾸미고 있었어. 키티가 멀미만 하지 않았더라면 그대로 갔을 거야. 조지 여관에 도착했을 때도 훌륭하게 행동했다고 생각해. 세 사람에게 이 세상에서 제일가는 훌륭한 찬 고기를 대접했거든. 언니도 갔더라면 그런 대접을 받았을 거야. 그리고 돌아올 땐 또 얼마나 유쾌했다고! 도저히 마차에 다 타지 못할 줄 알았어. 너무 우스워서 죽을 뻔했다니까! 집으로 오는 내내 즐거웠어! 우리가 말하고 웃는 소리가 얼마나 컸는지 10마일 밖에서도 들렸을 거야!"

이에 대해 메리는 진지하게 말했다. "그처럼 유쾌한 즐거움을 무시하고 싶은 생각은 전혀 없어. 그것은 의심할 것도 없이 일반적인 여자들의 마음을 흥겹게 하는 것이기 때문이지. 하지만 나한테는 전혀 흥미가 없어. 난 책이 훨씬 더 좋아."

그러나 리디아는 전혀 듣지 않았다. 누구의 말에도 절반 이상은 귀를 기울이지 않았고, 메리가 하는 말에는 전혀 주의를 기울이지 않았다.

오후가 되자 리디아는 다른 아가씨들과 같이 메리턴으로 산책을 가서 그곳 소식을 듣고 싶다고 자꾸 졸랐다. 그러나 엘리자베스는 그런 계획에 단호하게 반대했다. 베넷 집안의 딸들은 반나절도 집에 가만히 있지 못하고 장교들을 쫓아다니고 있다는 말을 듣고 싶지 않았던 것이다. 하지만 이것 말고도 그녀가 반대하는 또 하나의 이유가 있었다. 그녀는 위컴을 만나는 것이 두려워 될 수 있는 대로 피할 결심이었던 것이다. 연대가 얼마 뒤 이동한다는 것이 그녀에겐 큰 안도감을 주었다. 이제 2주일 뒤면 그들은 떠날 것이고, 한번 떠나버리면 다시는 위컴 때문에 괴로움을 당할 일은 없게 되기를 바랄 뿐이었다.

집에 돌아와 몇 시간도 되기 전에, 리디아가 여관에서 말하던 브라이턴으로의 여행계획에 대해 부모가 자꾸 얘기하고 있다는 것을 알았다. 엘리자베스는 곧 아버지에겐 전혀 양보할 의사가 없음을 알아챘으나 그 대답이 극히 모호했으므로, 어머니는 실망을 하면서도 아직 마지막 희망은 버리지 않았다.

40

엘리자베스는 자기가 겪은 일을 제인에게 빨리 알리고 싶은 마음에 더 이상 참을 수가 없게 되었다. 드디어 다음 날 아침 언니와 관계가 있는 부분은 모두 접어 두고, 깜짝 놀랄 일이라고 운을 뗀 뒤 다시 씨와 자기 사이에 있었던 일을 대강 얘기했다.

베넷 양은 순간 놀랐지만, 언니로서의 강한 사랑으로 엘리자베스가 누구에게 어떤 칭찬을 받아도 아주 당연한 일이라고 생각하고 곧 진정했다. 놀라움은 곧 다른 감정으로 변했다. 다시 씨가 자기의 애정을 고백하며 그처럼 적당치 않은, 그 애정에 도움이 되지 않는 태도를 취한 것을 몹시 유감스럽게 여겼다. 그러나 동생의 거절이 다시를 불행하게 한 것을 생각하고 가엾게 여겼다.

"자신의 청혼이 성공할 거라고 확신한 것부터가 잘못이었네. 확실히 그걸 나타내서는 안 되는데. 하지만 그 때문에 실망은 더 컸을 거야."

"맞는 말이야. 나도 진심으로 그분을 가엾다고 생각하고 있어. 하지만 여러 가지로 마음을 써야 할 일들이 있으니 나에 대한 감정 같은 건 곧 잊게 될 거야. 그러니까 내가 거절한 걸 설마 나무라진 않겠지?"

"나무라다니, 그럴 리가!"

"하지만 위컴의 일을 너무 흥분해서 말한 건 나무랄 거잖아."

"네가 그렇게 말한 게 틀렸다고 생각하지 않아."

"그러나 그 이튿날 일어난 일을 얘기하면 내가 잘못 생각하고 있었다는 걸 알게 될 거야."

엘리자베스는 편지 이야기를 했다. 물론 조지 위컴과 관계있는 부분만이었다. 그것은 제인에겐 가엾게도 큰 타격이었다. 그녀는 한 개인은 물론이고 전인류를 통해서도 악은 존재하지 않는다고 생각하고 싶은 사람이었기 때문이다. 다시에 대한 오해가 풀린 것은 그녀도 기뻤지만, 이처럼 위컴이 나쁜 사람이라는 것을 폭로하는 말을 듣고서는 도저히 위안이 되지 않았다. 결국 그녀는 분명 오해가 있었을 것임을 증명하여 다른 사람을 끌어들이지 않고 한 사람의 죄를 변호하려고 애썼다.

"소용없는 짓이야." 엘리자베스가 말했다. "어떻게 해도 두 사람 다 좋은 사람으로 할 수는 없어. 한 사람으로 만족해야 해. 두 사람을 합친다고 해도 그다지 장점이 많은 것도 아니니까, 한 사람만 좋은 사람이 될 수밖에 없어. 그것도 요즘은 상당히 위치가 바뀌었어. 나로선 우선 다시 씨 쪽으로 기울었지만 언니는 언니 마음대로 선택해."

그러나 제인이 웃기까진 조금 시간이 걸렸다.

"이렇게 놀란 적은 없어. 위컴이 그렇게 나쁜 사람이라니! 정말 믿을 수가 없어. 그리고 가엾은 다시 씨! 이봐, 리지. 얼마나 괴로웠을지 생각해 봐. 몹시 실망하셨을 거야! 네가 그토록 자기를 나쁘게 생각하고 있다는 것을 알고, 여동생의 그런 일까지 말해야 했으니! 정말 마음이 무거워져. 너도 아마 그럴거야."

"오오! 아니. 언니가 너무 동정하니 나는 전혀 느끼지 못 하게 되어 버렸어. 충분히 그 진가를 인정해 주니 나는 어쩐지 태연해지고 어떻게 되든 상관없다는 기분이 들거든. 언니가 자꾸 동정해서 나는 아주 인색해져 버렸어. 언니가 그를 위해 더 슬퍼하면 내 마음은 오히려 가벼워질 거야."

"가엾은 위컴! 그토록 선량한 얼굴을 하고 있으면서! 그토록 솔직하고 부드러운 태도를 보이면서!"

"그 두 청년의 교육을 관리하는 데엔 확실히 잘못이 있었던 거야. 한 사람은 속으로만 모든 미덕만을 갖고 있고, 또 한 사람은 겉만 그것을 가진 거야."

"나는 결코 네가 생각하는 것처럼 다시 씨가 겉모양으로 봐서 나쁜 사람처럼 여겨지진 않았어."

"나는 아무 이유도 없이, 그를 싫은 사람이라고 아예 결정지어 놓고도 스스로를 대단히 똑똑하다고 여기고 있었어. 그렇게 사람을 싫어하면 자신의 재능에 좋은 자극이 될 수 있고 기지를 닦을 기회도 되지만, 항상 사람을 비웃고만 있으면 때로는 독설이 싫어도 입 밖으로 나오게 마련이거든."

"리지, 네가 맨 처음 그 편지를 읽었을 때는 그렇게 생각하지 않았겠지?"

"맞아. 아주 마음이 불안하고 불쾌하고 불행했다고 해도 좋아. 내가 느낀 걸 누구한테 얘기할 수도 없고, 날 위로해 주면서 나약하지 않고 자만심이 강하지도 않으며 어리석지도 않다고…… 사실은 그렇다는 걸 나 자신도 알고 있지만…… 말해 줄 언니도 없고! 정말 언니가 있었으면 얼마나 좋을까 생각했어!"

"다시 씨한테 위컴 얘기를 할 때 그렇게 강한 표현을 한 건 심했던 것 같아. 이제 와서 보면 그렇게 옹호 받을 자격이 없는 사람인데 말이야."

"정말 그래. 그처럼 지나친 말을 한 것도 따지고 보면 내가 키워 온 편견의 당연한 결과일 거야. 한 가지 조언을 듣고 싶은 일이 있어. 위컴의 인품에 대한 얘기를 사람들에게 알려 줘야 할까, 아니면 그대로 두어야 할까?"

베넷 양은 잠깐 생각에 잠겼다가 대답했다. "일부러 폭로할 필요는 없을 것 같아. 네 생각은 어때?"

"그렇게까지 할 필요는 없다고 생각해. 다시 씨도 그 편지를 공개해도 좋다고는 하지 않았으니까. 오히려 여동생에 관한 일은 될 수 있는 대로 내 가슴속에만 간직해 두기를 바라고 계셨어. 더욱이 그 부분만 빼고 폭로한다 해도 누가 나를 믿어 주겠어? 다시 씨에 대한 사람들의 편견은 대단하니까. 만약 좋은 사람이라고 설명하면 메리턴의 선량한 사람들 절반은 난처해지고 말 거야. 나로서는 감당이 안 돼. 위컴은 이제 곧 가버릴 거고, 그 사람이 실제로 어떤 인간인지는 이곳 사람들에게 크게 상관할 일이 아니야. 얼마 뒤엔 모두 알게 될 테니까. 그때는 좀더 빨리 알지 못했으니 바보였군, 하고 웃어 주면 돼. 그래서 지금은 아무 말도 안 할 거야."

"네 말이 맞아. 잘못을 공개하면 그는 영원히 파멸이야. 아마 지금은 잘못을 뉘우치고 좋은 평판을 받길 바라고 있을 거야. 그 사람을 자포자기에 빠지게 해서는 안 된다고 생각해."

이 대화로 엘리자베스의 흐트러진 마음도 조금은 가라앉았다. 엘리자베스는 2주일 동안 그녀의 감정을 억제하고 있었던 두 가지 비밀을 털어놓았다. 이제 앞으로 그 어느 것에 관해서든 얘기하고 싶어지면, 제인은 항상 기꺼이 귀를 기울여 줄 것이다. 그러나 그 뒤에 숨겨진 것에 대해서는 근심스러워서 밝히지 않았다. 다시 씨 편지의 나머지 절반에 대해서는 얘기해 줄 용기가 나지 않았고, 다시 씨의 친구가 진심으로 언니를 소중히 여기고 있다는 것도 설명하지 않았다. 이것만은 다른 누구도 개입할 수 없는 문제였다. 엘리자베스는 이 짐스러운 마지막 비밀을 털어놓더라도 두 당사자들의 완전한 이해만이 그것을 타당하게 만들 것임을 알았다.

'그렇게 되면, 만약 그 있을 성싶지 않은 일이 일어난다면, 내가 그냥 말하는 것보다 빙리 씨가 훨씬 더 기분 좋은 태도로 말할 수 있을 거야. 내가 말할 수 있는 자유를 갖게 될 땐 말할 가치가 없어졌을 때이겠지!'

엘리자베스는 이제 집에 차분히 들어앉아서 언니를 충분히 관찰할 수 있었다. 제인은 행복하지 않았다. 그러면서 지금도 빙리에 대해 따뜻한 애정을 소중히 품고 있었다. 이전에는 자기가 사랑하고 있다는 생각을 한 일조차 없었으므로, 그녀의 사랑에는 첫사랑다운 열렬함과 동시에 첫사랑이 일반적으로 느낄 수 있는 이상의 견실성이 담겨 있었다. 이것은 그녀의 나이와 성격 때문인 듯했다. 그의 추억을 소중히 간직하고 있는 데다 어느 남성보다도 빙리 씨를 좋아하고 있었으므로 그 실연의 슬픔, 자신의 건강을 해치고 가족의 편안함을 해치는 슬픔에 잠기는 것을 참아 내기 위해서는 그녀의 모든 양식과 친지들의 감정에 대한 배려가 반드시 있어야 했다.

"애, 리지야." 어느 날 베넷 부인이 말했다. "지금 언니의 문제에 대해 너는 어떻게 생각하니? 난 두 번 다시 누구한테도 얘기하지 않을 작정이다. 언젠가 필립스 부인에게도 그렇게 말했었지. 그렇지만 제인이 런던에서 그 사람을 잠깐이라도 만났는지 어떤지 모르겠구나. 아무튼 그 사람은 아주 하찮은 젊은이였어. ……이렇게 되면 제인이 그 사람을 차지하게 될 가망은 없을 것 같다. 올여름에 네더필드에 온다는 얘긴 거의 듣지 못했어. 알고 있을 듯한 사람에겐 모두 물어 봤지만."

"이젠 네더필드에선 살지 않을 거라고 생각해요."

"오오, 좋아! 좋을 대로 하라지. 아무도 그가 오길 바라진 않아. 하지만 내 딸에게 한 짓은 두고두고 얘기할 거야. 내가 만일 그 애였다면 가만히 있진 않았을 거야. 지금 내 위안은 제인이 실연 때문에 죽어 버리기라도 한다면 그 사람도 자기가 한 것을 틀림없이 뉘우칠 거라는 거야."

그러나 엘리자베스는 그런 생각을 해보아도 조금도 위안이 되지 않았으므로 대답하지 않았다.

"그런데, 리지." 어머니는 곧 말을 이었다. "그래, 콜린스네 사람들은 아주 즐겁게 살고 있는 거지? 그래, 그래, 언제까지고 그렇게 살았으면 좋겠다. 음식은 어땠니? 샬롯은 제법 알뜰하니까, 그 엄마의 절반만이라도 야무지게 한다면 상당히 알뜰할 거야. 그 사람들의 살림은 아마 사치스럽진 않을 테지."

"전혀 사치스럽지 않아요."

"살림을 잘 꾸려 가서 지출이 수입을 넘지 않도록 조심할 테지. 그 사람들이 돈 때문에 고생하는 일은 없을 거야. 잘된 일이구나! 그래, 아버지가 돌아가시면 롱본을 차지하게 된다는 얘기를 자주 하고 있겠지? 그때가 되면 틀림없이 자기 거나 매한가지라고 생각할거야, 틀림없이."

"그런 얘기는 제 앞에서 꺼내지도 않았어요."

"그렇지, 오히려 꺼내면 이상하지. 하지만 두 사람 사이에선 틀림없이 얘기가 오가고 있을 거야. 법적으로 자기 것도 아닌 재산을 가지고 태연하다면 더욱 좋은 일이겠지. 그래도 나 같으면 한정 상속으로 그냥 자기 것이 된 재산에 대해선 창피해할 거야."

41

집에 돌아온 뒤 첫 번째 주일이 눈 깜짝할 사이에 지나가고, 두 번째 주일이 시작되었다. 연대가 메리턴에 주둔하는 마지막 주일이라서 근처의 젊은 여자들은 빠르게 풀이 죽어 갔다. 거의 모두가 낙담한 상태였다. 먹고 마시고 자고 하는 일상적인 일을 할 수 있는 것은 베넷 집안에서도 위의 두 딸들뿐이었다. 키티와 리디아의 비참함은 극도에 이르러서 이 두 아가씨는 언니들이 태연한 것을 자주 비난하고, 가족 가운데 이렇게 무정한 사람이 있었음을 이해할 수 없다고 하는 것이었다.

"아아, 우리는 어떻게 될까! 어떻게 하면 좋을까!" 슬픔에 괴로움을 곁들여서 자주 우는소리를 했다. "어쩌면 그렇게 생글거릴 수 있어, 리지 언니?"

정이 많은 어머니는 그녀들과 같이 슬퍼했다. 25년 전의 그녀도 그랬기 때문이다.

"나도 밀러 대령의 연대가 이동했을 때 이틀 동안 줄곧 울었었지. 가슴이 찢어지는 듯했어."

"정말 제 가슴도 찢어질 것 같아요." 리디아가 말했다.

"브라이턴에 갈 수만 있다면!" 베넷 부인이 말했다.

"네, 그래요! ……브라이턴에 갈 수만 있으면! 하지만 아버지께서 마음에 들어하지 않으시니까."

"해수욕을 조금만 해도 훨씬 기운이 날 텐데."

"필립스 이모님도 저한테 퍽 좋을 거라고 말씀하시던데요." 키티가 덧붙였다.

이런 비탄 어린 소리가 롱본의 집에 끊임없이 울려 퍼졌다. 엘리자베스는 그것을 재미있게 여기며 마음을 달래려고 했지만, 재미있다는 생각은 부끄러운 마음 때문에 지워져 버렸다. 다시금 다시 씨의 비판이 정당하다는 것을 느꼈다. 이토록 다시가 친구의 의견에 간섭한 것을 용서하고 싶은 마음이 든 적이 없었다.

그러나 리디아의 우울증도 금방 회복되었다. 그녀는 연대 대령의 아내인 포스터 부인으로부터 초대를 받아, 브라이턴에 따라 가기로 된 것이다. 이 둘도 없이 귀중한 친구는 아주 최근에 결혼한 젊은 여자였다. 항상 명랑하고 쾌활한 점이 서로 비슷해서 알고 지낸 지 3개월 사이에 절친한 사이가 된 것이다.

이때 리디아의 기쁨에 들뜬 모습과 포스터 부인에 대한 예찬, 베넷 부인의 기쁨과 키티의 굴욕감은 도저히 표현할 수 없을 정도였다. 리디아는 키티의 심정은 전혀 아랑곳하지 않고 침착치 못한 흥분 상태로 집 안을 뛰어다니며, 모두가 기뻐해 주기를 요구하면서 여느 때보다 더 요란하게 웃고 지껄였다. 반면 키티는 응접실에 처박혀 초조한 태도와 갈피를 잡을 수 없는 말로 자기의 운명을 한탄하고 슬퍼했다.

"포스터 부인이 리디아를 부를 정도면 나도 불러 줘도 좋을 텐데, 특별히 사이가 좋다고 하지만 너무해. 나도 리디아와 마찬가지로 초대를 받을 권리가 있어. 아니, 더 있지, 내가 두 살이나 위니까."

엘리자베스는 조리 있는 말로, 제인은 여러 예를 들면서 단념을 시키려고 애썼지만 헛수고였다. 엘리자베스는 어머니나 리디아와 같은 기분이 되기는 커녕 이것이 리디아의 상식에 치명적인 타격을 줄 것만 같아 아버지에게 못 가도록 해달라고 몰래 귀띔하지 않고서는 견딜 수 없었다. 혹시 알려지면 자기가 미움을 받게 되리라는 것은 잘 알고 있었지만, 리디아가 대체로 품행이 몹시 나쁘다는 것, 포스터 부인 같은 사람과 가까이 지내서 얻을 것이 별로 없다는 것, 집에 있을 때보다 유혹이 훨씬 심할 브라이턴에서 그러한 사람들과 같이 지내면 지금보다 더욱 무분별해질 것이라고 주장했던 것이다. 아버지는 주의 깊게 듣고 있다가 말했다.

"리디아는 어디든 사람들 속에 나가지 않고서는 마음이 가라앉지 않을 거고, 지금 같은 상황에 돈이 드는 것도 아니고, 가족들에게 폐를 끼치는 것도 아닌데 그 애한테 가지 말라고 할 수는 없다."

"리디아의 조심성 없는 무분별한 태도가 남의 눈에 띄어서 저희가 얼마나 불리해지는지, 아니 이미 불리해져 버렸는지를 아신다면 틀림없이 다르게 생각하실 거예요."

"이미 불리해졌다고! 호오! 그 애가 놀라게 하는 바람에 네 연인이 몇 사람이나 도망이라도 간 거니? 가엾은 리지! 하지만 낙심하지 마라. 집안에 어리석은 사람이 있다고 인연 맺는 걸 거부하는 까다로운 청년은 아까워할 가치가 없어. 그것보다 우선 리디아의 철없는 행동으로 멀어진 한심한 녀석들의 명단을 보여 주렴."

"그렇지는 않아요. 그런 피해를 입은 건 아니에요. 제가 말씀드리는 건 어떤 특정한 사람의 문제가 아니라 더 전면적인 일이에요. 우리 집 평판은 리디아의 턱없이 제멋대로에 변덕스럽고 자제심 없는 인품 탓에 피해를 입을 게 분명하다는 말이에요. 죄송해요. 만약 아버지가 그 애의 자유분방한 태도를 조금 억누르게 하시거나, 지금 같은 태도로는 인생을 살아갈 수 없다는 걸 애써 가르쳐주시지 않으면, 돌이킬 수 없게 될 거예요. 성격이 아주 굳어져서 열여섯 살 나이에 자신이나 가족을 모두 웃음거리로 만들고 마는, 세상에 둘도 없는 바람둥이가 될 거라고요. 젊음과 외모 말고는 아무것도 내세울 매력도 없어지게 되는 거예요. 그렇게 되면 무지하고 텅 빈 정신 때문에 귀여움을 받고 싶다는 마음 하나로 세상 사람들로부터 경멸받을 일을 저질러 버리게 되겠지요. 키티도 결국엔 그런 위험에 말려들 거고요. 그 애는 리디아가 가는 곳이면 어디든 따라가려고 하니까요. 자만심이 강하고 무지하고 게으른 데다 완전히 제멋대로니까요. 그 모양으로 둘이 여기저기서 비난을 받고 비웃음을 사서 언니나 제가 피해를 입을 거라는 생각은 안 하셨어요?"

베넷 씨는 엘리자베스의 마음이 온통 이 문제에 집중된 것을 알아차리고 다정하게 손을 잡고 대답했다.

"너무 걱정하지 마라. 너하고 제인은 어디를 가도 틀림없이 존경받고 가치를 인정받을 테니까. 어리석은 동생이 둘…… 아니, 셋인가…… 있더라도 손해를 볼 일은 없을 거야. 리디아가 브라이턴에 가지 않고서는 평화가 올 수 없어, 그러니 보내도록 해야지. 포스터 대령은 세상 물정에 밝은 분이니 그 애를 위험에서 지켜 주실 게다. 불행 중 다행으로 그 애는 너무 가난해서 주목을 받을 정도의 존재도 되지 않을 거야. 제 아무리 바람둥이라도 브라이턴에선 명함도 못 내밀 거야. 장교들은 더 주목할 만한 여자들을 찾을 테니까. 만약 안 좋은 일이 일어나면 그때는 그 아이도 순순히 평생 우리한테 잡혀 살 걸 각오해야 할 거야."

이 말에 엘리자베스는 싫어도 만족하는 척할 수밖에 없었으나 생각은 조금도 변하지 않았다. 그녀는 실망하고 비참한 기분으로 아버지의 방을 나왔다. 그러나 그녀는 성격상 그것을 자꾸 걱정하며 고민하진 않았다. 해야 할 의무는 다했다고 생각했다. 피할 수 없는 불안감에 화를 내고 괴로워하면서 불안감을 조장하는 짓은 하지 않았다.

리디아와 어머니가 만약 엘리자베스와 아버지가 의논한 내용을 알았더라면, 두 사람이 협력해서 공격을 했다고 해도 그 분노를 충분히 나타내지 못했을 것이 틀림없다. 리디아에게 브라이턴에 가는 것은 이 세상에 있는 모든 행복을 의미했다. 그녀는 공상의 나래를 펴고 장교들로 넘쳐나는 화려한 해수욕장의 거리를 꿈꾸었다. 지금은 알지 못하는 장교들의 눈길을 받고 있는 자기 자신을 상상했다. 또 병영의 화려한 모습을, 질서 정연하고 아름답게 늘어선 천막을, 젊고 쾌활하고 눈부신 많은 진홍색 군복의 군인들을 그려 보았다. 그런 광경의 절정은 천막 아래 앉아 한꺼번에 적어도 5명쯤의 장교들과 정답게 사랑을 속삭이는 자기 모습이었다.

만일 자기 언니가 이런 희망과 현실에서 떼어 놓으려 하고 있다는 사실을 알았더라면 어떻게 느꼈을까? 그 심정은 어머니만이 이해할 수 있을 것이다. 남편이 결코 거기에 갈 생각이 없다는 사실을 알고 우울해진 그녀는 리디아가 그곳에 가는 것으로 위안을 삼았다.

그러나 어머니와 리디아는 아버지와 엘리자베스 사이에 있었던 일에 대해서는 전혀 알지 못했다. 두 사람의 즐거움은 리디아가 집을 떠나기 전날까지 거의 그치지 않고 계속되었다.

엘리자베스는 마지막으로 위컴 씨와 만나게 되었다. 돌아온 뒤로도 그와 어울릴 자리가 자주 있었으나 마음의 동요는 이젠 거의 느끼지 않았고, 특히 예전의 그 마음 설레는 호의 같은 것은 말끔히 사라졌다. 처음에는 그녀를 기쁘게 했던 친절함 속에서 헛치레와 단조로움을 발견하게 되면서, 이제는 혐오감과 싫증이 느껴졌다. 더구나 그녀에 대한 위컴의 현재의 태도에서 엘리자베스는 새로이 불쾌한 원인을 발견했다. 두 사람이 처음 알게 되었을 때 눈에 띄게 드러내던 관심을 또다시 보이기 시작했는데, 이것은 그 뒤에 일어난 여러 가지 일들을 생각하면 그저 짜증을 일으킬 뿐이었다. 자기가 그처럼 쓸모없고 하찮은 연애의 대상으로 선택된 것을 알게 되자 그에 대한 관심도 완전히 사라졌다. 그는 얼마나 오랫동안, 그리고 어떤 이유로 관심을 거두었건 간에 다시 친절하게 대하면 언제나 그녀의 허영심을 만족시켜서 자기를 좋아하게 할 수 있다고 믿고 있었다. 사실 그가 그렇게 생각하는 데는 그녀에게도 책임이 있었다.

연대가 메리턴에 주둔하는 마지막 날, 다른 장교들과 함께 위컴도 롱본에서 만찬을 들었다. 엘리자베스는 그와 기분 좋게 헤어지려는 마음이 거의 없었으므로, 헌스포드에선 어떻게 지냈느냐는 질문에 피츠윌리엄 대령과 다시 씨가 로징스에서 3주일 동안 지냈음을 말하고 대령과 안면이 있느냐고 물었다.

위컴은 놀라서 불쾌한 듯한 표정을 보였으나 곧바로 평정을 되찾은 듯 미소를 띠며, 전에 자주 만난 적이 있다고 대답했다. 그리고 퍽 신사다운 사람인데 당신은 어떻게 생각하느냐고 물었다. 그녀의 대답에는 대령에 대한 따뜻한 호의가 담겨 있었다. 잠시 뒤 그는 무관심한 체하며 덧붙였다.

"그가 로징스에 얼마 동안 묵었다고 하셨었죠?"

"3주일 정도였어요."

"자주 만났습니까?"

"네, 거의 매일 만났어요."

"그 사람의 태도는 그의 사촌과는 많이 다르지요?"

"네, 많이 달라요. 하지만 다시 씨도 알고 보니 점점 좋아지더군요."

"정말입니까?" 위컴이 외쳤다. 그 표정을 엘리자베스는 놓치지 않았다.

"그럼 여쭤 봐도 되겠습니까……." 그가 자신을 억제하며 사뭇 쾌활한 말투로 덧붙였다. "말솜씨가 좋아졌다는 겁니까? 일상적인 말투가 정중해졌다는 말입니까? 설마," 그가 목소리를 낮추고 더 진지한 말투로 말했다. "본성이 좋아질 리는 없을 테니까요."

"아니에요! 본성은 본디 그대로라고 믿고 있어요."

엘리자베스가 말하는 동안 위컴은 기뻐해야 좋을지, 그 의미를 의심해야 좋을지 모르겠다는 얼굴이었다. 엘리자베스의 표정엔 무언가 의미심장한 것이 있어서 어쩐지 불안스러워 귀를 기울이지 않을 수 없었는데, 이윽고 엘리자베스가 말을 이었다.

"알고 보니 좋아졌다고 한 건 그분의 사고방식이나 태도가 나아졌다는 것이 아니라, 잘 살펴보니 그분의 본성을 잘 알게 됐다는 뜻이에요."

붉어진 얼굴빛과 흥분한 표정에 위컴의 낭패감이 역력히 드러났다. 그는 몇 분 동안 말이 없더니 곧 당혹감을 떨쳐 버리고, 그녀 쪽을 돌아보며 조용히 말했다.

"당신은 다시 씨에 대한 나의 감정을 잘 알고 있으니, 그가 겉모습만으로라도 바른 척할 만큼 현명해진 걸 제가 진심으로 기쁘게 생각한다는 것을 알 겁니다. 그 사람의 자존심도 그런 방향으로 움직인다면 그 자신에게는 도움이 되지 않더라도 많은 사람에게 도움이 되겠죠. 제가 지금까지 받아온 고통이나 지독한 일이 다른 사람에게는 일어나지 않을 테니까 말이죠. 다만 내가 걱정하는 건 당신이 말한 것 같은 일종의 조심스러움은, 그가 이모님을 찾아갔을 때만 취할 수 있는 태도가 아닐까 하는 점입니다. 그는 이모님의 의견이나 판단을 꽤 두려워하고 있기 때문이지요. 제가 알기로, 그는 이모님과 함께 있는 것을 두려워했습니다. 드 버그 양과의 결혼을 어떻게 잘해보자는 마음에서 비롯된 것이죠. 그 사람이 원하고 있는 게 바로 그것이니까요."

엘리자베스는 이런 말을 듣고 웃음을 참을 수 없었지만, 그저 고개를 약간 끄덕여 대답을 대신했다. 그는 다시를 비난하는 예전의 화제에 그녀를 끌어들이고 싶어했으나, 그녀는 그의 비위를 맞춰 주고 싶지 않았다. 그 뒤엔 그는 여느 때처럼 쾌활한 태도를 보였지만, 더 이상 특별히 엘리자베스에게 관심을 나타내지 않았다. 마침내 서로 정중하게 인사를 나누고 헤어졌는데, 다시는 만나지 않게 되기를 바라는 마음은 서로가 마찬가지였으리라.

만찬이 끝나고 리디아는 포스터 부인과 함께 메리턴으로 갔다가 거기서 이튿날 아침 일찍 떠날 예정이었다. 리디아와 가족 사이의 작별은 감상적이라기보다는 떠들썩한 것이 되고 말았다. 키티가 눈물을 흘린 유일한 사람이었다. 그녀가 운 것은 부럽고 분하기 때문이었다. 베넷 부인은 수다스럽게 딸의 행운을 빌어 주고, 즐길 수 있는 기회는 될 수 있는 대로 놓치지 말라는 충고를 했는데, 이것이 잘 지켜졌으리라는 것은 의심할 여지가 없었다. 떠날 때는 리디아가 혼자 좋아서 소란스럽게 떠드는 바람에 조용한 언니들의 작별인사는 전혀 들리지 않았다.

42

만일 엘리자베스의 결혼관이 자기 가족의 경험에서 형성된 것이라면, 결혼의 행복이나 가족의 단란함에 대해 만족스러운 그림으로 그려 내지는 못했을 것이다. 아버지는 젊음과 아름다움에 매혹당해—젊고 아름다우면 대체적으로 마음씨도 착해 보이는 법이다—한 여자와 결혼했으나, 그녀는 빈약한 이해력과 꽉 막힌 사고방식을 갖고 있어서 결혼 초기에 이미 아내에 대한 진정한 애정을 잃어버렸다.

존경과 존중과 신뢰는 영원히 사라져 버리고 가정의 행복에 대한 기대는 모두 빗나가 버렸다. 그러나 베넷 씨는 자기의 경솔함이 가져다준 실망을 달래기 위해, 흔히 불행한 사람들이 자기의 어리석은 행위나 비열한 행위에 대해 위안으로 삼는 것 같은 즐거움을 찾지는 않았다. 그는 전원과 책을 사랑했고, 이런 취미에서 충분히 기쁨을 찾을 수 있었다. 자기 아내에 대해서는 그 무지와 어리석음을 재미있어하며 즐기는 것 말고는 아무것도 기대하는 것이 없었다. 물론 보통 남성이 아내에게 바라는 종류의 즐거움은 아니었지만, 달리 즐길 만한 것이 없다면 현명한 사람은 그 주어진 범위 안에서도 즐거움을 찾아내는 법이다.

그러나 엘리자베스는 남편으로서 아버지의 태도가 좋지 않다는 것을 잘 알고 있었다. 평소에도 그런 모습을 보고 마음이 아팠다. 그러나 아버지의 재능을 존경하고 자기에 대한 깊은 애정이 고마웠으므로 그냥 넘어갈 수 없는 일도 잊으려고 애썼고, 부부간의 의무와 예의를 저버리고 자식들 앞에서 아내를 경멸하는 것을 극히 도리에 어긋난 행위라고 생각하면서도 굳이 보지 않으려고 애썼다. 그러나 서로 어울리지 않는 결혼에서 태어난 자식들에게 따르는 불리함을 지금처럼 뼈저리게 느낀 적은 없었다. 그가 조금만 신경을 썼더라면 아내의 정신을 트이게 하지는 못하더라도, 적어도 딸들의 품위 정도는 어디에 내놔도 부끄럽지 않을 정도로 유지할 수 있었을 것이다.

엘리자베스는 위컴이 떠난 것은 기뻐했으나, 연대가 떠나간 것은 그다지 만족스러운 일은 아니었다. 다른 모임도 단조로워지고, 집에서는 끊임없이 어머니와 딸들이 투덜대기 일쑤여서 주위 사람들에게 우울함을 안겨 주었다. 키티는 머리를 어지럽히는 이들이 떠난 지금, 오래지 않아 타고난 지각을 되찾을지도 모르지만, 리디아는 그 성질로 보아 더 위험스러운 데도, 해수욕장과 병영이라는 이중으로 위험한 장소에서 더욱 어리석고 뻔뻔스럽게 굳어 버리고 말 것이라고 예상되었다. 그러므로 일반적으로, 엘리자베스는 이전에도 가끔씩 알 수 있었지만, 안달 날 만큼 바라던 일이 실제로 일어나더라도 자신이 기대한 것만큼 만족스럽지는 않다는 사실을 깨달았다. 결국 진짜 행복을 시작하기 위해서는 다른 시기를 기약할 수밖에 없었다. 뭔가 다른 일에 바람과 희망을 걸고 다시 기대하는 기쁨을 즐김으로써 현재의 자신을 위로하며, 또 다른 실망에 대비해야 했다. 지금은 레이크 지방으로의 여행이 그녀의 가장 행복한 생각거리가 되어 있었다. 어머니와 키티의 불평불만으로 언짢은 시간을 보내는 것은 어쩔 수 없었지만, 그에 대한 가장 좋은 위안이 되었던 것이다. 그 여행 계획에 제인을 끌어 넣을 수 있으면 모든 점에서 가장 완벽한 것이 될 것이다.

'하지만 그게 다행이지. 모든 준비가 완전했더라면 틀림없이 실패했을 거야. 하지만 언니가 끼지 않는다는 아쉬움을 간직하고 있기 때문에, 즐거운 기대가 모두 실현되길 바라도 괜찮을 거야. 이것저것 전부 다 즐거울 거라고 약속된 계획은 절대로 성공할 수 없어. 전체적인 실망을 막으려면 독특한 괴로움이라는 방어막이 어느 정도는 필요해.'

리디아는 떠날 때 어머니와 키티에게 자세한 편지를 자주 띄우겠다고 약속했으나, 편지는 오래 기다린 끝에야 온 데다 아주 짤막한 내용이었다. 어머니 앞으로 온 편지에는 지금 막 도서관에서 돌아오는 길이고, 이러저러한 장교들과 같이 있었다느니, 매우 아름다운 장식품을 열중해서 봤다느니, 옷과 양산을 새로 샀다는 소식과 함께, 더 자세히 쓰고 싶지만 포스터 부인이 불러 병영으로 급히 떠나야 해서 펜을 놓아야 한다는 것밖엔 씌어 있지 않았다. 키티에게 보낸 편지는 더 건질 것이 없었다. 편지는 좀 길었지만, 단어 위에 줄 친 부분이 많아서 다른 사람은 볼 수 없게 해 놓았다.

리디아가 떠난 지 2, 3주일이 지난 다음에는 건강과 쾌활함이 다시 롱본에도 모습을 나타내기 시작했다. 모든 것은 행복한 양상을 띠기 시작했다. 겨우내 런던에 가 있던 가족들이 돌아오자 여름 드레스와 여름 모임에 대한 이야깃거리도 생겨났다. 베넷 부인도 평소처럼 수다를 떨기 시작했고, 6월 중순에는 키티도 눈물을 흘리지 않고 메리턴에 갈 수 있을 만큼 회복되었다. 엘리자베스로서는 좋은 징조였다. 육군성이 잔인하고 심술궂게도 메리턴에 다른 연대를 주둔시키지 않는 한, 키티도 웬만큼 합리적이 되어 오는 크리스마스까지는 하루에 한 번 이상 장교들을 언급하지 않으리라고 생각했기 때문이었다. 북쪽으로 여행하기로 정해진 날이 드디어 다가왔다.

그러나 2주일쯤 남았을 때 가디너 부인에게서 편지 한 통이 와서, 여행 시작 날짜가 연기되었다는 것과 그 일정도 짧아졌다는 것을 알렸다.

가디너 씨의 사업 때문에 2주일 늦게 7월이 되어서야 떠나며, 또 한 달 안에는 런던에 돌아와야 하니 전에 계획했던 것처럼 멀리까지 가서 여기저기 구경할 수 없다는 것이었다. 기대했던 것만큼 한가하게 구경하기엔 기간이 너무 짧으므로 레이크 지방으로의 여행은 단념하고, 계획을 변경해야 했다. 이번 계획에선 더비셔 북쪽으로는 가지 않기로 했다. 그 주에도 3주 동안 구경할 거리가 충분한 데다, 가디너 부인에겐 특히 강한 매력을 주는 곳이었다. 전에 그녀가 몇 년을 살았던 거리에서 2, 3일 묵을 예정이었는데 어떤 곳은 매틀록(^{수치요법으로}
유명한 마을), 채츠워스(^{더비셔 공작의 성이 있고, 또 스코}
틀랜드 메리 여왕이 감금되었던 곳), 더브데일, 피크 등의 명소와 마찬가지로 외숙모로선 몹시 흥미가 끌리는 고장이었던 것이다.

엘리자베스는 대단히 실망했다. 레이크 지방을 가장 가보고 싶었고 3주일이면 충분한 시간이 있다고 생각했기 때문이다. 그러나 그것으로 만족할 수밖에 없었고, 행복하고자 하는 것이 그녀의 기질이기도 했으므로 곧 생각을 돌렸다.

더비셔라고 하니 수많은 것이 떠올랐다. 그 말을 듣고 무엇보다도 먼저 생각나는 것은 펨벌리와 그 소유주 다시였다. '그분이 살고 있는 지방에 가더라도 설마 왜 왔냐고 따지는 일은 없겠지. 그분이 모르는 사이에 섬광석을

두세 개 갖고 올 수도 있겠군.'

기다리는 시간은 이제 두 배로 늘어났다. 외삼촌 부부가 도착하려면 아직 4주일이나 남아 있었다. 그러나 그것도 어느새 지나가고, 가디너 부부가 네 아이들을 데리고 드디어 롱본에 나타났다. 여덟 살과 여섯 살 난 계집아이와 더 작은 사내아이 둘은 사촌인 제인이 특별히 보살펴 주기로 되어 있었다. 모두 제인을 좋아했으며, 그녀는 차분하고 조용한 성격이므로 그들을 가르치고 놀아 주고 귀여워해 주면서 두루 보살피는 데 적합한 사람이었다.

가디너 부부는 롱본에서 하룻밤을 묵고 엘리자베스와 함께 여행을 떠났다. 한 가지 즐거움만은 확실히 기대할 수 있었다. 마음이 맞는 여행 동반자가 함께한다는 사실이었다. 불편을 참는 기질과 건강, 즐거움을 곱절로 만들어 주는 쾌활함, 여행지에서 실망스러운 일이 있더라도 서로에게 즐거움을 잃지 않게 해줄 애정과 지성이 그것이었다.

이 글의 목적은 더비셔를, 또 거기까지 가는 도중에 있는 그 유명한 옥스퍼드, 블레넘, 워릭, 케닐워스, 버밍엄 등지를 기술하는 데 있는 것은 아니다. 그런 곳들은 이미 충분히 알려져 있다. 현재 관심사는 더비셔의 극히 작은 부분이다. 그들은 그 지방의 주요 명소를 두루 살핀 뒤, 램턴이라는 작은 마을로 발걸음을 옮겼다. 램턴은 가디너 부인이 전에 살던 곳인데, 거기에는 예전의 친지가 지금도 살고 있다고 한다. 외숙모로부터 들은 얘기로는 이 램턴에서 5마일 이내의 거리에 펨벌리가 있다는 것이었다. 그들이 가는 길은 아니었지만 고작 1, 2마일 벗어나 있을 뿐이었다. 전날 밤 그 여정을 의논했을 때 가디너 부인은 다시 한 번 그곳을 보고 싶다고 말했다. 가디너 씨는 자기도 보고 싶다고 찬성하고 엘리자베스의 의향을 물었다.

"그렇게 자주 듣던 곳을 보고 싶지 않아? 네가 알고 있는 많은 분들과 관계가 있는 곳이야. 위컴도 소년 시절을 거기서 보냈다고 하더라."

엘리자베스는 난처했다. 펨벌리 같은 곳엔 볼일이 없다고 생각했으므로 보고 싶지 않은 체할 필요가 있었다. 그녀는 대저택 구경에는 싫증이 났으며, 좋은 양탄자나 공단 커튼도 너무나 많이 봐서 전혀 즐겁지 않다고 했다.

그러자 가디너 부인이 어리석음을 꾸짖었다. "그저 값비싼 가구가 늘어선 훌륭한 저택일 뿐이라면 나도 보고 싶지 않아. 하지만 그곳은 정원이 일품이야. 이 지방에서 가장 훌륭한 숲이 있거든."

엘리자베스는 그 이상 말하지 않았다. 그러나 마음속으로는 정말 가고 싶지 않았다. 그곳을 구경하고 있다가 다시 씨를 만날 가능성이 있다는 생각이 문득 떠올랐다. 그 얼마나 끔찍한 일이랴! 생각하기만 해도 얼굴이 붉어졌다. 그런 위험을 무릅쓰기보다는 차라리 외숙모에게 모든 것을 고백해 버리는 편이 좋을 듯싶었다. 그러나 이런 생각에 대해서도 반론이 나올 법했다. 결국 다시 가족이 있는가 없는가를 물어보고, 있다고 대답할 경우에는 고백하기로 마음먹었다.

그래서 그날 밤 방으로 돌아갔을 때 하녀에게 펨벌리가 그렇게 훌륭한 저택이냐고 묻고 현재의 주인 이름과 가족이 여름을 지내러 이곳에 왔는지 조심스럽게 알아보았던 것이다. 마지막 질문에 대해서는 기쁘게도 아니라는 대답을 들을 수 있었다. 그리하여 걱정거리가 사라졌으므로 그녀도 호기심을 가질 여유가 생겼다. 이튿날 아침에 그 화제가 다시 나와서 질문을 받았을 때, 엘리자베스는 시치미를 떼고 그 계획을 정말로 싫어했던 것이 아니라고 선뜻 대답했다. 그래서 세 사람은 펨벌리로 가게 되었다.

43

엘리자베스는 달리는 마차에 앉아 펨벌리의 숲이 나타나는 것을 눈여겨보면서 마음이 설레는 것을 어쩔 수 없었다. 마침내 문 안으로 마차가 들어섰을 때는 가슴이 울렁거리는 것을 느꼈다. 정원은 무척 넓고 기복이 심한 지형이었는데, 마차는 가장 낮은 지점으로부터 들어가 넓게 펼쳐진 아름다운 숲을 지나 달려갔다.

엘리자베스는 가슴이 너무도 벅차올라 말을 할 수 없었다. 눈에 띄는 모든 곳, 모든 경치를 살피며 그저 감탄할 뿐이었다. 반 마일쯤 비탈길을 오르니 꽤 높은 언덕에 이르렀다. 거기서 숲이 끝나고 골짜기 맞은편으로 길은 갑자기 구부러졌으며, 그곳에 세워진 펨벌리 저택이 눈 앞에 나타났다. 크고 아름다운 석조 건물로서 언덕의 가장 좋은 위치에 세워졌고, 뒤로는 큰 나무들로 울창한 산등성이가 이어져 있었다. 앞쪽에는 자연 그대로의 가치를 지닌 개울이 물이 많이 불어나 있었지만, 인공적인 모습은 보이지 않았다. 그 둑 또한 형식적이지 않고 쓸데없는 장식이 없었다. 엘리자베스는 즐거웠다. 이처럼 풍부하게 자연의 혜택을 받은 곳, 이처럼 자연의 아름다움이 조금도 손상되지 않은 곳은 본 적이 없었다. 모두가 진심으로 감탄을 아끼지 않았는데, 그때 엘리자베스는 펨벌리의 안주인이 되는 것이 대단한 것이리라고 느꼈다.

그들은 언덕을 내려가 다리를 건너 문어귀로 마차를 몰고 갔다. 저택으로 다가가서 구경을 하고 있는 동안에 이 집 주인 다시 씨를 만나게 되지 않을까 하는 염려가 되살아났다. 여관의 하녀가 잘못 알았던 것이 아닐까 하는 걱정이 들기 시작했다. 저택을 구경하고 싶다고 말하자 곧 현관으로 인도되었는데, 그곳에서 가정부를 기다리는 동안 엘리자베스는 자신이 왜 이곳에 와 있는지 새삼 의문이 들었다.

가정부가 왔다. 나이가 지긋한 부인으로서 엘리자베스가 짐작했던 만큼 훌륭하지는 않았지만 무척 정중했다. 가정부를 따라 식당으로 들어갔다. 크고 균형이 잡힌, 훌륭한 장식품이 갖춰진 방이었다. 엘리자베스는 한 번 훑어보고 나서 전망을 바라보려고 창가로 다가갔다. 방금 그들이 내려온 수목으로 뒤덮인 언덕을 멀리서 바라보니 더욱 가파르고 아름답게 보였다. 토지 배치도 모두 그럴듯하고 강물과 그 강가에 산재한 나무들이며, 굽이치는 골짜기의 전경을 눈이 닿는 데까지 기분 좋게 바라보았다. 다른 방으로 들어가서 강물과 나무와 골짜기를 여러 가지 다른 각도에서 바라볼 수 있었지만, 어느 방의 창가에서 보아도 아름다운 경치였다. 방들은 천장이 높고 아름다웠으며 가구는 소유주의 재산에 알맞게 훌륭하긴 했지만, 화려하지도 않았고 그저 무턱대고 장식한 것 같은 인상도 없었다. 로징스의 장식품에 비해 호화로운 점에서는 뒤지지만 참다운 기품을 지니고 있어, 소유주의 취미에 감탄하지 않을 수 없었다.

'어쩌면 내가 이 집 안주인이 됐을지도 몰라! 이 방들을 속속들이 알게 되었을지도 몰라! 이것을 이처럼 구경하는 대신에 내 것으로 즐기면서 외삼촌과 외숙모를 손님으로 환영할 수 있었을지도 모르지. ……하지만 아니야.' 정신을 차리고 다시 생각했다. '그렇게 되었을 리 없어. 그러면 외삼촌도 외숙모도 관계가 끊어졌을 거야. 초대도 허락받지 못했을 테니까.'

이런 생각이 든 것은 정말 다행이었다. 후회 같은 것을 느끼지 않게 되었으니 말이다.

엘리자베스는 가정부에게 주인이 정말 지금 부재중이시냐고 묻고 싶었으나 그럴 용기는 없었다. 그러나 마침내 외삼촌이 그것을 물었다. 엘리자베스는 짐짓 외면했으나 가정부인 레이놀즈 부인은 정말 안 계시다고 대답하고 덧붙였다. "하지만 내일은 친구분들을 많이 모시고 돌아오십니다." 엘리자베스는 자기들의 여행이 어떤 사정으로든 하루 연기되지 않았음을 얼마나 기뻐했는지 모른다.

그때 외숙모가 어떤 초상화를 가리키며 그녀를 불렀다. 가까이 가서 보니 벽난로 위에 걸린 몇 개의 그림 속에 위컴 씨의 초상이 걸려 있었다. 외숙모는 미소를 지으며 그림이 마음에 드냐고 물었다. 가정부는 다가와서 설명하기를, 선대 집사의 아들로 위컴이라는 분인데, 다시 씨의 원조로 교육을 받은 분이라고 했다. "이분은 지금 군대에 있는데 매우 방탕하게 산다고 들었습니다."

가디너 부인은 미소를 띤 채 조카를 보았으나 엘리자베스는 마주 웃을 수가 없었다.

"그리고 이것이," 레이놀즈 부인은 또 다른 초상화를 가리키며 말했다. "제 주인님이십니다. 아주 똑같지요. 저것과 같은 무렵인 8년 전에 그려졌지요."

"주인 되시는 분의 훌륭한 모습은 소문을 들어서 잘 알고 있습니다." 초상화를 보며 가디너 부인이 말했다. "퍽 미남이시군요. 리지, 저 그림이 그분과 닮았는지 안 닮았는지 네가 말해줄 수 있겠지."

주인을 알고 있다고 하자 레이놀즈 부인은 엘리자베스에게 더 큰 관심을 기울였다.

"아가씨께서는 다시 님을 알고 계세요?"

엘리자베스는 얼굴을 붉히며 말했다.

"네, 조금."

"미남이시라고 생각지 않으세요?"

"네, 퍽 훌륭하시지요."

"그렇게 잘생기신 분은 나는 아직 보지 못했습니다. 하지만 2층 진열실엔 이보다 더 크고 훌륭한 게 있지요. 이 방은 선대께서 좋아하시던 곳으로 초상은 그때 그대로입니다. 이 그림들을 퍽 좋아하셨거든요."

그래서 그 속에 위컴 씨의 초상이 끼게 된 까닭을 알게 되었다.

레이놀즈 부인은 다시 양이 여덟 살이었을 때 그려진 초상화로 주의를 돌렸다.

"다시 양도 오빠처럼 아름다운 분입니까?" 가디너 씨가 물었다.

"네. 그렇게 아름다운 분은 없을 겁니다. 그리고 퍽 교양이 있으시고요! 온종일 악기를 연주하고 노래하곤 하시지요. 다음 방엔 지금 막 보내온 피아노가 놓여 있습니다. 주인님의 선물이지요. 내일 같이 오십니다."

편하고 상냥한 가디너 씨의 태도에 고무되었는지 그녀는 그의 질문과 의견에 여러 가지 이야기를 잘 늘어놓았다. 자부심인지 애정인지, 아무튼 레이놀즈 부인은 자신의 주인과 그 여동생에 대해 이야기하는 것을 눈에 띌 정도로 매우 즐거워했다.

"주인은 1년 중에 여기서 지내는 때가 많은가요?"

"제기 바라는 만큼은 오래 계시지 않습니다. 하지만 절반은 여기에 와 계십니다. 아가씨는 여름 동안은 늘 여기서 지내시지요."

'램즈게이트에 갈 때를 빼면 그렇겠군.' 엘리자베스는 생각했다.

"만일 주인이 결혼을 하면 여기에 더 오래 계시게 되겠군요?"

"그렇지요. 하지만 그게 언제가 될지, 주인님에게 어울릴 만한 분은 생각지도 못하겠습니다."

가디너 부부는 미소를 지었다. 엘리자베스는 무심코 말했다.

"당신이 그렇게 생각하시는 걸 보니 썩 훌륭한 분임에 틀림없겠네요."

"저는 사실대로 말하고 있을 뿐이에요. 주인님을 아시는 분들은 모두 그렇게 말하고 있습니다." 부인이 대답했다. 엘리자베스는 이건 꽤 과장된 말이라고 생각해서, 가정부가 다음과 같이 덧붙였을 때는 더욱 놀라 귀를 기울였다.

"저는 주인님에게서 평생 불쾌한 말을 들어 본 적이 없습니다. 주인님이 네 살 때부터 알고 있지만요."

이것은 그녀의 생각과는 정반대의 아주 놀랄 만한 칭찬이었다. 그의 천성이 온순하지 않다고 그녀는 단단히 믿고 있었던 것이다. 그래서인지 관심이 쏠리고 있는 터에 마침 외삼촌이 다음과 같이 말해주어서 진심으로 고마웠다.

"그만한 말을 들을 수 있는 분은 그리 흔하지 않지요. 그런 주인님을 모시고 있으니 당신은 운이 좋은 분이군요."

"네, 저도 그렇게 생각합니다. 온 세계를 찾아봐도 더 좋은 주인을 만나지는 못할 거예요. 제 경험으론 어렸을 때 상냥하신 분은 커서도 상냥하시더군요. 주인님은 더없이 상냥하고 너그러운 마음을 가진 어린이였지요."

엘리자베스는 눈이 휘둥그레져서 가정부를 바라보았다.

'이게 다시 씨를 두고 하는 말일까?'

"아버님도 매우 훌륭한 분이셨겠죠?" 가디너 부인이 물었다.

"네, 부인, 그렇습니다. 아버님도 아드님과 같은 분입니다. 가난한 사람들에게도 항상 친절하셨답니다."

엘리자베스는 갈수록 놀라움과 의혹이 높아졌고 더 듣고 싶어 조바심이 날 정도였다. 레이놀즈 부인이 다른 이야기를 할 때면 그녀는 전혀 흥미를 느끼지 못했다. 그림과 방의 넓이며 장식품의 가격 등을 얘기했지만 귀에 들어오지 않았다. 가디너 씨는 주인에 대한 지나친 찬사가 가족적인 편애 때문일 것이라 생각하고 그것을 퍽 재미있어하여, 또 그런 화제를 꺼내었다. 레이놀즈 부인은 넓은 층계를 같이 오르면서도 주인의 장점을 힘주어 강조했다.

"그분은 최고의 지주이자 최고의 주인님이십니다. 자기 밖에 모르는 요즘의 이기적인 젊은 사람들과는 차원이 다르시죠. 소작인이나 하인들도 주인님을 칭찬하지 않는 사람이 없지요. 그분을 거만하다고 말하는 사람들도 있긴 하지만 전 아무리 봐도 그런 점을 찾아낼 수가 없습니다. 제가 짐작하기엔 이건 그저 보통 젊은이들처럼 수다스럽게 말을 하지 않기 때문일 것이라고 생각합니다."

'이렇게 되면 상냥하고 부드러운 사람인 거잖아.' 엘리자베스는 생각했다.

"이런 훌륭한 얘기는 가엾은 위컴 씨가 한 말과는 전혀 다른걸." 걸어가면서 외숙모가 속삭였다.

"우리가 속았는지도 모르죠."

"그럴 리 없지. 우리의 소식통도 매우 선량한 사람이잖니."

위층의 넓은 복도를 지나 매우 아름다운 거실로 안내되었는데, 아래층의 방들보다 더 고상하고 우아하게 꾸며져 있었다. 다시 양이 최근 이곳에 왔을 때 이 방을 아주 마음에 들어했으므로, 그녀를 기쁘게 하기 위해 손질을 했다는 것이었다.

"확실히 좋은 오빠시군요."

창문을 향해 다가가며 엘리자베스가 말했다. 다시 양도 이 방에 들어오면 분명히 기뻐할 것이라고 레이놀즈 부인이 덧붙였다.

"여동생을 기쁘게 하는 일이라면 뭐든지 바로 해 주신답니다. 싫어하는 일은 절대로 하지 않고요."

그림 전시실과 주요한 침실이 두세 개 남았다. 전시실에는 매우 훌륭한 그림들이 있었지만 엘리자베스는 그림에 대해서는 아는 것이 별로 없었다. 이미 아래층에서도 본 것 같은 초상화보다는 다시 양이 크레용으로 그린 그림이 시선을 끌었다. 이쪽이 더 흥미도 있고 알기 쉽기도 했다.

전시실에는 많은 가족의 초상화가 있었으나, 손님의 주의를 끌 만한 것은 없었다. 엘리자베스는 생김새를 알고 있는 유일한 얼굴을 찾아 걸음을 옮겼다. 드디어 찾아낸 다시의 초상화는 그가 이따금 자기에게 지어 보였던 것과 같은 미소까지 놀랄 만큼 본인과 닮아 있었다. 몇 분 동안 그 앞에 서서 물끄러미 바라보다가 그 방을 나갈 때 또 한 번 돌아와서 보았다. 레이놀즈 부인은 그 그림은 아버님이 살아 계셨을 때 그려진 것이라고 모두에게 가르쳐 주었다.

그 순간 확실히 엘리자베스의 마음엔 이 그림의 주인공에 대해, 그 사람과 가장 가깝게 지낼 때도 느낀 적이 없었던 따뜻한 감정이 솟아났다. 레이놀즈 부인의 그에 대한 찬사도 우습게 여길 것은 아니었다. 총명한 하인의 찬사만큼 가치가 있는 것이 또 어디 있겠는가? 오빠로서 지주로서 주인으로서 얼마나 많은 사람의 행복이 이 사람의 어깨에 달려 있는 것일까! 얼마나 큰 기쁨과 괴로움을 주는 힘을 가지고 있는 것일까! 얼마나 많은 선과 악이 그에 의해 이뤄질 수 있는가! 가정부가 한 말은 하나같이 그의 높은 인격을 증명하고 있었다. 눈길을 그녀에게로 향한 그가 그려진 캔버스 앞에 서서 엘리자베스는 전에 느낀 적이 없었던, 깊이 감사하는 마음으로 그 애정을 생각하고, 그 애정이 열렬했음을 떠올리며 그 온당치 않았던 표현도 좋게 느껴지는 것이었다.

저택의 공개되어 있는 부분을 다 돌아보고 아래층으로 내려가 가정부에게 작별인사를 한 뒤, 현관에서 만난 정원사의 안내를 받았다.

강 쪽을 향해 잔디밭을 가로질러 걸어갔던 엘리자베스가 뒤를 돌아보는 순간 외삼촌도 외숙모도 걸음을 멈추었다. 엘리자베스가 그 저택이 지어진 것은 언제일까를 생각하고 있는데, 마침 그때 그 저택의 주인이 돌연 건물 뒤 마굿간으로 통하는 길에서 나타났다.

서로간의 거리는 이십 야드가 채 못 되었고, 다시가 너무 갑작스럽게 나타나는 바람에 그의 시선을 피할 길이 없었다. 시선이 마주치자 두 사람의 뺨이 빨갛게 달아올랐다. 그도 몹시 놀랐는지 한동안 움직일 줄을 몰랐으나, 이내 정신을 차리고 그들 쪽으로 다가와 완전히 침착하다고는 할 수 없지만 적어도 예의바르게 엘리자베스에게 말을 건넸다.

엘리자베스는 본능적으로 돌아서서 걸어가기 시작했으나, 다시가 다가오자 멈춰서서 난처함을 느끼면서도 그 인사를 받았다. 그의 첫 등장이나 그들이 관람했던 초상화와 닮아 있다는 것만으로는, 다른 두 사람은 지금 그들이 보고 있는 것이 다시 씨라고 장담할 수가 없었다. 그러나 주인을 보고 정원사가 놀라는 표정을 보고 곧 그것을 알아챘을 것이다. 그가 조카에게 말을 건네고 있는 동안 두 사람은 좀 떨어져 서 있었다. 그녀는 너무 놀라고 당황한 나머지 눈을 들어 그의 얼굴을 보지도 못하고, 예의바르게 가족의 안부를 묻는 말에도 어떻게 대답해야 좋을지 몰랐다. 이전에 마지막으로 헤어진 뒤 태도가 변한 것에 우선 놀랐지만, 다시가 하는 말 한 마디 한 마디가 엘리자베스를 더 난처하게 했다. 아무리 생각해도 이런 곳에서 눈에 띈 것은 어색하기 그지없는 일이라서 이렇게 둘이 마주 서 있는 몇 분이 그녀의 생애에서 가장 불편한 순간으로 여겨졌다. 그 역시 결코 느긋해 보이지는 않았다. 말하고 있는 동안 그의 어조에서는 평소의 안정감 같은 것을 찾기 어려웠고 롱본에서 언제 떠났는가, 또 언제부터 더비셔에 와 있었는가를 여러 번 조급한 말투로 되풀이해서 묻는 것을 보면, 그 역시 상당히 당황하고 있다는 것을 알 수 있었다.

그러다 마침내는 아무것도 생각나지 않게 된 모양이었다. 몇 분 동안 한 마디도 하지 않고 서 있다가 돌연 작별인사를 하고 가버렸다.

가디너 부부가 엘리자베스 옆으로 와서 그의 모습을 칭찬했지만, 엘리자베스의 귀에는 한 마디도 제대로 들어오지 않았다. 그녀는 홀로 상념에 잠긴 채 그저 잠자코 따라갔을 뿐이었다. 그녀는 부끄러움과 원통한 생각에 사로잡혀 있었다. 여기에 오다니 정말 운이 나빴어. 잘못 판단했던 거야! 얼마나 이상하게 보였을까! 그처럼 자만심이 높은 사람이 얼마나 웃기게 봤을까! 마치 내가 의도적으로 그를 기다렸다고 생각할지도 몰라! 아아, 왜 나는 여기 왔을까? 왜 그분은 하루를 앞당겨서 돌아왔을까? 10분만 더 빨랐어도 그분이 분간할 수 없는 곳에 가 있었을 텐데, 바로 그때 도착하다니! 그녀는 별난 만남을 되풀이하여 생각하고서는 얼굴을 붉혔다. 그처럼 달라진 태도는 무엇을 뜻하는 것일까? 나한데 말을 건넨 것조차 놀랄 일인데 그처럼 정중하게 가족의 안부까지 묻다니! 이 뜻밖의 만남만큼이나 위엄을 낮춘 태도를 보인 적도 없고, 또 그처럼 상냥하게 말하는 것도 들은 적이 없었다. 편지를 건네주었을 때, 로징스에서 마지막으로 말했을 때와는 얼마나 대조적인가! 엘리자베스는 어떻게 생각하고 어떻게 설명해야 할지 알 수 없었다.

그들은 강가의 아름다운 산책길로 접어들었다. 한 걸음 한 걸음 그들은 아름다운 언덕을 오르며 상쾌한 숲 쪽으로 다가갔다. 그러나 엘리자베스는 한참 그것을 의식하지 못했다. 외삼촌과 외숙모가 거듭 말을 거는 데엔 그저 기계적으로 대답하고, 또 두 사람이 가리키는 쪽으로 시선을 돌리기는 했지만 아무것도 분간할 수 없는 상태였다. 엘리자베스의 생각은 그 순간까지 다시가 있을 펨벌리 저택에 못박혀 있었던 것이다. 그는 무슨 생각을 하고 있을까, 나를 어떻게 생각하고 있을까, 그동안 많은 일이 있었는데도 나는 여전히 그에게 소중한 존재일까, 이런 것들을 알고 싶어서 견딜 수 없었던 것이다. 그가 예의바른 것은 아마 그저 침착할 수 있었기 때문일지도 모른다. 하지만 그 목소리는 침착하다고만 생각할 수 없었다. 그녀를 만나 괴로움과 기쁨 어느 쪽을 더 많이 느꼈을지는 알 수 없지만 태연할 수 없었다는 것만은 확실했다.

그러나 결국 가디너 부부가 말을 걸어 와 얼이 빠져 있는 그녀를 정신 차리게 했다. 그녀는 여느 때와 다름없이 보일 필요가 있다고 생각했다.

그들은 강과 잠시 작별인사를 하고 숲 속으로 들어가 언덕을 올라갔다. 그곳에서 나뭇가지들 사이로 점점이 이어진 계곡과 맞은편 언덕, 그 언덕 위에 펼쳐진 울창한 숲과 때로는 강물의 한 부분 등 매혹적인 경치를 바라보았다. 가디너 씨는 정원 전체를 한 바퀴 돌아보고 싶지만 도저히 걸어가기는 어려울 것이라고 했다. 정원사는 의기양양한 웃음을 지어 보이며 둘레가 10마일 정도는 될 것이라고 했다. 그 말에 문제가 해결되어 그들은 정해진 순회로를 더듬어 가기로 했다. 거기서 또 경사가 진 숲을 지나 길을 내려가서 강폭이 가장 좁은 곳에 이르렀다. 사방의 경치에 잘 어울리는 간소한 다리로 강을 건넜는데, 그 다리는 지금까지 보아 온 다리 가운데 가장 장식되지 않은 것이었다. 거의 협곡이라고 할 만한 골짜기라서 강가에 우거진 관목 숲 사이를 더듬어 나가는 좁은 길밖엔 전혀 여유가 없을 정도였다. 엘리자베스는 그 물줄기를 따라 가보고 싶었으나, 다리를 건넌 뒤 저택까지의 거리를 알게 되었다. 걸음을 많이 걷지 못하는 가디너 부인은 더 이상 갈 수가 없게 되자 될 수 있는 대로 빨리 마차가 있는 곳으로 돌아갈 생각을 했다. 엘리자베스도 그 뜻을 따르지 않을 수 없었으므로 강 건너편에 있는 저택을 향해 제일 가까운 지름길을 따라 돌아가기 시작했다. 하지만 그들이 걷는 속도는 느렸다. 가디너 씨는 좀처럼 마음껏 해볼 수는 없었으나, 낚시를 굉장히 좋아했다. 그래서 물속에서 송어 몇 마리가 이따금 모습을 드러내는 것을 보면서 정원사와 얘기하는데 열중하느라 천천히 나아갔던 것이다.

이렇게 천천히 걸어가다가 일행은 또 한 번 놀랐다. 엘리자베스는 조금 전과 다름없이 놀랐는데, 다시 씨가 그다지 멀지 않은 거리에서 그들에게 다가오고 있는 모습을 보았던 것이다. 이쪽의 산책로는 맞은편 길보다 나무가 우거져 있지 않아, 얼굴을 마주치기 전에 그의 모습이 보였다. 엘리자베스는 놀라긴 했지만, 이번엔 그녀도 조금은 마주할 각오가 서 있었기 때문에, 그가 다가오면 침착한 태도로 이야기해야겠다고 마음먹었다. 그런데 잠시 그녀는 그가 다른 길로 가는 것으로 여겼다. 길이 구부러져 있었으므로 잠시 그의 모습이 보이지 않았던 것이다. 이윽고 모퉁이를 지나가자 그가 바로 눈앞에 나타났다. 첫눈에 그가 여전히 정중한 태도를 전혀 잃고 있지 않다는 것을 알아채고, 그녀도 고개만 살짝 숙여 인사를 대신한 뒤 곧 경치가 아름답다고 칭찬했다. 그러나 '마음에 든다'느니 '아름답다'느니 하는 말밖에 나오지 않는 가운데 운이 나쁘게도 어떤 추억이 되살아나서, 자기로부터 펨벌리를 칭찬하는 말을 듣고 심술궂게 해석할지도 모른다는 생각이 들자 엘리자베스는 얼굴빛이 바뀐 채 말하지 않았다.

가디너 부인은 뒤쪽에 서 있었는데, 엘리자베스가 머뭇거리는 것을 보고 다시는 동행자들을 소개해 줄 수 없느냐고 물었다. 정말 예기치 않았던 정중한 요청이었다. 그가 자기에게 구혼할 때 제일 불쾌하게 느낀 바로 그 사람들에게 지금은 스스로 교제를 청하고 있는 것에 웃음을 간신히 참았다. '누군지 알면 얼마나 놀랄까! 혹시 상류사회의 사람들인 줄 알고 있는 것은 아닐까.' 그녀는 생각했다.

그러나 그녀는 곧 소개했다. 자기와의 관계를 말하고는 장난스런 눈길로 그가 얼마나 견뎌내는지 몰래 살펴보았다. 그리고 이처럼 명예롭지 못한 사람들로부터 황급히 달아날지도 모른다는 생각도 했다. 그런데 그는 그 관계를 듣고 놀란 것은 분명했지만, 그러나 달아나기는커녕 그들과 어울리면서 가디너 씨와 얘기를 시작했다. 엘리자베스는 기쁘고 또 자랑스럽게 여기지 않을 수 없었다. 자기에게도 얼굴을 붉힐 필요가 없는 친척이 있다는 것을 그가 알게 된 것이 위안이 되었다. 그녀는 두 사람이 주고받는 이야기에 주의 깊게 귀를 기울이면서, 외삼촌의 박식함과 취미, 예의를 나타내는 모든 표현을 대단히 기뻐했다.

화제는 이내 낚시질로 옮겨져서, 다시 씨는 예의바르게 근처에 묵고 있는 동안은 언제든지 낚시질을 하러 오라고 초대하는 동시에, 낚시 도구까지 빌려 주겠다고 말하면서 한 곳을 가리키며 저곳은 항상 물고기가 제일 많이 낚이는 곳이라고 알려 주기도 했다. 엘리자베스와 팔을 끼고 걷고 있던 가디너 부인은 이상하다는 표정을 지었다. 엘리자베스는 아무 말도 하지 않았으나, 기뻤던 것은 사실이었다. 자기 때문에 이런 호의를 베푸는 것일 테니까 말이다. 그래도 그녀는 너무 놀라 여러 번 되풀이해서 생각했다. '저분은 왜 저렇게 변했을까? 무엇이 그를 변하게 했을까? 저분의 태도가 저렇게 부드러워진 게 나 때문일 리 없어. 헌스포드에서 비난했다고 이런 변화가 생긴 것은 아닐 거야. 저분이 지금까지도 나를 사랑하고 있다는 건 더욱더 있을 수 없는 일이야.'

두 여자가 앞장을 서고 두 신사가 뒤따라 잠시 걷다가 어떤 신기한 수초를 살펴보려고 물가로 내려갔다 온 다음, 그들이 서로 짝을 짓고 가는 것에 변경이 생겼다. 가디너 부인은 이 날의 무리한 운동으로 지쳐서 엘리자베스의 팔에는 더 지탱할 수 없음을 깨닫고 남편의 팔에 의지하기를 바랐다. 그래서 다시 씨가 엘리자베스와 나란히 걷게 되었다. 잠시 말없이 걷고 있었으나 이윽고 엘리자베스가 먼저 말문을 열었다. 여기에 오기 전에 그가 없다는 것을 확인했던 사실을 알려 주고 싶었던 것이다. 그래서 그의 도착이 정말 뜻밖이었다고 말하고 나서 "가정부는 내일까지는 절대로 돌아오시지 않는다고 하더군요. 그래서 저희가 베이크웰을 떠나기 전에는 당신이 여기에 오시지 않을 것으로 알고 있었어요."

그러자 그는 모두 사실이라고 인정하면서 집사에게 볼일이 있어서 같이 여행하던 사람들보다 몇 시간 빨리 왔다고 말했다. "나머지 분들은 내일 아침 일찍 이곳에 오실 예정입니다. 그분들 중에는 당신과 안면이 있는 분들도 몇 사람 있습니다. 빙리 씨와 그 자매들이지요."

엘리자베스는 살짝 고개를 숙여 보였을 뿐이다. 그리고 두 사람이 빙리 씨의 이름을 마지막으로 입 밖에 냈을 때의 일을 생각해 보았다. 다시 씨의 얼굴빛으로 판단컨대 그도 다른 일을 생각하고 있지는 않은 듯했다.

"일행 중에 또 한 사람," 그는 잠시 멈추었다가 말을 이었다. "당신이 만나 주기를 바라는 사람이 있습니다. 당신이 램턴에 있는 동안 제 여동생을 소개해 드리고 싶습니다. 너무 지나친 요구일까요?"

엘리자베스는 그런 요청을 받은 놀라움에 어리둥절했다. 너무나 뜻밖의 일이어서 어떤 태도로 응해야 되는지 알 수 없었다. 다시 양이 자기와 알고 지내고 싶어한다고 하더라도 그것은 오빠가 그렇게 하도록 만든 것임이 틀림없음을 직감했다. 그 이상 더 생각지 않아도 그것만으로 좋은 일이었다. 분노 때문에 그녀를 나쁘게 생각하지 않는다는 것은 매우 기쁜 일이었다.

두 사람은 저마다 깊은 사색에 잠겨 묵묵히 걸었다. 엘리자베스는 난감한 마음에 편안하지 않았다. 하지만 우쭐하기도 하고 기쁘기도 했다. 다시가 그녀에게 여동생을 소개하려는 것은 굉장한 호의였다. 그들은 두 사람을 훨씬 앞질러 버렸다. 두 사람이 마차에 닿았을 때 가디너 부부는 8분의 1마일이나 뒤떨어져 있었다.

그가 집으로 들어가자고 권했으나 엘리자베스는 피곤하지 않았으므로 그대로 같이 잔디밭 위에 서 있었다. 이런 때는 대화를 많이 나누는 것이 낫지 침묵하는 것은 매우 어색한 것이라 여겨졌다. 엘리자베스는 무슨 말이든 하고 싶었으나 모든 화제가 금지되기라도 한 것 같았다. 자기가 여행을 하고 있었음을 간신히 생각해 내고 매틀록과 더브데일에 대해 얘기했다. 그러나 시간의 흐름이나 외숙모의 움직임은 느려서, 엘리자베스의 인내심과 생각도 이 단둘만의 대화가 끝나기 전에 거의 바닥이 나 버렸다. 가디너 부부가 겨우 도착하자 모두 집 안으로 들어가 차를 마시고 가라는 권유를 받았으나, 그들은 사양하고 매우 예의바르게 작별인사를 나누었다. 다시 씨는 여성들의 손을 잡아 마차에 태워 주었다. 마차가 떠나자 엘리자베스는 다시가 집을 향해 천천히 걸어가는 것을 볼 수 있었다.

외삼촌과 외숙모는 곧 자신의 의견을 말하기 시작했다. 두 사람 다 그가 기대했던 것보다 훨씬 훌륭한 사람이라고 말했다. "정말 예의바르고 정중하고 겸손하더군." 외삼촌이 말했다.

"어딘지 모르게 엄격해 보이긴 하지만 그건 그 사람의 겉모습일 뿐이지 잘못된 건 아니야. 이제야 가정부가 한 말을 알겠구나. 어떤 사람들은 그를 오만하다고 한다지만, 난 그런 면은 보지도 못 했어." 외숙모가 말했다.

"내가 제일 놀란 건 우리에 대한 그 사람의 태도라오. 예의를 넘어서서 정말 친절했어. 그렇게까지 배려해 줄 필요는 없을 텐데 말이오. 엘리자베스와 알고 있다고 해도 그리 대단한 사이도 아닐 텐데 말이야!"

"그런데, 리지." 외숙모가 말했다. "위컴만큼 미남은 아니더구나. 아니, 그렇다기보다 위컴 같은 용모는 아니라고 해야 할까? 그는 완벽하게 잘생겼으니 말이야. 그런데 넌 그분을 왜 그렇게 싫어했니?"

엘리자베스는 될 수 있는 대로 잘 설명했다. 켄트에서 만났을 때엔 그전보다 호감을 가졌으며, 또 오늘만큼 상냥하게 대해 준 적도 지금까지 없었다고 말했다.

"어쩌면 그 사람이 변덕스럽게 행동하는 걸지도 모르지." 외삼촌이 대답했다. "높은 사람은 으레 그런 법이거든. 그래서 난 낚시에 관한 얘기를 곧이 듣지 않기로 했어. 나중에 마음이 변하면 나더러 자기 땅에서 나가라고 할지도 모르니까."

엘리자베스는 가디너 부부가 다시의 성격을 아주 오해하고 있다고 생각했지만 아무 말도 하지 않았다.

"우리가 본 바로는," 가디너 부인이 말을 이었다. "그분이 누구한테든지 불쌍한 위컴에게 한 것 같은, 그런 무정한 짓을 할 수 있는 사람이라곤 생각되지 않아. 심술궂은 외모가 아니었어. 오히려 얘기할 때의 입매는 상냥해 보이기까지 했어. 더욱이 얼굴에는 위엄이 엿보이고, 도저히 마음씨가 곱지 못한 사람이란 인상을 받을 수가 없었어. 하지만 저 저택을 보여 준 그 선량한 부인은 확실히 좀 과장된 표현을 한 것 같아. 때로는 소리 내어 웃지 않을 수 없을 정도였으니 말이다. 그러나 아마 너그러운 주인이긴 한 모양이야. 그것으로도 하인들의 눈엔 모든 미덕을 갖추고 있는 것 같이 보이는 거야."

엘리자베스는 이때 위컴에 대한 그의 처사에 대해 변호할 필요가 있다고 느꼈다. 될 수 있는 대로 조심스럽게 켄트에서 다시의 친척으로부터 들은 바에 의하면 그의 행동은 아주 다르게 해석할 수도 있고, 하트퍼드셔에서 생각했던 것처럼 그렇게 결함 많은 성격은 절대 아니며, 나아가 위컴도 그렇게 좋은 인간이 아니라는 것을 이해시키려고 했다. 그것에 대한 증거로 실제로 그런 말을 들려준 사람의 이름을 밝히지 않았으나, 확실한 얘기라면서 두 사람 사이의 금전상의 관계에 관해 자세히 설명했다.

가디너 부인은 놀라는 동시에 걱정스런 기색이었으나, 그때 마차가 그녀의 그리운 옛 고장에 다가가자, 남편에게 옛 추억과 그 근처의 흥미있는 장소를 가르쳐 주는 데 열중한 나머지 다른 생각을 할 여유가 없었다. 가디너 부인은 그날의 산책으로 아주 지쳐 있었지만, 저녁식사가 끝나자마자 옛날의 친지들을 찾아 나서, 그날 밤은 오랜 세월 떨어져 지냈던 친구들과의 옛 우정을 되살리면서 만족스러운 시간을 보냈다.

그날 있었던 일들이 너무 흥미로웠던 나머지 엘리자베스는 새로 알게 된 사람들에 대해서는 별로 관심이 쏠리지 않았다. 예의바른 다시 씨의 태도를 생각하고, 또 그의 여동생에게 자신을 소개시키고 싶어했음을 생각하면서 또다시 묘한 기분에 빠져들었다.

44

엘리자베스는 다시가 그의 여동생이 펨벌리에 도착하면 그 이튿날에나 그녀를 데리고 찾아올 것이라고 생각하고, 그날은 아침부터 줄곧 여관에 틀어박혀 있을 작정이었다. 그러나 이 방문객들은 엘리자베스 일행이 램턴에 도착한 바로 다음 날 아침에 찾아왔다. 그녀가 새로 알게 된 사람들과 근처를 산책하고 함께 아침식사를 하기 위해 옷을 갈아입으러 돌아왔을 때 마차 소리가 들렸다. 창가에 가 보니 한 신사와 숙녀가 이륜마차를 타고 거리를 올라오고 있었다. 엘리자베스는 마부의 옷차림을 본 순간 그들이 누구인가를 알아채고 외삼촌과 외숙모에게 예상되는 영광에 대해 알려 주어 놀라게 했다. 두 사람은 어안이 벙벙했지만, 다시 남매의 방문과 엘리자베스가 그 말을 했을 때 어쩔 줄 몰라하던 태도며 전날의 여러 일들을 두루 생각한 끝에, 이윽고 그 유일한 이유를 눈치챘다. 지금까지는 상상도 못해본 일이었으나, 지금은 다시 씨가 이런 두터운 호의를 보여 주는 이유가 조카딸에 대한 그의 각별한 애정이라고밖에 설명할 길이 없었다. 이런 새로운 생각이 두 사람의 머릿속에 떠오르는 동안, 엘리자베스는 더욱 혼란에 빠졌다. 당황하는 자신에게 매우 놀랐으며, 온갖 불안의 원인 가운데서도 다시 씨가 자기를 사랑하는 나머지 여동생에게 자신을 지나치게 칭찬하진 않았을까 하는 두려움이 특히 컸다. 그리고 상대의 마음에 들려고 애쓰다가 도리어 이러지도 저러지도 못하는 상태가 되어 버리는 것이 아닌가 하는 걱정도 들었다.

엘리자베스는 상대가 볼까 봐 창가에서 물러나 방 안을 서성거리며 마음을 가라앉히려고 애썼다. 외삼촌과 외숙모가 호기심이 가득한 놀란 얼굴로 자신을 바라보는 것이 보였다. 모두 엉망이 될 것 같았다.

드디어 다시 남매가 나타나 긴장되는 소개가 이뤄졌다. 놀랍게도 다시 양도 엘리자베스 못지 않게 긴장하는 듯했다. 램턴에 온 뒤로 다시 양이 몹시 거만하다는 말을 들어왔지만, 2, 3분쯤 지나자 그저 몹시 내성적이고 수줍음이 많을 뿐이라는 사실을 알았다. 그녀로부터는 한 음절 이상의 말을 들을 수 없었다.

다시 양은 키가 크고 엘리자베스에 비해 몸집도 컸다. 16세밖에 안 되었는데도 몸매가 좋고 여자다우며 우아했다. 얼굴은 오빠만큼 잘생기지는 않았지만 분별 있고 밝은 표정으로 태도는 거만하지 않고 온화했다. 엘리자베스는 그녀가 오빠를 닮아 날카롭고 까다로운 관찰자일 것이라고 예상했으나, 그와는 정반대의 아가씨였으므로 아주 마음이 편해졌다.

잠시 뒤 다시는 빙리도 곧 인사하러 올 것이라고 알려 주었다. 엘리자베스가 그리운 방문객을 맞이할 마음의 준비를 할 겨를도 없이 빠른 발소리가 층계에서 들리더니, 그가 방 안으로 들어왔다. 빙리에 대한 노여움은 이미 가시고 없었지만, 혹시 남아 있었더라도 그녀를 만나자마자 보인 진심어린 친근한 태도에는 저항하지 못했을 것이다. 그는 특별히 어느 한 사람을 지칭하지는 않고 정답게 가족의 안부를 물었는데, 그 얼굴과 말투는 여전히 쾌활하고 편안했다.

빙리는 가디너 부부에게도 매우 흥미로운 인물이었다. 그를 오랫동안 만나보고 싶어했던 것이다. 정말이지, 그들 앞의 모든 사람은 활발한 관심을 받았다. 다시 씨와 조카딸에 대해서는 의심스런 생각이 막 들기 시작한 터라 진지하고 조심스럽게 두 사람을 살펴보았다. 그 결과 적어도 둘 중 하나는 그것이 사랑이라고 알고 있음을 확신했다. 여자 쪽의 감정에 대해서는 아직도 의심스러운 점이 있었지만, 남자 쪽은 사모의 감정이 눈에 띌 만큼 넘쳐흐르고 있었다.

엘리자베스도 나름대로 매우 바빴다. 손님들의 감정을 저마다 확인하고 자기 감정을 가라앉히고 싶었으며 모두에게 상냥하게 대하고 싶었다. 이 가운데 마지막 목적이 실패할까 봐 가장 두려웠지만 오히려 가장 성공한 것 같았다. 즐겁게 해 주고 싶은 사람들 모두 이미 그녀에게 호의를 품고 있었기 때문이었다. 빙리는 본디 그러했고, 조지아나는 그러려고 했으며, 다시는 기뻐하기로 결심하고 있었던 것이다.

빙리를 보자 엘리자베스는 아무래도 언니를 생각할 수밖에 없었다. 그도 같은 생각을 하고 있다면 얼마나 좋을까! 그녀는 그것만이라도 확인하고 싶었다. 가끔 그가 예전보다 말수가 적어진 것같이 느껴졌지만, 때로는 자기를 보면서 어쩐지 언니의 그림자를 찾는 것 같아서 매우 만족스럽기도 했다. 이것이 완전히 엘리자베스의 상상이라고 해도, 제인에 대한 라이벌로 여겨지던 다시 양에 대한 그의 태도에 대해서는 잘못 생각할 것도 없었다. 특별한 관심을 갖고 있다고 할 만한 것은 어느 쪽에서도 보이지 않았다. 빙리 여동생의 희망을 뒷받침하는 것은 두 사람 사이엔 아무것도 없었다. 이 점에선 안심할 수 있었다. 게다가 헤어지기 전에 일어난 두세 가지 조그마한 일은, 엘리자베스의 희망적인 해석에 따르면, 제인에 대한 애정 어린 추억을, 할 수 있다면 제인에 대한 많은 이야기를 하고 싶다는 소망을 나타낸 것이었다. 그는 다른 사람들이 대화를 나누고 있을 때 진실로 애석한 표정을 지으며 다음과 같이 말했던 것이다. "언니와 헤어진 지도 퍽 오래 됐습니다." 그리고 그녀가 대답할 겨를도 없이 덧붙였다. "8개월 이상 됩니다. 11월 26일에 네더필드에서 다같이 춤을 춘 뒤로는 한 번도 만나지 못했으니까요."

엘리자베스는 그의 기억이 정확한 것에 몹시 기뻤다. 또한 그는 나중에 다른 사람들이 듣고 있지 않을 때, 자매들이 모두 롱본에 있느냐고 물었다. 이 질문 자체나 조금 전의 이야기가 대수로운 건 아니지만, 무언가 의미가 담긴 표정과 태도가 있었던 것이다.

엘리자베스는 다시 씨에게 자주 눈길을 던지지는 못했다. 그러나 흘깃 쳐다볼 때마다 그의 얼굴에서 온화하고 부드러운 표정을 찾아 볼 수 있었고, 목소리에도 도도하다거나 남을 경멸하는 기색이 조금도 없어, 어제 목격한 태도 변화가 아무리 일시적인 것이라 해도 하루 더 연장되었음을 인정하지 않을 수 없었다. 2, 3개월 전에는 이야기를 나누는 것조차 불명예로 생각했을 사람들과 알고 지내기를 바라며 우정을 얻으려 하는 모습과 자기뿐만 아니라 공공연히 경멸하던 자기 친척에게까지 예의바르게 대하는 것을 보고 있자니, 헌스포드 목사관에서의 그 아슬아슬하던 마지막 장면이 떠오르면서, 그의 큰 변화에 깊은 감명을 받고 놀라움을 감출 수 없었다. 네더필드에서 사랑하는 친구들과 있을 때는 물론, 로징스의 위대한 친척과 어울리고 있을 때에도 이토록 남의 마음에 들려고 애쓰면서 자존심까지 버리고 친근한 태도를 보이는 그를 본 적이 없었다. 그 노력이 성공한들 그 결과가 중대한 것도 아니고, 이처럼 그가 배려하는 이 사람들과 친해진다 하더라도 네더필드 여성들의 비웃음과 로징스 귀부인의 비난을 사는 데 지나지 않을 것이 분명했다.

방문객들이 30분 정도 머물다가 돌아가기 위해 일어섰을 때 다시 씨는 여동생에게, 가디너 부부와 엘리자베스가 이 고장을 떠나기 전에 꼭 펨벌리에서 만찬을 같이 하고 싶으니, 너도 같이 부탁해 달라고 일렀다. 다시 양은 초대를 하는 데엔 익숙하지 못한 모양이어서 자신이 없는 듯했으나, 곧 오빠의 말을 따랐다. 가디너 부인은 이 초대에 제일 관계가 깊은 엘리자베스의 의향이 어떤지 알고 싶어 조카딸을 보았으나, 엘리자베스는 얼굴을 돌려 버렸다. 그러나 이렇게 일부러 피하는 것은 그 초대가 싫어서가 아니라 당황한 때문이라 생각하고 남편 쪽으로 눈길을 던졌다. 그는 사교를 좋아했으므로 두말없이 초대를 받아들이려는 기색이었다. 그래서 그녀는 더 묻지 않고 참석하기로 약속했고, 날짜는 이틀 뒤로 정해졌다.

아직 하고 싶은 얘기가 많고 하트퍼드셔의 친구들에 대해서 묻고 싶은 말이 많았던 빙리는 또 만나게 되어 퍽 기쁘다고 말했다. 엘리자베스는 이 말을 언니에 대해 더 듣고 싶다는 희망이라고 해석하고 기뻐했다. 그래서 다른 이유도 더 있었지만 아무튼 방문객이 돌아간 뒤에도 어떤 만족감을 느끼며 그 30분 동안(그때엔 그다지 즐거워할 수가 없었지만)의 일을 생각했다. 혼자 있고 싶기도 하고 외삼촌과 외숙모가 자꾸 물을 것이 두려워, 두 사람이 빙리에 대해 호감을 가졌다는 말을 하기가 무섭게 옷을 갈아입기 위해 급히 나와 버렸다.

그러나 엘리자베스는 가디너 부부의 호기심을 두려워할 필요가 없었다. 두 사람은 굳이 속뜻을 캐낼 생각이 전혀 없었기 때문이다. 자기들이 생각하던 것 이상으로 엘리자베스가 다시 씨와 서로 알고 있는 것이 틀림없었고, 다시 씨가 그녀를 사랑하고 있다는 사실도 명백했다. 여러 가지 궁금하던 것을 그들은 이미 보았으므로 물을 필요가 없었던 것이다.

가디너 부부는 이제 다시 씨를 좋게 생각하고 싶어졌다. 그들이 알고 있는 범위 내에서 다시에게서는 어떤 결점도 발견할 수 없었고, 그 예의바른 태도에 감동할 수밖에 없었다. 만일 자기들만의 감정으로, 또 하인의 말만으로 그에 대한 평가를 내린다면, 그를 알고 있는 하트퍼드셔 사람들로서는 그것을 도저히 인정하지 않으려고 할 것이 틀림없다. 그렇지만 이제는 가정부를 믿는 편이 나았다. 무엇보다 다시 씨를 네 살 때부터 보아 왔다는 믿음직한 하인이 하는 말을 성급하게 부정해선 안 될 것 같았다.

램턴에 있는 친구들의 정보에도 그 말의 가치를 감소시킬 만한 것은 하나도 없었다. 유일한 비난은 그가 오만하다는 점 뿐이었다. 확실히 자존심은 강한 사람일 것이며, 그렇지 않다 하더라도 다시 집안 사람들이 찾아갈 일 없는 작은 시장 거리의 사람들은 분명 똑같은 비난을 할 것이다. 그러나 그가 선선히 돈을 잘 쓰는 사람이며 빈민들 사이에서 많은 선행을 베풀고 있다는 점은 누구나 인정하고 있었다.

한편 위컴에 대해서는 그가 별로 존경을 받지 못하고 있다는 것을 곧 알았다. 가장 중요한 후원자의 아들과 그 사람 사이의 일은 그저 막연하게 알려져 있는 데 지나지 않았지만, 그가 더비셔를 떠날 때 많은 빚을 남겼고 그것을 다시 씨가 나중에 갚아주었다는 사실은 잘 알려져 있었다.

그런데 엘리자베스의 생각은 전날 밤보다도 이날 밤엔 더 펨벌리로 달려가 있었다. 그 밤은 어지간히 길게 느껴졌지만, 그 저택에 있는 한 사람에 대한 자기의 감정을 결정할 만큼은 충분하지 않았다. 그녀는 꼬박 2시간 동안 잠을 이루지 못한 채 드러누워 감정을 정리했다. 확실히 그녀는 그를 싫어하지는 않았다. 그렇다, 증오는 이미 오래전에 사라져 버렸다. 이미 그에 대해 혐오감을 지녔었다는 사실조차 부끄럽게 여긴 지 오래였다. 훌륭한 기질을 가진 사람이라는 확신에서 오는 존경을 처음엔 마지못해 인정했지만, 얼마전부터는 그 존경이 조금도 불쾌하지 않았다. 이제는 어제 들은 그에게 유리한 증언 때문에 존경이 더욱 친근감 있는 무언가로 높아지고, 그의 기질은 전날의 호의로 부드럽고 근사하게 받아들여졌다.

그러나 무엇보다, 존경과 존중을 넘어 그녀의 마음속에 그에 대한 호감이 싹이 튼 데에는 결코 그냥 지나칠 수 없는 또 하나의 동기가 있었다. 그것은 감사의 마음이었다. 자기를 사랑해 준 데 대한 감사가 아니라, 그의 사랑을 거절했을 때 자신이 보여주었던 건방지고 신랄한 태도를 모두 용서해 줄 정도로 자신을 사랑해 주는 그 애정에 대한 감사였다. 자기를 적으로 여기고 피할 줄 알았던 그가 이 뜻밖의 만남을 기회삼아 교제가 지속되기를 진심으로 바라고 있었다. 두 사람만의 사이에서 무례하게 애정을 드러내거나 이상한 태도를 보이는 것이 아니라, 오로지 그녀의 친지에게 잘 보이기만을 바라고 자기 여동생과 알고 지내게 하려고 애쓰는 것이었다. 그처럼 자존심이 강한 사람의 이같은 변화는 놀라움뿐만 아니라 감사한 마음까지 불러일으켰다. 왜냐하면 이러한 변화는 사랑, 그것도 열렬한 사랑이 있어야만 생길 수 있다고 생각되었기 때문이다. 그 변화가 그녀에게 주는 인상은 명확하게 정의를 내릴 수는 없었지만, 결코 불쾌한 것은 아니라서 용기를 북돋아 주는 것 같았다. 엘리자베스는 다시를 존경하고 존중하고 고맙게 여겼다. 그의 행복에 진실한 관심을 느꼈다. 다만 알고 싶은 것은 자신이 그의 행복에 얼마나 영향을 주고 싶은가 하는 점이었다. 다시 한 번 그로 하여금 구혼을 하게 한다면(자기에겐 그럴 만한 힘이 아직 있다고 생각했다), 그것이 얼마만큼 두 사람을 행복하게 하는지 알고 싶었다.

그날 밤 외숙모와 조카는, 다시 양이 펨벌리에 도착하자마자 곧바로 찾아올 정도의 예의를 보였으니—왜냐하면 그녀는 오전에 겨우 도착했던 것이다

─이쪽에서도 똑같이 하지는 못할지언정 최대한 정중하게 보답해야 한다고 의논했다. 그 결과 내일 아침 펨벌리로 인사를 하러 가는 게 좋겠다고 결정했다. 엘리자베스는 기뻤다. 비록 그 이유를 스스로 물어 보아도 대답할 말은 거의 없었지만.

가디너 씨는 아침식사를 마치고 두 사람을 남겨 두고 먼저 떠났다. 전날 낚시 계획이 다시 한 번 화제에 올라, 정오까지 펨벌리에서 몇몇 신사들과 만나기로 약속이 되어 있었던 것이다.

45

엘리자베스는 빙리 양이 자기를 싫어한 것이 본디 질투 때문이었음을 분명히 알고 있었으므로 자기가 펨벌리에 나타나면 그녀가 반가워하지 않으리라는 것을 알 수 있었다. 또한 한편으로는 교제를 다시 시작하게 되면 그녀가 얼마나 예의바르게 옛정을 되살릴까 하는 호기심도 있었다.

저택에 도착하자 두 사람은 현관을 지나 객실로 안내되었는데, 방의 북쪽 전망은 시원한 여름에 알맞은 것이었다. 정원으로 향한 창문은 뒤편에 있는 나무 울창한 언덕과 언덕에 이르는 잔디밭 위에 점점이 솟은 떡갈나무며 밤나무를 한눈에 보여 주어 마음까지 상쾌하게 하는 경치였다.

허스트 부인과 빙리 양, 그리고 런던에서 같이 살고 있는 부인과 함께, 다시 양이 그 방에서 두 사람을 맞아들였다. 조지아나는 매우 정중하게 맞아들였지만 당황한 기색이기도 했다. 그것은 수줍음과 실수를 해서는 안 된다는 염려 때문이었으나, 신분이 낮다는 것을 느끼고 있는 사람들에겐 자칫 거만해 보여 격의 없이 사귀기 어렵겠다는 생각이 들게 하는 것이었다. 그러나 엘리자베스와 가디너 부인은 그 점을 잘 알고 있어서, 오히려 다시 양을 측은하게 생각했다.

허스트 부인과 빙리 양은 엘리자베스에게 약간 허리를 굽혔을 뿐이었다. 두 사람이 앉자 그야말로 어색한 침묵이 잠깐 계속되었는데, 제일 먼저 품위 있고 사근사근해 보이는 앤즐리 부인이 그 침묵을 깨뜨렸다. 무엇인가 이야기의 실마리를 찾으려는 부인의 노력은 그녀가 빙리 자매보다 참된 의미에서 교양이 있는 여성임을 증명했다. 이 부인과 가디너 부인 사이에 얘기가 오가고, 엘리자베스도 이따금 끼어들면서 점차 대화가 이어졌다. 다시 양도 거기에 끼고 싶은 듯한 얼굴로, 가끔 여러 사람에게 들릴 염려가 없는 듯싶을 때 짤막한 말을 입 밖에 내어 보는 것이었다.

엘리자베스는 자기가 빙리 양의 엄중한 감시를 받고 있다는 것을, 특히 다시 양에게 말을 한 마디라도 건네도 그 사람의 주의를 끈다는 것을 곧 알게 되었다. 그것을 알았다고 하더라도 두 사람의 거리가 멀지만 않았다면 전혀 개의치 않았을 것이다. 그러나 말을 많이 하지 않아도 된다는 것이 결코 싫지는 않았다. 엘리자베스는 스스로 생각해야 할 일이 얼마든지 있었기 때문이다. 그녀는 매순간 신사들이 방으로 들어오기를 기대했다. 그녀는 이 집 주인이 거기에 끼여 있기를 바라기도 하고 두려워하기도 했으나, 대체 그 어느 쪽의 감정이 더 강한지 스스로도 알 수 없었다. 자리에 앉고 나서 15분 동안이나 아무 말 없던 빙리 양이 갑자기 쌀쌀한 말로 가족의 안부를 묻자, 엘리자베스는 퍼뜩 정신이 들었다. 엘리자베스도 지지 않고 쌀쌀하게 간단히 대답하자, 상대방은 더 이상 아무 말도 하지 않았다.

두 사람의 방문으로 인해 생긴 그 다음의 변화는, 찬 고기와 과자와 여러 가지 훌륭한 계절과일을 하녀가 가져온 일이었다. 그러나 이것도 사실은 앤즐리 부인이 다시 양에게 의미 있는 눈길과 미소를 보내면서 주인 역할을 생각해 내게 함으로써 겨우 이루어졌던 것이다. 그리하여 이제 모두가 할 수 있는 일이 생겼다. 다같이 얘기할 수는 없었지만 먹을 수는 있었기 때문이다. 그들은 모두 포도와 복숭아가 피라미드 모양으로 쌓인 탁자 주위에 모였다.

이때 다시 씨가 방으로 들어왔다. 이로써 엘리자베스는 다시 씨가 나타나기를 바라고 있었는지 두려워하고 있었는지를 분명히 가늠할 수 있었다. 1분 전까지는 간절히 바라고 있다고 생각했지만, 막상 들어오니 유감스럽게 생각하기 시작한 것이었다.

다시는 저택으로 같이 온 두세 사람의 신사들과 함께 강가에서 낚시를 하고 있는 가디너 씨와 잠시 같이 있다가, 그 가디너 씨로부터 오늘 아침 여자들이 조지아나를 방문할 것이라는 소식을 듣고 황급히 달려온 것이다. 그가 나타나자마자 엘리자베스는 현명하게 여유 있는 태도를 지니고 어색해하지 않기로 결심했다. 가장 필요한 결심이긴 했으나 좀처럼 지키기 어려운 일이었다. 모두의 관심이 다시 씨와 엘리자베스에게 쏠렸다. 그가 방에 들어온

순간부터 그의 거동을 살펴 보지 않은 눈은 거의 없었던 것이다. 특히 빙리 양은 미소를 띠고 말을 건네면서도 강한 호기심을 노골적으로 드러냈다. 질투하고는 있지만 절망 상태에 빠지지도 않았고, 다시 씨에 대한 연정이 결코 끝나버린 것도 아니었기 때문이다. 다시 양은 오빠가 나타나자 더 활발하게 얘기하려고 애썼다. 엘리자베스는, 다시 씨가 여동생과 자신이 서로 잘 사귀길 바라며 되도록 두 사람이 얘기하게 하려고 애쓰고 있음을 깨달았다. 빙리 양도 이것을 눈치채고, 화가 난 나머지 말참견을 할 수 있는 기회를 잡자마자 정중한 투로 조롱하듯 말했다.

"이봐요, 엘리자베스, 군대가 메리턴에서 이동했다지요? 당신네 가족에겐 큰 타격이었겠군요."

다시 앞에서 차마 위컴의 이름은 입 밖에 내지 않았지만, 엘리자베스는 그녀가 그의 일을 염두에 두고 있다는 것을 알았다. 그와 얽힌 여러 가지 기억을 떠올리고 한순간 어두운 심정이 되었으나, 곧 그 심술궂은 공격을 되받아쳐야 한다는 생각에 오히려 대수롭지 않은 말투로 대답했다. 이야기를 하면서 무심코 다시를 보니 그는 상기된 얼굴로 가만히 그녀를 보고 있고, 여동생은 몹시 당황한 나머지 얼굴도 들지 못하는 판이었다. 빙리 양도 자기가 사랑하는 친구에게 얼마나 고통을 주는지 알았더라면, 그런 화제는 절대로 꺼내지 않았을 것이다. 그녀는 그저 엘리자베스가 좋아하고 있다고 생각하는 남자의 이야기를 꺼내어 그녀를 당혹케 하고 싶었을 뿐이었다. 그로 말미암아 엘리자베스가 정색하고 대들면 그만큼 다시 씨의 믿음이 떨어질 것이고, 또 엘리자베스의 집에는 그런 군인과 교제를 하고 노는 데 정신 팔린 자매가 있음을 그에게 상기시키려고 했던 것이다.

물론 빙리 양은 미수로 그친 다시 양의 '사랑의 도피' 사건을 알지 못했다. 비밀을 지키기 위해서 엘리자베스를 뺀 그 누구의 귀에도 한 마디도 들어가지 않도록 비밀로 해 두었던 것이다. 엘리자베스도 전부터 짐작하고 있었지만, 그는 앞으로 여동생의 가족이 될는지도 모르는 빙리의 친척들에게 특히 그것을 숨기려고 애썼던 것이다. 다시는 확실히 그런 계획을 세우고 있었다. 그 계획 때문에 제인과 빙리를 떼어 놓은 것은 아니지만, 빙리의 행복에 더욱 관심을 보인 것은 사실이었다.

그러나 엘리자베스의 침착한 태도로 그의 격정은 곧 가라앉았다. 빙리 양은 실망하여 더 이상 위컴의 얘기를 꺼내지 않았고, 조지아나도 이윽고 평정을 되찾았다. 하지만 말문 열 기력을 잃고 말았다. 눈이 마주칠까 두려웠던 오빠는 동생이 위컴 사건에 관련됐었다는 점을 다시금 떠올리는 것 같진 않았다. 결국 그의 마음을 엘리자베스로부터 돌리려던 빙리 양의 계획은 오히려 더 많이, 또 믿음직스럽게 그의 마음을 그녀에게 쏠리게 해버렸다.

두 사람의 방문은 그런 문답이 있은 뒤 금세 끝나 버렸다. 다시 씨가 마차 있는 곳까지 두 사람을 배웅하는 동안, 빙리 양은 엘리자베스의 모습과 태도와 옷차림에 대해 끊임없이 비평하며 울분을 터뜨렸다. 그러나 조지아나는 그런 말에 맞장구를 칠 수 없었다. 오빠의 말만으로도 그녀에게 대해 호감을 느낄 수 있었다.

오빠의 판단은 절대로 틀릴 리가 없다. 더군다나 오빠는 그녀가 아름답고 마음씨가 고운 사람이라고밖엔 생각할 수 없는 말로 칭찬을 했던 것이다. 다시가 객실로 돌아오자, 빙리 양은 지금까지 조지아나에게 들려주었던 말을 그에게도 되풀이해서 들려주었다.

"엘리자 베넷은 오늘 아침 무척 초라하게 보이더군요." 그녀가 소리쳤다. "지난겨울 뒤로 그녀는 많이 달라졌어요. 얼굴빛이 아주 검고 천해졌죠! 루이자하고도 말했지만, 다시 교제하지 않을 걸 그랬어요."

다시 씨는 이런 말이 귀에 몹시 거슬렸으나, 그것은 볕에 좀 타긴 했지만 여름에 여행을 하면 어쩔 수 없는 일이고, 그 밖에는 조금도 달라진 점이 없다고 냉정하게 대답하는 데 그쳤다.

그녀도 지지 않았다. "제가 볼 때는, 그녀가 예쁘다는 생각은 조금도 들지 않는다고 말하고 싶군요. 얼굴은 너무 여위었고 얼굴에는 윤기가 없어요. 이목구비도 예쁜 곳이 없어요. 코는 아무 특징 없이 평범하기만 하고요. 치아는 괜찮은 편이지만 뛰어나게 아름답지는 않고, 눈이 굉장히 아름답다는 사람도 있지만, 저는 그렇게 유난히 예쁘다고는 생각지 않아요. 날카롭고 심술 궂게만 보여서 저는 좋아지지가 않네요. 게다가 그녀의 태도에는 전혀 고상한 데가 없고 자만심만 눈에 띄어서, 도저히 참을 수가 없을 정도예요."

그녀는 다시가 엘리자베스에게 반해 있다는 것을 잘 알기 때문에 그랬지만, 이런 태도는 자기를 치켜세우는 좋은 방법이 결코 아니다. 노한 사람은 언제나 현명하지 못한 법이다. 드디어 다시가 짜증이 난 얼굴을 보이기에,

그녀는 예상대로 성공을 거두었다고 생각했다. 그러나 다시는 단호하게 침묵을 지켰다. 그녀는 기어코 다시의 입을 열게 할 작정으로 말을 이었다.

"지금도 기억해요. 하트퍼드셔에서 맨 처음 보았을 때, 우리는 모두 그녀가 유명한 미인이란 말을 듣고 깜짝 놀랐잖아요? 특히 네더필드에서 만찬을 한 다음에 언젠가 당신이 말씀하셨잖아요? '저 여자가 미인이라고! 그럴 바엔 차라리 그녀의 어머니를 재원이라고 부르는 편이 낫겠소'라고요. 나중엔 생각이 달라진 것 같았지만요. 한때는 제법 미인이라고 생각하셨죠?"

"그래요." 다시는 대답했다. 더 이상 참을 수가 없었던 것이다. "그러나 그건 그녀를 알게 된 지 얼마 안 되었을 때 일입니다. 지금은 내가 아는 여자 중에서 제일 아름답다고 생각하게 된 지 벌써 여러 달이 지났소."

이렇게 말하고 다시는 물러갔다. 빙리 양은 성공적으로 목적을 달성하긴 했지만, 다른 누구도 아닌 자기 자신에게 고통을 주는 말을 그에게 억지로 하게 하고 말았다.

가디너 부인과 엘리자베스는 돌아가는 도중에 그 저택에서 있었던 일을 얘기했으나, 두 사람이 제일 관심을 두던 일만은 말하지 않았다. 거기서 만난 모든 사람의 표정과 태도가 화제에 올랐지만, 두 사람이 가장 주의 깊게 관찰했을 사람에 대해서만은 언급하지 않았다. 그의 여동생과 친구와 저택과 과일 등, 그를 뺀 모든 것에 대해 얘기했다. 하지만 사실 엘리자베스는 가디너 부인이 그를 어떻게 생각하고 있는지 물어 보고 싶어서 견딜 수 없었다. 부인 쪽에서도 엘리자베스가 먼저 그 화제를 꺼내 주기를 계속 기다리고 있었다.

46

엘리자베스는 처음 램턴에 도착했을 때 제인에게서 편지가 와 있지 않은 것에 몹시 실망했었다. 그 실망은 머무는 동안 매일 아침마다 되풀이되었다. 3일째 아침에 그녀의 불평이 끝났는데, 한 번에 두 통의 편지를 받았던 것이다. 그중에서 한 통은 다른 곳으로 잘못 배달되었던 표시가 있었다. 엘리자베스는 제인이 주소도 무척 무리도 아니라는 생각에 놀라지도 않았다.

편지가 온 것은 일행이 마침 산책을 하러 나가려던 때였다. 가디너 부부는 엘리자베스에게 혼자 조용히 읽으라고 하고 둘이서만 떠났다. 엘리자베스는 잘못 보내졌던 편지를 먼저 읽었다. 닷새 전에 쓴 것이었다. 처음에는 조그마한 모임과 초대 등 시골에 있을 성싶은 소식이 쓰여져 있었지만, 나중의 절반은 하루가 지난 다음에 흥분해서 쓰인 것으로, 매우 중대한 소식을 전하고 있었다. 그것은 다음과 같은 사연이었다.

　사랑하는 리지, 앞 부분을 쓴 다음에 매우 뜻밖의 중대한 일이 일어났단다. 하지만 너를 놀라게 하면 안 되니 미리 말해 둘게. ……우리는 모두 무사하니 그 점은 안심해. 내가 말하고자 하는 것은 리디아의 일이야. 어젯밤 12시쯤 모두 잠자리에 들었을 때, 포스터 대령으로부터 속달이 왔는데, 리디아가 대령의 부하 하나와 함께 스코틀랜드로 가버렸다구나! 그런데 그게 사실은 위컴이야……우리가 얼마나 놀랐는지 짐작할 수 있을 거야. 그렇지만 키티에겐 아주 예기치 못했던 일은 아닌 듯싶었어. 정말, 정말 유감스러워. 어느 쪽으로 보더라도 대단히 무분별한 한 쌍이니까! 그러나 이렇게 된 바에는 될 수 있는 대로 잘되기를 바라며, 그 사람의 평판도 모두 오해이길 빌고 싶어.
　그가 생각이 경솔하고 분별이 없는 사람이라는 점은 분명하지만, 이번에 한 짓이 나쁜 마음에서라고는 생각되지 않아. 그 사람의 선택이 적어도 재산을 노린 것은 아니니까 말야. 아버지가 리디아에게 아무것도 주지 않으리란 점은 잘 알테니까. 어머니는 가엾게도 몹시 슬퍼하고 계시단다. 아버지는 그럭저럭 잘 견디고 계셔. 그래도 아버지와 어머니에게 위컴에 대한 나쁜 평판을 알리지 않은 건 퍽 잘한 일이라 생각해. 우리도 잊기로 하자. 두 사람은 토요일 한밤중에 떠난 것으로 짐작되는데, 어제 아침 8시까지는 몰랐던 모양이야. 알자마자 곧장 속달을 보내왔어. 사랑하는 리지, 그들은 여기서 10마일도 안 되는 곳을 지나간 게 틀림없어. 포스터 대령은 직접 이곳을 찾아오실 모양이야. 리디아가 대령부인에게 사랑의 도피를 한다고 두세 줄의 쪽지를 남겨 두었나봐. 일단 펜을 놓아야겠어. 어머니를 혼자 오래 계시게 할 수가 없으니까. 이 글을 알아 볼 수 있을지 염려가 되는구나. 나도 내가 무엇을 썼는지 알 수 없단다.

엘리자베스는 생각할 겨를도 없이, 무엇을 느꼈는지도 모르는 채 편지를 다 읽고는, 이내 또 한 통을 집어들고 재빨리 봉투를 뜯어 읽기 시작했다. 먼저 것보다 하루 뒤에 쓴 것이었다.

　내가 가장 사랑하는 동생아, 내가 급히 쓴 편지를 이미 받았을 줄 안다. 이 편지는 먼저 것보다 알아보기가 쉬웠으면 좋겠구나. 시간이 촉박한 것은 아니지만, 머리가 어지러워서 편지의 내용이 조리 있다고는 장담할 수 없어. 사랑하는 리지, 어떻게 써야 할지 나도 잘 모르겠지만, 나쁜 소식이 있어서 망설이고 있을 수도 없구나. 위컴 씨와 불쌍한 리디아의 결혼이 무분별한 짓이기는 하지만, 지금의 우리로서는 그 결혼이 확실히 이루어졌는지 확인하고 싶어서 애가 탈 뿐이야. 왜냐하면 두 사람이 스코틀랜드로 가지 않았을지도 모른다고 생각되는 이유가 너무 많거든. 포스터 대령님이 어제 오셨는데, 전날 속달을 보낸 다음 뒤를 쫓으려고 곧바로 브라이턴을 떠나셨다는 거야. 포스터 부인에게 남긴 리디아의 짧막한 편지를 보면 두 사람이 그레트나 그린(영국에서 사랑의 도피를 한 남녀들이 결혼하던 곳)에 갈 작정인 것 같지만, 데니가 아는 대로 들려준 말에 따르면, 위컴은 그레트나 그린으로 갈 생각도 없을 뿐더러, 무엇보다 리디아와 결혼을 할 의사가 전혀 없다는 거야.

　이 말을 듣고 포스터 대령이 놀라서 곧 브라이턴을 떠나 두 사람을 뒤쫓아가려고 하셨던 거야. 클래펌까지는 쉽게 추적할 수 있었지만 그 이상은 불가능하셨나봐. 거기에 도착하자 엡섬에서 타고 왔던 마차를 돌려 보내고 임대 마차로 갈아탔다는 거야. 그 뒤에 알아낸 건 런던을 향해 국도를 달려가는 것을 본 사람이 있다는 사실 뿐이야. 어떻게 생각하면 좋을지 모르겠어. 포스터 대령님은 런던의 그쪽을 샅샅이 뒤진 다음, 하트퍼드셔로 오는 동안 모든 유료 도로며 바넷과 햇필드의 여관까지 남김없이 찾아 보셨다지만 아무 소용도 없었던 모양이야. 한결같이 그런 사람은 못 보았다고 하더래. 그분은 친절하게도 롱본까지 오셔서 같이 염려해 주셨는데, 정말 고마우신 분이야. 정말 우리는 포스터 부부에 대해서는 진심으로 감사해야 해. 절대로 그분들을 원망해서는 안 된다고 생각해.

　사랑하는 리지, 우리는 모두 비탄에 잠겨 있어. 아버지도 어머니도 최악의 경우를 생각하고 계시지만, 나는 그 사람을 그렇게 나쁘다고만 생각할 수가 없어. 여러 가지 사정이 있어서 두 사람이 최초의 계획대로 하는 것보다 런던에서 몰래 결혼을 하는 것이 더 바람직하다고 생각했을지도 모르잖아. 그리고 설령 그 사람이 리디아처럼 어린 여자에게 그런 좋지 않은 목적이 있더라도, 리디아가 그렇게까지 부끄러움도 아무것도 느끼지 못한다고 생각할 수 있겠니? 절대 그럴 리 없어! 슬프게도 포스터 대령은 두 사람의 결혼을 그다지 믿고 계시지는 않는 듯하더구나. 내가 희망적으로 말하자, 고개를 저으면서 위컴은 신용할 수 없다고 말씀하시더라. 가엾게도 어머니는 정말로 몸이 아프신 것 같아. 내내 침대에 누워 계셔. 좀더 기운을 내시면 좋겠지만 기대할 수 없겠어. 그리고 난 지금까지 아버지가 그렇게 낙심하신 것을 본 적이 없어. 가엾은 키티는 그들이 애정을 숨겨왔다는 데에 화를 내고 있어. 하지만 그건 비밀스런 문제니까 놀랄 일이 아니지.

사랑하는 리지, 네가 이 비탄에 잠긴 모습들을 보지 않게 되어 정말 다행이라고 생각해. 그러나 솔직히 맨 처음의 충격이 가라앉은 지금은 리지가 돌아오기를 고대하고 있음을 고백하겠어. 하지만 사정이 안 된다면 강요하지는 않아. 나는 그토록 이기적인 사람은 아니야. 그럼 잘 있어! 방금 강요하지 않겠다고 했지만, 역시 돌아와주면 좋겠어. 그래서 다시 펜을 들었어. 이런 사정이니 다같이 되도록 빨리 돌아와 주기를 진심으로 바란다. 외삼촌과 외숙모님을 잘 알고 있으니, 이런 부탁도 주저없이 할 수 있다고 생각해. 그리고 외삼촌께는 따로 부탁드릴 일도 있어. 아버지는 포스터 대령님과 함께 곧 런던으로 가서서 리디아를 찾으려고 하서. 어떤 일을 하실 작정인지는 알 수 없지만, 너무 상심해 계시니 어떤 방법을 취하시더라도 최선의 방법으로 해내실 수 있을지 의심스러워. 포스터 대령님은 내일 밤 브라이턴으로 돌아 가서야 하니, 이처럼 위급한 때는 외삼촌의 충고나 조언이 더없이 바람직하다고 생각해. 내 심정은 잘 이해해 주실테니, 외삼촌이 호의를 베풀어 주시기를 바랄 뿐이야.

"아아! 외삼촌은 어디 계실까?" 엘리자베스는 편지를 읽기가 무섭게 이런 큰일에 잠시도 지체할 수는 없다고 생각하고 그를 찾아나서기 위해 자리에서 벌떡 일어섰다. 엘리자베스가 문에 다가간 순간 하인이 밖에서 문을 열었고 다시 씨가 나타났다. 엘리자베스의 창백한 얼굴과 심상치 않은 기색에 그는 매우 놀랐다. 그가 말문을 열 수 있을 만큼 마음을 가라앉히기도 전에, 리디아의 사건 밖에 생각할 수 없는 엘리자베스는 정신없이 외쳤다. "실례지만 잠깐 나가 봐야겠어요. 급한 볼일로 당장 외삼촌을 찾아야 해요. 1분도 지체할 수가 없어요."

"맙소사! 무슨 일입니까?" 그는 예절보다 감정을 고스란히 드러내어 큰소리로 말했으나, 곧 그것을 깨닫고는 다시 말했다. "당신을 말리지 않겠지만, 가디너 부부는 나나 하인이 찾으러 가는 게 좋을 것 같군요. 당신은 몸이 좋지 않은 것 같으니 무리라고 생각합니다."

엘리자베스는 망설였지만, 무릎이 덜덜 떨려서 자기가 나서도 별로 소용이 없을 것 같았다. 그래서 하인을 불러, 거의 알아들을 수 없는 숨가쁜 목소리로 얼른 외삼촌 부부를 찾아오라고 일렀다.

하인이 방에서 나가자, 그녀는 서 있을 기력조차 없어서 주저앉아 버렸다. 얼굴빛이 너무 안 좋아서 다시는 도저히 그녀를 혼자 남겨 두고 갈 수가 없어 부드럽고 배려하는 목소리로 말했다.

"하녀를 부를까요? 우선 기운을 차리도록 무얼 좀 드시겠습니까? 포도주 어떠세요. ……가져오게 할까요? ……아무튼 얼굴빛이 좋지 않아요."

"아니에요, 괜찮아요." 엘리자베스는 기운을 내려고 애썼다. "저는 아무렇지도 않아요. 건강해요. 다만 방금 롱본에서 무서운 소식이 와서, 어떻게 해야 좋을지 모를 뿐이에요."

얘기를 꺼내자 울음이 왈칵 쏟아지는 바람에 몇 분 동안 한 마디도 할 수 없었다. 그러자 다시도 어찌할 바를 모르며 걱정스럽다는 말을 몇 마디 우물우물 말하고는, 동정어린 눈으로 가만히 바라보기만 했다.

엘리자베스가 겨우 입을 뗐다.

"조금 전에 제인 언니한테서 편지를 받았는데, 아주 무서운 소식이 있었어요. 어차피 나중엔 다들 알게 될 테니 말씀드릴게요. 막냇동생이 자기 친구와 가출을 했대요. ……애인과 함께 달아났다는 거예요. 게다가 몸을 맡긴 상대가 바로 그 위컴 씨라지 뭐예요. 둘이서 브라이턴에서 같이 자취를 감췄대요. 다시 씨는 그 사람을 잘 알고 계시니 어떻게 된 건지 잘 아실 거예요. 리디아에겐 그 사람의 마음을 끌 만한 돈도 친척도 없어요. ……이제 그 애 인생은 구제받을 길이 없어요."

다시는 놀라서 그 자리에 못박혀 버렸다. 엘리자베스는 흥분한 목소리로 덧붙였다. "내가 그 일을 막을 수도 있었다고 생각하니 가슴이 미어져요! 저는 그가 어떤 사람인지 알고 있었으니까요. 다만 일부분만이라도 식구들에게 얘기해 두었더라면 좋았을걸! 그의 됨됨이만이라도 알고 있었더라면 이런 일은 일어나지 않았을 텐데. 이제 와선 모든 게 늦어 버렸어요."

"정말 슬프고 놀랍습니다. 큰 충격이군요. 그런데 정말 확실한 일인가요?"

"확실해요. 두 사람이 일요일 아침에 브라이턴을 떠나 런던까지 간 발자취는 더듬을 수 있었지만 그 이상은 모른다는군요. 확실히 스코틀랜드에는 가지 않은 모양이에요."

"그래서 동생을 찾기 위해 어떤 수단을 쓰고 계십니까?"

"아버지가 런던에 가셨고, 언니는 외삼촌께서도 도와주셔야겠다고 편지에 썼더군요. 우리도 30분 안에 떠날 생각이지만, 어쩔 방법이 없다는 건 잘 알고 있어요. 그런 사람을 어떻게 설득하겠어요? 무엇보다 두 사람을 찾아낼 수 있을지조차 알 수 없지요. 저는 전혀 가망이 없다고 생각해요. 정말 무서운 일이에요!"

다시는 고개를 끄덕이며 말없이 동의를 했다.

"그 사람의 본성을 빤히 알고 있었건만! 내가 해야 할 일, 용기를 내서 해야 했던 일을 알고 있었더라면! 그러나 저는 알지 못했어요. 너무 지나친 짓이 될까 봐 두려워하는 바람에. 아아, 어쩜 좋죠? 어쩜 좋을까요? 정말 너무 커다란 잘못을 저질렀어요!"

다시는 아무런 대답도 없었다. 엘리자베스가 하는 말은 거의 귀에 들어오지도 않는 것처럼 골똘히 생각에 잠겨 방 안을 왔다 갔다 하고 있었다. 그는 얼굴을 찡그리고 우울한 기색이었다. 엘리자베스는 그런 모습을 보는 순간 퍼뜩 깨달았다. 이제 자기의 매력은 사라진 것이다. 이토록 한심한 가족의 결점이 드러나고 이처럼 심한 불명예스러운 일이 일어났으니, 매력이든 뭐든 사라질 것이 뻔하다. 새삼 놀랄 것도 나무랄 것도 없다. 그가 그녀의 마음을 달래 주기 위해 궁금해하거나 비난하지 않으려고 자제하고 있다고 믿어 보아도 그녀의 괴로움이 누그러지지는 않았다. 오히려 그로 말미암아 자기 자신의 바람을 완전히 알게 되는 결과만 가져온 것이다. 엘리자베스는 모든 사랑이 소용없어진 지금만큼 절실하게 그를 사랑할 수 있다고 솔직하게 느껴본 적이 없었다.

그러나 그러한 이기심이 엘리자베스의 마음에 살며시 끼어들기는 해도 완전히 점령하지는 못했다. 식구 모두에게 치욕과 고통을 가져다주고 있는 리디아의 일이 곧 사사로운 걱정을 온통 삼켜 버렸다. 그녀는 얼굴을 손수건으로 가린 채 다른 일은 모두 잊고 있었다. 몇 분쯤 가만히 있다가 엘리자베스는 다시의 목소리에 겨우 정신을 차렸다. 그는 깊은 동정을 나타내면서도 예의 자제하는 목소리로 조용히 말했다.

"제가 돌아가길 무척 바라시리라 생각합니다. 아무 소용없는, 정말 걱정된다는 말밖에는 제가 여기 남아 있는 이유를 달리 변명할 것이 없군요. 조금이라도 위로가 될 말씀이나 일을 해드릴 수가 있다면 얼마나 좋을까요. 그러나 헛된 소망으로 당신을 괴롭히고 싶진 않습니다. 고의적으로 칭찬을 요구하는 것 같으니까요. 이 불행한 일로 제 여동생은 오늘 펨벌리에서 당신을 만나는 기쁨을 누리지 못하겠군요."

"아, 그렇죠. 다시 양에게 사과의 말을 전해 주세요. 어쩔 수 없는 볼일 때문에 급히 집에 돌아갔다고 말씀해 주세요. 불행한 사실은 될 수 있는 대로 숨겨 주시기 바랍니다. 머지않아 알게 되겠지만요."

그는 비밀을 지킬 것을 굳게 약속했다. 다시 한 번 그녀의 상심에 유감의 뜻을 나타내고, 현재 바랄 수 있는 것보다 좋은 결말이 나기를 바란다고 말했다. 그리고 외삼촌과 외숙모께 안부 인사를 남기고는 침통한 작별의 눈빛을 보내고 돌아갔다.

그가 나가자 엘리자베스는 더비셔에서 몇 번 만났던 것처럼 따뜻한 마음을 갖고 그와 만나는 일은 앞으로 두 번 다시 없으리라고 느꼈다. 서로 알게 되면서부터의 일들, 수많은 모순과 변화로 가득한 지난날을 추억하자, 전에는 인연이 끝나기를 바랐었는데 지금은 교제를 계속하고 싶어하는 자기의 변덕스런 감정에 절로 한숨이 나왔다.

감사나 존경은 애정의 좋은 토대가 되므로, 엘리자베스의 감정이 이렇게 변한 것도 있을 수 있는 일이며 잘못된 것이 아니다. 그러나 만일 이런 원인으로 솟아나는 애정이, 흔히 말하는 첫눈에 반한다거나 말도 몇 마디 주고받기 전에 좋아하게 되는 것에 비해 이치에 맞지 않거나 자연스런 것이 아니라고 한다면, 엘리자베스의 감정을 변호할 수 있는 말은 전혀 없을 것이다. 두 번째 방법은 위컴에 대한 호감에서 약간 시도해 보다가 실패로 끝나자 연애에 흥미를 덜 갖게 되었다는 식의 변명을 빼면 말이다. 아무튼 엘리자베스는 다시가 떠나가는 모습을 안타깝게 바라보면서, 리디아의 불명예스런 행위가 벌써부터 이런 식으로 가족에게 영향을 끼친다고 생각하자, 이 끔찍한 사건에 분노가 치밀었다.

제인의 두 번째 편지를 읽은 뒤로 엘리자베스는 위컴이 리디아와 결혼할 것이라는 희망도 품을 수 없었다. 제인 말고 누가 그런 기대를 가질 수 있겠는가! 일의 경위는 전혀 놀랍지도 않았다. 첫 번째 편지 내용이 그녀의 마음을 사로잡고 있는 동안, 돈 한 푼 없는 아가씨와 위컴이 결혼을 한다는 것이 정말 놀랍기만 했다. 게다가 리디아가 어떻게 그의 마음을 사로잡았는지 정말 이해하기 어려웠다. 그러나 지금은 모든 것이 너무나 자연스러웠다. 이런 정도의 애정에 대한 대상으로서 리디아는 충분한 매력을 지니고 있었다. 아무리 리디아라도 결혼할 생각도 없이 앞뒤 재지 않고 무작정 같이 달아나기로 결심했다고는 상상할 수 없지만, 그 덕성으로 보나 지성으로 보나 쉬운 희생물이 되었을 것이 뻔했다.

연대가 하트퍼드셔에 있는 동안 리디아가 그에 대해 각별한 호감을 갖고 있었다고는 볼 수 없었으나, 리디아는 부추기기만 하면 누구든지 좋아하는 처녀였다. 때에 따라 이 장교 저 장교를 좋아하면서, 상대방의 태도에 따라 그녀의 감정도 늘 바뀌었다. 그녀의 애정은 끊임없이 흔들렸지만, 그 대상이 없을 때는 한 번도 없었다. 제멋대로 하게 내버려 두었던 지난날이, 아! 지금은 뼈저리게 후회스러웠다.

엘리자베스는 미칠 듯이 집에 가고 싶어졌다. 아버지는 안 계시고 어머니는 기운을 못 차리고 누워계시는 어지러운 집안에서 혼자 모든 일을 도맡고 있을 제인이 가엾어졌다. 어서 제인을 만나 그동안의 일을 상세히 듣고 걱정을 함께 나누고 싶었다. 이제 리디아에 대해서는 어쩔 수 없다고 생각하면서도, 외삼촌이 나서는 것이 무엇보다도 중요하다고 생각되었다. 그래서 외삼촌이 방에 들어오기까지 그를 기다리는 마음은 이만저만 초조한 것이 아니었다.

다급한 전갈을 받은 가디너 부부는 서둘러 돌아왔는데, 하인의 설명을 듣고 조카딸이 갑자기 병이 났다고 짐작한 것이다. 엘리자베스는 우선 그 점에서 두 사람을 안심시키고 나서 두 사람을 급히 찾게 된 까닭을 자세히 설명했다. 그리고 편지 두 통을 소리내어 읽었는데, 두 번째 편지의 추신은 목소리가 떨릴 만큼 힘을 넣어 천천히 강조하여 읽었다. 가디너 부부는 본디 리디아를 예뻐하지 않았지만 몹시 놀라며 가슴 아파했다. 리디아뿐 아니라 모두에게 관계된 일이었기 때문이다. 그들은 처음엔 깜짝 놀라 소리를 질렀지만 힘이 닿는 대로 돕겠노라고 약속했다. 엘리자베스도 그 정도는 예상하고 있었지만, 눈물을 흘리며 고맙다고 말했다. 세 사람은 한마음이 되어 곧 여행을 마무리짓고, 한시라도 빨리 떠나기로 했다.

"펨벌리에는 어떡하면 좋을까?" 가디너 부인이 말했다. "아까 존이 그러던데 다시 씨가 오셨다는 게 정말이냐?"

"네. 그래서 안타깝지만 약속은 지킬 수 없다고 말해 줬어요. 그 일은 다 해결됐어요."

"그 일은 해결됐다니!" 준비 때문에 자기 방으로 돌아가면서 가디너 부인은 되풀이했다. "두 사람은 이미 무슨 일이든 사실대로 털어놓을 수 있는 사이인 걸까? 그게 궁금해지네."

그러나 이 소망은 헛된 것이었다. 그 뒤 약 한 시간 동안 정신없이 짐을 꾸리면서 그녀를 흥미롭게 한 것이 고작이었다. 엘리자베스는 게으름을 피울 겨를이 있었다면 지금처럼 처참한 심정으로 일 따위가 손에 잡힐 리 없다고 생각했겠지만, 그녀에게도 외숙모와 마찬가지로 해야 할 일이 있었다. 급히 떠나는 데 대해 램턴의 친구에게 거짓 변명을 하는 편지를 써야 했다. 그러나 그것도 한 시간 안에 끝났다. 그동안 가디너 씨는 숙박비를 냈으므로, 이제 떠나기만 하면 되었다. 엘리자베스는 아침 내내 괴로움에 사로잡혀 있었으나 상상했던 것보다는 훨씬 빨리 롱본으로 달려가고 있었다.

47

"다시 한 번 곰곰이 생각해 봤는데, 엘리자베스." 마차가 마을을 빠져나오자 외삼촌이 말했다. "잘 생각해 보니 점점 더, 언니의 판단이 옳은 것 같이 여겨지는구나. 보호자나 친구가 없는 것도 아닌 여자, 더욱이 자기 상관인 대령의 집에 머물던 여자에게는 어떤 젊은 남자라도 그런 계획을 세우기란 힘들다고 생각되는구나. 두 사람이 정식으로 결혼할 작정일 거라는 의견이 옳다고 여겨진단 말야. 그라고 그녀의 친지들이 가만히 내버려 두리라고 생각하겠니? 더욱이 포스터 대령에게 무례한 짓을 저지르고 다시 연대에 근무할 수 있다고는 생각하지는 않을 테니까. 그런 위험을 무릅쓰고 유혹하지는 않았을 거야."

"정말 그렇게 생각하세요?" 엘리자베스는 한순간 얼굴이 밝아지면서 외쳤다.

"정말," 가디너 부인이 말했다. "나도 네 외삼촌과 같은 생각이 들기 시작했어. 사실 그로서는 체면과 명예와 이익을 한꺼번에 내다버리는 셈이니, 도저히 위컴이 그런 죄를 저지르리라고는 생각되지 않아. 리지, 너는 그 사람이 그런 것들을 버릴 수 있다고 믿을 만큼 미덥지 않니?"

"그는 자기 이익까지 포기하는 짓은 아마 못할 거예요. 그렇지만 그 밖의 것은 무엇이든지 태연하게 버릴 수 있는 사람이라고 생각하고 있어요. 그야, 정말 두 분 말씀같이 된다면 얼마나 기쁘겠어요! 그러나 저로서는 희망을 가질 수 없어요. 만일 그렇다면 왜 스코틀랜드로 가지 않았을까요?"

"우선 첫째," 가디너 씨가 대답했다. "두 사람이 스코틀랜드로 가지 않았다는 확실한 증거는 없어."

"오오, 그렇지만 사륜마차에서 임대 마차로 갈아탔다는 건 틀림없는 걸요. 게다가 바넷 국도를 지나간 흔적도 발견되지 않았고요."

"좋아, 그럼 두 사람이 런던에 있다고 치자. 거기에 가 있더라도 그저 숨기 위해서지, 그 밖의 특별한 목적은 없는 게 아닐까. 둘 다 돈이 많을 리도 없으니, 런던에서 결혼하는 편이 스코틀랜드보다 번거로울지 모르지만, 비용이 덜 든다는 생각을 하고 있을지도 모르는 거야."

"그렇다면 왜 이렇게까지 비밀로 할까요? 왜 들킬까 봐 두려워하죠? 왜 결혼이 비밀이어야 하냐고요. 아니에요, 아니에요, 그럴 리가 없어요. 언니가 편지에도 썼지만, 위컴과 가장 친한 친구도 위컴이 리디아와 결혼할 의사가 전혀 없다고 믿고 있잖아요. 위컴은 돈 없는 여자와 절대로 결혼할 사람이 아니에요. 그렇게 할 여유가 없는 걸요. 그리고 리디아가 내세울 게 뭐가 있겠어요! 그야 젊고 건강하고 쾌활하지만, 위컴에게 유리한 결혼을 할 기회를 포기하도록 할 만한 것이 리디아에게 있단 말인가요? 군대에서 체면을 잃게 된다는 것이 리디아와의 불명예스러운 도피를 막을 수 있는지 저는 판단할 수가 없어요. 그런 도피가 얼마나 영향을 미치는지 전혀 모르니까요. 하지만 외삼촌의 다른 의견은 그렇지 않다고 생각해요. 리디아에겐 발벗고 나서 줄 오빠들이 없어요. 그는 아버지가 무관심해서 자기 가족에게 일어난 일에도 주의를 거의 기울이지 않으시는 분이라고 여기고, 다른 아버지들처럼 큰 소동을 일으킬 리 없다고 보는지도 몰라요."

"그럼 너는 리디아가 그의 사랑을 얻는 대신 모든 것을 버린 거라고 생각하는 거니? 결혼하는 것이 아니라 다른 어떤 조건이라도 그와 함께 살기만 하면 된다고 동의하면서 말이야?"

"저는 그렇게 생각해요. 그게 제일 큰 타격이에요, 정말." 엘리자베스는 눈물을 글썽이며 말했다. "동생의 도덕관념을 의심해야 하다니. 하지만 사실은 어떻게 말하면 좋을지 모르겠어요. 어쩌면 동생을 너무 나쁘게만 보는지도 몰라요. 아무튼 아직 어린데다 이런 중요한 문제를 진지하게 생각하도록 가르침을 받지 못했거든요. 게다가 최근 6개월 동안, 아니, 1년 동안 쾌락과 허영에 흠뻑 빠져 있었으니까요. 그 애가 자기 시간을 아주 게으르고 경솔하게 보내도록 내버려 두었고, 어떤 생각을 하든 아무도 야단치지 않았죠. 군대가 메리턴에 주둔하면서부터, 그 애 머릿속엔 연애놀음이라든가 장교들 생각 말고는 아무것도 없었어요. 그런 일만 생각하고 얘기하는 사이에 …… 그 애의 타고난 감수성을 더욱 예민하게 부추긴 거예요. 그리고 위컴이 여성의 마음을 사로잡을 만한 모든 매력과 수완을 갖고 있다는 건 우리 모두가 잘 알고 있는 사실이고요."

"그러나 제인은," 외숙모가 말했다. "그런 짓을 할 정도로 악한 사람이라고는 생각지 않잖아?"

"제인 언니가 누구를 나쁘게 생각한 적이 있나요? 누가 옛날에 어떤 지독한 짓을 했건 언니는 실제로 증거가 드러나기 전에는 결코 그런 짓을 할 리 없다고 믿는 사람이에요. 하지만 언니도 제가 알고 있는 만큼은 위컴의 본성을 알고 있어요. 우리는 둘 다 위컴이 전형적인 방탕한 남자라는 걸 알고 있어요. 그가 성실함도 염치도 없고, 아부를 잘하며 거짓되고 사람을 잘 속인다는 것도요."

"정말 그런 걸 모두 알고 있어?" 가디너 부인이 소리쳤다. 엘리자베스가 어떻게 그런 정보를 얻었는지 호기심이 일었다.

"그래요, 정말이에요." 엘리자베스는 얼굴을 붉히며 대답했다. "요전에 그 사람이 다시 씨에게 얼마나 파렴치한 짓을 했는지는 말씀드렸을 거예요. 그리고 외숙모님도 저번에 롱본에 오셨을 때, 참을성 있고 너그럽게 돌봐준 은인에 대해 어떻게 험담을 했는지 직접 들으셨을 거예요. 그 밖에도 제가 멋대로 이야기하지 못할 일들도 있어요. 말할 가치도 없는 일이지만요. 펨벌리 사람들에 대한 그의 거짓말은 일일이 손으로 꼽을 수 없을 정도예요. 다시 양에 대해서도 우리는 그녀가 아주 거만하고 붙임성 없고 무례한 아가씨인 줄 알고 있었어요. 그러나 그 사람은 사실 그렇지 않다는 걸 잘 알고 있었어요. 우리가 본 것처럼 그녀가 상냥하고 순진한 아가씨라는 걸 틀림없이 알고 있었을 거예요."

"그럼, 리디아는 그런 걸 아무것도 모른다는 말이냐? 리지와 제인이 그렇게 잘 알고 있는 일을 그 애는 전혀 모른다니, 어떻게 된 일이지?"

"그래요! 그게 제일 최악이에요. 저도 켄트에 가서 다시 씨와 그 사촌인 피츠윌리엄 대령을 자주 만나게 되기까지는 전혀 알지 못했어요. 거기서 집으로 돌아왔을 때엔 군대가 1주일이나 2주일 뒤 메리턴을 떠나기로 되어 있더군요. 그래서 제인이나 저나 이제 와서 그런 일을 공개할 필요는 없다고 생각했던 거예요. 그 사람에 대해 이웃 사람들이 품고 있는 호감이 뒤집혔다고 해서 누구에게 도움이 되겠어요? 리디아가 포스터 부인과 함께 가기로 정해졌을 때에도 그 사람의 정체를 그 애한테 귀띔해 줄 생각조차 못했지요. 이런 일이 생길 줄은 꿈에도 몰랐으니까요. 그 점은 외숙모도 믿어 주시겠죠? 정말 상상도 못한 일이에요."

"그럼 브라이턴으로 이동했을 때, 두 사람이 서로 좋아하는 것 같은 기색은 없었다는 거니?"

"전혀 없었어요. 어느 쪽에서도 애정의 징후 같은 건 본 적이 없었어요. 그런 눈치가 조금이라도 보였더라면 우리 가족이 가만히 보고 있었을 리 없잖아요. 맨 처음에 그 사람이 왔을 때엔 리디아도 푹 빠져 있었지요. 하지만 그 무렵에는 우리 모두가 그랬는 걸요. 처음 두 달 동안은 메리턴과 인근 처녀들이 거의 모두 그 사람 때문에 제정신이 아니었어요. 하지만 그 사람이 리디아만 특별히 대해 주지는 않았기 때문에, 그 애도 동경하던 시기가 지나자 자기를 더 위해 주던 다른 사람들과 가까이하게 되었던 거예요."

분명 흥미 있는 화제였지만, 아무리 논의를 되풀이해 보아도 그들의 두려움과 희망과 추측에 새로운 것을 곁들일 수는 없었다. 그러나 다른 화제를 꺼내도 곧 그들은 먼저의 화제로 되돌아가 버렸다. 특히 엘리자베스의 머리에서는 잠시도 떠나지 않았다. 쓰라린 고통과 자책감에 사로잡혀서 잠시도 마음 편하게 있을 수가 없었다.

그들은 전속력으로 달려서 도중에 하룻밤을 묵고, 이튿날 저녁식사 때는 롱본에 닿았다. 제인이 오랜 기다림에 녹초가 되지 않은 것이 엘리자베스로서는 커다란 위안이었다.

가디너 부부의 아이들은 마차가 보이자, 현관 층계에 나란히 서서 그들을 맞이했다. 마차가 문 앞에 닿자 기쁨과 놀라움이 뒤섞인 표정으로 모두의 얼굴이 단번에 밝아지며, 껑충껑충 뛰고 떠들어 대며 온몸으로 기쁨을 나타냈다. 이것이 그들을 환영하는 최초의 기분 좋은 인사였다.

엘리자베스는 마차에서 뛰어내려 모두에게 키스를 해 주고는 현관으로 급히 들어가, 어머니 침실에서 황급히 달려내려온 제인을 만났다.

엘리자베스가 다정하게 제인을 껴안자 두 사람 다 눈물이 글썽거렸다. 엘리자베스는 곧 리디아에 관해 무슨 소식이 있는지 물었다.

"아직 없어." 제인은 대답했다. "하지만 믿음직한 외삼촌이 돌아와 주셨으니 모든 일이 잘될 거라고 생각해."

"아버지는 런던에?"

"그래. 편지에 쓴 것처럼 화요일에 떠나셨어. 편지에서 말했던 그대로야."

"소식은 자주 와?"

"한 번 왔어. 수요일에 두세 줄 써서 보내셨는데, 무사히 도착했다는 것과 내가 부탁드린 대로 묵으시는 곳 주소만 알려 주셨을 뿐이야. 그리고 무슨 중요한 일이 있기 전엔 편지를 띄우지 않겠다고 덧붙이셨더구나."

"어머니는 어때? 다들 괜찮아?"

"어머니는 많이 괜찮아지신 것 같지만 그저 그래. 지금은 2층에 계셔. 모두 만나면 무척 기뻐하실 거야. 다행히 키티와 메리는 아주 건강해."

"하지만 언니는, 언니는 어때?" 엘리자베스는 외쳤다. "얼굴이 아주 창백해. 언니가 마음고생이 얼마나 심했을까!"

그러나 제인은 아주 건강하다고 말했다. 가디너 부부가 아이들을 돌보고 있는 동안 계속되던 둘의 대화는 그들이 다가오자 중단됐다. 제인은 눈물어린 미소를 보이며 두 사람을 환영하고 감사한 마음을 전했다.

모두가 응접실에 모이자 엘리자베스가 이미 한 질문을 두 사람이 제인에게 되풀이했고, 새로운 소식이 없다는 것을 알았다. 그러나 모든 것을 좋은 쪽으로 생각하는 제인의 상냥한 마음씨에서 우러나는 낙천적인 희망은 여전히 조금도 변하지 않았다. 지금도 모든 일이 잘 해결되리라 믿고, 당장에라도 리디아와 아버지로부터 그동안의 경위뿐 아니라, 결혼을 알리는 편지가 올 것을 기대하고 있었다.

잠시 얘기를 나눈 다음 모두 함께 베넷 부인의 방으로 갔는데, 부인은 짐작했던 태도로 맞아 주었다. 후회의 눈물을 흘리며 한탄하고 위컴의 야비한 행위에 대해 욕설을 내뱉고 자기 자신의 고통과 불행에 대해 늘어놓았다. 리디아의 잘못은 주로 자기가 분별없이 응석꾸러기로 기른 탓이었는데도, 그 책임자인 자기를 제외한 모든 사람을 비난하고 있었다.

"가족 모두 브라이턴으로 가자고 한 내 의견을 받아들였더라면, 이런 일은 생기지 않았을 거야. 가엾게도 리디아는 아무도 돌봐 주는 사람이 없었던 거야. 포스터 씨네는 왜 그렇게 애를 멋대로 내버려 두었을까? 그 사람들이 크게 잘못했던 거야. 잘 보살펴 주었다면 그런 짓을 할 아이가 아닌데. 애당초 안심하고 맡길 수 없는 사람들이라고 늘 생각하고 있었어. 하지만 여느 때처럼 내 주장은 받아들여지지 않았거든. 불쌍한 리디아! 그래서 지금 아버지가 찾으러 가셨는데, 위컴을 만나기만 하면 결투를 하실 게 분명해. 혹시 돌아가시기라도 하면 우리는 모두 어떻게 되는 걸까? 그 콜린스 부부는 무덤에 묻힌 아버지의 시신이 차가워지기도 전에 우리를 쫓아내 버릴 거야. 동생이 친절하게 도와주지 않으면 우리는 정말 어떻게 해야 좋을지 모를 거야."

그런 불길한 말은 입 밖에 내지도 말라고 모두 큰 소리로 말렸다. 가디너 씨는 누님과 아이들 전부를 돌봐 주겠다고 약속하고 나서, 자기도 내일 바로 런던으로 가서 리디아를 찾기 위해 최선을 다할 작정이라고 말했다.

"쓸데없이 불안해하면서 자포자기하지는 마세요." 그는 덧붙였다. "최악의 사태를 각오해 두는 것도 좋지만, 그걸 확실한 일이라고 생각할 필요는 없어요. 두 사람이 브라이턴을 떠난 지 아직 1주일도 지나지 않았어요. 2, 3 일 뒤엔 반드시 무슨 소식을 듣게 될 거예요. 두 사람이 결혼하지 않았다거나, 결혼할 뜻이 없다는 걸 알게 되기까지는 벌써부터 그렇게 낙심하지 맙시다. 런던에 도착하는 대로 매형을 만나, 그레이스처치에 모시고 가서 대책을 의논해 보겠어요."

"오오, 사랑스러운 동생아, 그거야말로 내가 제일 바라던 일이야." 베넷 부인은 대답했다. "런던에 돌아가면 어디에 있건 꼭 두 사람을 찾아내야 해. 그리고 혹시 결혼을 하지 않았다면 무슨 일이 있어도 결혼을 시켜 주고. 결혼 예복이 문제라면 나중에 얼마든지 돈을 보내주겠다고 리디아한테 말해 주고. 그리고 무엇보다 매형이 결투를 못하게 막아야 해. 내가 얼마나 비참한 상태인지를 잘 얘기해, 아주 넋을 잃고 있다고 말이야. 온몸이 후들후들 떨리고, 옆구리가 결리고 두통이 나고 심장이 두근거려서 낮이고 밤이고 잠을 잘 수가 없다고 전해줘. 귀여운 리디아에게는 내가 가기 전엔 옷을 주문하지 말라고 하고. 그 아인 제일 좋은 가게가 어딘지조차 모르니까. 오오, 정말 너는 친절하구나! 너라면 잘해 줄 거라는 걸 알고 있었어."

가디너 씨는 누나에게 할 수 있는 한 열심히 노력하겠노라 거듭 다짐을 하면서도 걱정하거나 희망을 갖는 것도 어느 정도 절제하는 것이 좋겠다고 충고할 수밖에 없었다. 저녁식사가 준비될 때까지 이렇게 누나와 얘기하고 나서, 가디너 씨는 딸들이 없는 동안 가정부를 붙들고 누나가 실컷 넋두리를 늘어놓게 놔두고 나왔다.

가디너 부부는 베넷 부인을 이렇게 가족들과 떨어뜨려 놓을 필요까지는 없다고 생각했지만 굳이 반대하지는 않았다. 두 사람은 누나가 하인들 앞에서 입을 다물고 있을 만한 분별을 갖고 있다고는 생각지 않았으므로, 온 집안에 알려지기보다 그들이 제일 믿을 수 있는 하녀 한 사람만이 그녀의 걱정과 불안을 알고 있는 편이 바람직하다고 판단했던 것이다.

식당으로 가자 저마다 자기 방에서 바쁘게 보내느라 지금까지 얼굴도 내밀지 않았던 메리와 키티도 내려왔다. 한 사람은 책을 읽느라, 한 사람은 화장을 하느라 여념이 없었던 것이다. 그러나 두 사람의 얼굴은 대체로 조용해서 이렇다 할 변화는 찾아볼 수 없었다. 다만 아끼던 동생을 잃어서인지 또는 이 사건에 분노했기 때문인지 키티의 말투는 여느 때보다 더 가시가 돋혀 있었다. 메리는 식탁에 앉자 자못 진지한 얼굴로 엘리자베스에게 다음과 같이 속삭였다.

"정말 한심한 일이어서 금방 소문이 쫙 퍼질 거야. 하지만 우리는 그 악의의 물결을 견디며, 상처를 입은 서로의 가슴에 자매답게 위안의 진통제를 발라 주어야 해."

그러나 엘리자베스가 대답할 생각이 없음을 눈치채자 덧붙여 말했다.

"이 사건이 리디아에겐 불행한 일이지만, 우리 모두는 참으로 유익한 교훈을 얻었어. 여자는 한 번 정조를 잃으면 돌이킬 수 없으며, 길을 한 걸음 잘못 접어들면 영원한 파멸에 이른다는 것을. 여성의 평판은 아름다운 만큼 부서지기 쉽고 무가치한 남성에 대해서는 아무리 몸을 사려도 지나치지 않다는 거지."

엘리자베스는 놀란 나머지 눈을 치켜떴으나, 마음이 너무 무거워서 대꾸할 엄두도 나지 않았다. 그러나 메리는 눈앞의 불행으로부터 끊임없이 이런 교훈을 끌어내어 스스로를 위로하고 있었다.

오후에 제인과 엘리자베스는 반 시간쯤 단둘이 있게 되었다. 엘리자베스는 그 기회에 많은 질문을 했고, 제인도 그에 못지않게 열심히 대답했다. 엘리자베스는 이 끔찍한 사건의 결말을 단언했고, 제인도 완전히 부정할 수만은 없는지라, 둘은 한동안 슬픔에 젖었다. 엘리자베스는 이 일에 대해 계속하여 말했다. "하지만 아직 내가 듣지 못한 일도 있지? 모조리 말해 줘. 더 자세한 얘기를 듣고 싶어. 포스터 대령님은 뭐라고 말씀하셨어? 그들이 도망가기 전엔 아무것도 모르셨대? 항상 두 사람이 같이 있는 걸 보셨을 텐데."

"포스터 대령님은 가끔 그런 낌새를 느끼긴 하신 모양이야. 특히 리디아 쪽에서 말이야. 하지만 특별히 경계할 만한 정도는 아니었대. 대령님도 참 안됐지. 무척 마음을 쓰시고 친절하게 해 주셨거든. 두 사람이 스코틀랜드로 갈 거란 생각은 꿈에도 하지 못했을 때부터 여기로 오시고 계셨던 거야. 그러다 우려가 소문으로 퍼지기 시작해서 더 빨리 달려오신 거지."

"그런데 데니는 위컴이 결혼할 의사가 없다는 걸 어떻게 알았지? 둘이 같이 달아나려는 것을 알고 있었나? 포스터 대령님은 데니를 직접 만나셨대?"

"그래. 하지만 대령님이 질문했을 때는 전혀 몰랐다고 부인하면서 진짜

241

의견을 말하려고 하지 않았대. 결혼할 생각이 없다는 주장은 되풀이하지 않았던 모양이야. 그래서 나는 틀림없이 데니 쪽에서 뭔가 오해를 하고 있었던 게 아닐까 하고 바라고 싶은 심정이야.”

“그럼 포스터 대령님이 오시기 전까진, 우리 가족은 모두 두 사람의 결혼을 의심하지 않았단 거야?”

“그런 생각이 머리에 떠오를 까닭이 있겠니? 나는 위컴 씨의 품행이 좋지 않다는 것을 알고 있었으니, 리디아가 그 사람과 결혼해서 행복해질 수 있을지에 대해선 약간 불안하고 걱정스러웠지. 하지만 아버지와 어머니는 그 점에 대해서는 아무것도 모르시니, 다만 무분별한 결혼이라고 생각하셨을 뿐이야. 그런데 키티가 우리보다 사정을 더 잘 알고 있는 걸 자랑하면서, 마지막 편지에서 리디아가 그런 수단을 취할지도 모른다는 걸 미리 귀띔해 줬다고 고백했던 거야. 벌써 여러 주일 동안이나 서로 사랑하고 있었다는 것도 알고 있었던 모양이고.”

“하지만 브라이턴에 가기 전부터는 아니었겠지?”

“아니, 그렇지는 않을 거야.”

“포스터 대령님도 위컴을 나쁘게 생각하시는 것 같았어? 그분은 위컴의 본성을 알고 계실까?”

“예전처럼 그리 좋게는 말씀하시지 않았어. 경솔하고 사치스럽다고는 생각하고 계시더라. 이번 일이 있고 나서, 그가 메리턴을 떠날 때 많은 빚을 남기고 갔다는 소문이 자자한 모양이야. 나는 잘못 퍼진 소문이길 바라고 있지만.”

“아아, 언니, 역시 우리가 그렇게 비밀로 하지 않고 알고 있는 것을 모조리 얘기했더라면 이런 일은 생기지 않았을 텐데!”

“그래, 그 편이 더 나았을지도 모르지.” 언니는 대답했다.

“하지만 그들의 현재 감정이 어떤지도 모르면서 지난날의 잘못을 들춰내는 건 옳지 않은 일이라고 생각해. 우리는 좋은 의도로 그런 거야.”

“포스터 대령님은 리디아가 부인 앞으로 남겼다는 편지에 대해 자세히 얘기해 주셨어?”

“응, 우리한테 보여 주기 위해 갖고 오셨어.”

제인은 지갑에서 그것을 꺼내어 엘리자베스에게 건네 주었다. 그 내용은 다음과 같았다.

　　사랑하는 해리엇

　　제가 어디로 갔는지 알게 되시면 분명 웃으실 거예요. 내일 아침에 제가 없어진 걸 알고 놀라실 것을 생각하면, 저는 웃음을 참을 수가 없네요. 전 그레트나 그린으로 가요. 누구하고 같이 가는지 짐작하지 못한다면 부인을 바보라고 생각할 거예요. 왜냐하면 제가 사랑하는 건 오직 한 사람뿐이며 그는 천사 같은 사람이에요. 그가 없으면 나는 도저히 행복해질 수가 없어요. 그러니 그 사람과 같이 달아나더라도 부디 나쁘게 생각지 말아 주세요. 그리고 싫으시다면 제가 떠난 것을 롱본에 알릴 필요는 없어요. 그러면 제가 리디아 위컴이라고 서명한 편지를 썼을 때 그들의 놀라움이 더욱 클 테니까요. 정말 멋진 장난이 될 거예요! 너무 우스워서 이 글을 쓸 수 없을 지경이에요. 프랫에게 오늘 밤 같이 춤추기로 한 약속을 지키지 못하는 점을 사과한다고 전해 주세요. 사정을 알게 되면 반드시 용서해 주실 거라고 생각해요. 그리고 다음에 무도회에서 만날 땐 기꺼이 상대해 드리겠다고 말씀해 주세요. 롱본에 도착하면 옷을 가지러 사람을 보내겠어요. 그러나 짐을 꾸리기 전에, 샐리에게 수놓은 모슬린 가운의 해어진 곳을 수선해 두라고 말씀해 주세요. 안녕히, 포스터 대령님께도 안부 전해 주세요. 그리고 저희의 여행을 축복해 주세요.

당신의 사랑하는 벗
리디아 베넷

　　"오오, 철없는, 철없는 리디아!" 다 읽고 나서 엘리자베스는 한탄했다. "그런 때에 이런 편지를 쓰다니! 하지만 적어도 이것으로 그 애는 여행의 목적을 진지하게 생각했다는 걸 알 수 있어. 나중에 그가 어떻게 설득했는지는 모르지만, 리디아 쪽에서는 그렇게 명예롭지 못한 계획이 아니었던 거야. 불쌍한 아버지! 얼마나 견디기 어려우셨을까!"

　　"그렇게 충격을 받은 사람은 본 적이 없어. 꼬박 10분은 아무 말씀도 못 하셨는걸. 어머니는 곧장 자리에 누우셨고, 집안은 온통 쑥대밭이었어!"

　　"아아, 언니, 그날이 가기 전에 집안 하인들 가운데 그런 사정을 모르는 사람이 있긴 있었을까?"

마침내 엘리자베스의 목소리가 커졌다.

"모르겠어. 그러기를 바라지만 말이야. 하지만 그런 때 아무도 모르게 숨기기란 어려운 일이지. 어머니는 히스테리를 일으키셨고, 나는 될 수 있는 대로 도와 드렸다고는 생각하지만, 더 잘 보살펴 드릴 수 있었을지도 몰라. 그렇지만 앞으로 어떻게 될까 하는 두려움 때문에 아무것도 할 기운이 없어져 버렸었어."

"어머니를 간호하는 일은 여간 어렵지 않았을 거야. 얼굴빛이 좋지 않아. 내가 같이 있었더라면 좋았을 텐데! 시중도 근심도 전부 혼자 짊어졌으니."

"메리와 키티가 아주 잘 해 주었어. 힘든 일은 뭐든 거들어 주었을 거야. 하지만 그 애들에게 그런 일은 시킬 생각은 하지도 않았어. 키티는 너무 가냘프고, 메리는 공부하기에 바쁘니 모처럼의 휴식 시간을 방해할 수 없잖아. 필립스 이모께서 화요일에 아버지가 떠나신 뒤에 오셔서 고맙게도 목요일까지 계시다 가셨어. 정말 많이 도와주시고 위로해 주셨지. 루카스 부인도 친절하게 수요일 아침에 여기까지 걸어오셔서 우리를 위로해 주시고, 도울 일이 있으면 자기도 딸도 뭐든지 하시겠다고 말씀하셨어."

"그분은 집에 가만 계셨으면 좋았을걸." 엘리자베스는 날카롭게 말했다. "호의는 고맙지만 이렇게 불행할 때엔 이웃 사람들은 되도록 만나지 않는 게 좋아. 도움을 받는다는 건 불가능하고, 동정을 받는 건 도저히 견딜 수 없어. 멀리서 승리감을 맛보는 것으로 만족해 주면 고맙겠어."

엘리자베스는 아버지가 런던에서 리디아를 찾아내기 위해 어떤 방법을 쓰실 생각인지를 자세히 물었다.

"아마 가장 먼저 엡섬에 가시지 않겠어? 거기서 마지막으로 말을 갈아탔다고 하니까. 마부들을 만나 뭔가 단서를 잡을 수 있는지 알아보신댔어. 클래펌에서 두 사람을 태운 임대 마차의 번호를 알아내는 게 가장 큰 목적이시겠지. 그 마차는 런던에서 손님을 태우고 왔고, 신사와 숙녀가 한 마차에서 다른 마차로 갈아탔다면 뭔가 사정을 눈치챘을지도 모르니, 일단 클래펌에서 알아볼 작정이신 것 같았어. 혹시 마부가 앞손님을 어느 집에서 내려 주었는지만 알게 된다면 여러 모로 조사해 보신댔어. 그 임대 마차가 정차하는 곳이나 번호 등을 알아내는 것도 불가능하진 않을 거라고 생각하시는 것 같았어. 다른 계획에 대해서는 아무것도 몰라. 아버지는 너무 급히 서두르셨고 크게 낙심하고 계셨으니, 이만큼 알아내는 것도 쉬운 일이 아니었어."

48

가족들은 이튿날 아침 베넷 씨의 편지를 몹시 기다리고 있었으나, 아버지로부터는 아무 소식도 없었다. 아버지가 평소에 편지쓰기를 싫어한다는 것은 알고 있었지만, 이런 때만큼은 좀 신경을 써 줄 것이라고 기대했던 것이다. 알릴 만한 소식이 아무것도 없는 모양이라고 생각할 수밖에 없었지만, 그렇다면 그렇다고 확실하게 알려 주기만 해도 될텐데 말이다. 무엇보다도 가디너 씨는 편지를 받아 보고 나서 떠날 작정이었던 것이다.

가디너 씨가 가면 적어도 일의 진행은 매일 알 수 있을 것이다. 외삼촌은 떠날 때, 될 수 있는 대로 베넷 씨가 롱본으로 돌아오도록 설득할 것을 약속하면서 누나를 안심시켰다. 그녀는 남편이 돌아오지 않으면 반드시 결투로 죽게 될 거라고 믿고 있었던 것이다.

가디너 부인과 아이들은 2, 3일 더 하트퍼드셔에 묵을 예정이었다. 그렇게 하는 것이 조카들에게 도움이 된다고 생각했기 때문이다. 그녀는 베넷 부인의 간호를 돕고, 할 일이 없을 때도 큰 위안을 주었다. 필립스 이모도 모두를 격려하려고 위로하기 위해 자주 찾아왔지만, 결국 위컴의 낭비벽과 나쁜 행실에 관한 새로운 소식을 보고하고 갈 뿐이어서 식구들은 그녀가 오기 전보다 더 심란해졌다.

메리턴 거리 전체가 3개월 전에는 빛의 천사처럼 떠받들던 남성을 시꺼멓게 먹칠하는 데 한껏 열을 올리고 있었다. 위컴은 메리턴의 모든 상인들로부터 돈을 꾸어 썼음이 밝혀졌고, 난봉꾼이라는 명예로운 별명까지 얻은 그의 여자관계가 모든 상인의 가정에까지 퍼지고 있었다. 너나 없이 그를 온 세계에서 가장 악랄한 사내라고 단언했고, 그러자 모두들 그의 선량한 외모를 처음부터 의심하고 있었다고 말하기 시작했다. 엘리자베스는 들려 오는 소문의 절반 이상은 믿지 않았지만, 그래도 전부터 의심하던 동생의 파멸을 더욱 더 확신하지 않을 수 없었다. 소문을 믿지 않던 제인조차 이제는 거의 절망적인 상태가 되었다. 특히 만일 두 사람이 스코틀랜드로 갔다면—이 점에 대해 그녀는 여전히 희망을 버리지 않았다—무슨 소식이 있어야 했으므로 점점 더 가망이 없다고 생각하지 않을 수 없었다.

가디너 씨는 일요일에 롱본을 떠났다. 화요일에 그의 아내에게 편지가 왔는데 거기에는, 도착하자마자 매형을 만나 그레이스처치의 집에 오게 했다고 했다. 그가 말하기를, 베넷 씨는 자기가 런던에 도착하기 전에 엡섬과 클래펌에 갔었으나 만족스러운 정보는 아무것도 얻을 수 없었다는 얘기며, 지금은 두 사람이 맨 처음 런던에 와서 하숙을 구하기 전에 호텔에 묵었을 가능성이 있음을 생각하고, 런던의 주요 호텔을 샅샅이 조사해 보기로 했다는 것 등이 쓰여 있었다. 가디너 씨는 이런 방법으로는 별로 성공을 기대할 수 없으나, 매형이 어지간히 열을 올리고 있으므로 아무튼 그를 도와 찾아볼 생각이라고 했다. 그는 베넷 씨가 지금으로서는 런던을 떠날 생각이 전혀 없으며, 다시 소식을 전하겠다며 말을 맺었다. 그리고 다음과 같은 내용의 추신이 있었다.

나는 포스터 대령에게 편지를 보내, 혹시 가능하다면 연대에서 그 청년과 가까이 지내던 사람을 통해, 위컴의 친척이나 지인들 중에서, 그가 런던 어디에 숨어 있는지 알고 있을 듯한 사람이 있는지 알아봐 달라고 부탁했소. 만일 누군가 그런 단서라도 잡을 수 있는 사람이 있으면 크게 도움이 되겠지만, 지금으로서는 전망이 보이지 않는구려. 포스터 대령은 이 점에서 온 힘을 다해 협력해 주실 것이라고 생각하오. 그러나 지금 다시 생각해 보니, 그에게 어떤 친척이 있는지 가장 잘 아는 사람은 리지일 것 같소.

엘리자베스는 어째서 자기가 그런 중요 인물로 떠올랐는지 알았지만, 그런 찬사를 들을 만큼 만족스러운 정보를 제공할 힘은 없었다. 오래전에 세상을 떠난 부모 말고는 친척이 있다는 말은 한 번도 들은 적이 없었다. 오히려 연대 동료들이 더 자세한 정보를 줄 수 있을지도 모른다. 너무 낙관할 수는 없지만 어쨌든 기대를 걸어볼 만한 일이었다.

롱본의 나날은 불안의 연속이었다. 그중에서도 우편물이 올 시간이면 특히 안절부절못했다. 아침마다 무엇보다 기다리는 것은 편지로서, 좋은 일이건 궂은 일이건 소식은 오직 편지를 통해 전해진다. 그리하여 오늘이야말로 뭔가 중요한 소식이 오지 않을까 하고 매일매일 기다리는 것이었다.

가디너 씨에게서 두 번째 편지가 오기 전에, 생각지도 못한 곳에서 아버지 앞으로 편지가 왔다. 콜린스 씨였다. 제인은 아버지가 없는 동안 그에게 오는 편지를 모두 뜯어 보라는 지시를 받았으므로 그것을 읽기 시작했다. 콜린스 씨의 편지가 늘 기묘하기 짝이 없음을 알고 있는 엘리자베스도 제인의 어깨너머로 그것을 들여다보았다. 내용은 다음과 같았다.

안녕하십니까? 현재 귀하가 겪고 있는 고통에 대해 위로의 말씀을 드리는 것이 우리의 관계와 저 자신의 지위에 따라 마땅한 일인 듯합니다. 사건에 대해서는 어제 하트퍼드셔에서 온 편지로 알게 되었습니다. 콜린스 부인과 저는 시간의 힘으로도 치유하기 어려운 원인으로 인해 더없이 불쾌한 현재의 고난에 시달리시는 귀하 및 귀댁 여러분께 깊은 동정의 말씀을 보냅니다. 저는 그와 같은 비통한 불행을 조금이나마 누그러뜨리고, 부모의 마음을 더없이 괴롭히는 이번 사건에 시달리는 귀하를 위로하기 위해 모든 위로의 말씀을 드립니다.

이 불행과 비교한다면 따님의 죽음이 오히려 축복일 겁니다. 그리고 더욱더 한탄해야 할 것은, 사랑하는 샬롯의 말에 따르면 따님의 방종이 너무 지나친 관용에서 생긴 것으로 짐작할 이유가 있다는 사실입니다. 귀하와 따님을 위로하기 위해 말씀드립니다만, 따님의 성질이 선천적으로 나빴던 것 같다고 생각합니다. 그렇지 않고서야 그처럼 어린 나이에 그런 무모한 짓을 하지는 않았을 것입니다. 여하튼 귀하의 처지는 그야말로 동정하지 않을 수 없으며 이 점은 콜린스 부인뿐 아니라, 제가 이 사건을 보고한 캐서린 부인 및 그 따님께서도 완전히 동감하고 계십니다. 두 분께서는 이 따님 하나의 잘못이 다른 모든 자매의 운명에 해를 끼칠 것이라는 저의 염려에도 의견을 같이하고 계십니다.

그도 그럴 것이, 캐서린 부인이 말씀하신 바와 같이, 누가 그런 가족과 인척 관계를 맺으려 하겠습니까? 그러니 이 점을 고려하면 지난해 11월의 어떤 사건도 저로서는 더욱더 만족감을 느끼지 않을 수 없습니다. 만일 그렇게 되지 않았더라면 저도 귀하의 슬픔과 불명예에 말려들었을 것이기 때문입니다. 그러므로 될 수 있는 대로 스스로를 달래시고, 아버님의 뜻을 어긴 그 따님에게서 귀하의 애정을 영원히 거두어 극악한 죄악의 대가를 스스로 치르게 하실 것을 충고드리는 바입니다.

가디너 씨가 포스터 대령의 답장을 받고 나서 두 번째 편지를 보냈지만 반가운 소식은 전혀 없었다. 위컴은 편지를 주고받는 친척이 하나도 없고, 살아 있는 근친도 없었다. 예전에 알고 지내던 사람은 많았으나, 군대에 들어온 뒤로 그들 가운데 누구하고도 가까이 지내지 않았는지 그에 관한 소식을 알려 줄 만한 사람은 아무도 없었다. 리디아의 친척에게 들킬까 봐 두려워했을 뿐 아니라, 그의 나쁜 경제 상태가 거처를 숨긴 큰 동기가 되었던 것이다. 그 무렵 그가 도박을 하다가 크게 빚을 졌었다는 소문이 퍼지기 시작했다. 포스터 대령은 브라이턴에서의 빚을 청산하기 위해서는 1천 파운드 이상의 돈이 필요할 것이라고 했다. 마을에도 적지 않은 빚이 있었는데, 도박을 하면서 진 빚은 더욱 많았다. 가디너 씨는 이런 상세한 일들을 롱본 사람들에게 하나도 숨김없이 써서 보냈다.

제인은 몸서리를 치며 외쳤다. "도박꾼이라니! 정말 뜻밖이야. 꿈에도 생각지 못했어."

가디너 씨는 토요일에 아버님이 귀가하실 것이라고 덧붙였다. 애쓴 보람도 없이 모두 실패로 끝나는 바람에 의기소침한 베넷 씨는, 그때그때의 필요에 따라 적절한 수색을 계속 할테니 뒷일은 맡기고 그만 돌아가라는, 처남의 간곡한 부탁을 그제야 받아들인 것이다. 베넷 부인은 이 소식을 듣고, 남편의 생명에 대해 그렇게 걱정을 했으면서도 딸들이 기대하던 것만큼 만족감을 나타내지는 않았다.

"뭐라고! 아버지가 돌아오신다고? 불쌍한 리디아도 데려오지 않고!" 그녀는 소리쳤다. "두 사람을 찾아내기 전까진 결코 런던을 떠나지 않겠다더니! 아버지가 돌아오면 누가 위컴과 결투해서 리디아를 결혼시키겠니?"

가디너 부인도 런던으로 돌아가기를 원했으므로 부인과 아이들은 베넷 씨의 출발에 맞추어 런던으로 떠나기로 결정되었다. 그래서 마차는 가까운 역까지 가디너 부인과 아이들을 태우고 갔다가, 롱본의 주인을 태우고 돌아왔다.

가디너 부인은 엘리자베스와 다시에 대해서는 결국 더비셔에서부터 품어

왔던 궁금증을 그대로 간직한 채 돌아갔다. 여러 사람 앞에서 조카딸이 그의 이름을 스스로 입 밖에 내는 일은 결코 없었다. 그에게서 편지가 오지 않을까 하는 그녀의 실낱 같은 기대도 끝내 이루어지지 않았다. 집에 돌아온 뒤로 펨벌리에서는 단 한 통의 편지도 오지 않았다.

가족이 지금 불행한 상태에 놓여 있으므로 엘리자베스는 기분이 좋지 않은 것에 대해 다른 변명을 할 필요가 없었다. 엘리자베스도 이즈음에는 자기의 감정을 어느 정도 알고 있었으므로, 혹시 자기가 다시에 대해 아무것도 몰랐다면 리디아의 추문에도 신경을 덜 쓰고 참아낼 수 있었을 것을 잘 알고 있었던 것이다. 그렇다면 적어도 이틀 중 하루는 잠을 이룰 수 있었을 것이라고 생각했다.

집에 도착한 베넷 씨는 언제나처럼 냉정한 태도를 잃지 않고 있었다. 여느 때처럼 말이 없고, 다녀온 일에 대해서도 한 마디도 하지 않았다. 딸들이 용기를 내어 그 애기를 꺼내기까지는 한동안 시간이 걸렸다.

오후가 되어 차를 마시기 위해 아버지와 한자리에 앉았을 때 엘리자베스가 처음으로 그 화제를 꺼냈다. 그녀가 마음이 무척 괴로우셨을 거라고 짤막하게 위로의 말을 하자, 베넷 씨는 대답했다.

"아무 말도 하지 말렴. 나 혼자 괴로워하면 그만인 거야. 다 내 잘못이니 당연하지."

"스스로를 너무 책망하셔서는 안 돼요." 엘리자베스는 말했다.

"자책의 악덕을 경고해 주는구나. 인간이란 금방 거기에 빠지기 쉬우니까. 하지만 리지, 일생에 한 번만이라도 내 자신의 책임을 통감하게 해다오. 나는 그 생각에 짓눌려 버리지는 않아. 곧 잊어버릴 수 있거든."

"두 사람이 런던에 있다고 생각하세요?"

"그렇지. 다른 데선 그렇게 잘 숨어 있지 못해."

"게다가 리디아는 줄곧 런던에 가고 싶다고 말했었거든요." 키티가 덧붙였다.

"그럼 지금은 퍽 행복하겠구먼." 아버지는 짖궂게 말했다. "그렇다면 당분간은 런던에서 살게 되겠지." 그리고 잠깐 입을 다물었다가 다시 말을 이었다. "리지야, 5월에 네가 나한테 충고해 준 게 옳았다고 해서 나쁜 감정을 품고 있지는 않는단다. 오히려 이 사건을 통해 생각해 보니, 네가 얼마나 생각이 깊은지 알겠더구나."

이때 제인이 들어와서 이야기는 중단되었다. 어머니가 마실 차를 가지러 온 것이다.

"허허, 시위 한 번 대단하군." 베넷 씨는 외쳤다. "보기에는 더할 나위 없지. 같은 불행이라도 더 그럴듯하게 보이니까! 언젠가 나도 그렇게 해봐야지. 서재에 나이트캡과 잠옷 바람으로 틀어박혀서 온갖 시중을 들게 하는 거야. 아니면 키티가 달아날 때까지 미루기로 할까."

"저는 달아나거나 하진 않아요, 아버지." 키티는 짜증스럽게 말했다. "저라면 브라이턴에 가더라도 리디아 같은 짓은 안할 거예요."

"네가 브라이턴에 가다니! 당치도 않지, 가까운 이스트본에도 보내지 않을 거다! 애야, 키티야, 나도 이제 마침내 조심해야 한다는 걸 배웠으니 그 효과를 절실히 느끼게 될 거다. 장교는 집에 절대 출입 금지, 아니지, 마을도 지나가지 못하게 할 거다! 언니들과 춤추는 건 괜찮지만 무도회는 절대로 안 돼. 또 집 밖으로도 절대 못 나간다. 날마다 10분씩이라도 분별 있는 태도로 지냈다는 증거가 없다면 말이다."

키티는 이 위협을 곧이듣고 울음을 터뜨렸다.

"그래, 그래." 그는 말했다. "그렇게 슬퍼할 건 없단다. 앞으로 10년만 착하게 지낸다면, 그때엔 열병식에 데려가 줄 테니까."

49

베넷 씨가 집에 돌아온 지 이틀 뒤, 제인과 엘리자베스는 집 뒤의 관목림을 거닐고 있다가 가정부 힐이 자기들 쪽으로 오는 것을 보았다. 틀림없이 어머니가 부르러 보낸 줄 알고 그녀 쪽으로 다가갔다. 그런데 어머니의 호출이 아니었다. 두 사람이 다가가자 가정부는 제인에게 말했다.

"아가씨, 산책하고 계신데 죄송해요. 런던에서 무슨 좋은 소식이라도 있었는가 싶어서, 실례를 무릅쓰고 물어 보려고 온 거예요."

"힐, 그게 무슨 말이에요? 아무 소식도 없어요."

"아이고, 아가씨." 힐 부인은 몹시 놀라서 외쳤다. "가디너 씨에게서 주인님께 속달이 온 걸 모르고 계세요? 우체부가 다녀간 지가 벌써 30분이나 지났는데요. 주인님이 편지를 받으셨거든요."

두 사람은 나머지 말을 듣지도 않고 정신없이 뛰어갔다. 현관을 지나 아침 식사를 하는 방으로, 또 서재로 들어가 보았으나 아버지는 보이지 않았다. 어머니와 함께 계시는가 싶어 2층으로 올라가려다가 집사를 만났는데, 그가 말했다.

"주인님을 찾고 계세요, 아가씨? 잡목림 쪽으로 걸어가시던데요." 이 말을 듣고 두 사람은 또다시 현관을 지나 아버지를 찾아 잔디밭을 가로질렀다. 아버지는 목장 한쪽에 있는 자그마한 숲을 향해 유유히 걸음을 옮기고 있었다.

제인은 엘리자베스만큼 발이 빠르지도 않고 달리는데도 익숙하지 않아서 이내 뒤처져 버렸지만, 엘리자베스는 가쁜 숨을 몰아쉬며 아버지를 따라잡고 외쳤다.

"아버지, 무슨 소식이에요? 대체 어떤 소식이에요? 외삼촌에게서 편지가 왔어요?"

"그래, 속달로."

"좋은 소식이에요, 나쁜 소식이에요?"

"좋은 일이 있을 턱이 없잖니?" 그는 편지를 주머니에서 꺼냈다. "하지만 너희도 읽어 보고 싶겠지."

엘리자베스는 조급하게 아버지의 손에서 편지를 빼앗듯이 받아 쥐었다. 제인도 겨우 뒤쫓아왔다.

"소리내어 읽어 보렴." 아버지는 말했다. "나는 무슨 말인지 잘 모르겠다."

친애하는 형님께.

드디어 리디아에 관해 만족할 만한 소식을 전해 드릴 수 있게 되었습니다. 토요일에 매형과 헤어지고 곧, 정말 우연히 두 사람의 거처를 알아내었습니다. 자세한 얘기는 만나뵙고 말씀드리겠지만, 두 사람을 찾아냈다는 것을 아신 것만으로도 충분하다고 생각합니다. 저는 두 사람을 만났습니다.

"그럼 역시 내가 바라던 대로였구나." 제인이 외쳤다. "결혼한 거야!"

엘리자베스는 계속해서 읽었다.

　저는 두 사람을 만났습니다. 그들은 아직 결혼하지 않았으며, 할 의사가 있는 것 같지도 않았습니다. 그러나 만일 제가 매형 대신 맺은 계약을 실행에 옮기실 마음이 있으시다면, 머잖아 결혼할 것이라는 희망을 갖고 있습니다. 매형에 대한 요구 조건은, 매형과 누님이 사망한 뒤, 딸들이 상속할 5천 파운드에 대해 상속재산 분할법에 따라 리디아도 동등하게 분여받는다는 것과 매형이 살아 계시는 동안 1년에 1백 파운드의 지급을 약속해 달라는 겁니다. 이 정도 조건이면 매형의 대리 자격으로 수락할 수 있다고 생각하여, 이리저리 따져본 뒤 서슴지 않고 받아들였습니다.

　한시라도 빨리 답장을 받을 수 있도록 속달로 이 편지를 보냅니다. 이런 일들을 자세히 생각해 보시면, 위컴 씨의 재정이 세상 사람들이 생각하는 만큼 반드시 절망적인 것은 아님을 이해하셨을 줄 압니다. 그 점에서는 세상 사람들이 잘못 알고 있었습니다. 다행히 모든 부채를 갚은 뒤에도, 리디아에게는 자신의 재산에 곁들여서 약간의 금액이 남으리라고 말씀드릴 수 있어 기쁩니다.

　저는 이 일을 이렇게 마무리 짓고자 하는데, 매형께서 모든 권한을 제게 맡겨 주신다면 곧 해거스턴에게, 소정의 재산 분할 절차에 관한 지시를 내릴 작정입니다. 그렇게 되면 매형께서 다시 런던에 오실 필요는 전혀 없습니다. 롱본에 조용히 계시면서 저에게 맡겨 주신다면 모든 일을 신중하게 처리하겠습니다. 급히 답장을 주시고, 또 명료하게 써주시기 바랍니다. 저희는 조카딸을 저희 집에서 결혼시키는 게 좋다고 생각하는데, 이에 대해서도 양해해 주시기 바랍니다. 리디아는 오늘 저희 집에 옵니다. 그리고 앞으로 다른 결정을 내릴 때에는 곧 알려 드리겠습니다.

그레이스처치 스트리트, 월요일

8월 2일

에드워드 가디너

　"정말일까?" 엘리자베스는 다 읽고 나서 외쳤다. "위컴이 리디아와 결혼을 한다는 게 정말일까?"

"위컴은 우리가 생각하던 것처럼 그렇게 나쁜 사람은 아니었어." 언니가 말했다. "아버지, 정말 잘 되었어요."

"답장은 쓰셨어요?" 엘리자베스가 물었다.

"아직 쓰지 않았어. 하지만 곧 써야지."

엘리자베스는 어서 빨리 쓰라고 간곡하게 말했다. "아아, 아버지." 그녀는 목청을 돋웠다. "곧 돌아가서 써주세요. 이런 경우엔 1분이 소중해요."

"혹시 쓰기 싫으시면 제가 대신 쓸게요." 제인이 말했다.

"정말 쓰기 싫지만, 써야만 하겠지." 이렇게 말하면서 그는 두 사람과 함께 발길을 돌려 집으로 향했다.

"좀 여쭈어 봐도 돼요?" 엘리자베스가 말했다. "조건은 동의하실 거죠?"

"동의하고 말 것도 없지. 나는 그 녀석의 요구가 너무 적어서 오히려 부끄러울 지경이야."

"그래도 결혼은 해야 해요! 비록 상대가 위컴이긴 하지만!"

"그렇지. 결혼은 해야지. 다른 방법이 있겠느냐. 하지만 걱정되는 일이 두 가지 있거든. 너희 외삼촌이 이 일을 성사시키려고 돈을 얼마나 썼는가 하는 것과, 어떻게 그걸 갚아야 좋은가 하는 거야."

"외삼촌이 돈을요!" 제인이 외쳤다. "그건 무슨 말씀이세요, 아버지?"

"내 말은, 정신이 제대로 된 사내가 내가 살아 있는 동안 1년에 1백 파운드와 죽은 다음에도 고작 5천 파운드라는 하찮은 조건으로 리디아와 결혼하겠느냐는 거야."

"그건 그렇군요." 엘리자베스가 말했다. "지금까지 미처 생각하지 못했어요. 빚을 갚고도 아직 남은 게 있다니! 아아, 외삼촌은 정말 마음이 너그러우세요! 무리하게 돈을 마련하신 건 아닐까요? 웬만한 돈으로는 그렇게 못할 테니까요."

"그렇지." 아버지가 말했다. "1만 파운드에서 단 한 푼이라도 모자란 액수로 리디아와 결혼한다면 위컴은 바보지. 식구가 되느냐 마느냐 하는 시점부터 바보라고 생각하고 싶진 않구나."

"1만 파운드라니! 맙소사! 그 절반인들 어떻게 갚을 수 있겠어요?"

베넷 씨는 대답하지 않았다. 세 사람은 저마다 생각에 잠겨서 집에 도착할 때까지 묵묵히 걸었다. 그리고 아버지는 편지를 쓰기 위해 서재로 가고, 딸들은 아침식사를 하러 식당으로 들어갔다.

"두 사람이 정말로 결혼하는 걸까?" 둘이 있게 되자마자 엘리자베스가 소리쳤다. "정말 이상해! 게다가 우리가 그걸 고맙게 생각해야 하다니! 결혼해도 불행해질 게 뻔하고, 상대 남자는 그토록 야비한데, 억지로라도 기뻐해야 하다니! 아아, 리디아!"

"나는 이렇게 생각하면서 위안을 삼고 있어." 제인은 대답했다. "하지만 나는 리디아에 대한 참된 애정이 없으면 결혼을 승낙하지 않았을 거라고 생각하고 싶어."

"친절한 외삼촌이 그 사람의 빚을 갚기 위해 어떻게 해 주셨겠지만, 1만 파운드나 되는 큰돈을 내놓으셨다고는 믿을 수 없어. 당신 자식도 있고 앞으로 더 늘어날지도 모르잖아. 그러니 5천 파운드라도 내놓으실 여유는 없으셨을 것 같아."

"그건 위컴의 빚이 얼마이고 리디아 몫으로 남은 돈이 얼만지 알면, 외삼촌이 얼마나 내셨는지 정확하게 알 수 있을 거야. 위컴은 단돈 한 푼도 없을 테니까. 외삼촌과 외숙모님의 은혜는 도저히 갚을 길이 없어. 굳이 리디아를 집에까지 데려가서 보호하고 도와주면서, 그 애의 체면을 세우기 위해 여러 가지로 희생하셨으니까. 그 애는 평생 감사해도 모자랄 거야. 아아, 지금쯤 리디아는 두 분 곁에 있겠지. 그렇게 잘해 주시는데도 여전히 부끄러운 줄 모른다면 그 애는 정말 행복해질 자격이 없어! 외숙모님을 처음 만났을 때엔 어떤 기분이었을까!"

"앞으로는 그쪽도 우리도 잊어버리도록 애써야 해." 제인은 말했다. "나는 아직 그들이 행복해질 희망은 있다고 생각해. 위컴이 결혼을 승낙한 게 올바른 생각을 하게 된 증거가 아니겠어? 서로의 애정이 있으면 생활도 점점 안정될 거야. 안정을 찾고, 제대로 된 생활을 하게 된다면, 예전의 무분별했던 일들도 완전히 잊어버릴 거라고 생각해."

"그들이 한 짓은," 엘리자베스가 대답했다. "언니도 나도 그 누구도 잊어버릴 수 없어. 그런 말은 소용이 없어."

그때 두 사람은 문득 어머니는 지금 일어난 일을 전혀 모를 것이라고 생각했다. 그래서 서재로 가서, 어머니에게 말해도 좋으냐고 아버지께 물었다.

편지를 쓰고 있던 아버지는 얼굴도 들지 않은 채 냉정하게 대답했다.

"마음대로 하렴."

"외삼촌의 편지를 가지고 가서 읽어 드려도 될까요?"

"마음대로 하거라. 빨리 나가 주기만 하면 돼."

엘리자베스는 아버지의 책상 위에서 편지를 집어들고 언니와 함께 2층으로 갔다. 메리도 키티도 베넷 부인의 방에 있었으므로 한 번만에 모두에게 읽어 줄 수 있었다. 좋은 소식이라고 먼저 일러 주고 나서, 소리 내어 편지를 읽었다.

베넷 부인은 가만히 듣고 있질 못했다. 제인이 리디아가 곧 결혼하게 될 것이라는 가디너 씨의 예측을 읽어 주자, 곧 탄성을 터뜨리고, 그 뒤에 이어지는 글은 한 문장마다 기쁨을 주체하지 못했다. 좀전까지는 놀라움과 상심 탓으로 초조해 했는데, 지금은 기쁨에 넘쳐서 마찬가지로 몹시 안절부절 못하는 것이었다. 딸이 결혼하게 되리라는 것을 아는 것만으로도 충분했다. 정작 중요한, 결혼을 해서 과연 행복해질까 하는 걱정은 전혀 하지 않았고, 또 딸의 단정치 못한 행실을 까맣게 잊고 굴욕도 느끼지 않았다.

"귀여운, 귀여운 리디아!" 그녀가 외쳤다. "정말 기쁜 일이야! 그 애가 결혼을 하다니! 그 애를 다시 보게 되었어! 열여섯 살에 결혼을 하다니! 내 동생은 정말 친절하고 좋은 사람이야! 이렇게 될 줄 나는 알고 있었지. 그 애가 틀림없이 잘해 줄 거라고 믿었고말고. 아아, 어서 리디아를 만나고 싶구나! 그리고 위컴도! 하지만 옷, 결혼 의상이 문제야! 올케한테 편지를 보내야지. 리지는 아버지한테 얼마쯤 주실 작정이냐고 물어 보고 와라. 아냐, 내가 가야지. 벨을 울려 힐을 부르렴, 키티. 곧바로 옷을 입어야겠다. 귀여운, 귀여운 리디아! 그 애를 만나면 얼마나 즐거울까!"

제인은 베넷 부인의 흥분을 누그러뜨리려고 애쓰면서 이번 일로 외삼촌에게 큰 은혜를 입었다는 얘기를 했다. "이렇게 좋은 결말이 난 건," 덧붙여 말했다. "외삼촌이 친절하게 돌봐 주신 덕택이에요. 외삼촌이 위컴 씨를 경제적으로 돕겠다는 약속을 하신 모양이거든요."

"그래." 어머니는 소리쳤다. "그래야지. 외삼촌으로서 당연히 해야 할 일이지. 자기 가족이 없으면 나와 너희가 그 사람 돈을 가지게 되는걸. 약간의 선물을 빼고는 그 사람으로부터 뭔가 받는 건 이번이 처음이거든, 정말 기쁘구나! 조금 있으면 딸을 하나 결혼시키는 거야! 위컴 부인! 얼마나 그럴듯한 이름이니? 리디아는 올 6월에 겨우 열여섯 살이 됐는데. 애야, 제인, 엄마는 가슴이 너무 두근거려서 글을 못쓸 것 같구나. 말할 테니 받아 적으렴. 돈 문제는 나중에 아버지하고 의논하기로 하고, 주문만이라도 곧 해둬야지."

그리고 베넷 부인은 캘리코(^{흰 무명}의 일종), 모슬린, 리넨 등을 끊임없이 열거하기 시작했다. 만일 제인이 아버지와 천천히 의논할 때까지 기다려야 된다고 설득하지 않았더라면, 잠시 뒤엔 엄청나게 많은 옷의 주문서를 써야 했을 것이다. 하루쯤 늦어져도 별일 없다고 제인은 말했다. 베넷 부인도 기쁨에 겨운 나머지 여느 때만큼 고집을 부리지는 않았다. 다른 계획이 머리에 떠오른 것이다.

"옷을 갈아입고 당장 메리턴에 가야겠어." 어머니는 말했다. "필립스 이모한테 기쁘기 짝이 없는 이 소식을 알려 주고 와야지. 그리고 돌아와서 루카스 부인과 롱 부인도 찾아가야지. 키티는 얼른 내려가서 마차를 준비시켜 다오. 잠시 바깥 바람을 쐬는 것도 좋을 거야. 너희는 메리턴에 볼일이 없니? 아, 힐이 왔구먼. 이봐요, 힐, 좋은 소식 들었어? 리디아가 드디어 결혼을 하게 되었어. 결혼 피로연을 할 땐 모두에게 펀치를 실컷 먹게 해줄 테니 애좀 써 줘요."

힐 부인은 곧 축하의 말을 하기 시작했다. 엘리자베스도 다른 사람들과 같이 그녀의 축하를 받았다. 그리고 이 우스꽝스런 소동에 진저리가 나고, 혼자 생각에 잠기고 싶어 자기 방으로 피했다. 가엾은 리디아의 처지는 아무리 생각해봐도 좋을 게 없다. 그러나 더 나쁘게 되지 않았음을 고맙게 생각해야 할 판이다. 그녀는 정말로 그렇게 느꼈다. 앞날을 생각하면 착실한 행복이나 유복한 생활도 동생을 위해 기대할 수는 없었지만, 자기들이 겨우 두 시간 전에 두려워하던 일을 돌이켜 보면 더 이상 나빠지지 않을 것만으로도 다행한 일이었다.

50

베넷 씨는 지금의 나이가 되기 전부터 모든 수입을 다 써버리지 말고 1년에 얼마씩이라도 저축을 하여, 아내보다 자기가 먼저 죽을 경우를 대비해 두면 좋겠다고 자주 생각했었다. 그런데 지금은 예전보다 그것을 더욱더 뼈저리게 느끼게 되었다. 그런 점에서 부모의 의무를 다해 두었더라면, 이제 와서 리디아의 명예나 신망을 사들이는 데 구태여 처남에게 폐를 끼칠 필요는 없었을 것이다. 그러면 대영제국에서 가장 형편없는 젊은이를 자기 딸의 남편이 되도록 설득하는 만족감 정도는, 마땅히 부모로서 느낄 수 있었을 것이다.

베넷 씨는 누구에게도 이득 없는 목적을 위해 처남 혼자서 돈을 쓴 것에 대해 생각하고 몹시 걱정이 되었다. 그 금액을 알아내어, 되도록 빨리 그 빚을 갚을 결심이었다.

베넷 씨는 갓 결혼했을 때, 절약이란 전혀 소용없는 일이라고 생각했다. 물론 아들을 낳을 예정이었기 때문이었다. 그 아들이 성년이 되면 한정 상속을 파기할 수 있고, 그러면 남은 부인과 다른 자식들의 생활도 자연히 보장되기 때문이었다. 하지만 딸만 다섯이 태어났다. 아들을 낳을 가능성이 아주 없는 것은 아니었다. 베넷 부인은 리디아가 태어난 다음에도 아들을 낳을 수 있을 것이라고 확신하고 있었다. 그 일은 끝내 물거품이 됐지만 그때는 절약을 하기엔 이미 시기가 너무 늦어 있었다. 더구나 베넷 부인은 절약할 줄을 몰랐다. 지출을 초과하지 못하게 한 것도 오직 베넷 씨의 자립정신 덕분이었다.

결혼 계약에 의해 5천 파운드가 처자에게 상속재산으로 약정되어 있었다. 그러나 자식들 사이에 어떻게 분배할지는 오로지 부모의 뜻에 달려 있었다. 적어도 리디아에 대해서는 이것을 지금 정해야 했다. 베넷 씨는 처남의 제안을 조금도 망설이지 않고 승낙하고는, 표현은 간결했지만 처남의 친절에 진심으로 감사하고, 모든 것에 전적으로 동의하며, 그가 맺은 계약을 기꺼이 이행할 것을 편지에 썼다. 만일 위컴에게 딸과 결혼하도록 설득할 수 있었더라도, 이번에 처남이 조치한 것처럼 적은 비용으로 할 수 있으리라고는 전혀 생각지도 못했었다. 리디아에게 매년 1백 파운드를 지불해도 감소되는 연수입은 거의 없는거나 다름없었다. 왜냐하면 그녀의 식비며 용돈이며, 그 밖에도 어머니를 통해 받아가는 돈까지 합하면, 리디아의 소비는 연 1백 파운드를 약간 밑도는 정도였기 때문이다.

또한 베넷 씨 쪽에서는 거의 아무 수고도 들이지 않고 일이 해결된 것도 꽤 고마운 일이었다. 지금 그의 가장 큰 소원은 이번 일에서 될 수 있는 대로 번거로움을 피하는 것이었다. 처음엔 걷잡을 수 없는 분노에 사로잡혀서 딸을 찾으러 이리저리 뛰어다녔었지만, 그것이 끝나자 그는 예전 같은 게으름뱅이로 되돌아왔던 것이다. 편지는 곧 발송했다. 그는 일을 시작하는 것은 느렸지만 실행은 민첩했다. 처남에게 갚아야 할 빚에 관해서 자세히 알려 달라고 부탁했으나, 리디아에 대해서는 노여운 나머지 안부도 묻지 않았다.

좋은 소식은 순식간에 온 집안에 퍼졌다. 같은 속도로 이웃에도 전해졌는데, 오히려 그들이 냉정함을 유지했다. 리디아 베넷이 거리의 말썽꾸러기가 되거나, 어딘가 먼 농가에 갇혀 남은 생애를 보내는 편이 훨씬 재미난 얘깃거리가 되었을 것이다. 그러나 리디아의 결혼에 대해서도 얘깃거리는 충분히 있었다. 리디아가 잘되길 바란다던 메리턴의 심술궂은 노부인들의 친절한 바람은 사정이 달라져도 그 마음만은 바뀌지 않았다. 그런 남자와 결혼을 한다면 그녀가 불행해질 것이 뻔하다고 여겼기 때문이다.

베넷 부인은 2주만에 아래층에 내려왔다. 이 행복한 날 부인은 다시 식탁의 윗자리를 차지했고, 주위 사람들이 기가 질릴 만큼 무척 기분이 좋았다. 그 자랑스러움에서 수치심은 전혀 느낄 수 없었다. 딸의 결혼은 제인이 열여섯 살이 된 뒤 그녀의 최대 목적이었는데, 지금 바로 그것이 이루어지려는 것이었다. 부인의 생각과 말은 우아한 결혼식의 하객과 고운 드레스며, 새 마차와 하인들 위를 줄달음쳤다. 또 딸의 적당한 살림집을 구한다고 이웃을 찾아다니면서, 두 사람의 수입은 알지도 못하고 많은 집을 자기 멋대로 너무 작다거나 빈약하다며 물리쳤던 것이다.

"혜이 파크라면 좋겠는데." 그녀는 말했다. "굴딩네 사람들이 이사가면 말이에요. 스토크의 큰 집도 괜찮은데 객실이 너무 작단 말이야. 애시워스는 너무 멀고! 내 곁에서 10마일이나 떨어져 있게 하는 건 견딜 수 없어요. 퍼비스로지는 다락방이 너무 무시무시해."

베넷 씨는 하녀가 있는 동안에는 멋대로 지껄이게 놔두었다. 그러나 하녀가 물러가 버리자 아내에게 말했다. "베넷 부인, 그런 집들 중 하나든 또는 전부든 사위와 딸을 위해 세를 얻는 건 좋은데, 그 전에 한 가지 명심해 둬야 할 일이 있소. 어디건 이 근처 집에는 두 사람이 입주하는 것을 절대로 허락하지 않겠소. 두 사람을 롱본으로 불러들여서 그들의 뻔뻔스러운 짓을 봐 주는 일은 절대 하지 않을 거요."

이런 선언이 있은 뒤 오랫동안 논쟁이 계속되었지만 베넷 씨는 절대로 굽히지 않았다. 논쟁은 머지않아 다른 주제로 번졌다. 베넷 부인은 남편이 딸의 결혼 의상비로 1기니도 내놓을 생각이 없다는 것을 알고 경악했다. 베넷 씨는 결혼하더라도 딸에게 애정 표시가 될 만한 것은 하지 않겠노라고 발표한 것이다. 베넷 부인은 이해할 수가 없었다. 남편의 노여움이 딸의 특권을 거부할 정도로 격렬해져 있으리라고는—이 특권을 행사하지 않으면 딸의 결혼의 정당성이 부정되는 듯했다—도저히 믿을 수 없었다. 그녀는 딸이 위컴과 같이 달아나 결혼도 하기 전에 2주일 동안 동거 생활을 한 것에 대한 수치심보다, 결혼식 때 새 옷이 없어서 창피를 당하지 않을까 하는 걱정이 더욱 컸던 것이다.

엘리자베스는 마음이 상한 나머지 동생에 대한 걱정을 다시 씨에게 모조리 털어놓았던 일을 지금은 몹시 후회하고 있었다. 동생이 결혼하면 두 사람이 같이 달아났던 문제는 무마될 것이고, 그 현장에 있지 않은 사람에게는 사건의 시작에 대해 숨기고 싶은 것이 당연했기 때문이다.

다시 씨의 입에서 소문이 퍼져나갈 염려는 전혀 없었다. 그만큼 신뢰하고 비밀을 얘기할 수 있는 사람은 없기 때문이다. 하지만 그와 동시에 동생의 불미한 행실이 그에게 알려지게 된 것만큼 유감스러운 일도 없었다. 그것은 그녀 개인에게 어떤 불리한 일이 있을 지도 모른다는 염려 때문만은 아니었다. 이제 두 사람 사이에는 넘기 어려운 강이 가로막혀 있는 것 같았기 때문이다. 리디아의 결혼이 아주 좋은 조건으로 이루어졌더라도, 좋은 조건이라고는 하나도 없는 데다 경멸해 마지않는 사내가 인척으로 들어앉아 있는 그런 가족과 다시 씨가 인연을 맺으리라고는 도저히 상상할 수 없는 일이었다.

그러니 그런 관계에서 다시가 몸을 빼더라도 조금도 이상할 것은 없었다. 더비셔에서는 다시가 자기의 호감을 얻기 원한다는 것을 확신했지만, 이런 문제가 일어났던 뒤에도 그가 같은 마음이리라고 기대하는 것은 지성이 있는 사람이 할 일이 아니었다. 엘리자베스는 부끄럽게 여기고 한탄하며 슬퍼했다. 자기도 모르게 후회의 마음이 솟구쳤다. 다시에게서 받던 존중도, 이제 거기에서 아무 혜택도 받을 가망이 없게 되자 이상하게 안타까웠다. 그에 대한 어떤 소식도 들을 기회가 없어져 버린 지금에 와서, 그에 관해 무슨 얘기든 듣고 싶어서 견딜 수 없었다. 이제는 만날 일도 없을 듯한 지금에 와서, 그를 만나면 얼마나 행복할까 하는 확신을 갖게 된 것이었다.

엘리자베스는 종종 이렇게 생각했다. 겨우 4개월 전에 오만하게 뿌리친 구혼을 지금은 기꺼이 감사해하며 승낙하리라는 것을 다시가 안다면 얼마나 우쭐할까! 다시가 남성들 중에서 가장 너그러운 사람이었던 것은 의심하지 않지만, 그도 인간이기에 승리감을 느낄 게 틀림없었다.

엘리자베스는 지금은 다시야말로 성격도 재능도 자기에게 꼭 적합한 사람이라는 것을 알게 되었다. 이해력이나 기질이 자기와는 전혀 달랐지만, 자기의 이상에 꼭 들어맞았다. 결혼했더라면 분명 두 사람 모두에게 이득이 되었을 것이다. 낙천적이고 발랄한 엘리자베스는 다시의 마음을 누그러뜨리고 그 태도도 고치게 했을 것이다. 엘리자베스 쪽에서는 다시의 판단력과 지식과 견문 등에서 이보다 더 큰 이익을 얻을 수 있었을 것이다.

그러나 이젠 그런 행복한 결혼을 통해 세상 사람들에게 참된 부부애가 무엇인지 가르쳐 줄 기회는 영원히 사라졌다. 대신 자기 가족 가운데 이와는 전혀 딴판인, 부부애라고는 눈씻고 찾아봐도 없는 결합이 맺어지려 하고 있는 것이다.

위컴과 리디아 두 사람이 독립을 유지할 수 있으리라고는 도저히 상상할 수가 없었다. 다만 한때의 정열이 도덕보다 강했다는 것만으로 맺어진 부부에게 영원한 행복 같은 것이 찾아올 리가 없다는 것은 쉽사리 짐작할 수 있었다.

가디너 씨가 얼마 뒤 매형에게 편지를 보내왔다. 베넷 씨가 했던 감사 인사에 대해서는, 그의 가족 누구에 대해서도 자기는 그들의 행복을 위해 노력을 아끼지 않을 것이라고 회답하고, 이 문제에 대해서는 다시 언급하지 않기를 바란다고 했다. 그 편지의 주요 내용은 위컴 씨가 민병대를 그만두기로 결심했다는 것이었다.

그의 결혼이 결정되면 곧 그렇게 해야 한다는 것이 저의 바람이었습니다. 민병대를 물러나는 것은 그 자신을 위해서도 조카딸을 위해서도 매우 현명한 일임을 매형께서도 동의해 주시리라 생각합니다. 위컴 씨는 정규군에 들어가기를 원하고 있는데, 옛 친구들 중에 그가 정규군에 들어가도록 도와줄 수 있는 사람이 몇 있다는군요. 지금 북부 지방에 주둔하고 있는 ××장군이 이끄는 연대의 기수 직책이 약속되어 있답니다. 그곳은 이곳에서 상당히 멀리 떨어져 있으므로 잘된 일입니다. 그도 약속하긴 했지만, 저는 모르는 사람들 사이에서 평판을 유지하기 위해 두 사람 다 지금보다 더 신중해지기를 바라고 있습니다.

포스터 대령에게도 서면으로 현재의 실정을 보고했고, 브라이턴과 그 근처 위컴 씨의 여러 채권자들에게 제가 약속대로 조속히 변제하겠다는 말을 전해 달라고 부탁해 두었습니다. 죄송하지만 메리턴의 채무자들에게도 그와 같은 약속을 해 주시기 바랍니다. 그에게 들은 채권자들의 일람표를 첨부합니다. 그는 모든 채무를 고백했는데, 적어도 거기에 거짓이 없기를 바라고 있습니다. 이미 해거스턴에게 지시해 두었으니, 1주일 안에는 모두 끝날 것입니다. 롱본에서 초대해 주지 않으면 두 사람은 즉시 연대에 부임할 예정입니다. 아내 얘기로는, 조카가 북쪽으로 떠나기에 앞서 여러분을 만나뵙기를 원하고 있다는군요. 리디아는 매우 건강하며 안부를 전해 달라고 했습니다.

E. 가디너

베넷 씨와 그의 딸들은 위컴이 ○○연대에서 물러난 것은 잘한 일이라고, 가디너 씨와 똑같이 생각했다. 그러나 베넷 부인은 그리 마음에 들어하지 않았다. 리디아와 가까이 살면서 큰 기쁨과 자랑스러움을 만끽하려던 참에, 그녀가 북부에 가서 살게 되었다니 큰 실망이었다. 왜냐하면 베넷 부인은 그들이 하트퍼드셔에 거주하게 하려는 계획을 포기하지 않고 있었기 때문이었다. 그리고 리디아가 알고 지내며 좋아하는 사람도 많이 있는 연대를 갑자기 떠나는 것은 매우 딱한 일이라고 생각한 것이다.

"그 애는 포스터 부인을 아주 좋아했는데." 그녀가 말했다. "그 애가 멀리 가버리면 포스터 부인은 무척 쓸쓸해할 거야! 젊은이들 중에도 그 애가 무척 좋아하던 사람이 몇 명 있었지. ××장군 연대의 장교들은 그 사람들만큼 유쾌하지 않을 거야."

북쪽으로 가기 전에 집에 다녀가고 싶다는 리디아의 청을 베넷 씨는 처음엔 완강히 거절했다. 그러나 제인과 엘리자베스는 한결같이 동생의 기분을 위해, 또 앞날을 위해 결혼한 뒤에는 두 사람을 환영해야 한다면서, 롱본에 초대하라고 둘이서 열심히 권했던 것이다. 마침내 베넷 씨도 두 사람 뜻대로 하라고 허락했다. 베넷 부인은 결혼한 딸이 북쪽으로 떠나기 전에 이웃에 보일 수 있게 되어 매우 흡족하게 여겼다. 베넷 씨는 다시 처남에게 편지를 쓸 때, 두 사람이 집으로 찾아와도 좋다고 허락했다. 그들은 결혼식이 끝나고 곧 롱본으로 오기로 되었다. 그러나 엘리자베스는 위컴이 그런 계획을 승낙한 것에 놀랐다. 그녀는 솔직히 위컴을 만나기 싫었기 때문이다.

51

결혼식 날이 되자 제인과 엘리자베스는 아마도 당사자가 스스로에 대해 느끼는 것 이상으로 깊은 감회에 젖었다. 그들을 마중하기 위해 X까지 마차를 보냈고, 만찬 때까지는 도착할 예정이었다. 두 사람은 그들의 도착을 두려운 마음으로 기다렸는데, 특히 제인은 자신이 죄지은 당사자라면 느끼게 될 감정을 리디아가 느끼리라 여겨 동생이 가여워 마음을 졸였다.

드디어 두 사람이 왔다. 가족들은 모두 식당에 모여서 그들을 맞이했다. 마차가 문어귀에 다가오자 베넷 부인은 얼굴 가득히 웃음을 띠었고, 그녀의 남편은 변함없이 엄격하고 딱딱한 표정이었다. 딸들은 불안하여 안절부절못했다.

리디아의 목소리가 현관에서 들렸다. 문이 벌컥 열리고 그녀가 방으로 뛰어 들어왔다. 어머니는 앞으로 나서서 딸을 꼭 끌어안으며 환영하고, 위컴에게도 미소를 던지며 손을 내밀었다. 리디아의 뒤를 따라 들어 온 위컴도 자기들의 행복을 있는 그대로 보여 주는 쾌활한 태도로, 모녀가 오랜만에 재회해서 기쁘겠다고 인사를 했다.

그리고 이어서 베넷 씨 쪽으로 돌아섰지만, 베넷 씨에게서는 그렇게 따뜻한 환영을 받지 못했다. 베넷 씨는 더욱 굳은 얼굴로, 말문도 거의 열지 않았다. 젊은 부부의 뻔뻔한 태도에 화가 났기 때문이다. 엘리자베스도 혐오감을 느꼈으며 제인 역시 큰 충격을 받았다. 리디아는 여전히 변함없이 말괄량이이고, 제멋대로이고, 떠들썩하고 무서운 것이 없었다. 그녀는 언니들을 둘러보며 일일이 축하해 달라고 졸랐다. 드디어 모두 자리에 앉자 리디아는 열심히 방 안을 두리번거리더니 좀 달라졌다고 말하고, 떠난 지가 한참 되었으니 달라진 것도 당연하다며 큰 소리로 웃었다.

위컴도 리디아 못지않게 태연했다. 그의 태도가 너무나 쾌활했기에, 만일 인품이나 결혼이 정당한 것이었더라면 친밀한 관계를 원하는 그 미소와 자연스런 말투는 모두를 기쁘게 했을 것이다. 엘리자베스는 그가 이렇게까지 뻔뻔스러우리라고는 지금까지 생각지도 못했다. 그러나 앞날을 위해 파렴치한 인간의 파렴치한 태도는 끝이 없다는 것을 마음 깊이 새겨 두었다. 그녀와 제인은 얼굴을 붉혔는데, 정작 이런 당혹함을 일으키게 한 위컴의 얼굴빛은 전혀 변하지 않았다.

이야기는 끝이 없었다. 신부와 어머니는 아무리 빨리 얘기해도 부족한 것 같았다. 위컴은 우연히 엘리자베스 곁에 앉아 있었는데 평소처럼 쾌활하고 스스럼없이 근처의 아는 사람들 소식을 묻기 시작했지만, 그녀는 그 사람처럼 아무렇지도 않게 대답하지는 못했다. 둘 다 세상에서 제일 즐거운 추억을 갖고 있는 듯한 태도여서, 씁쓰레한 지난 일 따위는 아무것도 없는 듯했다. 리디아는 언니들이 절대로 입 밖에 내고 싶지 않은 화제를 서슴지 않고 꺼내기도 했다.

"내가 여기를 떠난 지 벌써 석 달이나 되었다니! 2주일 밖에 안 된 것 같은데 말야. 하지만 확실히 그동안 여러 일이 있었어. 정말 그래! 떠날 땐 돌아오기 전에 결혼을 하리라고는 전혀 생각지도 못했었어. 그야 물론 그렇게 되면 좋겠다는 생각은 했지만."

아버지가 얼굴을 들었다. 제인은 어쩔 줄 몰라했으며 엘리자베스는 리디아에게 눈짓을 했다. 그러나 리디아는 자기가 그럴 마음이 없으면 들리지도 보이지도 않는 사람인지라, 넉살좋게 말을 이었다.

"오오, 어머니, 여기 사람들은 오늘 제가 결혼한 걸 알고 있어요? 혹시 모르지 않나 걱정했어요. 아까도 길에서 마차를 탄 윌리엄 굴딩을 추월했을 때도 꼭 알려 줘야겠다고 생각해서, 그쪽 창문을 열고 장갑을 벗어 반지가 보이도록 창틀에 손을 놓고 그에게 인사하며 방글방글 웃어 줬거든요."

엘리자베스는 더 이상 견딜 수가 없었다. 일어서서 방을 뛰어나가, 그들이 식당을 향해 복도를 지나는 발소리가 들릴 때까지는 돌아가지 않았다. 하지만 어쩔 수 없이 다시 식당으로 돌아왔는데, 리디아가 점잔을 빼며 어머니 오른쪽으로 걸어가서 제인에게 다음과 같이 말하고 있었다.

"언니, 이젠 내가 언니 자리에 앉겠어요. 나는 결혼했으니까 언니는 좀 내려가 줘요!"

처음부터 느끼지 않던 수치심을 시간이 지난다고 느끼게 될 리는 없었다. 그녀는 태평스럽게 기분이 더욱 좋아져 있었다. 필립스 부인과 루카스네 사람들이며 또 이웃들을 전부 만나, 그들이 저마다 '위컴 부인'이라고 부르는 소리를 듣고 싶었던 것이다. 우선은 힐 부인과 두 하녀에게 반지를 보이고 결혼한 것을 자랑하러 갔다.

"어때요, 어머니?" 모두 식당으로 돌아오자 리디아가 말했다. "제 남편을 어떻게 생각하세요? 아주 매력적이지요? 언니들은 틀림없이 부러워하고 있을 거예요. 모두 다 저 반만큼이라도 행복하면 좋겠어요. 모두 브라이턴으로 가야 해요. 신랑감을 찾는 데에 그만한 곳이 없으니까. 모두 같이 갔으면 좋았을걸, 정말 유감스러웠어요, 어머니!"

"정말 그래. 내 말을 들었더라면 다들 갈 수 있었을 텐데. 하지만 리디아, 네가 그렇게 멀리 가버리는 건 싫구나, 꼭 가야 하는 거냐?"

"물론이죠! 저는 아주 마음에 들었는걸요. 어머니도 아버지도 언니들도 모두 찾아오세요. 겨울 동안은 뉴캐슬에 있을 거예요. 틀림없이 무도회도 있을 테니, 모두에게 좋은 상대를 찾아 줄게요."

"그래주면 나야 더 바랄 게 없지." 어머니는 말했다.

"그리고 돌아갈 때는 언니들을 한두 사람 남겨 두고 가세요. 겨울이 끝나기 전에 반드시 신랑감을 구해 줄 테니까요."

"호의는 고맙지만," 엘리자베스가 말했다. "나는 네 방식으로 남편을 구하는 건 질색이야."

방문객들은 열흘 이상은 머물지 않을 예정이었다. 위컴 씨는 런던을 떠나기 전에 이미 임명을 받았으며, 2주일 뒤에 입대하기로 되어 있었다.

베넷 부인 말고 두 사람이 머무는 기간이 짧은 것을 아쉬워하는 사람은 아무도 없었다. 그녀는 그 시간을 최대한으로 활용하여 딸을 데리고 지인들을 방문했고, 집에서도 자주 파티를 열었다.

파티는 모두 좋아했다. 생각이 깊은 사람은 생각을 하지 않는 사람보다 더 식구끼리 얼굴을 맞대는 것을 피하고 싶은 심정이었기 때문이다.

리디아에 대한 위컴의 애정은 엘리자베스가 짐작했던 대로여서, 그에 대한 리디아의 애정과는 비교도 되지 않았다. 현재 상황을 관찰하지 않더라도, 두 사람의 도주는 그의 애정보다 리디아의 애정 때문에 이뤄졌으리라는 것은 확실했다. 만일 위컴이 경제적인 곤경 때문에 도망쳐야 했으리라는 걸 알지 못했다면, 리디아를 열렬히 사랑하는 것도 아니면서 왜 같이 달아났는지 궁금해 했을 것이다. 그러므로 같이 달아날 길동무를 구할 수만 있다면, 위컴은 절대로 그 기회를 놓칠 사람이 아니었다.

리디아는 그에게 홀딱 빠져 있었다. 어떤 경우에도 '내 사랑하는 위컴'이며, 그와 경쟁할 상대는 아무도 없었다. 위컴은 무엇을 하든 세상에서 가장 솜씨 좋은 사람이었다. 9월 1일 ^(수렵
해금일)이 되면 그가 누구보다도 많은 새를 잡을 것이라고 확신하고 있었다.

도착한 지 며칠 되지 않은 어느 날 아침, 위의 두 언니와 한자리에 앉은 리디아가 엘리자베스에게 말했다.

"리지 언니한테는 결혼식 얘기를 들려주지 못했지. 어머니와 다른 사람들에게 얘기할 때 옆에 없었거든. 어떻게 진행됐는지 알고 싶지?"

"아니, 정말 알고 싶지 않아." 엘리자베스는 대답했다. "그런 얘기는 안 할수록 좋아."

"어머, 언니는 이상한 사람이야! 하지만 역시 얘기할래. 우린 세인트클레멘트 교회에서 식을 올렸어. 그 교구에 위컴의 하숙집이 있었거든. 11시까지 거기서 모이도록 되어 있었지. 외삼촌과 외숙모님이 나하고 같이 가고, 다른 사람들은 모두 교회에서 만나기로 했지. 드디어 월요일 아침이 되자, 나는 매우 기뻐서 심장이 터지는 줄 알았어! 무슨 일이 생겨서 늦추어지기라도 했다면 정말 미쳐 버렸을 거야. 게다가 외숙모님은 내가 옷을 갈아입는 동안 마치 설교집을 읽는 것 같이 줄곧 잔소리만 하시지 뭐야. 하지만 열 마디 가운데 한 마디도 내 귀에는 들어오지 않았어. 나는 사랑하는 위컴 생각만 하고 있었으니까. 그가 푸른 연미복을 입고 식장에 나오는지 알고 싶어서 혼났거든.

그리고 여느 때처럼 10시에 아침식사를 했는데, 아무리 시간이 흘러도 절대 끝날 것 같지 않았어. 왜냐하면, 말이 났으니 말인데, 내가 거기 있는 동안 외삼촌이랑 외숙모는 지독히도 불친절하게 굴었어. 2주일이나 있었는데 집에서 한 걸음도 나가지 못했다면 믿을 수 있겠어? 파티도 없고 계획도 없고, 아무것도 못하고! 런던은 확실히 한산하긴 했지만, 그래도 소극장은 열려 있었어. 그건 그렇고, 마차가 문어귀에 닿았을 때, 외삼촌이 무슨 볼일 때문에 스턴인가 하는 그 꼴도 보기 싫은 사람한테 불려 나갔어. 그 두 사람이 같이 있으면 얘기가 자꾸 길어져서 언제 끝날지 모른다니까. 나는 놀라서 어떻게 해야 좋을지 몰랐어. 왜냐하면 외삼촌이 나를 신랑한테 넘겨줘야 하는데, 시간을 맞추지 못하면 결혼식이고 뭐고 다 날아가잖아. 하지만 다행히 10분쯤 있다가 그 사람이 돌아가서 모두 같이 떠났지. 그런데 나중에야 알게 됐지만, 외삼촌이 가지 못하더라도 식을 늦출 필요는 없었어. 다시 씨가 대신 해줄 수 있었거든."

"다시 씨가!" 엘리자베스는 소스라치게 놀라서 되물었다.

"응, 그렇다니까. 그분이 위컴과 같이 와주기로 되어 있었어. 아차! 까맣게 잊고 있었네! 거기에 대해선 한 마디도 입 밖에 내지 않기로 사람들하고 굳게 약속했는데! 위컴이 뭐라고 말할까? 중요한 비밀이었을 텐데!"

"비밀로 할 작정이었다면 더는 하지 마. 나도 묻지 않을 테니." 제인이 말했다.

"그래. 물론이야." 엘리자베스는 호기심에 불타고 있었지만 이렇게 말했다. "나도 묻지 않을 거야."

"고마워." 리디아는 말했다. "언니가 물어 보면 몽땅 얘기해 버릴 거야, 틀림없이. 그러면 위컴이 몹시 화를 내겠지."

이처럼 어서 물어 보라고 유혹하고 있으니, 엘리자베스는 묻지 않으려면 아예 달아나는 수밖에 없었다.

그러나 이런 중대한 일을 모르는 척하고 견딜 수가 없었다. 적어도 아무것도 알아보려고 하지 않기란 불가능한 일이었다. 다시 씨가 리디아의 결혼식에 참석했다니! 그것은 분명히 그에게 가장 관련 없는 일이며, 그들은 가장 어울리고 싶지 않은 사람들이었다. 대체 어찌 된 일일까! 여러 가지 추측이 세차게 머릿속에 떠오르기는 했지만, 납득할 만한 것은 하나도 없었다. 가장 큰 동기라고 할 수 있는 엘리자베스를 가장 기쁘게 하는 추측도, 생각해 보면 너무 터무니없는 것이었다. 엘리자베스는 이처럼 정리되지 않은 기분인 채로 있는 것은 도저히 견딜 수가 없어 서둘러 편지지를 집어들었다. 그리고 리디아가 얼결에 입을 놀리고 만 일에 대한 설명을 바라는 편지를 외숙모에게 보냈다. 만일 비밀을 지킨다는 약속에 어긋나지만 않는다면 편지를 보내주기 바란다고 부탁했다.

　잘 알고 계시리라 믿습니다만, 저희 중 누구하고도 관계가 없는 분이, 저희 가족과는 남이나 마찬가지인 분이 그 자리에 참석하셨다는 말을 듣고, 제 호기심이 얼마나 자극받았는지 모릅니다. 만일 정당한 이유가 있어 비밀로 해 두어야 한다면 모르지만—리디아는 그렇게 생각하는 것 같습니다—할 수 있다면 편지로 그 이유를 들려주세요. 리디아가 말한 대로 비밀로 해둘 필요가 있다면 저도 모르는 채로 넘어가도록 노력하겠습니다.

　"하지만 정말 모르는 채로 있겠다는 뜻은 아니야." 엘리자베스는 편지를 다 쓰고 나서 혼잣말을 했다. "외숙모님께서 순순히 말씀해 주시지 않겠다면 무슨 수를 써서라도 알아내고 말 거예요."
　제인의 꼬장꼬장한 정의감은 리디아가 얼결에 입을 놀린 일에 대해 엘리자베스에게 은밀히 얘기하는 것을 용납하지 않았고, 엘리자베스도 그 편이 더 나았다. 외숙모에게서 만족스러운 대답을 얻을 수 있을지 알기 전기까지는, 비밀을 공유할 친구가 없는 편이 차라리 좋았던 것이다.

52

　답장은 그 이상 바랄 수 없을 만큼 빨리 왔다. 엘리자베스는 답장을 받자 남에게 방해를 받을 염려가 없는 잡목 숲으로 급히 가서 벤치에 앉아 행복해질 준비를 했다.
　꽤 긴 편지여서 답변을 거절하는 내용은 아닐 게 분명했으므로 어느 정도 마음이 놓였다.

　사랑하는 조카에게
　방금 편지를 받았다. 그래서 오늘은 오전 내내 답장을 쓸 작정이란다. 도저히 한두 마디로는 충분히 얘기할 수 없을 것 같으니 말이야. 사실은 리지의 편지를 받고 깜짝 놀랐단다. 리지에게서 그런 편지를 받으리라고는 전혀 생각도 못했거든. 그렇다고 내가 화를 내고 있는 건 아니란다. 다만 리지에게 그런 질문이 필요하리라고는 꿈에도 생각하지 못했을 뿐이야. 혹시 내가 하는 말이 무슨 뜻인지 알 수 없다면 내 무례를 용서해 다오. 사실 외삼촌도 나와 마찬가지로 놀라고 계시단다. 리지도 그 사건과 관계가 있다고 믿었으므로 그런 행동을 취했던 것이니까. 하지만 네가 정말 그 일에 대해 아무것도 모른다면 좀더 자세히 알려 줘야겠구나.

내가 롱본에서 돌아온 날, 외삼촌께 매우 뜻밖의 손님이 찾아왔었단다. 다시 씨가 찾아오셔서 몇 시간 동안 단둘이서 얘기를 나누셨던 거야. 내가 도착했을 때엔 이미 얘기가 끝나 있어서 리지처럼 호기심에 시달리지도 않았어. 그분은 외삼촌께 리디아와 위컴 씨의 거처를 알았다는 것과 위컴과는 여러 번, 리디아와는 한 번 만나 얘기를 나누었다는 것을 알리러 오셨던 거야. 이건 내 짐작인데, 그분은 우리가 떠나온 바로 다음 날 더비셔를 떠나 두 사람을 찾을 목적으로 런던에 오셨던 모양이다. 다시 씨는, 위컴이 가치 없는 인간임을 충분히 경고했더라면 품행이 방정한 젊은 여성이 그를 사랑하거나 믿거나 하는 일이 없었을 것이다, 그러므로 이번 사건은 전적으로 자기 책임이라고 말씀하셨어. 그분은 너그럽게도 모든 것이 자기의 그릇된 자존심 때문이라면서, 지금까지는 위컴의 개인적인 행위를 세상 사람들에게 널리 퍼뜨리는 것이 품위에 어긋나는 일이고, 인품이란 저절로 드러나는 것이라고 생각하고 있었는데, 그게 잘못이었다고 말씀하셨단다. 그러므로 지금은 자기 때문에 생긴 불행을 자신이 제거하는 것이 의무라고 생각하신댔어. 그 밖에 또 다른 동기가 있었더라도 결코 그분에게 불명예가 되는 것은 아닐 거야. 다시 씨는 런던에 도착한 며칠 뒤에 두 사람을 찾아낼 수 있었다고 하는데, 우리보다 확실한 수색 단서가 있었기 때문이었겠지. 그 점에서 자신이 있었기에 우리 뒤를 따르기로 결심을 하셨던 모양이야.

전에 다시 양의 가정교사로 있었던 영 부인이라는 여자가 어떤 불미스러운 일로—그게 무엇인지 말씀하시지 않았지만—해고되었는데, 그 뒤로 그녀는 에드워드 거리에서 큰 집을 세내어 하숙을 치며 생계를 꾸려가고 있었다는구나. 이 영 부인이 위컴과 가까운 사이인 것을 알고, 런던에 도착한 즉시 그곳으로 위컴의 소식을 물으러 찾아가셨던 거야. 그러나 소식을 듣기까지에는 2, 3일이나 걸렸대. 아무래도 좀처럼 알려 주지 않으려고 했나 봐. 내 생각엔 뇌물을 줘서 매수할 수밖에 없었던 게 아닌가 싶어. 사실 이 사람은 위컴의 행방을 알고 있었거든. 확실히 위컴은 런던에 도착하자 곧 그녀에게로 갔고, 빈 방만 있었다면 그대로 거기에 머물렀을 거야. 아무튼 친절한 다시 씨는 끝내 바라던 대로 그들이 거처하는 곳의 주소를 알게 되었대. X거리에 두 사람이 있었던 거야.

다시 씨는 우선 위컴을 만난 다음 리디아를 만나게 해줄 것을 강력히 요구하셨다는구나. 처음엔 리디아를 만나서 현재의 수치스러운 상황에서 벗어나 가족에게 돌아가야 하며, 그러기 위해 자기도 할 수 있는 만큼 힘껏 돕겠다고 설득하려고 하셨대. 그런데 만나보니 리디아가 절대로 가지 않겠다고 한 거야. 가족은 아무래도 좋고, 도움도 필요 없다, 무슨 일이 있어도 위컴의 곁을 떠나지 않겠다고 불같이 화를 내더래. 언젠가는 반드시 결혼할 테니, 그것이 언제건 별로 대단한 일이 아니라고 말하더라는 거야. 위컴과의 첫 만남에서 그가 결혼을 할 의사가 없다는 것을 쉽게 알 수 있었지만, 리디아가 그렇게 생각하는 이상 결혼은 빠르고 확실하게 시키는 것이 상책이라고 생각하셨다는구나. 위컴은 절박해진 도박 빚 때문에 어쩔 수 없이 연대를 떠나야 했다는 것을 고백하고, 리디아가 달아나는 바람에 생긴 재난은 모두 그 애가 멍청해서 그런 거라고 서슴없이 말하더라는 거야. 그는 당장에라도 군대를 떠날 생각이었으나 미래에 대해서는 아무런 희망도 없는 형편이었대. 어디론가 가기는 해야 하는데 갈 만한 데도 마땅치 않을 뿐 아니라, 생활 대책도 전혀 서 있지 않다고 했다는구나.

다시 씨는, 그럼 왜 곧장 리디아와 결혼하지 않는가, 베넷 씨가 크게 부유하다고는 생각지 않지만 어느 정도의 도움을 줄 수 있지 않겠는가, 결혼을 하면 자네의 위치도 틀림없이 유리해질 것이 아니냐고 물으셨대. 그런데 이 질문에 대한 대답을 통해, 위컴이 어느 다른 지방에서 더 유리한 결혼으로 부자가 되려는 야심을 품고 있다는 것을 알았다는구나. 그러나 당장 사정이 어려우니 눈앞의 고비는 넘길 수 있다는 유혹에 마음이 흔들리지 않는 것도 아니었대.

두 사람은 여러 차례 만나서 여러 가지로 의논한 끝에 마침내 적당한 선에서 타협이 되었어. 위컴은 물론 터무니없는 요구 조건을 내세웠지만 말이야.

두 사람 사이에서 모든 일이 결정되자, 다시 씨는 외삼촌에게 그것을 알리기 위해 내가 집에 돌아오기 전날 밤에 처음으로 그레이스처치를 찾아오셨던 모양이야. 그런데 그때엔 외삼촌을 만나시지 않았어. 다시 씨는 리지의 아버님이 아직 머물러 계시며 이튿날 아침에 떠날 예정이라는 것을 아셨어. 그리고 아버님보다 외삼촌이 의논 상대로 적당하다고 판단해서 아버님이 떠나시기까지 외삼촌을 만나는 것을 미루었어. 이름을 일러 두시지 않아서, 외삼촌은 이튿날까지 어떤 신사가 뭔가 볼일이 있어 찾아오셨었다는 것밖에 알지 못했지.

다시 씨가 토요일에 다시 찾아오셨어. 리지 아버님은 이미 떠나셨고 외삼촌은 집에 있었으므로, 앞에서도 말한 대로 둘이서 오래도록 말씀을 나누셨지.

두 분은 일요일에 다시 만났는데, 그때는 나도 그분을 만나뵈었어. 월요일에 모든 일이 결정되자마자 롱본으로 속달을 보냈어. 그런데 그분은 정말 고집이 세시더라. 내가 보기엔 그것만이 그분의 진짜 결점이라고 생각해. 여기저기서 온갖 비난을 받아온 분이지만, 이것만은 진짜야. 무엇이든지 자기 스스로 하지 않고서는 직성이 풀리지 않는 분이야. 외삼촌은 기꺼이 모든 일을 스스로 처리하실 생각이었지만—고맙다는 말을 듣고 싶어서 하는 얘기가 아니니 이 일에 대해서는 아무 말도 하지 말거라—두 분은 오랫동안 양보하지 않고 서로 부담하겠다고 다투었어. 정작 사건의 당사자인 두 남녀는 전혀 그럴 가치가 없는 사람들인데. 끝내 외삼촌이 양보해서 조카딸을 도와주지 못하면서 그 명예만 받아야 하는 이상한 상황이 되었지. 외삼촌으로서는 몹시 못마땅한 일이었단다. 그러니 오늘 아침에 받은 리지의 편지는 자기가 허명을 벗고, 마땅히 받아야 할 사람에게 명예를 돌려주는 일이므로 매우 기쁘게 생각하시는 것 같았어. 그러나 이건 리지나 제인만 알고 비밀에 부쳐주기 바란다.

젊은 두 사람을 위해 한 일은 이미 잘 알고 있을 거야. 위컴의 빚은 1천 파운드가 훨씬 넘는 금액이었는데 모두 갚아주었고 리디아에겐 자신의 몫 말고도 1천 파운드를 더 얹어주었으며, 위컴의 장교 자리까지 사 주기로 했단다. 이런 일들을 왜 모두 그분이 혼자 떠맡으셨는지 그 이유는 앞에서 말한 바와 같아. 위컴의 됨됨이를 사람들이 잘못 생각한 결과 그렇게 추어

올리게 된 것은 자기가 너무 몸을 사리고 생각이 짧아서 침묵을 지킨 탓이라고 여기셨기 때문이야. 그분의 침묵이나 또는 누군가의 침묵이 이 사건에 책임이 있는지 어떤지는 의심스럽지만, 다시 씨의 주장에도 얼마쯤 진실성은 있을 거야. 그러나 이와 같은 그럴듯한 구실에도, 사랑하는 리지, 만일 이 사건에 그가 또 다른 이해관계가 있다고 생각하지 않았다면, 외삼촌은 절대로 양보하지 않았을 것이라고 믿어도 좋아.

일이 모두 결정되자 그분은 펨벌리에 묵고 계신 친구들한테 돌아 가셨고, 결혼 당일 다시 한 번 런던에 오셔서 그때 돈 문제를 해결하기로 동의하셨어.

이제 전부 얘기한 것 같구나. 리지, 너도 퍽 놀랍겠지만, 기분 나빠하진 말았으면 좋겠구나. 리디아가 우리에게 왔었고 위컴은 집에 데려왔단다. 위컴은 늘 드나들도록 허락을 받았어. 그 사람은 하트퍼드셔에서 알게 되었을 때와 똑같지만, 집에 와 있는 동안 리디아의 태도는 아주 못마땅했다. 지난 수요일에 받은 제인의 편지를 보니 집에 돌아간 뒤에도 리디아의 태도가 여전한 것 같으니, 이제부터 하는 얘기 때문에 새삼스럽게 고통을 느끼지도 않을 것이라고 생각한다. 나는 리디아에게 네가 한 짓이 도리에 어긋나며 가족을 얼마나 불행하게 했는가를 진지하게 되풀이해서 말해 주었다. 조금이라도 알아들었다면 다행이지만, 그 애는 애초부터 들을 마음이 없더구나. 가끔 몹시 화가 나기도 했지만, 그때마다 내가 사랑하는 엘리자베스와 제인을 생각하면서 참곤 했지.

다시 씨는 약속한 시간을 정확하게 지켜서 오셨고, 리디아가 말한 대로 결혼식에도 참석하셨어. 이튿날은 우리 집에서 저녁식사를 하셨고, 수요일인가 목요일쯤에 다시 런던을 떠나셨어. 사랑하는 리지, 이 기회에—지금까지는 말을 꺼낼 용기가 없었단다—내가 그분에 대해 매우 호감을 갖고 있다고 말하면 너는 화를 낼까? 우리에 대한 그분의 태도는 더비셔에 갔었을 때와 다름없이 퍽 기분이 좋은 것이었어. 이해력도 견해도 모두 아주 마음에 들었단다. 다만 아쉬운 점은 좀더 쾌활했으면 하는 것뿐인데, 그것은 분별 있는 결혼을 하면 부인이 가르칠 수 있을 거야. 그러나 그분은 아주 시치미를 뗄 줄도 알아서, 리지의 이름을 입 밖에 낸 적은 한 번도 없었어. 요즘은 시치미를 떼는 것이 유행인가 봐.

너무 주제넘은 말을 했다면 용서해 주렴. 적어도 펨벌리에서 나를 내쫓거나 하지는 말아 다오. 나는 그 정원을 전부 다 보기 전까진 만족할 수 없거든. 한 쌍의 망아지가 끄는 나직한 사륜마차는 정말 멋지지 않니?

이젠 펜을 놓아야겠다. 아이들이 벌써 30분 전부터 부르고 있구나. 잘 있으렴!

그레이스처치 스트리트

9월 6일

M. 가디너

이 편지는 엘리자베스의 마음을 몹시 흔들어 놓았는데, 기쁨이 먼저인지 괴로움이 먼저인지 본인도 가늠하기가 어려웠다. 다시 씨가 동생의 혼사를 성사시키기 위해 모든 일을 해 준 것은 아닌지 반신반의하면서 의심하고 있었던 것이다.

하지만 그것은 너무 엄청난 일이라 도저히 믿을 수 없으면서도 딱 잘라 부정할 수 없고, 또 사실이라면 그 은혜가 매우 커서 고통스러우므로 갈팡질팡하고 있었던 것인데, 이제는 틀림없는 사실임을 알게 된 것이다. 그는 일부러 런던으로 가서 그들을 뒤쫓았고, 그런 일에 따르게 마련인 노고와 불쾌함을 모두 감수했던 것이다. 게다가 그가 틀림없이 혐오하고 경멸했을 여자에게 머리를 숙여야 했고, 그가 항상 피하고 싶어했으며 이름을 입 밖에 내는 것조차 꺼리던 사내와 만나—그것도 자주—인간의 도리를 얘기하고 설득하고, 마지막에는 그를 매수해야 할 지경에 몰렸던 것이다.

이 모든 일은 본인이 사랑하지도 않으며 존경할 수도 없는 여자를 위해 한 것이다. 마음속에서 그분은 나를 위해 그 모든 일을 해 주셨다는 속삭임이 들려왔지만, 이 희망은 곧 다른 생각으로 저지되었다. 그의 구혼을 거절한 여자에 대한 애정이, 위컴과 어떤 관계도 맺고 싶지 않은 매우 자연스런 감정을 눌러 버릴 만큼 강한 것이라고 생각한다면, 그것은 너무 지나친 자만심이라고 느끼지 않을 수 없었던 것이다. 위컴의 동서! 모든 자존심이 이런 관계에 반발을 할 것이 틀림없다.

확실히 그분은 정말 잘해 주셨어. 부끄러울 만큼 많은 일을. 그러나 그분은 자기가 간섭하는 이유를 명확하게 내세우고 있다. 모두 자기 잘못이라는 그 이유가 터무니없는 것도 아니다. 그는 관대한 사람이고, 그렇게 할 만한 재력도 있다. 엘리자베스는 굳이 자기만이 주요한 요인이라고는 생각하지 않지만 자기에 대한 사랑이 남아 있어서, 내 마음의 평안을 위해 그 노력을 기울였다고 믿어도 아마 틀린 생각은 아닐 것이다. 그러나 자기들이 결코 보답할 수 없는 사람에게서 은혜를 받았다는 것은 몹시 괴로운 일이었다. 리디아와 그 애의 명예를 되찾은 것은 모두 그분 덕택이었다. 지금까지 그에 대해 지녔던 무례한 감정과 그에게 던졌던 건방진 말을 얼마나 뼈저리게 뉘우쳤는지 모른다!

그녀는 자기 자신에 관해서 아주 겸손한 마음이 되었지만, 그에 대해서는 정말 훌륭하다고 생각했다. 동정과 의리 때문에 자신의 감정을 억누른 그를 진정 자랑스럽게 생각했다. 여러 번 되풀이해서 외숙모의 찬사를 읽어 보았다. 결코 충분하다고는 생각지 않았으나 그것은 그녀를 기쁘게 했다. 외삼촌과 외숙모가 다시와 그녀 사이에 변함없는 애정과 신뢰가 존재한다고 줄곧 믿어왔음을 알고, 그런만큼 유감스럽기도 했지만 기쁘게 느껴졌다.

누군가 다가오는 기척에 엘리자베스는 정신을 차리고 벤치에서 일어섰다. 다른 길로 들어서기 전 위컴이 다가왔다.

"혼자 산책하는 걸 방해한 모양이군요, 처형." 나란히 서며 위컴이 말했다.

"확실히 그래요." 엘리자베스는 미소를 지으며 대답했다. "하지만 그렇다고 해서 환영하지 않겠다는 건 아니에요."

"방해가 되었다면 정말 미안합니다. 우리는 언제나 좋은 친구였고 이제는 그보다 더한 사이가 됐으니까요."

"정말 그렇군요. 다른 사람들도 나올 건가요?"

"잘 모르겠습니다. 베넷 부인은 리디아와 함께 마차로 메리턴으로 가시려고 하십니다. 그런데 처형, 외삼촌과 외숙모님에게서 들었는데, 펨벌리를 구경하셨다지요?"

엘리자베스는 그렇다고 대답했다.

"부럽습니다. 나도 가보고 싶었는데 도저히 그럴 용기가 없었거든요. 그렇잖으면 뉴캐슬로 가는 도중에 들렀을 텐데. 그 가정부 할멈은 만났습니까? 아아, 레이놀즈는 나를 무척 예뻐해 주었지요. 물론 내 얘기는 한 마디도 하지 않았겠지만."

"아니에요, 얘기하던데요."

"뭐라고 말하던가요?"

"위컴 씨가 육군에 입대하셨지만 그다지 순조롭지 못했던 것 같다고 하더군요. 그렇게 먼 곳이니 얘기가 잘못 전해지기도 하죠."

"확실히 그렇지요." 위컴은 입술을 깨물며 대답했다.

엘리자베스는 이젠 그가 조용해지리라 생각했는데 곧 위컴이 말했다.

"저번에 런던에서 다시를 만나 놀랐습니다. 길에서 몇 번 만났지요. 대관절 런던에 무슨 볼일이 있는지 모르겠더군요."

"아마 드 버그 양과의 결혼 준비라도 하고 계셨던 거겠죠." 엘리자베스는 말했다. "이런 시기에 런던에 가실 정도면 어지간히 특별한 볼일이 있는 게 아니겠어요?"

"그렇겠군요. 램턴에 있는 동안에도 만났던가요? 가디너 씨는 그렇게 얘기 하시던데요."

"만났어요. 여동생을 소개해 주시더군요."

"그 사람은 마음에 들던가요?"

"네, 아주 마음에 들었어요."

"아닌게 아니라 최근 1, 2년 동안에 아주 좋아졌다는 말을 들었습니다. 마지막에 만났을 때엔 별로 가망이 있을 것 같지 않았거든요. 처형이 그녀를 마음에 들어하니 매우 기쁘군요. 앞으로는 그녀가 훨씬 더 좋아지길 바라고 있답니다."

"그렇게 될 거예요. 제일 어려운 나이는 이제 넘겼으니까요."

"킴프턴이라는 마을을 지나갔나요?"

"그곳은 기억에 없는데요."

"거기는 내가 목사직을 받기로 되어 있던 교회가 있는 곳이어서 묻는 겁니다. 아주 좋은 곳이죠! ……목사관도 아주 훌륭하고요. 모든 점에서 나에게 꼭 맞는 곳이었습니다."

"어머, 당신이 설교하는 것도 좋아하셨던가요?"

"아주 좋아했지요. 나는 그걸 내 의무의 하나라고 생각했어요. 하지만 그런 노력은 아무것도 아니게 되었지요. 불평 따윈 말할 게 아니지만, 확실히 나에게는 꼭 어울리는 일이었습니다! 그런 한적한 곳에 정착해서 사는 건 그야말로 내 소망에 꼭 들어맞는 일이지요! 그런 사정은 켄트에 가 있는 동안에 다시에게서 듣지 못했나요?"

"확실한 소식통으로부터 그건 조건부였다고 들었습니다. 후원자의 의사에 따르기로 되어 있었던 모양이더군요."

"들으셨군요! 그렇지요. 그 문제엔 조금 사정이 있었습니다. 처음부터 그렇게 말했었지요, 기억하세요?"

"그리고 지금만큼 설교를 전혀 좋아하지 않았던 시절이 있었다는 얘기도 들었어요. 성직은 완전히 포기하겠다고 선언해서, 거기에 따라 이야기가 마무리되었다는 것도요."

"그런 얘기까지 들으셨습니까? 아주 근거가 없는 얘기도 아닙니다만, 그 점은 나도 처음부터 처형에게 얘기해 두었을 텐데 잊으셨나요?"

두 사람은 이젠 거의 문어귀에 와 있었다. 엘리자베스가 그에게서 벗어나고 싶어 빨리 걸어왔기 때문이었다. 그러나 동생을 위해서 그의 기분을 상하게 하고 싶지 않았으므로 상냥한 미소를 띠고 말했다.

"위컴 씨, 우리는 이제 형제 사이예요. 지나간 일로 말다툼은 하지 맙시다. 앞으로는 사이좋게 지내요."

엘리자베스가 손을 내밀자 위컴은 일단 다정하고 정중하게 입을 맞췄으나, 어떤 얼굴을 해야 좋을지 몰라 당황하는 기색이었다. 이윽고 두 사람은 집 안으로 들어갔다.

53

위컴 씨는 이 대화에 완전히 만족한 모양이어서, 다시 그런 화제를 꺼내 자신을 괴롭히고 처형 엘리자베스를 노엽게 하는 짓은 하지 않았다. 엘리자베스도 그의 입을 다물게 한 것을 흡족하게 여겼다.

이윽고 위컴과 리디아가 떠날 날이 다가와서, 베넷 부인은 적어도 1년은 딸의 얼굴을 못 본다는 슬픔에 잠겨 있었다. 모두 같이 뉴캐슬에 가자는 그녀의 계획에 남편 베넷 씨가 기어이 들어주지 않았기 때문이었다.

"오오, 리디아." 그녀는 외쳤다. "언제나 다시 만날 수 있을까?"

"글쎄요, 그건 알 수 없죠. 아마 앞으로 2, 3년은 만나지 못할지도 몰라요."

"자주 편지를 보내라, 알겠지?"

"될 수 있는 대로 그럴게요. 하지만 가정이 있는 여자가 편지나 쓰고 있을 수는 없을 거예요. 그보다 언니들이 나한테 편지를 쓰면 되잖아요. 언니들은 달리 할 일도 없으니까요."

위컴 씨의 작별은 리디아보다 훨씬 애정이 깃들어 있었다. 붙임성 있게 웃으면서 얌전한 얼굴을 하고 온갖 비위를 맞추는 말을 했다.

"아주 그냥 번드르르한 녀석이구먼." 두 사람이 떠나자 베넷 씨가 말했다. "싱글싱글 히죽히죽 거리는 게 우리 모두와 사랑이라도 할 태세야. 미치도록 자랑스럽구나. 윌리엄 루카스 경에게 이보다 더 훌륭한 사위가 있으면 내놔 보라고 해야겠어."

딸이 가버리자 베넷 부인은 며칠 동안 우울해했다.

"언제나 그렇지만," 부인은 말했다. "가까운 사람과 헤어지는 것만큼 싫은 일은 없구나. 마치 버림을 받은 것처럼 쓸쓸하니 말야."

"어머니, 딸을 시집 보낸다는 건 그런 거예요." 엘리자베스는 말했다. "그러니 다른 네 명의 딸들이 아직 미혼인 것을 다행으로 생각하셔야 해요."

"그렇진 않아. 리디아는 결혼을 했기 때문에 떠나버린 게 아냐. 다만 남편의 연대가 우연히 먼 곳에 있기 때문이지. 가깝다면 이렇게 빨리 떠나지 않았을 거 아니냐."

그런데 이 사건으로 풀 죽은 상태였던 베넷 부인은 얼마 뒤 바로 되살아났다. 그 무렵에 퍼지기 시작한 어떤 소문이 부인의 마음에 희망을 불태운 것이다. 몇 주일 동안 사냥을 하기 위해 주인이 내일이나 모레쯤 도착할 테니 준비를 해 두라는 명령을 네더필드의 가정부가 받았던 것이다. 베넷 부인은 기뻐서 어쩔 줄 몰라 하며 제인을 보고 미소 짓거나 혼자서 고개를 가로젓기도 했다.

"그래, 그래. 빙리 씨가 돌아온다는 말이구나, 동생아." 맨 처음 이 소식을 전해준 사람은 필립스 부인이었다. "정말 잘된 일이야. 내가 그걸 신경 쓰는 건 아니지만 말이야. 이제 그 사람은 우리하곤 아무 관계도 없고, 나도 정말로 두 번 다시 만나고 싶지 않아. 하지만 그 사람이 네더필드에 오겠다면 좋을 대로 하라지. 무슨 일이 일어날지 누가 알겠어. 물론 우리와는 전혀 관계가 없는 일이지. 훨씬 전에 거기에 대해서는 더 이상 말하지 않기로 약속했잖아. 그건 그렇고, 오는 건 확실한 거야?"

"확실해. 어젯밤에 니콜스 부인이 메리턴에 오셨거든. 지나가는 걸 보고 사실인지 확인해 보려고 일부러 나가 봤지. 틀림없이 그렇다고 말하더군. 수요일이나, 아무리 늦어도 목요일엔 도착한대. 수요일에 맞춰 고기를 주문하러 정육점에 가는 길이라고 했거든. 그리고 잡을 만한 오리도 여섯 마리 구했다고 했어."

베넷 양도 빙리가 온다는 소문을 듣고 얼굴빛이 달라지지 않을 수 없었다. 이 몇 달 동안 엘리자베스에게조차 그의 이름을 입에 올린 적이 한 번도 없었는데, 지금은 단둘이 있게 되자 제인이 먼저 말을 꺼냈다.

"오늘 이모님이 그 소식을 알려 주셨을 때, 리지 네가 내 얼굴을 흘깃하는 걸 봤어. 내가 난처해하는 얼굴을 하고 있었던 건 알고 있어. 하지만 어리석은 이유 때문은 아니니까 오해하진 말아줘. 내 얼굴을 살피는 것 같아서 당황했던 것뿐이야. 그 얘기를 들어도 기쁘거나 슬프지 않아. 정말이야. 단, 한 가지 기쁜 건 빙리 씨가 혼자 오신다는 점이야. 그런 만큼 만나뵐 기회도 적을 테니까. 나 자신의 감정이 두려운 건 아니지만, 세상 사람들의 입방아는 두려워."

엘리자베스는 이 말을 어떻게 받아들여야 좋을지 몰랐다. 만일 더비셔에서 빙리를 만나지 않았더라면 그녀도 표면적인 이유대로 단지 사냥을 하러 온다고 생각했을 것이다. 그러나 지금은 빙리가 여전히 제인을 좋아한다는 걸 알고 있으므로, 다만 친구 다시의 동의를 받고 오는지 아니면 대담하게도 그것을 무시하고 오는지를 분명히 알 수 없을 뿐이었다.

'그분은 법적으로 엄연히 자기가 주인인 집에 오는 데도 이렇게 여러 사람의 억측을 들어야 하다니, 정말 딱한 일이야.' 그녀는 이따금 생각했다. '나는 그분을 내버려 둬야지.'

언니가 그렇게 선언하고, 또 그것이 빙리 씨가 오는 데 대한 실제의 감정이라고 믿고 있음에도 불구하고, 엘리자베스는 언니의 마음이 그 때문에 영향받고 있음을 쉽사리 알 수 있었다. 여태껏 본 적이 없을 만큼 혼란에 빠져서 당황해하고 있었던 것이다.

1년 전에 부모가 열심히 토론했던 문제가 지금 다시 되살아났다.

"빙리 씨가 오면, 여보." 베넷 부인은 말했다. "물론 찾아가 주시겠지요?"

"싫소. 지난해에도 억지로 찾아가게 하면서, 그렇게 하면 딸 중에 하나와 결혼할 거라고 하더니 결국 헛일이었지 않소. 두 번 다시 그런 바보같은 심부름은 하지 않을 거요."

그러나 베넷 부인은 빙리가 네더필드에 돌아오면 이웃 신사로서 일단 예를 갖추는 일이 절대로 필요하다고 끈질기게 주장했다.

"나는 그런 예의를 경멸하는 거요." 베넷 씨가 말했다. "사귀고 싶으면 그쪽에서 오면 되잖소. 우리가 살고 있는 곳은 알고 있을 테니. 무엇보다 나는 이웃이 들락날락할 때마다 쫓아다니면서 시간을 낭비하고 싶지 않아."

"하지만 여보, 만일 찾아가시지 않으면 크나큰 실례를 하는 거예요. 좋아요, 찾아가시지 않겠다면 내가 여기서 만찬에 초대하는 건 상관없겠죠? 이제 곧 롱 부인과 굴딩의 사람들을 초대해야 해요. 우리 식구를 합쳐서 열셋이니, 식탁에 그분의 자리도 하나 마련할 수 있으니까요."

이렇게 마음을 정하니 위로가 되어 그녀는 남편의 무례함도 참을 수 있었다. 그러나 그 결과 이웃 사람들이 자기들보다 먼저 빙리 씨를 만날지도 모른다고 생각하니 초조해서 견딜 수가 없었다. 그가 도착할 날이 다가오자 제인이 엘리자베스에게 말했다.

"그분이 오시는 게 괴로워. 그분이 오시는 게 별일도 아니고, 만난대도 아무렇지 않게 볼 수 있는데, 모였다 하면 그 얘기뿐이니 견딜 수가 없어. 어머니의 호의는 이해할 수 있어. 하지만 어머니가 하시는 말씀 때문에 내 마음이 얼마나 괴로운지 조금도 알지 못하셔. 그분이 어서 빨리 네더필드를 떠나 주시면 얼마나 기쁠까!"

"뭐라고 위로할 수 있었으면 좋겠어." 엘리자베스는 말했다. "그런데 그건 내 능력 밖이야. 내 마음을 알아줘. 나는 괴로워하는 사람에게 인내하라고 설교하면서 만족스러워하는 사람은 아니야. 왜냐하면 언니는 줄곧 참아만 왔으니까."

드디어 빙리가 도착했다. 베넷 부인은 하녀들의 도움으로 곧장 그 소문을 들었는데, 그것은 결국 초조하고 불안한 기분을 최대한으로 길게 늘였을 뿐이었다. 언제 초대장을 보내면 좋을까, 그날만을 손꼽아 보기도 했다. 그러나 그가 하트퍼드셔에 도착한 지 사흘째 되는 날 아침 베넷 부인은 옷방 창문을 통해 말을 타고 다가오는 그를 볼 수 있었다.

그녀는 그 기쁨을 나누려고 딸들을 소란스럽게 불렀다. 제인은 끝까지 탁자 앞에 앉아 움직이지 않았지만, 엘리자베스는 어머니의 비위를 맞춰 주기 위해 창가로 가서 눈길을 던졌다. 그런데 다시 씨가 같이 오는 것을 보자, 되돌아와서 언니 옆에 앉아 버렸다.

"어머니, 어떤 신사분이 같이 오시네요." 키티가 말했다. "대체 누굴까요?"

"친구겠지, 나도 모르겠구나."

"어머! 그 사람 아니에요?" 키티는 말했다. "전에 늘 같이 다니던 사람, 이름이 뭐더라? 그 키가 크고 거만한 사람 말이에요."

"어머나! 다시 씨잖아! 정말 그렇구나. 좋아, 좋아. 빙리 씨의 친구라면 그 누구라도 환영이지, 아무렴. 그렇지 않으면 저 사람은 정말 꼴도 보기도 싫어."

제인은 놀라서 걱정스럽게 엘리자베스를 돌아보았다. 더비셔에서 만난 일에 대해서는 거의 알지 못했으므로, 그의 해명 편지를 받은 이래 처음으로 만난다면 동생이 얼마나 불편할까 생각했다. 두 사람 다 어지간히 거북해서 서로 상대에게 마음을 쓰고, 물론 자기 자신에 대해서도 그렇게 했다. 어머니는 여전히 다시 씨를 싫어하며, 다만 빙리 씨의 친구로서만 정중하게 대해 줄 것이라는 결심을 거듭 얘기했다.

그러나 두 사람의 귀엔 그런 말은 들리지도 않았다. 그러나 엘리자베스에게는 제인이 모르는 걱정의 원인이 있었다. 그녀는 가디너 부인에게서 온 편지를 보여 줄 용기도 없었고, 또 다시에 대한 자기 마음이 달라졌다는 것도 말하지 못했던 것이다. 제인에게 다시 씨는 동생이 구혼을 거절했던 사람이자 동생이 싫어하는 사람일 뿐이지만, 엘리자베스로서는 깊이 알면 알수록 자기 가족이 금전상의 은혜를 입고 있고, 비록 빙리에 대한 제인의 감정만큼 애틋한 것이 아닐지라도, 적어도 이치에 맞는 관심을 갖고 바라보는 사람이었다. 다시 씨가 여기에, 네더필드에, 롱본에 자진해서 엘리자베스를 찾아온 것을 보고, 더비셔에서 아주 태도가 달라진 그를 처음으로 봤을 때 못지않은 놀라움을 맛보았다.

엘리자베스의 얼굴에서 한번 사라졌던 혈색은 그의 애정이 아직 흔들리지 않았다고 생각하는 잠깐 사이에 환하게 되살아났다. 기쁨의 미소가 눈에 빛을 주었다. 그러나 너무 안심해서는 안 된다고 생각했다.

'우선 그분의 태도를 보자.' 그녀는 생각했다. '그런 다음에 기대해도 늦지 않아.'

엘리자베스는 마음을 가라앉히려고 일에 열중하는 체하면서 눈도 들지 않았는데, 하녀가 문에 다가오자 역시 걱정스러워서 무심코 언니의 얼굴을 바라보았다. 제인은 평소보다 좀 창백했으나 생각했던 것보다 훨씬 침착했다. 두 신사가 나타나자 얼굴을 붉혔지만, 별로 동요하지 않고 예의바르며 원망하는 기색도 없이, 그러나 너무 정중하지도 않은 태도로 두 사람을 맞이했다.

엘리자베스는 예의에서 벗어나지 않을 정도로만 입을 열었으며 좀처럼 보인 적이 없는 열성을 쏟아 일에 몰두했다. 간신히 용기를 내어 다시를 보았다. 여느 때처럼 무뚝뚝한 얼굴이었지만, 펨벌리에서 봤을 때보다는 전에 하트퍼드셔에서 자주 보던 얼굴이었다. 사실 어머니 앞에서는 외숙모와 있을 때 같은 태도를 보일 수 없을 것이라고 엘리자베스는 생각했다. 달갑지 않은 짐작이었지만 충분히 있을 법한 일이었다.

빙리에게도 슬쩍 눈길을 던졌는데, 그 짧은 순간에 빙리의 얼굴에서 기쁜 듯하면서도 어색해하는 기색을 눈치챘다. 베넷 부인은 빙리 씨를 융숭하게 환영했는데, 특히 그의 친구에겐 냉담하고 형식적인 태도로 대하면서 대조적으로 허리를 굽혀서 공손하게 응대하는 모습을 보고 두 딸들은 더욱 부끄러웠다.

더군다나 어머니가 가장 아끼는 딸을 돌이킬 수 없는 오욕에서 건져낼 수 있었던 것이 전적으로 다시 씨 덕택임을 알고 있는 엘리자베스는, 어머니의 그릇된 이 차별 대우에 견딜 수 없이 마음이 아팠다.

다시는 엘리자베스에게 가디너 부부가 어떻게 지내시느냐고 묻고, (이에 대해 엘리자베스는 당황하며 대답했다) 그 뒤엔 거의 입을 열지 않았다. 아마 그녀 옆자리가 아니라서 잠자코 있는 모양인지 모르지만 더비셔에서는 그렇지 않았었다. 그녀에게 말을 건네지 못할 때는 그녀의 친척과 얘기했었다. 그런데 지금은 그의 목소리를 전혀 듣지 않고 몇 분이 지났다. 가끔 호기심에 사로잡혀서 그의 얼굴을 바라보았지만, 그의 눈은 계속 그녀나 제인을 향하고 있었다. 그리고 자주 바닥을 내려다보았다. 지난번에 만났을 때보다 더 깊은 생각에 잠겨 호감을 사려는 열망이 없어 보였다. 엘리자베스는 실망하면서 그러는 자신에게 화가 치솟았다.

'이게 당연한 거잖아! 그렇다면 왜 오셨을까?'

그 말고는 누구하고도 대화하고 싶지 않았지만 먼저 말을 건넬 용기가 없었다. 간신히 그의 여동생의 안부를 물었으나 그 말밖에는 아무것도 할 말이 없었다.

"정말 오랜만이에요, 빙리 씨." 베넷 부인은 말했다.

빙리도 그렇다고 동의했다.

"이젠 돌아오시지 않나, 걱정했었어요. 소문으론 미카엘 축제 때엔 집을 완전히 비우신다더군요. 하지만 나는 사실이 아니기를 바랐어요. 가신 다음에 여기서도 꽤나 여러 가지 일이 있었지요. 루카스 양이 결혼해서 살림을 차렸고, 우리 딸도 하나, 아, 틀림없이 알고 계시겠지요. 〈타임스〉와 〈쿠리어〉에도 실렸었으니까요. 하지만 그리 훌륭한 기사는 아니었지요. 그저 '최근 조지 위컴 씨가 리디아 베넷 양과 결혼'이라고만 돼 있고, 아버지가 누군지, 어디에 살았었는지 한 구절도 적혀 있지 않았거든요. 내 동생 가디너가 원고를 썼는데, 어떻게 그런 서투른 기사를 썼는지 믿을 수 없다니까요. 보신 적이 있는지요?"

빙리는 봤다고 대답하고 축하를 했다. 엘리자베스는 도저히 눈을 들 용기가 없어서, 다시 씨가 어떤 얼굴을 하고 있는지 알 수가 없었다.

"확실히 딸을 좋은 곳으로 시집보내는 것은 기쁜 일이지요." 어머니는 말을 이었다. "그렇지만 빙리 씨, 동시에 딸을 빼앗겨 버리는 건 정말 괴로운 일이랍니다. 두 사람은 뉴캐슬로 갔어요. 아주 북쪽인 모양인데 거기서 얼마나 살진 모르지만, 아무튼 당분간 머물러 있을 모양이에요. 부대가 지금 거기 있는데, 아마 얘기를 들으셨겠지만 사위 위컴이 민병대에서 나와 정규군에 들어갔답니다. 고맙게도 친구들이 여러모로 도움을 주었지요. 물론 위컴에게 그런 친구가 더 많이 있는 게 마땅하지만요."

엘리자베스는 이 말이 다시 씨를 빈정거리는 것임을 알고 더는 창피해서 앉아 있을 수 없을 지경이었다. 그렇지만 적어도 좀더 효과적으로 말하고자 노력해야겠다는 생각이 들었다. 그래서 그녀는 빙리에게 네더필드에 얼마나 머물 예정이냐고 물었다. 2, 3주일 있을 작정이라고 빙리가 대답했다.

"댁의 새를 다 잡으시게 되면, 빙리 씨." 어머니가 말했다. "부디 여기에 오셔서 제 남편의 소유지에서도 마음대로 잡도록 하세요. 남편도 당신을 위해서 기꺼이 제일 좋은 메추라기 떼를 남겨 둘 거예요."

이런 불필요한 참견 때문에 엘리자베스의 비참한 마음은 더 커져만 갔다. 1년 전과 마찬가지로 밝은 전망을 기대할 수 있게 되더라도, 모든 일이 그때처럼 안타까운 종말로 끝나게 될 것 같아서 더욱 침울해졌다. 그녀는 앞으로 아무리 행복한 세월이 계속되더라도 제인이나 자기가 지금처럼 겪고 있는 괴로운 마음의 보상은 되지 못할 거라고 느꼈다.

'제일 큰 소망은,' 그녀는 스스로에게 말했다. "두 사람 중 누구하고도 두 번 다시 만나고 싶지 않다는 거야. 두 사람과 어울려 만나는 것도 이런 비참한 심정을 메워 줄 만큼 기쁘지 않을 거야. 어느 쪽과도 절대로 만나지 않았으면!"

오랜 행복으로도 보상할 수 없는 비참한 심정도, 잠시 뒤 언니의 아름다움이 옛 연인의 애정을 다시금 불타게 하는 것을 보고서는 어지간히 가라앉았다. 처음 들어왔을 때 빙리는 제인에게 거의 말을 건네지 않았다. 그러나 그녀에 대한 관심은 거의 5분마다 더해가는 것 같았다. 그는 그녀가 지난해처럼 말을 많이 하지는 않아도 여전히 아름답고, 곱고 꾸밈없는 심성을 지니고 있음을 알았다. 사실 제인은 달라진 곳을 보이지 않으려고 열심히 노력하고 있었고, 따라서 자신이 지난해와 마찬가지로 말하고 있다고 믿고 있었지만, 마음만 분주하여 자기가 조용히 있다는 것을 전혀 깨닫지 못하고 있었다.

신사들이 작별인사를 하려고 일어서자 베넷 부인은 미리 생각하고 있던 계획을 실행하려고, 두 사람을 2, 3일 뒤 롱본의 만찬에 초대했다.

"우리 집을 방문하셔야 하는 빚이 남아 있어요. 빙리 씨." 그녀는 덧붙였다. "작년 겨울 런던으로 가실 때, 돌아오시면 꼭 우리 집 만찬에 참석해 주시겠다고 약속하셨지요? 저는 그걸 잊지 않았어요. 그런데 돌아오시지도 않았고 약속을 지켜 주시지도 않았기 때문에 몹시 실망했었지요."

빙리는 책임을 추궁하는 말에 좀 얼빠진 얼굴로 볼일 때문에 그렇게 되었다며 죄송하다고 변명했다. 그리고 두 사람은 돌아갔다.

베넷 부인은 오늘이라도 식사를 하고 가도록 초대하고 싶은 마음이 굴뚝같았다. 그러나—항상 풍성한 식탁은 준비하고 있었지만—사위를 삼으려고 애써 계획을 하고 있는 사람과 1년에 1만 파운드의 수입이 있는 사람의 식성과 자존심을 만족시키기 위해서는 두 코스의 요리가 아니고는 안 된다는 데 생각이 들었던 것이다.

54

두 사람이 가고 난 뒤, 엘리자베스는 기운을 차리려고 산책을 나갔다. 아니, 더욱 기운 빠질 것이 뻔한 문제를 혼자 곰곰이 생각해 보기 위해서였다.

'그저 가만히 딱딱한 얼굴로 냉담하게 앉아 있을 바엔, 도대체 무엇 때문에 오셨을까?'

아무리 생각해도 납득할 수 있는 해답은 나오지 않았다.

'런던에 있을 때엔, 외삼촌과 외숙모님께 그렇게 상냥하고 기분 좋게 대해 주셨으면서 왜 나한테는 그렇게 하시지 못할까? 혹시 나를 두려워하고 있다면 여기에 오실 리 없고, 내게 관심이 없다면 잠자코 앉아 있을 필요가 없잖아. 심술궂은 사람! 이젠 그분 생각은 안 할 거야.'

이 결심은 언니가 다가오면서 중단되었다. 언니는 즐거워 보였는데, 엘리자베스에 비하면 두 사람의 방문에 퍽 만족하는 것 같았다.

"오랜만에 그를 만나고 나니 마음이 아주 편해. 자신감이 생겼달까, 이젠 또 오시더라도 당황하지 않을 거야. 우리 집에서 화요일에 식사를 해 주시는 건 기뻐. 그렇게 하면 양쪽 다 그저 아무것도 아닌, 아는 사람 정도로만 만난다는 걸 사람들도 알게 될 테니까."

"그래, 정말 아무것도 아닌 사이지." 엘리자베스는 말했다. "하지만 언니, 조심해."

"리지는 설마 내가 무심코 위험에 빠질 만큼 약하다고 생각하는 건 아니겠지."

"그분이 언니에게 푹 빠질 위험성이 있다고 생각하는 거야."

화요일까지는 그들을 다시 만나는 일도 없었다. 베넷 부인은 그동안, 빙리가 찾아왔던 30분간 그가 기분이 좋았다는 것과 모두에게 예의바른 태도를 보인 데서 되살아난 행복한 계획에 온통 마음을 쏟고 있었다.

화요일에는 롱본에 많은 사람이 모였다. 제일 걱정스럽던 두 사람은 사냥꾼으로서의 시간 엄수를 자랑하듯 정시에 딱 맞추어 도착했다. 엘리자베스는 빙리가 예전의 파티에서 그의 지정석이던 언니의 옆자리로 가는지를 열심히 지켜보고 있었다. 빈틈 없는 어머니도 같은 생각에 사로잡혀 있었으므로, 자기 옆에 앉으라고 권하지 않았다. 그는 방으로 들어오자 주춤거리는 것 같았으나, 때마침 제인이 모두를 돌아보고 미소를 던지자 이 문제는 쉽게 해결되었다. 그는 제인 옆에 앉았다.

엘리자베스는 매우 기쁜 표정을 지으며 다시 쪽으로 눈길을 던졌다. 그는 다행히 무관심한 체하고 있었다. 그녀는 만약 빙리가 다소 당황한 모습으로 다시를 보고 미소 짓고 있지 않았더라면, 마침내 빙리가 다시로부터 결혼 허락을 받아냈다고 상상했을 것이다.

식사를 하는 동안 빙리의 태도에는 제인에 대한 애정이 넘치고 있어서, 엘리자베스는 전처럼 낙관할 수는 없어도 이대로만 이어진다면 제인의 행복과 그의 행복이 머지않아 눈앞에 나타날 것으로 믿어 의심치 않았다. 결혼이라는 결과를 굳이 기대하지는 않았지만 그의 행동을 바라보고 있는 것만으로도 꽤 즐거웠다. 그래서 한껏 활기를 얻었으나, 엘리자베스의 기분은 결코 명랑하다고 할 수 없었다.

다시의 자리는 식탁을 사이에 두고 그녀로부터 가장 멀리 떨어져 있는 어머니 옆이었다. 엘리자베스는 그런 자리배치가 어느 쪽에게도 즐거운 것이 못 되고, 서로에게 전혀 도움이 되지 않음을 잘 알고 있었다. 두 사람의 얘기는 그녀의 좌석에선 전혀 들리지 않았지만, 드물게밖에 말하지 않는다는 것과 그런 경우에도 태도는 몹시 딱딱하고 냉랭하다는 것을 알았다. 엘리자베스는 어머니의 이런 무뚝뚝한 태도를 보며 자기들이 다시의 신세를 지고 있다는 것을 뼈저리게 의식하고, 때로는 그의 친절을 알고 있는 사람이 있다는 것을, 그것을 명심하는 사람도 있다는 것을 어떤 희생을 치르더라도 얘기해 버리고 싶을 지경이었다.

엘리자베스는 밤이 되면 같이 있을 기회가 오지 않을까 기대하고 있었다. 그러면 그들이 왔을 때의 형식적인 인사말로 끝나지 않고, 얘기다운 얘기를 나누고 헤어질 수 있을 것이다. 그녀는 불안하고 어색한 마음으로 신사들이 객실에 들어오기를 기다렸고, 그 시간이 너무도 길고 지루해서 자기도 모르게 부루퉁해져 있었다. 엘리자베스는 이 하룻밤이 즐거울 것인지 아닌지가 거기에만 달린 듯 신사들이 들어오기를 기다리고 있었다.

'그분이 이번에도 내 옆에 오시지 않는다면 영원히 단념하겠어.' 그녀는 생각했다.

신사들이 들어오고, 그 순간만큼은 엘리자베스의 소원대로 되는 것 같았다. 그러나 아아! 제인이 차를 준비하고 엘리자베스가 커피를 따르고 있는 탁자에는 여자들이 잔뜩 모여 있어, 그녀 옆에는 의자 하나 놓을 여유도 없었다. 신사들이 다가오는 것을 보고 여자들 중 한 사람이 엘리자베스에게 딱 달라 붙어서 낮은 소리로 속삭였다.

"나는 남자분들이 와서 우리를 떨어뜨려 놓지 못하게 할 거야. 남자는 필요 없으니까, 안 그래?"

다시는 다른 쪽을 향해서 걸어갔다. 엘리자베스는 그를 눈으로 좇으며 그가 말을 건네는 사람 모두가 부럽게 느껴졌다. 그러자 사람들에게 커피를 권하는 것도 싫어졌고, 또 그런 어리석은 자신에게 화가 났다.

'한 번 퇴짜 맞은 남자잖아! 그 사람의 사랑이 다시 한 번 타오르길 바라다니 얼마나 어리석은 일인가! 같은 여자에게 두 번이나 구혼하고 싶어하는 남자가 한 사람이라도 있을까? 남자들에게 그렇게 굴욕적인 불명예는 다시 없을 거야.'

그러나 그가 커피잔을 자기 손으로 가지고 오는 것을 보고 엘리자베스는 기분이 좋아졌다. 그녀는 기회를 놓치지 않고 말했다.

"여동생은 아직 펨벌리에 계세요?"

"네, 크리스마스까진 거기에 있을 겁니다."

"혼자서요? 친구 분들은 모두 돌아가셨나요?"

"앤즐리 부인이 같이 있어요. 다른 사람들은 3주일 전에 스카버러로 갔습니다."

엘리자베스는 얘기를 이을 말이 생각나지 않았지만, 만일 다시 쪽에서 얘기를 나누길 원했다면 더 이어졌을 것이 틀림없었다.

그러나 어찌 된 셈인지 그는 말없이 몇 분 동안 그녀 앞에 우두커니 서 있다가, 옆에 있던 젊은 아가씨가 또 엘리자베스에게 수군거리기 시작하자 곧 다른 쪽으로 걸어가 버렸다.

찻잔들을 치우고 카드 탁자가 나오자 여자들은 일어섰다. 엘리자베스는 이번에야말로 그가 옆에 와 줄 것을 기대했으나, 그녀의 예측은 완전히 빗나가 버렸다. 그는 휘스트 놀이를 같이 할 사람들을 억지로 채우기에 혈안이 된 어머니에게 붙잡혀서, 곧 다른 사람들과 함께 그 자리에 앉아 버렸다. 이제 즐거운 기대는 할 수 없게 되었다. 두 사람은 그날 밤 내내 다른 탁자에 떨어져 있었다. 그녀에게 남은 희망은, 하다못해 그도 자기처럼 놀이에 집중하지 못할 정도로 이쪽을 봐 주면 좋겠다는 것뿐이었다.

베넷 부인은 네더필드의 두 신사를 밤참 때까지 머물러 있게 할 셈이었으나, 공교롭게도 그들의 마차가 다른 누구보다도 먼저 도착했기 때문에 더 이상 붙들어 둘 수 없었다.

"얘들아." 가족들만 남게 되자 어머니가 말했다. "오늘 만찬에 대해 어떻게 생각하니? 나는 썩 잘됐다고 보는데. 정찬은 전에 없이 잘 차려졌고, 사슴고기도 아주 적당하게 구워졌어…… 그렇게 맛있는 고기는 먹어본 적이 없다고 모두들 말씀하시더구나. 수프는 지난주에 루카스네에서 먹은 것보다 50배나 맛있었고, 다시 씨조차도 자고새 요리가 참 맛있게 되었다고 칭찬하더구나. 그분은 프랑스인 요리사를 적어도 2, 3명은 거느리고 있지 않겠니? 그리고 애야, 제인, 네가 오늘처럼 아름다운 걸 본 적이 없어. 롱 부인도 그렇게 말씀하셨지. 그리고 또 그분이 뭐라고 말씀하셨는지 아니? '아아, 베넷 부인, 제인이 드디어 네더필드에 속하게 되겠어요!' 정말 그렇게 말씀하셨어. 롱 부인은 정말 좋은 분이지. ……조카딸도 아주 얌전한 아가씨들이야. 전혀 예쁘진 않지만 아주 마음에 들더구나."

한 마디로 베넷 부인은 무척 기분이 좋았다. 제인에 대한 빙리의 태도를 보면 곧 결혼으로 이어질 것이 분명했다. 그녀는 기분이 좋을 때엔 가족에게 유리한 쪽으로만 생각한 나머지 다음 날 아침이면 빙리가 청혼해 오리라고 장담해 버리는 것이었다. 그러나 이튿날 당장 빙리가 구혼하러 나타나지 않자 완전히 낙담하고 말았다.

"오늘은 정말로 즐거웠어." 제인이 엘리자베스에게 말했다. "와 주신 분들도 참 괜찮았고 저마다 잘 어울리는 분들이었어. 자주 만나뵙고 싶어."

엘리자베스는 히죽히죽 웃었다.

"웃지 마, 리지. 나를 의심해선 안 돼. 그건 정말 싫어. 명랑하고 분별이 있는 청년으로서 그분과 얘기하기를 기대하는 거야. 그 이상은 아무것도 바라지 않아. 그분의 태도로 보아 내 애정을 바라는 마음이 전혀 없다는 것을 잘 알았어. 다만 그분은 다른 남자분보다 한결 기분 좋게 얘기하실 줄 알고, 사람들을 기쁘게 해 주려는 마음이 아주 클 뿐이야."

"언니는 짓궂어." 엘리자베스가 말했다. "웃지 말라고 하면서 웃기는 말만 하네."

"믿어달라는 데 어쩌면 믿지를 않니!"

"때론 믿을래도 믿을 수 없는 경우도 있는 거야."

"그렇지만 리지, 왜 내가 인정하는 것 이상의 감정을 가지고 있다고 설득하려는 거지?"

"어떻게 대답해야 할지 모르겠네. 인간은 누구나 별것도 아닌 것들을 자꾸 가르치려고 들잖아. 하지만 미안해. 끝까지 아무것도 아니라고 말할 거라면 차라리 아무 말도 하지 말아 줘."

55

며칠 뒤, 이번엔 빙리 씨가 혼자 찾아왔다. 다시 씨는 그날 아침 런던으로 떠났는데, 열흘 뒤에 다시 돌아올 예정이라고 했다. 그는 한 시간 이상 머물렀는데 기분이 아주 좋아 보였다. 베넷 부인이 저녁식사를 하고 가라고 권했지만, 유감스럽다는 말을 되풀이하면서 다른 약속이 있다고 거절했다.

"다음에 오실 때엔 꼭 같이 식사하셔야 해요." 그녀는 말했다.

그는 언제 어느 때라도 기꺼이 찾아오겠다면서, 허락해 주신다면 빠른 시일 내에 문안을 드리러 오고 싶다고 말했다.

"그럼 내일은 어떠세요?"

그는 내일은 약속이 없었으므로 초대를 곧 수락했다.

약속대로 그가 왔다. 더구나 아침 일찍, 여자들이 옷을 갈아입기도 전에 왔다. 실내복 차림의 베넷 부인은 머리를 빗다 말고 제인의 방으로 달려 가서 큰 소리로 말했다.

"빨리 하고 급히 내려오너라. 제인, 오셨어. 빙리 씨가 오셨어. 정말 오셨다니까. 어서 빨리 서둘러, 어서. 사라는 얼른 큰아가씨한테 가서 옷 입는 걸 거들어 드려. 리지 아가씨의 머리 같은 건 아무래도 상관없으니까."

"저희도 되도록 빨리 내려가겠어요." 제인이 말했다. "하지만 키티가 우리보다 더 빨리 채비가 끝날 거예요. 벌써 30분 전에 방으로 올라갔으니까요."

"키티는 아무래도 좋아! 그 애가 무슨 상관이 있다는 거니! 자, 빨리! 장식띠는 어디 있지?"

그러나 어머니가 내려가자, 제인은 동생들 중 누군가와 함께가 아니면 내려가지 않겠다고 한사코 우겼다.

제인과 빙리를 단둘이 있게 하려는 어머니의 속셈은 저녁이 되어도 빤히 들여다보였다. 차를 마시고 나서 베넷 씨는 평소처럼 서재로 들어가고, 메리는 2층의 피아노가 있는 곳으로 올라갔다. 다섯 장애물 가운데 둘이 가버리자, 베넷 부인은 엘리자베스와 키티에게 자꾸 눈짓을 했다. 그러나 두 사람에게는 통하지 않았다.

엘리자베스는 어머니 쪽을 보려고도 하지 않았다. 그리고 자못 순진한 듯 물었다.

"어머니, 왜 그러세요? 무엇 때문에 저한테 그렇게 눈을 깜박이세요?"

"아니야, 아무것도 아니란다. 그리고 내가 언제 눈짓을 했다고 그러니?"

베넷 부인은 5분쯤 더 가만히 앉아 있었으나 이처럼 귀중한 시간을 허비할 수 없다고 생각했는지 느닷없이 일어서서 키티에게 말했다.

"애야, 이리 좀 오너라. 할 얘기가 있다." 그리고 그녀를 방에서 데리고 나갔다.

그러자 제인은 난처한 표정으로 엘리자베스를 바라보며 어머니의 작전에 너까지 합세하지는 말아 달라는 뜻을 전했다.

3, 4분이 지나자 베넷 부인이 문을 빼꼼 열고 엘리자베스를 불렀다.

"리지야, 네게도 할 얘기가 있다."

엘리자베스는 나가지 않을 수 없었다. "둘이서만 있게 해 주는 게 좋아." 현관홀에 나오자마자 어머니가 말했다. "키티와 나는 2층 옷방에 가 있겠어."

엘리자베스는 어머니와 말다툼하려고 하지도 않고 어머니와 키티가 2층으로 사라질 때까지 조용히 현관홀에 서 있다가 잠시 뒤 다시 객실로 들어갔다.

이날 베넷 부인의 계획은 효과를 거두지 못했다. 빙리는 매력 만점이어서 흠잡을 데 없는 손님이었으나, 끝내 제인에게 사랑을 고백하진 않았던 것이다. 그는 여유 있는 쾌활한 태도로써 밤의 모임에 즐거움을 보태주었을 뿐이었다. 어머니의 주책없는 참견과 어리석은 의견을 참을성 있게 얼굴빛도 바꾸지 않고 들어 준 것은, 딸로서는 특히 고마운 일이었다.

거의 권할 필요도 없이 그는 밤참에도 남아 주었고, 돌아가기 전에는 그와 어머니가 누가 먼저랄 것도 없이, 이튿날 그녀의 남편과 함께 사냥을 가기로 약속했다.

이날 이후 제인은 아무렇게도 생각지 않는다는 말을 두 번 다시 하지 않게 되었다. 빙리에 대해서 두 자매는 서로 한 마디도 얘기하지 않았지만, 엘리자베스는 그날 밤 잠자리에 들면서, 다시 씨가 예정을 앞당겨 돌아오지만 않으면 이 일은 신속하게 대단원의 막을 내릴 것이라고 즐거운 확신을 품었다. 그러나 한편으로는, 다시 씨가 협력해 주었으므로 모든 일이 가능했으리라는 생각을 떨칠 수 없었다.

빙리는 약속한 시간에 어김없이 나타나, 약속했던 대로 베넷 씨와 함께 총을 쏘며 오전을 보냈다. 베넷 씨는 그가 짐작했던 것보다 훨씬 유쾌한 사람이었다. 애당초 빙리에게는 아둔함이나 자만이 티끌만큼도 없었으므로 자연히 베넷 씨도 평소처럼 신랄하게 비꼬거나 끝내 참지 못하고 입을 다물어버릴 필요가 없었다. 빙리는 오늘처럼 말이 많고 괴팍하지도 않은 베넷 씨를 본 적이 없었다.

빙리는 그와 함께 저녁식사를 하러 돌아왔다. 밤이 되자 사람들을 제인과 빙리 옆에서 쫓아내려는 베넷 부인의 계획이 다시 시작되었다. 편지를 써야 했던 엘리자베스는 차를 마신 다음 곧 아침식사를 하는 방으로 들어갔다. 다른 사람들은 카드놀이를 할 작정이었으므로, 어머니의 계획을 방해하려고 자기가 머물러 있을 필요는 없다고 생각했던 것이다.

편지를 다 쓰고 객실로 돌아갔을 때, 엘리자베스는 어머니의 작전이 도저히 자기가 맞설 수 없을 만큼 교묘했던 것을 알고 놀라서 어안이 벙벙해졌다. 문을 열자 언니와 빙리가 난롯불 앞에서 진지하게 얘기를 나누고 있는 것이 보였다. 이 광경만으로는 의심할 수 없지만, 퍼뜩 돌아보고 황급히 떨어진 두 사람의 얼굴은 모든 것을 얘기하고 있었다. 두 사람은 상당히 쑥스러운 표정이었으나 엘리자베스는 더욱 난처함을 느꼈다. 아무도 한 마디도 하지 않았다. 엘리자베스가 나가려고 하자, 제인과 같이 앉았다가 금방 다시 일어선 빙리가 제인에게 두세 마디 속삭이고선 방에서 급히 나갔다.

제인은 동생인 엘리자베스에게—이 동생에게 털어놓는 것은 기쁨이었다—조금도 숨기려고 하지 않았다. 곧 동생을 껴안고 넘치는 감동을 그대로 드러내며 자기는 온 세계에서 가장 행복하다고 말했다.

"너무 행복해!" 그녀는 말했다. "너무나 행복해. 나한테 이런 행복이 찾아오다니! 오오, 다른 사람들도 나처럼 행복해졌으면 좋겠어!"

엘리자베스는 이루 표현할 수 없는 축복을, 성실과 열의와 환희로 가득히 채워 보냈다. 그 친절한 말 한 마디 한 마디가 제인에겐 새로운 기쁨의 원천이었다. 그러나 그녀는 언제까지나 동생과 함께 있을 수는 없었으므로, 지금은 하고 싶은 말을 절반도 할 수 없었다.

"당장 어머니께 가봐야겠어." 제인은 큰 소리로 말했다. "어머니가 그토록 다정하게 신경 써 주신 걸 소홀하게 생각해선 안 돼. 그리고 이 일은 역시 내 입으로 직접 말씀드려야 해. 그분은 벌써 아버지한테 가셨어. 오오, 리지, 이 일로 내가 우리 가족에게 이런 기쁨을 가져다줄 수 있다니! 이 행복에 짓눌려버릴 것만 같아."

제인은 어머니가 있는 곳으로 급히 갔다. 어머니는 카드놀이 하던 사람들을 돌려보내고 2층에서 키티와 함께 기다리고 있었다.

혼자 있게 된 엘리자베스는 이미 여러 달 동안 걱정과 상심의 불씨가 되었던 사건이 빠르고도 싱겁게 끝나 버린 것을 생각하고 미소 지었다.

그녀는 생각했다.

'그분의 친구가 신중하게 애쓰고, 여동생이 거짓말을 하고 음모를 꾸미고 한 결말이 바로 이것이로군! 가장 행복한, 가장 현명한, 가장 이치에 맞는 결말이야!'

2, 3분 뒤에 빙리가 들어왔다. 아버지와의 회담은 간단명료하게 끝난 모양이다.

"언니는 어디 있지요?" 그는 문을 열면서 급히 물었다.

"2층의 어머니께 갔어요. 곧 내려올 거예요."

그는 문을 닫고 그녀에게 다가와 처제로서 기쁨과 애정을 표시해 달라고 했다. 엘리자베스는 진심으로 앞으로 형부와 처제가 되는 것이 얼마나 기쁜지 모르겠다고 말했다. 친밀하게 악수하고 나서 엘리자베스는 언니가 내려오기까지, 자기의 행복과 제인의 성실성에 대해 그가 끊임없이 쏟아내는 말에 귀를 기울이고 있어야 했다. 연인임에도 그 행복에의 기대는 단순히 감정에 치우친 것이 아니라 그야말로 합리적인 근거를 지니고 있는 것이었다. 제인의 우수한 이해력과 유난히 빼어난 성품에 곁들여, 그녀와 그는 감정과 취미도 매우 비슷했기 때문이었다.

가족들로서도 더없이 기쁜 밤이었다. 만족스러운 베넷 양의 얼굴에는 감미로운 생기가 넘쳐흘러 다른 어느 때보다 더욱 아름다워 보였다. 키티는 싱글싱글 웃으면서 어서 빨리 자기 차례가 오기를 기대했다. 베넷 부인은 찬성한다거나 승낙한다는 말로는 자신의 감정을 충분히 설명할 수 없다고 했다. 저녁식사 때 베넷 씨도 가족과 한자리에 앉았는데, 그 목소리나 태도로 그가 얼마나 기쁘게 생각하고 있는가를 잘 알 수 있었다. 그러나 빙리가 돌아가려고 할 때까지 거기에 대한 말은 한 마디도 입 밖에 내지 않았다. 하지만 그가 가버리자 딸을 보고 말했다.

"축하한다, 제인. 틀림없이 행복해질 거다."

제인은 곧 아버지에게로 가서 키스를 하고 고맙다고 말했다.

"너는 좋은 아이야." 그는 말했다. "좋은 인연을 만나서 아비도 정말 기쁘구나. 두 사람이면 틀림없이 사이좋게 잘 살아갈 거야. 성격도 비슷하고 하니까. 둘 다 남의 말을 잘 들으니 무엇 하나 쉽게 결정내리지 못할 테고, 사람이 좋으니까 하인들은 한결같이 속이려 들겠지. 또 관대한 나머지 언제나 지출이 수입을 초과할 거야."

"그렇지 않을 거예요. 돈 문제에 무심하고 무분별한 건 저는 용납할 수 없으니까요."

"수입을 초과하다니요! 원 당신도." 아내가 소리쳤다. "무슨 말씀을 하시는 거예요? 1년에 4, 5천 파운드나, 어쩌면 그 이상의 수입이 있을지도 모르는데." 그리고 딸을 돌아보고 말했다. "오오, 귀여운, 귀여운 제인, 나는 정말 행복하단다! 오늘 밤엔 한잠도 못 잘 거야. 나는 이렇게 될 줄 알고 있었어. 언제나 결국은 이렇게 될 거라고 믿었었거든. 이렇게나 예쁘니까 인물 값은 틀림없이 할 줄 알았지! 그 사람이 처음으로 하트퍼드셔에 왔을 때 그를 보자마자 나는 그 사람이 네 짝이라고 짐작했었지. 오오, 여태까지 저런 미남은 본 적이 없어!"

이젠 위컴과 리디아는 완전히 잊혀지고, 누구보다도 제인이 그녀의 마음에 드는 딸이 되었다. 지금 그녀에게 다른 아이들은 염두에도 없었다. 동생들은 각각 언니가 베풀어줄 수 있는 혜택을 이용하려고, 즉시 제인에게 부탁을 하기 시작했다. 메리는 네더필드의 도서실을 사용할 수 있도록 허락해 줄 것을 바랐고, 키티는 겨울마다 두세 번은 무도회를 열어 달라고 간청했다.

이때부터 빙리는 날마다 롱본에 찾아왔다. 간혹 아무리 싫어해도 부족하지 않은 상스러운 이웃 사람이 그를 만찬에 초대하여 못 오는 날이 아니면—초대를 거절할 수는 없었으므로—그는 언제나 아침식사 전에 찾아와서 밤참이 끝난 다음에 돌아갔다.

엘리자베스는 언니와 얘기를 나눌 시간도 거의 없었다. 제인은 빙리만 오면 다른 사람은 거들떠보지도 않게 되어 버렸기 때문이다. 그러나 때로는 떨어져 있어야 하는 경우도 있어, 그런 때에 엘리자베스는 그들 두 사람 모두에게 아주 중요한 존재가 되었다. 제인이 없을 때 빙리는 제인에 관한 얘기를 하는 기쁨 때문에 엘리자베스를 놓아주지 않았고, 제인도 빙리가 없을 때는 같은 방법으로 마음을 달랬다.

어느 날 제인이 말했다. "올 봄에 내가 런던에 갔던 걸 그분은 전혀 모르고 계셨대! 그 말을 듣고 나는 정말 기뻤어. 그런 일은 전혀 생각지 못했거든."

"나는 그럴지도 모른다고 생각했었어. 그런데 그분은 어떻게 설명하셨어요?"

"틀림없이 여동생과 누이가 한 짓일 거야. 그분이 나하고 사귀는 걸 달갑게 여기지 않았으니까. 하지만 무리도 아니지. 모든 점에서 나보다 훨씬 좋은 분을 얼마든지 고를 수 있는 분이니까. 그러나 그분이 나와 함께 행복하게 지내시는 걸 보면 그분들도 언젠가는 만족하실 거라고 생각해. 다시 사이 좋게 될 거야, 아무래도 예전 같지는 않겠지만 말이야."

"언니가 한 말 중에서 드물게 매정한 말이네." 엘리자베스는 말했다. "하지만 나는 언니가 빙리 양의 거짓 친절에 또다시 속아 넘어가진 않을지, 그게 더 걱정이야."

"실은 작년 11월에 런던으로 가셨을 때, 빙리 씨는 이미 나를 사랑하고 계셨대. 내가 무관심하다고 사람들이 설득하지 않았더라면 무슨 일이 있어도 돌아오셨을 거라고 하더구나. 리지, 믿을 수 있겠어?"

"그럼, 빙리 씨도 오해를 하셨던 거네. 하지만 그분이 겸손하다는 뜻이기도 해."

이 말은 자연스럽게 제인의 입에서 그의 수줍음과 자기의 좋은 성질을 내세우지 않는 품위에 대한 찬사를 끌어내었다.

엘리자베스는 친구가 간섭했다는 사실을 빙리가 말하지 않은 것을 기쁘게 생각했다. 제인처럼 마음이 너그러운 사람일지라도 그런 말을 들으면 그에 대해 편견을 갖게 될 것이다.

"나는 세상에서 가장 운 좋은 사람이야!" 제인이 말했다. "오오, 리지, 가족 중에서 왜 나만 뽑혀서 다른 사람들보다 더 행복진 걸까? 너도 어서 나만큼 행복해진다면 얼마나 기쁘겠어! 너를 위해 또 한 사람 그런 분이 있기만 하면!"

"언니가 그런 분 40명을 모아 주더라도 나는 언니처럼 행복해지진 못해. 언니 같은 성품과 마음을 갖기 전에는 언니 같은 행복은 얻지 못할 거야. 그러니 내 문제는 나 혼자 생각하게 해줘. 운이 좋으면 오래지 않아 제2의 콜린스 씨를 만나게 될지도 모르지."

롱본의 경사는 언제까지고 비밀의 베일에 가려져 있을 리 없었다. 베넷 부인은 당연히 필립스 부인에게 이것을 속삭이는 특권을 행사했고, 필립스 부인은 허락도 없이 메리턴의 온 이웃들에게 퍼뜨려버렸다.

베넷 집안의 사람들은 세계에서 으뜸가는 행운을 차지했다고 소문이 났다. 몇 주일 전 리디아가 달아났을 때는 꼼짝없이 불행한 운명을 짊어지게 될 것이라고 떠들썩했건만.

56

빙리와 제인이 약혼을 한 지 1주일쯤 지난 어느 날 아침, 식당에 모여 있던 이 집 여자들은 마차 소리를 듣고 창문으로 눈길을 돌렸다. 네 필의 말이 끄는 마차가 잔디밭을 지나 이쪽으로 달려오고 있었다. 손님이 찾아오기엔 너무 이른 아침이었고, 게다가 그 마차는 그들이 알고 있는 이웃 사람의 것도 아니었다. 말들은 역마였으며, 마차도, 앞에 앉은 하인의 제복도 모두 눈에 익은 것이 아니었다. 그러나 손님이 오고 있는 것은 틀림이 없었으므로, 그런 침입자 때문에 자기들까지 집에 틀어박혀 있게 되면 곤란하다고 생각한 빙리는 급히 제인과 함께 관목 숲 쪽으로 달아났다. 뒤에 남은 세 사람은 온갖 추측을 계속하고 있었으나 만족할 만한 결론은 얻지 못했다. 드디어 문이 열리고 방문객이 들어섰다. 놀랍게도 그 손님은 캐서린 드 버그 부인이었다.

뜻밖의 손님일 줄은 모두 짐작하고 있었지만 그 놀라움은 예상을 뛰어넘는 것이었다. 그러나 베넷 부인과 키티는 부인을 한 번도 만난 적이 없었으므로, 엘리자베스가 느낀 놀라움에 비하면 그것은 아무것도 아니었다.

부인은 여느 때보다 더 거만한 태도로 방에 들어오더니, 엘리자베스가 인사하자 고개를 약간 까딱하곤 그대로 앉아 버렸다. 부인이 들어왔을 때 소개해 달라는 부탁을 받지는 않았지만, 엘리자베스는 일단 어머니에게 그 이름을 알려 주었다.

베넷 부인은 놀라고 당황하면서도 그처럼 지체가 높은 손님을 맞게 된 것을 자랑스럽게 생각하고, 아주 예의바르게 인사했다. 부인은 여전히 잠시 말없이 앉아 있다가, 갑자기 몹시 딱딱한 어조로 엘리자베스에게 말을 건넸다.

"잘 있었어, 베넷 양? 저 부인이 어머니신가?"

엘리자베스는 그렇다고 짧게 대답했다.

"그리고 저 사람은 동생이군?"

"그렇습니다, 마님." 캐서린 부인같이 지체가 높은 사람과 말하는 것을 기쁘게 생각하며 베넷 부인이 말했다. "저 애는 밑에서 두 번째 딸입니다. 막내딸은 최근에 결혼했고, 큰딸은 곧 결혼하게 될 청년과 정원을 산책하고 있지요."

"이 댁의 정원은 퍽 비좁군." 잠시 잠자코 있다가 캐서린 부인이 대답했다.

"로징스에 비하면 틀림없이 보잘것없겠지만 윌리엄 루카스 경 댁에 비하면 훨씬 넓지요."

"이 방은 여름이면 아주 덥겠군요. 창문이 서쪽으로 나 있으니까 말이에요."

베넷 부인은 저녁식사가 끝난 다음에는 이 방에 있는 일이 별로 없다고 말하고 나서 덧붙였다. "황송하지만, 콜린스 씨 부부는 몸 성히 지내고 있는지요?"

"아주 잘 지내고 있소. 그저께 밤에도 만났습니다."

엘리자베스는 당연히 그녀가 샬롯이 자기에게 쓴 편지를 꺼낼 것이라고 기대하고 있었다. 달리 그녀를 찾아온 이유를 생각할 수 없었기 때문이었다. 그러나 편지가 나오지 않자 정말 어리둥절해졌다.

베넷 부인은 차라도 한 잔 드시겠느냐고 공손하게 권했으나, 캐서린 부인은 예의바르다고 할 수 없는 단호한 말투로 아무것도 먹지 않겠노라고 거절을 하고 일어서더니, 엘리자베스를 향해 말했다.

"베넷 양, 잔디밭 쪽에 작은 야생림이 있는 것 같더군. 당신이 안내해 준다면 조금 거닐어 보고 싶은데."

"어서 모시고 다녀오너라." 어머니가 말했다. "그리고 다른 길들도 안내해드리고. 의외로 그 별채가 마음에 드실지도 모르잖니."

엘리자베스는 그 말에 따르기로 하고 자기 방에서 양산을 가지고 나와 이 귀한 손님을 따라 아래층으로 내려왔다. 부인은 현관홀을 지나면서 식당과 객실로 통하는 문을 하나하나 열고 살펴보고는, 생각보다 괜찮은 방이라고 한 마디하고 그냥 걸어갔다.

마차는 문어귀에 세워 둔 채로 있었는데, 그 안에는 부인의 하녀가 그대로 남아 있었다. 그들은 말없이 잡목 숲으로 통하는 자갈길을 걸어갔다. 엘리자베스는 예전보다 더 무례하고 불쾌한 이 여자에게 먼저 말을 건네지 않기로 다짐했다.

'이 사람이 그 조카와 비슷하다니, 어떻게 그런 생각을 할 수 있었는지 모르겠네.' 엘리자베스는 그녀의 얼굴을 들여다보며 생각했다.

숲 속으로 들어서자마자 캐서린 부인은 다음과 같이 말하기 시작했다.

"내가 여기에 온 이유를 베넷 양이 모를 리는 없다고 생각하네. 자기 자신의 양심에 비추어 보면 무언가 짚이는 게 있겠지?"

엘리자베스는 어안이 벙벙해졌다.

"부인, 무슨 오해가 있으신 모양이군요. 여기까지 일부러 오신 이유를 전혀 알 수가 없는데요."

"베넷 양." 부인은 성난 듯이 말했다. "나를 우습게 보지 말게. 당신이 아무리 무책임한 사람이라고 해서 나까지 그렇다고 생각하면 큰 오산이야. 내 인격은 성실과 솔직함으로 널리 알려져 있고, 이런 중대한 일에서 그걸 버리는 일은 결코 없을 거야. 이틀 전에 매우 놀라운 소식을 들었지. 당신 언니가 아주 유리한 결혼을 하려고 하는 단계에 있을 뿐 아니라, 당신, 엘리자베스 베넷 양도 머지않아 내 조카인 다시와 맺어질 것이라는 소문이 나돌더군. 어차피 말도 안 되는 소리라고 생각하고 있고, 그런 뜬소문을 믿어 조카의 인격을 손상시키는 짓은 하지 않겠지만, 한번은 이곳으로 와서 내 의사를 당신에게 알려 두어야겠다고 생각했던 거야."

"정말 뜬소문이라고 믿고 계시다면," 엘리자베스는 놀라움과 경멸로 얼굴을 붉히며 말했다. "굳이 이렇게 멀리까지 오시진 않았겠죠? 부인께선 저더러 무엇을 어떻게 하라고 말씀하시고 싶으신 건가요?"

"그 터무니없는 소문이 사실이 아니라고 당신이 해명해 주길 바라는 거야."

"하지만 부인께서 일부러 롱본까지 저와 저희 가족을 만나러 오신 건," 엘리자베스는 냉정하게 말했다. "오히려 그런 소문을 확인해 주는 셈이 될 거예요. 만일 그런 소문이 정말 돌고 있다면 말이에요."

"만일이라고! 그럼 그런 소문을 모른다고 잡아떼기라도 할 작정인가? 그 소문은 아가씨 자신이 애써 퍼뜨린 게 아니냔 말이야! 그런데도 그런 소문이 퍼진 걸 모른다고 할 작정인가?"

"전혀 들어 본 적도 없습니다."

"역시 그런 소문의 근거가 될 만한 일도 없다고 단언하겠지?"

"저는 부인처럼 솔직한 여자라고 말씀드리기 어렵답니다. 그러니 물으시더라도 대답하고 싶지 않은 질문도 있어요."

"아아, 참을 수가 없구먼. 이봐요, 베넷 양. 나는 확실한 대답을 들어야겠어. 내 조카 다시가 당신에게 청혼했나?"

"부인께서 그건 불가능하다고 단언하시지 않으셨나요?"

"그야 그렇지, 그 애가 이성을 잃지 않고서야 말도 안 되는 일이지. 그러나 당신 술책에 말려들어 정신이 몽롱해져서 그만 자기 신분을 잊고 가족에 대한 책임을 잊어버릴 수도 있으니까. 틀림없이 당신이 유혹한 거야."

"그럴지도 모르죠. 하지만 만약 그렇다면 네, 그래요, 하고 제가 순순히 고백하겠어요?"

"베넷 양은 내가 누군지 알고 있나? 이런 식의 말은 여태껏 들어 본 적이 없네. 나는 조카의 가장 가까운 친척이야. 조카에게 중대한 일은 당연히 알아둘 권리가 있지."

"하지만 제 일에까지 참견하실 권리는 없습니다. 이런 태도로 나오시면 절대로 사실을 말씀드리지 않겠습니다."

"내 뜻을 잘 알아 두도록 하게. 그런 혼처에 야망이라도 품고 있는 모양이지만 절대로 이뤄지지 못해. 아무렴, 절대로 안 되고 말고. 다시는 내 딸과 약혼을 했어. 어때, 그래도 할 말이 있나?"

"한 마디만 하겠어요. 만일 그렇다면 그분이 저한테 청혼하셨을 거라고 상상하실 이유가 없을 텐데요."

캐서린 부인은 한순간 주춤거리다가 대답했다.

"두 사람 사이의 약혼은 좀 특수한 것으로, 어려서부터 그렇게 정해져 있었네. 나뿐만 아니라 조카의 어머니도 그걸 몹시 바라고 있었지. 그 애들이 요람에 있을 때부터 우리는 둘을 맺어 주려고 생각했지. 이제 우리 자매의 꿈이 실현되려는 마당에, 태생도 천하고 사회적 신분도 낮으며 우리 집과 아무 연고도 없는 아가씨가 그걸 방해하려 하다니! 당신은 조카와 친근한 사람들의 소망, 조카와 드 버그 양과의 묵인된 약혼도 전혀 상관하지 않나? 예의도 모르고 품위도 없나? 어려서부터 사촌과 앞날을 서로 기약하였다는 말을 들은 적이 없나?"

"그건 전에도 들은 적이 있습니다. 하지만 그게 저하고 무슨 상관이 있지요? 만일 저하고 다시 씨의 결혼을 반대할 다른 이유가 없다면, 아무리 그분의 어머님과 이모님이 드 버그 양과 결혼시키고 싶어하시더라도, 결코 물러서지 않겠어요. 마님들이 결혼을 시키려고 온 힘을 다하셔도 그걸 실행하는 건 다른 사람인 거예요. 다시 씨가 명예라든가 애정에 의해서 사촌에게 얽매여 있지 않다면, 그분이 다른 사람을 선택하지 못할 이유는 하나도 없습니다. 그리고 마침 그 상대가 저라면 그걸 받아들여서 안 될 까닭이 어디에 있겠어요?"

"명예와 예의와 분별, 아니, 이해관계로 보아도 있을 수 없는 일이야. 그래, 베넷 양, 이해관계 때문이야. 당신이 모든 사람의 의사를 무시하고 제멋대로 행동하면, 조카의 친척들이 절대로 용서하지 않을 거네. 조카와 관계가 있는 사람들은 모두 당신을 비난하고 무시하고 경멸할 테니까. 베넷 양과의 결혼은 수치스러울 뿐이기에 친척들은 아가씨 이름조차 아무도 입 밖에 내지 않을 거야."

"그건 퍽 불행한 일이군요." 엘리자베스는 대답했다. "그러나 다시 씨의 아내쯤 되면 그에 따른 상당한 행복이 많이 있을 거예요. 전체적으로 보면 별로 후회할 일은 없을 거라고 생각해요."

"고집스럽고 심술궂은 아가씨로군! 정말 염치가 없어. 이게 지난봄에 여러 모로 보살펴 준 데 대한 보답인가? 그 점에서라도 나한테 의리를 지켜야되지 않겠어? 우선 앉지. 이 점만은 명심하게, 베넷 양. 나는 꼭 이 목적을 성취할 작정으로 찾아온 거니까. 이제 와서 생각을 되돌리거나 하진 않네. 남의 변덕에 오냐, 알았다고 따른 적은 한 번도 없어. 실망을 참고 물러나는 버릇도 없고."

"부인의 처지도 참 딱하시군요. 그러나 저에겐 아무 효과도 없습니다."

"남의 말을 가로막지 말게! 가만히 듣기나 해. 내 딸과 조카는 처음부터 부부가 되기 위해 태어난 사람들이야. 어머니 쪽으로 말하면 둘다 고귀한 혈통을 이어받았고, 아버지 쪽으로 말하면 작위는 없지만 널리 알려진 유서 깊은 명문으로 양쪽의 재산은 막대하지. 두 사람은 양가의 만장일치로 약혼한 사이인데, 그런 두 사람을 대체 누가 떼어 놓겠다는 건가? 가문도 별볼일 없고 유력한 친척도 재산도 없는 어정뱅이 처녀의 당치도 않은 욕심이지! 이걸 참을 수 있겠어? 절대로 참아서는 안 되고 참지도 않을 걸세! 어떻게 하는 것이 자기 이익인가를 생각한다면, 자기가 자라난 신분을 잊어서는 안 되겠지."

"조카님하고 결혼을 하더라도 제 신분에서 벗어난다고 생각지는 않아요. 그분은 신사이고, 저도 신사의 딸이에요. 그러니 그 점에선 동등하지요."

"그래, 확실히 신사의 딸이지. ……하지만 어머니의 신분은 어떤가? 그리고 당신 외삼촌과 외숙모는 또 어떤가? 내가 그 정도도 모르는 줄 아는가?"

"제 친척이 어떤 사람이건 조카님이 이의가 없으시다면 부인에게는 아무 상관도 없는 일이에요."

"마지막으로 하나만 묻겠네. 도대체 약혼을 했나, 안 했나?"

엘리자베스는 캐서린 부인에게 친절을 베풀기 위해 이 물음에 대답할 생각은 없었지만, 잠시 곰곰이 궁리한 끝에 "하지 않았어요" 하고 말할 수밖에 없었다.

캐서린 부인은 만족스러운 모양이었다.

"앞으로도 약혼은 절대로 하지 않겠다고 약속하게."

"그런 약속은 할 수 없어요."

"베넷 양, 정말 놀랍고 한심하구먼. 좀더 사리를 분별할 줄 아는 아가씨라고 생각했는데. 그러나 내가 이대로 물러서리라는 기대는 하지 말게. 원하는 약속을 받아내기 전에는 절대로 돌아가지 않을 테니까."

"저도 그런 약속은 절대로 드리지 않을 거예요. 위협하신다고 해서 이치에 어긋나는 일을 승낙하지는 않을 테니까요. 부인께서는 다시 씨가 따님과 결혼하기를 원하시지만, 제가 부인에게 그런 약속을 한다고 해서 두 사람의 결혼이 쉽게 이루어질 거라고 생각하세요? 만일 그분이 저를 사랑한다고 가정하고, 제가 구혼을 거절하면 그분이 곧 사촌 여동생과 결혼하려는 결심을 하실까요? 실례의 말씀인지 모르겠지만 부인, 그런 터무니없는 주장의 근거는 그 주장 자체가 무분별한 것과 마찬가지로 어리석은 거예요. 만일 저를 그런 이유로 설득할 수 있다고 생각하셨다면, 제 성격을 잘못 보신 겁니다. 조카님이 어느 정도로 자신의 일에 부인이 간섭하시는 걸 인정하시는지는 모르겠지만, 제 일에까지 간섭하실 권리는 전혀 없습니다. 그러니까 이 문제로 더는 괴롭히지 말아 주시기 바랍니다."

"그렇게 성급하게 생각하지 말게. 아직 얘기는 끝나지 않았으니까. 지금까지 얘기한 거 말고 반대하는 이유가 한 가지 더 있네. 나는 아가씨 막냇동생의 그 파렴치한 도주 사건에 관해서도 알고 있어. 전부 알고 있지. 그 청년이 동생과 결혼한 건 전적으로 아가씨 아버지와 외삼촌이 돈을 내어 뒤에서 공작을 했기 때문이지. 그런 처녀가 내 조카의 처제가 될 수 있겠어? 그녀의 남편은 조카의 돌아가신 아버지 밑에서 집사로 있던 사람의 아들인데, 그런 사내가 동서가 된다고? 말도 안 되지. 도대체 무슨 생각인 거지? 펨벌리의 깨끗한 땅을 그렇게 더럽혀야겠어?"

"이젠 더 하실 말씀도 없을 거예요." 엘리자베스는 분개하며 말했다. "최대한으로 저를 모욕하셨어요. 저는 이만 집으로 돌아가겠어요."

이렇게 말하며 일어섰다. 캐서린 부인도 일어서서 발길을 돌렸다. 부인은 펄펄 뛰며 화를 내고 있었다.

"내 조카의 명예도 신용도 전혀 생각지 않는다는 거구먼! 매정하고 제멋대로인 여자 같으니라구! 조카가 아가씨와 맺어지면 세상의 조롱거리가 된다는 생각은 해보지 않았나?"

"캐서린 부인, 이젠 더 드릴 말이 없어요. 제 마음은 아셨을 거예요."

"그럼 끝까지 조카를 놓지 않을 결심이구먼?"

"저는 그런 말씀은 드리지 않았어요. 저는 다만 부인이나 저와 전혀 관계없는 분의 의견에는 상관하지 않고, 제 생각에 따라 저의 행복을 쌓아올릴 결심이에요."

"좋아. 끝까지 내 말을 거부하겠다는 거군. 의무와 명예와 보은이 뭔지도 모른다는 거지. 조카를 그 친지들에게서 떼어내 파멸의 구렁텅이에 몰아넣고, 세상 사람들의 웃음거리로 만들 결심이군."

"의무도 명예도 보은도 이 경우엔 아무 관계가 없는 일이에요. 제가 다시 씨하고 결혼한다고 해서 무엇 하나 도리에 어긋나는 부분은 없어요. 그분이 저와 결혼해 친척들의 노여움을 사건 말건 전혀 염려하지 않을 거예요. 그리고 세상 사람들은 현명하니까 그들과 합세해서 경멸하거나 분개하지는 않겠지요."

"그게 당신 본심이구먼! 더 이상 할 말은 없겠지? 좋아. 이젠 내가 할 일이 무엇인지 잘 알았어. 베넷 양, 당신 야망이 이뤄질 줄 안다면 큰 착각이야. 나는 아가씨를 시험해 보기 위해 온 거니까. 좀더 사리에 밝은 사람이길 바랐는데, 아무튼 두고 보라고. 지금부터는 내 뜻대로 할 테니까."

캐서린 부인은 이런 말을 계속하면서 마차 앞에까지 오더니 홱 돌아서며 말했다.

"베넷 양, 잘 있으라는 말을 하지 않겠어. 어머니한테 안부 전해 달라고도 하지 않겠네. 당신들은 그런 말을 들을 가치가 없어. 정말 불쾌하군."

엘리자베스는 대답도 하지 않고 집에 들렀다 가시라고 권하지도 않은 채, 혼자 조용히 들어갔다. 2층으로 올라가면서 마차가 멀어져가는 소리를 들었다. 어머니는 초조한 듯 옷방 문어귀에서 딸을 맞으며, 왜 캐서린 부인은 다시 한 번 들어와서 쉬었다 가시지 않느냐고 물었다.

"그러고 싶지 않으셨던 모양이죠." 엘리자베스는 말했다. "기어이 돌아가시겠다고 하더군요."

"아주 훌륭한 분이더구나! 일부러 찾아와 주시다니 정말 고맙기도 하지! 콜린스네가 잘 있다는 얘길 전해 주려고 들르셨겠지. 어디론가 가시는 도중이었을 거야. 메리턴을 지나가면서 잠깐 너를 만나 보려고 생각하셨나 보구나. 특별한 말씀은 없었겠지, 리지?"

엘리자베스는 이때 거짓말을 약간 해야 했다. 두 사람이 나눈 얘기를 고백할 수는 없었기 때문이다.

57

엘리자베스는 어처구니없는 방문 때문에 착잡해진 마음이 쉽게 가라앉지 않았다. 오랫동안 끊임없이 그 일에만 생각이 쏠렸다. 캐서린 부인은 다시 씨와 엘리자베스가 약혼했다고 믿고 그것을 깨뜨릴 목적으로 멀리 로징스에서 일부러 찾아왔던 듯싶었다. 그것은 이해할 수 있다! 그러나 두 사람이 약혼했다는 소문이 어떻게 생기게 되었는지 엘리자베스는 전혀 상상이 가지 않았다. 그렇지만 그가 빙리의 가까운 친구이고 자기가 제인의 동생이라는 사실이 그런 소문을 퍼뜨리는 계기가 되었으며, 하나의 결혼에 대한 기대로 다른 하나마저 고대하게 되었기 때문이라는 데까지 생각이 미쳤다. 자기 자신도 언니가 결혼하면 두 사람이 더욱 자주 만나게 될 것이 틀림없다고 느꼈던 것이다. 그래서 루카스와 이웃 사람들은—그녀는 이 사람들이 콜린스 부부에게 전한 이야기가 캐서린 부인의 귀에 들어갔을 것으로 결론을 내렸다—그녀가 혹시나 하는 마음으로 기대하고 있던 일을 거의 확신하며 당장에라도 실현될 일로 생각하고 전했을 것이다.

엘리자베스는 캐서린 부인의 말을 되새기면서, 부인이 그런 간섭을 끝까지 계속하면 그 결과가 어떻게 될 것인가 적잖이 불안을 느끼지 않을 수 없었다. 두 사람의 결혼은 한사코 반대하겠다고 말했으니, 자기 조카에게 무슨 말을 할 건지 뻔했다. 자기와 결혼하는 데 따르는 재난을 손꼽아 세어 보일 텐데, 그가 그것을 어떻게 받아들일지 예측할 수 없었다. 이모에 대한 그의 애정과 그 판단력에 대한 신뢰가 정확하게 어느 정도인지 알 수 없지만, 자기보다는 훨씬 높이 평가하고 있음이 틀림없었다. 그의 가장 가까운 친척인 부인이 자신보다 훨씬 낮은 가문의 여성과 결혼할 경우 찾아올 비참함을 열거한다면, 조카의 가장 큰 약점을 찌르게 될 것이다.

그가 품위에 관해 남다른 애착을 지닌 사람이라면, 엘리자베스로선 우스꽝스럽고 하찮게 보이는 논리도 양식 있는 견실한 추론으로 느낄지도 모른다.

만일 그가 무엇을 해야 할지 갈피를 잡지 못하고 있다면—사실 자주 갈피를 잡지 못하는 모양이지만—가까운 친척의 충고나 간청에 모든 의혹을 씻어 버리고, 품위가 더럽혀지지 않았다는 데서 만족을 얻으려고 결심할지도 모를 일이었다. 그렇게 되면 이 고장에는 두 번 다시 돌아오지 않을 것이다. 캐서린 부인은 돌아가는 길에 런던을 지나면서 조카를 만날 텐데, 그렇게 되면 네더필드에 돌아오겠다던 빙리와의 약속은 깨어질 것이다.

'그러니 혹시 약속을 지킬 수 없다는 말을 2, 3일 안에 친구에게로 전한다면,' 그녀는 생각했다. '나도 어떻게 생각하면 좋을지 알게 돼. 그때는 모든 기대를, 그분의 변함없는 사랑에 대한 희망을 버려야지. 그분이 내 몸도 마음도 다 얻을 수 있는 지금 나를 아쉬운 여자였다고 생각하는 것만으로 만족하신다면, 나는 오래지 않아 그분을 아쉬워하지도 않을 거야.'

그날 찾아온 방문자의 소식을 듣고 가족들은 무척 놀랐지만 고맙게도 베넷 부인처럼 그들도 멋대로 상상하고 멋대로 만족했으므로, 엘리자베스는 이 문제로 더 이상 질문 공세를 받을 일도 없었다.

이튿날 아침 아래층에 내려가자 편지를 가지고 서재에서 나온 아버지를 만났다.

"리지, 찾고 있었다. 잠깐 내 방으로 오너라."

그녀는 아버지를 따라 방으로 들어갔다. 무슨 말을 듣게 될까 하는 호기심은, 혹시 기다리던 편지와 관계가 있지 않을까 싶어 더욱 강해졌다. 문득 캐서린 부인에게서 온 편지일지도 모른다는 생각이 들었다. 그러자 이제부터 설명할 것을 생각하니 눈앞이 캄캄해졌다.

엘리자베스가 아버지를 따라 난로 앞으로 가서 앉자 아버지가 말했다.

"오늘 편지 한 통을 받았는데 몹시 놀라운 것이었다. 주로 너와 관계가 있으니 너도 그 내용을 잘 알아 둬야겠지. 이 편지를 받기 전엔 결혼을 앞에 두고 있는 딸이 둘이나 되는 줄은 몰랐지. 우선 대단한 거물을 골라잡은 걸 축하한다."

그렇다면 틀림없이 이모가 아니라 다시에게서 온 편지일 것이라는 생각에 엘리자베스의 뺨이 갑자기 붉어졌다. 그가 직접 자기 심정을 설명한 것을 기뻐해야 할지, 그 편지를 본인인 그녀가 아니라 아버지 앞으로 보낸 걸 섭섭하게 여겨야 할지 결정하기도 전에 아버지가 말을 이었다.

"오, 짚이는 게 있는 모양이구나. 젊은 여성이란 이런 일엔 어지간히 통찰력이 있는 모양이야. 그러나 네가 아무리 영리하더라도 너를 예찬한 사람의 이름은 아마 모를걸. 이 편지는 콜린스 씨에게서 온 거란다."

"콜린스 씨에게서요! 그 사람이 대체 무슨 할 말이 있어서요?"

"물론 아주 중요한 볼일 때문이지. 우선 큰딸의 다가오는 혼례에 대한 축사부터 시작하는데, 그 얘기는 아마 말하길 좋아하는 루카스네의 누구한테 들은 모양이야. 거기에 대한 부분을 읽어서 공연히 네 인내심을 놀릴 순 없으니 그러지 않으마. 너와 관계가 있는 대목은 이렇단다."

이와 같이 경사에 대해 아내와 저의 진심에서 우러난 축사를 말씀드리며, 더불어 또 하나의 소문에 대해서도—역시 같은 곳에서 얘기를 들었습니다만—한 말씀 드리고자 합니다. 제인 양이 결혼한 뒤 엘리자베스 양도 머지않아 베넷 성을 버릴 것이라는 소문이 있는데, 그 평생의 반려로 이 나라에서도 가장 빛나는 인물의 한 사람으로 존경받아 마땅한 신사의 이름이 오르내리고 있습니다.

"대체 누구 얘길 하고 있는지 알겠느냐?"

이 젊은 신사는 인간이 바랄 수 있는 최대한의 혜택을 누리고 있는 분입니다. 즉, 드넓은 영지와 고귀한 친척, 광범한 성직 추천권들입니다. 이 같은 모든 조건을 지녔지만, 엘리자베스와 귀하에게 이 신사의 구혼을 조급하게 승낙하면 여러 가지로 불행한 사태를 초래할 수 있다는 점을 경고하고자 하는 바입니다. 물론 귀하가 어서 빨리 그 혼사를 성사시키고자 하는 마음은 충분히 이해하고도 남습니다마는.

"이 신사가 누군지 짐작하니? 아무튼 이제 곧 알게 될 거다."

　귀하의 신중한 태도를 촉구하는 동기는 다음과 같습니다―그 신사의 이모님이신 캐서린 드 버그 부인께서 이 혼사를 호의적인 눈으로 보고 있지 않기 때문입니다.

"어떠냐, 다시 씨란다! 애야, 리지, 놀랐지? 콜린스건 루카스네 사람들이건, 그 많은 사람들 가운데 고르고 고른 사람이 다시 씨라니 말이다. 그네들이 하는 말이 거짓임을 증명하는데 그 이름보다 유용한 무기가 또 있더란 말이냐. 여자를 보면 그 결점만 찾고, 아마 지금까지 네 얼굴은 거들떠보지도 않았을 다시 씨라니, 참 굉장한 얘기지!"
　엘리자베스는 아버지의 농담을 듣고 웃으려고 애썼으나, 겨우 한 번 마지못해 미소를 지었을 뿐이었다. 아버지의 기지가 이토록 따끔하게 들린 적은 처음이었다.
　"재미없니?"
　"아니에요. 재미있어요. 어서 계속 읽어 주세요."

　캐서린 부인께 어젯밤 이 결혼이 이뤄질지도 모른다고 말씀드렸더니, 여느 때처럼 친절하시게도 그 문제에 대한 생각을 그 자리에서 말씀해 주셨습니다. 부인은 엘리자베스 양의 가정에 몇 가지 결함이 있어서 그 같은 파렴치한 혼사는 절대로 승낙할 수 없다고 말씀하셨습니다. 그 일에 대해 알려 드리는 것은 저의 의무라고 생각했습니다. 저의 친척인 엘리자베스 양과 그녀의 고귀한 찬미자께서는 이러한 사정을 잘 살피시어, 정당한 허락을 받지 못하는 결혼에 경솔하게 뛰어드는 일이 없으시기를 충심으로 바라는 바입니다.

"콜린스 씨는 또 이런 말도 덧붙였더구나."

리디아의 슬픈 사건이 큰 소란 없이 해결되었음을 축하해 마지않으며, 다만 저는 결혼 전의 동거 생활이 이미 널리 알려져 있음을 걱정하고 있습니다. 그러나 그들 젊은 부부를 결혼 직후 집에 오게 했다는 말을 듣고 몹시 놀랐음을 덧붙여 말하고, 목사로서의 저의 임무를 게을리하지 않기 위해 참으로 해괴망측한 조처였다고 분명히 말씀드려야겠습니다. 그런 일은 악덕을 조장하는 것으로서 만일 제가 롱본의 목사였다면 단호하게 반대했을 것입니다. 기독교인으로서 마땅히 용서는 하되, 절대로 집으로 들이거나 두 사람의 이름을 귀하의 귀에 담는 일은 없어야 할 것입니다.

"보렴, 이게 기독교인의 관대함이란다! 다음은 사랑하는 샬롯이 임신해서 어린 올리브 가지($^{시편}_{128편}$)가 생긴다는 얘기뿐이구나. 리지? 별로 유쾌하지 않은 기색이로구나. 설마 숙녀인 체하며 아무 근거도 없는 소문이라고 모욕을 느끼는 건 아닐 테지. 이웃 사람들에게 재미를 선사하고 그걸 보고 우리도 함께 웃는 것 말고는 우리가 살아가는 목적이 어디 있겠니?"

"오오." 엘리자베스는 외쳤다. "매우 재미있었어요. 하지만 이상하군요!"

"그렇지? 그게 재미있는 점이야. 다른 사람을 골랐다면 전혀 의미가 없지. 아무튼 그는 완전히 너에게 무관심했고, 너는 그를 분명히 싫어했으니 유쾌할 만큼 터무니없는 얘기지. 편지를 쓰는 건 몹시 싫지만 콜린스 씨의 편지만은 정말 놓치고 싶지 않다니까. 이 편지를 읽으면서 생각했는데, 인물 면에선 아무리 봐도 위컴보다 한 수 위야. 그 사위 녀석의 뻔뻔함과 위선은 높이 사지만 말이다. 그런데 리지, 캐서린 부인은 이 소문에 대해 뭐라고 말씀하시더냐? 승낙하지 않겠다고 말하러 오셨더냐?"

이 질문에 딸은 그저 웃음으로 대답했을 뿐이었다. 이것은 털끝만한 의심도 없이 사실이었으므로 아버지가 다시 물어보아도 조금도 괴롭게 들리지 않았다. 엘리자베스는 재미있지도 않은데 재미있는 표정을 짓느라 이처럼 난처했던 적은 없었다. 울음을 터뜨리고 싶은 상황에서 웃어야 했던 것이다. 아버지는 다시 씨의 무관심에 대해서 얘기했는데, 이것이 딸을 잔혹하게 괴롭혔던 것이다.

그녀는 아버지가 어떻게 이토록 남의 마음을 뚫어볼 줄 모르는가 놀라지 않을 수 없었으나, 동시에 아버지의 통찰력이 부족하다기보다 자기의 상상력이 너무 지나치지 않은가 염려가 되기도 했다.

58

엘리자베스는 빙리에게 친구로부터 변명을 하는 편지가 오리라 반쯤 예상하고 있었으나 그런 일은 없었다. 빙리는 캐서린 부인이 찾아온 지 얼마 되지 않아 롱본으로 다시 를 데리고 왔다. 신사들은 일찍 찾아왔다. 엘리자베스는 부인이 왔었다는 얘기가 나올까 봐 겁을 내고 있었다. 하지만 베넷 부인이 이모님을 만나뵈었다고 말할 겨를도 없이, 제인과 단둘이 있게 되길 바라던 빙리가 모두 같이 산책을 나가자고 제의했고, 모두 동의했다. 베넷 부인은 산책하기를 좋아하지 않았고, 메리는 그럴 시간이 없기 때문에 다섯 사람이 나갔다. 빙리와 제인은 곧 다른 사람들과 뒤떨어져서 꾸물거렸으므로, 엘리자베스와 키티와 다시 세 사람이 자연히 함께 걷게 되었다. 아무도 별로 말하지 않았다. 키티는 그를 두려워해서 말문을 열지 못했고, 엘리자베스는 마음속으로 매우 중요한 결심을 하고 있었다. 아마 다시 역시 마찬가지였을 것이다.

세 사람은 루카스 가족의 집을 향해 걸어갔다. 키티가 마리아를 찾아가고 싶어했기 때문이었다. 엘리자베스는 셋이서 다 같이 갈 필요는 없다고 생각했으므로, 키티가 가버린 다음엔 대담하게 둘이서 걸었다. 지금이야말로 결심을 실행할 때인 것이다. 그녀는 용기가 꺾이기 전에 말하기 시작했다.

"다시 씨, 저는 정말 이기적인 사람이어서, 제 응어리를 풀기 위해 어쩌면 당신의 감정을 상하게 할지도 모르겠어요. 불쌍한 제 동생 리디아를 위해 당신이 베풀어 주신 말할 수 없는 고마운 친절을 안 뒤로, 제가 얼마나 그 친절을 뼈저리게 느끼고 있는가를 말씀드리고 싶었어요. 다른 식구들도 만약 그걸 알고 있었더라면 감사의 말씀을 드리는 건 저뿐이 아니었을 거예요."

"미안합니다, 정말 미안합니다." 다시는 놀라고 감격한 어조로 말했다. "생각하기에 따라 거북했을지도 모를 일인데, 어떻게 아시게 되셨군요. 가디너 부인이 믿을 수 없는 분이라고는 생각하지 않았는데."

"외숙모님을 나쁘게 생각하지 마세요. 리디아가 아무 생각 없이 문득 입 밖에 낸 말을 듣고, 당신이 그 일에 관계가 있다는 걸 알았어요. 물론 자세한 내용을 알게 되기까진 안절부절못했지만요. 아무튼 두 사람을 찾기 위해 애써 주신 것, 온갖 역겨운 일도 참아주신 것을 가족을 대신해서 거듭 감사 드리며 동시에 사과의 말씀을 드립니다."

"당신이 사례를 하고 싶다면," 다시는 말했다. "그건 당신만이 아는 걸로 해 주십시오. 당신을 행복하게 해드리고 싶다는 소망이 다른 동기에도 더욱 힘을 불어넣었다는 사실까지 부정하지는 않겠어요. 그러나 가족분들은 조금 도 저의 신세를 지지 않았습니다. 그분들을 존경하기는 하지만 저는 당신만 을 생각하고 있었으니까요."

엘리자베스는 너무 어리둥절해져서 한 마디도 하지 못했다. 한동안 잠자 코 있다가 다시가 이어서 말했다. "당신은 너그러운 사람이니 저를 농락하 지 않으리라고 생각합니다. 당신 감정이 지난 4월과 조금도 변함이 없다면 당장 그렇다고 말해 주세요. 제 애정과 바람은 그때나 지금이나 똑같아요. 당신이 한 마디만 해준다면 이 문제에 대해선 영원히 침묵을 지키겠습니다."

엘리자베스는 그가 평소보다 어색해하고 불안해하고 있다고 느끼고, 용기 내어 입을 열었다. 그다지 거침없이 말하지는 못했지만, 자기 감정이 그때 이후로 커다란 변화로 인해 많이 달라졌으며, 지금은 그가 했던 말에 관해 고맙고 기쁜 마음으로 기꺼이 받아들일 수 있다는 뜻을 밝혔다. 이 대답이 안겨 준 행복감은 그가 여태껏 한 번도 느껴 본 적이 없는 것으로, 그는 열 렬한 사랑에 빠진 남자답게 현명하고 열정적으로 자기 감정을 표현했다. 엘 리자베스가 그와 눈을 맞출 수만 있었다면, 그 얼굴에 넘친 진심에서 우러난 기쁨의 표정이 얼마나 그에게 잘 어울리는가를 알게 되었을 것이다. 엘리자 베스는 다시를 똑바로 바라보지는 못했지만 들을 수는 있었다. 그는 자기 감 정을 얘기하고 그녀가 그에게 얼마나 소중한 존재인가를 말했으므로, 엘리 자베스에게도 그의 애정이 시간이 갈수록 보다 중요한 것으로 느껴지는 것 이었다.

두 사람은 어디로 가는지도 모르는 채 마냥 걸었다. 너무 많은 것을 생각 하고 느끼고 말해야 했으므로, 다른 것엔 거의 주의를 기울일 수 없었다. 엘 리자베스는 두 사람이 지금처럼 서로 잘 이해하게 된 것은, 그의 이모인 캐 서린 부인의 덕택이라는 것을 알았다. 캐서린 부인은 집으로 돌아가는 길에 런던에 들러서 다시를 만났고, 그에게 롱본에 갔었다는 이야기와 그 이유, 엘리자베스와 만나서 한 이야기를 모두 들려주었던 것이다. 특히 엘리자베스와 나눈 얘기에 관해서는 한 마디 한 마디를 상세하게 전했다. 부인이 생각하기로는 그녀의 고집과 뻔뻔스러움을 보여주는 더없이 명쾌한 증거였으므로, 이런 진술이 그녀가 거절한 약속을 조카로부터 받아내는 데 크게 도움이 되리라고 믿어 의심치 않았던 것이다. 그러나 불행하게도 그 효과는 그야말로 정반대로 나타났다.

"그 이야기가 제게 희망을 가지라고 알려 주더군요. 그 전엔 도저히 희망을 가질 수가 없었는데 말입니다. 제가 잘 알고 있는 당신의 성격으로 보아서, 당신이 절대로 저와 결혼하지 않겠다고 결심하고 있었다면 캐서린 부인에게도 솔직하게 말했을 거라고 생각했지요."

엘리자베스는 얼굴이 빨갛게 달아올라 웃으면서 대답했다.

"그래요. 당신은 제가 그렇게 할 수 있다고 믿으실 만큼 저의 솔직한 성격을 충분히 알고 계시니까요. 본인에게도 대놓고 그렇게 심한 악담을 했는데, 친척 앞이라고 당신을 욕하지 못할 리가 없지요."

"그런데 그때 거절하시면서 저에 대해 뭐라고 말씀하셨었죠? 저에 대한 당신의 비난은 근거 없고 그릇된 전제에 따른 것이었지만, 그러나 그때의 당신에 대한 저의 태도는 분명히 비난을 받아 마땅했어요. 용납하기 어려운 일이었지요. 그때를 생각하면 저 자신이 혐오스럽기까지 합니다."

"그날 밤 둘 중에서 누가 더 나빴는지 따지는 말은 하지 않도록 해요. 엄격하게 따지자면 두 사람 모두 책망받지 않을 수 없는 것이었어요. 그러나 그 뒤로 두 사람 모두 공손해진 것 같아요."

"저는 아무래도 그렇게 간단히 잊어버릴 수가 없어요. 제가 그때 한 말과 태도며 말투 등이 오랫동안, 지금까지도 말할 수 없는 고통을 주고 있습니다. 당신의 비난이 옳은 말이었기에 절대로 잊혀지지 않습니다. '좀더 신사답게 행동하셨다면,' 당신은 이렇게 말했지요. 그 한 마디가 저를 얼마나 괴롭혔는지 알지도 못하고 이해할 수도 없을 겁니다. 사실 그 말이 타당하다고 알게 된 건 시간이 좀 흐른 뒤였습니다."

"제 말이 그처럼 강한 충격을 주리라고는 미처 생각지 못했어요. 그런 식으로 받아들이시리라곤 전혀 몰랐어요."

"그건 잘 압니다. 그 당시 당신은 제가 정상적인 감정도 없는 남자라고 생각하고 계셨습니다. 어떤 방법으로 구혼하더라도 받아들이지 않았을 거라고 당신이 말했을 때의 그 표정을 저는 평생을 두고도 잊을 수 없을 거예요."

"오오, 그때 제가 한 말 같은 건 되풀이하지 말아 주세요. 그런 회상은 이젠 아무 소용도 없잖아요. 저는 훨씬 전부터 늘 그걸 진심으로 부끄럽게 여기고 있었어요, 정말."

다시는 자기가 쓴 편지를 화제로 삼았다. "그 편지로," 그는 말했다. "그걸 받고 곧 저를 다시 보게 되었나요? 읽으면서 그 내용을 믿을 수 있었나요?"

엘리자베스는 그것이 자기에게 어떤 영향을 주었는지, 어떻게 차츰 자기의 편견을 버리게 되었는지 설명했다.

"그 편지가 당신을 괴롭힐 줄은 알았지만 도저히 쓰지 않을 수는 없었습니다. 편지는 태워 버렸겠지요? 한 군데, 특히 첫머리 부분은 두 번 다시 읽으실 용기조차도 나지 않으실 겁니다. 나를 싫어한대도 어쩔 수 없다는 투였다고 기억하고 있어요."

"제 애정이 계속되지 않을 거라고 생각하신다면 반드시 태워 버리겠어요. 그러나 제 의견이 아주 달라지지 않는다고는 생각하지 않지만, 당신이 걱정하실 정도로 그렇게 쉽사리 달라지는 건 아니에요."

"그 편지를 썼을 때엔 아주 침착하고 냉정하다고 믿고 있었지만, 나중에 생각해 보니 끔찍하게 비통한 상태에서 썼다는 걸 알게 되었어요."

"아마 편지의 첫머리는 그랬을지도 모르지만 마지막은 절대로 그렇지 않더군요. 작별의 인사말은 관용으로 넘쳐 있었지요. 하지만 이젠 그 편지에 대해서는 생각지 말기로 해요. 그걸 쓴 사람도 받은 사람도 많이 달라져 있으니까요. 그 편지에 얽힌 불쾌한 일은 모두 잊기로 해요. 제 인생관을 좀 본받으셔야겠어요. 과거는 즐거운 일만 기억하는 거예요."

"그런 인생관에 대해서는 찬성할 수가 없군요. 당신의 추억에는 부끄러운 것이 전혀 없으니까요. 추억에서 생기는 만족감은 인생관 때문이 아니라, 그것보다 훨씬 우월한, 때묻지 않은 순수함에서 생기는 겁니다. 그러나 내 경우는 그렇지가 않아요. 고통스러운 추억만 되살아나는데, 그건 뿌리칠 수도 없고 뿌리쳐서도 안 되는 겁니다. 나는 태어난 뒤부터 지금까지 아주 이기적인 인간이었지요. 원칙으로 고수한 건 아니지만 실제로는 그랬어요. 어렸을 때부터 옳은 일이 무엇이라는 걸 배웠지만, 나 자신의 성격을 고치는 일은 배우지 못했던 겁니다. 온갖 훌륭한 원칙은 배웠지만 자존심과 자만심으로 그것들을 따랐죠.

불행하게도 저는 외아들로 태어났기 때문에(꽤 오랫동안 외동이었죠) 부모님들이 저의 나쁜 버릇을 키워왔던 겁니다. 부모님은 모두 좋은 분들이셨지만, (특히 아버지는 친절하고 온화한 분이셨지만) 유독 저의 오만함과 이기적인 면은 방임하시거나 키워주셨습니다. 그래서 저는 가족 말고 다른 사람은 아무도 사랑하지 않았고, 이 세상의 다른 사람들은 모두 무시했으며, 적어도 그들의 분별이나 가치를 저 자신의 것에 비해 경멸하도록 가르침을 받았다고 해도 과언이 아니지요.

8세부터 28세가 될 때까지 그런 상태였으니까요. 그리고 그것은 소중하고 사랑스러운 엘리자베스가 없었다면 지금도 마찬가지였을 겁니다. 그러니 모두 당신 덕택이에요. 처음엔 몹시 힘들었지만 정말 유익한 교훈을 당신이 가르쳐주셨어요. 당신 덕분에 인간답게 겸손해졌습니다. 나는 당신이 거절하리라고는 전혀 생각도 하지 않고 당신을 찾아갔지요. 그러나 당신은 정말 기쁘게 해줄 가치가 있는 여성을 기쁘게 해 주는데, 나 자신이 얼마나 부족한가를 잘 알게 해줬지요."

"그럼 당신은 제가 청혼을 받아들이리라 생각하셨어요?"

"사실은 그랬습니다. 제 자만심을 어떻게 생각하실지 모르지만, 그때까지도 저는 당신이 제 구혼을 바라며 기대하고 있다고 생각했었습니다."

"제 태도가 좋지 않기는 했지만 의도적으로 그랬던 건 아니에요, 정말로요. 당신을 속일 생각은 없었지만, 저는 기분내키는 대로 하다가 자꾸 옆으로 어긋나 버리는 일이 있어요. 그날 밤 이후로 저를 무척 싫어하셨겠네요."

"당신을 싫어하다니요! 아마 맨 처음엔 화를 냈던 것 같습니다. 하지만 노여움은 곧 올바른 방향으로 움직이기 시작했습니다."

"우리가 펨벌리에서 만났을 때 저를 어떻게 생각하셨는지 물어 보는 게 지금도 두려워요. 제가 간 걸 속으로 욕하셨나요?"

"아닙니다, 그렇지 않아요. 그저 놀랐을 뿐입니다."

"하지만 당신에게서 생각지 못한 환대를 받은 저는 더욱 놀랐답니다. 양심에 비추어 보아도 그런 과분한 대우를 받을 자격이 없다는 것을 잘 알고 있었지요. 사실 차갑게 대하셔도 어쩔 수 없다고 생각했어요."

"그때는," 다시가 말했다. "제가 할 수 있는 최대한의 친절을 다 베풀어서 지난 일을 원망하는 사람이 아니라는 걸 보여주고 싶었습니다. 당신의 질책을 가슴에 새기고 있음을 보여주어서 용서를 받고, 저에 대한 나쁜 평가가 조금이나마 고쳐지길 바랐던 겁니다. 다른 소망도 섞여 있었지만 그런 생각이 언제부터 생기기 시작했는지 잘 모르겠군요. 아마 당신을 만난 뒤 한 30분쯤 지난 다음이었을 거라고 생각해요."

그리고 다시는 조지아나가 그녀와 알게 되어 기뻐한 것과 그녀가 갑자기 펨벌리를 떠나게 되어 얼마나 실망했는가를 들려주었다. 그리하여 얘기는 자연히 그 원인으로 옮아갔다. 엘리자베스는 그가 리디아를 찾기 위해 자기가 떠난 뒤 곧 더비셔를 출발하려는 결심을 여관을 나서기 전부터 벌써 하고 있었고, 그때 생각에 깊이 잠겼던 것은 그런 일에 당연히 포함될 어려움 때문이었음을 잘 알게 되었다.

엘리자베스는 다시 한 번 고맙다는 말을 했는데, 그것을 더 이상 생각하는 것은 두 사람 모두에게 너무나 괴로운 일이었다.

그들은 얘기하느라 시간이 가는 것도 잊고 4, 5마일이나 걷고 나서야 시계를 보고 너무 늦었음을 깨달았다.

"빙리 씨와 제인은 어떻게 됐을까!" 문득 의아하게 여긴 것을 계기로 궁금했던 두 사람에 대해 얘기하게 되었다. 다시는 그들의 약혼을 무척 기뻐하고 있었다. 빙리에게서 제일 먼저 소식을 들은 것이었다.

"놀라셨나요?" 엘리자베스가 물었다.

"전혀 놀라지 않았어요. 여길 떠날 때 머지않아 그렇게 될 거라고 느끼고 있었으니까요."

"그럼 당신이 허락해 주셨군요. 그럴 거라고 짐작하고 있었어요."

허락이라는 말에 그는 소리를 질렀으나, 엘리자베스는 그것이 사실이었음을 곧 알아차렸다.

"런던에 가기 전날 밤," 다시는 말했다. "저는 그에게 고백했습니다. 훨씬 전에 했어야 했다고 생각하지만요. 저는 자초지종을 빠짐없이 얘기하면서 제가 그 문제에 간섭한 건 어리석고 무례한 짓이었다고 말했어요. 몹시 놀라더군요. 전혀 모르고 있었으니까요. 게다가 당신 언니가 무관심하다고 말한 건 제 착각이었다고 얘기했지요. 그리고 제인 양에 대한 그의 애정이 조금도 줄어들지 않았다는 걸 알고, 나는 두 사람이 행복해지리라는 걸 전혀 의심하지 않았습니다."

엘리자베스는 그가 친구를 너무도 손쉽게 조종하는 데 미소 짓지 않을 수 없었다.

"언니가 그분을 사랑하고 있다고 말씀하셨을 때 당신이 보신 대로 말씀하셨나요, 아니면 다만 제가 지난봄에 그렇게 말했기 때문이었나요?"

"제가 본 대로 말했습니다. 최근에 두 번 여길 찾아왔을 때 제인 양을 자세히 살펴본 결과, 그분의 애정을 확신하게 됐지요."

"그럼, 당신이 그렇게 확신하시자 빙리 씨도 믿게 된 거로군요."

"그래요. 빙리는 참으로 꾸밈이 없고 겸손하지요. 다만 너무 소심해서 이런 중요한 일에는 자기 자신의 판단에 의지하지 못하고, 제 판단을 믿기 때문에 모든 일을 쉽게 만들었지요. 저는 어떤 일을 고백해야 했는데, 무리도 아니지만 얼마 동안 빙리를 화나게 했었지요. 지난겨울에 당신 언니가 3개월 정도 런던에 와 있었다는 걸 알고도 일부러 숨겼다는 걸 고백하지 않을 수 없었던 겁니다. 그는 화를 냈지만, 그 노여움은 언니의 감정을 확실히 알게 되면서 풀렸다고 믿고 있어요. 이젠 진심으로 저를 용서해 주었습니다."

엘리자베스는, 빙리 씨가 매우 유쾌한 분이며 그렇게 쉽게 당신 말대로 움직이고 있으니 참으로 좋은 친구라는 말이 튀어나올 뻔했으나 꾹 참았다. 이 사람은 농담의 대상이 되어 웃거나 한 적이 없는 사람이므로 아직 그러기에는 너무 이르다는 생각을 하게 된 것이었다. 다시는 빙리의 행복을 예상하면서—그 자신의 행복에는 미치지 못하는 것이었지만—집에 닿을 때까지 이야기했고, 두 사람은 현관에서 헤어졌다.

59

"어머, 리지, 도대체 어디 갔었어?" 방으로 들어서자마자 제인이 물었고, 식탁에 앉자 다른 모든 사람이 같은 질문을 했다. 그러나 이 물음에 엘리자베스는 헤매다니다 보니 자기도 모르는 곳까지 가게 되었다고 대답할 수밖에 없었다. 그녀가 그렇게 말하며 얼굴을 붉혔으나, 사실을 눈치챈 사람은 아무도 없어 보였다.

그날 밤은 별다른 일 없이 조용히 지나갔다. 말하자면 공인된 연인들은 웃으며 말을 했고, 아직 공인되지 않은 연인쪽은 잠자코 있었다. 다시는 행복하다고 해서 갑자기 명랑해지는 성격이 아니었고, 엘리자베스는 동요가 가라앉지 않아서 자신의 행복을 머리로는 느끼지만 아직 실감할 수는 없는 상태였다. 우선 쑥스럽기도 했거니와 그녀 앞에는 여러 가지로 마음이 무거워지는 일들이 기다리고 있었다. 이런 자신의 현재 상황이 알려졌을 때 가족들이 어떻게 느낄지 대충 짐작할 수 있었고, 제인 말고는 아무도 그를 좋아하지 않는다는 것도 알고 있었다. 다른 사람들이 그의 재산이나 지위로도 지울 수 없는 혐오감을 품고 있다는 것도 걱정스러웠다.

밤이 되자 엘리자베스는 제인에게 자신의 속마음을 모두 털어놓았다. 제인은 남을 의심하지 않는 사람이었지만, 이 경우엔 전혀 믿으려 하지 않았다.

"농담이겠지, 리지. 어떻게 그런 일이 있을 수 있겠어! 다시 씨와 언약을 했다니! 거짓말이지? 말도 안 되는 일인 걸!"

"처음부터 이 모양이니 정말 어쩌면 좋지! 언니만은 믿고 있었는데. 언니가 믿지 않는다면 아무도 믿어 주지 않을 거야. 하지만 진담이야. 진실이 아닌 말은 한 마디도 안 했어. 그분은 여전히 나를 사랑하고 계셨고, 그래서 결혼하기로 했어."

제인은 믿을 수 없다는 눈으로 동생을 보았다. "하지만, 리지! 그럴 리가 없어. 네가 그분을 얼마나 싫어하는지 나는 알고 있는 걸."

"거기에 대해선 언니는 아무것도 모르고 있어. 그 일은 모두 잊어 버려야 해. 물론 처음부터 그분을 사랑했던 건 아니야. 하지만 이런 경우엔 기억력이 너무 좋은 게 오히려 화근이라니깐. 나도 그때 일은 다신 떠올리지 않을 거야."

제인은 여전히 놀랍고 어리둥절한 얼굴이었다. 엘리자베스는 다시 한 번 진지하게 진실이라고 강조했다.

"어머나! 그런 일이 있을 수 있니? 하지만 이젠 믿지 않을 수가 없네." 제인은 힘주어 말했다. "사랑하는, 사랑하는 리지, 정말 축하해. 그런데…… 이런 말을 해서 미안하지만…… 정말 그분과 행복하게 살 자신이 있어?"

"그건 의심할 여지도 없어. 우리는 이 세상에서 제일 행복한 부부가 되기로 약속까지 했는걸. 하지만 언니, 언니는 기뻐해 주겠지? 그분이 언니가 가장 사랑하는 동생의 남편으로 괜찮겠어?"

"물론이지, 빙리나 나도 이렇게 기쁜 일은 없어. 하지만 우리는 도저히 불가능한 일이라고 얘기했었지. 그런데 너는 정말 그분을 사랑하고 있니? 오오, 리지, 애정 없는 결혼은 제발 하지 말아줘. 정말 결혼할 만큼 애정이 확실히 있는 거지?"

"오오, 물론이지! 전부 다 얘기하면 그보다 훨씬 더 애정을 가지고 있다는 걸 알게 될 거야."

"그건 무슨 말이지?"

"빙리 씨를 사랑하는 것 이상으로 그분을 사랑하고 있다는 말이야. 언니는 틀림없이 화를 내겠지만."

"리지, 진지하게 말해 줘. 진지하게 얘기하고 싶으니까. 지금 당장 내가 알아야 할 것은 전부 알려 줘, 언제부터 사랑하게 된 거니?"

"모르는 사이에 조금씩 조금씩 그렇게 돼서 언제부터인지는 몰라. 하지만 펨벌리에서 그분의 아름다운 저택을 봤을 때부터가 아닐까 싶어."

그러나 다시 한 번 진지하게 말해 달라는 간청을 받자, 엘리자베스도 농담을 그만두고 엄숙하게 자기의 애정을 확인해 줌으로써 제인의 궁금증을 풀어주었다. 이 점이 명백해지자 제인으로서는 더 바랄 것이 아무것도 없었다.

"이제 나는 정말 행복해." 그녀는 말했다. "너도 나처럼 행복해질 테니 말야. 나는 늘 그분을 훌륭하다고 생각했었어. 그저 너를 사랑한다는 것만으로도 틀림없이 그분을 존경했을 거야. 하지만 지금은 빙리의 친구인 동시에 네 남편이 될 분이니, 그분보다 더 소중한 건 빙리와 너뿐이야. 그렇지만 리지, 너무 음흉해. 나한테까지도 숨기다니. 펨벌리나 램턴에서 있었던 일은 거의 얘기하지 않았잖아? 거기에 대해 내가 알고 있는 건 너한테서 들은 게 아니라 다른 사람한테 들은 것뿐이야."

엘리자베스는 비밀에 부쳐야 했던 이유를 얘기했다. 전에는 빙리의 이름을 입 밖에 내기가 싫었고, 그녀 자신의 감정도 아직 정해지지 않은 상태였으므로 다시의 이름도 피하고 싶었다고. 그러나 이제는 그가 리디아가 결혼할 때 한 역할에 대해서도 숨길 필요가 없었다. 모든 것을 털어놓자, 그날 밤의 절반이 얘기하는 사이에 지나가 버렸다.

"어머나 저런!" 베넷 부인은 이튿날 아침 창가에 서서 소리를 질렀다. "저 꼴 보기 싫은 다시 씨가 우리 소중한 빙리 씨와 또 같이 오고 있잖아! 무슨 속셈으로 귀찮게 자주 오는 걸까? 사냥을 가든 뭘 하든 우리한테 폐만 끼치지 말아 주었으면 좋겠는데. 어떡하지? 리지야, 이번에도 빙리한테 방해가 되지 않도록 저 사람하고 산책을 나가주지 않으련?"

엘리자베스는 이런 부탁에 흐뭇하지 않을 수 없었지만, 어머니가 그에게 늘 그런 형용사를 붙이는 데에는 화가 났다.

두 사람이 들어오더니 빙리는 엘리자베스에게 의미심장한 시선을 던지고 매우 다정하게 악수를 했다. 그가 이미 그 좋은 소식을 들었다는 것은 의심할 나위가 없었다. 그는 큰 소리로 말했다.

"베넷 부인, 리지가 오늘도 미아가 되어 헤맬 만한 오솔길이 이 근처에 더 없습니까?"

"그렇다면 다시 씨와 리지와 키티는," 베넷 부인은 말했다. "오늘 아침엔 오컴 산으로 가보는 게 어떨까? 좋은 소풍이 될 거예요. 다시 씨는 아직 거기에 가보신 적이 없지요?"

"다른 사람에겐 안성맞춤이겠지만," 빙리 씨가 말했다. "키티에겐 조금 멀다고 생각하는데요, 어때요, 키티?"

키티는 집에 있고 싶다고 말했다. 다시는 언덕에서의 전망을 무척 보고 싶다며 호기심을 나타냈고, 엘리자베스는 말없이 동의했다. 준비를 하기 위해 2층에 올라가자 베넷 부인이 따라와서 말했다.

"미안하구나, 리지야. 그런 싫은 사람을 너 혼자에게만 떠맡겨서. 하지만 모두 제인을 위한 일이니 조금만 참거라. 너도 잘 알고 있겠지만 그 사람한테 말을 건네거나 할 필요는 없어, 어쩌다 한 번쯤이면 몰라도. 그러니 너무 애쓰지 않아도 된다."

두 사람은 산책하면서 오늘 밤 안으로 베넷 씨의 승낙을 얻기로 얘기를 마쳤다. 어머니에게는 엘리자베스가 얘기하기로 했다. 어머니가 어떻게 받아들일지는 아무도 모를 일이었다. 그의 재산과 가문이 그 사람에 대한 혐오감을 눌러 버리기에 충분할지 어떨지 의심스러웠다.

그러나 이 결혼을 반대하건 기뻐하건, 그 태도가 분별이 있는 사람의 것이라고 할 수 없을 것만은 확실했다. 엘리자베스는 어머니가 다시 씨에게 맹렬한 반감을 보이는 것도 싫었지만, 기뻐서 어쩔 줄 모르는 모습을 보이는 것도 참을 수 없었다.

밤이 되어 베넷 씨가 서재로 들어가자 다시 씨가 일어서서 그를 따라 가는 것을 보고 엘리자베스는 가슴이 두근거렸다. 아버지가 반대할 염려는 없었지만 틀림없이 마음이 무거울 것이다. 모두 자기 때문이다. 아버지가 제일 아끼는 자식인 자기가 남편을 고르는 문제로 아버지를 괴롭히고, 그녀의 장래에 대해 의구심을 느끼게 하고 걱정을 끼친다고 생각하자 가슴이 먹먹해졌다. 그러한 생각에 비참한 심정으로 앉아 있는데 다시 씨가 돌아왔다. 그가 미소를 띠고 나타나서 엘리자베스는 한결 마음이 가벼워졌다. 잠시 뒤 다시가 그녀와 키티가 앉아 있는 탁자로 다가와서 잠깐 수예를 들여다보는 체하다가 속삭였다. "아버님께 가봐요. 서재에서 기다리고 계시니까." 그녀는 얼른 일어섰다.

아버지는 서재에서 서성거리고 있었는데 진지하고 근심스러운 표정이었다. "리지야." 베넷 씨는 말했다. "무슨 짓을 하려는 게냐? 그런 사내의 구혼을 승낙하다니 어떻게 된 게 아니냐? 그를 항상 싫어하지 않았니?"

엘리자베스는 이전의 자기 의견이 더 이성적이고 표현도 좀더 부드러웠더라면 하고 진심으로 뉘우칠 수밖에 없었다. 그러면 지금도 설명을 하고 고백을 하면서 이토록 쑥스럽고 부끄럽진 않을 텐데! 그러나 지금은 그것이 필요하므로 다소 우물쭈물하면서도, 확실히 다시 씨를 사랑하고 있다고 말했다.

"다시 말하면 그 사내하고 꼭 결혼을 하겠다는 얘기로군. 확실히 그는 부자니까 제인보다 더 훌륭한 옷과 마차를 갖게 될 테지. 그러나 그런 것 따위로 행복할 것 같으냐?"

"아버지는 제가 다시 씨를 사랑하고 있지 않다고 생각하시는군요. 그것 말고도 반대하실 이유가 있으신가요?"

"전혀 없지. 자존심 강한 불쾌한 사내라고 모두들 말하지만, 네가 정말 좋아한다면 그런 건 아무것도 아니란다."

"네, 좋아해요, 정말 좋아해요." 엘리자베스는 눈물을 글썽이며 대답했다. "그분을 사랑하고 있어요. 사실 그는 그런 부당한 자존심 같은 건 갖고 있지 않아요. 정말 좋은 분이에요. 아버지는 아직 그분의 참모습을 알지 못하세요. 그분에 대해 그런 말투로 얘기하시면서 저를 괴롭히지 말아 주세요."

"리지야." 아버지는 말했다. "나는 승낙을 했단다. 실제로 그런 사람한테 부탁받거나 하면 거절할 수가 없거든. 네가 꼭 결혼할 결심이라면 그것도 승낙하마. 하지만 좀더 잘 생각해 보라고 충고하고 싶구나. 네 성격은 내가 잘 안단다, 리지. 너는 진심으로 남편을 존경하지 않으면 행복해질 수 없고 세상 사람들 앞에 당당하게 고개를 들지도 못하지. 남자가 자기보다 훌륭한 사람으로서 우러러볼 수 없다면 말이야. 어울리지 않는 결혼을 할 경우엔 활발한 네 재능이 도리어 너를 매우 위험한 처지에 몰아넣을 거야. 너는 도저히 치욕이나 비참함을 면치 못할 거다. 나는 네게 남편을 존경하지 못하는 슬픔을 맛보게 하고 싶진 않단다. 너는 네가 하려고 하는 일을 아직 잘 모르고 있어."

엘리자베스는 감동을 받아 진지하게 대답했다. 다시 씨야말로 정말 자기가 선택한 사람임을 거듭 확언했다. 그 사람에 대한 평가가 서서히 달라졌음을 설명하고, 그에 대한 애정이 하루아침에 생긴 것이 아니라 여러 달 동안 불안과 시련을 거치면서 생겨난 것임을 말했다. 또한, 그의 좋은 성품을 자세하게 하나하나 열거함으로써 마침내 아버지의 불신감을 극복하고 결혼해도 좋다는 허락을 받아 내었다.

"이젠 알았다." 그녀가 얘기를 끝내자 어버지는 말했다. "나로서는 더 할 말이 없구나. 네 말대로라면 그는 너한테 매우 적합한 사람이다. 그보다 가치가 없는 사내라면 도저히 너를 내놓을 수는 없지."

엘리자베스는 그에 대한 좋은 인상을 더욱 확고히 하기 위해, 다시 씨가 자발적으로 리디아를 위해 해준 일을 들려주었다. 아버지는 그 말을 듣고 몹시 놀랐다.

"오늘 밤엔 아주 놀라운 일뿐인걸! 그럼 모두 다시 씨가 해줬다는 말이지? 혼사가 이뤄지게 해 주고 돈을 주어 그 녀석의 빚을 갚고 장교의 임명장까지 사줬다는 얘기구나. 훨씬 더 괜찮은 얘기구나. 나로서도 얼마나 다행인지 몰라. 네 외삼촌이 해준 일이라면 나는 그에게 빚을 갚아야 하고 또 그랬을 테지만, 너희 같은 열렬한 연인들은 뭐든지 자기 식대로 해야 성이 차지. 내일이라도 내가 갚겠다고 말하면, 그는 너에 대한 사랑이니 뭐니 하고 떠들어 대면서 그 일은 그걸로 끝내 버릴 테지." 그리고 아버지는 2, 3일 전에 콜린스 씨의 편지를 읽어 줬을 때 불편해하던 엘리자베스의 모습을 떠올리면서 한참을 웃고는 이제 돌아가도 좋다고 말했다. 그녀가 방에서 나가려 하자 이런 말이 들렸다. "누군가 메리나 키티를 탐내는 청년이 나타나면 곧장 나한테로 보내다오, 이제 한가하니까 말야."

엘리자베스의 마음은 무거운 짐을 내려놓은 듯 날아갈 것처럼 개운해졌다. 자기 방에서 30분쯤 조용히 회상에 잠긴 뒤 어지간히 마음이 가라앉자, 다른 사람들과 자리를 같이했다. 모든 일이 너무 빨리 결정되어서 아직 기뻐할 정신은 없었고, 밤은 조용히 지나갔다. 이젠 아무것도 두려워할 일은 없으며, 이윽고 안락하고 흐뭇한 평안이 찾아올 것이다.

밤늦게 어머니가 방으로 올라갈 때 뒤따라가서 중대한 소식을 전달했다. 그 결과는 정말 엄청난 것이었다. 어머니는 처음엔 그런 말을 듣자 아주 주저앉아 버린 채 말문을 열지 못했다. 적지 않은 시간이 지난 다음에도 자기가 들은 말의 의미를 충분히 이해할 수 없었다. 어머니는 평소 집안에 이익이 되는 일이라든가, 어느 딸이건 연인이 생기는 문제에는 결코 둔감한 사람이 아니었는데도 말이다. 간신히 마음을 가라앉힌 뒤, 이번에는 의자에서 꾸물거리거나 일어서거나 하면서 자기 자신을 축복했다.

"어머나! 맙소사, 하느님 저를 축복하소서! 글쎄 좀 생각해 봐! 정말 놀랍지 뭐야! 다시 씨라니! 이런 일을 누가 상상이나 할 수 있겠니? 그게 정말 사실이냐? 오오, 귀여운 리지! 이제 넌 부자가 되고 지체가 높아지게 되겠구나! 돈도 듬뿍 갖고 다닐 수 있고 보석도 마차도 얼마나 훌륭하겠니! 제인 따원 발밑에도 못 따라오겠다. 정말 기쁘고 행복해. 그 사람은 정말 매력 있는 분이야! 잘생기고, 키도 훤칠하게 크고! 애야, 리지! 사과의 말을 잘 전해 주렴. 틀림없이 용서해 줄 거다. 사랑하는 리지, 런던에 저택을 갖고, 굉장한 것들을 모두 갖게 되겠지! 이제 딸 셋이 결혼을 하는 거야! 1년에 1만 파운드라니! 오오, 하느님! 대체 나는 어떻게 되는 걸까? 정신을 잃을 것 같네."

이제 어머니의 허락은 의심할 여지도 없었다. 엘리자베스는 어머니가 이렇게 자신의 심정을 토로하는 말을 아무도 듣지 못한 것을 기뻐하며 방에서 나갔다. 자기 방에 돌아온 지 3분도 되기 전에 어머니가 뒤따라 들어왔다.

"애야." 그녀는 외쳤다. "다른 일은 생각할 수도 없구나! 1년에 1만 파운드, 아마 더 많을지도 몰라! 왕족이나 다름없잖니! 그리고 너는 특별허가를 받아서 결혼하는 거야. 꼭 그렇게 될 거야. 그런데 다시 씨는 뭘 특별히 좋아하는지 가르쳐다오, 내일 요리를 대접할 테니."

이것은 그 신사에 대한 어머니의 태도가 어떻게 변할지에 대한 하나의 슬픈 전조였다. 가장 따뜻한 그의 애정을 틀림없이 얻었고, 부모의 승낙마저 받았는데도 아직 부족한 무언가가 있었다. 하지만 이튿날도 예상보다 훨씬 순조롭게 흘러갔다. 베넷 부인은 다행히도 미래의 사위에게 경외감을 느끼고 있어서 친절을 베푼다거나 그의 의견에 대해 경의를 표명하는 것 말고는 그에게 제대로 말도 하지 못했다.

엘리자베스는 아버지가 그와 친해지기 위해 애쓰는 것을 보고 흡족하게 여겼고, 베넷 씨는 딸에게 자기도 점점 그를 다시 보게 되었다고 일러주었다.

"세 사위가 모두 훌륭하구나." 그는 말했다. "아마도 위컴이 제일 마음에 들지만, 네 신랑도 제인의 신랑 못지않게 좋아하게 되겠구나."

60

엘리자베스는 머지않아 다시 명랑해졌다. 그녀는 다시 씨에게 처음에 자기를 사랑하게 된 계기를 자세히 설명해 달라고 했다. "처음엔 어떻게 시작됐어요?" 그녀는 물었다. "일단 시작된 다음엔 제법 잘 발전해 나갔을 것 같은데, 최초의 발단은 무엇이었나요?"

"처음에 시작되었던 때나 장소나 표정, 말 등을 명백하게 잘라 말할 수는 없어요. 무척 오래전의 일이니까. 시작된 걸 알았을 때엔 이미 한창 진행중이었어요."

"처음부터 제 얼굴에는 반하지 않으셨지요. 태도로 말하자면, 당신에 대한 저의 태도는 언제나 무례할 정도였어요. 언제나 말을 건넬 땐 곤란하게 만들려는 의도가 있었거든요. 그러니 사실대로 말씀하세요. 혹시 제 그 무례한 태도가 마음에 드셨던 건가요?"

"당신의 발랄한 정신이 좋았어요."

"그렇다면 무례라고 말씀하셔도 좋아요. 발랄한 것은 건방지다는 것과 별

차이가 없으니까요. 사실 당신은 이른바 얌전한 태도와 복종, 지나친 겸손 등을 싫어하셨지요? 당신은 칭찬받길 바라며 말하거나 표정을 꾸미거나 생각하는 척거나 하는 여성들에게 싫증이 나셨던 거예요. 제가 그런 사람들과 많이 달라서 흥미를 느끼셨고요. 만일 당신이 정말 온화한 분이 아니었더라면 틀림없이 저를 아주 싫어하셨을 거예요. 일부러 애써서 그렇지 않은 것같이 꾸미고 계시지만, 당신의 정신은 정말 고귀하고 올곧아요. 당신은 속으로 그렇게 아부하는 사람들을 경멸하고 계셨던 거예요. 봐요, 제가 당신 대신 설명을 해드린 셈이지요? 사실 저도 여러 모로 생각해 보았지만 이 설명이 가장 이치에 맞을 거예요. 확실히 당신은 저의 실제 장점은 모르고 계세요. 그렇죠? 하지만 누구든지 사랑에 빠지면 그런 건 생각지 않게 마련이지요."

"제인이 네더필드에서 앓았을 때 살뜰하게 간호해 줬던 건 장점이 아닙니까?"

"제인 언니잖아요. 언니한테는 누구나 그렇게 할 거예요! 하지만 그걸 장점으로 생각하신다면 그걸로 좋아요. 제 좋은 성격은 당신의 보호 아래에서 비로소 장점이 되니 될 수 있는 대로 과장하고 아껴 주시길 바랍니다. 그 대신 저는 기회가 있을 때마다 당신을 약올리거나 말다툼할 기회를 찾아내기로 하겠어요. 그런 의미에서 우선, 당신은 왜 그처럼 마지막까지 정작 중요한 얘기는 하지 않으셨는지 묻고 싶군요. 그리고 이곳에 처음으로 찾아오셨을 때나 그 뒤 식사를 하러 오셨을 때나 어째서 그처럼 저를 멀리하셨어요? 왜 저 같은 건 관심도 없다는 듯한 얼굴을 하셨죠?"

"당신이 심각한 얼굴로 묵묵히 있어서 도저히 말을 걸 용기가 나지 않았어요."

"하지만 저는 쑥스러웠거든요."

"나도 그랬죠."

"저녁식사를 하러 오셨을 땐 좀더 이야기를 해 주셔도 좋았을 거예요."

"당신에게 좋은 감정을 품고 있지 않은 사람이라면 그랬을지도 모릅니다."

"당신은 이치에 맞는 대답을 하시고 저도 이치에 맞다고 그걸 당연하다고 받아들이고만 있으니 안타깝네요! 하지만 그런 당신을 내버려 두었더라면 언제까지 우물쭈물하고 계셨을지 궁금하군요. 제가 물어 보지 않았더라면 언제 말문을 여실 작정이셨어요? 리디아에 대한 일로 친절을 베풀어 주셔서, 저도 이 일만큼은 감사 인사를 드려야겠다고 결심했던 게 확실히 효과가 있었지요. 너무 지나치게 효과적이었을지도 모르겠군요. 약속을 깨뜨리고 도리어 행복을 얻는다면 도덕은 대체 어떻게 될까요? 왜냐하면 저는 그 문제는 입 밖에 내서는 안 되었으니까요. 그런 건 있어서는 안 되는 일이에요."

"아니, 괴로워할 필요는 없어요. 도덕은 완전히 공정할 겁니다. 우리 사이를 떼어 놓으려고 한 캐서린 부인의 괘씸한 노력 덕분에 내 의혹이 풀린 거예요. 현재의 내 행복은 당신이 감사 인사를 했기 때문이 아닙니다. 나는 당신이 먼저 그 말을 해 주기를 기다리지 않았어요. 오히려 캐서린 이모님 얘기가 희망을 주었기 때문에 곧 모든 걸 명백하게 알아보려고 생각했던 거지요."

"캐서린 부인이 큰 도움을 주셨군요. 아마 부인도 기뻐하실 거예요. 워낙 남에게 도움을 주길 좋아하시니까요. 하지만 그보다 묻고 싶은 게 있어요. 무엇 때문에 네더필드에 오셨던 거지요? 기껏 롱본에 와서 겸연쩍어지기 위해서였나요? 아니면 뭔가 더 중대한 목적이 있었나요?"

"진짜 목적은 당신을 만나서, 가능하다면 당신이 나를 사랑할 가망이 있는지를 판단하기 위해서였지요. 그리고 표면상의 목적은, 이건 내가 나 자신에게 내세운 목적인지도 모르지만, 당신 언니가 아직도 빙리에 대해 애정을 품고 있는지 어떤지를 알아보기 위해, 만일 그렇다면 빙리에게 고백하기 위해서였지요. 그 뒤에 정말 그렇게 하게 되었지만요."

"캐서린 부인에게 이제부터 무슨 일이 일어날지 알려 드릴 용기가 있으세요?"

"부족한 건 용기보다는 시간인 것 같소, 엘리자베스. 그러나 그건 꼭 해야할 일이니, 종이를 한 장 주시겠습니까? 차라리 지금 해치워버립시다."

"저도 써야 할 편지만 없다면 당신 곁에 앉아서 전에 어떤 젊은 여성이 그랬던 것처럼 막힘 없는 당신의 필체를 찬탄했을지도 모르겠군요. 그러나 저도 이제 슬슬 외숙모님께 이 사실을 알려드려야 해요."

엘리자베스는 외숙모에게 자기와 다시 씨와의 친밀함을 너무 과대평가하고 계시다고 하기가 싫어서, 가디너 부인의 긴 편지에 아직 답장을 쓰지 않고 있었다. 이제는 더없이 기쁜 소식을 갖고 있으므로, 이미 사흘이나 지났는데도 외삼촌과 외숙모에게 아직 알리지 않은 것을 부끄럽게 여기고 곧 다음과 같은 편지를 썼다.

사랑하는 외숙모님

길고 친절하며 더없이 자상한 편지를 받고 진작 감사의 말씀을 올릴 작정이었습니다만, 사실은 좀 화가 나서 실례를 범하게 되었습니다. 외숙모님의 상상이 사실보다 조금 과장되어 있다고 여겼거든요. 그러나 지금은 좋을 대로 생각해 주세요. 이 주제에 대해서는 마음껏 상상하실 수 있는 만큼 하셔도 좋아요. 결혼까지 했다고만 생각하지 않는다면 여하튼 그리 틀리시지는 않을 겁니다. 그리고 곧 또 편지를 보내 주시어 저번보다 더 그분을 칭찬해 주세요. 레이크 지방으로 가지 않았던 것을 되풀이해서 감사하고 있습니다. 그런 데로 가고 싶어했던 저는 정말 바보였어요. 망아지에 대한 외숙모님의 생각은 정말 멋진 것이었어요. 이젠 날마다 그 정원에서 산책하기로 해요. 저는 이 세상에서 가장 행복한 사람이에요. 전에도 이런 말을 한 사람들이 많이 있었을 테지만, 아무도 지금의 저만큼 행복한 사람은 없을 거라고 생각합니다. 제인 언니와 비교해도 제가 더 행복해요. 언니는 미소를 짓지만 저는 함박웃음을 웃고 있으니까요. 다시 씨가 제게 주고 남는 세상의 모든 사랑을 보내드리겠다고 하네요. 크리스마스엔 다 함께 펨벌리에 와 주시기 바랍니다.

당신의 조카딸

한편 캐서린 부인 앞으로 쓴 다시의 편지는 전혀 다른 식이었다. 또 베넷 씨가 콜린스 씨의 최근 편지에 대해 쓴 답장 또한 그 어느 것과도 사뭇 달랐다.

다시 한 번, 축하를 받기 위해 귀하에게 폐를 끼치게 되었소. 엘리자베스는 곧 다시 씨의 아내가 된다오. 캐서린 부인은 될 수 있는 대로 당신이 위로해 드리시구려. 그러나 만일 내가 귀하라면 나는 다시의 편을 들겠소. 그쪽에서 주는 것이 더 많을 것이기 때문이오. 그럼 이만.

빙리 양이 다가오는 오빠의 결혼을 축하하며 보낸 편지는 다정한 말로 넘쳐 있긴 했으나 불성실하기 짝이 없었다. 제인에게도 기쁨을 전하기 위해 편지를 보냈으나 결국은 전에 하던 대로 온갖 친근한 말을 되풀이했을 뿐이었다. 제인은 속지 않았지만 그래도 기뻤다. 그리고 조금도 그녀를 신용하지 않으면서도 그녀에게 과분할 만큼 친절한 답장을 보냈다.

다시 양이 같은 기별을 받고 보여준 기쁨은, 오빠가 그 편지를 보냈을 때의 기쁨과 마찬가지로 성실에 넘친 것이었다. 자신의 기쁨과 올케의 사랑을 받으려는 진정어린 소망을 담기에는 편지지 넉 장으로도 충분하지 않았다.

콜린스 씨로부터는 답장이 없었는데 그 아내가 엘리자베스에게 보내는 축하 편지도 받기 전에, 롱본의 사람들은 콜린스 부부가 루카스 댁에 와 있다는 말을 들었다. 별안간 옮겨 온 이유는 곧 밝혀졌다. 캐서린 부인은 조카의 편지를 받고 몹시 화가 났기 때문에, 이 혼사를 실제로 기뻐하던 샬롯은 그 폭풍이 가라앉기까지 피난을 온 것이었다. 이런 때 친구가 찾아와 준 것은 정말 기쁜 일이었지만, 몇 차례 만나는 사이에 다시 씨가 노골적으로 아첨하는 콜린스 씨를 상대해야 하는 것을 보면서 이 기쁨이 매우 비싼 대가를 치르고 있다고 생각했다. 그러나 그는 놀랄만큼 침착하게 참아냈다. 뿐만 아니라 그는 윌리엄 루카스 경이 영국에서 제일 값진 보석을 가져가 버리시는 거라고 아부하고, 세인트 제임스 궁전에서 자주 뵙게 되기를 바란다고 말했을 때도 매우 예의 바른 태도로 귀를 기울였다. 혹시 그가 어깨를 으쓱했다 하더라도 윌리엄 경이 멀리 가버린 뒤의 일이었다.

필립스 부인의 저속한 말과 행동은 그의 인내를 시험하는 또 하나의 일로서 가장 참기 어려운 시련이었다. 필립스 부인은 베넷 부인과 마찬가지로 그를 두려워하고 있었으므로 쾌활한 빙리를 상대로 그랬던 것처럼 허물없이 말하지는 못했지만, 아무튼 말문을 열기만 하면 저속해지지 않을 수 없었다. 그를 존경했으므로 눈앞에서는 잠자코 있었지만 더 점잖아질 수는 없었다. 엘리자베스는 온 힘을 다해 다시가 그 두 사람을 눈여겨 보지 못하고 자신이나 아니면 그가 굴욕을 느끼지 않고 말할 수 있는 가족에게만 주의를 기울이도록 갖은 애를 썼다. 이런 데서 생기는 불쾌한 감정은 구혼기간의 즐거움을 빼앗는 것이었지만, 그로 말미암아 미래에 대한 희망에 더욱 큰 기대를 걸게도 되었다. 엘리자베스는 두 사람이 그다지 바람직하지 못한 사람들과의 교제에서 벗어나 펨벌리에서 흐뭇한 가족 모임을 갖는 날을 즐거움으로 삼았다.

61

가장 자랑스러운 두 딸이 출가하는 날, 베넷 부인은 어머니로서 더없이 행복했다. 앞으로 얼마나 더 큰 기쁨과 자랑스런 마음으로 빙리 부인을 찾아가고, 다시 부인에 대해 얘기할지 상상하기란 그리 어렵지 않았다.

딸들을 바라던 대로 시집 보낼 수 있었으니, 그녀도 앞으로는 아주 침착하고 상냥하며 견문이 넓은 부인이 되어 남은 생애를 보낼 수 있었다고 말할 수 있었으면 좋겠다. 아마 그녀의 남편으로서는 오히려 그것이 더 이상한 일이었을 것이다. 아내가 가끔 신경질을 내고 항상 어리석어야 그로서는 더욱 행복할 것이다.

베넷 씨는 둘째 딸이 가버린 것을 몹시 쓸쓸하게 생각했다. 그 딸에 대한 애정 때문에 전보다 더욱 자주 집을 비우게 되었고, 특히 생각지도 못했을 때 펨벌리로 찾아가서 놀라게 하는 것을 가장 큰 즐거움으로 삼았다.

빙리와 제인은 네더필드에는 그 뒤 1년 동안만 머물러 있었다. 어머니와 메리턴의 친척들 옆에 너무 가까이 있는 것은 태평스런 빙리나 사람 좋은 제인으로서도 참기 쉬운 일은 아니었던 것이다. 그리하여 빙리 자매들의 오랜 소망이 이루어졌는데, 그가 더비셔 근처에 저택을 산 것이다. 제인과 엘리자베스는 여러 가지로도 충분히 행복한데, 이제는 서로 30마일밖에 떨어지지 않은 곳에서 살게 되어 더욱 행복했다.

키티는 대부분 두 언니들과 시간을 보내게 되면서 가장 큰 덕을 보았다. 여태까지 만나던 사람들보다 훨씬 훌륭한 사람들과 어울리면서 눈에 띄게 사람됨이 달라졌다. 애당초 리디아처럼 말괄량이 기질이 아니었으므로 리디아를 본받지 않게 되었고, 또 적절한 주의와 교육을 받게 되면서부터 예전처럼 짜증을 내는 일도 없고, 무지하거나 얼간이처럼 보이지도 않았다. 리디아와 또다시 어울리지 않도록 그 뒤에도 특히 경계를 했다. 위컴 부인은 무도회와 젊은 사내들을 미끼로 하여 자주 그녀를 집으로 초대했으나, 아버지는 결코 허락해 주지 않았다.

결국 메리가 집에 남은 유일한 딸인데, 베넷 부인은 혼자 있지 못하는 사람이었으므로 자연히 그녀도 그전처럼 교양만 익히기에 매진할 수 없게 되었다. 어쩔 수 없이 세상 사람들과도 자주 접촉하게 되었지만, 매일 아침 손님들에게 설교하는 버릇은 그대로였다. 다만 이제 언니들과 자기 용모를 비교하면서 괴로워하는 일은 없었기 때문에, 아버지가 짐작하기로는 이런 변화에도 그다지 거부감 없이 순응하는 듯했다.

위컴과 리디아의 인품은 두 언니가 결혼했음에도 전혀 달라지지 않았다. 위컴은 엘리자베스가 전에는 알려지지 않았던 자기의 배은망덕과 거짓말을 고스란히 알게 되었을 것이라 생각했지만, 그 일에 대해서는 깨끗이 체념했다. 여러 가지 일들이 있었는데도 그는 여전히 다시 씨를 설득해서 한 재산을 잡으려는 꿈을 버리지 않았다. 결혼할 때 리디아가 엘리자베스에게 보낸 축하 편지를 보면, 그는 어떤지 몰라도 적어도 그녀는 그런 희망을 품고 있음이 잘 나타나 있었다.

　사랑하는 리지
　결혼 축하해. 내가 위컴을 사랑하는 절반만큼이라도 언니가 다시 씨를 사랑하고 있다면 틀림없이 행복할 거야. 언니가 큰 부자가 되어서 정말 기뻐. 할 일이 없어 심심할 때는 우리도 생각해 줘. 위컴은 궁정에서 직책을 맡게 되기를 바라는 것 같지만, 우리는 남의 도움을 받지 않고서는 하루하루의 생활비도 만족스럽게 구하지 못해. 1년에 3, 4백 파운드의 수입만 들어온다면 무슨 일이든 할 텐데 말이야. 그러나 혹시 얘기하고 싶지 않으면 다시 씨에게는 말하지 않아도 좋아. 안녕.

엘리자베스는 전혀 얘기하고 싶지 않았기 때문에, 앞으로 이런 종류의 부탁이나 기대는 두 번 다시 못하도록 답장을 썼다. 그러나 자기 힘으로 할 수 있는 범위 내에서의 원조는 자기 경비를 떼내어 보내 주었다. 엘리자베스는 동생 부부가 둘 다 돈 씀씀이가 헤프고 장래를 생각하지 않는 성미니까, 그들의 수입으로는 도저히 생활을 유지해 나갈 수 없다는 사실을 잘 알고 있었다. 두 사람은 주둔지가 바뀔 때마다 제인이나 엘리자베스에게 계산서를 보내 원조를 부탁하곤 했다. 두 사람의 생활은 제대하여 가정을 꾸린 뒤에도 극히 불안정했다. 두 사람은 늘 값싼 주택을 찾아 여기저기 옮겨 다니면서

분에 넘치는 낭비를 멈추지 않았다. 위컴의 애정은 곧 무관심으로 전락했고, 리디아는 그보다 조금 더 오래갔다. 다만 다행스럽게도 그녀는 나이가 젊고 품행도 신통치 않았지만, 결혼한 여자로서의 평판을 저버릴 만큼 불미스러운 짓은 하지 않았다.

다시는 위컴을 펨벌리로 오게 할 수는 없었지만, 엘리자베스를 위해 직업상의 원조는 계속해 주었다. 리디아는 이따금 남편이 런던이나 바스에 가 있는 동안 펨벌리에 찾아왔다. 빙리네 집에서는 둘이서 종종 오래오래 머물렀기 때문에, 마음이 너그러운 빙리조차 참다 못해 돌아가기를 바라는 기색을 은근히 내비칠 정도였다.

빙리 양은 다시의 결혼으로 마음이 깊이 상했으나, 펨벌리를 찾아갈 권리만큼은 확보해 두고 싶어서 모든 원망을 누그러뜨렸다. 그리고 전보다 더 조지아나를 좋아하고 예전과 같이 다시를 대했으며, 엘리자베스에겐 지난 일을 사과하듯 예의를 다해서 조심스럽게 대했다.

조지아나는 이제 펨벌리에서 살게 되었다. 올케와 시누이 사이의 애정은 다시 씨가 원했던 대로 되었고, 또 두 사람이 바라던 대로 서로 사랑하게 되었다. 조지아나는 엘리자베스를 더없이 훌륭한 사람으로 생각하고 있었다. 처음에는 오빠에 대한 발랄하고 놀리는 듯한 말투에 소스라치게 놀라기도 했었다. 자기가 늘 애정을 압도할 정도의 경외감을 품고 우러러보던 오빠가 지금은 영락없이 농담의 대상이 되어 있는 것을 보았으니 말이다. 그녀는 지금까지 생각해 본 적도 없던 것을 알게 되었다. 엘리자베스의 행동을 보면서 열 살이나 손아래인 누이동생은 오빠에게 함부로 할 수 없지만, 아내에게는 그것이 허용된다는 점을 깨닫기 시작한 것이다.

캐서린 부인은 조카의 결혼에 대해서 극도로 분노했다. 항상 그 인격의 솔직함을 고스란히 드러내는 사람이었으므로, 결혼을 알리는 편지에 격렬한 욕설—특히 엘리자베스에 대해—로 답장했기 때문에, 얼마간 서로 연락이 끊어져 버렸다. 그러나 결국 다시는 엘리자베스의 설득으로 이모가 행한 그 모욕에 대해 눈 딱 감고 화해를 요청했다. 이모 쪽에서는 좀더 고집을 부리다가 그에 대한 애정 때문인지, 아니면 그의 아내가 어떻게 지내는지를 보고 싶은 호기심 때문인지, 마침내 노기를 거두었다. 그리고 엘리자베스와 런던에서 찾아오는 외숙모와 외삼촌 탓으로 펨벌리의 숲이 더럽혀졌다고 생각하면서도 펨벌리로 두 사람을 찾아오기까지 했다.

두 사람은 가디너 부부와는 계속 친밀하게 지냈다. 다시도 엘리자베스 만큼이나 두 사람을 진심으로 좋아했다. 특히 엘리자베스를 더비셔에 데리고 와서 두 사람이 맺어지는 계기를 마련해 준 그들에 대해 둘 다 감사한 마음을 언제까지나 잃지 않았다.

제인 오스틴 생애와 작품

윈체스터에서 발행되어 잉글랜드 남부에 폭넓은 독자를 확보하고 있는 〈더 햄프셔 크로니클 앤 쿠리어〉 1817년 7월 21일 월요일자 기사에 이런 소식이 있었다. '어제 윈체스터 칼리지 거리 8번지에서, 햄프셔 주 스티븐턴 교구목사였던 조지 오스틴 목사의 막내딸 제인 오스틴 양이 사망했다.'

신문은 이 짤막한 기사 말고는 한 마디도 더 하지 않았다. 담당 신문기자의 눈에 비친 오스틴 양은, 위티커 양이나 에젤 양과 마찬가지로 평범한 존재로서 그다지 주목할 만한 가치가 없는 사람이었다. 그는 그녀의 이름과 죽음이 독자들 머릿속에서 금세 사라질 것이라고 생각했다. 그러나 1817년 9월호 〈뉴 먼슬리 매거진〉 부고 기사에는 짤막한 글이 덧붙었다.

"그녀는 소설 《이성과 감성》, 《오만과 편견》, 《맨스필드 파크》, 《엠마》를 쓴 본격적인 여류작가였다."

제인 오스틴은 오늘날 영어권에서는 가장 인기 있는 소설가에 속하지만, 언뜻 보기에 그런 빛나는 평가와는 가장 거리가 먼 사람이기도 했다. 그다지 유복하지 않은 시골 목사의 막내딸로 태어나 한 번도 결혼하지 않았고, 한 번도 가족과 떨어져 지낸 적도 없었으며, 외국은커녕 잉글랜드 남부를 벗어난 적도 없이 모두 6편의 소설을 남기고 42세 나이로 세상을 떠났다. 그러나 그녀의 작품은 출판 이래 한 번도 절판되지 않았으며, 특히 1970년대부터 제인 오스틴의 소설은 연극·영화·TV를 위해 매년 새로이 번안되었다. 그녀는 조용하고 짧은 삶을 살았고, 그 삶을 밝힐 자료는 매우 적다. 그런데도 이제까지 방대한 수의 전기가 나왔고, 지금도 집필되고 있다. 그녀는 자서전이나 회상록, 일기도 쓰지 않았다. 또한 그녀의 말과 행동을 기록해 줄 보즈웰 같은 인물도 없었다. 상류사회에서 활약하지 않았으므로 그 시대 귀족의 편지나 회상록에도 그녀의 이름은 등장하지 않는다. 그녀는 자기 소설을 익명으로 출판했다. 맨 처음 출판한 《이성과 감성》은 '어느 여성의 작품'으로

스티븐턴의 목사관

발표했고, 그 뒤의 작품에는 '(이미 작품을 출판하고 있는) 저자'라고만 밝혔다. 소설의 평판이 높아지면서 저자에 대해서도 점점 알려져 독자들 사이에선 호기심을 불러일으키기는 했지만, 그 시대 사람들은 그녀의 평전(評傳)을 원하지 않았으므로 그것이 쓰일 일도 없었다. 그녀가 세상을 떠난 뒤인 1818년, 마지막 소설 2편《노생거 사원》과《설득》의 출판을 맡은 오빠 헨리는 이 작품들을 합본한 책의 서문에 매우 간결하고 짧은 전기를 덧붙였다. 그 뒤 사람들은 오랫동안 이 매우 적은 정보에만 만족해야 했다.

마찬가지로 아쉬운 점은 시각적 정보도 부족하다는 사실이다. 전문 초상화가가 그린 제인의 초상화는 하나도 없다. 유일하게 믿을 수 있는 제인의 초상은, 1810년 무렵 언니 카산드라가 그린 수채화로 현재 런던의 '내셔널 포트레이트 갤러리'에 전시되어 있다. 이 그림은 화가의 손으로 그려진 제인의 아버지 및 형제들의 초상화와 공통되는 가족적 특징을 보여 준다는 점에서는 정확하지만, 결코 전문화가의 솜씨라고는 할 수 없다. 카산드라가 그린 이 수채 스케치의 에칭판이 1869년에 제작됐고, 많은 전기들이 그것을 복사해서 실었다. 어떤 전기에서는 무단으로 가구나 옷을 덧붙여 그려서 초상을

▲ 제인의 초상화 에칭판
◀ 언니 카산드라가 그린 제인의 수채 스케치

반신상으로 바꾸기도 했다. 1804년 여름휴가 때, 조카딸 애나가 뒷날 기록 했듯이 '카산드라는 "어느 무더운 날 끈도 묶지 않은 보닛을 쓰고 문 밖에 앉아 있는" 제인을 스케치한 수채화도 그렸다.' 하지만 이것은 뒷모습이라 제인의 얼굴은 볼 수 없다. 내셔널 포트레이트 갤러리에는 젊은 시절의 제인 을 그렸다고 추정되는 실루엣도 전시돼 있지만, 이것이 제인의 실루엣이라 고 확실히 증명되지는 않을 것이다.

따라서 제인의 생애는 다음과 같은 몇 가지 단서들로 재구성될 수밖에 없 다. 즉 그녀가 쓴 소설을 면밀히 연구해서 얻은 다양한 그녀 개인에 관한 정 보, 현재 남아 있는 그녀의 편지(약 160통 가운데 대부분은 언니 카산드라 에게 보낸 것이다), 오스틴 집안의 누군가가 쓴 편지나 일기, 제인을 가장 잘 알고 있었던 조카와 조카딸의 이야기에 등장하는 제인의 모습 등이다. 어 쩌면 뒷날 제인의 편지나 그녀를 잘 알던 사람의 일기가 발견될지도 모르지 만, 현재의 전기 작가들에겐 이러한 현존 자료 말고는 연구 및 해석의 기반 이 될 만한 자료가 전혀 없다. 그러나 다행히도 제인 오스틴이 소설을 위해 그 시대의 풍경을 완벽하게 묘사하는 절묘한 솜씨를 가지고 있었으므로, 어 쨌든 그녀의 작품에서 그녀가 살던 세계의 명확한 이미지를 파악할 수는 있 다. 그러므로 그녀의 어둠으로 감싸인 부분에 이 알기 쉬운 정경을 겹쳐 본다면, 우리는 그녀의 수수께끼 같은 비밀을 푸는 방법을 알게 될 것이다.

스티븐턴

제인의 탄생과 가족

제인 오스틴은 1775년 12월 16일 토요일 서리 내리던 밤에 스티븐턴의 목사관에서 태어났다. 그녀는 햄프셔 북서쪽에 서로 붙어 있는 스티븐턴과 딘이란 두 교구에서 일하던 조지 오스틴 목사의 일곱 번째 자녀이자 둘째 딸이었다. 오스틴은 이튿날 아침 형수인 월터 부인에게 이렇게 전했다.

A MEMOIR
OF
JANE AUSTEN.

CHAPTER I.

Introductory Remarks—Birth of Jane Austen—Her Family Connections—Their Influence on her Writings.

ORE than half a century has passed away since I, the youngest of the mourners,* attended the funeral of my dear aunt Jane in Winchester Cathedral ; and now, in my old age, I am asked whether my memory will serve to rescue from oblivion any events of her life or any traits of her character to satisfy the enquiries of a generation of readers who have been born since she died. Of events her life was singularly barren: few changes and no great crisis ever broke the smooth current of its course. Even her fame may be said to have been posthumous: it did

* I went to represent my father, who was too unwell to attend himself, and thus I was the only one of my generation present.

B

《제인 오스틴 회고록》 첫 페이지
제인의 조카 제임스 에드워드 오스틴 리 목사가 집필.

"……어젯밤에 특별한 징조도 없이 바로 기쁜 결과가 나왔습니다. 딸아이가 또 하나 생겼습니다. 지금은 언니 캐시(카산드라의 애칭)가 그 애를 데리고 놀고 있지만, 이윽고 서로 사이좋게 어울리겠지요. 아이 이름은 제니(제인의 애칭)라고 할 겁니다. 캐시가 네디랑 똑 닮은 것처럼 이 아이는 헨리랑 판박이인 듯합니다. 덕분에 아내는 산후에 몸이 순조롭게 회복되고 있으며, 형님 부부께 안부를 전하고 있습니다……."

갓난아이에 대한 오스틴의 첫 감상은, 제인이 넷째 오빠와 닮은 것과 그녀가 하나뿐인 언니에게 큰 애정을 품으리란 것을 정확히 예언하고 있었다. 제인이 헨리와 닮았다는 사실은 나중에 지적된 바 있다. 또 제인과 카산드라는 유난히 사이좋은 자매여서, 제인이 세상을 떠나고 시간이 많이 흐른 뒤에도 카산드라는 "지금도 살아 숨쉬는 애정을 담아" 제인 이야기를 했다고 한다.

제인의 선조는 햄프셔 출신이 아니다. 그녀의 부모님은 각각 켄트와 옥스 퍼드셔 태생이다. 조지 오스틴 목사는 본디 켄트의 양 치는 요먼(Yeoman ; 영국 자영농민)이었는데, 양모 산업으로 재산을 모아 신사계급이 되었고, 그 지방에 오래 살면서 대가족을 이룬 오스틴 집안의 일원이었다. 조지는 어릴 때 부모 님을 잃었으나 켄트의 세븐옥스에서 대성공을 거둔 사무변호사인 유복한 큰 아버지 프랜시스 오스틴의 도움으로, 옥스퍼드 대학교 세인트존스 칼리지에 서 공부해 목사가 될 수 있었다. 켄트의 또 다른 친척인 토머스 브로드낵스 메이 나이트가 조지를 스티븐턴 교구의 목사로 지명했다. 수년 뒤 프랜시스 오스틴은 이웃 마을인 딘의 성직 자리를 그에게 주었다. 이 조그만 두 교구 에서 얻은 수입, 대학 입학을 앞둔 친구의 자식들을 가르쳐 받은 보수, 교구 농원에서 나온 농산물의 출하 등등으로, 오스틴 부부는 호사스럽지는 않지 만 그럭저럭 안락하게 여덟 아이를 키울 수 있었다.

오스틴 부인의 옛 이름은 카산드라 리였는데, 그녀는 옥스퍼드셔 헨리 온 템즈 부근 하프스덴의 목사의 딸이었다. 아버지 토머스 리 목사는 조지 오스 틴 목사처럼 대가족의 분가 자손이었는데, 리 집안은 오스틴 집안보다 사회 적 계급이 높아 16세기 이후부터 글로스터셔의 신사계급에 속해 있었다. 한 편 워릭셔에 있는 분가는 찰스 1세(1600~1649)에게 충성을 바쳐 귀족 작위 를 얻었다. 리 집안은 오스틴 집안보다 지적으로 뛰어나서, 카산드라의 큰아 버지인 데오필러스 리 박사는 옥스퍼드 대학교 밸리올 칼리지에서 50년 이 상 학장으로 재직했다.

조지 오스틴과 카산드라 리는 1764년 4월 26일 배스의 세인트 스위던 교 회에서 결혼하고 곧 햄프셔로 떠났다. 결혼한 뒤 4년 동안 그들은 딘의 목사 관을 빌려 살았다. 스티븐턴의 목사관은 거의 무너져서 수리를 해야만 살 수 있었기 때문이다. 1768년 여름에 그들이 스티븐턴의 목사관으로 이사하기 전에 세 아들 제임스, 조지, 에드워드가 태어났다. 이어 스티븐턴에서는 그 세 아들의 동생들이 태어났다. 차례대로 헨리, 카산드라, 프랜시스, 제인, 그리고 나중에 카산드라와 제인이 '제일 귀여운 우리 남동생'이라고 부른 막 내 찰스였다.

제인 가족과 친했던 친척은 큰아버지와 큰어머니, 그 가족들이었다. 윌리 엄 햄프슨 월터 부부(제인 아버지의 이복형. 그의 딸 필라델피아의 편지에

조지 오스틴 목사와
부인 카산드라 리

서 가장 먼저 제인의 어린 시절이 언급되었다), 핸콕 미망인(제인 아버지의
누나. 그녀의 아름답고 정 많은 딸 일라이자는 본의 아니게 파란만장한 생애
를 보내, 조용한 스티븐턴 목사에까지 프랑스혁명의 영향이 미치게 했다),
에드워드 쿠퍼 박사 부부(제인 어머니의 언니 부부. 두 자녀의 이름은 에드
워드와 제인이었다), 제임스 리 페로 부부(제인 어머니의 오빠 부부. 부유
했지만 자식이 없었다) 등이 있었다. 수입이 많지 않은 월터 집안은 켄트에
서 조용히 살아가고 있었고, 오스틴 집안은 그들과 아주 가끔 만났다. 핸콕
부인과 쿠퍼 부부는 제인이 어린 소녀일 때 세상을 떠났다. 그러나 리 페로
부부는 오스틴 가족과 오랫동안 친하게 지냈으며, 뒷날 '우리 외삼촌', '우리
외숙모'로서 제인의 편지에 자주 등장하게 된다. 리 페로 부부는 버크셔 워
그레이브 근처의 스칼렛이라는 작은 매너 하우스(Manor House ; ^{영주}_{저택})에서 살
았는데, 대체로 매년 배스에서 몇 달씩 휴가를 보냈다.

제인의 아버지 오스틴은 마르고 키가 컸으며, 눈동자는 밝은 개암나무 열
매 빛깔이고, 머리칼은 밤색인—나중에는 윤기나는 백발이 되었지만—얼굴
이 아주 아름다운 사람이었다. 성격이 온후하고 공부하길 좋아하였으며, 가
족과 교구민들에게 헌신적인 사람이었다. 어머니 오스틴 부인은 몸집이 작
고 날씬했다. 그녀의 머리칼은 검고 눈동자는 잿빛이었으며, 코는 우아한 매
부리코였다. 활발한 그녀는 적극적이고 기지가 넘쳤으며, 곧잘 생기 넘치는

화제를 골라 이야기했다. 제인과 형제들은 운좋게 이런 부모의 특징을 물려받았다. 두 사람 다 날씬하고 건강하고 활발하며 매우 지적이었다. 헨리와 찰스는 둘 다 키가 크고 잘생겼고, 머리칼과 눈동자 색깔은 아버지를 닮았다. 에드워드와 프랜시스는 어머니를 닮아 몸집이 작았다. 제임스와 언니 카산드라의 키는 적당했고 머리칼과 눈동자 빛깔은 어머니에게서 물려받았다. 제인은 마르고 키가 컸으며, 아버지의 개암나무 열매 빛깔 눈동자와 밤색 머리칼을 그대로 이어받았다. 가족들 중 불행을 짊어지고 태어난 아이는 둘째인 조지뿐이었다. 가족들의 옛 편지를 보면 조지가 간질 발작을 일으켰다는 내용이 나오는데, 그는 아마도 청각장애를 가진 듯하다. 오스틴 부인은 이 아이를 자택에서 기르려 했지만 남편이 맡고 있는 학생들 말고도 7명의 아이들을 돌봐야 했으므로, 결국 조지를 기르긴 어렵다고 판단했던 모양이다. 그래서 부부는 당시의 관습에 따라 조지를 입양 보내기로 했다. 조지는 양부모의 훌륭한 가족들이 있는 몽크 셔본이란 벽촌으로 갔다. 아버지 오스틴, 그리고 나중에는 조지의 형제들이 그를 위해 꾸준히 돈을 보냈으며, 그들은 조지가 편안한 마지막을 맞을 때까지 연락을 끊지 않았다.

스티븐턴 마을은 지난 2세기 동안 상당히 변해 버려서, 제인이 살던 시대의 모습을 유지하고 있는 건물은, 작고 낡은 세인트 니콜라스 교회 하나뿐일 것이다. 18세기에는 중세 튜더양식으로 지어진 스티븐턴의 매너 하우스와 그 부속 농원이 교회 맞은편에 있었고, 목사관은 그곳에서 반 마일쯤 떨어진 작은 길 모퉁이에 서 있었다. 높다란 느릅나무가 점점이 흩어져 있는 비탈진 풀밭으로 둘러싸인 얕은 골짜기에는 꽤 넓은 도로가 있어 그 길은 딘으로 이어졌으며, 교차점 부근에는 몇 채의 집이 있었다. 목사관은 특별히 아름답지는 않았으며 훌륭한 저택도 아니었다. 당시의 시골 가옥과 마찬가지로, 작은 창문을 통해 빛이 들어오는 천장이 낮은 방들로 이루어진, 지붕에 붉은 기와를 얹고 벽에 하얀 회반죽을 칠한 벽돌집이었다. 하지만 거실과 부엌 위에는 침실 7개와 다락방 3개가 있어서, 오스틴 가족과 학생들이 쾌적하게 살기엔 충분한 집이었다. 집 뒤편의 따뜻한 남쪽면에는 활 모양의 돌출창이 달린 오스틴의 서재가 있었는데, 딸기 화단과 풀로 뒤덮인 산책로와 해시계가 있는 벽에 둘러싸인 정원을 내다볼 수 있었다. 오스틴 부인은 가족의 옷을 짓거나 수선할 때마다 정면의 볕이 잘 드는 거실을 재봉실로 썼다. 여기가 제인이

오늘날의 스티븐턴 교회

태어나서 25년간 살았던 집이다.

학교생활

　18세기 말 무렵 신사계급 가정에서는, 아들은 기숙학교에 보내고, 딸은 집에서 어머니나 가정교사의 가르침을 받도록 하는 것이 일반적이었다. 그러나 오스틴 집안은 이 관례를 뒤집어 버렸다. 아마도 오스틴은 다섯 아들을 기숙학교에 보낼 경제적인 여유가 없다는 것을 알고 있었을 것이다. 그래서 오스틴은 과거 대학 시절 친구들의 자녀들을 1773년부터 1796년까지 계속 학생으로 받아들여 직접 자택에서 자기 아들들과 함께 가르쳤다. 그는 거기서 얻은 수입으로 목사관을 고쳐 지을 생각이었다. 학생들의 이름이 전부 기록되어 있는 건 아니지만, 그중 파울 집안의 네 아들과 버크셔의 킴벌리 목사의 아들들은 오스틴 가족의 평생 친구가 되었다. 한편 카산드라와 어린 제인과 그녀들의 사촌 언니 제인 쿠퍼는, 콜리 부인이 경영하는 기숙학교에 입학하기 위해서 1783년 봄 옥스퍼드로 보내졌다. 콜리 부인은 쿠퍼 박사의 여동생인데, 옥스퍼드 대학교 브레이즈노즈 칼리지 학장의 미망인이기도 했다.

1783년 콜리 부인은 사우샘프턴으로 이사하면서 소녀들도 같이 데려갔는데, 그곳에서 제인 오스틴은 하마터면 목숨을 잃을 뻔했다. 1783년 8월 지브롤터에서 온 귀환병들이 티푸스를 마을에 옮겨 왔기 때문이다. 이 전염병은 금세 퍼져 카산드라와 제인도 이 병에 걸렸다. 콜리 부인은 두 사람의 병이 부모님께 알려야 할 정도로 심각하다고는 생각지 않았다. 그러나 다행히 3명 가운데 언니였던 제인 쿠퍼가 집에 도움을 청하는 편지를 보냈다. 오스틴 부인과 쿠퍼 부인은 바로 아이들을 간병하기 위해 달려왔다. 오스틴 가족의 말에 따르면 제인 오스틴은 그때 중태여서 거의 죽기 직전이었다고 한다. 게다가 쿠퍼 부인도 티푸스에 걸렸는데, 그녀는 몇 주일 뒤 안타깝게도 숨을 거두었다.

1785년 봄까지 오스틴 부부는 다시 딸들을 학교에 보내려 하지 않았다. 이번에는 버크셔의 레딩에 위치한, 학생이 40명 이상 다니는 라 투르네르 부인의 여자 기숙학교가 선택됐다. 신사계급이나 지식층의 자녀들에게 현명하고 실용적인 교육을 하는 학교로 유명했던 이 기숙학교는 애비 하우스 스쿨(Abbey house school)이라고도 불렸다. 헨리 8세(재위 1509~1547)가 통치할 때 공포된 수도원 해산 명령 때문에, 제인이 살던 시대에는 그 흔적이 약간 벽에 남아 있을 뿐이었다. 과거에는 광대했던 레딩 수도원의 안뜰 통로에 인접해서 세워진 크고 오래된 붉은 벽돌 건물이 학교로 사용되었던 데서 그런 이름이 유래된 것이다. 처음에 오스틴 부부는 제인이 학교에 들어가기엔 아직 어리니 카산드라만 레딩에 보낼 생각이었다. 그러나 제인은 언니랑 헤어진다는 생각만 해도 견딜 수 없었다. "만약 카산드라가 죽기라도 하면 제인도 언니와 운명을 함께하겠다고 고집을 부렸겠죠."

오스틴 부인은 이렇게 그때를 술회했다. 오스틴 부부는 상냥하고 포용력 있는 부모였으므로, 제인의 소망을 들어줘 카산드라와 함께 레딩에 가도록 했다. 그녀들은 뚱뚱한 노부인인 라 투르네르 부인이 훌륭하게 운영하는 학교에서 가정적이고 행복한 생활을 보냈다. 수업 내용과 시간은 그리 엄격하지 않아서, 담쟁이덩굴로 뒤덮인 수도원의 폐허가 보이는 넓은 정원에서 다른 학생들과 놀 시간이 많았다. 학생들은 10대가 훨씬 지나서까지 애비 하우스 스쿨에 머물 수 있었다. 그러나 곧 오스틴 부부는 두 딸을 몇 년이나

18세기 레딩의 애비 하우스 스쿨 입구

이 학교에 다니게 할 정도로 경제적인 여유가 없다는 사실을 깨달았다. 라투르네르 부인은 한 사람당 1년에 35파운드를 청구했던 것이다. 1786년 크리스마스를 앞두고 딸들은 스티븐턴으로 돌아오게 되었다. 제인은 두 번에 걸친 이 짧은 학교 교육 시기에만 가정을 떠났을 뿐, 그 뒤에는 내내 가족의 울타리 안에 머물렀다.

이국의 향기가 감도는 사촌 언니

오스틴 집안에서 눈에 띄게 화려한 존재는 오스틴의 누나인 필라델피아의 외동딸 일라이자(엘리자베스의 애칭)였다. 무일푼 고아였던 필라델피아는 유복한 큰아버지인 세븐옥스의 프랜시스 오스틴한테서 자금 원조를 받아 인도로 여행을 떠났다. 발전 도상의 캘커타에 있는 동인도회사의 독신 유럽인 종업원 가운데서 남편감을 찾고자 함이었다. 필라델피아는 1752년 인도에 도착했다. 그리고 몇 달 만에 동인도회사의 촉탁 외과의사 타이소 솔 핸콕과 결혼했다. 이는 사실 처음부터 예정된 결혼이었다. 이유인즉 프랜시스 오스틴은 핸콕이 영국에 송금할 때의 사무변호사 겸 대리인이었기 때문이다. 핸콕 부부는 딸을 낳았고, 핸콕의 오랜 친구이자 사업 동료인 워렌 헤이스팅스한테 부탁해서 그를 아이의 대부로 삼았다. 헤이스팅스는 생후 3주일 만에 숨을 거둔 자신의 딸을 그리면서 엘리자베스라는 이름을 붙여 주었다. 핸콕은 외과의료 말고도 여러 가지 사업에 도전했으며, 그들 가족은 그 수익을 가지고 1765년 영국으로 귀국했다. 인도에서 얻은 자금을 투자해서 금리로 생활하려고 했으나, 몇 년 지나지 않아서 그들은 자기들이 선택한 생활을 하기에는 자금이 아무래도 부족하다는 사실을 깨달았다. 핸콕은 1768년 재도전하는 마음으로 혼자서 인도로 갔다. 그러나 불행하게도 건강이 나빠 병에 자주 걸려서인지, 아니면 운이 너무 나빴는지, 그의 투기는 자본을 불리기는커녕 오히려 빚만 늘어났다.

한편 출세가도를 달리고 있던 워렌 헤이스팅스는 친구들에 대한 배포가 크다고 소문이 났다. 특히 그는 자기가 이름지어 준 엘리자베스에게 매년 400파운드씩 평생 지급되는 신탁자금을 선물했다. 만약 이것이 없었다면 핸콕이 죽은 뒤에 일라이자와 그녀의 어머니 필라델피아는 큰 곤경에 처했을 것이다.

핸콕이 인도로 가고 나서 그의 아내와 딸은 런던의 옥스퍼드 거리 북쪽 지구의 산뜻한 신개간지인 메릴본에서 집을 빌려 생활했다. 그리고 핸콕이 가족에게 보낸 편지에서 특별히 아내에게 부탁했듯이, 일라이자는 그곳에서 방문 교사를 통해 음악, 무용, 작문, 수학 등 가능한 한 최고의 교육을 받았다. 상류사회에서 결혼하려는 아가씨들에겐 이런 교양이 꼭 필요하다고 여겨졌기 때문이다. 또 핸콕은 딸이 프랑스어를 유창하게 하기를 바랐다. 이것도 우아한 소양 중 하나였기 때문이었다.

1775년 캘커타에서 핸콕이 세상을 떠났다는 소식이 런던에 도착했다. 남편의 복잡한 빚 문제를 거의 해결한 뒤, 핸콕 부인은 일라이자와 함께 1777년에 유럽 대륙으로 떠났다. 두 사람은 먼저 독일과 벨기에로 갔다가 1779년 가을, 파리에 정착했다. 그곳에서 그녀들은 그럭저럭 프랑스 상류사회 사람들과 사귀게 된다. 이때 10대 후반이었던 일라이자는 미모가 뛰어났다. 그녀는 친척인 오스틴 가족에게 세밀화를 보냈다. 그림 속에서 가냘프고도 당당해 보이는 갸름한 얼굴에 검고 큰 눈동자를 지닌 소녀가, 가장자리에 푸른 리본이 장식된 하얀 거품 같은 드레스를 입고 있었다. 그녀는 머리카락을 환상적으로 부풀려 파우더를 뿌리고는 거기에 푸른 리본을 묶은 모습이었다. 일라이자가 보낸 편지는 지금도 몇 통 남아 있다. 그녀는 켄트의 촌구석에 사는 사촌 언니 필라델피아(필리) 월터에게 보낸 편지에서, 마리 앙투아네트 왕비가 입었던 드레스에 대한 자세한 묘사와 베르사유 궁전을 둘러본 감상, 또 그 밖에도 무도회며 파티며 멋쟁이 파리 사람들의 생활에 대해 이야기하고 있다.

제인의 고모 필라델피아 오스틴 뒷날 핸콕 부인.

이윽고 일라이자는, 왕비 근위병 연대의 대위이자 프랑스 남부에 작은 영지를 소유한 젊고 의기 왕성한 장 프랑수아 카포 드 휴이드를 만났다. 두 사람은 1781년에 결혼한 뒤 수년 동안 파리에서 살았지만 1784년 무렵, 그들은 기엔 현 네라크에 있는 저택으로 돌아왔다. 그곳은 '간척을 조건으로' 왕실에서 하사받은 습지대였다. 휴이드 백작(그는 이 호칭을 좋아했다)은 근위장교로 군대에 복무하던 때와 마찬가지로 지주 역할도 솜씨 좋게 해냈다. 간척사업은 빠르게 진전됐다. 얼마 뒤 일라이자는 임신했고, 1786년 여름에 어머니와 함께 영국으로 돌아왔다. 일라이자는 사촌 언니 필리 월터에게 이런 편지를 보냈다. "……휴이드가 바라는 사내아이임에 틀림없어요. 남편은 내 조국을 무척 좋아한다고 나한테 말했고, 아들이 영국에서 태어나길 열망하고 있습니다……" 일라

제인의 친사촌 언니이자 올케인 일라이자 핸콕 뒷날 마담 드 휴이드. 재혼해서 헨리 오스틴 부인이 된다.

이자의 아들은 그해 6월 런던에서 태어났다. 일라이자는 아이의 이름을 헤이스팅스라고 지었다. 이렇게 경의를 표함으로써, 대부 워렌 헤이스팅스가 고마운 마음에 그녀에게 또 다른 신탁자금을 마련해 주길 바란 것이리라.

1786년 크리스마스에 핸콕 부인, 일라이자, 어린 헤이스팅스가 스티븐턴 목사관에 찾아왔다. 11살 난 제인은 처음으로 아름답고 세련된 사촌 언니와 만났다. 일라이자는 귀부인처럼 행동하는 버릇이 몸에 배어 있었지만, 곧 촌구석 햄프셔에 쉽게 적응해 편하게 지냈다. 떠들썩한 새해맞이 파티 때는, 오스틴 집안의 젊은이들과 손님인 쿠퍼 집안 사촌들이 거실에서 춤을 출 수 있도록 빌린 피아노를 연주하기도 했다. 제인이 일라이자에게 품었던 유치하고도 아첨하는 듯한 상찬의 마음은 나중에 일라이자가 세상을 떠날 때까지 계속되었고, 변함없는 어른의 우정 비슷한 것으로 발전해 나갔다.

아마추어 연극

오스틴 집안 장남 제임스는 1782년부터 1788년까지 연이어 크리스마스 휴가를 위한 아마추어 극단을 조직했는데, 직접 연극의 프롤로그와 에필로그를 산문으로 쓰고 그에 걸맞은 무대장치 제작에도 신경을 썼다. 연극은 목사관 식당이나, 목사관 길 건너 헛간에서 상연되었다. 처음 선택된 연극은 노르만 정복왕조 시대를 무대로 한 역사극 〈마틸다 *Matilda*〉였다. 그러나 그 뒤부터는 대중이 선호하던 희극이 인기를 얻었다. 〈경이 *The Wonder*〉, 〈운명 *The Chance*〉, 〈술탄 *The Sultan*〉, 〈계단 아래의 상류사회 *High Life Below Stairs*〉, 〈연적 *The Rivals*〉 등이었다. 오스틴 집안 아이들과 이따금 그곳을 방문한 사촌들이 배역을 맡았고, 가족과 친구들이 관중이 되었다. 일라이자 드 휴이드는 1787년 크리스마스에 또다시 스티븐턴을 찾아와 〈경이〉의 여주인공을 연기했고, 1788년과 1789년 겨울에는 제인 쿠퍼가 주역인 헨리 오스틴을 상대로 〈술탄〉의 여주인공을 연기했다. 제인 오스틴은 너무 어려서 조연밖에 연기하지 못했을 것이다. 하지만 이런 아마추어 연극을 통해 가정에서 느꼈던 선명한 기쁨의 추억이 있었기에, 그녀는 뒷날 《맨스필드 파크》에서 연극 〈연인들의 맹세〉를 중요한 사건의 하나로 삼았을 것이다.

첫 창작

제인이 글을 쓰기 시작한 것은 기숙학교에서 자택으로 돌아온 직후부터였다. 그녀는 처음에 다양한 익살스런 단편 소설이나 수필 등을 썼는데, 이 작품들을 모두 합쳐서 《초기 작품집 *Juvenilia*》으로 일컫는다. 그녀는 나중에

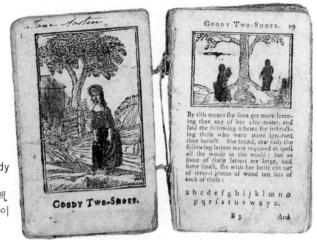

《구디 투 슈즈 Goody
Two Shoes》에서
어린 시절 제인의 책.
위쪽에 제인의 이름이
적혀 있다.

이 작품들을 단순히 《제1권》, 《제2권》, 《제3권》이라 불리는 손으로 쓴 책 3
권으로 정리했다. 모든 작품에 날짜가 있는 건 아니지만 1786년부터 1793년
사이에 창작된 것으로 추정된다. 그녀는 분명 이 작품들을 난롯가에서 낭독
하며 가족끼리 즐기려고 썼을 것이다. 아니, 어쩌면 짤막한 〈방문〉, 〈비밀〉,
미완성인 〈희극 제1막〉이란 세 편의 희곡이 남아 있는 것으로 보아, 연극으
로 상연하려고 썼을지도 모른다.

작품들 중에는 일가의 누군가한테 특별히 바치는 헌사가 덧붙여진 것도 있
는데, 여기에는 특히 알맞은 표현과 농담이 있다. 제인의 '사우샘프턴의 썩
은 물고기'에 관한 추억은 1790년 일라이자 드 휴이드에게 바친 〈사랑과 우
정〉(제인의 스펠링은 아직 정확하지 않았다)에 나온다. 1791년에 그녀는
〈영국 역사〉를 써서 언니 카산드라에게 바쳤다. 이 글에서 헨리 8세는 낭만
적인 수도원 폐허를 만들어 냈던 점에서 감사를 받고 있는데—카산드라는
기숙학교 시절의 추억, 이를테면 레딩 수도원의 폐허를 떠올렸을 것이다—
이런 폐허가 '전체적으로 영국 풍경에 한없이 큰 이점'을 주었기 때문이다.

물론 초기 작품들은 매우 짧다. 그러나 초기 작품 후반, 그중에서도 특히
마지막의 〈이블린〉과 〈캐서린 또는 정자(亭子)〉라는 두 작품은 비교적 장편
이다. 더구나 이 작품들 속에서 제인이 본격적인 여류작가로 성장하리란 것
을 이미 엿볼 수 있다. 이들 작품에 드러나는 은근한 풍자며 패러디, 벌레스

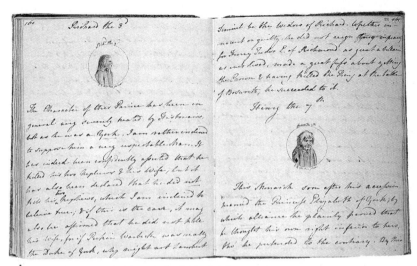

제인이 쓴 《제2권》 가운데 〈영국 역사〉 중 두 페이지
군주들의 그림은 카산드라가 그렸다.

크(burlesque : 고귀한 것에 비속함을 더해 웃음을 자아내는 수법)가 그 시대의 똑똑한 독자들 눈에도 재미있게 비쳤던 것은, 그녀의 성성한 지성을 나타내는 증거다. 이 두 작품은 작가가 위트와 유머를 잘 아는 상태에서 교묘히 창작되어, 이미 문체와 어휘 선택이 이루어지고 있음을 보여 준다.

가정교육

제인의 정규 학교 교육은 끝났지만, 그녀는 부모님과 장남 제임스의 지도 아래 가정에서 계속 교육받았다. 어머니로부터는 그 지방의 성인 여성에게 필요한 실천적인 가사를 배웠다. 이를테면 실수 없이 가계부를 적는 데 필요한 수학, 하인 지도 및 감독 방식, 채소밭이나 양계장이나 가족용 낙농장의 계획적인 관리 방법, 옷을 짓거나 수선하는 재봉 기술과 우아한 자수 방법 등이었다. 뒷날 언니 카산드라와 제인은 마음에 드는 천을 사서 전문 재봉사에게 돈을 내고 가운을 주문하게 되지만, 스티븐턴 시절에는 가족들의 셔츠나 넥타이뿐 아니라 자기들의 평상복도 직접 지었을 것이다.

제인은 대단한 독서가이기도 했다. 오스틴 일족의 말에 따르면 책 읽기에 관해선 제임스가 제인을 격려하고 지도했던 듯싶다. 아버지 오스틴은 책을

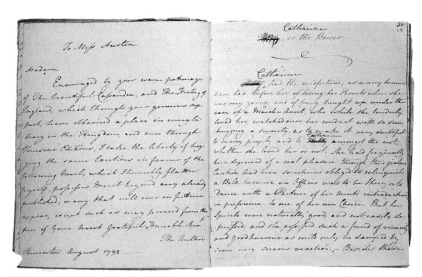

《제3권》카산드라에 바치는 단편 소설
〈캐서린 또는 정자〉시작 페이지.

산다는 사치에 푹 빠져, 1801년 일가가 스티븐턴을 떠날 무렵엔 그의 장서가 거의 500권에 달해 있었다. 아이들과 학생들은 그 책을 전부 읽을 수 있었다. 엄격한 다른 목사와 달리 오스틴은 딱딱하지 않은 가벼운 소설도 읽곤 했다. 그래서 제인의《초기 작품집》중에는, 그녀가 그 무렵의 베스트셀러 소설에 통달해 있었음을 보여 주는 것도 있다. 그녀는 리처드슨의《찰스 그랜디슨 경》에 매우 정통했다. 등장인물이 그야말로 진짜 친구처럼 친밀하게 느껴질 정도로 되풀이해서 읽었음에 분명하다. 또 필딩의《톰 존스》에도 정통했다. 그녀는 존슨 박사의 열렬한 팬이었는데, 박사의 저작은 물론 보즈웰이나 피오치 부인이 쓴 존슨 전기도 탐독했다.

고전으로는 셰익스피어, 밀턴, 포프 등을 섭렵했고, 동시대 사람들 중에서는 시인 윌리엄 쿠퍼를 좋아했다. 통찰도 깊지 않고 각별히 잘 쓴 작품도 아니지만, 영국 역사를 한번 훑어보기엔 좋은 올리버 골드스미스의《영국 역사, 고대에서 조지 2세의 붕어(崩御)까지》를 그녀는 고생해서 끝까지 읽었다. 이미 제인은 골드스미스 저작의 결점을 파악할 수준까지 성장해서, 1791년에는《불공평하고 편견을 지닌 무지한 역사가에 의한, 헨리 4세 치세부터 찰스 1세의 붕어에 이르기까지의 영국 역사》라는 유쾌한 패러디를 썼다. 햄프셔의 또 다른 목사인 윌리엄 길핀 목사는 잉글랜드 지역 전체를 여행해서 각지의 그림 같은 아름다움에 대한 수필을 발표하여 유명해졌다. 이 수필이 편찬되어 〈길핀의 픽처레스크(Picturesque)론〉이 되었다. 제인의 넷째 오빠 헨리는 그녀가 아주 어릴 적에 길핀의 저작을 섭렵하고 칭했다고 회상하였다. 길핀의 영향은 《이성과 감성》 제18장에 드러나 있다. 바로 에드워드 펠러스가 다음과 같이 말하면서 메리앤 대시우드를 놀리는 장면이다.

"나도 아름다운 풍경은 좋아하지만, 회화적인 원리를 신봉해서 그러는 건 아닙니다. 구불구불 구부러진 늙은 나무는 좋아하지 않아요. 내가 감복하는 대상은 똑바르게 높이 솟아오른 위세 좋은 나무입니다. 황폐해진 폐가도 좋아하지 않습니다. 쐐기풀, 엉겅퀴, 히스 꽃(철쭉)도 좋아하지 않고요. 감시탑보다 편안한 농가가 좋고, 세계 최고의 도적단 패거리보다는 제대로 사는 행복한 마을사람들이 제 마음에 듭니다."

젊은 여성에게는 음악, 노래, 무용, 외국어에 대한 약간의 지식도 필요한 교양이었다. 오스틴 가족은 최고급 악기를 사거나 각 분야의 교사들을 계속 고용할 여유는 없었다. 그들은 1790년대에 피아노를 샀고, 윈체스터 대성당의 오르가니스트이자 음악 교사이기도 한 사람이 때때로 스티븐턴으로 찾아와, 거의 1796년까지 제인에게 피아노를 가르쳤다. 그녀는 아마도 이런 음악 수업을 통해 이탈리아어를 조금 배웠을 것이다. 또한 프랑스어를 술술 읽을 정도로 교본을 가지고 열심히 공부했는데, 아무래도 유창하게 말할 수준까지는 되지 못했던 것 같다. 그 시대의 여성은 라틴어나 그리스어를 배울 필요가 없었으나, 제인은 아버지가 아들들과 학생들을 가르칠 때 옆에서 들어 고전어 지식을 꽤 많이 알았던 듯하다. 한때 아버지는 그림 교사를 고용해 아이들한테 미술도 가르쳤다. 이 특별 수업 덕분에 헨리는 탁월한 재능을 발휘하여, 그 집안의 화가로 통하게 되었다. 카산드라가 그린 스케치가 몇 점 남아 있는데, 그중 가장 중요한 것은 물론 제인을 그린 두 장이다. 제인도 어릴 때는 회화에 꽤 재능이 있었다. 그러나 성장하면서 그녀는 문학 창작에 더 마음을 쏟게 되었다.

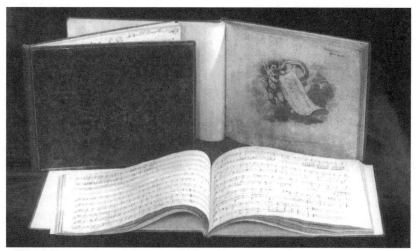

제인의 악보
현존하는 악보를 보면, 제인이 가사와 음보를 정성스럽게 옮겨 적은 것을 볼 수 있다.

인간관계

스티븐턴에서의 성장

제인은 오스틴 집안의 아래에서 두 번째였으므로 오빠들은 제인이 어릴 때부터 벌써 미래의 직업을 준비하고 있었다. 제인보다 10살 많은 장남 제임스는 특히 공부를 좋아했고 어디로 보나 목사가 될 사람이었다. 아버지의 고전어 교육 덕분으로 그는 1779년 여름, 열네 살이라는 어린 나이에 옥스퍼드 대학교 세인트존스 칼리지에 입학했다. 그 뒤에 그는 대학교에 10년 동안 머무르면서 휴가 기간에만 집에 돌아왔다. 그리고 무엇보다도 문학사 자격을 얻기 위해 공부해서 1783년엔 학위를 땄다. 그 뒤에도 대학교에 남아 1788년에는 문학 석사가 되었으며, 그동안 세인트존스 칼리지 특별 연구원으로 추천받았다. 제인과 카산드라가 옥스퍼드의 콜리 부인 밑에서 생활할 무렵, 제임스가 그녀들에게 칼리지를 안내한 듯하다. 나중에 제인은 "음울한 예배당, 먼지 날리는 도서관, 기름투성이의 더러운 대식당"이라면서 제임스를 놀렸다고 한다.

3남 에드워드의 미래 씨앗도 1779년에 뿌려졌다. 하기야 그때는 그 성과로 꽃이 피어날 줄은 아무도 예상치 못했지만. 그즈음 켄트에 사는 조지 오스틴 목사의 먼 친척이자 은인인 토머스 브로드낵스 메이 나이트가 세상을 떠나고, 그의 아들 토머스 나이트 2세가 햄프셔의 스티븐턴과 초턴 및 켄트의 캔터베리 근교 가드머셤의 영지를 상속하여 그곳에 살기로 하였다. 토머스 나이트 2세는 1779년 봄에 결혼했다. 신부는 켄트의 준남작(準男爵) 집안 출신인 캐서린 나치블이었다. 그는 그녀를 햄프셔의 오스틴 집안 친척들에게 소개했다. 그런데 그 과정에서 밤색 머리칼을 기른 총명하고 매력적인 소년, 12살 난 에드워드 오스틴이 토머스 부부의 마음에 들었다. 그들 부부는 아이를 낳지 못한다는 것이 확실해지자, 에드워드를 입양해서 정식 상속인으로 삼기로 결심했다. 그들은 먼저 에드워드한테 자기들과 함께 휴가를 보내자고 제의했다. 오스틴은 아들의 라틴어 공부가 너무 뒤처질까 걱정해서 쉽게 승낙하지 않았다. 그러나 오스틴 부인은 남편보다 세상일에 밝았는지, 나이트 부부를 기쁘게 해 주자고 남편한테 조언해서 에드워드가 부부의 요청을 받아들이도록 했다. 에드워드의 방문에 나이트 부부는 무척 만족했고, 그 뒤에도 그는 종종 나이트 부부를 찾아갔다. 에드워드의 입양은 1783년에 정식으로 결정되었다. 에드워드는 1786년까지 친가에 머물며 아버지로부터 교육을 받았다. 그런데 그는 대학교에 진학하는 대신, 나이트 부부의 뜻을 따라 4년간 유럽 여행에 나서게 된다. 독일의 드레스덴 대학교에서 1년을 보내고 로마로 간 에드워드는, 여행의 일반적 기념품인 초상화, 즉 고대 폐허와 부서진 조각상을 배경으로 전신상을 화가에게 그리게 했다. 그는 로마에서 이탈리아 북부, 스위스, 독일, 네덜란드까지 느긋하게 즐기며 여행하다가 1790년 가을에 귀국했다. 그 뒤 그는 광대한 영지의 경영 방법을 배웠고, 또 켄트 사교계에서 장래의 지위를 확보하기 위해 계속 가드머셤에서 살았다.

4남 헨리는 성직자가 될 운명이었다. 1788년 그는 제임스에 이어 세인트 존스 대학에 진학했다. 그들 형제가 함께 있을 때, 제임스는 헨리의 도움을 받아 〈더 로이터러 The Loiterer〉라는 주간지를 출판하기 시작했다. 〈더 로이터러〉는 조지프 애디슨의 〈더 스펙테이터 The Spectator〉 또는 존슨 박사의 〈더 램블러 The Rambler〉를 흉내낸 것이었다. 처음에 그는 '18세기 옥스퍼드 대학교의 성격, 생태, 오락에 관해 간략하지만 꼭 부정확하다고는 할 수 없는 소묘'를 쓸 예정이었다. 하지만 나중에는 시사 문제부터 유쾌한 화제에 이르기까지 넓은 분야의 기사를 신게 되었다. 에세이와 기사는 대부분 제임스와 헨리가 직접 썼으며, 가끔은 대학 친구들이 기고하기도 했다. 〈더 로이터러〉는 제임스가 옥스퍼드를 떠난 1790년 3월까지 60호가 나왔다. 에세이는 모두 익명이었지만, 1789년 3월 28일 제9호에 주목할 만한 기사가 실렸다. 편집자 앞으로 날아온 야유 섞인 편지가 '소피아 센티멘트'라는 필명으로 실린 것이다. 그것은 현재로선 여성적인 관심이 부족하다는 점과 특히 낭만적인 소설이 부족하다는 점에 대해 약간 쓴소리를 하는 편지였다.

'결혼식을 올리려고 교회로 가려던 참에 갑자기 죽어 버린 불행한 연인들에 대한 멋지고 감동적인 이야기를 실어 주세요. 연인이 결투로 죽음을 당하든지, 망망대해에서 행방불명이 되든지, 아니면 그를 자살시키든, 하여간 원하는 대로 하십시오. 그의 연인으로 말하자면, 그녀는 물론 미쳐 버립니다. 또는 원하신다면 반대로 그 여성을 죽여도 괜찮겠지요. 그리고 그도 미치는 겁니다. 다만 어떤 식으로 쓰든, 주인공과 여주인공은 꼭 정열적이어야 하며 무척 사랑스러운 이름이어야 한다는 점도 잊지 마시길.'

가드머셤의 토머스 나이트 2세와 아내 캐서린 나치블 3남 에드워드 오스틴을 양자로 받아들인다.

이 벌레스크풍 편지는 《초기 작품집》에서 제인이 쓴 농담이나 수필과 매우 비슷하다. 따라서 그녀가 오빠의 잡지에 투고한 편지라고 추정된다.

5남 프랜시스는 평소에 '프랭크'라고 불렸다. 그는 수학은 좋아하지만 고

전어엔 서투르고, 활동적이며 의지가 강한 소년이었다. 그는 해군에 들어가는 것이 꿈이었다. 오스틴 집안도 리 집안도, 해군이 되는 전통이나 해군과의 인연은 없었다. 그러나 아버지는 딱히 아들의 희망에 반대할 이유도 없었으므로, 그가 12세 생일을 맞이하기 직전인 1786년 4월에 포츠머스 왕립 해군사관학교에 보내 주었다. 일단 입학하면 수업료가 무료라는 점을 염두에 두고, 아들의 직업 선택에 찬성했는지도 모른다. 프랭크는 최우등생으로 학업에 매진했으며, 왕립 해군사관학교 교장이 영국해군본부 위원에게 보내는 칭찬 일색의 추천장을 받고 1788년에 졸업했다. 그 뒤에 영국군함 퍼시버런스호 지원병으로 승선하여 아이작 스미스 함장 밑에서 1년간 조종 훈련을 받고, 이어서 해군 사관후보생으로 임관될 예정이었다. 퍼시버런스호는 1788년 12월 동인도를 향해 출범했다. 스티븐턴에 남은 가족들은 해상생활의 위험과 어려움을 생각하여, 프랭크를 다시 만날 수 있을지 걱정했을 것이 분명하다. 그러나 만사는 순조로웠다. 프랭크는 예정대로 1789년에 해군 사관후보생으로 임관됐고, 1791년에는 퍼시버런스호에서 미네르바호로 이동했다. 1792년 12월, 약관 18세 나이에 해군 대위로 승진한다. 프랭크는 1793년 연말이 되어서야 동인도에서 영국으로 돌아왔다. 그가 먼 나라에 있는 동안 제인은 비교적 긴 창작인 《영국 역사》에서 프랜시스 드레이크 경과 함께 프랭크를 언급했을 뿐만 아니라, 그를 위해 《할리 씨의 모험》과 《잭과 앨리스》를 썼다.

'드레이크는 위대했고 바다 사나이로서 당연히 칭송받아야 할 인물이지만, 금세기나 다음 세기에는 아직 젊은 한 청년이 그와 어깨를 겨루게 될 것입니다. 그는 이미 친척과 친구들의 뜨거운 희망으로 가득 찬 기대에 보답하고 있으며, 그렇게 기대하는 사람들 중에는 내가 이 책을 바치는 상냥한 여성(카산드라)과 그녀 못지않게 상냥한 나도 포함되어 있습니다.'

그러면 제인은 어느 곳을 여행했을까. 짧은 기숙학교 시절에 옥스퍼드, 사우샘프턴, 레딩에서 잠깐 지낸 것을 제외하면 기록에 남아 있는 최초의 여행은 1788년 여름 켄트 여행이다. 부모님은 제인과 카산드라를 데리고 유복한 큰아버지이자 은인인 프랜시스 오스틴을 방문하려고 세븐옥스에 갔다. 프랜시스는 그 무렵 90세에 가까웠지만 아직 손님을 맞이할 기력이 있었다. 제인 가족이 그곳에 있을 때 친척인 월터 가족이 함께 식사하러 왔다. 그러나

장남
제임스

3남
에드워드

4남
헨리

언니
카산드라

5남
프랜시스

6남
찰스

제인 오스틴의 형제들

일라이자 드 휴이드와 달리 사촌 언니 필리는 어린 제인이 영 마음에 안 들었다. 그녀는 이렇게 말했다.

"(제인은) 오빠 헨리랑 무척 닮았습니다. 전혀 귀엽지 않았고, 열두 살 여자애한테 어울리지 않게 너무 고상한 척했어요…… 제인은 변덕쟁이고 잘난 체합니다."

돌아오는 길에 오스틴 일가는 핸콕 부인과 일라이자 드 휴이드를 방문하려고 런던에 들렀다. 그즈음 그녀들은 오차드 거리에서 집을 빌려 살고 있었는데 다음달에는 프랑스로 돌아갈 예정이었다. 기록에 남아 있는 제인의 첫 번째 런던 방문이었다. 그녀는 집에 돌아오자마자 《초기 작품집》에 런던 거리의 이름을 써넣었다. 제인은 《아름다운 카산드라》에서, 본드 거리의 여성용 모자가게 점원이자 명랑하고 순진하며 모험에 푹 빠져 있는 아가씨에게 카산드라라는 이름을 붙여 언니를 놀렸다.

막내 찰스는—그를 위해 제인 오스틴은 《윌리엄 몬태규 경》과 《클리포드 씨의 추억담》을 집필했다—프랭크에 이어 1791년 여름, 왕립 해군사관학교에 입학했고, 1794년 9월 졸업해서 바로 해군 사관후보생으로 임관되어 영국 군함 다이달로스호에 승선했다. 함장 토머스 윌리엄스 해군 대령은 그때 오스틴 형제들의 외사촌 언니인 제인 쿠퍼의 남편이었다. 찰스는 프랭크처럼 동인도에 가지는 않았지만, 가까운 바다에서 많은 실전 경험을 쌓았다. 그가 탄 배가 보급 및 수리를 위해 영국 항구에 돌아왔을 때는, 언제나 스티븐턴의 자택이나 켄트의 에드워드가 사는 곳을 바로 방문할 수 있었다.

마침내 아들들이 모두 슬하를 떠나자, 조지 오스틴은 목사관에서 목사일을 조금씩 줄여 나가게 되었다. 마지막 학생이 스티븐턴을 떠난 것은 아마도 1795년이거나 그 전쯤이라고 추측된다. 그 뒤 학생들이 쓰던 침실 하나를 조그만 가족용 거실로 개조해서 책장과 제인의 피아노를 두었다. 이렇게 집에 사람이 줄어들면서 제인은 전보다 훨씬 많은 시간을 집필에 몰두할 수 있었을 것이다.

르프로이 집안

당시 제인은 이웃 애쉬 교구에서 멋진 친구를 발견했다. 기혼자이기도 한 그는 어린 아이들을 거느린 조지 르프로이 목사로서, 1783년에 애쉬의 교구

목사가 된 것이다. 르프로이 집안은 세계주의적 세계관을 지녔고, 오스틴 집안보다 상당히 유복했다. 그들은 사교를 좋아하여 적극적으로 손님을 불러들였으므로 이웃들에게는 환영받는 존재였다. 언제나 '마담 르프로이'라 불리던 목사부인은 매우 지적이고 엄청난 독서가로 매력적이고 고상했다. 제인 오스틴은 처음에는 어린 제미마 루시 르프로이의 놀이친구로서 애쉬에 초대받았다. 그러나 마담 르프로이의 친구로는 나이가 너무 어렸지만, 그 민첩한 재치와 문학

마담 르프로이

적 소양을 지닌 덕분에 얼마 지나지 않아 부인에게 특별한 존재가 되었다. 제인도 이 연상의 친구를 고상함과 선량함의 완벽한 본보기로 삼고 동경했다. 르프로이 집안은 유복했으므로 오스틴 목사처럼 학생을 받을 필요가 없었다. 마담 르프로이는 마을 아이들에게 읽고 쓰기를 가르치거나, 에드워드 제너 박사가 발견하여 그 효능이 일반적으로 받아들여졌던 천연두 예방접종을 애쉬 교구민 전원에게 받게 하는 등 바쁜 나날을 보냈다.

르프로이 집안은 우수하고 세련된 새로운 얼굴들을 햄프셔의 시골 사교계에 소개하는 일에도 크게 공헌했다. 르프로이의 독신 큰아버지 벤자민 랑글로이스는 빈 주재 영국대사였는데, 퇴임하여 영국으로 돌아온 뒤 하원의원이 되어 정무차관까지 올랐다. 그는 런던에 저택을 가지고 있었으나 남은 생애를 조카 가족과 함께 보내고자 애쉬로 왔다. 그는 '외교경험이 풍부한 선량하고 다감한 노인으로 지나칠 정도로 격식을 차린다'고 기억되고 있다. 제인은 나중에 그의 성격을 《엠마》의 우드하우스에게 어느 정도 적용했는지도 모른다. 마담 르프로이의 남동생과 여동생인 에거튼과 샬롯 브리지스 남매가 1786년, 르프로이 집안 근처에 살기 위해 햄프셔로 와서 오스틴 집안으로부터 딘의 비어 있던 목사관을 2년 동안 빌렸다. 제임스 오스틴은 샬롯 브리지스를 각별히 사모하여 그녀에게 소네트를 바쳤다. 에거튼은 그 답례로 1787년에 오스틴 집안의 연극 〈경이〉에 운문으로 쓴 에필로그를 헌사했다.

르프로이 집안과 오스틴 집안은 다음 세대에, 제인의 조카딸 애나와 마담 르프로이의 막내아들 벤자민이 1814년에 결혼하여 인척관계가 된다.

로이드 집안과 파울 가족

1789년 봄, 오스틴은 목사 미망인인 로이드 부인과 두 딸 마사와 메리에게 다시 딘의 목사관을 빌려 주었다. 고(故) 로이드는 버크셔의 뉴베리 근처에 있는 암본의 교구목사였다. 셋째 딸 일라이자는 얼마 전에 사촌이자 오스틴의 옛 제자인 킴벌리의 풀워 크레이븐 파울과 결혼했다. 이처럼 로이드 집안을 햄프셔로 불러들일 연고는 이미 만들어져 있었다. 마사와 메리는 둘 다 카산드라나 제인보다 연상이었으나 그들은 이내 굳은 우정으로 맺어졌고, 만난 지 몇 개월 만에 제인은 마사를 위해《프레드릭과 엘프리다》에 이렇게 거창한 헌사를 썼다.

'모슬린 망토를 만들어 주신 일전의 친절함에 대한 미미한 감사의 징표로.'

로이드 집안의 딸들에게는 할머니에 대한 아주 놀랄 만할 이야기가 전해져 오고 있었다. '잔혹한 크레이븐 부인'은 자신의 다섯 아이를 학대하고 업신여기며, 음모를 좋아하고 남자에게서 돈을 뜯어내는 여자였던 모양이다. 그녀는 두 아이를 억지로 결혼시켰다. 그로 인해 남은 세 딸은 절망하여, 당시로서는 전례가 없는 일이었지만 친구들과 어디로든 도망쳐 결혼하기 위해 집을 나와 버렸다. 로이드 부인은 노이스 로이드 목사를 만나 결혼했으므로 다른 자매보다 훨씬 운이 좋았다. 로이드 목사는 암본 교구에서 제법 수입이 있는 훌륭한 목사였다—비록 우울증에 걸려 은둔자와 다름없어졌지만. 킴벌리의 목사부인이 된 파울 부인의 결혼은 그녀의 어머니 크레이븐 부인에 의해 결정되었으나, 다행히도 그녀는 자신의 운명에 크게 만족했고, 풀워 크레이븐, 톰, 윌리엄, 찰스라는 네 아들들에게 둘러싸여 행복했다. 그러나 나머지 크레이븐 집안의 딸들은 사회 한구석에서 숨어 가난하게 살았다. 상호원조를 원칙으로 하는 오스틴 집안이나 리 집안의 이토록 다른 불행한 가족 이야기를 듣고 젊은 제인은 크게 감명받았을 것이다. 진지하게 쓴 본격적인 첫 작품으로, 1794년 무렵에 쓴 서간체 단편소설《레이디 수잔》의 싹이 바로 거기에 있었다. 로이드 집안은 1792년까지 딘에 있었으나, 그 뒤 스티븐턴에서 약 16마일(25.6km) 떨어진 앤도버에서 그다지 멀지 않은 작은 마을 이

브스포로 옮겼다. 그 뒤로도 오스틴 집안과의 우정은 끊어지지 않았으며, 카산드라와 제인, 마사와 메리, 또 킴벌리에 사는 파울 집안과도 만남을 이어갔다.

햄프셔의 이웃들

인근의 디그위드 집안은 오스틴 집안 켄트의 먼 친척에 해당하는 나이트 집안 소유의 스티븐턴 매너 하우스와 900에이커의 부속농원을 몇 대에 걸쳐 빌려 쓰고 있었다. 제인 시절에는 휴 디그위드 부부가 살았고, 그들의 네 아들인 존, 해리, 제임스, 윌리엄은 오스틴 집안 아이들과 거의 비슷한 나이였으므로 어린 시절 곧잘 어울려 놀았을 것이다. 디그위드 집안은 유복하고 진취적인 기상이 넘치는 농가로, 이웃들의 눈이 휘둥그레질 정도로 큰 탈곡장을 만들기 위해 250파운드나 쓸 정도였다. 그러나 네 아들들은 오스틴 집안과 지적인 흥미를 나누진 못했던 모양이다.

딘 교구에는 2개의 영지가 있는데, 큰 영지는 몇 세대에 걸쳐 하우드 집안이 소유했고, 일가는 올세인츠 교회와 인접한 훌륭한 17세기 건축의 붉은 벽돌집인 딘 하우스에 살고 있었다. 당시의 영주 존 하우드 6세는 필딩의 《톰 존스》에 등장하는 지주 웨스턴과 똑 닮은 시골스러운 성격의 인물이었다. 오스틴이 햄프셔에 갓 왔을 때 하우드가 이렇게 말했다고 한다.

"이런 일에 대해서는 잘 알고 계시겠지요. 꼭 가르쳐 주셨으면 합니다만, 파리가 프랑스에 있는 겁니까, 아니면 프랑스가 파리에 있습니까? 이 문제로 집사람과 논쟁을 벌였거든요."

하우드 집안의 세 아들도 오스틴의 아이들과 거의 같은 나이였지만, 디그위드 집안과 마찬가지로 지성에서는 오스틴 집안에 필적하지 못했다. 장남 존 7세는 훌륭하고 양심적이었지만 지루했고, 둘째 아들 얼은 자만심이 강해 툭하면 싸움을 일으켜 끊임없이 가족을 곤란하게 했다. 막내 찰스는, 제인의 의견에 따르면 단순히 '머리가 둔했다'.

딘의 또 하나의 영지는 오클레이였다. 젊은 영주인 위저 브람스턴은 또 다른 영주 일족의 딸인 메리 초트와 결혼하여 오클레이 홀이라는 이름의 매너 하우스를 재건했다. 브람스턴의 한 사촌은 일기에서, 그를 '당나귀보다도 멍청하다'고 분에 차서 헐뜯고 있다. 그의 노처녀 누나인 오거스터는 이웃들로부터 매우 별난 사람으로 불려지며 미움을 받고 있었다. 브람스턴 부부는 자식이 없었지만, 부인은 '세련되고 친절하고 활발하며', 언제나 기꺼이 남을 돕는 사귀기 쉬운 사람이었다. 부인의 친정인 초트 집안은 베이징스톡 근처에 있는 셀본 세인트 존의 광대한 튜더양식 대저택에 살고 있었다. 장남인 윌리엄은 여우사냥에 너무 심취한 나머지 영지 경영을 소홀히했다. 그는 제임스 오스틴을 1791년에 셀본 세인트 존의 교구목사로 지명했다.

애쉬 교구에서 목사관의 르프로이 집안을 제외하고 유일한 신사였던 애쉬 파크의 홀더는 서인도제도의 농원에서 나오는 수익에 의지해서 사는 중년의 독신 남성으로, 유복하지만 재미없는 사람이었다. 그는 곧잘 우스갯거리로 사람들의 입방아에 오르내렸지만, 친절하게 손님을 접대하며 특유의 과장스런 방식으로 시중을 들었다. 제인은 적어도 애쉬 파크에서 손님들이 받았던 평안함에는 감사했을 것이다. 오스틴 집안이 편하게 방문할 수 있는 권내의 마지막 가족은 13명의 자녀를 둔 다마의 테리 집안이었다. 자식들 가운데 몇 명은 결혼하여 다른 지방의 지주계급에 속하게 되었다. 뒷날 제인은 시골 마을에 서너 가족만 있으면 소설 재료로 충분하다고 말했지만, 스티븐턴과 딘의 이웃들 가운데 제인과 그 언니에게 멋진 사랑 이야기를 안겨 줄 만한 아들이 없었던 것은 아쉽기 그지없는 일이었다.

지금까지 말한 영주 가족이나 신분이 더욱 높은 사람들도 물건을 사거나 온갖 사교 모임에 출석하려면 가장 가까운 마을인 베이징스톡으로 걸음을 옮겨야 했다. 런던에서 시작되는 승합마찻길이 거기서 갈라져 하나는 윈체스터를 지나 남서 잉글랜드 방면으로, 다른 하나는 오버튼이나 앤도버를 지나 배스에 이르고, 거기서 또 서쪽으로 이어졌기 때문에 장거리여행을 할 때도 마찬가지로 베이징스톡으로 갔다. 매 겨울마다 사교 무도회가 베이징스톡 시장에 있는 읍사무소의 큰 홀에서 한 달에 한 번씩 열렸다. 무도회에는 반경 약 10마일(16km) 이내에 자택이 있어 그날 안으로 돌아가거나 아니면 친구 집에 머물고, 이튿날 자택으로 돌아갈 수 있는 사람라면 누구나 참가할 수 있었을 것이다. 큰 저택에 사는 사람들은 베이징스톡에서의 사교 무도회 대신 엄선한 극소수의 사람들을 위해 자택에서 개인적인 무도회를 열었다. 애쉬 교구의 르프로이 집안이나 베이징스톡 근처인 메니다운의 빅 위저 집안 등이 그러했다. 빅 위저 집안은 먼 친척으로부터 영지를 상속받아 1789년

베이징스톡 시장에 있었던 읍사무소와 사교회관
겨울철 열리는 월례 무도회 때 제인은 이곳에서 춤을 추었다.

에 메니다운으로 와서 살게 되었다. 마사와 메리 로이드 자매가 딘을 떠난 뒤, 그들 대신 미혼인 세 자매 엘리자베스와 키티와 알리시아가 제인과 카산드라의 친구가 되었다. 그녀들에게는 해리스 빅 위저라는 남동생이 있었다. 키가 크고 말을 심하게 더듬는 조금 병적인 소년으로, 그 점을 걱정한 아버지는 굳이 그를 기숙학교에 보내려 하지 않았다.

새로운 가족의 고리

제인의 형제자매 중에서 맨 처음 결혼한 사람은 당연히 에드워드였다. 그는 1790년 말에 유럽 여행을 끝내고 가드머셤으로 돌아온 뒤, 바로 이웃 준남작 브룩 브리지스 경의 아이들 13명 중에서 18세의 갈색 머리를 한 아름다운 여인, 엘리자베스와 사랑에 빠졌다. 두 사람은 1791년 봄에 결혼하고 로우링그에서 결혼생활을 시작했다. 브리지스 집안은 두 사람에게 아담한 매너 하우스를 마련해 주었고, 거기에서 네 명의 아이들이 태어났다. 장녀 파니가 십대가 되자, 제인은 조카딸 파니를 '또 하나의 자매'라 말했다. 그만큼 파니를 마음에 들어했다. 어린 시절부터 시작해서 하나도 빼놓지 않고 쓴 파니의 일기가 있다는 것을, 1989년 이전에 제인의 전기 작가는 아무도 몰랐다. 그렇지만 지금은 그녀의 일기를 연구하고, 고모에 대해 많이 알려지고 있다는 것이 밝혀져, 제인의 삶 속에서 지금까지 알 수 없었던 많은 날들에 대한 정보를 보충해 주고 있다.

1789년 6월에 목사가 된 장남 제임스는 1790년 봄 옥스퍼드를 떠나, 스티븐턴에서 가장 작은 마을의 부목사가 되었다. 거기에서 그는 에드워드 마슈 장군과 그의 아내, 앤카스터 공작의 딸 레이디 제인의 후대를 받았다. 장군은 일전에 서인도제도에서 귀환하자마자 레이바스토크 근처의 옛 집을 빌렸다. 마슈 부부에게는 세 명의 딸이 있었는데, 둘째 딸 앤은 30세가 지났지만 독신이었다. 피부가 희고, 키가 크며, 우아하고, 섬세한 그녀는 아름답고 커다란 검은 눈동자와 '커다란 코'를 가지고 있었지만, 당시 기준으로 보면 이미 한창때가 지났다. 마슈 부부는 이 젊은 부목사가 공작의 손녀에게 아주 적당하다고는 생각하지 않았지만, 제임스는 상류계급의 우아한 여성을 동경했고, 앤도 그와의 결혼이 마지막 기회라고 생각한 것이 틀림없었다. 그리하여 장군은 드디어 두 사람의 결혼에 동의했고, 제임스의 200파운드의 수입에 보태기 위해 앤에게 매년 100파운드의 용돈을 주었다. 두 사람은 1792년 봄에 결혼을 하고, 로이드 집안이 이브소프로 옮긴 뒤에 딘 목사관으로 옮겨 살게 되었다. 1793년에 그들의 외동딸 애나가 태어났는데, 나중에 애나가 쓴 회상록도 제인 오스틴의 생애에 대한 커다란 정보원이 되었다.

그러나 제임스의 행복은 오래 지속되지 않았다. 얼굴빛이 좋지 않고, 가냘프고, 건강을 유지할 수 없었던 앤은 1795년 봄, 아무런 예고도 없이 갑작스럽게 죽었기 때문이다. 그래서 어린 애나는 제임스가 아내와의 사별에서 슬픔을 딛고 일어설 때까지 스티븐턴 목사관에서 조부모와 살아야만 했다. 1797년 1월, 그는 죽은 아내 앤보다 실용적인 배우자로 오랜 친구인 메리 로이드를 선택하여 딘 목사관에 데려왔다. 가엾게도 메리는 어린 시절에 걸린 마마 탓에 얼굴에 마맛자국이 남아 있었으므로 우아하지도 아름답지도 않았지만, 헌신적인 아내이자 어머니가 되어 제임스를 아주 행복하게 해 주었다.

그들은 제임스 에드워드와 캐롤라인을 낳았다. 수십 년 뒤에 제임스 에드워드 오스틴 리(그때 그는 이 이름을 썼다)는 고모의 첫 전기 《추억의 제인 오스틴》을 집필했다. 거기에는 애나도 캐롤라인도 각각 자신들의 추억을 제공했다.

언니 카산드라에게는 희망찬 앞날이 펼쳐져 있다고 생각되었다. 그녀는 킴벌리에 살고 있는 한집안의 둘째 아들로 오스틴의 옛 학생이었던 톰과 1792년에서 이듬해에 걸친 겨울에 약혼했기 때문이다. 당시 톰은 암즈베리 근처의 아주 작은 알링턴 교구의 목사였지만, 아내와 가족을 부양할 만한 충분한 수입이 없었다. 친척 크레이븐 백작은 증여할 곳을 그가 결정할 수 있는, 보다 수입이 좋은 슈롭셔 교구의 하나를, 공석이 생기는 대로 양도한다고 약속해 주었다. 따라서 카산드라는 톰이 자신을 위해 슈롭셔에 자택을 갖춰 줄 날을 기대하고 있었다.

엘리자베스 브리지스
3남 에드워드 오스틴 나이트의 아내.

메리 로이드의 실루엣
장남 제임스의 후처.

세상으로 나아가다

제인은 17세 생일을 맞이한 1792년 가을, 사교계에 데뷔한다. 이웃 사람들의 말에 의하면 제인은 미인은 아니지만, 아주 귀여운 아가씨였다. 키가 크고 날씬하며 춤을 잘 추고, 자연스러운 곱슬머리 밤색 머리칼에 아름다운 개암나무 빛깔의 눈동자를 가졌다. 그리고 둥근 얼굴과 밝고 맑은 갈색 피부에 작지만 예쁜 코를 가지고 있었다. 어느 날, 애쉬의 주민인 못생기고 땅딸막한 키의 미트포드 부인이 자신과 마찬가지로 못생기고 뚱뚱한 딸을 기다리고 있다가 제인을 보았는데, 아마 베이징스톡에서의 사교 댄스 때일 것이다. 나중에 부인은 질투 섞인 말투로 제인이 '가장 예쁘지만, 가장 어리석고 가장 거드름을 피우며, 기를 쓰고 남편을 찾으러 돌아다녔다'고 얘기했다.

현재 가장 오래된 제인의 편지는 1796년 1월 제인이 20세 때 쓴 것이다.

그것은 카산드라에게 보낸 것으로, 햄프셔와 버크셔에 있는 젊은이 몇 명이 자신을 동경하고 있다는 내용을 고백하고 있다.

'메리에게 말해 주세요. 하틀리 씨와 그의 영지 전부를 메리 한 사람에게, 메리의 미래를 위해 양도합니다. 하틀리 씨만이 아닙니다. 메리가 만난다면 나를 사모하고 있는 사람 전부, 폴렛 씨가 나에게 하고 싶어하는 키스조차 양보합니다. 나는 내 미래를 톰 르프로이에게 맡길 생각이니까. 그렇다고 그를 특별하게 생각하는 건 아니지만. 또 워렌이 나에게 무관심하다는 결정적인 증거이지만, 워렌은 잠시도 쉬지 않고 그 신사(톰 르프로이) 그림을 그려서 나에게 건네 주었다는 것을 메리에게 확실히 전해 주세요.'

오스틴 부인은 막내딸 제인의 재능 때문에 어울리는 남편을 찾기가 어렵다는 것을 알아챈 듯하다. 제임스가 메리 로이드와 약혼했을 때, 그녀는 메리에게 어머니로서 상냥한 환영 편지를 쓰면서 이렇게 덧붙였다.

'그때는 카산드라가 슈롭셔로 시집을 가고, 제인도—신만이 아시리니, 도대체 어떻게 될지. 여하간 당신이야말로 늙은 나를 위로해 주리란 것을 믿습니다.'

톰 르프로이

그때 제인이 화제로 삼고 있던 많은 젊은 남성 중에서, 어쩌면 우정이 사랑으로 발전했을지도 모르는 유일한 사람은 톰 르프로이였다. 애쉬의 르프로이 집안의 아일랜드 조카인 톰은 용모 단정하고, 성실하고 학구적인 금발 청년이다. 그는 제인보다 나이가 어리며 가족들에 의해 법정변호사가 되기로 결정되어 있었다. 그는 1795년 가을에 더블린 트리니티 대학에서 학위를 막 땄고, 크리스마스 휴가로 영국에 있는 숙부와 숙모를 방문하러 왔던 것이다. 그와 제인은 12월부터 1월에 걸쳐 무도회에서 네 번 춤을 추었고, '연애놀이'를 즐겼다. 두 사람의 관계에 대해서는, 오스틴 집안도 거의 마찬가지였지만 르프로이 집안은 그 연애놀이가 어린 빈털터리 커플의 정식 약혼으로 발전하지는 않을까 걱정하는 정도였다. 특히 마담 르프로이는 아내를 부양할 경제적 기반이 없는 것을 알면서 제인에게 접근한 톰이 비난받을까 걱정하고 있다. 따라서 큰아버지 벤자민 랑글로이스의 감시하에 링컨 인 법학원에서 실정법 연구를 하도록 그를 런던으로 보냈다. 톰과 제인은 두 번 다시 만나지 못했다. 제인은 톰이 애쉬에서 떠날 때 카산드라에게 아무렇지 않다고 말했고, 적어도 그때는 그렇게 생각할 수 있었지만 스스로 느끼고 있는 것보다 그를 좋아하고 있었다. 마담 르프로이는 시간이 지나 아무렇지도 않게 될 때까지 오스틴 집안 앞에서는 그의 이름을 입 밖에 내지 않았다. 따라서 제인이 그에 관한 소식을 들은 것은 1798년 11월이 되어서였다.

톰 르프로이
1795~1796년 사이 겨울에 애쉬에서 제인과 함께 춤을 추고 '연애놀이'를 했다. 숙모인 마담 르프로이는 그들이 가까워지는 것을 꺼려했다.

 '나에게도 자존심이라는 것이 있어서 어떠한 질문도 할 수 없었다. 그러나 그 뒤에 아버지가 어디에 있는지 물어봐 주셔서, 그가 아일랜드로 돌아가기 전에 런던으로 갔고, 아일랜드에서는 법조계에 들어가 법정변호사를 개업하려는 것을 알았다.'

 실제로 톰은 법정변호사로서 성공을 거두고, 마침내 아일랜드 최고법원 판사까지 오른다. 청렴하고 독실한 그는 롱포드 영지의 영주이기도 했다. 1799년에 그는 더블린의 친구 동생과 결혼했다. 물론 행복한 결혼이었지만, 그는 제인 오스틴을 잊지 않았다. 수십 년 뒤 조카에게 고백했듯이, 톰은 나이가 들어서까지 제인을 젊은 날 동경의 대상으로 기억했다.

집을 떠나서

 제인은 이제 혼자 로우링그의 에드워드와 엘리자베스 부부의 집을 방문할 수 있을 정도의 나이가 되어, 켄트에 땅을 가진 신사계급의 전혀 새로운 교제에 발을 내딛었다. 그 범위는 동쪽의 파버샴이나 애쉬포드에서 캔터베리까지, 게다가 램즈게이트, 마게이트, 도버나 딜 등의 해안 마을에 이르는데, 그녀의 첫 여행은 1794년 여름이라 생각된다.

 그녀가 2년 뒤 카산드라에게 농담처럼 말했듯이, 만난 지 불과 며칠 만에 '아름다운 검은 눈동자'를 가진 비프론즈의 젊은 에드워드 테일러를 '좋아하게' 된 것도 아마 이 여행이었으리라. 그의 아내 엘리자베스와 그녀의 많은 형제자매들이 모두 지방의 지주계급과 결혼한 덕분에, 에드워드의 교제 범

켄트의 가드머셤 파크
토머스 나이트 2세의 저택. 뒷날 양자로 입적한 3남 에드워드 오스틴 나이트가 상속받는다.

위는 켄트의 동단 전역에 이르고 있었다. 따라서 제인이 그의 집에 머무르고 있을 때는 이 교제 범위에 속할 수 있어서, 햄프셔에서 사귄 사람들보다도 부유하고 세련된 사람들을 만나게 되었다. 제인은 그 차이를 알아채고 카산드라에게 이렇게 썼다.

'켄트는 행복해질 수 있는 유일한 곳입니다. 여기서는 모두가 부자예요⋯⋯ 한심한 걱정은 떨쳐 버리고, 동쪽 켄트 부자들의 행복한 대범함을 닮죠⋯⋯.'

양아버지 토머스 나이트 2세가 죽자마자, 에드워드는 1797년에 로우링그에서 가드머셤으로 이사했다. 그가 누리던 생활양식은 더 쾌적하고 화려해졌다—제인이 호의적으로 지적하듯이 '우아하고 홀가분하고 사치스럽게' 된 것이다. 예의바른 나이트 미망인은 가드머셤을 나와 캔터베리의 커다란 집에 정착했다. 때문에 제인은 그녀를 방문한다는 것도 포함해 캔터베리에 쇼핑을 가기 위한 좋은 구실을 얻었다. 나이트 미망인의 애정은 에드워드에게 쏟아졌다. 그녀의 마음은 에드워드에게 보낸 편지에 이렇게 쓰였다.

'너를 특별히 사랑하는 내 마음이 남편의 마음을 움직여 너를 내 양자로 맞이한 이래, 나는 네게 실제 어머니가 아이에 대해 가진 애정을 항상 품고 있단다.'

에드워드 집에서 돌아온 제인이 카산드라에게 기뻐서 쓴 편지를 보면, 미망인은 에드워드의 누이인 자신에게 '상냥하고 친절하고 친근하다'고 했다.

스토어 초원에서 바라본 캔터베리 대성당

  1812년 10월에 한 집안의 은인인 미망인이 세상을 떠나자, 에드워드는 정식으로 성을 바꿔서 딸 파니를 아주 화나게 했다. 파니는 일기에 이렇게 썼다. '아빠는 이번에 나이트 씨의 유지를 따라 성을 바꿨습니다. 따라서 우리 모두는 그리운 오스틴 대신 나이트가 되었습니다. 정말 너무 싫어!!!!'

  외삼촌과 외숙모 제임스 리 페로 부부 덕분에 제인은 햄프셔 동쪽이 아니라 서쪽으로 여행을 떠나 배스에서 처음으로 사교생활을 맛보았다. 부부는 파라곤 빌딩 1번지의 집을 구입했는데, 에이번 강을 바라볼 수 있는 벼랑 끝에 솟아 있는 멋진 집이었다. 1797년 11월 오스틴 부인과 딸들은 서너 주 간 리 페로 부부 집에 머물렀다. 제인과 카산드라는 1794년 여름에 배스를 통해 리 집안의 친척 집에 머물기 위해 글로스터셔에 간 것은 아닐까. 그러나 제인이 두 편의 소설에서 꽤 면밀하게 묘사한 배스 마을의 방문을 우리가 확실하게 확인할 수 있는 것은 1797년 겨울 방문이 처음이다. 중년의 리 페로 부부는 도시인이지만 아이가 없었기 때문에, 켄트의 에드워드의 지주계급 친구들에 비하면 부부의 사회적 관심은 융통성이 없고 한정된 것이었다. 가족들이 전하듯이, 제인이 배스에서 사는 것을 불행하다고 생각한 것은 부유한 도시 생활양식 습관에 젖은 딱딱함과 부자연스러움 때문일지도 모른다.

그러나 1799년 여름 두 번째 방문은 더 즐거웠다. 그때는 에드워드와 엘리자베스, 게다가 나이가 위인 두 아이들이 6주간 휴가를 보내러 와서, 제인과 오스틴 부인도 손님으로 초대되었기 때문이다. 에드워드는 퀸 스퀘어 13번지 집을 숙박용으로 빌렸다. 도착하자마자 제인은 스티븐턴에 아버지와 함께 있던 카산드라에게 이렇게 편지를 썼다.

'집이 아주 만족스러워요. 방은 생각한 대로 크고요. 집주인 브롬리 부인은 상복을 입은 뚱뚱한 여인이랍니다. 검은 새끼고양이가 계단 주위를 돌아다니고 있어요.'

그 뒤 편지에서는 근처 산책에 대해 쓰고 있다. '우리는 6시부터 8시에 걸쳐 비콘 힐로 가서 들판을 가로질러 찰콤 마을까지 멋진 산책을 했습니다. 이 마을은 이름에 어울리는 작은 골짜기 사이에 있는 황홀한 모습이에요.'—화요일 저녁 시드니 가든 축제—일루미네이션과 불꽃 콘서트에 가고, 극장에 가고, 가족들에게 부탁받은 물건들을 사기 시작했다. 그녀는 긴 휴가에 아주 만족했고, 또 집에 돌아갈 날을 손꼽아 기다렸다.

혁명과 전쟁

영국인의 생활이 하노버 왕가 조지 3세의 통치와 영국국교회의 비호 아래 평화를 유지해 온 것에 비해, 해협 맞은편 프랑스에서는 농부의 빈궁과 베르사유 궁전의 낭비의 엄청난 격차가 폭발하여 1789년 혁명이 일어났다. 영국 정부는 예로부터 적국이었던 프랑스 정부의 불안한 분위기에 세심한 주의를 기울여, 1792년 12월 적의 침공에 대비해 나라를 지키기 위한 주 단위 민병대를 소집해 편성했다. 상비군이 아닌 의용군은 해외출병 의무는 없었지만, 국내에 그들이 있기 위해 해외에 보내는 정규군은 그 임무를 면제받았다. 여름 동안 의용군은 해안을 따라 많은 전략상의 요충지에 야영을 했지만, 일단

단두대에서 처형된 루이 16세
프랑스혁명 뒤 새 공화국으로 탄생한 프랑스가 영국과 네덜란드에 선전포고를 했다.

겨울 악천후가 시작되면, 적의 침공이 어려워져서 의용병들은 가까운 마을에 숙박시설이 보이는 대로 거기에 머물렀다.

프랑스혁명에서 서로 대립하는 진영의 이해를 타협시키려는 계획이 실패로 끝나, 루이 16세는 왕좌에서 쫓겨났으며 그 가족은 왕족의 지위를 빼앗기고 투옥되었다. 1793년 1월 21일, 루이 16세는 단두대에서 처형되었다. 2월 1일에는 새로운 공화국 프랑스가 영국과 네덜란드에 선전포고를 했다—이 전쟁은 1815년까지 이어졌고, 전쟁 지역은 예상 외로 넓었다.

바야흐로 4남 헨리 오스틴의 인생이 바뀌었다. 왜냐하면 헨리는 옥스퍼드 대학에서 학위를 받고 수개월 뒤에는 목사가 될 터였지만, 그것보다도 나중에 그가 썼듯이, '의용군의 장교 임무를 자진해서 맡았기' 때문이다. 1793년 4월, 옥스퍼드셔 의용군 중위가 된 그는 계속해서 6년간 연대와 함께 영국 남부와 동부의 모든 주를 전전했다. 또 프랑스가 아일랜드를 경유해 침공하려던 때는 더블린에서도 1년간 주둔했다. 1789년 프랑스군이 영국해협 연안에 집결했을 때, 지주와 교구목사는 방위 계획과 주민들의 피난 계획을 세우도록 지시받았다. 스티븐턴에는 기록상 29명의 전투 가능한 남자들이 있었지만, 78명의 비전투원을 지킬 무기는 농기구뿐이었다. 또 운송수단과 식량

—대부분은 디그위드 집안과 오스틴 집안의 것이있지만—은 짐 운송용 말 34마리, 승마용 말 4마리, 12대의 사륜마차와 5대의 이륜마차, 양 1,100마리, 돼지 64마리, 그리고 곡물은 마른 풀, 밀, 보리 등이었다.

제인의 형제 중에서 이미 해군에 들어간 5남 프랭크와 막내 찰스에게 있어서 전쟁발발은 승진과 포상금(해전에서 나포한 배와 화물의 가치에 따른 배당) 획득 기회를 의미했다. 두 사람은 기적적으로 군 생활 동안 건강했고, 다행히 다치지도 않았다. 프랭크는 주로 지중해와 발트 해에서 싸웠고, 찰스는 가까운 바다에서 여러 해 근무한 뒤 서인도제도로 파견되어 버뮤다에서 몇 년 보냈다. 몇 개월이나 스티븐턴에 있는 가족과 연락이 끊기자, 그들은 영국으로 귀환명령을 받은 해군사관 편으로 쪽지나 메시지를 보냈고, 제인은 이에 관해 몇 번이나 편지를 썼다.

제인의 사촌 언니 일라이자는 프랑스인과 결혼했기 때문에, 당연하지만 당시 가족 중에서 가장 고생을 했다. 휴이드 백작은 프랑스 남부에 있는 영지의 간척사업에 몰두했지만, 일라이자와 그 어머니는 자주 영국으로 가서, 오스틴 집안, 월터 집안과 교제를 계속했다. 1791년 고모인 핸콕 부인은 런던에서 병으로 쓰러져 1792년 봄에 사망했다. 백작은 일라이자를 위로하기 위해 영국에 올 수 있었지만, 혁명정부의 명령으로 바로 프랑스로 돌아가야 했다. 명령에 따르지 않으면 영지가 몰수되기 때문이다. 일라이자는 어리석게도 프랑스로 돌아간 남편을 수개월 뒤에 쫓아갔는데, 아마 혁명의 열기가 땅을 빌린 사람에게는 전염되지 않았을 거라고 기대했던 듯하다. 그러나 백작의 영지 농부들은 일찍이 자신들의 공유 습지대였던 토지를 백작이 점거한 것에 분개하여 간척사업을 게을리하기 시작했고, 빌린 땅값을 청구받으면 백작의 영지관리인들을 공격했다. 일라이자와 남편은 1794년 초에 파리에 있었다. 아마 영국으로 도망갈 계획을 세웠겠지만, 결국은 일라이자 혼자만 도망쳤다. 1794년 2월 22일 백작은 파리에서 체포되어, 날조된 혐의로 즉결재판을 받아, 그날 단두대에서 처형당했다. 백작이 햄프셔 오스틴 집안을 방문한 적이 있었는지 어떤지는 알 수 없지만, 어머니(핸콕 부인)와 남편을 잃은 일라이자를 숙부(조지 오스틴 목사)는 위로하지 않을 수 없었다. 그리하여 1794년 봄에 일라이자는 스티븐턴에 머물면서, 그때 프랑스에서 계속 진행되던 공포의 뉴스를 한가로운 영국 목사관에서 풀어놓았다.

카산드라 또한 전쟁의 발발로 인생이 바뀌었다. 1795년 프랑스군이 서인도제도의 영국 영토를 위협하자, 원정군이 섬들을 지키기 위해 파견되었다. 약혼자인 톰 파울의 친척이자 후원자이기도 한 젊은 크레이븐 백작은 그때 동 켄트 연대의 대령이 되었고, 제3보병 연대와 백작의 연대는 아벨크롬 장군 지휘 아래로 들어가 1795년부터 이듬해에 걸쳐 겨울에 출범했다. 크레이븐 백작은 톰에게 종군목사로 와 달라고 의뢰했다. 톰은 카산드라와의 결혼 때문에 부탁을 거절하여 백작의 기분을 상하게 하고 싶지 않아서, 1796년 1월에 백작과 함께 출진했다. 그로부터 1년 뒤, 톰은 수많은 영국 병사와 마찬가지로 황열병으로 목숨을 잃고 산토도밍고 앞바다에 수장되었다. 얼마나 잔혹하고 얄궂은 운명인가. 그는 1797년 5월에 돌아오려고 했는데, 그 대신 2월에 전사했다는 부고가 전해진 것이다. 나중에 크레이븐 백작은 톰의 결혼을 알고 있었다면, 이처럼 위험한 곳에 결코 동행시키지 않았을 거라고 말했다고 한다. 이 비극으로 희망이 무참히 부서진 카산드라는 틀어박히거나 우울해하지는 않았지만, 죽은 톰을 대신해 사랑을 쏟을 수 있는 사람을 찾으려고도 하지 않았다. 세월이 지남에 따라 오스틴 집안에서 좋은 딸이자 좋은 언니, 좋은 고모가 되는 데만 전념했다.

최초의 소설 3편

제인이 어른이 되어서도 문학작품 창작에 힘을 쏟는 것은 지극히 당연한 일이었다. 따라서 여전히 가족의 오락을 위해서만 글을 쓰고 출판 따위는 염두에 두지 않았으나, 이제는 완전히 전문가 수준에 이른 소설을 쓰기 시작했다. 이 소설들에는 당시 수년간 제인이 알게 된 장소나 사건 정보가 들어 있다. 예를 들면, 1795년 《이성과 감성》의 원형인 《엘리너와 메리앤》의 어떤 장면에서는 런던, 또 다른 장면에서는 데번이 배경으로 설정되어 있다. 등장하는 런던 거리나 가게는 제인이 사촌 언니 일라이자 드 휴이드를 방문하고 있을 때 갔던 장소이리라. 또 엑스터에서 약 4마일(6.4km) 북쪽에 있는 이 작품에 그려진 가공의 바튼 마을은 1793년부터 1794년, 1794년에서 1795년 겨울에 걸쳐 남 데번 민병대가 햄프셔에 머무르고, 그들 중 몇몇이 베이징스톡에 정착했다는 사실이 기초가 되었다. 제인은 그곳의 월례 무도회에서 젊은 장교들을 만나 춤을 췄을 것이고, 남데번에서 온 그들에게서 엑스터 사람

아버지 조지 오스틴이 출판업자에게 보낸 편지
제인의 《첫인상》 원고와 함께 런던의 출판업자 카델에게
편지를 보냈다.

들에 대한 이야기를 충분히 들었으리라. 또한 옥스퍼드셔 민병대로 군무에 종사하여 영국 남안에 파견된 오빠 헨리에게서도, 온갖 사회계급의 경제적으로 불안정한 청년들로 편성된 대부대가 갑자기 한가롭던 시골 마을에 들이닥쳤을 때, 필연적으로 일어나는 사회 및 도덕상의 모든 문제들을 들었을 것이다. 바로 이러한 문제 때문에 영국 육군성은 병영 건설이라는 엄청난 계획을 실시하게 된 것이었다. 1792년 이후 1797년까지 7만 명의 병사를 수용할 수 있는 약 100채의 병영이 건설되어, 군대를 일반시민의 집에서 머물게 하는 지금까지의 관례는 없어졌다.

1796년 제인은 《오만과 편견》의 원형 《첫인상》을 썼다. 《오만과 편견》에서는 줄거리의 상당 부분이 하트퍼드셔에 민병대가 도착했을 때의 일이었다. 제인은 하이위컴에 소속된 연대에 의식적으로 실제 이름을 붙이지 않고, 단지 '＊＊＊셔' 연대라고 부른다. 그러나 실제로 1794년부터 1795년에 걸친 겨울에 하트퍼드셔와 타인위어에는 더비셔 민병대가 머물렀다. 오스틴에게는 웰윈에서 목사로 있는 또래의 사촌 형이 있었다. 스티븐턴의 오스틴 집안 사람들은 웰윈에 북부 사람들이 도착했다는 이야기를 그로부터 들은 것이 틀림없다. 이렇게 자극을 받은 제인은 다아시와 그의 영지 펨벌리를 만들어 낸 것이다. 켄트의 옥스퍼드에 있는 캐서린 드 버그 부인의 로징스 파크와 콜린스 씨의 목사관 이미지는 아마 제인 자신의 가드머섬 주변 가옥이나 장원의 기억에서 나온 것이리라.

오스틴 집안은 《첫인상》을 아주 유쾌한 작품이라 생각해서, 오스틴 자신도

배스의 사교회관

이 작품이 출판할 가치가 있다고 생각했다. 1797년 11월, 그는 런던의 유명한 출판업자 토머스 카델에게 편지를 쓰고, 출판 검토를 위해 원고를 보냈다. 그러나 공교롭게도 오스틴이 딸의 원고의 위트와 희극성에 대해 전혀 말하지 않아서, 이것이 카델의 비서로부터 '반환'이 된 것은 당연한 일인지도 모른다. 제인 자신도 자신의 작품 평가에 대해 겸허하고, 아무래도 자신의 원고가 출판사에 받아들여지리라고는 생각하지 않아서, 다행히 냉담한 첫 거절에도 실망하지 않았다고 생각된다. 대신 《엘리너와 메리앤》을 퇴고하는 작업으로 돌아가, 《이성과 감성》으로 이름을 고쳤다.

제인의 세 번째 소설 《노생거 사원》은 1798년부터 1799년에 걸쳐 썼다. 그녀는 1797년 배스에 리 페로 부부를 방문했을 때의 추억에서, 캐서린 몰랜드를 배스에서 사교계에 등장시킬 때 필요한 정보를 얻었다. 우선 제인과 숙모는 캐서린과 알렌 부인처럼, 사교회관에서 밀리거나 새치기당했을 것이다.

'알렌 부인은 자신이 보살펴야 하는 사람의 기분보다 자신의 입은 새 가운에 신경쓰며, 입구 근처의 남성들 사이를 주의 깊게 살피면서 되도록 빨리 빠져나갔다. 그러나 캐서린은 부인 바로 옆에 있었고 친구와 팔짱을 끼고 있어서, 사람들이 북적대도 웬만한 힘으로는 혼자 떨어지지 않았다.'

또 배스의 모든 지리상 세세한 점이나 주변 전원 지방의 묘사는 아주 정확하다. 이 작품 속 가공의 플라톤 목사관에서 캐서린이 보낸 행복한 어린 시절—'집 뒤 비탈을 굴러떨어지고…… 크리켓, 야구, 승마, 시골을 뛰어다니고'—은 스티븐턴에서 5명의 형제자매와 오스틴의 학생들도 있던 집에서 보낸 제인 자신의 생활을 방불케 한다. 캐서린이 기쁘게 읽고 또 그녀의 상상력을 자극한 고딕 소설 같은 '무서운' 소설은 당시 베스트셀러 소설로, 제인과 그녀의 가족이 함께 읽은 것이기도 하다. 《노생거 사원》은 처음엔 단지 《수잔》이라 불렸지만—수년 뒤 주인공 이름이 캐서린으로 바뀌었다. 그래서 제인이 죽은 뒤, 헨리 오스틴이 여기에 《노생거 사원》이라는 제목을 붙인 것이다.

무거운 절도죄

제인이 언급하지 않은 가족 사건은 외숙모 리 페로 부인에게 닥친 예기치 못한 재난 같은 일이었다. 이 부부는 그때 버크셔 집에서 1년 중 반년을 머물고, 반년을 배스의 파라곤 빌딩 1번지에서 보내고 있었다. 그들은 배스에서는 부유하고 훌륭한 중년 부부로 유명했다. 1799년 6월 7일, 리 페로 부인은 레이스를 사기 위해 가게에 들렀다. 가게 주인—파산한 소유자로부터 가게를 막 인수해 의심스러운 소문이 돌던—은 다음에 부인이 가게에 왔을 때 그녀에게서 금품을 빼앗기로 결심했던 듯하다. 다음 날 부인이 가게에 와서 망토 테두리용 검은 레이스를 샀다. 그런데 가게 측이 의도적으로 하얀 레이스를 그녀의 작은 가방에 넣었다. 부부가 30분 뒤에 그 가게 앞을 다시 지날 때, 여점원 그레고리가 뛰어나와 가방을 보고 싶다고 말했다. 아니나 다를까 거기에서 하얀 레이스가 발견되었다. 그레고리와 애인 찰스 필비—그녀는 표면상으로는 점원으로 그에게 고용되어 있었다—는 부인에게 물건을 훔친 것을 폭로하겠다는 공갈 편지를 익명으로 썼을 뿐만 아니라, 배스의 치안판사 앞으로도 편지를 보내고, 20실링(현재 십진법통화로 1파운드에 해당한다)의 레이스를 훔친 혐의로 부인을 고소했다.

레이스 가격이 1실링(0.05파운드) 이상이라 부인이 고발당한 죄는 무거운 절도죄에 해당하여, 사형판결을 받을 수도 있었다. 그러나 실제로는 사형 집행유예가 되고, 그 대신에 14년간 오스트리아 보터니만으로 추방될 가능성이 있었다. 배스의 치안판사들은 당황하지 않고, 부인을 다음 해 3월 재판에

THE
TRIAL
OF
JANE LEIGH PERROT,
WIFE OF
JAMES LEIGH PERROT, Esq;
CHARGED WITH
STEALING a CARD of LACE,
IN THE SHOP OF
ELIZABETH GREGORY,
HABERDASHER and MILLINER, at BATH,
BEFORE
Sir SOULDEN LAWRENCE, Knight,
ONE OF THE JUSTICES OF HIS MAJESTY'S COURT OF
KING'S BENCH.
AT TAUNTON ASSIZES,
On Saturday the 29th Day of March, 1800.

TAKEN IN COURT BY
JOHN PINCHARD, Attorney,
OF TAUNTON.

TAUNTON:
Printed by and for THOMAS NORRIS, White-lion-court;
And Sold by CARPENTER and Co. 14, Old Bond-street; E. NEWBERY,
St. Paul's Churchyard; HURST and Co. Paternoster-Row, London;
MEYLER, Bath; SHEPPARD, Bristol; COLLINS, Salisbury;
NORRIS, and POOLE, Taunton; and all other Booksellers.

▲ 리 페로 부인
제인의 외숙모인 리 페로 부인은 억울한
절도죄로 곤욕을 치른다.

▶《제인 리 페로 재판》의 속표지
당시 톤턴에서 발행된 팸플릿.

부쳤다. 그동안 부부는 다시 구류됐는데, 부부의 사회적 지위를 고려해 감옥
에는 보내지 않고 형무소 간수 집에 머물게 했다. 간수와 아내는 유쾌한 사
람들이었고, 뜻밖의 손님에게 친절하게도 그들 나름의 최고 대우를 해 주었
다. 그러나 감옥 한가운데 있는 그들의 작은 집은 갑갑하고, 더럽고, 냄새나
고, 소란스러웠다. 따라서 부부는 사건 재판이 있을 때까지 약 6개월 동안
그 불쾌한 상황을 참아야만 했다. 이 동안 부부는 배스에서 다른 익명의 편
지를 받았다. 편지는 이것이 음모로서 재판이 시작되기 전에 그레고리와 그
녀의 한패가 도망칠 거라고 경고했다.

자신과 남편이 참아야만 하는 터무니없는 불쾌함에도 불구하고, 악랄한
그들의 협박에 굴하지 않았던 부인의 강인한 정신력에 대한 이야기는 많이
전해진다. 부인도 친구에게 보낸 편지에 썼듯이, 오스틴 집안은 되도록 부인
을 도와주려고 했다.

'애정 깊은 누이 오스틴 부인은, 어떠한 재판도 견딜 수 없는 건강상태지
만, 나와 떨어져 있는 것에 무엇보다 괴로워하고 있다. 수일 전에 도착한 그
녀의 편지에서, 믿음직한 아들 제임스가 낙마하여 다리가 부러졌다는 소식

을 들어 괴로웠다. 정말로 큰 타격이었나. 이 재판 동안 그는 애정과 굳은 우정에 있어서는 나에게 아들 같아서, 제임스와 그의 아내(크레이븐 경의 친척, 교육을 잘 받은 총명한 여성)가 재판 때 방청해 주기를 기대했기 때문이다. 제임스의 어머니나 아내에게 다친 그를 보내기를 부탁하기는커녕, 조카딸이 온다는 제의를 받을 수도 없었다—젊은이 둘을 재판에서 대중들이 쳐다보게 하기에는 마음이 아프니까.'

재판은 1800년 3월 29일에 톤턴에서 열렸고 7시간이나 계속되었다. 공판에서 그레고리와 그 패거리들은 이야기를 날조하고, 부인이 하얀 레이스를 집는 것을 보았다고 주장했다. 당시 형사소송법에서는 피고인 부인이 무죄를 증명하는 것은 아주 어려웠다. 그녀는 선서를 하고 자신을 변호하기 위해 증언하는 것이 허락되지 않았고, 그녀의 남편도 그녀를 위해 증언할 수 없었기 때문이다. 또 변호인은 그녀 대신 배심원들에게 호소하는 것이 허락되지 않았지만, 증인의 신문과 반대신문만은 할 수 있었다. 그렇지만 그녀의 변호단은 고발한 사람의 인격과 성실함에 의문을 갖고 있었고, 구입품 중에 여분의 물건이 들어 있었다고 증언할 증인도 있었는데, 부인의 평상시 높은 덕성을 증언할 많은 훌륭한 친구들도 있었다. 치안판사가 증거를 설명해 보여 주는 것이 약 1시간 동안 지속되었고, 배심원단이 '무죄' 평결을 내리는 데는 15분도 걸리지 않았다.

부부는 바로 배스로 돌아왔다. 부인은 배스에서의 환영에 대해 이렇게 적고 있다.

'……월요일 아침 10시 전에, 걱정해 준 친구들이 찾아와 주었다…… 종일 서로 포옹을 나누고, 기쁨의 눈물을 흘렸다……(친절한 친구들이 농담했듯이) 인기 폭발이라 하마터면 죽을 뻔했다. 나쁜 일로부터는 도망쳤지만……그 악당들은 분명히 내가, 재판으로 위협하면 겁을 먹고 재판을 피하기 위해 꽤 많은 돈을 줄 수 있는 부자라고 생각하고, 나를 노린 것이 틀림없다……….'

오스틴 부인이 오빠 부부가 기운을 되찾도록 스티븐턴으로 초대했기 때문에, 그들 부부는 1800년의 여름을 거기에서 보냈을 것이다.

문예평론가는 때때로 제인 오스틴은 인생의 추악한 측면을 알지 못하기 때문에 그녀의 소설은 신사계급과 지식계급의 결혼문제만을 다루고 있다고 주장한다. 그러나 오스틴 가족에게 일어난 이 갑작스런 불행은 그러한 비평가들이 틀렸다는 것을 보여주고 있다.

스티븐턴에서의 마지막 나날들

1800년 여름에 스티븐턴을 방문한 또 다른 방문자는 4남 헨리 오스틴이었다. 그 무렵 그의 연대는 도싯에서 와이트 섬으로 옮겼다. 군대생활 동안 그는 대위로 승진했고 연대 출납관이 되었다. 적의 위협에 노출된 긴급사태는 이미 끝나서, 그는 옥스퍼드셔 민병대를 제대하고 런던에서 은행가가 되어 출세하려는 계획을 세웠다. 그에게는 일반인의 생활로 돌아가려는 그 나름의 이유가 있었다. 그는 1797년 연말에 미망인이자 친사촌 누나인 일라이자드 휘이드와 결혼했기 때문이다. 따라서 그는 일라이자의 아들—불행하게도 육체적, 정신적으로 장애가 있고, 그때는 완전히 환자였던 헤이스팅스—의 의붓아버지가 되었다. 헨리는 일라이자보다 10세 아래였지만, 그들의 결혼은 매우 행복했다. 오스틴 집안은 처음엔 이 결혼에 놀랐지만, 아버지가 결혼식 비용으로 연대에 40파운드를 증정한 것으로 보아 아들의 이 결혼에 찬성했다는 것이 확실하다. 헨리는 1801년 1월에 제대하여 런던의 세련된 곳에 사무소와 집을 마련했다.

그때 스티븐턴 목사관에는 함께 나이를 먹고 건강상태도 좋지 않았던 오스틴 부부와 한편 20세가 훨씬 넘은 아직 독신인 딸들이 살고 있었다. 부부가 은퇴해서 배스로 가면 건강상태도 더 좋아지고, 제인과 카산드라는 넓은 교제 관계 속에서 장래의 남편을 발견할 기회가 늘 것이라 설득한 이는 리페로 부부였을지도 모른다. 그 이유나 논의 과정이야 어찌 되었든, 최종결정은 확실히 느닷없었다. 1800년 11월, 카산드라는 가드머셤의 에드워드를 방문했고, 제인은 로이드 집안 사람들 집에 머무르고 있었다. 가족들 말에 의하면 제인은 마사 로이드와 함께 돌아왔고, 두 사람이 목사관 거실에 들어갔을 때 오스틴 부인이 그녀들을 맞이하면서 이렇게 말했다.

'이제 결정된 일이지만, 우리는 1주일 안에 스티븐턴을 떠나 배스로 옮기기로 했다.'

이 소식은 제인에게는 큰 충격이라서 그녀는 '너무 슬픈 나머지' 의식을 잃었다고 한다.

배스의 퀸 스퀘어
1799년 제인 가족은 퀸 스퀘어 남쪽 13번지에서 수주 간 머물렀다.

배스와 서부 지방

빛, 어둠, 연기 그리고 혼란

오스틴 가족의 말에 의하면, 제인은 시골을 사랑하고, 자연 경관에서 얻을 수 있는 기쁨에 대해 천국의 기쁨 하나는 이것이라고 자주 말했다고 한다. 따라서 제인을 당황하게 만든 것은 햄프셔의 어린 시절을 보낸 집이나 삼림 지대나 들판이, 더운 배스의 돌을 깐 거리에 있는 높고도 좁은 타운 하우스(Town House)로 바뀔지도 모른다는 생각일 것이다. 그러나 수입이 없는 젊은 독신 여성은 부모님 곁에서 지내면서 그 결정에 따를 수밖에 없었다. 따라서 그녀는 단호하게 일을 처리하면서 카산드라에게 이렇게 썼다.

'이사한다는 것에 점점 익숙해졌어. 우리는 여기서 꽤 오래 살았고, 베이징스톡에서의 무도회는 확실히 한물갔어. 서둘러 여기서 떠나면 뭔가 재미있는 일이 있겠지. 게다가 이제부터는 여름을 해변이나 웨일스에서 보낼테니 아주 기대돼. 지금까지 선원이나 병사의 아내들을 부러워했는데, 그녀들의 즐거움을 우리도 맛볼 수 있는 때가 온 거야.'

그리고 여느 때처럼 비아냥 거리며 이렇게 덧붙였다.

'그런데 우리가 여기(스티븐턴)를 떠날 때, 별로 고통스럽지 않다는 것을 들켜서는 안 돼—그렇지 않으면 내가 뒤에 남기고 가는 분들이 아쉬워하지 않을 테니까.'

잦은 이사는 1801년 봄에도 계속되었다. 제임스가 아버지의 부목사가 되어 스티븐턴의 목사관으로 옮겨 오는 것이 결정되었다. 제인의 편지 내용을 보면, 그녀는 오스틴 목

제인이 카산드라에게 보낸 편지 (1801. 2. 11)

사가 갑자기 를 결정한 것은 올케인 메리 로이드가 계기가 된 것이 아닐까 의심스러워하는 듯했다. 또 제임스와 그의 아내가 부모님에게 오래 살던 집에서 나오도록 한 대범함에 놀라고, 상처를 입었다. 5월에 배스로 이사한 가족은 살 집을 찾아다니는 동안 리 페로 부부 집에 머물렀다. 그들 모두는 옥스퍼드 빌딩이 맘에 들지 않는 것에서는 의견이 일치했고, 카산드라는 트림 거리를 기피했다. 오스틴 부인은 퀸 스퀘어가 마음에 들었고, 오스틴은 로라 플레이스가 좋았다. 제인은 킹스미드 힐스에 가깝기 때문에 찰스 거리나, 아니면 시드니 가든과 가까운 곳을 원했다. 가족 중에서 유일하게 소원을 이룬 것은 그녀였다. 왜냐하면 시드니 플레이스 4번지에 3년 계약으로 입주 가능한 집을 찾았기 때문이다. 집주인이 집을 개조하는 동안, 제인이 예상했듯이, 바닷가로 휴가를 보내러 가게 되었다. 그들은 10월에 배스로 돌아오고 새 가구 배치를 지시했다.

1801년 5월부터 1805년 1월까지 제인이 쓴 편지는 단 한 통밖에 없다. 그 것은 1804년 9월 4일에 보낸 편지로, 여름휴가 때 라임 리지스에서 보낸 것이다. 따라서 제인의 이 시기 대부분은 나중에 기록된 가족들의 추억에 의해 다시 구축되어야 한다. 제임스와 메리 부부가 1802년 4월에 아홉 살이 되는

딸 애나를 데리고 배스를 방문했다. 조부모를 매우 좋아하는 애나는 두 사람이 얼마나 은퇴생활이나 유쾌한 도시생활을 보내는지, 또 키가 큰 백발 할아버지가 사람들 앞에 모습을 드러내면 사람들의 이목을 끌 정도로 얼마나 외모가 수려한지를 보고서 기뻐했다. 애나는 너무 어려서 몰랐지만, 이때 배스의 사교계는 어두웠다. 보다 젊고 유행에 민감한 사람들은 황태자(옛날의 조지 4세,
재위 1820~1830)가 남해안에 있는 휴양지 브라이튼에 따라갔기 때문이다. 그 대신 배스는 종군 중에 얻은 열병이나 상처를 치료하기 위해 따뜻한 기후를 필요로 하는 육해군 퇴역장교들이나 화려한 시절의 배스를 만끽했던 오스틴 부부 같은 고령자들의 거처가 되었다.

노인들은 자택에서 조촐한 개인 파티를 여는 것을 좋아해서, 사교회관은 파리만 날렸다. 리 페로 부부는 좋은 예였다. —남편은 관절염에 걸렸고, 아내는 기관지성 기침으로 고생하고 귀가 잘 안 들리게 되었다—1801년 제인은 편지에서, 가지 않을 수 없었던 외숙모의 지루한 가든파티에 대해 체념한 듯한 말투로 말했다.

서부 지방에서의 휴가

첫 바닷가 여행은 1801년 여름, 남 데번 해안 시드머스와 콜린튼에서 이루어졌다. 콜린튼에서는 오스틴의 제자 리처드 브라가 교구목사로 근무하고 있었다. 1802년 프랑스와의 전쟁(나폴레옹 전쟁)이 일시적으로 끝나고, 1802년 3월부터 1803년 5월까지 아미앵 조약의 구속력이 지속되었다. 그 결과 육해군 동원이 해제되고, 막내 찰스 오스틴은 배스에 있는 가족에게 돌아갈 수 있었다. 가족은 그 여름 배스에서, 역시 남데번 해안에 있는 도트리슈와 틴마스에 가고, 아마 텐비나 바머스를 포함한 웨일스 지방으로도 여행을 떠났을 것이다.

1803년 어느 날, 오스틴 집안은 켄트의 램즈게이트에 가서, 도싯 해안의 차마스나 아프 라임과 피니에도 발길을 뻗쳤다. 처음에 어땠는지는 모르지만, 그들은 같은 해 11월에 도싯의 라임 리지스를 방문하고, 확실히 거기를 아주 마음에 들어했다. 1804년 여름에 다시 찾아 전번보다도 오래 머물었기 때문이다. 두 번째 여행에서는 헨리와 일라이자 부부와 함께 갔는데 라임 리지스에서 일행은 헤어져, 제인은 부모님과 함께 거기에 머물고 카산드라는

시드머스 해수욕장
오스틴 가족의 첫 바닷가 여행지(1801).

남은 사람들과 함께 웨이머스스에 갔다. 따라서 9월 14일 카산드라에게 보낸
제인의 편지가 남아 있다. 이것이 바닷가에서의 마지막 휴가였다. 오스틴이
이듬해 1월에 죽었기 때문이다. 스티븐턴 교구목사로서 그가 벌던 수입이 없
어지자, 가족들에게는 이제 사치가 허락되지 않았다. 제인은 나중에 《설득》을
집필할 때 이 여행의 추억을 효과적으로 사용했다.

이루어지지 않았던 사랑

만약 오스틴 부부가 제인과 카산드라에게 배스의 사교계에서 남편감을 찾기
를 기대했다면, 그들은 낙담하고 실망했을 것이다. 1802년 여름이 끝나갈 무
렵, 찰스 오스틴은 두 누나를 가드머섬으로 데리고 갔다. 그리고 거기서 수주
동안 머무른 뒤, 배스에 돌아오는 도중에 스티븐턴에 들렀다. 스티븐턴에서도
수주 동안 머물고, 머무는 중에 메니다운의 친구인 빅 위저 집안에 며칠 머물
렀다. 12월 2일 밤, 21세가 되어서도 변함없이 풍채가 좋지 않고 태도가 어색
하고, 말을 더듬는 버릇이 있던 해리스 빅 위저가 제인에게 구혼하고, 제인은
승낙했다. 그러나 다음 날 아침 취소했다. 그녀와 카산드라는 바로 스티븐턴
으로 돌아와, 제임스에게 당장 배스로 돌아가는 데 동행해 달라고 했다.

이 시기 제인의 편지가 남아 있지 않으므로, 그녀가 이러한 행동을 한 이

유는 단지 추측하는 수밖에 없다. 아마 해리스에게 구혼하도록 강하게 권했던 그의 누이들과의 오래된 우정과 그와 결혼해 훌륭한 집과 영지의 여주인이 됨으로써 얻게 될 세속적인 이점이 확실했기 때문에, 제인의 판단이 일시적으로 흐려졌을 것이다. 그때 그녀는 27세로, 아버지가 죽자 그 부양가족에게는 거의 수입이 없는 것을 알았다. 하지만 하룻밤 곰곰이 생각한 끝에, 아무리 바람직한 혼담이라도 해리스를 남편으로 받아들일 순 없다는 결론에 이른 것이다.

또 이런 이야기도 있다. 1801년부터 1804년까지 서부 지방에서 보냈던 어느 휴가 때 제인이 사랑을 했을 것이고, 카산드라의 의견에 따르면, 모든 점에서 그녀에게 어울리는 남성을 만났다는 것이다. 그러나 입수 가능한 당시 증언이나 정보는 없다. 왜냐하면 카산드라가 조카딸 캐롤라인에게 이것을 말한 것은 제인이 죽은 뒤 20년이나 지나서였기 때문이다. 제임스 에드워드 오스틴의 친구로 헨리 에드리지라는 매력적이고 잘생긴 젊은이가 급사하자, 이 슬픈 소식에 충격을 받은 카산드라는 당시의 상황을 떠올리고, 오랫동안 숨겨왔던 비밀 봉투를 열었으리라. 바닷가에서 보냈던 어느 여름날, 오스틴 집안은 헨리 에드리지 같은 남자를 만났다. '느낌이 너무나 좋고 재능이 뛰어난' 신사로, 휴가 중에 알고 지내면서 제인에게 '푹 빠져서' '오스틴 집안이 내년 여름에는 어디로 가는지 꼭 알고 싶고, 어디라도 자신도 가겠다고 넌지시 비추거나 분명히 말했다……그 직후에 그의 부고가 도착했다.' 카산드라는 그가 동생을 사랑했으며, 그것이 진심이었다고 확신했다. 더구나 그가 청혼해서 제인이 승낙했을 거라고 믿었다. 그렇지만 이 이상 확실한 증거는 없고, 제인의 시작하자마자 끝난 사랑 이야기는 이름도 날짜도 없이 전해진 것에 지나지 않는다.

집필과 출판

배스로 이사하고 그 뒤 이어진 여행으로 제인은 창작에 전념할 시간이 적었다. 따라서 이 시기는 이전부터 계속되어 온 안정된 집필활동 가운데 이른바 휴지 기간이었다. 그러나 그녀는 바로 곁에 원고를 계속 두고 있었다. 그리고 이제 가족의 권유로 헨리의 변호사 시모어를 대리인으로 한 그녀는, 1803년에 《수잔》(《노생거 사원》)을 런던의 출판사 리처드 크로스비에게, 지

1830년대 라임 리지스의 브로드 거리

연 없이 출판한다는 조건으로 10파운드에 파는 데 성공했다. 크로스비는 이 작품을 발매한다는 선전까지 했는데도 불구하고 끝내 출판하지 않았다. 그 동안—아마 1804년—제인은 다른 장편소설 집필에 착수했으나, 불과 몇 장 (章)을 쓰다가 말았다. 《수잔》이 결국 출판되지 않는다는 것을 알고 낙심했 던 것이다. 이 일부분은 《왓슨 집안 사람들》로 알려지지만, 제인 본인이 붙 인 제목은 아니다.

배스에서의 마지막 세월

오스틴 집안이 바닷가에서 돌아온 1804년 10월 말, 시드니 플레이스 4번
지의 계약기간이 끝났기 때문에, 그들은 그린파크 빌딩 3번지의 집을 빌렸
다. 이곳은 배스 중심지에 꽤 가깝다고는 해도 킹스미드 힐스의 정면을 향하
고 있어서, 킹스미드의 낮은 가장자리를 빙 둘러싼 에이번 강의 건너편 기
슭, 비콘 클리프의 좋은 경치를 바라볼 수 있었다. 그로부터 불과 2개월 뒤
에 가족들은 애쉬의 마담 르프로이 집안 12월 16일 자택에서 그리 멀지 않
은 거리에서 사고로 목숨을 잃었다는 슬픈 소식을 스티븐턴으로부터 받았
다. 잔혹하다 해야 할지, 그날은 제인의 29세 생일날이었다. 이 소식에 제인
이 어떤 태도를 취했는지는 모르지만, 4년 뒤에 그녀는 어린 시절 사랑하던
친구를 그리워하고 그녀의 죽음을 슬퍼하면서, 그 인덕과 우아함을 떠올리
며 시 몇 편을 썼다.

그리고 그 다음 달에는 아버지가 갑자기 병으로 쓰러져서, 불과 이틀 뒤인
1805년 1월 21일에 숨을 거두었다. 그는 며칠 뒤 세인트 스위던 교회에 묻
혔다. 이제 오스틴 부인과 딸들은 사회적으로도 경제적으로도 다른 상황에
놓이게 되었다. 당시 여성들은 남성 보호자 없이 집을 떠나 멀리 여행할 수
없었기 때문에, 그때부터 오스틴 부인은 자신이나 딸들이 원하는 여행에, 그
들을 데려가 줄 아들들의 행동력과 선의에 기댈 수밖에 없었다. 게다가 목사
연금은 없고, 스틴븐턴에서의 수입은 교구목사로서 아버지의 뒤를 이은 제
임스 주머니에 들어갔다. 오스틴 부인은 수입이 아주 적었기 때문에 자신과
딸들의 생계를 이어가기 위해, 이 점에서도 또 아들들의 지각과 선의에 의지
해야만 했다. 《이성과 감성》의 구두쇠 존 대시우드와는 달리 오스틴 집안의
아들들은 모두 어머니와 누이들을 돌보기 위해 그들 나름대로 온 힘을 다했
다. 오스틴 부인은 효심이 두터운 아들들을 두어 행복하다고 기뻐했다. 그리
고 오스틴 부인은 앞으로 기간을 둘로 나눠 여름에는 아들들을 방문하고, 겨
울에는 배스의 빌린 집에서 은둔하기로 했다.

이듬해는 연거푸 가족들을 방문했기 때문에 제인의 생활은 불안정했다. 오
스틴 집안의 여성들은 3월 25일에 그린파크 빌딩 3번지 집 계약이 끝난 뒤,
스티븐턴을 거쳐 가드머섬으로 가기 전에 몇 달 동안 게이 거리 25번지에 살
았다. 가을에는 해변에서 휴가를 보내기 위해 그녀들은 가드머섬에서 서식

스 워딩을 방문했다. 거기에서 제임스의 아내 메리의 언니인 오랜 친구 마사 로이드가 합류했다. 마사의 어머니 로이드 미망인은 작년 봄에 죽었기에, 마사는 스티븐턴에서 여동생 집에 얹혀 살기보다도 오스틴 부인과 그 딸들과 있는 것을 더 좋아했다.

오스틴 집안은 1806년 봄, 다시 스티븐턴을 거쳐 배스로 돌아갔다. 오스틴 부인은 마지막 거처로 셋집이나 아파트를 찾는 동안 트림 거리에 임시로 머물렀다.

제인이 마담 르프로이를 그리면서 쓴 시(1808)

어머니가 살 집을 준비하고 꽤 오랫동안 해결되지 않았던 주거에 관한 문제를 처리한 것은 5남 프랭크 오스틴이었다. 그는 1800년에 해군 대령으로 임명되었는데, 이것은 상당한 봉급과 해군에서의 꾸준한 승진이 보장되는 신분이었다. 이 확실한 재정적 기반과 보장된 돈을 바탕으로, 그는 1806년 램즈게이트의 메리 깁슨—1803년에 켄트에서 근무하던 때 만났던—과 결혼했다. 그가 군 특성상 멀리 나가 근무할 때면 어린 아내는 외롭게 지냈기 때문에, 어머니와 누나, 동생과 함께 지내는 편이 좋을 거라고 프랭크는 생각했다. 그 결과 그녀들 모두—마사를 포함해—가 사우샘프턴으로 이사해 집을 빌렸다. 포츠머스 해군 기지 근처라서 편리했기 때문이다.

미들랜즈 여행

1806년 7월 2일, 오스틴 부인과 딸들은 결국 배스를 뒤로 했다—'길을 나선다는 것이 그리도 즐거울 수가!'라고 2년 뒤 제인은 회상한다—그들은 클리프턴을 경유해, 오스틴 부인의 사촌 오빠인 토머스 리 목사가 살고 있는 아돌스트롭 목사관에 머물고자 글로스터서로 향했다. 리는 독신인 엘리자베스 누님과 함께 살고 있는 유복하고 온후한 노령의 독신자였다. 그는 근처 조카의 광대한 아돌스트롭 하우스 정원과 목사관을 합쳐 새로운 정원을 만들기 위해 뛰어난 경관설계사 험프리 레프턴을 1802년에 초대했다. 리는 사촌 동생들에게 개조한 정원을 보여 줄 날을 특별히 지정했기 때문에, 레프턴은 맡은 일의 보수로 하루에 5기니(5.25파운드)를 청구했다. —이 대금은 시골 부목사가 일주일에 1기니(1.05파운드) 정도의 수입으로 가족을 부양하고 생계를 꾸린 사실에 비하면 무척 많은 것이었음을 알 수 있으리라.

오스틴 일가는 오랫동안 아돌스트롭에 머물지 못했다. 왜냐하면 일족의 중요한 연고관계가 리와 그의 손님들을 다른 일족의 영지인 워릭셔 스톤리 애비로 갈 것을 재촉했기 때문이다. 이 광대한 영지는 아돌스트롭 리 일가의 먼 친척이 소유하고 있었다. 선대의 리 백작이 판독 불가능한 글씨로 쓴 유서를 남겼기 때문에, 백작의 유일한 가족인 누나가 숨을 거둔 뒤에는 영지의 상속인이 불분명해지게 됐다. 그래서 그녀가 세상을 뜬 7월 2일, 토머스 리 목사의 변호사가 목사에게, 재빨리 영지를 손에 넣기 위해 상속권을 주장하려는 다른 이들보다 선수를 치라고 조언했던 것이다.

이름에서 암시하는 것처럼 오래전에 스톤리 애비에는 수도원이 있었다. 1561년 이곳이 리 일족에게 양도되었을 때, 리 일족은 오래된 수도원의 돌과 주춧돌 몇 개를 사용해 새로운 저택을 세웠다. 18세기 초에는 3대 리 백작이 저택 서쪽을 정면으로 새롭게 개축했다. 저택 일부는 엘리자베스 왕조 양식 그대로 남아, 전체가 호화롭고 아름다운 저택으로 변모했다.

리 일행은 8월 초에 도착했다. 오스틴 부인은 며칠 뒤 들뜬 마음으로 메리 로이드에게 편지를 썼다.

'우리는 이곳에 목요일에 도착했단다. ……그날 밤, 일족 그림이 빙 둘러진 고상하고 아름다운 큰 응접실에서 생선과 사슴고기, 온갖 맛있는 음식을 맛보았단다. 전체가 호화롭고, 훌륭하고, 커다랬으며, 저택은 우리의 상상을 뛰어넘는 크기였지. 지금 저택을 산책하면서 굉장한 경험을 하고 있는데, 가장 훌륭한 것은 가사실이란다(그것은 옛 수도원에 있는 것이지만). 리는 저택 탐색을 거의 그만두었지. 나는 리에게 복도 모퉁이에 도표 세우기를 제안

워릭셔 스톤리 애비의 대저택
토머스 리 목사가 1806년에 이 저택의 소유자가 되었다. 이 저택은 제인의 소설에 등장하는 노생거 사원의 무대가 된다.

했단다. 모든 것들이 매우 훌륭할 것이라고 기대하고는 있었지만 이 정도까지 아름다우리라고는 생각지도 못했단다. 긴 가로수길, 검은 떼까마귀 무리, 음울한 주목나무를 상상했지만, 이 저택에 그런 우울한 것들은 없단다. ……이 광대한 저택 내부에 대해 이야기해 볼까 한다. 우선 먼저 염두에 두어야 할 것은, 정면에는 45개의 창이 나 있고(매우 좁은 창으로, 저마다 평평한 차양이 달려 있다), 1열당 15개의 창이 있다는 점이란다. 제법 높은 계단 (지하에 몇 개의 방과 가사실이 있다)을 올라서 커다란 홀에 들어서면 오른쪽에는 만찬용 식당이 있고, 그 안에 우리가 아침 식사 때 자주 이용하는 공간이 있단다. 그곳이 좋은 이유는 (예배당을 제외하고) 유일하게 강이 보이는 방이기 때문이지. 홀 왼쪽에는 최상급 객실이 있고, 그보다 더 작은 객실도 있단다. 그곳에 자리한 방 모두, 약간 어둑하고 갈색 판자벽에 연지색 가구가 놓여 있지만, 우리는 그곳을 사용한 적이 없다. 그저 고풍스러운 회화 전시실에 갈 때 지나칠 뿐이란다. 작은 객실 뒤편에는 연지색 벨벳 침대가 놓여 있는 호사스런 침실이 있는데, 그곳은 소설 여주인공에게나 어울리는 눈이 휘둥그레질 법한 방이란다. 고풍스런 회화전시실은 이 방을 접하고 있고, 홀과 객실 뒤편에는 복도가 있는데, 3개의 계단과 2개의 작은 거실을 포함해 저택에 가로세로로 뻗어 있단다. 저택 신관에는 26개의 침실이 있고, 구관에는 더 많이 (그중에서 방 몇 개는 매우 멋진 곳이지) 있단다……'

오스틴 부인의 스톤리 방문은 분명히 이번이 처음이지만, 제인과 카산드라는 1794년에 처음 글로스터셔를 여행했을 때 이미 이곳을 둘러보았을 것으로 보인다. 왜냐하면 이 저택에는 그녀의 소설에 등장하는 노생거 사원과 제법 유사한 부분이 있기 때문이다.

그 뒤 오스틴 부인은 딸들과 함께 북쪽 햄스톨 리드웨어 마을에 갔다고 편지를 쓴다. 주(州) 경계를 넘어 스탠포드셔로 들어서면 바로 그곳인데, 부인의 조카인 에드워드 쿠퍼 목사가 1799년 이후 목사로 근무하고 있었다. 그는 많은 설교집을 출판하여 목사들 사이에서도 유명인사로 여유롭게 대가족을 부양하고 있었다. 에드워드 쿠퍼는 풍채 좋고 쾌활한 성격이었지만 제인에게는 탐탁지 않는 친척이었다. 제인은 그를 거만한 복음주의 광신적 성직자로 여겼다. 오스틴 일가는 약 5주간 쿠퍼의 집에 머물다가 스티븐턴으로 돌아와, 다시 사우샘프턴으로 발걸음을 옮겨 1806년 10월 초순에 도착했다.

사우샘프턴

캐슬 스퀘어

오스틴 일가는 사우샘프턴에 임시로 머물면서—정확한 주소는 알려지지 않았지만—빌릴 집을 찾아보았다. 당시 제인은 백일해에 걸려, 이 새로운 마을에서의 처음 몇 개월은 몹시 비참했다. 카산드라는 가드머셤에 크리스마스를 보내러 가고, 마사 로이드는 킴벌리에 갔다. 마침 메리와 제임스가 막 걷기 시작한 캐롤라인을 데리고 스티븐턴에서 방문했다. 그들을 대접하기 위한 준비를 해야 하는 부담감이 제인의 양어깨를 짓눌렀다. 그 때문에 1807년 1월 카산드라에게 보낸 편지에선 기운 없이 낙담하는 것만 같았다.

'언니가 이 편지를 받게 될 즈음엔 손님들 모두가 돌아가거나 귀향길에 오르겠지요. 그리고 난, 나의 쾌적한 시간을 되찾고, 라이스 푸딩과 애플 덤플

사우샘프턴 19세기 초 하이 거리
배스 게이트로 통하는 북쪽 풍경.

링에 고통받는 고문에서 해방되어, 아마도 손님들에게 기쁨을 주기 위해 그리 애쓰지 않은 것을 후회하고 있을 거예요.'

운동하기에는 대체로 기후가 너무 안 좋았고, 실내에 꼼짝없이 갇혀 있는 것이 싫었던 제임스는 지루함에 안절부절못했다. 한편 메리 로이드는 늘 밤에 가족의 기분전환을 위해 낭독용으로 제인이 선택한 책에 흥미가 없음을 전혀 숨기려 하지 않았다. 프랭크의 아내 메리 깁슨은 임신 중이라 계속 기분이 좋지 않았다. 더욱이 놀러 온 사우샘프턴의 신사들은 제인을 주눅 들게 할 만큼 유복해 보였다.

'저분들(란스 집안 사람들)은 우아하게 사는 부자들이에요. 또 부자인 것을 좋아하는 모양이에요. 그런데 우린 그런 삶을 살 수 없다는 걸 그녀(란스 부인)에게 알려 주었으니, 바로 교제할 만한 가치가 없다고 생각하실 거예요.'

늙은 미망인과 노처녀들이라는 적은 인원이 되었음에도 불구하고, 이제는 가족에게 떠맡겨진 생활 속의 갖가지 배려로 제인은 돌연 맥이 풀려버린 것만 같았다.

그러나 세월이 지남에 따라 상황은 호전되어 갔다. 왜냐하면 프랭크가 '캐슬 스퀘어 모퉁이 땅에 여유롭고 예스러운 집'을 빌렸기 때문이다.

'……그 집에는 멋진 정원이 있는 한편, 구시가 성벽면에 인접합니다. 그 성벽 위는 제법 폭이 있어 쾌적한 산책을 즐기기에 충분하고, 그곳에서 바라보는 경치도 아주 훌륭하답니다. 여성일지라도 걸어서 그곳에 다다를 수 있어요.'

시 성벽 부분은 사우샘프턴 바다의 조수가 밀려들고, 만(灣) 저편에는 수림으로 뒤덮인 와이트 섬 비탈이 보였다. 당시 캐슬 스퀘어 중심 자체는 '그 건물이 세워진 장소에서는 굉장히 크지만 성곽 양식으로서는 매우 작은, 제2대 랜스다운 후작이 세운 색다른 대 건조물'에 점거되었었다. 이 기묘한 건물은 중세 사우샘프턴 성의 성곽이 부분적으로 파괴된 토대 위에 만들어진 것이었다. 별난 후작은 고성은 이래야 한다는 자신의 이상을 구현해 이 건물을 재건한 것이다.

제인은 집 청소나 가구 배치를 감독하는 건설적인 일을 하거나 어머니의 새로운 정원 만들기 계획을 돕는 것으로 원기를 회복했다. 그리고 1807년 3월 초, 일가는 캐슬 스퀘어로 이사한다. 제인은 '많은 사람이 우리 집을 부러워한다고 해요. 그도 그럴 것이 우리 집 정원은 마을에서 제일이기 때문이죠'라고 카산드라에게 편지를 썼다. 거의 이 무렵에 프랭크는, 켄트 시아네스에서 영국군함 세인트 알반스호에 승선하여 남아프리카에서 중국, 동인도로 가는 호송 임무를 명령받게 된다. 따라서 4월 27일, 큰딸 메리 제인이 태어났을 때 그는 사우샘프턴에 없었다. 그는 희망봉을 향해 6월 30일에 출범했는데, 그 전 1개월간을 어떻게든 자택에서 지내려 했다. 뒷날 제인은 《맨스필드 파크》에 이때의 추억을 기록했는데, 프랭크가 그녀를 포츠머스로 데려간 것은 이 무렵의 봄이 아니었을까?

'그날은 여느 때와 달리 날씨가 좋았다. 사실 3월이지만 온화한 기후도 좋았고, 맑고 상쾌한 바람도 좋았고, 화창한 태양의 햇살도 좋았지만, 가끔 한순간 흐려지는 하늘도 좋은 4월 그 자체였다. 이런 하늘 덕분에 모든 것들이 아름답게 보였다. 흘러가는 구름 아래 차츰 펼쳐지는 그림자가 서로를 쫓고 있었다. 스피츠헤드에 정박 중인 배와 저편의 섬은 이제 만조라서 각양각색으로 변화하는 바다에 둘러싸여 있었다. 바다는 기뻐하고 왁자지껄 뒤엉키면서, 상쾌한 소리를 내며 성벽으로 밀려왔다.……'

포츠머스 바닷가를 그린 수채화(1908)
배경에 군함들이 그려져 있다.

사우샘프턴은 배스에서보다 런던이나 스티븐턴이나 가드머셤과 가까워 오
스틴 집안의 아들들은 이전보다 어머니를 쉽게 만날 수 있었다. 4월에 에드
워드가 켄트에서 찾아와, 최근 차지인(借地人)이 막 물러난 초턴 영지를 시
찰했다. 그리고 프랭크에게 이별을 고하기 위해 6월에 다시 한 번 방문했다.
그 뒤 가족이 모일 계획이 세워졌다. 따라서 셋째 에드워드는 엘리자베스와
큰아이들을 데리고 8월 초턴 그레이트 하우스를 찾았다. 오스틴 부인과 딸들
이 거기에 합류하고, 장남 제임스는 가족을 스티븐턴에서 불러들였다. 9월
중엽에 오스틴 집안의 여인들이 사우샘프턴에 돌아올 때, 이번에는 에드워드
와 그의 가족이 그녀들과 동행했다. 에드워드의 딸 파니는 일기에 일가가 유
쾌하게 지낸 생동감 넘치는 며칠간—연극관람이나 하이드 바닷가로의 여행,
여름 저녁 사우샘프턴의 하이 거리를 한가로이 거닐던 일—에 대해 썼다. 또
한 4남 헨리는 런던에서 급히 찾아와, 네트리 애비 폐허에서의 로맨틱한 소
풍을 계획했다. 시간이 지나자 오스틴 일가는 사우샘프턴 이웃들 중에서 마
음이 맞는 지인을 찾아냈다. 그런 이유로, 제인에게 1807년은 연초에 비해
훨씬 행복하게 마무리되었다.

가족여행

마사 로이드는 이제 셋째 딸처럼 받아들여져 반영구적으로 오스틴 집안과 살고 있었으므로, 오스틴 부인은 마사를 말동무 삼아 자택에서 느긋하게 쉬고 있었다. 이로써 안심한 제인과 카산드라는 친구와 형제를 방문하기 위해 먼 길을 나서기가 쉬워졌다. 이 시기에 제인이 카산드라에게 보내는 편지가 없다는 점이 전기 작가로서는 불운이다—이 사이에는 오직 1808년 봄의 편지가 남아 있을 뿐이다. 다른 정보를 근거로, 1월부터 2월까지 자매가 함께 햄프셔와 버크셔, 즉 처음에 스티븐턴으로 갔다가 이어서 킴벌리를 방문했음을 알 수 있다. 스티븐턴에 머무는 동안 두 사람은 메니다운을 방문했다. 그때 해리스 빅 위저가 집에 있었는지는 알 수 없지만, 제인이 해리스의 구혼을 거절한 일은 그의 누나들과의 우정에 조금도 영향을 주지 않았으며, 제인은 평생 그녀들과 교류를 끊지 않았다.

킴벌리에서 그녀들은 옛 친구인 풀워 크레이븐 파울 목사와 그 가족이 있는 목사관에 머물렀다. 아들 가운데 하나인 톰은 이미 해군에 들어가, 버뮤다에 있는 찰스 오스틴의 지휘 아래 해군 사관후보생으로서 군무에 임하고 있었다. 장남 풀워 윌리엄은 오스틴 자매가 방문한 동안 집에 있었고, 먼 뒷날에 이때의 제인에 대해 이렇게 회상했다.

"……그녀는 아름다웠어요—정말 아름다웠어요—얼굴빛은 밝고 딱 좋은 정도였죠—마치 인형 같았어요—이루 말할 수 없을 정도였죠. 풍부한 표정은 상상을 초월했습니다—그녀는 마치 아이 같았어요—정말 명랑하고 유머 넘치는—더없이 애교가 많고—한없이 사랑스러운—말 그대로 어린아이 그 자체였습니다."

제인의 다음 여행은 5월에 런던으로 향한 것으로, 한 달 동안 헨리와 일라이자 곁에서 지냈다. 그 뒤 제임스와 메리 로이드와 함께 가드머섬으로 가서 또 한 달 머물렀다. 에드워드와 엘리자베스는 이미 10명의 자식을 보았고, 게다가 엘리자베스는 또 임신하고 있었다. 그녀의 몸이 좋아 보이지 않았으므로, 제인은 어린아이들에게 공부를 가르쳐 줌으로써 어머니의 의무를 덜어 주었다. 프랭크가 7월에 동인도에서 귀환했고, 그의 다음 임무는 (이베리아) 반도전쟁(1804~1814, 에스파냐 독립전쟁)—오래 이어진 대 나폴레옹전쟁의 또 다른 국면이다—에 참전하기 위해 포르투갈에 영국육군 병사를 운송하는 일이었다.

영국군함 세인트 알반스호는 몬데고 만 앞바다에 정박해 있었으므로, 프랭크는 절벽 위에서 벌어진 비메리오 전투에서 영국군이 거둔 첫 승리를 목격할 수 있었다. 그는 아군 부상병과 프랑스군 포로를 싣고 사우샘프턴으로 돌아왔다. 다음 명령을 기다리는 동안 프랭크는 자신과 처자식을 위해 와이트 섬 야머스에 집을 빌렸다. 프랭크는 어머니와 누이들을 사랑했지만, 캐슬 스퀘어의 집에서 바랄 수 있는 이상의 사생활이 자기와 아내에게 필요하다고 느끼고 있었다. 제인은 이렇게 감상을 말하고 있다.

'……거의 공짜와 다름없는 생선과 수많은 보장된 일이 있고, 식구들끼리 오붓하게 모여 있으니 그들은 정말로 행복할 것입니다.'

가드머섬에서의 사별

엘리자베스 오스틴의 11번째 아이 출산 예정은 9월 하순이었다. 그래서 카산드라가 가드머섬으로 가서 엘리자베스가 산후조리를 하는 동안, 가족 뒤치다꺼리와 가사를 도왔다. 에드워드의 여섯째 아들, 브룩 존은 9월 28일에 무사히 태어났다. 엘리자베스는 산후에 순조롭게 회복되는 줄 알았건만, 2주 뒤에 갑자기 졸도하더니 30분도 지나지 않아 급사하고 말았다. 10월 13일과 15일에 카산드라에게 보낸 제인의 편지는 유족에 대한 사랑과 동정으로 가득 차 있다.

'우리는 줄곧 생각해 왔고 지금도 그렇게 느끼고 있지만, 여러분 모두—언니는 말할 것도 없지만—언니, 파니, 헨리, 레이디 브리지스, 그리고 가장 사랑하는 에드워드의 그 영원한 이별의 괴로움은 다른 분들과는 비교할 수도 없음을 삼가 헤아립니다…… 고인의 공덕을 기리는 사람들 틈에 낄 생각은 없지만, 고인이 더없이 귀중한 분이었던 점—그 굳은 신념, 참된 헌신, 인생의 온갖 면에서 뛰어난 점—을 생각하며 위안으로 여깁니다…….'

에드워드의 두 큰아들은 이미 10대에 접어든 윈체스터 칼리지의 학생으로, 사우샘프턴에 며칠 동안 상고(喪故) 휴가를 받고 와 있었다. 제인은 낮에는 산책을 하거나 강으로 나가고, 밤에는 실내 게임을 하며 조카들을 격려하고 위로하려고 애썼다.

사우샘프턴을 뒤로 하고

카산드라가 가드머섬에 몇 개월 더 머무르며 파니를 도와준 것은 당연했다. 파니는 16세가 되기도 전에 커다란 살림 안주인이 되어 동생 10명의 어머니 노릇까지 하며, 부인을 잃고 슬픔에 잠긴 아버지를 위로하는 등, 갑작스럽게 닥쳐온 무거운 책임을 짊어지게 되었다. 하지만 부인이 죽고 나서 에드워드는 어머니나 여동생들에게 더 깊이 애착을 느꼈던 것 같다. 그 때문에 그는 오스틴 부인에게 자신의 영지에 있는 집, 즉 가드머섬과 가까운 와이의 집이나 초턴의 그레이트 하우스에 가까운 집을 빌려 주려고 했다. 그 무렵 헨리가 햄프셔 올턴에 그의 런던 은행 지점을 개설했으므로, 사우샘프턴 임대주택 비용의 폭등을 우려한 오스틴 부인은 올턴으로 이사갈 생각을 하고 있었다. 초턴은 올턴에서 채 1마일(1.6km)도 되지 않았으므로, 부인의 생각이 꼭 들어맞게 되었다. 그래서 에드워드는 마을에서 떨어진 네거리에 있는 커다란 코티지를 그녀들을 위해 확보해 두었다. 그 집은 그때까지 초턴의 토지관리인이 살던 곳이었다. 제인은 카산드라에게 편지를 보냈다.

'많은 분들이 우리가 이사하는 것에 신경을 써 주고 계십니다. 초턴을 안다며 정말 멋진 마을이라고 말해 주었고, 우리가 설명을 드린 집도 알고 있었습니다. 하지만 정확히 알고 있는 사람은 없었습니다.'

안타깝게도 이 시기 제인의 편지 몇 통이 사라진 것으로 보인다.

다시 출판을 시도하다

오스틴 집안 여인들은 초턴의 집을 자신들이 살 수 있도록 개조하는 동안, 가드머섬에서 머물기로 한다. 1809년 4월, 사우샘프턴을 떠나기 바로 전에 제인은 오랫동안 잊고 있던 《수잔》 원고의 출판을 확실하게 해 두어야겠다고 결심한다. 그녀는 크로스비 출판사에 '애쉬튼 데니스 부인'이라는 가명으로 편지를 써서, 만약 1803년에 구입한 원고를 잃어버렸다면 다시 보내겠다고 제안한다. 또한 이미 원고에 대한 흥미를 잃었다면 다른 출판사에서 출판할 생각이 있음을 암시한다. 이 편지에 크로스비는 재빨리 대응했다. 무뚝뚝하게 다음과 같이 답장한 것이다.

'출판일정은 결정되지 않았으며, 저희는 출판의 의무를 지고 있지 않습니다. 귀하나 다른 어떤 분이 출판하신다면 저희는 출판물 판매 금지 수속을

제인이 출판사에 보낸 편지
출판사 리처드 크로스비에게 《수잔》의 원고를 상기시키는 편지(1809. 4. 5).

밟을 것입니다. 만일 저희가 지급한 10파운드를 돌려주신다면 원고를 귀하에게 보내드리겠습니다.'

그러나 10파운드는 제인의 수입에서 지급하기에는 큰돈이었으므로, 그녀는 이 문제를 그대로 놔둘 수밖에 없었다.

초턴

초턴에 있는 우리 집

햄프셔 북동쪽에 있는 초턴 마을은 런던에서 약 50마일(80km)쯤 떨어져 있다. 올턴과 초턴을 지나는 합승마차의 주요 도로 중 하나가 오스틴의 새집 바로 앞에서 갈라지는데, 오른쪽은 윈체스터와 사우샘프턴으로 가는 길이었고, 왼쪽은 퍼햄과 고스포트로 이어졌다. 또한 교차로 근처에는 넓고 얕은 연못이 있었다. 1809년 7월 7일, 오스틴 부인과 딸들은 가드머섬에서 이곳으로 왔다. 여기가 8년 뒤 제인이 세상을 떠날 때까지 머문 곳이다. 가족들이 '코티지'라 부르던 이 집은 17세기에 지어진 여관 건물로서, 기와지붕을 얹은 L자 모양의 빨간 벽돌 2층 집이었다. 창고 또는 하인용 방으로 쓰일 다락방과 6개의 작은 침실이 있었다. 1824년에 헐린 스티븐턴 목사관과 비슷했으므로 오스틴 부인은 자신이 가정을 이룬 집처럼 느껴지는 이곳에서 편하게 지냈음이 분명하다. 코티지 뒤편에 둘러싸인 땅에는 작은 정원을 에워싼 헛간, 조그만 나무로 뒤덮인 산책로, 잔디와 과수원, 게다가 오스틴 부인이 즐거워하며 채소나 과일을 심은 가정용 채소밭, 카산드라가 꾸민 꽃밭도 있었다. 카산드라가 마사 로이드와 집안일을 나누어 한 덕분에 오스틴 부인은 낮에는 정원일을 하고, 저녁에는 부지런히 뜨개질이나 퀼트를 했다. 에드워드는 현대의 소형차에 해당하는 나귀가 끄는 마차를 어머니에게 선물했으므로, 시장을 보러 올턴까지 타고 다닐 수 있었다.

코티지에서 고스포트로 이어지는 도로를 5분쯤 걸어가면 낡고 작은 세인트 니콜라스 교회 위쪽, 수풀로 덮인 비탈면에 초턴 그레이트 하우스가 서 있었다. 이 건물은 덩그러니 도로에 맞닿아 있었는데 낡은 원형 부분은 부싯돌이었다. 뒷부분에는 17세기 중반에 빨간 기와 맞배지붕으로 두 날개가 증축되었다. 그 때문에 계단은 쓸데없이 많고 통로는 불편했다. 그 무렵 건물을 빌린 이는 홀아비 존 미들톤으로, 어린아이 6명과 가정을 도맡아 일해 주는 처제 머라이어 벡포드 양과 지내고 있었다. 교회와 그레이트 하우스 길 건너에 존 파피론 교구목사가 1803년에 세운 목사관이 있었다. 나이트 부인은 오스틴 집안이 초턴으로 이사 온다는 것을 듣고, 독신인 목사가 제인에게 걸맞은 남편이었으면 좋겠다고 바랐다. 제인은 이 친절한 배려에 대한 마음을 카산드라에게 쾌활하게 전한다.

'나이트 부인이 이처럼 내게 관심을 기울여 주셔서 매우 감사해하고 있습니다. 부인은 파피론이나 내 마음은 아랑곳하지 않고 내가 그와 결혼할 거라고 속으로 생각하고 있어요. 이런 사소한 자기희생으로는 다 갚지 못할 만큼 나이트 부인에게 은혜를 입고 있지만요.'

그 밖에 마을에서 교류할 수 있는 기품 있는 사람들로는, 먼저 햄프셔 주 부통감을 역임한 치안판사 윌리엄 프로우팅과 그의 두 딸로, 오스틴 자매보다 어린 캐서린 앤과 앤 메리가 있다. 또 코티지에 가까운 초턴 로지에는 초턴의 예전 교구목사 아들인 힌톤과 힌톤 양이 살았다. 게다가 비가 새서 당장에라도 쓰러질 것 같은 마을 사람의 코티지를 빌린 불행한 벤 양이 검소한

초턴 코티지
1809년 가드머셤에서 이곳으로 이사온 뒤 제인이 세상을 떠나기 전까지 머문 곳이다. 이 코티지는 지금 '제인 오스틴 뮤지엄(박물관)'으로 알려져 있다.

생활을 하고 있었다. 그녀는 가까운 패링던 교구 존 벤 목사의 노처녀 여동생이었는데, 벤에게는 돌보아야 할 아이들이 12명이나 있어서 벤 양을 돌볼 여력이 없었다. 만약 형제의 지원이 없었다면 제인과 카산드라 자매도 그녀처럼 어려움을 참아야 했을 것이다. 두 자매는 벤 양을 불편해했다.

조금 떨어진 올턴에는 해리 디그위드 부부가 살았다. 그는 스티븐턴에 사는 디그위드 집안의 아들로, 다마의 친척인 제인 테리와 결혼했다. 그 때문에 이 옛 친구 부부는 초턴 코티지를 자주 찾아왔다. 디그위드 부인은 그리 영리하지는 않았지만 마음씨가 좋아서, 제인은 그녀를 무척 좋아했다.

'친애하는 디그위드 부인! 그녀가 무도회가 끝난 뒤에 터무니없이 행복해하지 않았다면 저는 참지 못했을 거예요.'

헨리의 은행 초턴 지점인 오스틴 그레이 앤드 빈센트는 올턴 하이 거리 10번지에 있었다. 그 덕분에 런던에 있는 본점 오스틴 마운드 앤 틸슨의 은행 왕복 소포에 넣어 헨리와 편지를 교환하는 것이 가능해졌다. 또한 그는 런던에서 출장 올 때면 언제나 가족에게 들를 수 있었다. 프랭크의 아내 메리 깁슨은 오스틴 부인이 있는 초턴에서 엎어지면 코 닿을 거리인 올턴으로 이사 왔다.

그녀는 로즈 코티지에 살았는데 둘째 아이를 임신하고 있었다. 한편 프랭크는 중국까지 오랜 항해 임무를 맡아 2년 동안 집을 비우고 있었다. 스티븐턴은 20마일(32km)도 채 되지 않았으므로, 제임스와 그의 가족은 코티지에 자주 놀러 왔다. 특히 조급하고 감정적인 10대였던 애나는 계모인 메리 로이드와 마음이 맞지 않아서 이곳을 피난처로 삼았다. 그녀는 스스로 찾아와 할머니나 고모의 허락을 받고 몇 주일이나 머물렀다. 미들톤 씨가 1813년에 그레이트 하우스를 빌리지 않았을 때, 에드워드는 다른 이에게 빌려 주려 하지 않고 가족들의 휴가용 별장으로 삼고, 프랭크도 같은 목적으로 사용할 수 있도록 했다.

1811년에 찰스는 부인 파니 파마와 버뮤다에서 태어난 어린 두 딸 캐시와 해리엇과 함께 버뮤다에서 돌아왔다. 그와 가족은 때때로 초턴에 와서 코티지나 그레이트 하우스에서 머물렀다. 이렇게 오스틴 부인은 자신의 주변에 다시 모여든 가족들을 보는 기쁨에 잠겼다.

출판에 성공하다

드디어 제인은 다시 마음이 맞는 사람들과 함께 평화로이 지낼 수 있게 되었다. 가족이 짐을 풀자 바로 《초기 작품집》에 눈을 돌려, 여기저기에 새롭게 손을 대려는 유혹을 뿌리치지 못했다. 제인이 문학창작에 각별한 마음을 품었다는 것은 가족들도 잘 아는 듯했다. 그녀가 하는 집안일은 아침 9시에 가족의 식사를 준비하는 것과 와인, 차, 설탕 등 식량을 기록하는 것이었다. 그 시대엔 차와 설탕은 비싼 사치품이었다. 그녀가 남은 시간에 집필했다고 혼나거나 괴롭힘을 당했다는 기록은 없지만, 만약 가족의 이해가 부족했다면 그랬을지도 모른다. 그녀의 일상은 매우 차분하고 규칙적이었다. 아침에는 피아노 연습용으로 단순한 곡과 컨트리 댄스를 몇 곡 치고, 옷을 꿰매거나 자수를 했으며, 장을 보러 올턴까지 걸어갔다 오거나, 그레이트 하우스에 딸린 멋진 너도밤나무 숲에서 산책했다. 또한 세월이 지남에 따라 코티지에 놀러 오거나 머무는 조카들이 점점 많아졌는데, 이러한 어린 손님들과 놀아 주기도 했다. 그러나 그녀가 가장 많은 시간을 투자한 것은 집필이었다.

제인과 카산드라가 1809년 7월에서 1811년 4월까지 떨어져 있지 않은 것은 불행한 일이다. 왜냐하면 두 사람의 편지가 없기 때문에 제인이 가족에게 설득당해서 다시 원고를 출판하게 된 정확한 경위를 알 수 없기 때문이다. 1810년 가을, 이번에는 《이성과 감성》의 출판을 화이트홀의 토머스 에거튼에게 요청했다. 그 원고는 저자 측이 출판 비용을 내는 위탁 출판으로 맡겨졌다. 본디 제인은 확신을 갖고 '책의 판매만으로는 출판 비용을 충당할 수 없을 것이니 실제 손실을 짐작하여 사소한 수입마저도 저축했다'고 한다. 1811년 3월 끝 무렵, 제인은 런던에 가서 슬론 거리에 있는 헨리와 일라이자의 멋진 새 집에

《오만과 편견》 삽화
다시가 엘리자베스에게 해명 편지를 건네주는 장면.

머물며, 4월 23일 저녁에 개최된 성대한 음악파티에 갔다. 또한 그곳에 있을 때 《이성과 감성》 교정인쇄 처음 몇 장을 손에 넣을 수 있었다.

헨리는 매우 열정적인 대리인이자 조수로, 여동생을 대신해 에거튼 출판사의 인쇄업자를 재촉하여 5월에 출판할 수 있게 했다. 그러나 이유는 알 수 없지만 《이성과 감성》은 1811년 10월 말이 되어서야 출판되었다. 이 무렵에는 양갓집 처녀가 돈이나 출판 목적으로 글 쓰는 것을 천하게 여겼으므로, 표지 제목 밑에 '어느 부인 지음'이라고만 적었다. 이 작품은 매우 좋은 평가를 받아 1813년 7월에 초판이 모두 판매되고, 출판 비용을 낸 뒤에도 제인에게는 140파운드가 고스란히 남았다. 이것이 그녀의 검소한 생활에 큰 도움이 되었음은 분명하지만, 더 중요한 점은 작품에 대한 호의적인 평가였다. 만약 실패했더라면 제인은 두 번째 출판에 발을 내딛지 못했을 것이다.

《이성과 감성》이 성공하여 《오만과 편견》이 세상에 나온 셈이다.

1811년 봄 《이성과 감성》이 에거튼 사에서 인쇄되는 동안, 제인은 경제적 여유가 생기면 출판할 생각으로 《첫인상》 완성에 전념했다. 그녀는 이것을 '삭제와 수정' 작업이라고 말했다. 지금 생각하면 1796~1797년보다 1811~1812년에 집필한 것이 이력에 더 알맞다. 그렇더라도 제인이 어디를 삭제하고 수정했는지 정확히 알기란 불가능하다. 1800년 런던에서 《첫인상》이라는 제목을 가진 다른 소설이 출판되었으므로 제목 또한 바꾸어야 했다. 제인은 좋아하던 여류작가 버니(Frances Burney, 1752~1840)의 소설 《세실리아》에서 '오만과 편견'이라는 멋진 표현을 발견한다. 마침 《이성과 감성》과도 호응이 좋았다. 1812년 어느 가을, 제인이 에거튼 사에 원고를 보내자 이번에는 순조롭게 110파운드에 원고가 팔렸다. 이 책은 1813년 1월 바로 출판되어, 그해 가을에는 재판을 찍는 인기를 누렸다. 표지에는 '《이성과 감성》 저자의 작품'이라고 밝혔다. 이 말은 그 무렵 문학을 좋아하는 독자들에게 작가가 어떤 사람인지 호기심을 갖게 했다. '문학에 조예가 깊기로 유명한' 어느 신사가 아무것도 모른 채 헨리 오스틴에게 소설을 읽어 보라고 권한다.

"작가가 누구인지 정말 알고 싶네. 여인치고는 너무 잘 썼어."

재치가 풍부한 극작가 셰리든(Richard Brinsley Sheridan, 1751~1816)은 친구에게 말한다.

"당장 구입하게. 내가 읽은 소설 중 가장 뛰어난 작품일세."

《맨스필드 파크》

1813년 첫 무렵 제인은 처음으로 깊이 있는 소설 《맨스필드 파크》를 중반까지 집필하고, 수정 없이 바로 출판했다. 주인공 파니 프라이스는 일찍 철이 든 내성적인 성격이라서 진보적인 독자 취향에 맞지 않았다. 그러나 오스틴 집안사람들은 제인에게, 여주인공이 《오만과 편견》에 나오는 엘리자베스 베넷과 정반대 성격을 가졌더라도 운명의 상대와 만나는 이야기를 써 달라고 졸랐을 것이다. 《맨스필드 파크》에 나오는 배경이 제인의 경험에서 비롯된 것인지 가족에게 들은 이야기인지는 확인할 수 있다. 맨스필드 파크는 가드머섬이 모델이지만, 작품에는 노샘프턴에 가까운 장소로 나온다. 노샘프턴셔에 가 본 적이 없는 제인은 1813년 봄, 편지로 여기저기에 '노샘프턴셔

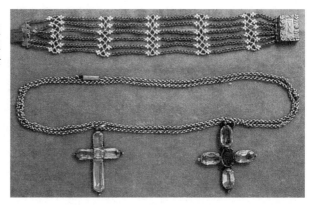

에 산울타리가 있는지'를 묻는다. 포츠머스에 관한 정보는 가까운 사우샘프턴에 살 때 얻었는데, 하이 거리 외곽에 있는 초라한 부모가 사는 집을 찾아가는 비참한 파니의 세밀한 묘사에 도움이 되었다. 또한 프라이스가 말한 해군에 대한 지식은 프랭크와 그의 친구에게 들어 정확하게 인용했다. 그녀는 프랭크가 승선했던 배들의 이름을 프랭크에게 허락까지 받아 사용한다. 해군 사관후보생 윌리엄 오빠가 파니에게 호박 십자가를 선물한 일화는, 찰스 오스틴이 1801년에 포상금을 받아 누나들에게 준 토파즈 십자가를 반영하고 있다. 《맨스필드 파크》에서 소더톤 개조를 위해 렙톤이 청구한 하루 품삯 5기니는, 아돌스트롭에서 리 목사가 실제로 지불한 금액이다. 한편 어린 시절 스티븐턴에서 했던 아마추어 연극은, 그 자체는 순수한 기분전환이라 해도 부적절한 연극을 골라 너무 열정적으로 연기하고 나면 버트람 집안에 재앙을 가져올지도 모른다는 묘사에 반영되었다. 1813년 가을에 완성된 《맨스필드 파크》는 1814년 5월에 또다시 에거튼 사에서 출판되었다.

《맨스필드 파크》는 서평 한 번 쓰지 않았는데도 꾸준히 팔렸다. 1814년 가을에 초판이 매진되어 제인은 350파운드의 이익을 남겼다. 어쩌면 서평이 없어서 제인이 《'맨스필드 파크' 감상집》—가족 및 그녀가 작가라는 비밀을 아는 몇몇 이웃에게서 받은 감상문 목록—을 만들었을지도 모른다. 예를 들면, 오클리 홀의 독특한 인물인 오거스터 브람스톤 양은 이렇게 감상을 적었다.

'S&S(《이성과 감성》)와 P&P(《오만과 편견》)는 영 아니었지만, M&P(《맨스필드 파크》)는 그 두 책보다 더 마음에 들지도 모른다고 생각하면서 한 권을 다 읽었다. 그런데 가장 좋지 않았다……'

섭정황태자 조지 4세, 도서관장 그리고 《엠마》

《맨스필드 파크》가 출판되기 전에 제인은, 다음 작품인 《엠마》를 집필하기 시작했다. 그녀는 1814년 1월 21일 가족에게 편지를 보냈다.

'나 말고 누구도 좋아하지 않을 주인공을 만들어 낼 생각이에요.'

서리(Surrey)가 무대라는 점과 벅스 힐에 외출하는 일화는 그녀의 대부 사무엘 쿡이 교구목사로 근무하는 그레이트 부컴에서 나왔을 것이다. 그녀가 그 지역에 사는 쿡 집안을 찾아간 것이 편지에 여러 번 나오기 때문이다. 오스틴 집안사람의 말에 따르면, 《엠마》의 하이버리는 그레이트 부컴과 가까운 작은 마을인 서리의 레더헤드를 모델로 한다. 또한 하이버리에 있는 고다드 부인의 여자 기숙학교는 레딩의 애비 하우스 스쿨과 매우 닮았다. 그녀는 창작에 아무 방해도 받지 않고 1815년 3월 29일 작품을 완성하고, 그해 끝 무렵 런던으로 가서 헨리의 집에 머문다. 그동안 헨리는 그녀 대신 출판 교섭을 했는데, 이번에는 앨버말 거리에 있는 존 머레이에게 출판을 의뢰했다. 그는 위탁출판 2천 부에 동의했으며, 에거튼 사가 거절했던 《맨스필드 파크》 재판도 수락했다.

제인이 런던에 머물 때 헨리가 병으로 쓰러진다. 그의 부인 일라이자는 1813년에 죽었으므로, 제인은 예정보다 몇 주 더 런던에 머무르며 오빠를 간호한다. 헨리의 의사 중 한 사람인 매튜 베일리 박사는 섭정황태자의 주치의였다. 제인이 작가라는 사실은 이제 런던에서 공공연한 비밀이 되었는데, 사교계에서 그녀의 작품이 화제가 되자 허영심에 빠진 헨리가 자신의 여동생 작품이라고 말했기 때문이다. 어느 날 베일리 박사는 제인에게 말한다.

"……황태자께서 아가씨 소설을 매우 칭찬하셨습니다. 자주 읽으셔서, 궁전마다 아가씨 소설을 놔둘 정도입니다. 그래서 제가 전하께 오스틴 양이 지금 런던에 있다는 말씀을 드렸더니 전하께서 칼튼 하우스 도서관장 클라크 씨에게, 서둘러 아가씨를 왕실 마차로 모시라고 하셨습니다."

제임스 스테니어 클라크 도서관장은 헨리의 집을 찾아와 칭찬을 아끼지 않았다. "황태자께서 아가씨의 소설을 읽고 기뻐하신 데 대해 감사의 말씀을 드립니다." 그러고는 작지만 호화로운 황태자의 런던 궁전 칼튼 하우스의 도서관으로 제인을 초대했다. 11월 13일, 그녀는 황태자 궁전을 방문한다.

'클라크 씨는 제인의 작품에 대한 전하의 칭찬을 되풀이하며, 만약 오스틴

양이 머지않아 새 작품을 낸다면 그것을 전하께 헌정해도 실례가 되지 않는다는 말씀을 하였다.'

사실 제인은, 황태자가 너무 사치스러우며 타락한 생활을 하는 것에 대해 매우 비판적이었다. 하지만 그가 헌정해 주기를 바랐으므로, 헌사가 추가되어 빨간 모로코가죽에 금박으로 인쇄된 《엠마》 특장본이 일반 판매 며칠 전인 12월 중순, 칼튼 하우스에 보내졌다.

출판 이듬해인 1816년, 《엠마》는 여러 달 동안 호평을 받아 순조롭게 판매되었다. 하지만 재판된

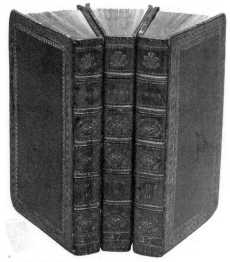

《엠마》 특장본
제임스 스테니어 클라크 박사를 통해 섭정황태자에게 헌상되었다(1815. 12).

《맨스필드 파크》가 잘 팔리지 않아 머레이 사는 그 손해를 《엠마》의 수익으로 메웠다. 제인이 받은 순수익은 40파운드에 그쳤으며, 그것도 1817년이 되어서야 받았다. 《맨스필드 파크》 때처럼 그녀는 자신만의 《'엠마' 감상집》을 만들어, 이전 작품에 비해 《엠마》가 얼마나 재미있는지 가족의 말을 귀담아듣고 감상을 기록했다. 켄트의 어느 친구가 말했다.

"다른 작품보다 《엠마》가 좋다."

한편 마음씨는 좋지만 똑똑하지 못한 올턴에 사는 디그위드 부인은 이렇게 전한다.

"다른 작품만큼 좋지는 않아요. 사실 작가를 몰랐다면 다 읽지도 못했을 거예요."

겉보기에는 단순하지만 내용이 복잡한 이 가정소설로 인해 다른 독자들도 고민에 빠졌다. 작가 마리아 에지워스(Maria Edgeworth, 1767~1849)는 《엠마》를 읽고 당황스러워했다.

'이 작품에는 줄거리가 없다. 엠마 양이 해리엇과 이어 주려 했던 엘튼 씨가 사실은 엠마를 마음에 두었음을 안다. 그는 엠마에게 거절당한 데에 모욕을 느끼고, 해리엇도 실연하게 한다. 그리고 엠마 아버지는 '촉감 좋은 묽은

죽'이 건강에 좋다고 생각하는데, 그것이 어떤 죽인지 요리사에게 설명하기란 너무 어렵다!'

마지막 창작

제인은 1815년 8월, 이미 《설득》 집필에 들어갔다. 그녀는 이 작품 속에 배스에서의 생활, 1803~1804년 항구도시 라임 리지스에서 보낸 휴가, 제인의 형제들처럼 퇴역한 영국 해군장교들—클로프트 제독이나 웬트워스 대령—이 포상금으로 부동산을 구입하려 하거나 민간인 생활로 돌아가려는 것 등, 제1차 나폴레옹 전쟁 뒤인 1814년 전후 상황을 담았다. 이 무렵 소설 분량은 보통 3권 이상이었는데, 이 소설은 2권이 채 되지 않았다. 결말에 문제가 있어서 내용에 설득력이 생길 때까지 몇 장을 다시 고쳐 써야만 했다. 제인은 자신이 창조한 주인공인 앤 엘리엇이, 그녀 자신의 인생을 개척해 나가는 독자적인 방법에 조금 놀란 듯 보인다. 그래서 조카 파니 나이트에게 다음과 같은 편지를 보냈다.

'너는 주인공이 마음에 들겠지만, 내게는 지나치게 훌륭해 보이는구나.'

1816년 무렵, 헨리는 제인 대신 크로스비 사에서 《수잔》 원고를 돌려받기 위해 교섭한다. 1809년 제인에게 매우 무례한 태도를 보였던 리처드 크로스비 사장은 '기꺼이 돈을 받고 저작권을 포기한다.' 교섭하던 헨리는 인수가 끝나고 비용을 지불하자, 사장이 그토록 무시한 작품이 바로 《오만과 편견》 작가의 소설임을 밝히고 나자 기분이 후련해졌다고, 제인의 첫 전기 작가인 제임스 에드워드 오스틴 리에게 전한다. 제인은 젊은 시절에 쓴 이 작품을 다른 출판사에서 출판할 생각이었으므로 원고를 다시 점검한다. 무명작가가 쓴 《수잔》이라는 2권짜리 소설이 1809년에 출판되었으므로, 주인공 이름을 캐서린으로 바꾸었다. 서문에는 이 이야기가 한물갔다고 생각할지도 모르겠다며 독자의 양해를 구했다.

'이 소설을 완성한 지도 13년이나 지나, 그동안 장소, 풍속, 서적, 사고방식이 많이 바뀌었습니다.'

그런데 제인은 직접 쓰고서도 이 서문에 실망했던 듯하다. 그녀는 1817년 첫 무렵, 파니에게 이렇게 편지한다. '캐서린 양은 지금 책장에 꽂혀 있어. 나는 그녀가 언제 다시 나올지 모르겠다.'

제인이 절필한 것은 장편 희극소설을 쓰려던 무렵이었다. 그녀는 불치병에 걸리기 전에 12장밖에 쓰지 못했는데, 이것이 《샌디턴》이었다. 서식스 주 해안에 있는 샌디턴이라는 작은 어촌이 홀리데이 리조트로 바뀌는 내용으로, 파커라는 열정적인 지방유지가 개인재산을 투자하여 이 사업을 추진한다. 제인이 잘 알던 워딩이나 램즈게이트 지역에, 파커가 소유한 '트라팔가르 하우스'나 '워털루 크레센트'라는 세련된 이름의 건물과 비슷한 것이 있다. 또한 와이트 섬으로 여행가는 것도 나오는데, 이것은 와이트 섬의 야머스에 살던 프랭크에게 얻은 정보이거나 제인이 사우샘프턴에 살 때 와이트 섬에 다녀온 경험에서 나왔을 것이다. 1817년 1월 27일 그녀는 《샌디턴》을 집필하지만 같은 해 3월 18일, 완성하지 못한 채 펜을 놓고 만다.

어엿한 고모

스티븐턴에 살던 제임스의 세 아이 애나, 제임스 에드워드, 캐롤라인은 1809~1817년에 걸쳐 초턴 코티지에 자주 머물렀으므로, 제인을 직접 알던 사람이 남긴 그녀의 추억에 대한 기록은 이들의 도움을 많이 받았다. 1805년에 태어난 캐롤라인은 다음과 같이 회상한다.

'나는 언제부터였는지 모르지만 자주 초턴에 놀러갔다. 매우 재미있었다. 제인 고모는 무척 매력적이었다. 그때 어렸던 나는 늘 고모에게 착 달라붙어서 집 안이든 밖이든 어디든지 쫓아다녔다. 어머니가 고모를 괴롭히지 말라고 하지 않으셨다면, 나는 내가 고모를 졸졸 따라다녔던 것도 몰랐을 것이다. 아이들의 마음을 사로잡았던 것은 고모의 한없이 다정한 태도였다. 고모는 우리 모두를 사랑했으며, 우리도 고모를 사랑했다. 지금은 추억하고 이해할 수 있지만, 이것은 고모의 총명함을 모르던 어린 시절에 느낀 것이다. 재미난 이야기를 듣는 기쁨에도 잠길 수 있었다. 고모가 지은 이야기를 아이들은 재미있어했다. 그 뒤 내가 더 자라고 사촌들(프랭크와 찰스의 아이들)도 이것을 즐거워하게 되자, 고모는 자주 요정 나라나 고모가 지어낸 요정들을 가장 재미있게 들려 주었다. 고모가 지어낸 요정은 성격이 독특했다. 그런 이야기들은 모두 즉흥적으로 지어냈음이 분명하다. 우리가 마음에 들어하면 2, 3일 더 들려 주셨던 적도 있다.'

오스틴 가족이 아닌 사람도 이 시기의 제인을 기억한다. 에드워드의 그레이트 하우스를 빌렸던 사람의 딸로, 그때 10대였던 샬롯 마리아 미들톤은 뒷날 이렇게 기록한다.

'내 기억에 제인은 키가 크고 마른 체격이었다. 혈색이 좋고 광대뼈가 높았으며, 크진 않지만 즐거워 보이는 두 눈은 지적으로 반짝였다. 나는 그녀의 멋진 유머를 분명하게 기억하는데, 그것은 《오만과 편견》의 베넷 씨처럼 풍성하게 흘러넘쳤다……. 우리는 자주 그녀와 만났다. 아이들에게 더할 나위 없이 친절하고 쾌활했지만, 모르는 사람들에게는 생각 탓인지 쌀쌀맞고 차가웠다. 그녀는 디너파티에서 잠자코 자리에 앉아 있던 적이 많았다. 그런 일들을 그 무렵의 우리는 조금도 생각지 못했지만, 그녀의 매력적인 소설 재료를 수집하기 위해서였을 것이다. 제인의 언니 카산드라는 매우 얌전한 숙녀였지만 무척 새침데기였다. 하지만 제인은 모든 아이들 놀이에 참여했으므로 아이들도 그녀를 매우 좋아했다. 우리는 자주 초턴 코티지에 왔던 어린 조카들과 놀아 달라는 부탁을 받았다.'

1814년 가을에 애나 오스틴은 애쉬의 벤 르프로이와 결혼하여 1년 뒤 첫 아이를 낳았다. 1815년 10월 끝 무렵, 제인은 어린 캐롤라인에게 편지를 보낸다.

'말을 타다가 비를 맞다니 불쌍하구나. 자, 이제 너는 이모가 되니까 아주 중요한 사람인 거야. 그러니 무슨 일을 하든지 큰 관심을 끌 것이 분명해. 나는 늘 최선을 다해서 어엿한 고모가 되려고 했는데, 너도 나처럼 되리라 믿는다.'

제인은 가드머섬에 사는 아이들을 바로 옆에 살던 조카들만큼 자주 만나지는 않았다. 하지만 첫 구혼자였던 존 플럼트리에 대한 애정을 가늠하기 려워 괴로워하는 조카딸 파니에게 여러 차례 편지를 쓴다. 1814년 가을, 파니는 자신의 마음에 대해 궁금해하며 제인에게 편지를 보내고, 그에 대한 다정하고 사려 깊은 두 통의 긴 답장을 보관한다.

'네 마음은 절대로 바뀌지 않았을 거야. 그러니 네가 사랑했을 리가 없다고 솔직하게 말한 것이란다. …… 나는 네가 행복해지기에 충분한 사랑을 받는다 생각해서, 네가 점점 더 행복해지리라 믿어 의심하지 않았단다…… 하지만 너는 조금도 사랑하지 않는구나. 이것은 감출 수 없단다. 불쌍한 J.P. 씨! 아아, 사랑스러운 파니야, 세상의 많은 여인들이 너와 같은 실수를 했

큰오빠 제임스의 자녀들
위 왼쪽 : 애나 오스틴. 1814년 결혼하여
애나 르프로이 부인이 된다.

위 오른쪽 : 제임스 에드워드 오스틴 리.
목사 시절의 초상화이다.

아래 오른쪽 : 캐롤라인 오스틴. 카산드라
가 그린 소녀 시절 그림. 제인을 가장 잘
따랐다.

지. 네게 그가 처음으로 사랑을 고백했잖니. 그것은 매력적이고 가장 강렬한
것이었지…… 애정 없는 결혼에 비하면, 그 어떤 것도 견딜 수 있어…… 애
정 없는 구속만큼 비참한 것은 없단다…….'

매우 섬세한 붓

제인의 창작 기법, 그녀가 소설 플롯이나 인물이나 배경을 계획하고 다듬
을 때 신경 썼던 점이 무엇인지 우리가 파악하는 데는 스티븐턴의 조카들 도
움이 컸다. 1814년에 애나는 소설을 쓰기 시작하여, 작품에 대한 검토와 평
가를 바라고 고모에게 1장(章)씩 보여 준다. 애나는 답장으로 받은 5통의 편
지를 보관하고 있는데, 이 편지들은 제인 자신이 소설을 쓸 때 정확하고 설득

력 있는 작품을 만들기 위해 세심한 주의를 기울여 적은 기준이었다. 또한 개인적인 경험을 여과하여 소설의 배경으로 삼는 구체적인 방법을 적었다.

'나는 네가 소설에서 다울리쉬 묘사에 실패한 것에 신경 쓰지 않는다. 그 도서관은 12년 전에는 매우 빈약하고 끔찍했고, 어떤 출판물도 가져다 놓지 않았다…… 라임도 가져다 놓지 않았겠지. 라임은 다울리쉬에서 40마일(64km)이나 떨어져 있으니, 다울리쉬에서 일어난 일이 화제에 오르지는 않을 게다…… 다울리쉬에서 배스까지 가려면 100마일(160km)이나 되니 이틀은 걸릴 게 분명해…… 게다가 우리는 네가 잉글랜드를 떠나지 않는 편이 낫다고 생각한단다. 포트만 집안을 아일랜드에 보낼 수는 없잖니. 너는 아일랜드의 관습에 대해 아무것도 모르니 그들과 같이 가지 않는 게 낫다. 그렇지 않으면 거짓된 묘사를 할 위험에 빠지게 되겠지. 배스와 포레스터 집안을 끝까지 고수하거라. 거기라면 네 독무대잖니…… 우리는 F부인이 T.H. 경 같은 남성의 집을 빌려 이웃에 정착하는 것이 잘 납득되지 않는단다…… 나이가 찬 두 딸이 있는 여성이 별로 칭찬받지도 못하는 남자 혼자 사는 곳으로 이사 가는 것은, F부인 같은 고상한 여성에게는 있을 수 없는 일이다. F부인은 신중한 사람이라는 것을 새겨 두어라. 그녀에게 그 성격과 모순된 행동을 시켜서는 안 된다…… 너는 지금 즐겁게 네 작품의 등장인물을 모으고, 내가 인생에서 기쁘게 여기는 곳에 그들을 배치하고 있어. 한 시골 마을에 서너 가족이면 소설을 쓰기에는 충분하단다. …… 에거튼에 대한 흥미를 좀더 돋울 만한 방법은 무엇이 있을까? 네가 그에게서 좀더 훌륭한 성격을 이끌어 내기 위해 집안에서 일어나는 일을 궁리한다면 좋겠다만. ……진심으로 충고하는데 있을 수 없는 일을 쓰지 않도록 하고, 가능하다면 그에게 힘을 줄 만한 사건을 생각해 내길 바란다. 그러면 분명 좋은 결과가 나올 거야.'

2년 뒤 큰조카 제임스 에드워드는 윈체스터 칼리지 마지막 학기를 맞이하여, 몇 달 뒤 옥스퍼드 대학에 진학하기를 기대하고 있었다. 그도 소설을 쓰기 시작하여, 초턴 코티지에 올 때마다 할머니나 고모들 앞에서 자신의 작품을 낭독했다. 메리 로이드에게서 온 편지 때문에 제인은 제임스 에드워드에게 답장을 쓰게 된다.

'……네 어머니가 편지에 썼던 행방불명 사건이 무척 신경 쓰이는구나. 원고 2장 반을 잃어버리다니 대체 어찌 된 일이냐! 내가 요즈음 스티븐턴에 가지 못해 원고를 슬쩍했다는 의심을 받지 않아 다행이다. 2권 반을 내게 주었다면 매우 보탬이 되었겠지만, 그런 도둑질이 내게 정말 도움이 된다고는 생각하지 않는단다. 다양하고 빛나는 내용으로 가득 찬, 힘차며 남성적이고 생기 넘치는 네 초고를 내가 어떻게 다뤄야 할까? 섬세한 붓을 사용하여 무척 애를 쓴 데 비해 그다지 성과 없는 2인치짜리 조그만 상아에, 어떻게 네 작품을 이어 붙일 수 있을까?'

파니 나이트
고모 카산드라가 그려 준 수채화로 소녀 시절의 모습 (1805).

제인이 조지 4세의 도서관장 제임스 스테니어 클라크에게 다시 연락을 받은 것은 1816년이었다. 1815년 제인이 칼튼 하우스에 방문한 뒤, 클라크 관장은 목사를 주인공으로 한 소설을 꼭 써 달라고 부탁했다. 즉, 주인공의 경력이 클라크 관장과 비슷한 소설 구성을 제시한 것이다. 그리고 이번에는 조지 4세의 딸인 샬롯 공주가 작센 코부르크 집안의 레오폴드 공과 약혼했다는 것을 적으며 다음과 같이 제안했다.

'……외람되지만, 코부르크 가문의 계통을 구체적으로 나타내는 역사소설이 흥미롭지 않을까 생각합니다.'

친절하긴 하지만 엉뚱한 이 요청에, 제인은 신중한 자기분석을 덧붙여 답장한다.

'이렇게 제 창작에 조언을 해 주시니 매우 감사할 따름입니다. 작센 코부르크 가문을 다루는 역사소설은, 제가 다루는 시골 마을의 가정생활 묘사 이상으로 유익하고 인기를 얻기에 알맞은 내용이라고 사료됩니다. 하지만 저는 서사시나 역사소설을 쓰지 못합니다. 이것에 목숨이 달렸다면 무리해서라도 써야겠지만, 본디 엄숙한 역사소설을 진지하게 쓰진 못합니다. 만약 그러한 긴장상태를 유지하느라 저 자신이나 다른 이들이 편하게 웃을 수 없다면, 제1장을 완성하기도 전에 목을 매고 싶어질 것이 분명합니다. 저는 제집필방법을 지켜나가면서 자신의 길을 걷고 싶습니다. 저의 집필방법으로 두 번 다시 성공하지 못한다 하더라도, 다른 방법은 전부 실패로 끝날 것이 분명하기 때문입니다.'

불치병

1816년 첫 무렵, 병마가 제인을 덮쳤다. 그 무렵에는 병명을 알지 못했지만 그녀 자신이 쓴 병세에 의하면, 신장병 중 하나인 에디슨 병이었던 듯하다. 때로는 부신 결핵 감염이 원인으로, 이 병에 걸리면 끝내 죽음에 이른다. 소강기간이 몇 번 있어서 환자는 낫는다고 생각하지만, 정신적인 스트레스로 위험에 빠지게 된다. 1814~1816년은 오스틴 집안으로서는 매우 힘든 시기였다. 3남 에드워드 나이트는 초턴 땅의 소유권을 주장하는 나이트 본가의 먼 친척에게 소송을 당하여, 몇 년 동안이나 일궈 온 땅을 잃어버릴 위기에 놓인다. 넷째인 헨리 오스틴은 1815년에 무거운 병에 걸린 것 말고도, 나폴레옹 전쟁 뒤 심한 경제 불황 속에서 공동경영 은행이 경영위기에 빠져, 1816년 봄 파산선고를 받게 된다. 그의 은행에 투자한 많은 친척이 재산을 잃었다. 다행히 제인은 수입 대부분을 안전한 곳에 투자해 두었다. 오스틴 부인과 딸들은 아들들의 경제적 원조를 받고 있었으므로, 아들들의 수입이 줄어든 것은 코티지에 사는 여인들의 장래가 어두워짐을 뜻했다. 1817년 봄에는 더 큰 고난이 기다리고 있었다. 리 페로가 죽고 그의 전 재산이 부인에게 상속되어서, 그의 여동생인 오스틴 부인과 그 가족은 재산을 언제 분배받을지 기약이 없게 되었다.

1816년 봄, 카산드라는 온천수를 마시게 하려고 제인을 첼튼엄에 데려간다. 그 온천수는 '모든 담즙병에 뛰어난 효과가 있다'고 여겼기 때문이다. 하지만 그 뒤 몇 달 동안 그녀는 눈에 띄게 쇠약해진다. 다음과 같이 가족이 회상하듯이, 그녀는 그 무렵 집필하던 《설득》을 가까스로 완성했다. 이 작품의 뒷부분은 처음에 '지루하고 단조로웠으므로, 좀더 멋지게 완성할 수 있기를 간절히 바랐다. 이것이 그녀의 마음을 짓눌러 이미 쇠약해진 몸에 더 큰 부담을 주었다. 어느 밤, 그녀는 매우 의기소침한 채 자리에 누웠다. 하지만 그녀는 천성에 맞지 않는 걱정을 금세 떨쳐 버렸다. 다음 날 눈을 떴을 때는 쾌활함과 밝은 영감을 되찾고 힘 있는 모습으로 되돌아왔다. 상상력이 다시 궤도에 오른 것이다…….' '지루하고 단조로웠던' 뒷부분은 짧았으며 약간 설득력이 떨어졌다. 그 내용은 다음과 같다.

'거리에서 앤을 만난 클로프트 제독은, 자신의 집으로 같이 가서 아내를 만나 달라고 앤을 초대한다. 하지만 같이 가 보니 웬트워스 대령도 와 있어서 앤은 당황한다. 대령은 클로프트 부부가 들은 소문에

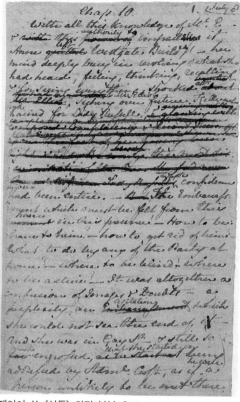

제인이 쓴 《설득》 완결 부분 초고

대해 앤에게 묻는다. 엘리엇과 약혼하여 클린치에 돌아가 살고 싶은 게 아니냐고, 앤이 이 말을 부인하기가 무섭게 대령은 앤에게 청혼한다.'

제인의 '밝은 영감'은 이 플롯을 화이트 하트 호텔에서 활기찬 가족모임을 갖는 장면으로 바꾼다. 앤과 하빌 대령은 남녀 감정의 차이에 대해 토론한다. 그리고 '내가 주장하는 여성에 대한 특권은 그리 부러워할 만한 것이 못 됩니다. 사랑하는 사람이 죽거나 희망이 사라져도 언제까지나 사랑하는 것입니다'라는 앤의 가슴에 사무치는 목소리를 들은 웬트워스 대령은, 앤에게 용서를 구하는 후회로 가득 찬 편지를 쓴다. 그 결과 둘이 약혼을 파기한지 한참 지나서 다시 약혼하기 위해 필요한 시간과 장소가 생겨난 것이다.

제인은 1817년 새해에는 약간 건강을 되찾아서 《샌디턴》 집필을 시작했다. 하지만 곧 병세가 악화되어서 몇 주 뒤에는 고열에 시달리고, 이 때문에 집필

을 중단하게 된다. 올턴의 커티스라는 지역 약제사가 더 이상 제인에게 가망이 없다며 포기하자, 가족은 제인을 윈체스터 주립병원의 유명한 라이포드 선생에게 데려간다.

카산드라와 제인은 제임스가 보내 준 마차에 타고, 그 곁에 헨리와 대학생이 된 에드워드의 아들 윌리엄이 말을 타고 따라왔다. 5월 24일 비 내리는 오후, 슬픔에 찬 이들은 윈체스터 칼리지 거리 8번지에 도착했다. 제인은 큰조카 제임스 에드워드에게 결연하게, 빈정거리는 농담이 가득 찬 낙천적인 편지를 보낸다.

'여기는 무척 쾌적하구나. 작고 깨끗한 거실이 있고, 아치 모양의 밖으로 난 창에는 게이블 박사 댁의 정원이 멀리 보인단다…… 라이포드 선생님은 나를 치료해 주신다고 하셨어. 만약 회복되지 않는다면, 나는 고소장을 적어서 수석 사제님과 주교좌성당 사목회에 제출할 생각이야. 그러면 선생님은 경건하고 박식하며 사사로운 이익을 따지지도 않는 분이라 틀림없이 얼굴이 빨개지겠지.'

하지만 라이포드 선생은 가족들에게 이 환자는 회복의 조짐이 없으며 얼마 남지 않았다고 알린다. 제인은 몇 주 뒤 마지막 기력을 회복했지만 7월 17일 저녁 무렵에 다시 위독해진다. 뒷날 카산드라는 파니 나이트에게 이렇게 편지한다.

'그녀는 조용해졌어. 의식이 없어지기 30분 전에는 자신의 최후가 다가왔음을 느꼈단다…… 그녀는 어디가 아픈지 말을 못하겠다고 했어. 본디 분명하게 어디가 아프다고 말하지 않는 사람이었지만. 내가 그녀에게 어떻게 해주면 좋겠냐고 묻자, 그녀는 죽는 것 말고는 바라는 게 없다고 대답했어. 그러고 나서 그녀는 이렇게 말했어. "하느님, 제가 인내하게 하소서, 저를 위해 기도해 주소서, 아아, 저를 위하여 기도하소서."'

그녀는 1817년 7월 18일 이른 새벽, 카산드라의 품에 안겨 평온하게 숨을 거두었다.

세상을 떠나고 나서 출판

1817년 7월 24일, 제인은 윈체스터 대성당 북쪽 회랑에 묻혔다. 검소한 검은 대리석으로 된 그녀의 무덤에는 헨리 오스틴이 고안한 묘비명이 새겨

▲ 윈체스터 칼리지 거리 8번지
1817년 7월 18일 이 건물에서 제인은 세상을
떠났다. 전면에 그녀를 추모하는 명판이 걸려
있다. 현재 이 집은 개인 소유물로 공개되지
않는다.

▶ 윈체스터 대성당에 있는 제인의 묘비
묘비명은 그녀의 오빠 헨리 오스틴이 고안했다.

졌다. 그 뒤 19세기가 되어 조카 에드워드 오스틴 리 목사가 무덤 바로 곁
벽에 놋쇠로 만든 기념비를 설치했다.

1817년 가을, 헨리 오스틴은 동생 제인의 유작이 된 원고 두 작품을 넘겨
받아 4권으로 출판할 계획을 하고, 1818년 첫 무렵 존 머레이와 발행한다.
제각각 원고에는 헨리가 《노생거 사원》, 《설득》이라는 제목을 붙였다. 제인
은 원고를 먼저 쓰고 완성된 원고에 만족한 뒤에야 제목을 붙이는 습관이 있
었기 때문이다.

초고

소설 6편 모두 완벽한 원본은 존재하지 않는다. 제인은 무사히 출판되면
원고를 처분한 듯하다. 카산드라는 1845년 숨을 거두기 전까지 제인의 수많
은 편지와 그 밖에 잡다한 기록들, 《초기 작품집》 3권, 단편소설 《레이디 수
잔》 원고, 결실을 맺지 못하고 끝난 《왓슨 집안 사람들》, 미완성 《샌디턴》
원고, 《설득》의 삭제된 몇 장(章)을 보관했다. 이 유품은 카산드라 형제와

NORTHANGER ABBEY:

AND

PERSUASION.

Miss Austen

BY THE AUTHOR OF "PRIDE AND PREJUDICE,"
"MANSFIELD-PARK," &c.

WITH A BIOGRAPHICAL NOTICE OF THE
AUTHOR.

IN FOUR VOLUMES.

VOL. I.

LONDON:
JOHN MURRAY, ALBEMARLE-STREET.
1818.

1818년 출판된 《노생거 사원》과 《설득》 초판 속표지
그 시대의 독자가 '오스틴 양'이라고 저자 이름을 적어
놓았다.

가까운 친척들이 나누어 가졌으나, 그 뒤 구입이나 기증을 통해 대부분 영국이나 미국 도서관에 보관되었다. 뉴욕 피어폰트 모건 도서관은 《레이디 수잔》 원고와 《왓슨 집안 사람들》 원고 일부를 비롯하여 제인의 편지 대부분을 소장하고 있다. 옥스퍼드 대학 보들리언 도서관은 《초기 작품집》 제1권을, 케임브리지 대학 킹스 칼리지는 《샌디턴》을 보관하고 있다. 대영도서관은 《설득》의 삭제된 몇 장, 《맨스필드 파크》와 《엠마》의 〈감상집〉, 약 12통의 편지, 그리고 《초기 작품집》 제2권과 제3권을 소장하고 있다. 그 밖에 편지와 원고는 전세계에 흩어져 개인이 소장한 것도 있다.

'나는 명예를 위해 씁니다'

제인은 작품을 출판하려고 마음먹기 훨씬 전인 1796년 1월 14일, 카산드라에게 농담삼아 이렇게 편지한다.

'언니가 편지로 칭찬해 주어서 매우 기분이 좋았어. 돈이나 보수를 생각하지 않고 명예를 위해서만 쓰려고 해.'

그녀는 보수를 생각지 않고 글을 쓴다고 했지만, 그녀의 작품은 초판 이후 한 번도 절판된 적이 없다. 그래서 돈보다 명예를 택한 것이 도리어 독자들의 사랑을 받게 한 것은 아닐까. 그녀의 소설을 처음 읽으면 평범한 젊은 남

녀가 갑자기 사랑에 빠지는 특별할 것 없는 이야기에 지나지 않는다고 생각하지만, 누구에게나 일어날 수 있는 사건의 소중함이 그녀 소설의 영원한 인기 비결이다. 제인의 소설을 두 번 세 번 읽다 보면 그 문학적 기법의 깊이를 느낄 수 있다. 또한 인물들의 대사나 작가의 생각이 교묘하게 섞여 인물들이 마치 작품 속에서 살아 있는 듯 움직이고, 이러한 기법에서 변덕스러운 인간성에 대한 그녀의 본능적인 깊은 이해가 분명히 나타난다. 그녀의 천재적인 독창성에 대해, 첫 독자 중 한 사람인 조카딸 파니 나이트가 보낸 편지에 쓴 것보다 더 정확한 표현은 없을 것이다.

'《엠마》를 빌려 주어 정말 고마워요. 재미있게 읽었어요. 저는 다른 작품보다 마음에 들어요. 등장인물 모두가 훌륭하게 자기 역할을 다 하고 있어요 …… 베이츠 양은 비교할 데 없이 훌륭하게 완성되어서, 전 이런 귀한 보물을 만나 기뻐서 죽을 것만 같아요! 등장인물은 독특하고, 더구나 글과 말로 다하지 못할 만큼 재미있어요. 저는 온종일 하이버리에서 새로운 친구들을 만난 것 같아요. 다른 어느 누구도 이만큼 명쾌하고 기분 좋게 쓰지는 못할 거예요.'

《오만과 편견》에 대하여

제인 오스틴의 대표작 6편

일반 독자들에게 제인 오스틴 문학을 해설하는 것은 어떤 의미에서 쉬운 편이다. 제인 오스틴 문학의 평가는 오로지 그녀의 대표작인 《오만과 편견》(1813), 《이성과 감성》(1811), 《맨스필드 파크》(1814), 《엠마》(1815), 《노생거 사원》(1817), 《설득》(1817) 등 6편으로 끝내고, 다른 작품은 논할 필요가 없기 때문이다. 또 그 중에서도 첫 두 작품에 의해 그녀의 작풍이 거의 결정되었다 해도 무리가 없다. 상황 설정부터, 등장인물의 사회적 조건, 작품 세계, 소설의 의도나 목적까지 거의 동일한 패턴에 의한 것이라 해도 괜찮기 때문이다.

이 6편의 우열에 대해서도, 그녀만큼 작품성의 격차가 적은 작가도 드물다. 세계문학적 기준에서 《오만과 편견》이 그녀의 작품 가운데 가장 우수한

작품으로서 선택되는 것은 거의 결정된 평가로 봐도 좋지만, 《이성과 감성》
도 알아차리기 힘들 정도로 미세한 구성상의 무리를 빼면 우열을 가리기 어
렵다. 또 《맨스필드 파크》를 그녀의 대표작으로 여기는 사람이 있는가 하면,
반대로 가볍고 밝은 것을 고르는 사람은 확실히 《엠마》를 최고의 작품이라
생각하는 듯하다. 동시에 차분히 가라앉은 정서의 물결을 느끼고 싶은 독자
는 마지막 작품 《설득》을 고른다. 이렇게 되다 보니 어느 작품이 훌륭한가에
대한 평가는 이미 그 사람들의 취미에 달린 것이 되어 버린다. 이렇게 우열
을 가리기 힘든 점도 제인 오스틴 문학의 특징이라 해도 좋을 것이다.

《오만과 편견》을 설명하기 전에 먼저 다른 다섯 작품을 간단하게 소개하기
로 한다. 《이성과 감성 Sense and Sensibility》이 맨 처음 출판된 작품이라는
것은 이미 앞에서 말한 대로이다. 이 작품은 그녀가 20세 때 쓴 《엘리너와
메리앤》을 개작한 것으로, 작가가 36세가 돼서 출판하기까지 상당한 수정이
이루어진 것이 분명하다. 두 자매 중 언니 엘리너는 '이성'형이며, 동생 메
리앤은 '감성'형이라는 구상은 원래 작품 그대로이다. 이 소설은 성격이 다
른 두 자매의 각각 다른 실연 이야기라 해도 좋을 것이다. 얌전한 엘리너는
아무 쓸모도 없는 에드워드 페라스를 몰래 좋아하고, 아름다운 메리앤은 방
탕한 존 윌러비와 뜨거운 사랑에 빠진다(윌러비는 《오만과 편견》의 위컴을
떠오르게 한다). 그러다가 메리앤은 윌러비에게 버림받고, 엘리너도 한때
페라스에게 크게 실망하지만, 마지막에 페라스는 엘리너와 결혼하고, 메리
앤은 다른 군인과 결혼을 한다. 남자에 대한 실망을 둘러싸고, '이성'형 언
니와 '감성'형 동생의 각각 다른 반응이 정말 흥미롭다.

《맨스필드 파크 Mansfield Park》는 같은 이름의 저택에 사는 두 아들 톰과
에드먼드, 두 딸 마리아와 줄리아, 사촌인 가난한 가정의 딸 페니의 이야기
이다. 그들 사이에 크로포트 남매(헨리와 메리)라는 경박한 사람들이 나타
나는 것이 계기가 되어 복잡하고 다각적인 연애나 실망, 결혼, 사랑의 도피
등이 연이어 일어난다. 하지만 결국은 상냥한 페니와 착실한 청년 에드먼드
가 결혼하는 것으로 끝나게 된다. 구성은 복잡하고, 무대도 보다 넓지만, 등
장인물들의 사회적 신분이나 성격 배합 등이 특히 새롭게 변한 것은 없다.

《엠마 Emma》 또한 일종의 결혼희극이다. 지방 상류층 가족의 응석받이
딸 엠마와, 그의 친구로 사생아인 해리엇이 결혼까지 이르는 이야기이다. 하

지만 그 과정에서 수많은 착각과 희비극이 일어나고, 또 등장인물 대부분이 실로 이기적이고, 경박하고, 지레짐작하거나 하는 일로 어리석은 짓을 저지른다. 작자는 한 발자국 멀리 떨어져 가벼운 풍자의 웃음으로 이러한 장면들을 그려내고 있는 점에서 쾌활한 유머가 넘친다. 이런 이유에서 최고의 작품으로 여기는 사람도 있다.

《설득 *Persuasion*》도 복잡한 결혼 이야기이다. 상류층 가족의 세 딸 중 앤 엘리어트는 아버지의 허영심과 어머니를 대신하는 어떤 부인의 충고에 무턱대고 따르느라 프레드릭 웬트워스의 구혼을 거절했기 때문에 결혼이 늦어졌지만, 8년 뒤 여러 사건이 일어나고 다시 웬트워스와 결혼하게 된다는 이야기이다. 이 작품에는 제인 오스틴 특유의 풍자와 웃음은 없다. 차분한 원숙함이라 할 수도 있지만, 다른 쪽에서 보면 그녀의 쇠퇴하는 건강을 느끼게 하는 구성의 해이함도 없지 않다.

《노생거 사원 *Northanger Abbey*》은 작가가 죽은 후 출판되었지만, 그 원형은 20대 중반에 쓰여진 초기 작품에 해당한다. 여주인공 캐서린은 재미있는 소녀이지만, 용모도 두드러지지 않고 재산도 없으며, 사교계에서도 환대받지 못한다. 그러나 이따금 헨리 틸러라는 청년과 친하게 지내고, 그의 아버지로부터 막대한 유산을 받을 권리가 있는 아가씨로 오해받게 된다. 그것이 오해였음이 밝혀지자 실망하지만, 결국은 헨리와 사랑이 이루어진다는 이야기이다. 이 작품에는 당시 유행한 스릴러소설에 대한 야유도 들어 있어 유명하지만, 전체가 《설득》과 달리 희극이다. 작가의 재능이 잘 나타나 있다.

이렇다 보니, 비슷한 주제만, 특히 남녀간 사랑과 결혼에 대해서만 되풀이해서 다뤘다는 느낌이 들 수밖에 없다. 그러나 이것이야말로 《오만과 편견》을 포함해 완전히 제인 오스틴 소설의 세계인 것이다. 덧붙여 말하면 이 편협하고 평범한 세계를 통해 결국 그녀는 훌륭한 소설문학의 진수에 들어간 것이다.

세계문학의 걸작 《오만과 편견》

《오만과 편견 *Pride and Prejudice*》의 주인공은 딸만 다섯인 베넷 집안의 둘째딸 엘리자베스와 그녀의 상대역 다시이다. 베넷의 이웃에 어느 날 젊은 신사 빙리와 다시가 이사를 온다. 빙리는 첫째딸 제인에 이끌리고 다시는 엘리자베스에 매력을 느끼나, 엘리자베스는 다시가 오만하다는 편견을 가져 그의 청혼을 거절한다. 그러나 다시가 자신의 거만한 태도를 고치기 위해 노력하고, 엘리자베스의 자매들인 리디아와 제인의 결혼을 돕는 과정에서 그녀의 편견이 해소되고 마침내 그와 결혼하게 된다는 줄거리이다.

이 소설은 제인과 빙리, 엘리자베스와 다시라는 이 두 결혼이야기라는 형태에, 또 그 결혼까지의 과정이 오해로 인한 우여곡절을 거쳐 결국 이루어진다는 이야기로 제인 오스틴 문학의 전형적인 작품이다. 또 등장인물이 지방 명문가라는 신사계급 사람들로부터 목사나 군인에 이르기까지 작가가 평소 잘 알고 있고, 즐겨 쓰는 직업 및 신분의 사람들이 나온다. 장면도 거의 영국 남쪽 시골 마을로 한정되어 있어서 기껏해야 몇몇 가족 간의 인적 교섭을 중심으로 사건이라 하면 리디아의 사랑의 도피 정도가 고작이다.

그러나 제인 오스틴에게는 이것으로 충분하며, 또 그것으로 좋은 문학작품이 탄생할 수 없다는 논리는 절대로 없다. 작가 자신이 그녀의 편지 속에서도 썼듯이, "시골에 서너 가족이 모이면, 그것으로도 이미 소설에는 안성맞춤인 재료"라는 것이다. 사실 작가가 그려내는 여주인공들은 황량한 "미국의 강을 혼자서 배로 표류하는 일이 결코 없다"고, 당시에 소설가 스콧이 이미 격찬했듯이, "그녀는 일상생활에 얼마든지 있는 복잡한 사태, 감정, 인물을 그려낸다는 점에서 놀랄 만한 재능을 가졌다"는 것이다.

그러면 《오만과 편견》을 비롯해서 오스틴 문학의 매력은 어디에 있는 것인가. 그녀의 집필에 대한 유명한 이야기가 있다. 그것은 제인이 결코 서재에서 글을 쓰는 직업작가가 아니라는 것이다. 그녀는 항상 작은 종이를 가지고 다니다가, 집안일이나 바느질을 하면서 뭔가 떠오르면 부지런히 쓴다. 그리고 사람이 기척이라도 내고 나타나면 당황하여 숨긴다. 종이가 작은 것도 숨기기에 편하기 때문이라고까지 한다. 말하자면 이 방법으로 제인은 그녀 자신의 눈으로 예리하게 관찰할 수 있었던 만큼 남김없이 볼 수 있었다. 이로부터 태어난 것이 사실적 기법이었다. 특히 유명한 것은 《오만과 편견》의 첫 구절이다.

다음으로 또 하나의 매력은, 작가가 등장인물을 대하는 태도이다. 제인 오스틴의 작품에 등장하는 인물은 우선 한 사람도 빼놓지 않고 약점이나 결점을 가지고 있다. 그래서 인간다운 어리석은 행동을 보인다. 게다가 이러한

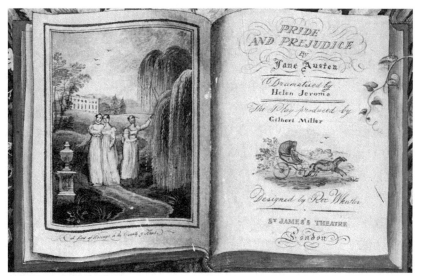

《오만과 편견》 희곡 대본(1936)
각본은 헬렌 제롬 담당.

인간의 약점을 그녀는 결코 화내거나 슬퍼하지 않고, 오히려 인간 본래의 모습으로서 관용의 마음으로 품는다. 물론 결점은 결점이므로 비난하지만, 그 풍자에는 자연히 유머가 깃들어 있다.

그 대상은 우선 허영심과 자만심이다. 다음으로는 머리 나쁜 수다쟁이다. 이 소설에서는 캐서린 부인, 콜린스 목사, 어머니 베넷 등이 가장 알맞은 대상이다. 게다가 놓쳐서 안 되는 것은 작자 자신이 호의와 애정을 쏟고 있는 인물에서조차 그녀는 결코 완벽하게 그리지 않는다는 것이다. 인간다운 결점을 가지고 있는 좋은 예가 엘리자베스와 다시이다. 엘리자베스는 작자 자신이 가장 사랑하는 여주인공이라고 고백하고 있을 정도지만, '편견'의 덫에 빠지게 만들었고, 다시도 마찬가지다. 한 여인을 사랑하는 남자다운 인물도 그 빠져나갈 수 없는 '거만함'을 극복하기까지 시련을 맞아야 했다. 전체로서의 인간을 비추고, 마지막에는 모든 것을 용서하는 유머가 있다. 이것이 제인 오스틴 문학의 가장 큰 매력이다.

이처럼 《오만과 편견》은 예리한 인간관찰, 섬세한 성격묘사, 흥미를 자아내는 구성, 재치있는 유머로 다듬어져 제인 오스틴의 작품 중에서뿐만 아니라 세계문학작품 중에서도 최고의 걸작으로 손꼽힌다.

그렇다고 해서 제인 오스틴 문학을 완전무결하다고 말하는 것은 아니다. 그녀의 소설은 사람을 즐겁게 하는 문학이지만, 인생이 얼마나 살만한 가치가 있느냐 없느냐 고찰하며 인간 심리의 심연을 파고드는 심각한 문제와 대립하는 문학이 아니다. 그러한 의미에서는 '위대한' 문학은 아닐지도 모른다. 그러나 그런 문학만이 위대한 것이라고 보는 것은 편협한 시각임을 알아야 한다. 또한 잊으면 안 되는 것은 제인이 작품을 쓴 시점은 근대소설이라는 것이 생겨나 기껏해야 반세기가 지났을 때로, 이 소설은 달콤한 오락문학이었다. 소설이 이른바 인생탐구의 문학이 된 것은 19세기 후반 이후이다. 그녀의 소설이 거의 모두 결혼으로 끝나는 것도 아직은 소설문학이 인생 전반에 걸쳐 성찰하던 시대가 아니었기 때문이다. 소설을 결혼으로 시작하는 것은 소설가의 눈이 현실에 대해 더욱 날카로워지기 시작한 뒤의 일이다.

제인 오스틴의 문학을 오늘의 눈으로 보면 꽤 이해하기 어려운 시대적 사상의 제약이 있는 것도 사실이다. 예를 들면 이 소설에서 이른바 다시나 캐서린 부인을 비롯해, 누구나 생각하는 어떤 엄중한 사회적 신분 차이의 관념도 조금은 낯설다. 변호사나 상인이라는 직업이 업신여겨지는 것도 이상하게 보인다. 그러나 이것도 18세기 영국사회에서는 엄연히 존재했던 것으로, 가타부타하는 것 자체가 무리이다. 그것만으로 엘리자베스의 발랄한 개인주의적 사고방식은 당시로서는 실로 신선한 것이었으며, 폐쇄적인 직업관의 시류를 벗어난 것이다.

끝으로 유명한 영국 작가 서머싯 몸(1874~1965)의 말로 끝내고자 한다. "어느 작품에도 이것과 같은 커다란 사건은 일어나지 않는다. 한 페이지를 다 읽자, 다음에 어떤 일이 일어나겠지 하고 서둘러 페이지를 넘긴다. 그러나 페이지를 넘겨도 역시 아무 일도 일어나지 않는다. 그러나 그렇게 페이지를 넘기게 되는 것이다. 독자가 이렇게 하도록 만드는 힘을 가진 것은 소설가로서 가질 수 있는 가장 귀중한 재능이다."

제인 오스틴 연보

1764년   4월 26일, 조지 오스틴 목사와 카산드라 리 결혼. 햄프셔 딘
             에 거주. 위로 삼형제인 제임스, 조지, 에드워드가 이곳에서
             태어남.

1768년   여름, 오스틴 일가는 스티븐턴으로 이사. 이곳에서 다섯 명
             의 아이들—헨리, 카산드라, 프랜시스, 제인, 찰스가 연이어
             탄생.

1773년   3월 23일, 오스틴 목사는 스티븐턴뿐만 아니라 딘의 교구목
             사가 됨. 이때부터 1796년까지 학생들을 받아 가르침.

1775년   12월 16일, 제인 오스틴이 스티븐턴에서 태어남.

1781년(6세)   제인의 친사촌 일라이자 핸콕이 프랑스에서 장 프랑수아 카
             포 드 휴이드와 결혼.

1782년(7세)   부모님이 언니 카산드라와 함께 옥스퍼드에 있는 콜리 여사
             의 기숙사에 맡겼으나, 제인은 그곳에서 악성 유행병에 걸려
             사경을 헤매다가 귀가함. 오스틴 집안 아이들이 크리스마스
             휴가를 위한 연극을 기획. 첫 가족 아마추어 극이 상연됨.

1783년(8세)   제인의 오빠인 3남 에드워드가 토머스 나이트 2세 부부의 양
             자로 들어가 켄트의 가드머셤에서 부부와 함께 생활하기 시
             작함. 제인은 언니 카산드라와 외사촌 언니 제인 쿠퍼와 함
             께 기숙학교에 입학하여, 몇 개월간 옥스퍼드에 머물다가 사
             우샘프턴으로 감.

1785년(10세) 봄, 제인과 언니 카산드라는 레딩에 있는 애비 하우스 스쿨
             에 입학.

1786년(11세) 4월, 제인의 오빠인 5남 프랜시스(프랭크)가 포츠머스 왕립
             해군사관학교에 입학. 12월, 제인과 카산드라는 학교를 그만

두고 다시 스티븐턴 집으로 돌아옴. 이때부터 1793년까지 제인은 《초기 작품집》을 저술.

1788년(13세) 여름, 오스틴 부부가 제인과 카산드라를 데리고 켄트와 런던을 여행.

1791년(16세) 7월, 제인의 남동생인 6남 찰스가 포츠머스 왕립 해군사관학교에 입학. 12월 27일, 에드워드 오스틴이 엘리자베스 브리지스와 결혼해 켄트의 로우링그에 거주지를 마련.

1792년(17세) 3월 27일, 제인의 큰오빠 제임스가 앤 마슈와 결혼. 겨울, 카산드라가 톰 파울 목사와 약혼.

1793년(18세) 1월 21일, 프랑스 국왕 루이 16세가 단두대에서 처형됨. 1월 23일, 에드워드 오스틴의 첫아이 파니가 로우링그에서 탄생. 2월 1일, 프랑스공화국이 영국과 네덜란드에 선전포고. 4월 8일, 제인의 오빠인 4남 헨리가 옥스퍼드서 민병대 중위가 됨. 4월 15일, 제임스 오스틴의 첫아이 애나가 딘에서 탄생. 6월 3일, 제인이 《초기 작품집》의 마지막 한 편을 저술.

1794년(19세) 2월 22일, 드 휴이드 백작이 파리의 단두대에서 처형됨. 가을, 이 무렵 제인은, 단편소설 《레이디 수잔》을 저술했을 것으로 보임.

1795년(20세) 제인이 이 무렵 《엘리너와 메리앤》을 썼다고 추정됨. 3월 3일, 제임스의 아내 앤이 세상을 떠남. 어린 애나는 스티븐턴 목사관에 맡겨짐. 가을, 톰 파울 목사가 서인도제도에 파견된 원정군의 종군목사로 크레이븐 백작과 동행. 12월, 톰 르프로이가 애쉬 목사관을 방문. 그와 제인은 크리스마스 휴가 동안 연애놀이로 즐거운 한때를 보냄.

1796년(21세) 10월, 제인은 《첫인상》의 집필에 착수.

1797년(22세) 1월 17일, 제임스 오스틴, 메리 로이드와 재혼. 어린 애나는 딘에 돌아옴. 2월, 톰 파울 목사가 황열병으로 사망, 수장(水葬)됨. 8월, 제인은 《첫인상》을 탈고. 아버지 오스틴이 런던의 출판업자 카델에게 출판을 부탁하나 평가받지 못하고 반환됨. 11월, 제인은 《엘리너와 메리앤》을 《이성과 감성》으로 개작. 오스틴 부인이 딸들을 데리고 배스의 리 페로 부부를 방문. 3남 에드워드 오스틴이 처자를 데리고 로우링그에서 가드머섬으로 거주지를 옮김.

12월 31일, 4남 헨리 오스틴이 런던에서 친사촌 누나 일라이자 드 휴이드와 결혼.

1798년(23세) 추정상 이 시기에 제인이 《수잔》(뒷날 《노생거 사원》)을 집필하기 시작. 11월 17일, 제임스 오스틴의 아들 제임스 에드워드가 딘에서 태어남.

1799년(24세) 여름, 제인은 《수잔》(《노생거 사원》) 탈고. 8월 14일, 제인의 외숙모인 리 페로 부인이 절도 용의로 고발돼 감옥에 수감.

1800년(25세) 3월 29일, 리 페로 부인이 톤턴에서 열린 재판에서 무죄를 선고받음. 12월, 오스틴 목사는 은퇴해 배스로 이주하기로 결정.

1801년(26세) 1월 24일, 헨리 오스틴은 옥스퍼드셔 민병대 대위로 제대하고, 런던에서 은행가 겸 육군 조달 상인이 됨. 5월, 오스틴 일가는 스티븐턴을 뒤로 하고 배스로 이사. 그 뒤 서부 지방의 해변으로 휴가를 떠남. 구전(口傳)에 기초한 제인의 서부 지방에서의 로맨스는 이 무렵부터 1804년 가을 사이에 일어났을 것으로 짐작됨.

1802년(27세) 3월 25일, 아미앵 조약에 따라 프랑스와의 전쟁이 종결됨. 여름, 찰스 오스틴이 서부 지방 가족 휴가에 합류, 웨일즈 지방에도 동행한 것으로 보임. 12월, 제인과 카산드라는 스티븐턴의 제임스와 메리 부부를 방문. 그때 해리스 빅 위저가 제인에게 청혼. 제인은 승낙했다가 다음 날 거절하고 바로 배스로 돌아감. 겨울, 제인은 《수잔》(《노생거 사원》)을 다시 손질함.

1803년(28세) 봄, 제인은 《수잔》(《노생거 사원》)을 출판업자인 크로스비에게 매도(賣渡). 그는 1804년 무렵에 출판하기로 약속하지만 이행하지 않음. 5월 18일, 나폴레옹이 아미앵 조약 파기,

프랑스와의 전쟁 재발. 여름, 오스틴 일가는 켄트의 램즈게이트를 방문. 서부 지방도 다시 찾았을 것으로 보임. 11월, 오스틴 일가, 라임 리지스를 방문.

1804년(29세) 제인은 이 무렵 《왓슨 집안 사람들》을 집필하기 시작. 그러나 미완성인 채로 집필을 멈춤. 여름, 오스틴 일가는 다시 라임 리지스를 방문.

1805년(30세) 1월 21일, 오스틴 목사 사망, 배스의 세인트 스위던 교회에 묻힘. 여름, 마사 로이드가 오스틴 부인과 그 딸들과 함께 함. 6월 18일, 제임스 오스틴의 막내딸 캐롤라인이 스티븐턴에서 탄생. 10월 21일, 트라팔가르 해전.

1806년(31세) 7월 2일, 오스틴 부인과 딸들은 결국 배스를 떠남. 사우샘프턴에 안착하기 전 클리프턴, 아돌스트롬, 스톤리, 햄스톨 리드웨어를 방문. 7월 24일, 프랜시스 오스틴이 메리 깁슨과 결혼.

1807년(32세) 5월 19일, 찰스 오스틴이 버뮤다에서 파니 파마와 결혼.

1808년(33세) 10월 10일, 에드워드 오스틴의 아내 엘리자베스가 가드머섬에서 사망.

1809년(34세) 4월 5일, 제인은 《수잔》(《노생거 사원》)이 확실히 출판되도록 시도하지만 아무런 성과를 얻지 못함. 7월 7일, 오스틴 부인과 딸들, 마사 로이드가 햄프셔의 초턴으로 이사. 이곳은 제인이 숨을 거두기 전까지 머문 곳임.

1810년(35세) 겨울, 《이성과 감성》을 에거튼이 출판을 승낙.

1811년(36세) 2월, 제인은 《맨스필드 파크》의 구상을 다듬기 시작함. 10월 30일, 《이성과 감성》 출판. 겨울, 제인은 《첫인상》을 《오만과 편견》으로 개작하기 시작.

1812년(37세) 6월 17일, 미국이 대영제국에 선전포고. 10월 14일, 토머스 나이트 2세 부인 사망, 에드워드 오스틴은 정식으로 나이트 성을 이음. 가을, 제인은 《오만과 편견》의 저작권을 에거튼에 매도.

1813년(38세) 1월 28일, 《오만과 편견》 출판. 제인은 《맨스필드 파크》 후반부까지 집필. 7월, 《맨스필드 파크》 탈고. 11월, 에거튼이 《맨스필드 파크》 출판을 승낙.

1814년(39세) 1월 21일, 제인은 《엠마》 집필에 착수. 4월 5일, 나폴레옹 퇴위, 엘바 섬으로 추방당함. 5월 9일, 《맨스필드 파크》 출판. 12월 24일, 겐트 조약에 따라 정식으로 미국과의 전쟁 종결.

1815년(40세) 5월, 나폴레옹이 엘바 섬에서 탈출, 프랑스에서 권력을 탈환하여 제위로 복귀. 다시 교전상태로 돌입. 5월 29일, 《엠마》 탈고. 6월 18일, 워털루 전투로 인해 최종적으로 프랑스와의 전쟁이 종결. 8월 8일, 제인은 《설득》을 집필하기 시작. 10월 4일, 헨리 오스틴은 제인을 런던에 데려감. 헨리가 병으로 쓰러지자, 제인은 당초 예정보다 오랫동안 머무름. 11월 13일, 제인은 칼튼 하우스에 입궐하여, 섭정황태자 조지 4세에게 최근에 지은 책을 헌정하도록 암시받음. 12월, 《엠마》가 머레이에서 출판되어 섭정황태자에게 헌정 됨.

1816년(41세) 봄, 제인은 병마에 시달리기 시작. 헨리 오스틴이 《수잔》(《노생거 사원》)의 원고를 되사옴. 제인은 이것을 교정해서 다시 출판하고 싶다는 의향을 내비침. 7월 18일, 《설득》의 초고 탈고. 8월 6일, 《설득》의 마지막 탈고.

1817년(42세) 1월 27일, 제인은 《샌디턴》 집필에 착수. 3월 18일, 제인은 집필을 단념할 만큼 병이 악화되어, 미완성인 채로 《샌디턴》의 집필을 멈춤. 5월 24일, 카산드라는 치료를 위해 제인을 윈체스터로 데려감. 7월 18일, 제인은 이른 새벽에 숨을 거둠. 7월 24일, 윈체스터 대성당에 안치. 12월, 《노생거 사원》과 《설득》이 머레이에서 합본으로 출판. 헨리 오스틴이 쓴 약전(略傳) 첨부.

1870년 제인의 조카, 제임스 에드워드 오스틴 리 목사가 《제인 오스틴 회고록》을 출판. 이 책이 이후 모든 전기의 원본이 됨.

1871년 오스틴 리 목사는 《제인 오스틴 회고록》 제2판을 출판. 여기에 단편소설 《레이디 수잔》과 《설득》에서 삭제된 여러 장

(章)과, 미완의《샌디턴》이 수록됨.

1884년 제인 조카딸의 자녀 브라본 경(파니 나이트, 뒷날 나치블 부인의 자녀)이 처음으로 제인이 남긴 편지를 편집해《제인 오스틴 서간집》을 출판.

1922년 《초기 작품집》의《제2권》출판.

1925년 미완의《샌디턴》의 원고가 출판.

1932년 R.W. 채프먼 박사가《제인 오스틴이 언니 카산드라 외에 보낸 편지집》을 출판. 여기에는 브라본 경이 발견하지 못한 편지가 수록됨.

1933년 《초기 작품집》의《제1권》출판.

1951년 《초기 작품집》의《제3권》출판.

1952년 채프먼 박사의《제인 오스틴이 언니 카산드라 외에 보낸 편지집》제2판 증보판이 출판.

1954년 채프먼 박사는《제인 오스틴 소품집》을 출판. 여기에는《초기 작품집》전3권 외에 소품이 수록됨.

1980년 B.C. 사우샘이 1977년에 발견한 단편원고《제인 오스틴의 '찰스 그랜디슨 경'》을 출판.

1995년 데어드르 르 페이가 채프먼 판에 증보한《제인 오스틴이 언니 카산드라 외에 보낸 편지집》제3판을 출판.

옮긴이 김유경

숙명여자대학교 미술대학 〈서양화 전공〉 졸업. 창작미협전 「정월」 특선 목우회전 「주왕산」 입상. 지은책 《조선 세시 열두달 이야기》 옮긴책 《잉걸스·초원의 집》, 《몽고메리·빨강머리 앤》 10권, 《몽고메리·앤스북스》 10권, 그림형제 《그림동화전집》, H.C. 안데르센 《안데르센 동화전집》

세계문학전집014
Jane Austen
PRIDE AND PREJUDICE
오만과 편견
제인 오스틴/김유경 옮김
동서문화사창업60주년특별출판
1판 1쇄 발행/2016. 6. 9
발행인 고정일
발행처 동서문화사
창업 1956. 12. 12. 등록 16-3799
서울 중구 다산로 12길 6(신당동 4층)
☎ 546-0331~6 Fax. 545-0331
www.dongsuhbook.com
＊

사업자등록번호 211-87-75330
ISBN 978-89-497-1473-8 04800
ISBN 978-89-497-1459-2 (세트)